KB080898

안녕을 묻는 방식

안녕을 묻는 방식

양경언
평론집

창비

오순호, 강덕심, 양경미

한 여성이 자기 고유의 목소리를 내기까지
거기에 숨을 불어넣어준
외할머니, 엄마, 언니에게

성씨와 상관없이 자신만의 방식으로
시간을 잇고
역사를 먹여 살리는

아직 드러나지 않은 세상의 이름들에게

　　2011년 6월 첫 비평문을 발표한 후 약 팔년여 동안 쓴 글들을 모으고 골라 책으로 묶는다. 여기 모인 글들이 내내 풍경으로 삼는 2010년대 한국 사회가 어땠는지 간단히라도 짚는 게 순서일 듯하지만, 차마 엄두가 나지 않는다. 그도 그럴 것이 지금 전하는 글들은 정치권력이 언어를 다루는 이들을 어떻게 길들이려 했는지를 절감했던 2010년대 초반 시기에서부터 세월호사건, 페미니즘 리부트 활동, 광장의 촛불 등 많은 이들의 숨결과 몸짓으로 움직인 현장을 겪으면서 쓰였기 때문이다. '알아서 기지 않는' 문학은 지금 이곳을 향해 제대로 살아 있는지 목청껏 묻는 일을 한다. 나만 해도 어둠이 깊게 내려앉은 시기에 시를 읽다가 별안간 정신이 번쩍 들어 '좋다!'를 외치며 밤을 새운 날이 여럿이다. 다시 말해 여기 모인 비평은 대체로 열패감과 좌절감을 시시각각 개개인에게 안기려는 시대에 맞서서 '산다는 것'이란 무엇인지, 끊임없이 '살아갈 맛'이란 무엇인지를 고민하는 문학에 대해 다른 이들과 조금이라도 더 나눠보고자 쓰였다. 위기에 대한 불안이 부추겨지는 가운데서도 문학은 좀처럼 물러나지 않고 복잡한 세상과 팽팽한 긴장관계를 형성하며 제 목소리를 낸다.

사람들의 안녕을 살피는 일을 문학이 할 때, 비평은 어떤가. 비평 역시 문학과 문학작품을 접한 이들 모두의 안부를 묻는 역할을 할 수 있을까. 책에 담긴 글들이 그러기를 바라는 마음에서 첫 평론집의 제목을 '안녕을 묻는 방식'이라 짓는다. 이 표현은 2010년대 초반 대학가를 중심으로 퍼져나갔던 '안녕 대자보' 현상과 젊은 시인들의 시에서 드러나는 언어의 특징을 연결해서 살핀 글에서 처음 쓴 것인데, 삶에서든 문학에서든 누군가의 곁으로 '다가가' 안부를 '묻는' 일이 여전히 중요하다는 생각에서 비롯된 것이다.

　누군가가 '안녕'한지를 살피는 일은 일상에서 흔히 할 수 있다는 이유로 자칫 사소하다고 여겨지기 십상이다. 하지만 흔하다고 해서 그 의미조차 가볍진 않을 것이다. 이편에서 상대에게 안부를 묻기 위해서는 우선 상대에게 관심이 있어야 한다. 상대의 유일한 이름을 기억하고, 거기에 값하는 삶에 대해서도 지속적으로 궁금해해야만 한다. 억지로 한다고 될 일이 아니다. 한편 물음에 응답해야 하는 상대편은 어떤가. 안녕하기 위해 최선을 다해 '무사'해야 한다. 설혹 그렇지 못할지라도 스스로 자신의 현재 상태를 승인하고, 안부를 묻는 쪽을 향해 이를 진솔하게 내보일 수 있어야 한다. 주고받는 모두가 삶다운 모습으로 있어야 가능하다면, '안부를 묻는 일'은 고작일 수 없다. 시대가 사람과 사람 사이를 자주 어긋나게 해도 서로의 '있음'을 확인하고 '안녕' 하며 인사를 건네는 순간에 새로운 이야기는 얼마든지 시작될 수 있기 때문이다. 변화의 씨앗은 이렇게 싹을 틔우기도 한다. 그러니까 누군가의 '안녕'을 묻는 일이란 안부를 살피려는 상대가 스스로 일어날 수 있다고 믿는 행위이자, 그 어떤 엄혹한 상황일지라도 인사를 주고받는 서로가 '함께 있음'을 실감하는 행위이다. 혁명으로 이어지는 시작점일 수 있다는 얘기다.

'다가가다'와 '묻다'라는 동사에 강조점을 찍는다. 비평은 세상에 나온 시와 소설, 혹은 아직 시와 소설로 분류되진 않더라도 그에 준하는 역능을 발휘하는 (그렇게 함으로써 시와 소설의 자장을 넓히는) 글에 '다가가' 귀를 내어주고, 표정을 짓고, 또다른 말을 건다. 그 무엇도 혼자 두지 않는다. 비평이 품는 욕심이 작품을 세상으로부터 고립시키지 않는 데에 있다면, 그것은 단 한 사람의 독창성도 귀하게 여길 줄 아는 태도에서 생겨난 것이겠다.

좀처럼 풀리지 않는 삶의 불가해성을 문학이 어떻게 상대하는지를 '묻는' 과정 중의 비평은, 모르는 것투성이인 세상을 살아갈지라도 주눅 들 필요 없이 그에 응하는 법을 일러주기도 한다. 여기 모인 글들이 그런 역할을 잘했는지는 모르겠다. 그렇게 하기 위해 노력했던 시간의 진심이 전해지기를 바랄 뿐이다.

1부 '이제 되었다니. 그럴 리가'에서는 주로 2010년대 이후 쓰인 시들을 어떻게 읽을지 고민했다. 2010년대 시 중에서도 특히 '젊은' 시인들의 시를 향해 '왜소한 자아'의 '무기력'하고 '수동적인' 모습이 보인다고 하는 입장이 있었다. '젊은 세대' '아이' '여성' '퀴어'에 대한 한정된 시선이 그런 읽기를 추동했을 테고, '시'가 현실을 담는 방식에 대한 협소한 사유가 그런 비평을 정당화했을 테다. 어쩌면 이는 문학과 세상에 대한 기대를 거두려는 이들이 제한한 틀이 만들어낸 시각일 수도 있다. 그런 입장에서 페이지를 넘기려는 이들을 향해 신해욱 시인의 시에서 빌려온 표현인 '이제 되었다니. 그럴 리가'를 전하고 싶었다. 1부의 글들은 '별 볼 일 없다'고 여겨지던 세계를 품어내는 시가 실은 얼마나 다채롭게 움직이고 있는지를 말한다. 시는 '가만히 있지 않는다'. 아니, 가만히 있다고 여겨져왔던 관념과 싸운다. 종국에는 힘이 있다고 여겨졌던 이와 그렇지 않다고 여겨졌던 이 사이에 놓인 기존의 구분을 허물면서 '말의 세계'를 연다.

2부 '싸움과 희망'에선 그와 같은 말의 세계를 열기 위해 온몸으로 사회와 맞서는 문학작품을 읽었다. 2부의 글들은 책으로 단정하게 묶여서 나왔던 작품만을 분석 대상으로 삼지 않는다. 작가들과 시민들이 세월호를 기억하기 위해 함께 꾸려가는 '304낭독회', 정권 비판의 목소리를 검열하는 매체를 어떻게 상대해야 할지에 대한 작가들의 고심, '#문단_내_성폭력' 운동을 지지하기 위한 실천, 광장의 촛불이 가진 의미 등을 다루고, 길거리에서 누군가의 목소리로 읽힌 시, 팸플릿에 쓰인 시, '문학적인' 활동 등을 적극적으로 읽는다. 문학의 움직임은 독특한 구석이 있어서 언제나 부재하는 것, 잃어버린 것들을 향해 있거나 그것들을 통해, 또는 그것들에 대해 내내 얘기하며 뒤척인다. 그렇게 함으로써 '없음'이 실은 절실하게 '있는' 사태이기도 하다는 것을 보여준다. 이는 '어쩔 수 없다' '어차피 안 된다'는 손쉬운 냉소보다, '정말 어쩔 수 없을까?' '무엇을 할 수 있을까?'라는 발랄한 물음의 필요를 역설하는 방식이기도 할 것이다. 문학의 끈질긴 물음이 가진 사랑스러움, 그것이 가진 힘에 관해 대놓고 말하고 싶었다. 왜냐하면 그것은 2010년대를 살아온 우리 모두의 방식이기도 했기 때문이다. 우리는 싸움의 과정을 통해 일궈지는 희망으로 삶을 이어가는 사람들이다. 함부로 훼손해도 되는 현실은 없다.

3부 '비평이 왜 중요한가'는 제목에 걸맞게 비평의 구체적인 실행 과정에서 그 역할이 드러나는 글들을 모았다. 작품을 읽는 과정을 통해 삶의 문제를 돌파해나가기를 두루 시도한 글들이 여기엔 있다. 아무래도 비평은 변화의 가능성을 믿는 운동의 언어를 동력으로 삼는 것 같다. 그러한 언어로 토론이 이어질 때 지금 우리에게 문학이 왜 중요한지에 대한 이야기 역시 만들어지리라 믿는다.

4부 '허물기, 짓기'에는 무너지는 것들을 끊임없이 다시 쌓아 올리는 움직임을 통해 '좋은 시'란 무엇인지에 대해 생각하는 글들을 모았다. 흥미로운 작품을 맘껏 읽는 행운을 누리면서, '좋은 문학이란 무엇인가'에 대한 질문은 언제나 '어떻게 살 것인가'와 연동되어 있다는 걸 알았다. 그것은 추상적인 차원으로 던지고 말 질문이 아니라 내가 있는 자리에서 구체화해야 하는 질문이라는 것도.

본문상의 언급으로 때로는 각주로 지면 곳곳에서 함께해준 동시대의 비평가들과 연구자들, 예술가들이 내내 이 글들의 곁에 머물고 있는 듯해 든든했다. 서로의 시선과 평가가 교차하면서 논쟁하는 비평 장(場)이 무게중심을 잡기 위해서는 늘 치열할 수밖에 없다. 지금 이곳의 필요한 쟁점을 형성하기 쉽지 않은 요즘, 지면상에서 이루어진 우리의 대화가 어떤 의미를 지닐 수 있는지 이들은 잘 알 것이다.

무엇보다 지금 이 시간에도 자신에게 허락된 하나의 모니터, 혹은 펜과 종이를 앞에 두고 어엿하게 글을 쓰고 있는 작가들을 향해 존경을 표한다. 평론집을 묶으면서 새삼 했던 생각은 누가 뭐라 해도 한국문학 작품이 정말 매력적이라는 것이었다. 글마다 등장하는 작품들의 제목과 작가의 이름에 꼭 눈 맞춰주셨으면 좋겠다.

한 권의 책이 만들어지기까지 힘을 보태준 이들이 많다. 편집자 박지영 선생님, 박대우 선생님 두 분이 계시지 않았다면 완성될 수 없었을 책이다. 두 분이 살뜰히 살펴주신 덕분에 나도 용기를 낼 수 있었다. 언어로는 채워지지 않을, 그러나 끝내 그 자체로는 차고 넘칠 사랑과 감사의 인사를 전한다. 첫 평론집의 출발을 기꺼이 축하해준 강성은 시인, 김나영 평론가, 유계영 시인의 다정함이 내게 얼마나 큰 힘이 되었는지에 대해서는 아무리 표현해도 부족할 것 같다. 서로의 안부를 묻는 동료들과 함께 쓰고 있으므로, 외롭지만은 않다고 감히 말하겠다. 표지 그림 사용을 허락해준 김찬송 화가에게도 이 지면을 빌려 고마움을 전한다. 덕분에 여기 모인 글들이 근사한 선물을 받은 기분이다.

그리고 가족. 내게 말하는 법, 사랑을 나누는 법, 사람답게 사는 법을 가르쳐준 이들의 얼굴을 한명, 한명 떠올린다. 부끄럽지 않은 글을 쓰겠다고 새삼 다짐한다.

다시 자세를 정돈한다. 나는 매일매일을 떳떳하게 마주할 줄 아는 이들에게 제대로 안부를 묻는 사람이고 싶다. 용감하게 오래 읽고 싶다.

2019년 12월
양경언

차례

제1부

———

이제 되었다니.
그럴 리가

———

작은 것들의 정치성

◆

2010년대 시가 '안녕'을 묻는 방식

1. 2010년대 시를 위해 더 말해야 하는 것

2010년대 한국 시는 어디로 가는가? 이 질문에 대한 답을 구하기 위해 얼마간의 비평은 지금 우리에게 도착한 시편들이 '어디서부터 왔는지'를 집중적으로 다루었다.[1] "영향에의 불안"(해럴드 블룸) 속에서 이어지는 것이 문학임을 감안한다면 이러한 '기원'의 탐색이 의미가 없다고는 할 수 없을 것이다. 그러나 시 쓰기를 추동하는 현실이 시시각각 변하기도 하거니와 여기에 비평이 얼마나 기민하게 개입하느냐에 따라 시에서 형성된 현실 역시 다른 의미화가 가능하다. 이는 2010년 이후에 등장한 시들을 읽는 방법으로 2000년대 시들을 거꾸로 경유하는 비평적 회로의 설계에 필자가 일면 동의하면서도 그에 대한 의심을 거둘 수 없는 이유다.

---

1 신형철 「2000년대 시의 유산과 그 상속자들」, 『창작과비평』 2013년 봄호, 362~83면; 이광호 「비성년 커넥션」, 『문학동네』 2013년 여름호, 346~61면; 조재룡 「주체에서 주체로 이행하는 목소리의 여행자들」, 같은 책 362~91면; 김수이 「시, '인간'을 향한 듣기와 발성 연습」, 같은 책 392~410면.

2010년대 시에 대한 담론이 유독 2000년대 시들과의 영향관계에 주목하는 이유는 무엇인가. 이른바 '미래파'로 불리는 2000년대 시를 읽는 과정에서 제기됐던 여러 질문들 ─ 시에서 누가(주체), 어떻게(화법) 말하는가에 대한 근본적인 성찰들 ─ 을 집요히 추궁해간 덕분에, 그때의 비평은 시의 틀을 한정하기보다는 넓히는 방향으로 작품에 접근하는 방법을 체득할 수 있었다. 어떤 난감한 작품이 출현할지라도 그에 담대하게 반응할 채비를 갖추게 된 것이다. 질문과 추궁의 과정은 2010년대 시를 향해서도 여전히 유효하기에, 미처 논의를 다 통과하지 못한 지금의 비평은 그러한 가르침을 전수한 담론의 자장에서 당연히 자유로울 수 없었을 것이다. 한편 비평이 2000년대 시를 지속적으로 호출하는 것은, 이제는 '명명'의 불완전함을 실감하게 된 비평이 전위를 선언하지 않고도 새로운 작품의 의미를 선취하기 위해 고안한 방식일 수도 있다. 이 같은 움직임은 작품의 새로움을 소비의 영역으로 편입시키는 상황을 지연시키려는 시도에 가깝다. 그러나 만약 그와 같은 독법만을 계속해서 따르게 된다면 2010년대 시의 고유성이 제대로 존중받을 길은 묘연해진다. 동시대의 작품들과 적극적으로 대화할 수 있는 비평의 가능성조차도 지연되는 것이다.

시인에게 육박해오는 현실이 언어로 수행되는 것이 시라면, 문학사적인 지형을 그리는 작업에 있어서도 시가 쓰인 해당 시기에 대한 고려가 동반될 수밖에 없다. 여태껏 비평은 지금의 시편들이 쓰이고 있는 현실의 양태를 제한적으로만 살피느라, 그에 대한 충실한 사유를 전개하지 못했다. 하지만 이미 우리에게 도착해버린 시편은 저 자신을 면밀하게 내보이기 위해서 오늘날의 현실에 좀더 발랄하고 적극적으로 조응하고 있지 않은가. 다시 묻는다. 2010년대 시는 다른가? 2010년대 시에서 말하는 자는 어디에, 어떻게 있나.

2. 현시 — '작은 것'들의 정치성

신형철(申亨澈)은 2000년대 시들이 "대의불충분성과 대의불가능성"이라는 정치적 조건하에서 '극적 독백'의 화법을 발굴했고, 그 후 정치적인 변화가 미비하다고 할 만한 2010년대 초반에는 앞선 시들로부터 받은 영향에 따라 시들이 '감응적 인물'을 창조한다고 했다.[2] 그러나 2010년대 시에서 "현실의 배치를 다르게 이해하고 있는 다른 감각-미학적 체제의 정치성"[3]을 읽어내는 일이 가능한지를 밝히기 위해선 오늘날 한국사회의 정치적인 상황에 대해 좀더 깊이 고민해야 한다. 만약 예술의 변화와 체제의 변화가 연동되어 있다면, 어떤 정치적 상황을 주요하게 볼지에 따라 예술작품을 평가하는 기준도 달라지기 때문이다. 문학은 오히려 소위 '공적인 담론'으로 여겨지는 자장에서도 쉽게 포섭할 수 없는 새로운 정치적 실험이 일어날 때 그와 더 잘 부합하지 않을까?

그런 의미에서 2013년의 '안녕들 하십니까 대자보'(이하 '안녕 대자보') 현상은 2010년대 시에서 정치적 상황 변화와 연동이 가능한 미학적 변화를 찾아볼 수 있게 하는 단초와도 같다. 가정을 구체화해보자. 먼저 '안녕 대자보'는 대자보라는 오래된 매체를 이용해 낯익은 방식의 소통을 시도한다. 대자보는 과거 학생운동을 떠올리게 하는 낡은 매체로 여겨졌다. 하지만 바로 그러한 이유로, 그 쓰임새를 이미 알고 있는 이들에게 대자보는 접근성 있는 매체다. 매체의 변화에 따라 낡았다고 여겨졌던 과거의 방식이 현재에 되풀이되면서 유효한 창구로 쓰이기 시작한 것이다. '안녕 대자보'가 붙여지고 읽힐 적마다 사람들은 일상을 잠시 중단한 채

---

2 신형철, 앞의 글 370~75면.
3 김수이, 앞의 글 393면.

자신의 삶이 처한 현실을 되돌아볼 수 있었다. 일상에 끼어든 대자보가 사람들의 삶을 내재적으로 비틀어 틈새를 만들고, 급기야는 으레 고정되어 있는 줄만 알았던 일상을 재배치할 수 있게끔 돕기도 했던 것이다.

2010년대 들어서 첫 시집을 발표했거나 곧 발표할 예정인 시인들의 화법 역시도 낯익은 방식의 재편과 다르지 않다. 이들은 통사구조를 크게 거스르지 않는 입말에 가까운 시어들로 시적인 장면을 연출한다. 시더러 낯익다고 말하는 것이 어쩐지 적절치 않아 보일 수 있다. 러시아 형식주의자들이 주창했던 '낯설게 하기' 기법을 애써 떠올리지 않더라도, 우리는 시의 말들이란 응당 익숙한 문맥으로부터 고립을 자처하고, 상징질서의 위반을 모색하는 자리에 있어야 한다고 생각하기 때문이다. 2000년대 시가 문단에 불어넣었던 활기도 낯선 시어들의 역할로 인해 가능했던 것 아닌가. 그러나 익숙함과 생경함은 맥락에 따라 다른 함의를 가진다. 김수영(金洙暎)이 시의 형식을 깨뜨리기 위해 "시적인 말과 비시적인 말 사이의 차이를 없애고"[4] 시가 될 수 없으리라 여겼던 날것의 언어를 시에 들여왔던 때에는 오히려 그것이 낯설고 새롭다는 대우를 받았다. 이는 2000년대 시의 화법에도 해당하는 얘기다. '낯설게 하기' 자체가 더이상 낯설지 않을 때, '낯섦'은 '낯익음'과 동의어가 되고, 도리어 종래의 '낯익음'이 새로움을 전달하는 통로가 될 수 있는 것이다. 2010년대 시는 이렇게 익숙한 말하기 방식으로, 시는 어느 자리에 있어야 하는지를 묻는다.

'안녕 대자보'의 또다른 특징은 '안부'를 묻는다는 점이다. '안녕 대자보'에서 자보를 쓴 이는 '나'의 상황을 밝히면서 안녕한지가 불명확한 '당신'의 존재를 먼저 묻고, 그에 따른 응답을 요청한다. 여기에서 '나'는 선언하지 않는다. 불확실한 예감 속에서 '너'의 답변을 기다리는 조심스러운 태도를 취할 뿐이다. 흥미로운 점은 이런 방식이 오히려 우리의 대화

---

4 황현산 『잘 표현된 불행』, 문예중앙 2012, 192면.

를 부추긴다는 데 있을 것이다. '안녕 대자보'는 '비정치적'으로 '보이는' 외양을 띤 채로 관계를 형성하고, 내용의 완결을 유보한 채 계속해서 대화의 가능성을 열어둔다. 대의(代議)로는 불충분했던 소통이 일상적인 말하기 구조를 통해서 추동되는 것이다. 지배적인 정치체제로는 포괄할 수 없는, 이른바 '공적인 영역'을 벗어난 말의 움직임이 사회구성원들로 하여금 주체성을 회복하고 대화적인 관계를 맺게 하는데, 이는 기존 정치의 바깥에서 '정치'의 범위를 확장한 경우라 할 수 있겠다.

2010년대 시가 누군가를 대리하지도 않고 어떤 인물을 창안해내려는 욕망도 없이 오롯이 '나'의 말 걸기(顯示, presentation)로 이루어질 때, 우리는 '안녕 대자보'에서 확인할 수 있는 잠재적인 대화 관계가 여기에서도 형성되고 있음을 발견한다. 시적 주체가 자기를 포기하지 않은 채 '너'를 요청하는 발화가 진행되고 있다는 것은 무엇을 의미하는가? '네'가 아직은 내가 요청한 자리에 없음을 인지한 채로 자기 발화가 이어진다는 뜻이다. 오래전 시들의 발화 방식이라 여겨졌던 '독백적 말하기'와는 다르게, 2010년대 시는 고독과 다정함이 혼종적으로 묻어나는 희한한 분위기를 형성한다. 이 때문에 기존의 비평에서 '시적 주체' '시적 자아'같이 '나'를 일컫기 위해 습관적으로 사용됐던 개념은 비평적 거리를 확보해야 하는 대상으로 전환되고 동시에 '나'의 범위 역시도 재구성되기 시작하는 것이다.

3. 시 ─ 작은 것들의 '정치성'

2010년대 초반 무렵 독자들에게 전달된 몇몇의 시가 '낯익은 화법'을 구사한다는 말은 이 시들이 단순히 가독성이 높다는 의미가 아니다. 2010년대 어떤 시들은 '어떻게' 표현하는지에 대한 관심을 두기 이전에,

'무엇을' 위해 '어디에서' 발화해야 하는지에 대한 고민을 먼저 하고 있는 것 같다. 이들은 시어들 간의 의미 간격을 멀리 두는 날이 선 비유를 구사하기보다는, 시구와 시구를 어떻게 배치하는지에 따라 의미가 어떻게 분화되는지에 관심을 갖는다. 또한 통사구조를 뒤틀고 해체하는 데 집중하기보다는 뒤틀리지 않은 통사구조의 시구들을 이어나가고, 그 와중에 시의 화자인 '나'의 사유가 중단되는 지점을 마련하여 텍스트 내부에 틈새를 마련한다. 그 자리에 타자를 연루시키는 '나'의 또다른 사유가 틈입하면서 시적 현장은 본격적으로 흔들리기 시작한다.

　　시적 주체의 기이한 화법을 어떻게 읽어야 하는지에 대한 고민을 던져주었던 2000년대 시의 '낯선' 출현과는 사뭇 다르게, 화자인 '나'의 낯익은 화법으로 대화적인 관계를 잠재적으로 촉발하고 있는 한편의 시를 먼저 읽는다.

　　거기를 지날 때마다 나는 반반을 고민한다.
　　간판에는 장의사라고 반듯하게 박혀 있고
　　미닫이문에는 영어로 드럼 레슨이라 적혀 있는,
　　거기는 낡았지만 웃기는 구석이 있다.
　　관을 짜는 사람과 드럼을 두드리는 사람이
　　한 건물에 다른 연장과 집기를 들여놓고는
　　하나가 염을 할 때 다른 하나는 스틱을 닦을
　　거기, 나는 그들의 반반이 궁금하다.
　　다달이 나눠서 내야 할 임대료 문제와
　　죽음과 음악을 다툼 없이 공유하는 법을
　　그들은 한자리에서 해결하고 있을 테다.
　　후라이드 반 양념 반을 처음 시켜 먹었을 때의
　　느낌과 사뭇 다른 거기, 시체가 굳는 동안

로큰롤의 비트가 펄쩍 뛰는 이 무엄한 광경.
그들이야말로 경계를 아는 자들이 아닐까.
책상 가운데에 그어진 금과 비슷한 그 경계.
여기까지가 하나의 가설이다. 거기 주인이
시체를 닦으며 드럼을 치는 사람이거나
장의사가 망한 자리에 드럼을 치는 사람이
싼값에 들어온 것일 수도, 그 반대일 수도 있다.
이 가설들도 진실과 거짓 사이의 이야기.
그래서 나는 끊임없이 반과 반을 고민한다.
내 생의 반쪽과 사과 한알의 반쪽,
적도의 위아래 그리고 건물주와 세입자,
내가 꼭 해야 할 일과 하지 말아야 할 일.
손쉬운 이분법도 거기를 지날 때 시작되었다.
나는 아직까지 거기의 문이 열린 모습을
본 적이 없다. 분명 이 동네에 거기는 존재하지만
드럼 소리도 곡소리도 듣지 못했을 뿐이다
—— 백상웅 「반과 반」 전문(『거인을 보았다』, 창비 2013)

시에서 화자의 눈길은 "장의사" 간판을 달고서 "드럼 레슨"이 적힌 입구로 모양새를 갖춘 한 상가에 닿아 있다. 지금 화자는 이질적인 이름이 하나의 장소에 모이게 된 이유를 "고민"하는 중이다.

"고민"하는 자세가 중요하다. 이는 확신이 섰을 때가 아니라 무엇 하나도 제대로 결정을 내리지 못할 때 이어지는 태도이기 때문이다. 화자는 왜 고민하는가? 무엇이 진짜라고 판정을 내릴 수 없기 때문이다. 화자가 지나치는 저 상가 안에서 "관을 짜는 사람"이 죽음과 늘 마주해야 하는 상황도 진실이고, "드럼을 두드리는 사람"이 심장소리와 비슷한 비트에 몸을 맡기며 생충동을 자극하는 상황도 진실이겠다. 어느 것이 진짜고 어느 것은 가짜라고 할 수 없는 노릇인바, 이 이질적인 상황이 나란히 동행하는 풍경에 화자는 손쓸 새 없이 노출되고 마는 것이다. "반쪽"짜리 정체성은, "반반"씩 걸쳐져 있는 그 상황 자체를 사실로 삼아 "거기"에 그저 있다.

여기에서 다시 문제를 삼아야 하는 것은 여전히 고민하는 '나'의 모습일 것이다. '나'의 고민은 혹시 "적도의 위아래 그리고 건물주와 세입자"와 같이 "손쉬운 이분법"을 통해 어느 것이 진짜이고 가짜인지를 밝히려는 시대의 방식에 몸을 맡기려는 데에서 시작된 것은 아닌가. 같은 시집의 다른 시 「괴물의 발명」에서 시인이 "세상의 모든 합체는 윤리에 어긋난다"고 말할 때, "합체"란 차이를 파괴한 채로 기존 사회질서를 움직이는 힘의 원리에 따라 '동일화'하려는 자의 방식과 다르지 않았다. 이를 상기한다면 "끊임없이 반과 반"을 고민하고 있는 화자의 눈앞에 놓인 대극(對極) 중에서 무엇 하나만을 살려두어야 한다는 방식은 오히려 더욱 위험한 것일 수도 있다. "이분법"을 가정하려고 드는 우리의 방식은 사실 얼마나 "손쉬운" 것인가.

시는 '장의사'라는 간판과 '드럼 레슨'이라는 표시를 다른 것이라 치부하는 '나'의 포착을 각각 2행과 3행으로 나누어서 보여준다. 그런데 '나'의 사유가 이들 풍경에 멈춘 채 '관을 짜는 사람'과 '드럼을 두드리는 사람'의 삶을 구체적으로 연상하기 시작할 때, 이들의 사연은 각각 하나의 행으로 등장하기 시작한다. "하나가 염을 할 때 다른 하나는 스틱을 닦을" 같은 시구에 나란히 배열되어 드러나거나, 혹은 앙장브망(enjambement, 구句의 걸침)을 이용한 배치를 통해 "거기"가 이미 각자의 "반"을 잘라 붙인 이음매를 드러내면서 살고 있는 장소임을 알리고 있는 것이다. 이 때문에 화자의 고민과는 달리 이들은 "죽음과 음악을 다툼 없이 공유하는 법"을 "한자리에서" 자연스럽게 "해결하고 있을"지도 모를 일이다.

하지만 또다시, 고민의 자세가 끊임없이 문제다. 이 상황을, 이를테면 "거기 주인이" "시체를 닦으며 드럼을 치는 사람"이거나 "장의사가 망한 자리"에 "드럼을 치는 사람이 들어"간 것일 수도 있다는 가설을 진실로 여기는 수도 있을 텐데, '나'는 끝까지 "반과 반을 고민"하는 것이다. 어디에도 속하지 않은 채 부유해야 하는 삶을 숨기지 않고 솔직하게 전시하는 백상웅 시의 화자는 결국 이 상황을 결정론적으로 막을 내리려 한다기보다는 유보하는 '고민'의 자세를 택한다.[5] 고민이 진행될 때 '미안함'과 '애틋함'이라는 화자의 감정이 내내 지속될 수 있기 때문이다. 고민 속에서 늘 애매한 '나'는 나를 고민하게 하는 대상들과 '공감'으로 결합하기 이전에 그들에게 '감정이입'을 시도하고자 한다.[6] 이는 통합적인 서사를 지향하는 대화로 화자의 감정을 지탱하는 것이 아니라 교환적인 대화가 수행되는 과정에 '나'를 위치시키는 작법이다. 따라서 시 「반과 반」에서 화자의 시선이 "거기의 (…) 열린 모습을/본 적이 없다"는 생각에 닿을 때, 독자는 시에서의 '나'의 시선을 따라 익숙한 배치의 이미지들이 내장하고

---

5 백상웅의 또다른 시 「불변의 불면」에는 "자본을 경멸하면서 나를 묵인하고, 폭력에 분노하면서 나를 용서하고…… 이건 따돌림당하는 기분인데?/사랑해도 좋나 모르겠다"라는 구절이 있다. 이 시에서 자주 등장하는 말줄임표는 시인이 "해야 할" 말과 "하지 말아야 할" 말 사이에서의 머뭇거림을 마치 이미지로 등장시킨 것 같다.

6 리처드 세넷은 시스템의 한계로 인해 폭압적인 상황이 빈번한 지금 시대에 공동체를 재구상하기 위한 방식으로 '감정이입'을 제안하면서, '공감'과 '감정이입'의 차이를 설명한다. 그에 따르면 공감과 감정이입은 "어떤 상황에서 어떤 방식으로 이루어지든 협력을 실천하기 위해 모두 필요"한 것이긴 하지만, 공감의 경우는 타인과의 동일시로 이어지기가 더 쉽다. '공감적 반응'은 상대를 모방하는 일을 더욱 부추기면서 "정립-반정립-종합이라는 변증법적 연극을 위한 하나의 감정적 보상"으로 기획될 가능성이 있기 때문이다. 한편 감정이입은 "그 자신의 기준에 따라 다른 사람에게 관심을 갖"게 되기 때문에 "대화적 교환"에 더 많이 연결된다. 여기에서 필요로 하는 것은 '모방'이 아닌 상대의 얘기를 "듣는" 기술이다. "애도의 말을 할 때 다른 사람을 받아들이면서도 그들이 겪는 시련에 끼어드는 것이라고 생각하지 않는 것처럼 (…) 감정이입은 유별나게 정치적으로 많이 응용된다." 리처드 세넷 『투게더』, 김병화 옮김, 현암사 2013, 49~55면.

있는 균열에 눈길을 던지기도 하는 것이다.

그런데 화자인 '나'는 왜 다른 이들과 공감하는 데 이르지 못한 채 감정이입만을 시도하고 있는 것일까. 2010년대 시의 무수한 '나'는 누군가를 대리하려고도, 어떤 인물(character)을 창안해내려고도 하지 않는다는 점을 참조해야 할 것 같다.[7] 이들에게 중요한 것은 무엇보다 '자기 자신'을 어떻게 운용할까에 있는 것 같다. 하지만 그렇다고 해서 저 자신의 내면고백으로 침잠하지도 않으려 하는데, 이는 시의 화자가 '타자'에 대한 생각을 끈질기게 부여잡고 있기 때문일 것이다. '내'가 아무리 애쓰려 해도, '나'는 타자의 단면만을 경험할 수 있을 뿐이다. 장악하지도 구속할 수도 없는 존재가 '타자'임을 떠올린다면, 그 한계를 감수하는 방식이 때로는 정직하게 윤리에 복무하는 방식일 수도 있다. 자신에게 육박해오는 타자의 자취를 인정하면서 '나'를 포기하지 않는 태도, 그 누구도 대의할 수 없는 '나'와 '너'의 '대면'을 통해 잠재적인 대화 관계를 끈질기게 이어가는 방식. 앞서 '안녕 대자보'의 '안부를 묻는' 말하기 방식에 대한 평가를 빌려오자면, "확신할 수 없는 예감 속에서 '너'의 답변을 기다리는, 조심스러운 태도"가 2010년대 시들에는 있다. 황인찬(黃仁燦)의 시를 읽는다.

사람이 살지 않는 곳이다
이곳은 따뜻한 성질을 지니고 있다
여기서 나는 밥을 먹고, 불을 피우고, 눈을 뜨게 된다

먼 곳에서 들려오는 북소리, 거기에 끌려 여기에 온 것 같다

---

7 2010년대 시의 작품 속 화자들은 새로운 인물을 '가면'(persona)으로 내세우는 경우에도 결국 가면 뒤의 '자기'를 드러내고 마는 경향을 보인다. 자세한 얘기는 이 책 속의 또다른 글 「누구에게 이것을 바칠까 (2)」를 참조할 것.

죽은 사람이 나를 보고 수인사하지만 나는 그를 모르고
그도 나를 모르겠지 이곳의 상냥함이
계속 나를 편안하게 만든다

너는 내 몸이 아니구나, 아니구나 내 몸이구나

나는 오늘도 밥상머리에서 떠올린다
이듬해 구름이 미리 흐른다

밥을 먹으면 그것을 치우고, 잠에서 깨어나면 자리를 치운다
이곳에서는 나도 살아 있는 것 같다

살아서, 무엇이라도 먹어 치울 수 있을 것 같다

먹으면 몸이 따뜻해지니까, 나는 밥을 먹게 되고, 불을 피우게 되고, 눈을
감게 된다

죽은 사람과 밥 한 그릇도 나눠 먹어야지

이곳은 빛이 꺾여 들어오는 방이다
비가연성의 캄캄함이 겨울에도 내려온다
　　　　　　　　　— 황인찬 「목조건물」 전문(『구관조 씻기기』, 민음사 2012)

　　인용한 시에서 '나'가 있는 "목조건물"은 "사람이 살지 않는"데도 "따
뜻한 성질"을 지니고 있다. 화자인 '나'가 "밥을 먹고, 불을 피우고, 눈을
뜨게 된다"는 진술을 차례로 이어갈 때, 이곳은 어쩌면 죽은 사람이 누워

있는 '관'일 수도 있겠다고 여겨진다. 그렇다면 '나'는 지금 죽은 상태에 진입한 자인가? 확신할 수는 없더라도 다른 이를 일컬어 "죽은 사람"이라고 하는 걸로 보아 '나'는 아직 삶과 죽음의 중간이라는 애매한 층위, 즉 가사 상태에 놓여 있는 것일지도 모른다.

'나'의 상태조차도 단정할 수 없는 상황이 "목조건물"에서 일어난다. 그러나 '나'의 상태도, 죽은 사람의 정체도, 그 무엇도 쉽게 단정할 수 없는 상황의 익명성이 "나를 편안하게 만든다". 상대에 대해 무분별하게 아는 척하지 않아도 이곳은 충분히 "따뜻한" 곳이기 때문이다. "목조건물"에서 '나'는 청각("먼 곳에서 들려오는 북소리")과 미각("밥을 먹고")과 촉각("불을 피우고")같이 오직 감각에 의해서만 좌우되는 존재일 뿐이다.

이 애매하지만 편안한 상태인 '나'가 기어코 외부와 맞닥뜨리는 지점이 4연에서 나타난다. "나를 보고 수인사"하는 "죽은 사람"이 곧 '나'의 육신일 수도 있는 상황이 빚어지는 것이다. '내' 앞에 등장한 몸은 물리적인 거리를 두고 바라볼 수 있는 대상이므로 그 물질성이 두드러지는 한편, '나'와 유사한 구석이 있으므로 차마 등돌리지는 못하는 연결된 대상으로 자리한다. "너는 내 몸이 아니구나"라는 부정이 마치 하나의 시구를 반으로 접어서 그 반대편에 흔적이 묻어나게 하는 듯 "아니구나, 내 몸이구나"라는 수용으로 전환되는 것이다. 몸은 언제나 이성의 타자 자리에 놓여 있음을 상기해볼 때, 화자인 '나'는 '나'의 외부에 존재하는 몸이 타자임을 지금 막 인식하기 시작한 듯하다. 이는 내가 통제하지 못하는 영역에서도 '나'를 발견할 수 있음을 지금 막 깨달은 이의 말이 발설되는 지점이라고도 할 수 있을 것이다. 황인찬에게 '너'는 '내'가 함부로 할 수 없는, 그러나 '나'를 거치지 않고서는 들여다볼 수 없는 자리이기도 한 셈이다. 이 때문에 화자는 타자로부터 건네받은 메시지를 듣는 자세를 취한다. 확신할 순 없지만, "아니구나 내 몸이구나"하고 타자로부터 건네받은 메시지를 들은 이후에야 화자는 사람이 살지 않는 곳에서도 "살아 있는 것 같"

음을 느낄 수 있게 된다.

'나'는 '타자'를 '나'에게 귀속되지 않는 이타성 속에서 경험할 수 있으므로, '우리'는 '우리'라는 말의 수행 속에서만 존재할 수 있다. '나'와 '너'는 '우리'이기 이전에 "밥 한 그릇도 나눠 먹어야 하는" 의존적인 관계다. 이 때문에 쉽게 사라지지 않을 "캄캄함"이 '나'와 '너'가 나란히 있는 곳에 내려올지라도, '나'의 말은 '너'와의 대면을 놓치지 않고 있어야만 그 발화가 가능하기에 나는 '너'를 내내 좇을 것 같다. 그 곤혹을 황인찬의 '나'는 감당한다.

황인찬 시가 '너'의 자리를 마련하기 위해 끊임없이 잠재적으로 대화를 시도하는 것은 '너'와 앞으로 공감하기 위한 공존관계를 모색하는 방식이라 할 수 있다. 길항하는 대화의 과정 속에서 '나'의 타자에 대한 인식은 예상하지 못한 지점을 맞이하고, 이러한 상황이 화자인 '내'가 있는 공간을 '과정'으로서 파악하도록 만든다.

'나'의 말과 '나'에게 들리는 '너'의 말이 잠재적으로 대화를 형성하는 속에서 시를 쓴다는 사실은 '시는 자아의 세계화'라는 정리를 재고하게 만든다. 세계는 이미 '대상'과 '나' 사이의 상호침투적인 관계의 연속으로 이루어지는 장소이기 때문이다.

이처럼 2010년대의 어떤 시들은 낯익은 화법으로 '나'를 내세워 '너'를 요청하는 '잠재적인 대화의 관계'를 끊임없이 요구하는 방식으로 쓰이고 있다. 이전 시들과의 관계 속에서 읽기의 곤궁을 호소하던 독자들 역시도 2010년대 시들을 읽을 때에는 각 시구들의 배치를 통해 형성된 의미 층위에 불편 없이 참여하거나, 또는 화자가 마련한 사유의 틈새에 개입하라는 전환된 역할을 부여받는다. 그러나 바꾸어 생각하면, 이것은 애초부터 누구나 시를 읽기 위해 밟는 당연한 수순 아닌가? 2010년대 시는 결국 시의 역할에 대한 본질적인 질문을 2000년대 시와는 다른 방식으로 던진다. 이러한 변화의 조짐을 '작은 것들의 정치성'으로부터 비롯된 것이라 불러도 될까.[8] "삶 자체의 근저에서 형성된 언어를 요청"[9]하면서 쓰이는 시의 말들이 '시란 무엇이어야 하는가'라는 본질적인 질문에 대한 답변을 능동적으로 재구성해가는 과정, 하여 다른 현실을 직조해나가는 과정 중에 획득되는 감각과 인식의 재편성이라는 의미에서 말이다.

4. 삶과 문학의 실험

질문은 추가되어야 한다. 2010년대 시들과 '안녕 대자보'에 참여했던 주체들은 왜 익숙한 방식으로 '대화'하려 하는가. 지금 한국사회에선 왜 이런 일이 일어나는가.

앞서 우리는 현실에서 막 발화하기 시작한 이들과 2010년대 초반 시들의 다른 말하기 방식으로부터 '작은 것들의 정치성'을 감지했다. 이들은 가장 일상적인 말로, 혹은 시에서 가장 근원적이라 할 수 있는 '나'의 목소리/발화(發話)로 다른 관계의 형성을 요청/대화(對話)한다. 이는 역으로, 대화가 아니고서는 제대로 발화하지 못하는 '나'를 돌아보게 하는 것이기도 하다. '나'에겐 '네'가 필요하다. 이 작은 움직임들이 종국에는 함께 살아가는 일을 모색하는 방향으로 이동하리라는 예감은 그래서 가능하다. 당장의 급격한 도약을 실현하진 못할지라도 잠재적인 가능태로서 다음의 현실을 상상하는 과정에 뛰어들 수 있는 것이다.

이전의 맥락을 단절시키고, 다른 맥락으로 급격히 물살을 바꿔내는 거대 사건만이 현실의 변화를 추동하는 것은 아니다. 작은 것들의 정치성은 혁명이나 전위 같은 수사를 동원하지 않고서도, 개별의 운동적인 에너지

---

8 제프리 골드파브 『작은 것들의 정치』(후마니타스 2011)에서 표현을 참조했다.
9 이장욱 「시, 정치 그리고 성애학」, 『창작과비평』 2009년 봄호, 296면.

가 어떻게 표출되고 교통하는지 그 흐름의 지형을 그려내며 다음을 기약한다. 이로 인해 어떤 상황이 일어날지, 그 에너지가 후에 어떻게 전화될지는 아무도 장담할 수 없다.

이쯤에서 우리는 "삶과 정치가 실험되지 않는 한 문학은 실험될 수 없다"[10]는 진은영(陳恩英)의 말을 바꾸어 읽어야 할 것 같다. "삶과 정치가 실험되고 있다. 문학도 그러하다." 이 때문에 우리에겐 어떤 조짐이라도 그를 엄정하게 읽어낼 역량이 필요하다. 실험의 리포트만을 마냥 기다리고 있을 수는 없다.

---

10 진은영 「감각적인 것의 분배」, 『창작과비평』 2008년 겨울호, 84면.

나는 거기에 있지 않다

I'm (not) (t)here.

토드 헤인즈가 연출한 영화「아임 낫 데어」(2007)는 가수 밥 딜런(1941~)의 삶을 각각의 편린으로 나눈 뒤 그를 콜라주하여 표현한 작품이다. 간단하게 설명했지만 실은 꽤 복잡한 영화다. 감독은 밥 딜런의 연대기가 아닌 음악적 여정의 변모를 꼭짓점으로 삼아 그 변화들이 확장해가는 장면들을 연결 내지는 연결에 실패하는 방식으로 연출한다. 이를테면 영화는 여러 명의 배우가 각자에게 부합하는 시공간의 무대 위에서 노래하고, 떠들고, 걸어 다니면서 연기(performance)하는 과정을 통해서야 비로소 한 명인 '나(I)'의 삶이 수행적으로(performative) 드러나고 있는 상황을 구현하는 것이다. '밥 딜런'이라는 '나'는 여기 있지만(I'm here), 그간 대중이 인식하고 있던 통일적인 의미에서의 '나, 밥 딜런'은 여기에 없다(I'm

---

1 프랑코 베라르디『봉기』, 유충현 옮김, 갈무리 2012, 147면에서 인용되었던 릴케의 시를 재인용.

not here). 스크린 위에서 구축되고 있는 저기 조각난 시공간 위 존재들의 합(合)에도 '나'는 없으며(I'm not there), 이 모든 '나'의 지연(遲延) 속에서 행위대리자에 의한 행위대리로만 가능할 수 있는 '내'가 저기에 있다 (I'm there). 여기까지만 말하면, 우리는 영화의 제목 자체보다는 영화가 시작할 때 구사되는 제목의 효과('I'm not there'라는 글자에서 주어와 동사, 부사가 난삽한 순서로 나타났다가 사라지면서 만드는 여러 문장)에서 빚어지는 다의성에만 흥미를 느낄지도 모른다. 그러나 감독이 최종적으로 택한 제목이 '아임 낫 데어'임을 고려할 때, 우리는 더 말해야 할 것이 있다고 느낀다. 영화평론가 정성일(鄭聖一)은 이 영화가 "끝내 누가 말하고 있는가"라는 질문에 대한 답을 내놓지 않는다고 말하면서 그렇게 함으로써 영화는 "밥 딜런을 무의미하게 만"든다고 했다.[2] 아직 죽은 사람이 아닌 밥 딜런을 시종일관 죽은 사람처럼 회고하듯 다루며 '현재'라는 시간성의 죽음을 폭로하고 있다는 점에 착안할 때, 영화는 밥 딜런이라는 주어 'I'를 무효로 만들 뿐만 아니라 영화라는 "회로" 자체를 "중단"시키는 상황을 구축해낸다는 것이다.

최근의 시와 어떻게 만날지를 고민하고 있을 독자의 경우, 토드 헤인즈의 영화에 대한 기나긴 주석이라 할 만한 이 글의 서두가 그리 사족처럼 느껴지진 않을 것이다. 우선 앞서 논란이 되었던 1인칭의 가능 조건은 2000년대 이후 시에 대한 논의에서 내내 불거진 문제였으므로, 우리는 「아임 낫 데어」에서 '나'가 그려지는 방식을 통해 최근의 시에서 1인칭 이상의 역할을 해내고 있는 시적 주체의 다양한 출현을 연상할 수 있다. 2000년대 이후의 한국 시를 진단하는 여러 비평을 거친 우리는 이제 1인칭 주어 '나(I)'의 "해체와 확산" "실종과 발명"[3]이 시에서 발견되는 자아

2 정성일 「거기 없는 것을 어떻게 불러낼 것인가?」, 『씨네21』 2008. 6. 19, http://www.cine21.com/news/view/mag_id/51738(검색일: 2015. 1. 20).
3 신형철 「2000년대 한국 시의 세 흐름」, 『현대문학』 2015년 1월호, 386~406면.

를 '주체'로 설명할 수 있는 근거가 되며, 서정의 권위를 무심히 여기며 '다른 서정'을 말하는 시들이 다채롭게 쓰이는 현장[4]이 곧 한국 시단의 여전한 현재임을 부정하지 못한다. 어쩌면 2010년 이후 비평의 시도는 한국 시의 주류가 위치한 장소가 "텅 빈 자리"가 되고 난 이후, "더 새롭고 다양한 주체들을 탄생시키기 위해서" "시인과 시에게 더 큰 바람을"[5] 가진 채 남겨진 자리의 주위에서 배회하는 작업 이상이 될 수 없었을지도 모른다. 비평은 언제나 현재 쓰이는 작품들보다 너무 빠르거나 늦을까봐 초조해하면서 간다. 하지만 우리는 동시대 작품들과 더불어 살면서 시가 계속해서 쓰이고 읽히는 현장의 의미를 헤아려보는 사람들이므로, 초조함이라는 과오를 감당하는 일 역시 마다하지 않기로 한다. 2010년대의 시들이 그 이전에 쓰인 시들의 영향 아래에서 쓰이는 것은 사실이나, 이 시들이 이전 시들에 대한 나른한 변주가 아니라 저 자신들의 치열한 모색 속에서 각각의 표정을 짓고 있는 상황 자체를 대면해야 할 책무를 이 글은 감당하고 싶기 때문이다. 어떤 상황에서든 우리는 읽기의 장벽을 마주하지만, 쓰기의 역능은 그를 천연덕스럽게 돌파한다.

　작품 각자의 표정 속에서 우리는 1인칭 주어 '나'의 지위를 담보하거나 상실하는 일에 결정적으로 역할을 하는 부사 ─ 'not'이나 't/here'의 배치를 통해 'I'의 의미가 바뀌듯, 저 쓸모없는 품사가 스스로 쓸모를 재정비하면서 발생시키는 어떤 ─ 의 위상을 발견한다. 가령, 주어 '나(I)'보다는 '나'의 위상에 간섭하는 각각의 시공간, 각각의 전개('not'의 있음과 없음, 'there'에서 't'의 나타남과 사라짐 등)에 주목할 때 우리는 시적 주체가 움직일수록 시의 자장이 확장되는 사태를 읽을 수 있다. '서정적 동일성'에 원심력을 가해 분화하는 시공간이 출현하는 모습은 마치 영화에

4 이장욱 「꽃들은 세상을 버리고」, 『나의 우울한 모던 보이』, 창비 2005, 15~42면.
5 송종원 「텅 빈 자리에서」, 『창작과비평』 2011년 봄호, 389~407면.

서 각각의 시공간을 무대 삼아 움직이는 인물들이 종국에는 밥 딜런이라는 인물 자체를 무의미하게 만드는 모습과 비슷하다. 요컨대 최근의 시들은 시적 주체를 분절시키는 시공간이 시적 주체에 역으로 노출되면서 시적 주체의 위상을 은밀한 자리에 두는 상황을 발생시킨다.[6] '끝내 누가 말

---

6 이 글에서 반복적으로 언급할 '시공간'은 바흐친의 '크로노토프'(시공성, chronotope) 개념을 염두에 둔 것이다. 바흐친은 '말'이 본성적으로 지닌 타자성의 사례가 시보다는 소설에서 극적으로 실현된다고 말했던 이론가다. 바흐친이 정의하는 '시' 개념은 '서정적 어법'에 기반하므로, 그가 봤을 때 시의 장르적 구심력은 '타자성'을 적극적으로 지향하는 순간 힘을 잃기 때문이다. 하지만 '타자의 말'을 우선으로 두는 바흐친의 생각을 요즘의 시 장르에 적용하는 작업은 무의미한 것일까? 최근의 시들이 '타자'에 대한 반응에 따라 현실을 구성하는 모습을 보인다고 말할 수 있다면, 이를 두고 바흐친은 어떤 말을 할까? 이장욱은 "시의 언어가 단일하다는 것은 흔히 오해하듯 문체차원의 얘기가 아니"라면서, "모든 말, 모든 문체"에 개입하는 "넓은 의미의 정치성"에 대한 고려를 요청한다(이장욱 「'단일한 말'의 저편: 미하일 바흐친과 현대시」, 『서정시학』 2003년 여름호, 231~43면 참조). "시인의 단일한 말이 지배하는 서정시의 세계"에서는 "하나의 통일된 시선과 가치만이 유일하게 존재"하므로 미학이 위기에 처할 가능성이 있고, 의미는 아무것도 생산해내지 못하는 불임에 처할 수 있다는 것이다. 이장욱은 '현대시'의 가능성을, 시인이 "자신이 구축하는 미학적 세계를 미학적 세계의 '바깥'에서 철저히 의식하며, 미학적 세계 내부의 자신을 고독하게 바라보는 자"로 인식하면서 "이질성이 틈입할 수 없는 '나'의 언어에 대한 포기"를 통해 '수많은 말'로 시를 쓰는 과정에서 발견한다. "일원론적 세계의 균열과 그로부터의 일탈"을 도모하는 시인과 시적 주체 간의 대화적인 관계 및 '수많은 말'들 사이에 얼기설기 형성되어 있는 다원적 관계는 최근 시들에서 쉽게 찾아볼 수 있는 모습이기도 하다. 그 관계를 엄밀히 살펴보기 위해서는 '대화'나 '다성성'을 가능케 하는 주체들의 위치 설정에 대한 점검이 필수적일 것이다. 조이 레이딘은 바흐친이 '크로노토프' 연구의 범위를 서사적인 텍스트에만 한정했다고 지적한 바 있다(Joy Ladin, "It was not Death": The Poetic Career of the Chronotope, Caryl Emerson ed, *Critical Essays on Mikhail Bakhtin*, New York G. K. Hall & Co. 1999, 225면 참조). 최근 한국 시의 언어들이 "다른 지평을 향해 움직이고, 그 다른 지평에 의해 창조자로서의 시인과 교류하는 방식으로 출몰"한다면(이장욱, 앞의 글 243면), 바흐친의 크로노토프는 시의 언어들을 살피는 프레임으로도 적극적으로 전유할 수 있을 것이다. 그러나 이 글에서는 '시공간'이라는 표현을 주로 사용할 뿐, '크로노토프' 내지는 '시공성'이라는 표현 사용을 자제한다. 바흐친 이론을 시에 적용하는 실험 속에서 '크로노토프'라는 개념의 활용이 시에 대한 접근에 용이한지를 고민하는 일은 이 글의 범위를 벗어나기 때문이다. 다만, 요즘의 시에서 적극적으

하는가'라는 질문에 대한 답변은 '언제' '어디에서' '무엇과 관계하면서' 목소리가 진동하는지에 따라 은폐되거나, 개장된다.

이 글은 '나는 저기에 있지 않다'는 방식으로 '나는 여기에 있다'를 은연중에 알리는 최근 시의 화법의 의의를 탐색하기 위해 쓰였다. 시는 '저기 없는 것을 어떻게든 불러내'면서 이전 시가 관장하고 있던 시공간의 회로를 확장하는데, 바로 이 지점에서 앞서 거론한 영화의 방식과 갈라선다. 시는 영화에서처럼 '현재'라는 시간성의 죽음을 폭로하기 위해 회고의 서술 방식을 택하지 않는다. 최근의 시들에서 읽히는 분화하는 시공간의 발명은 현실의 바깥을 상정할 수 없는 세계에 놓인 주체가 거절할 수 없는 '타자성'과 마주하면서 전망을 그려나가기 위한 전술의 한 방편으로 마련한 내파의 방식에 더 가까운 듯 보인다. 시의 언어들이 발휘하는 원심력은 서정의 권위를 해체하면서 시의 말하기 방식을 더욱 첨예한 지점에 이르게 하여, '시(詩)'라는 장르를 구제한다. 이러한 맥락으로 쓰이는 시들에서 우리는 시대를 단편적으로 설명하는 방식에서 벗어나, 시적 주체의 또다른 정동(情動)을 읽어낼 수 있게 될지도 모른다.

가장 가장자리: 김현의 경우

통증의 한가운데 있을 때, 우리는 그를 정확히 표현할 수 없다. 말은 언제나 통증보다 덜하거나 넘치는 자리에 있을 뿐, 통증 그 자신만이 실존의 폐부를 찌르기 때문이다. 이는 너무 아픈 지금을 설명하기 위해 먼 곳

로 나타나는 '외재성'(시 바깥을 의식하는 시인이 있어야 타자와 적극적으로 만날 수 있는 대화의 장이 열리는데, 이때 미학적 세계 '바깥'의 존재를 '외재성'이라 일컫는다)이 어떤 시공간의 배치 속에서 수용되는지 고찰할 필요가 있었기 때문에 바흐친의 '크로노토프' 개념을 염두에 둘 수밖에 없었다는 긴 사족을 주석으로 남긴다.

을 가리키는 행위의 근거가 된다. 김현(金炫)의 화법이 그렇다. 그의 첫 시집 『글로리홀』(문학과지성사 2014)의 「시인의 말」에서 우리는 시인이 A를 말하기 위해 지금 여기에 '없는 B'를 주목하고, 허구 같은 B를 지시하는 과정에서 다시 A로부터 비롯된 감정을 불러일으키듯 말하는 이유를 짐작할 수 있다.

> 이 세계는 죽음에 가까이 있다
> 나에게 사랑은 가까운 것이다
>
> ──김현 「시인의 말」 부분

시인이 사는 '이' 세계가 '죽음'과 가깝다고 했으므로, 시인의 곁에 있는 '사랑'도 '죽음'처럼 파멸의 무게를 짊어진다. 달리 말해 시인이 인식하는 '지금-여기'의 세계란 "폐장을 앞둔 한밤중"(「나이트스위밍 nightswimming」)의 이미지가 창연한 곳. 그리고 '사랑'은 어둠 속에 놓여서 알 수 없는 것, 애매한 노래에 담긴 것. 시인은 여기의 통증을 정확하게 설명할 언어가 따로 없을 때 직설적인 화법을 구사하게 되면 모두에게 실례를 범하는 일이 일어날지도 모른다고 생각하는 것 같다. 따라서 김현의 시적 주체들은 여러 시간대로 미끄러져 가서 중첩된 기억 위에 우두커니 놓이기를 자청하고, 때로는 시마다 설치된 각주로 내려가 참았던 목소리를 터뜨린다. 직설적으로 언어를 개시하기보다는 차라리 여기저기 흩어져 가공의 무대를 설치한 후 거기에서 움직이는 캐릭터에게 "마이클, 우리는 별이 아니라 밤이야"(「나이트스위밍nightswimming」) 같은 대사를 하도록 하는 것이다.

그렇다면 시인의 여러 작품에서 만날 수 있는 '퀴어한 세계'와 '비인간'이 겨냥하는 바란, '여기'에 있는 '아무것도 아닌 세계' 내지는 '인간' 그 자체일 수 있다는 생각도 가능할 듯싶다. 김현이 개시하는 시적 현장

은 '늙은 베이비 호모' '론리하트 씨' '시든 씨' 같은 특이한 존재들이 사
는 이색적인 장소가 아니다. 그곳은 그들이 연기(performance)를 하면서
서로를 기워내는 과정을 거칠 때, 흩어진 자취로 있었던 '지금-여기'의
삶들이 수행적으로(performative) 드러나는 자리다. 이는 지금을 설명할
언어가 없어 설치한 가공의 무대에서 도리어 진실이 드러나는 아이러니
를 시인이 파악하고 있다는 의미가 되겠다. 시는 소설이나 희곡의 모양새
와 닮아가기 위해 애쓸 필요도 없이, 시적 주체를 단일한 목소리의 장벽
에 철썩철썩 부서지도록 두면서 점차 다층적인 층위의 존재들로 들끓는
장이 된다. 이때 독자는 '여기'의 아픔이 '저기'의 무대로 표현되고 '저기'
의 무대가 다시 '여기'를 발원지로 삼으면서 '여기'와 '저기' 사이에 만들
어진 거리를 번역해야 하는 처지에 놓인다. 다층적 층위의 삶을 번역하
는 일, 이는 사람들이 일상적으로 짓고 있는 "자연스럽게 살아 있는 표정"
(「죽음을」)을 견디지 못하는 시인이 요청하는 "고요한 윤리"(「ㅅ*」)에 해당
한다. 그와 같은 생각은 시인의 「조선 마음」 연작시를 읽을 때도 드는데,
그중 한편의 부분을 읽는다.

오늘은
반듯이

입춘이라는 단어를
입술에서 떠나보낸다

그게 봄이다

봄에는
꽃을 주는 사람이 되자

마음먹고
꽃이 피지 않는 식물을 산다

마음을
먹고 싶다
— 김현 「◆ 조선 마음 8」 부분(『입술을 열면』, 창비 2018)

　시의 계절적 배경은 '봄'일까? 인용한 부분 앞에서 시적 주체가 입춘을 떠나보내고 싶은 마음이 있다고 했으니 시가 맞이하고 싶은 계절은 '봄'일 수 있다. 그러나 시가 시작하자마자 독자의 눈을 이동시킨 각주에는 "은행나무 아래 앉아 있는 이"가 주인공으로 등장하고 "겨울까지 떨어져 있"는 잎을 고려하라는 정보가 새겨져 있음을 유의하자. 그렇게 되면 실상 위의 시는 계절의 이름을 말마다 다르게 입히는 상황을 우리 앞에 전시하고 있는 것과 다르지 않다. 그리하여 떠나보내고 싶은 계절과 남겨진 계절의 교차, 이름 붙여지지 못한 계절과 계절 사이의 애매한 상태가 점차 중요해진다. 적당한 명명이 없어 방향을 잃은 시간의 한가운데에서 시적 주체는 "마음먹고" "꽃이 피지 않는 식물"에 시선을 둔다. 이 마음은 다시 각주의 문장과 겹쳐 읽히는데, 그 마음을 헤아리기 위해 각주의 일부를 인용한다.

　잎은 이미 겨울까지 떨어져 있다. 이는 봄까지 살아남지 못할 이를 대신해 이를 쓴다. 시간이란 그토록 유용한 넘나듦이므로 이는 민숭민숭하게 늙어버린다. 시간의 털이 다 빠져버린 것이다.
— 김현 「◆ 조선 마음 8」에서 첫번째 각주 '◆'의 부분

시적 주체는 거리 어딘가에서 떨어진 나뭇잎을 바라보고 있는지도 모른다. 그러고 보니 각주 표시를 위한 마름모 도형은 잎의 모양새와 닮았고, 시들어 멍든 꽃잎을 닮기도 했다. 떨어진 나뭇잎처럼 혹은 도착하지 않은 꽃잎처럼, 여기에 없는 '봄까지 살아남지 못할 이'를 떠올리면 그가 눈앞에 없다 하더라도("보이는 것이 없"어도) "나타나는 것이 있다". 이를테면 '여기에 없는' 누군가를 대신해 '여기에 있는' 나의 '몸'에 대한 인식이 새롭게 피어나고, 무언가의 부재와 나의 몸에 스며드는 빛이 교차하는 자리에서 '나'만의 원인 모를 부채의식이 돋아난다. "이를 대신해" "쓰는"이라 할 수 있는 나와 몸이 '쓰이면서' 발견되는 "아직 시간이 되지 못한 시간을 사는" 어떤 존재 사이의 거리가 나타나는 것이다. 한편, 그를 넘나들며 사는 삶도 "밍숭밍숭하게 늙어"갈 수밖에 없는데, 그 누구도 거절할 수 없는 시간의 물리적인 성질 역시도 그 자리에선 어쩔 수 없이 드러난다.

"새몸"으로 살고 싶은 이의 새 계절 다짐을 전하는 시라고 간편하게 말할 수도 있겠지만, 위의 시는 그 간단한 상황에 여기저기 각주를 설치하고 비밀스러운 말을 배치하면서 내밀한 방식으로 가장 전위적인 행로를 모색한다. 그러한 시도가 가능한 이유는 '여기에 없는 이'와 '여기에서 머물고 있는 이'의 시간을 교직하기 위해 '저기' 있는 '조선의 빛'을 주목하는 방식이 시적 주체 저 자신의 감정을 지키는 일에만 할애되지 않고 다른 인식으로 들어가는 문을 만들고 있기 때문이다. 빈번하게 등장하는 저 '조선'이라는 말을 일컬어 빛으로만 감지되는 '너'와 같은 말(하지만 용케도 우리에게 무구한 느낌을 주는 말)이라고 할 때, 위의 시는 '여기'의 아픔을 견디기 위해 여기에 없는 '저기'에 무언가를 발신하는 자와 아직은 '없는' 수신자 사이의 실패한 대화를 전시하면서 그들 사이의 거리가 시의 장소로 구현되는 상황을 그린다고 말할 수 있겠다. "그들은 같은 마음으로 다른 시간대에 있다."(「친애하는 늙은 미스 론리하트의 늙은 미스 론리하트

씨에게」) 하지만 엉망인 여기에 대한 수치심 때문에 자꾸 내밀한 방식으로 자신을 은폐하려 드는 시적 주체가 바로 그 내밀한 방식을 밀고 나가면서 실패한 대화 관계를 형성할 때, 즉 다른 시간대의 '같은 마음'을 번역할 때, 발화 이후에는 긍지가 찾아온다.

그러므로 김현의 시를 말하기 위해서라면 우리는 더 고독해질 필요가 있다. 시인 저 자신이 가장자리로 밀려나거나, 가장자리를 지키거나, 때때로 가장자리에 머물면서 '지금-여기'의 삶을 겹으로 만들 수 있는 역량을 발휘하게 된 배경에는 가장 내밀한 지점으로 물러났을 때 어디에도 속하지 않을 수 있는 시인의 존재론적 숙명이 드러나기 때문이다. 김현의 '여기'와 '저기'를 뒤집으며 삶을 가로질러 가는 시작(詩作) 방식은 현실 어디에도 귀속되지 못할망정 오히려 추방을 당해 언제나 다른 세계를 위해 쓸 수밖에 없는 시인들의 처지를 떠올리게 한다.

최초의 폐허: 백은선의 경우

백은선(白恩善)은 어디에 있나. 으레 있으리라 여기는 자리에 시가 없으므로, 백은선 시의 독자는 시인의 시선이 어디서부터 출발한 것인지를 가늠하기가 쉽지 않을 수 있다. 오해를 무릅쓰고 말하건대 백은선의 시는 시가 쓰이는 '지금-이곳'으로 허용된 자리의 임계에서 늘 두걸음쯤 물러나 있다.

우리는 시를 주관하는 시간이 언제나 현재를 향한다고 배웠다. 시에서 울려 퍼지는 개별 발화는 "서사 문학에서의 발화처럼, 사건 진행의 서술에 대해서 의무를 짊어진 것도 아니며, 극적 발화처럼 상황 변화의 의무를 지고 있는 것도 아니"[7]므로, 시의 힘은 입체적으로 구성될 수 있는 시간성을 지금 '이 순간'의 인식 자체로 재단함으로써 '현재'라는 말에 구체적인 살(flesh)을 찌우는 일에 있으리라 믿어왔다. 시에서 현재로 속박된 시간은 도리어 발화의 자유를 확보해주는 배경이었다. 그런데 이런 전제를 두고 있는 독자들 앞에서 백은선은 시를 압도해야 하는 '현재'를 거역한다. 오히려 "말이 생겨나기 전"(「파넬의 숟가락」)으로 가서 바로 그 현재를 문제 삼는다. 시간성이 드러나는 표현으로 말하자면, 백은선은 차라리 '이전'(before)의 자리로 물러나는 태도를 보인다.

　　왕의 노래는 침묵으로 가능해진다 눈사람, 단단하고 차가운 것 음악은
　시작될 것이다

　　(⋯)

　　왕이라는 허물, 왕이라는 병
　　알 수 없다고 말하기 위해
　　긴 베일과 가죽을 벗긴 꼬리, 닫힌 문을 만들어낸다
　　　　　　　　　　　　　── 백은선 「음악 이전의 책」 부분(『가능세계』, 문학과지성사 2016)

　　인용한 시의 현장은 '음악'보다 문자('책')가 앞서는 세계, 데리다식으로 표현하자면 "은총 없이 출발한 최초의 항해"[8]라 할 수 있는 글쓰기로 열린 세계다. 이는 문자 이전에 입말이 있어 입말을 기록하기 위한 역할에 문자가 복무한다는 발상을 시인이 고리타분하다고 여겼을 때 포착 가능한 세계다. 문자 저 자신도 지면상에 남겨지는 순간부터 자신이 어디로 향할지에 대한 확답을 하지 못하는데, 현재라는 시간성을 입은 언어가 고

───────────

7 디히터 람핑 『서정시: 이론과 역사 ── 현대 독일시를 중심으로』, 장영태 옮김, 문학과지성사 1994, 119면.
8 자크 데리다 『글쓰기와 차이』, 남수인 옮김, 동문선 2007, 23면.

정된 의미만을 요구하는 미래로의 이행으로 제 역할을 한정할 수 있을까? 아니다. 시인이 생각한 순서로는 '책'이 먼저, 그다음이 '음악'이다. 시 이전에 노래가 있다고 해서 시가 노래를 기록하기 위한 역할에만 저 자신을 바치지 않았음을 염두에 둘 필요가 있다. '현재'를 구성하기 위해 으레 밟아왔으리라 여겨질 법한 '현재 이전'의 절차들을 다시 살폈을 때야 여태껏 당연하다고 알아왔던 '현재'의 임무와 위상이 다르게 인식되는 것이다. 그에 따르면 백은선의 뒷걸음질은 이미 도래한 '현재'로부터 한걸음 뒤, 또한 거기와 메타적인 거리를 확보하기 위해 다시 한걸음 뒤로 이루어져 있다고 말하고 싶어진다. 가령 지금 현재 '왕의 노래'로 들리는 소리는 노래 이전의 '침묵'이 있어야 '가능'한 것이므로 왕궁의 중심에서 쩌렁쩌렁하게 울리고 있는 노래의 권위는 텅 비어 있는 상태를 기원으로 둔다. 이는 지금 이전으로 물러났을 때에야 발견되는 사실이다. '눈사람'이라는 말 역시 개념 형성 이전에 '단단하고 차가운'이라는 감각에의 진입을 위해 마련된 매개일 뿐이다. "이미 없는 것"과 "앞으로 없을 것" 사이에 간신히 존재하는 '현재'가 마치 '이미 있는 것'과 '앞으로 있을 것'을 담보하기라도 하듯 오만을 떨치고 있을 때, 시인은 모든 말의 현재를 벗겨내면 무슨 일이 벌어질지를 고민한다. 백은선의 시에서 알레고리가 자주 발견되는 이유는 시가 서사문학에 타협해서가 아니라 시인이 시간성을 뒤트는 데 능하기 때문일 것이다. 달리 말해 백은선의 시에서는 '이전'에서 '현재'로 이어지는 선형적인 맥락을 문제 삼아 확신에 찬 '현재'를 사라지게 하고, '현재'에 대한 집요한 의심으로 발화를 지속하는 일이 일어난다. 그러니 시인이 봤을 때 '이후'에 대한 모든 약속은 좌절되어야 하는 것, 전진을 목적으로 두지 않는 한걸음의 후퇴와 미래에 대한 유보의 태도를 보이는 또 한걸음의 후퇴로 '현재 이후'는 "하나씩" 사라지는 것, '시작'은 영원히 "해야 합니까"라는 의문으로 꽁꽁 싸매지는 것.

백은선은 '현재'가 자리매김하기 위해서는 어느 정도의 미래가 담보되어야 하지만 그 미래조차도 거세되었을 때 '현재'에 대한 확신은 도대체 어디서 비롯될 수 있는지에 대한 질문을 던진다. 이는 시의 시간을 두걸음 물러서게 하여 확보한 장소에서 발견할 수 있는 사유에 해당한다.

오래된 기억을 꺼내 말하기, 거의 없는 것처럼 희박해지기, 다른 방향을 바라보기, 왜 그랬니, 침묵하기

어른이 아이를 대할 때처럼
밤이 우리를 조용히 이끌고 있다
뒤로 더 먼 쪽으로

— 백은선 「동세포 생물」 부분

유메카 스모모(夢花李)의 만화와 제목이 같은 까닭에 독자는 '마음의 세포 조직이 같은 관계'를 시에서 기대하려다가도, 이내 오롯이 같을 수 없어 사이에 간격을 두고 마는 관계의 성질을 떠올리게 된다. 시적 주체는 다시, "뒤로 더 먼 쪽으로" 가자고 요청한다. 서로가 "다른 방향으로 바라보"는 현재의 상태로부터 옴짝달싹할 수 없는 '우리'가 유일하게 할 수 있는 일은 지금을 멀리에 두고 노려보는 것. 어쩌다 이렇게 됐는지 캐묻다가도 그렇게 하고 있는 지금에 사로잡혀서 "한참을 빗속에 서 있"을 수밖에 없다고 여기는 것. 사이에 들리는 "왜 그랬니"는 현재가 이렇게 될 수밖에 없음을 지시하는 처음이라는 전제, 최초의 악덕을 들추던 시의 틈새가 벌어지면서 갑자기 솟아나는 날카로운 비명과 같다. '여기를 바라보는 이'의 불만이 섞인 목소리가 '여기를 벗어날 수 없는 이'가 허용한 자장 내에서 울리고 있으므로, 백은선 시가 남기는 정념의 무늬는 복잡하다고 말할 수밖에 없겠다. 현재를 거절하기 위한 시인의 뒷걸음질이 도리어 시가 있어야 한다고 여겼던 자리를 도드라지게 만드는 역설적 상황을 창

출했기 때문이다. 최초의 폐허를 겪은 이는 같은 자리로 돌아오지 않기를 바라지만, 지금 현실의 바깥을 감히 상상할 수 없는 시인은 폐허를 상처처럼 몸에 새긴 채 다시 '여기'로 끌려온다.

백은선 시는 현재에 함몰되어 있지 않으면서도 현재에 속박된 고통을 증거하면서, 시가 응당 있어야 할 자리를 한정해왔던 우리의 판단이 우매했음을 알린다. 시인은 우리가 처한 '지금 이곳'의 상황이 누구도 어디로 가야 할지 알지 못하는 곳에 고여 있다고 말한다. 우리 모두는 '모르므로', 시작은 차라리 사라져버리는 게 낫다는 주문으로만 자욱하다. 이를 구사하는 가여운 언어는 우리가 결코 피할 수 없는 섬뜩한 현실의 단면이자, 시가 현재를 앓는 다른 방식이기도 하다.

지금 이곳의 알리바이: 백상웅의 경우

백상웅(白象雄)에게 시간은 늘 지층처럼 쌓여 기억과 함께하는 것이다. 이때 기억은 비단 시적 주체인 '나'의 경험을 통해 구축된 것일 뿐만 아니라, '나'라는 사람의 몸이 만들어지기까지의 시간을 포함한다. 백상웅이 인식하는 시간은 이전 사람들의 경험까지 포괄한 기억의 상연에 해당하는 것이다. 시인이 인식하는 세계에서 일어나는 모든 일은 '아버지'로 상정되는 존재들, 즉 이미 '내'가 살아온 길을 밟아봤거나 다져놓은 이들로부터 비롯되었다. 터널을 지날 때도 시인은 "산의 늑골 속으로 고속도로를" 집어넣기 위해서 벽을 상대로 구멍을 파냈을 아버지의 모습을 떠올린다. 그러나 막힌 터널을 뚫었던 아버지는 '내'게 전진의 상징이 아닌, 터널에 갇힌 존재로 다가온다.

속도는 금세 아버지를 잊었다. 늙은 두더지의 말린 가죽처럼 마루에 앉아 볕을 쬐는 아버지, 나는 창호지 구멍에 갇혀 있는 아버지를 방 안에서 훔쳐보고는 했다. 아버지는 저렇게 갇히기 위해 평생 전전긍긍 살았나?

터널을 통과하니 폭설이다. 아버지의 터널에서 나는 서서히 멀어져야 한다. 눈발을 파헤치며 버스가 두더지처럼 기어가기 시작한다.
　　　　　　　　　── 백상웅 「아버지의 터널」 부분(『거인을 보았다』, 창비 2012)

인용한 부분에서 우리는 터널을 지나가는 시적 주체의 직선적인 움직임에 개입해 들어오는 아버지의 경험이, 이동을 제한하는 둘레인 "구멍"의 시선으로 포착되고 있음을 눈치챌 수 있다. 이쯤에서 시는 전전긍긍하는 삶의 대물림을 말하려는가. 거기까지만 말했다면, 위의 시는 이전 세대에 대한 책망으로 지금 세대의 열패감을 설명하는 것 이상을 해낼 수 없었을 테다. 하지만 시인은 현재에서 교직하고 있는 '나'와 '아버지'의 경험이 다시 "터널"이라는 공간을 통해 다른 의미로 전환될 수 있도록 시적 상황을 배치한다. 독자의 시선이 터널을 통과할 때 맞이한 "폭설"에 닿을 때, 겹쳐 연상되는 이미지는 시에서 언급된 바 있는 공사를 하던 인부들을 감옥처럼 막아섰다는 어느 겨울의 센 눈발이다. '나'는 감옥 같은 겨울을 뚫으려는 방편이었던 "터널"과, 눈발을 파헤치며 기어가는 "두더지"의 형상이 어쩌면 만만치 않은 삶을 계속 살아갈 수 있도록 아버지 세대가 남긴 기억의 유산일 수 있다고 서투르게나마 감지하고 있을는지도 모른다.

그렇다면 다음과 같이 말할 수 있지 않을까. 백상웅은 '지금-여기'에 사는 단 한 사람의 사연만으로는 '지금'을 말하기가 충분하지 않다고 여긴다. '지금 이곳'이 가능하기 위한, 하지만 다른 어떤 곳에도 제시할 수 없는 알리바이란 '여기'에 있지 않고, '여기'가 형성되기까지의 켜켜이 쌓인 시간에 있다. 그리고 그 시간은 언제나 터널과 같이 어딘가로 이동할 가능성이 열리는 공간으로 이미지화된다. 이런 시인에겐 '벽'조차도 가만히 귀를 대고 있으면 벽 반대편에 있는 존재를 감지할 수 있는 겹의 대상이자 다른 시간으로 바꿔낼 수 있는 출구다(「불변의 불면」). 사방에 벽이 막혀 있는 듯한 막막한 느낌이 들 때마다 벽에 새겨진 누군가를 소환하여 여기의 알리바이를 구하면, 여기가 아닌 어딘가로 비약할 수 있는 운동에너지가 차오를 수 있는 것이다.

> 네 아버지 내 아버지도 그렇게 하는 수 없이
> 늙어갔을 텐데, 하며
> 수긍하는 저녁이 굴러왔다.
> 아비들의 그런 텅 비고 주름진 저녁에 바람은 좀 불었을까,
>
> 늙은 호박을 부러 밟은 적 있다.
>
> —— 백상웅 「늙은 호박을 밟은 적 있다」 부분(『실천문학』 2015년 봄호)

　인용한 시에서 시적 주체는 퇴근길에 문득 "노력해도 이룰 수 있는 삶은 없다"는 현실적인 낭패감에 휩싸여 "이미 그른 것 같았다"고 말한다. 어쩐지 남은 삶의 문법이 모두 정해져 있는 것만 같고 "그 끝"이 그려지기도 해서 갑갑하지만, 또한 아득하기도 하여 드는 감정일 테다. 그런 날이면 누구나 연약해지는 마음을 스스로 타박하기 일쑤다. 절망하는 나날의 반복은 우리에게 우울에서 벗어날 길 없다고, 낙하하는 심정만으로 살아갈 일만 남았다고 고약하게 속삭이는 것 같다. 그즈음 시적 주체는 '아버지의 길'을 소환한다. 왜인가. "하는 수 없이" '그렇게' 살았을 삶들을 떠올려 조금이라도 지금의 내 삶을 이해하기 위해서? 아니다. 아버지를 떠올리고만 말았다면 '나'는 단지 "수긍하는" 태도에 저 자신을 맞추는 일에 모든 힘을 할애해야 할는지도 모른다. 시적 주체는 "아비들의 텅 비고

주름진 저녁"으로 보이는 지금의 시간, 즉 "늙은 호박 같은 저녁"을 "부러 밟는" 힘을 발휘한다. 이때 기억의 운용은 시적 주체의 도약을 위한 방편으로 활용된다.

백상웅의 시에서 삶을 살아내기 위한 잘 단련된 힘이 느껴진다면 이는 순전히 지층처럼 쌓인 시간으로부터 시인 그 자신이 중압감을 느끼지 않고, 다른 시간으로 개시할 수 있는 의지를 마련하기 위해 그 지층에 빗금을 그을 줄 알기 때문이다. "늙은 호박"처럼 "텅 비고 주름진 저녁"이 노출되는 길의 타당성은 누구로부터 발생했는지 알 수 없는 힘을 통해 일순간 부서진다. 백상웅에게 '길'은 정해진 어딘가로 전진하기 위해서 반드시 밟고 가야 하는 잘 닦인 공간이 아니다. 그보다는 불어오는 바람(wind)을 맞으며 이 길이 어딘가와 연결되어 있을지도 모른다는 기대와 '여기가 아닌 어딘가를 희구해도 되지 않을까' 하는 조심스러운 바람(wish)이 함께 어우러지는 곳이다. 여기에 시인은 있으므로, 아까 거기에 시인은 없다.

시, 체포할 수 없는

이 글은 김현과 백은선, 백상웅의 시가 시공간의 분화를 노출시키면서 시와 현실을 어떻게 새로이 구성하는지를 살폈다. 그와 같은 방식을 진행할수록 이들 시의 시적 주체는 어디에도 속하지 않는 편을 택하면서 가장 은밀한 자리로 물러선다. 해석의 행위가 이들의 시를 담금질하려는 순간에도 이들은 그곳을 몰래 빠져나가 또다른 세계를 열고, 새로이 생성되는 시공간에서 또다른 얼굴들과 마주하는 현장을 반복적으로 펼쳐 보인다. 시의 자유는 가장 내밀한 방식으로 이어지는 것이다.

시인 김수영은 로버트 그레이브스의 말을 빌려 "고립된 단독의 자신이 되는 자유에 도달할 수 있는 간극이나 구멍"이 있어야 한다고 했다.[9] 틈새나 구멍을 찾아 어디로든 빠져나가는 시인은 그러나 어디에 머문다 하더라도 자신이 추방되었다고 여기며 "자신은 어쩌면 이미 다른 세계의 시민이고, 거기서 자신을 위해서뿐만 아니라 다른 세계를 위해서도 써야 한다는 것을 예감"[10]한다고 고백할 것이다. 시인이여, 만일 우리가 알지 못하는 장소가 있다면, 그리고 거기 어느 형언할 수 없는 자리 위에서라면, 여기서는 성취할 수 없는 바를 끝내 이뤄주기를. 그러나 시인 그대도 거기에 있지 않구나. 틈새와 구멍을 찾아 자꾸 빠져나가는 그대를, 우리는 체포할 수 없구나.

9 김수영 「시여, 침을 뱉어라」, 『김수영 전집 2』, 민음사 2011, 401면.
10 모리스 블랑쇼 『카프카에서 카프카로』, 이달승 옮김, 그린비 2013, 122면.

이제 되었다니. 그럴 리가[1]

잘린 발목들이 바닥을 거닐 때

2002년 10월 5일, 윌리엄 포프엘(William Pope. L)은 미국 포틀랜드의 길 위에 배를 깔고 엎드려 기어가는 퍼포먼스를 선보였다.[2] '기어가기' (Crawling)는 포프엘의 오래된 프로젝트인데 아프리칸아메리칸인 그가 1828년에 지어진 건물이자 과거 '흑인'들의 모임 장소였던 아비시니언 교회를 향할 때, 그리고 몇몇의 사람들이 천으로 무릎과 팔꿈치를 동여맨 채 그를 따라 포틀랜드 시내 거리를 기어갈 때, 이들의 행렬은 지나가는

---

1 신해욱 「未然에」 부분, 『syzygy』, 문학과지성사 2014, 134~35면.

2 Laki Vazakas 〈William Pope. L Crawl in Portland, Maine, October 2002〉(2009. 11. 9), https://www.youtube.com/watch?v=Ga5CWsJQapQ(검색일: 2015. 10. 16). 필자는 안드레 레페키가 안무에 관한 이론을 전개한 글에서 윌리엄 포프엘의 퍼포먼스에 대한 정보를 처음 접했다. 따라서 본문에서 언급한 포프엘의 작업에 관한 여러 정보는 주로 레페키를 통해 전달받은 내용으로부터 출발했음을 밝힌다. 안드레 레페키 『코레오그래피란 무엇인가: 퍼포먼스와 움직임의 정치학』, 문지윤 옮김, 현실문화연구 2014, 198~237면 참조.

이들의 시선을 붙들기에 충분했다. 어찌됐든 간에 이들의 행위는 잘 바른 시멘트 거리를 '걸어서'가 아니라 '기어가는' 것이었기 때문이다. 마치 인간의 직립보행을 거절하는 동물들의 행군처럼, '기어가는' 이들의 얼굴은 고통을 의도한 사람의 결의와 낯선 이동방식이 야기하는 신선한 흥미로 가득 차 있었다. 그 근처를 지나가던 사람들은 퍼포먼스를 선보이는 이들의 표정을 살피기 위해 몸을 낮추거나 그이들의 속도와 맞추기 위해 자신의 걸음을 늦추어야 했다. 그 덕에 도시의 속도는 퍼포먼스가 시작되기 전에 비해 현저히 줄어들었다.

포프엘이 처음 이 퍼포먼스를 기획했을 1978년 무렵, 그가 직면해야 했던 상황은 꽤나 심각했다. 그는 '흑인'이 기어간다고 손가락질하는 아이의 비명과 시민들이 편하게 다녀야 하는 길에서 이 무슨 해괴한 짓이냐는 경찰의 윽박지름, 직립하는 인간들이 싸늘하게 내려다보는 시선에 둘러싸인 채 기어가야 했다. 포프엘이 겪었던 과거의 상황은 지금의 한국인들에게 단지 과거의 것으로 다가오지 않는다. 평평하지 않은 아스팔트길의 거친 촉감을 상상하기가 그다지 어렵지 않기 때문이다. 거절하고 싶어도 자꾸 연상되는 장면이 있다. 길 위에서 오체투지로 투쟁하는 이들이 감당해야 하는 복잡한 감정과, 길을 집 삼아 살 수밖에 없는 이들이 품을 법한 굳은 표정의 역사가 우리들 상상의 일부로 자리 잡는다. 포프엘을 비롯한, "수직적인 것의 특권을 포기"[3]하고 바닥과 수평을 이루며 '기어가는' 이들이 '지금 이곳'의 땅과 밀착하여 앞으로 나아가려는 의지를 내보일 때마다 우리는 그간 평평한(flat) 지대로 알고 있던 지형의 울퉁불퉁함이 노출되는 현장을 목격한다. 서서 걸어가는 이들이라면 결코 알지 못할 시야와 속도, 거리 곳곳에 있는 돌부리에 대한 감각이 상상될 때마다 고저(高低)가 있는 지금 세계의 시스템이 환기된다. 이 모두가 포프엘의 몸과 오

---

[3] 같은 책 226면.

체투지의 몸들, 농성 중인 이들과 노숙하는 이들의 몸이 병렬적으로 우리의 사유를 침투할 때 일어나는 일이다.

여기서 우리는 잘려나간 발목으로 바닥에 밀착한 채 내내 '움직이는' 시인들을 떠올려볼 수도 있겠다. 이를테면 자신의 소유라고 칭할 수 없는 곳의 미세한 움직임마저 감지할 줄 아는 시인("발바닥은 길바닥에게 던져주고/내가 살아서 유일하게 한 질투는 떠나는 자들을 향해 있었지 그런 기분으로 허공에 손바닥을 올려놓는다"──임승유「어느 육체파 부인의 유언장」부분)이나 "잠들어" 있는 벽을 "담"이라 여기고 밖을 향하는 출구를 그려보자는 시인("나는 긴 호흡을 끌고 벽의 끝까지 가본다//벽을 담이라고 발음하는 발목이/이쪽으로 넘어온다"──안희연「벽」부분)이 그 목록에 해당한다. '잘려나간 발목'을 지닌 시인들이라고 했거니와 이 표현에는 우리가 사는 세계를 폐쇄적이고 제한적이라고 상정하길 바라는 시대의 요구를 어쩔 수 없이 내화하는 이들의 처지와 함께, 그러한 상황에서도 거기에 조응하지 않기 위해 끝까지 '가만히 있지 않으려는' 이들의 자존심이 담겨 있다.

멀리 2002년 10월 5일의 포프엘로부터 출발했지만, 이 글은 어떻게든 '바닥'과 관계하려는 시인들의 언어를 이해하는 일에 바쳐진다.[4] 그도 그럴 것이 2010년대 이후의 시들에 대한 독법이 한동안 시를 읽는 이들의 열패감이 동반된 채로 행해져왔음을 부정할 수 없기 때문이다.[5] 비평가들

---

4 이 글은 임승유의 『아이를 낳았지 나 갖고는 부족할까봐』(문학과지성사 2015)와 안희연의 『너의 슬픔이 끼어들 때』(창비 2015)에 수록되어 있는 작품들을 분석 대상으로 삼는다.

5 일일이 거론하지 않더라도, 2010년대 이후의 시들을 평가하는 대다수의 글들에서 독자는 젊은 세대의 불안과 축소되는 자아를 시 읽기와 연결한 언급을 자주 발견할 수 있을 것이다. 가령 박상수(朴相守)는 시를 통해 짐작할 수 있는 시인들의 현실 인식이 작가의 계급적 위치와 떼려야 뗄 수 없는 관계임을 상기시키면서, 2010년대 시적 주체의 발화가 '무기력한 상태'일 수밖에 없는 원인을 계급 상승의 욕망이 거듭 좌절되는 현실에서 찾을 수 있다고 말한다(박상수「기대가 사라져버린 세대의 무기력과 희미한 전

이 감당하는 현실의 압력이 그만큼 거세어진 데에 그 이유가 있기도 하겠지만, 포프엘을 경유한 우리는 그에 관해 다르게 말할 의무가 있다. 최근 시적 주체의 행위를 일컫기 위해서라면 '움직임'이라는 말 자체의 정의 역시도 갱신할 필요가 있다. 가령 잘려나간 발목으로 '제대로' 걸을 수 없는 대신 '지금 여기'라는 바닥에 밀착해서 기어가는 시적 주체들은 "스스로의 고정성 안에서"[6] 움직이되 "다치고 헐떡거리고 바보같이 보이는 와중에 전진함으로써"[7] 바닥이 지닌 불편함을 폭로한다. 그뿐만 아니라 그 불편을 수평적으로 끌어안기까지 한다. 다시 말해, 포프엘이 '기어가기'를 통해 현실이 배태하는 문제에 줄곧 스스로를 노출시키며 움직이는 상황과 마찬가지로 이들 시적 주체들의 발화는 현실의 언어와 끊임없이 협

능감에 관하여: 2010년대 시인들의 무기력 혹은 무능감 2」, 『문학동네』 2015년 여름호, 350~76면). 그러나 부르디외를 경유하여 "시적 주체가 점유해온 계급적 위치"를 탐독하는 작업은 어쩌면 시가 새로운 화법을 발명할 때마다 개시하는 세계에 대한 가능성을 애초부터 차단하는 결론에 이를 수 있는 위험에 처한다. 과연 시인은 달라진 경제조건에 조응하는 미적 감각을 드러내는 일에만 골몰하는 자들일까? 2010년대 이후 시적 주체들의 주된 상태를 '무기력'하다고만 말할 수 있을까? 혹 그러한 독법이, 문학작품이 감추고 있는 송곳니를 끝내 드러낼 수 없도록 만들고 있지는 않은가? '무기력한 시대감각을 고스란히 체화하는 시'라는 예정된 결론이 아닌 다른 방식으로 동시대에 대한 탐색을 진행할 때에야 살필 수 있는 시적 주체들은 없는가? 한편 박성준(朴晟濬)은 최근의 시들이 "주체를 텍스트 안에서 은폐하거나 지워버리는 마이너스의 파동"에 편승하고 있음을 언급하며, "정지 사유"가 발생시키는 시적 상황을 구성하는 시적 주체들의 '움직임'에 대하여 논한다(박성준 「마이너스 벡터의 시와 줄어드는 주체들」, 『문학과사회』 2015년 가을호, 527~53면). 이 글의 관심은 박성준이 제기한 문제 너머에 있다. '줄어든' 주체의 운동을 일컬어 여전히 '활발하다'고 할 수 있는 이유는 무엇인가? 시적 주체가 구심력이 아닌 원심력을 통해 능동성을 펼치고 있다면 행위주체성(agency)을 염두에 두고 시적 주체에 대한 사유를 이어갈 필요가 있다는 얘기다. 그때 우리는 주체의 '왜소화'라는 표현에 다른 의미 — 보장된 운동성 — 를 기입하게 될 것이다. 불안과 무기력함, 축소화와 왜소화라는 말로 삶을 가둘 때 거기에서 피어나는 부패의 공기를 다른 방향으로 흘려보낼 필요가 있다.

6 안드레 레페키, 앞의 책 236면.
7 같은 책 223면.

상하고 대면하는 과정을 통해 바닥의 역사를 이해하고, 바닥 너머의 세계로 향하는 출구를 마련하려 한다. 시대가 규정하는 방식으로 움직이지 않는다고 해서 이들의 움직임을 '가만히 있는 것' '다만 버티고 있는 것'이라고 단언할 수 없는 이유다.

상승과 하강의 감각을 의식적으로 무화하려는 프레임에서 생성되는 시적 주체들의 역동에 대한 충동을 우리는 어떻게 읽어야 할까? 이 글은 '있음'(what is) 그 자체만으로는 설명이 충분치 않은 시들이 저 스스로 '돌부리'에 치이는 상황을 발생시키면서 발화하는 현장을 찾는다. 그이들이 겪는 진동은 시의 '운동성'이란 안정을 향해 가기보다는 오히려 안정적으로 현전할 수 있는 토대의 가능성에 구멍을 냄으로써 가능함을 다시금 일러준다.

막다른 골목에서의 헛디딤: 임승유의 시

임승유(林承誘)의 시선은 전방위로 흩어져 있다. 이는 '지금'을 지탱하는 여러 방향에 눈[目]이 있을 뿐 아니라 '여기'를 구성하기까지의 시간(before)과 '여기'를 '여기'일 수 있도록 만들어주는 앞으로의 시간(after)에까지 시인의 눈이 두루 자리하고 있음을 의미한다. 가령 임승유의 시적 주체는 "두 갈래로 갈라지는 길"에서 한 방향을 택했을 경우에 닥칠 상황과 어디도 택하지 않을 경우에 남겨질 법한 상황을 동시에 떠올리는 방식을 통해 자신이 서 있는 곳을 "난간"이라 칭한다. 그렇게 함으로써 '현재'의 순간을 첨예화하는 것이다(「파수」). 제각각의 방향을 지닌 언어가 한곳으로 모여들어 부정합적인 면을 형성할 때에야 비로소 '현재'는 각인된다. 바꾸어 말하면 시적 주체가 진퇴양난에 빠져 이러지도 저러지도 못할 때 흩어져 있는 전방위의 시선이 아포리아(aporia)의 지점 자체를 가시화하는 상황이 임승유 시에서는 빈번하게 일어나고, 그때부터 어떻게든 해당 지점을 돌파하려는 움직임이 전면화된다는 얘기다. 그리고 바로 그 순간에 임승유의 시적 주체는 탈각된 무게 중심으로 인해 스스로를 방목하는 대신 그가 맺게 된 여러 관계망을 동원하여 '지금 여기'가 전부가 아닐 수 있음을 알린다. 이를테면 다음의 시가 그 예에 해당한다.

> 나는 달린다
> 넘어질 수도 없을 때
> 담장은 막아서면서 일으켜 세우는 알리바이다
>
> 한 번도 쉬지 않고 늙어가는 지구에서라면
> 언제든 손바닥을 펼칠 수 있지 고개를 박고 나한테서 나는 냄새를 내가 맡는 날엔 태어나던 날의 비명을 뒤집어쓴다
>
> (…)
>
> 신발을 구겨 신고 따라 나갔던 날엔 뒤꿈치가 빠졌다 잡아당기는 그림자가 없었다면 더 빨리 달렸을 거다 뺨으로 뺨을 때리는 잎사귀 입술로 입술을 틀어막는 꽃잎
> 여름으로 끓어 넘치는 여름을 다 달렸는데도 담장을 벗어나지 못하고
>
> 나를 앞지른 그림자가 나를 믹아설 때
> 아무도 내 이름을 묻지 않는다
>
> 비명이 어깨를 짚고 서 있다
>
> ――「묻지 마 장미」 부분

장미가 담장 위에서 피고 지는 정황을 이르는 시라고 간단히 말할 수도 있지만, 어쩐지 그것이 전부는 아닌 듯하다. 왜냐하면 위의 시는 분명 지금 순간에 최선을 다한다 해도("여름으로 끓어 넘치는 여름을 다 달렸는데도") 지금으로부터 빠져나갈 수 없는 상황("담장을 벗어나지 못하"는 상황)이 지금 우리가 처한 '현재'의 비밀임을 일러주고 있기 때문이다. 그러나 그러한 상황을 통해 우리가 이해하지 못하는 부정합의 순간들이 활성화되고, 아무도 소유할 수 없는 빈 공터로서의 현재가 전시될 수 있음을, 시는 은근히 (그러나 끈질기게) 주장한다.

　　위의 시에서 "담"은 달리는 '나'를 막아서는 장애물이기도 하면서 '내'가 넘어지지 않도록 일으켜주는 지지대의 역할을 맡는다. '나'와 '담' 사이의 관계에서 인력과 척력이라는 정반대의 힘이 충돌할 때마다 시적 주체는 "한 번도 쉬지 않"는 "지구"의 속도를 물리적으로 감각할 수 있는 상황에 처한다. 그리고 그 순간, 시적 주체는 "손바닥을 펼"쳐 자신이 겪었던 과거를 자발적으로 부여잡는다. 장미의 입장에서 그려진 시적 장면이라면 자신의 향기가 가장 짙어지는 순간에 꽃잎이 질 수밖에 없는 자연의 섭리를 장미 저 자신이 온몸으로 맞이하도록 강요받는 상황이라 할 수 있을 것이고, 이 장면이 폭력적인 상황에 노출된 이의 입장에서 그려진 것이라면 지금으로부터 벗어나고자 하는 에너지와 지금을 통해야만 어디로든 갈 수 있음을 깨달은 이의 에너지가 전면적으로 충돌하면서 지금의 구성적 외부(인 과거)를 불러들이는 상황이라고 할 수 있을 것이다. 과거와 실질적으로 연결되는 순간에서부터 시적 주체는 "잡아당기는 그림자"와의 관계 속에서 움직인다. "나"를 부추기거나 "막아서는" 것은 "나"를 "당기는 그림자" 또는 "나를 앞지른 그림자"이므로, 희박한 현재의 자취는 언제나 주변과 접속하는 중인 복수의 시적 주체만으로 나타나는 셈이다.

　　이와 같은 맥락에서 임승유의 첫 시집 제목이 "아이를 낳았지 나 갖고는 부족할까봐"(「모자의 효과」 부분)인 것은 의미심장하다. 시적 주체는 자신과 동일한 면과 동일하지 않은 면을 동시에 짊어진 존재들이 자신과 연결되어 있는 곳에서 계속 부각되어야 스스로의 존재가 떳떳해짐을 알고 있다. '자기 자신'에 대한 승인은 처음부터 견고하게 주어진 세계로부터가 아니라 '나'를 희박하게 만드는 결여의 지점이자 '나'를 전경화하는 능동의 지점에서 생성되는 것이다. 달리 말해 희박한 현재가 곧 경직된 상태의 존립을 의미하는 건 아니다. 오히려 이것은 시가 "강요된 흐름의 방식을 방해하는 육체적 유예의 퍼포먼스"[8]를 취하는 일에 가깝다. 아무도 시적 주체의 현재를 궁금해하지 않으므로("아무도 내 이름을 묻지 않는다") "비명이 어깨를 짚고 서 있"는 방식으로 '나'를 드러내는 것과 같이, 자기 자신을 수행적으로 내내 작동시키는 과정을 통해야만 '나'의 현재는 이어질 수 있다. 이는 시적 주체가 움직이면 움직일수록 자기충족성을 소진시키고 있는 것에 반해, "묻히고 잊히고 버려진 것들이 의식의 사회적 표면으로 도망쳐"[9] 나오는 통로가 개시됨을 확인할 수 있는 사례다("사물들이 꿈을 꾸지 않는다고 말할 수는 없다 식물들은 중심으로부터 점점 희미해지는데 왜 끝이 더 아름다운가 서서히 파란색이 완성되는 칼끝에서 오늘 하루는 시작되고"—「역말상회」 부분). 게다가 그런 일은 언제나 "간발의 차이"로 빚어지고("뒤를 돌아보았을 때 몇 겹으로 접힌 내가 멈춰 있었다 구름이 내 한쪽 어깨를 누르고 보고 있었다"—「간발의 차이」 부분), 우연히 극적으로 성사되기도 한다("발꿈치를 들고 있다가/발 빠른 아이가 와서 툭 치면 굉장한 광장이 되고 싶어//탕탕탕//사탕은 하나둘 쓰러지면시 사탕이 되고"—「인습」 부분).

운동성을 특정한 패턴의 움직임으로 규범화해왔던 종래의 시스템에서

---

8 안드레 레페키, 앞의 책 40면.
9 안드레 레페키가 인용한 세레메타키스 「현재라는 흐름에 저항하며」의 부분을 같은 책 40면에서 재인용.

는 지속적인 가속과 순차적인 흐름만이 이동성을 담보한다고 여겨왔다. 임승유는 그에 맞서는 행위를 선보임으로써, 그러니까 팽창과는 다른 방향의 움직임을 선보이기 위해 자꾸 헛디디는 몸짓을 선보임으로써 '현재'를 구성하는 다중(multitude)의 존재를 가시화한다. 시인이 그리는 사물들이 모두 생생한 육체로 현전하는 듯한 인상을 남기는 이유도 여기에 있을 것이다("축축한 살을 밀어내며 겹눈을 뜨는 생물처럼/차례차례 발이 돋는//서서히 몰아다가 한꺼번에 덮치는 것이라면 그곳의 해안을 닮았으므로 바깥은 몰려드는 발소리로 커지고 안에서 바깥을 상상하는 이후의 모든 것에는//이웃이 있다는 듯/이웃과 이웃으로 이루어진 마을이 있다는 듯//이미 그것이 있었다"—「포스트잇」 부분).

지금의 상황을 설명할 수 있는 저 자신의 언어가 차단되어 있다고 여겨질 때, 헛걸음을 유도하며 지금을 이루는 사방의 귀퉁이로 눈길을 분할할 줄 아는 시적 주체를 이르러 우리는 정지의 상태에 있다고 채근할 수 없다. 오히려 접힌 부분을 샅샅이 펼쳐낸 자리에서 움직이는 활자와 관계를 맺는 시적 주체의 태도는 '지옥' 같은, 그러나 잘 만져지지 않아 제대로 벗어날 수도 없는 현재를 내내 '겪는다'. 그것은 "신성한 격리감"[10]이 안기는 허상과 대척되는 지점에서, 일의적 의미에 가두어진 지금의 현실을 다르게 살피는 방식이다. 임승유는 "한 번도 생각해보지 않은 자세를 배우기 위해" "허공을 내딛는 걸음"을 시도한다(「태영칸타빌 ─ 지옥의 문」). 쉽게 끝나지 않는 세계에서 "가장 어려운 건 수평으로 흐르는 마음"이므로 "옆으로, 옆으로, 난간을 짚으며" "귀담아듣기 위해" 자꾸 움직인다. 이 불편한 몸짓 사이로 어떤 불빛이 솟을 수 있으리라는 기대를 우리 또한 쉽게 저버릴 수 없을 것 같다.

---

10 박상수, 앞의 글 366면.

감각할 수 있을 때까지: 안희연의 시

　임승유가 외부에서 강요하는 흐름을 유예하는 헛디딤으로 '지금 여기'라는 바닥을 전방위적으로 훑어내는 힘을 발휘한다면, 안희연(安姬燕)은 '지금 여기'가 침묵이라 여기던 말들, '지금 여기'라는 바닥이 삼켰다고만 여겨왔던 말들을 열어젖히는 일에 집중한다. 그것은 시인이 독자들에게 이미지를 구성하는 과정에 동참할 수 있도록 사려 깊게 통로를 마련하는 일에서부터 시작된다. 가령 다음의 시.

> 목동은 양의 목을 내려친다 양들이 휘청거리다 쓰러진다
>
> 너는 새하얀 것을 믿니 여기 새하얀 것들이 쌓여 있어
> 목동은 양의 발목을 잡아끈다 돌을 쌓듯 양을 쌓아
> 새빨간 성벽을 만든다
>
> 밤 그리고 밤
> 목동은 미동도 앉고 서 있다
> 그 고요가 숲의 온 나무를 흔들 때
> 여름의 마지막 책장은 넘어가고
>
> (…)
>
> 얼마나 멀리 온 발일까
> 벽에 걸린 그림자를 떼어내도
> 벽에는 그림자가 걸려 있고

얼마나 오래 버려진 책일까
첫 장을 펼치기도 전에
모래 알갱이가 되어 바스러지는

목동은 구름처럼
양들이 평화롭게 날아가는 것을 보았다
가볍고 포근한

심장을 찌르러 오는 빛

목동은 부신 눈을 비비며 서 있다
언덕 너머에 진짜 언덕이 있다고 믿는다

—「접어놓은 페이지」 부분

목동이 양의 목을 내려치는 장면으로 시작하는 위의 시는, 양의 하얀
털을 적시는 붉은 피와 책이 되기 위해 베이고 쓰러진 나무들과 역사가
상실한 숨(命)의 군락들이 지면 위에 잉크로 남겨지는 상황과 중첩되면
서 장면을 형성해나간다. 거기까지만 말했다면, 시는 폐허를 구제하기 위
한 그 어떤 몸짓도 감당하지 못했을 것이다. 그러나 위의 시는 거기에서
한발 더 나아간다. "접어놓은 페이지"를 읽을 때 일어나는 격정이 거뜬하
게 시의 상황을 들어올리는 일을 독자가 목격하게 만든다.

시적 주체는 지금을 감싸고 있는 '고요함'을 다시 본다. 페이지를 돌아
볼 때마다, 고요하던 페이지의 입체성이 살아나고 시적 주체는 그 고요함
역시도 그 안을 가득 채운 목소리가 있기에 가능한 것임을 어렴풋이 알게
된다. 이는 벽에 걸려 있던 그림이 "그림자"를 감추고 있다 할지라도 그

자리가 품고 있던 역사를 감출 길이 없듯이, 또한 "오래 버려진 책"이라 할지라도 "모래 알갱이"의 풍화 작용 같은 "첫 장"의 힘을 꺾어내지 못하듯이, 지금 세계가 당연하게 부여한 자리에 배치되어 있는 사물들을 다시 돌아봤을 때 그들의 자리에서 시적 주체에게로 던져지는 "심장을 찌르러 오는 빛"이 새어나오고 있음을 인지하는 방식이다. 얌전한 페이지는 순식간에 인식의 변화를 동반하고, 사물들의 입체에 살(flesh)을 부여하는 믿음으로 전화하는 행위의 장(場)이 된다. 이는 달리 말해 그 어떤 사물들, 그 어떤 상황들도 매끈하고 자연스럽게 세계의 분할을 따르지 못한다는 얘기가 된다.

  안희연이 시적 상황을 입체적으로 구성할 때마다 우리는 우리가 발 딛고 있는 세계가 매끄럽게 포장되어 있는 곳이 아니라는 사실을 실감한다. 이런 세계에선 딛고 선 "두 발"을 자르면 어디로든 떠날 수 있겠다고 생각할 수도 있다. 하지만 그 자리에 온갖 역사가 파묻혀 있음을 상기한다면 우리가 할 수 있는 일이란 오히려 감추어져 있던 모든 말들이 살아날 수 있도록 더욱 격렬하게 기다리는 행위뿐이다("눈을 감으면 오는 기차/여기 두 발을 자르면 국경을 넘어 떠날 수 있을 것 같지만/흙더미 속에서 걸어나오는 짐승들/파도를 끌어안고/덤불숲 너머 불타오르는 바다를 바라다보는 것입니다//이제 나는 흙 묻은 손으로/어떤 기다림에 대해 생각해야 합니다//쓰러진/큰 나무에 대해"—「소인국에서의 여름」 부분). 따라서 주어진 자리를 내내 돌보면서 '지금 여기'의 바닥이 상실한 자국을 살피고, 잃어버린 일부분을 상상하는 일("불현듯 돌아보면/흩어지는 것이 있다/거의 사라진 사람이 있다"—「몽유 산책」 부분)을 통해 마련한 입체적인 지대는 언제나 "대화와 관계성을 위한 생성적인 지대"[11]로 전화되는 가능성을 내포한 채 조심스럽게 구축된다. 안희연 시집의 페이지를 넘

---

11 안드레 레페키, 앞의 책 206면.

길 때마다 "일초에 하나씩 새로운 옆"(「백색 공간」)이 생겨나는 이유도 여기에 있을 것이다.

"침묵으로 내내" 말하려는 존재가 곁에 있을지라도 그럼에도 "우리의 눈을 감기는 손"을 우리가 차마 뿌리치지 못하고 눈감을 수밖에 없을 때, 감은 눈 대신 열린 귀로 그 침묵을 들으려고 안간힘을 쓰며 "끝나지 않는" 질문을 던지려는 시인의 태도가 우리의 현실을 진공 상태로 두지 않는다(「페와」). 지금의 세계가 "모든 문을 봉쇄"한 채 "다른 곳, 다른 곳은 없다고" 강요하는 말을 '거짓'이라 여기면서, '지금 여기'라는 바닥에 "시도 때도 없이 출몰하는 거미들"을 받아 안으며 '여기 아닌 다른 곳'이 있다는 믿음을 붙들려는 시인의 몸짓은 현실이 평평하다는 환상을 폐기해버린다(「거짓말을 하고 있어」). 시인은 기어코 "노래할 입"으로, "문을 그릴 수 있는 손"으로 "빛을 머금은 노래"가 지금 여기의 한가운데에 흘러들 수 있도록 애를 쓴다(「기타는 총, 노래는 총알」).

안희연을 읽을 때 우리는 응시의 발신자로 사물 앞에 서는 게 아니라, 사물을 '감각할 수 있게' 만드는 "증후의 변증법"[12]에 접근하는 방식을 취하며 끈질기게 움직이는 자리에 선다. 그때 우리가 응시를 시도하는 사물의 본래 이미지는 무너져내림으로써 "모든 것이 넘어지는 무력(無力)의 바닥과 다시 결합"하고, "우리의 그것과의 관계가 언제나 살아 있"음을 예증한다.[13] 따라서 안희연의 "백색 공간"은 '감각할 수 없던 것들'도 '감

---

12 "'감각할 수 있게 만들기'는 엄밀히 말해서 결함들, 장소들, 순간들을 감각할 수 있는 것으로 만드는 것이다. 그 결함들, 장소들, 순간들을 통해 인민들은 자신을 '무능력'이라고 선언하면서 자신들에게 결여된 것과 자신들이 욕망하는 것을 동시에 확언한다. (…) 감각할 수 있게 만들기는 따라서 감각을 통해 접근 가능하게 만드는 것 (…) 즉, 감정에 들어간다와 생각의 운동에 들어간다라는 이중의 의미"를 가진다. 조르주 디디-위베르만 「감각할 수 있게 만들기」, 알랭 바디우 외 『인민이란 무엇인가』, 서용순·임옥희·주형일 옮김, 현실문화연구 2014, 143~44면.
13 모리스 블랑쇼 『문학의 공간』, 이달승 옮김, 그린비 2010, 372면.

각할 수 있게 될 때까지' 민감하고 예민하게 흔들리는, 요란한 진동으로 가득 찬 지금 여기의 바닥이다. 우리는 시인으로부터 변증법적인 감정의 구성을 요구받는다.

> 절벽이라는 말 속엔 얼마나 많은 손톱자국이 있는지
> 물에 잠긴 계단은 얼마나 더 어두워져야 한다는 뜻인지
> 내가 궁금한 것은 가시권 밖의 안부
> 그는 나를 대신해 극지로 떠나고
> 나는 원탁에 둘러앉은 사람들의 그다음 장면을 상상한다
> ——「백색 공간」부분(10~11면)

> 미끄러지면서
> 계속해서 미끄러지면서
>
> 글자의 내부로 들어간다
>
> 흰 개를 삼키는 흰 개를 따라
> 다시 흰 개가 소리 없이 끌려가듯이
>
> (…)
>
> 종이를 찢어도 두 발은 끝나지 않는다
> 흰 개의 시간 속에 묶여 있다
> ——「백색 공간」부분(64~65면)

> 나는 문을 걸어 잠그려다 말고

얼굴이 잘 보이는 높이에 작은 채광창을 그려주고 돌아왔다

나비를 보는 날이 많았다 창틀을 매만지면 밤이 왔다
발만으로는 갈 수 없는 깊은 골목
눈을 뜨면 문턱을 넘고 있었다 새로운 모퉁이를 돌 때마다 가지 말라고
손짓하는 아이들이 보였다

—「백색 공간」 부분(74~75면)

시집에서 "백색 공간"이라는 제목을 가진 시는 총 세번 등장하는데 '백
색 공간'을 맞닥뜨릴 때마다 독자는, 비어 있는 페이지가 자신의 자리에
'있음' 그 자체만으로는 설명할 수 없는 입체에 대해 구상하게 된다. "절
벽"이라는 말이 감추고 있을 숱한 낙오와 좌절의 상황, 아무도 궁금해하
지 않으나 사실은 지금을 만들어준 "가시권 밖의 안부" 같은 사연, "글자
의 내부"라는 지시적인 차원에서 "끝나지 않"을 페이지 위의 비밀스러운
의미들, 인간의 직립보행 자체만으로는 결코 닿을 수 없을, 이 때문에 그
이상의 도약을 통해 이를 수 있을 만한 곳에 보내는 열망…이 사그라들지
않고 시어로 옮겨질 때, 우리는 존재에 스민 "움직임-특질들"(movement-
qualities)[14]로 세계가 다르게 쓰이기 시작함을 감지할 수 있다.
　이미 끝나버렸다는 단정과 망연자실로 가득한 "내정된 실패의 세계"
에서 시인은 거기에 휩쓸리지 않고 "머릿속 전구가 켜지는 순간"을 떠올

---

14 레페키는 하이데거가 언급한 '있음'의 개념이 정지에 기반을 둔 것으로 읽히는 일에
대한 불편함을 호소한다. 그에 따르면 "하이데거에게 존재자는 최소한의 움직임이 스
밀 때 존재의 영역으로 들어가는 것"이다. "존재자는 부재와 현전 사이에서, 감추는 것
과 드러내는 것 사이에서, 가시성과 비가시성 사이에서, 통일성과 다양성 사이에서 갈
팡질팡"하면서, '독특한 움직임-특질들'로 현전으로서의 존재의 완전한 출현을 보장
받는다는 것이다. "현전으로서의 존재는 갈팡질팡 흔들리고 진동한다." 안드레 레페
키, 앞의 책 204면.

린다. "휴지통을 뒤적여" "스스로 무늬"가 "번져가"는 현장을 구제해낸다(「기타는 총, 노래는 총알」). 이 어엿한 몸짓 사이로 "서로를 물들이며" "언덕"을 넘어설 수 있는 힘이 생성할 수 있으리라는 기대를 우리 또한 저버릴수 없을 것 같다.

이제 되었다니. 그럴 리가

독일의 철학자 페터 슬로터다이크(Peter Sloterdijk)는 "근대성의 프로젝트는 근본적으로 운동적인 속성을 가지고 있다"고 했다.[15] 끊임없이 주체성의 생산을 부추기면서 '종속'과 '비체화'(abjection), '지배'와 '재생산'의 메커니즘 속에 주체를 가두려는 헤게모니의 파괴적인 효과는 근대성의 기획이 갖추고 있는 이동성, 운동성, 확장성과 결부되어 있는 문제일 것이다. 그러나 끝없이 팽창하는 자기충족적인 운동성은 모든 관계성이 더이상 가동되지 못하도록 그것을 소거시킬 뿐 아니라, 불안과 냉소에 쉽게 현혹되게끔 만든다.

한편 근대성의 프로젝트는 '움직임'이란 말에 이중적인 의미를 감추어두기도 했다. '운동성' '움직임'의 방향이 반드시 고정된 곳만을 향해 있지 않다는 얘기다. "근대성은 자신의 위상을 다양한 역동성과 제스처, 스텝 그리고 시간성으로 채워진, 그리고 다른 인간의 몸과 다른 형태의 삶에 의해 이미 채워진 땅으로부터 스스로를 떼어내 상상"[16]할 수 있도록 하는 '운농성' 역시도 부추길 줄 안다. 그 정의에 따르면, 지배적인 질서조차도 고정되어 있는 것은 아무것도 없다. 포프엘의 몸과 오체투지의 몸들,

---

15 슬로터다이크의 안무에 대한 이론은 안드레 레페키의 해석에 의존하여 이해했다. 같은 책 23면.
16 같은 책 37면.

농성 중인 이들과 노숙하는 이들의 몸이 주어진 자세를 저버린 채, 배당된 자리로부터 저 자신의 몸을 떼어내 한발짝 한발짝 움직여나가는 순간을 상상할 때 우리는 그들이 시대에 불화를 일으키는 '움직임'으로 여전히 지금의 세계에 균열을 가할 수도 있다는 가능성을 발견한다.

이 글은 움직임에 대한 방금의 해석에 기대어 최근 시의 시적 주체가 어떻게 '움직이는지'를 살폈다. 어떤 시는 시대에 만연한 무기력에 속박되지 않으면서 충분히 다른 방향을 향해 고삐를 쥔다. 여기 너머의 삶을 상상하는 일이 쉽지 않더라도 '지금 여기'의 바닥을 함부로 버리지 않겠다는 결의가 지금을 살아내는 다른 형식의 태도를 발명한다. 그러니 '이제 되었다니. 그럴 리 없다.' 누군가는 (다른 자세로 그리고 다른 방향으로) 움직이고 있다.

이 글의 처음에 언급했던 포프엘의 퍼포먼스를 확인할 수 있는 동영상에서는, 퍼포머들의 옆으로 한 아기가 나란히 기어가는 모습 역시 볼 수 있다. 아직 걸음마가 익숙하지 않은 아기는 자신이 육지 위에서 펼쳐 보일 수 있는 걸음은 그것밖에 없음을 뽐내기라도 하듯이 의연하게 아장아장 기어간다. 포프엘은 어쩌면 불균형이 판치는 지금 세계에서 인간이 끝끝내 상실할 수밖에 없었던 평형에 대한 감각을 인간의 '사회화' 이전 시기에서 찾아내고자 했을지도 모른다. 저기, 잘린 발목을 이끌고, 인간의 움직임 내부에 감추어져 있었던 여전한 아장아장함을 개시하며, 능청스럽게 가는 시가 있다. 이제 우리는 그를 모른 척할 수가 없다.

최근 시에 나타난
젠더 '하기'(doing)와 '허물기'(undoing)에 대하여

1. 2000년대 이후, 시는 '무성성'을 지향하는가

한 시인이 인터뷰에서 전했던 고민을 그만의 고민으로 남겨두지 않고 모두의 질문으로 전환할 수 있는지 고민하다가 이 글을 쓴다. 2016년 가을 황인찬 시인은 "여성혐오를 둘러싼 많은 이야기와 일들"에 대한 본인의 생각을 묻는 질문에 자신의 관심은 문학작품에 나타나는 "명징한 여성혐오가 아니라, 조금 더 미묘한 층위의 이야기"라고 운을 뗀다.[1] 그는 2000년대 시의 목소리가 구축해왔던 아름다움이 행여 성차를 세련되게 은폐하는 방향을 내장하고 있었던 건 아닌가 하는 의구심을 표했다. 다음은 그 답변의 일부다.

2000년대 시의 목소리는, 여러 견해가 있지만 기본적으로는 다성성(多聲

---

1 「미지×희지 Vol. 1: 쩌는 세계 ─ 이자혜·황인찬, 다음을 기약할 수 없는 인터뷰」, 『문학과사회 하이픈』 2016년 가을호, 150~53면 참조.

性)을 지향하는 동시에 무성성(無性性)을 지향하고, 어른이 아닌 아이의 목소리를 지향한다고 할 수 있을 텐데요. 이 미적 전략을 통해 새로운 감각을 발명하는 뛰어난 시인들이 대거 등장했다고 생각합니다. 그런데 이러한 경향이 저에게는 한편으로는 성차를 지우는 방법으로 보이기도 해요. 아이라는 것은 성차가 드러나기 이전의 존재이니까요. 그런 의미에서 2000년대의 시는 성차가 약화되어가는 시대라고도 할 수 있을 것 같아요. 그리고 그것이 매우 아름답고 세련된 것으로 느껴지게 되었다고도 할 수 있을 테고요.

저는 이 지점에서 조심스럽게 의문을 제기하게 되는 건데요. 어쩌면 한국 시가 구축해온 아름다움이라는 것이 '무성'을 지향하게 된 것은 아닐까 하는 점이요. '무성'이라는 건 사실 남성형으로 받아들여지잖아요. 제가 창작 교육 현장에서 느끼는 딜레마가 바로 여기에 있어요. 제가 문학장에서 체득한 미적 기준에 따르면, 앞서 예시로 든 소녀 취향, 그러니까 대상화된 여성 이미지의 무비판적 반영은 지양해야 할 것임이 분명한데, 저로서는 그런 부분에 대해 지적하는 것이 일종의 거세처럼 느껴져서 저항감을 느끼게 되는 거예요.[2]

시인의 근심은 젠더에 대해 깊이 고려하지 않는 (듯 보이는) 2000년대 이후 한국 시의 "'무성'을 지향"하는 상황이 어쩌면 젠더 평등의 관점을 견지하기 위해서가 아니라 "남성"적인 관점으로의 합일이 용이하기 때문일 수도 있다는 전제에서 출발한다. 이는 시인이 2000년대 한국 시를 진단할 때 해당 시기를 1인칭 주어 '나(I)'의 "해체와 확산" "실종과 발명"[3]이 두드러지는 "다른 서정"[4]이 형성된 때로 인정하고 있다는 얘기임과 동시에, 그렇게 쓰인 시들이 이전의 대문자 '나'로 돌아가지 않기 위해서 젠더

---

2 같은 글 152~53면. 강조는 인용자.
3 신형철 「2000년대 한국 시의 세 흐름」, 『현대문학』 2015년 1월호, 386~406면 참조.
4 이장욱 「꽃들은 세상을 버리고」, 『나의 우울한 모던 보이』, 창비 2005, 15~42면 참조.

68 제1부 이제 되었다니, 그럴 리가

표지를 소거시키는 방식을 취한 시기로 평가한다는 얘기로 들린다. 이때 시인에게 젠더 프레임을 경유하여 시를 읽는 일이란, 시적 주체에게 두갈래의 선택지 ─ 대문자 '나(I)'로 대두되는 남성 화자의 세계와 '나'가 해체되고 사라진 '무성성' 주체'들'의 세계 ─ 만이 주어진 상황을 맞닥뜨리는 일, 거기서 그치지 않고 그중 무엇을 택했는지를 가늠하는 방식으로 작품을 받아들이는 일로 여겨진다.

지금 사회문화가 '남성 주체'에게 권력적으로 더 우세한 방식으로 조직되어 있다고 인식하는 일은 최근의 한국사회에선 상식이 된 듯하다(물론 이러한 얘기를 '어렵지 않게' 꺼내기까지 치열히 움직여왔던 여성주의 운동의 역사가 있었음을 우리는 모르지 않는다). 따라서 젠더 편향적인 사회에서 '여성적인'(혹은 '여성다운'으로 읽어도 무방한) 지표를 소거한 채 표현하는 일이란 곧 기존 사회에서 용인하는 '주체'의 모습을 체현하기 위한 전략을 구사하는 일, 그러니까 '시민 주체'로서의 모습에 위배되지 않는 '남성' 주체의 존립 방식을 고수하는 일로 비칠 가능성이 크다는 점 역시도 틀린 말은 아닐 것이다. 그러나 여기서 생각을 그친다면 우리는 '젠더'라는 개념을 "생물학적 명령의 흔적을 덜어냈을 뿐" 오히려 "강고한 이분법적 대립(남/여)"을 전제하고, "정체성을 '고정(congealing)'하며 그것을 동질적으로 보편화"함으로써 "본질주의를 반복"하는 것으로 한정하여 활용하는 경우에 머물게 될지도 모른다.[5] 과연 우리가 알고

---

5 이와 같은 '젠더' 개념의 통상적인 사용에 대한 문제점은 주디스 버틀러의 입장을 따른 것이다. 뒤에서 자세히 전하겠지만 버틀러는 "섹스 역시도 문화적으로 구성"되어 있으므로 "'섹스/젠더' 구분은 더이상 의미가 없다"고 밝히면서 젠더 정체성의 인위성과 수행적 성격, 더불어 젠더 개념의 불안정성과 불완전성에 대해 설명한다. 복잡한 버틀러의 이론을 독자들이 이해하기 쉽도록 '정체성 정치'의 관점에서 자상하게 갈무리해준 인용 문장은 차미령 「성정치에 관한 파편 단상」, 『버려진 가능성들의 세계』, 문학동네 2017, 379면 참조. 차미령의 글을 참고하는 과정에서 우리가 한가지 더 예의주시해야 할 점은, 차미령이 버틀러의 이론을 소개한 맥락과는 조금 다른 차원에서 이 글의 관심이 '젠더 정치성'의 문제를 '단지 문화적인' 차원에서 해결되어야 할 사안으로 보

있던 '여성적인 것' 또는, '남성적인 것'이 시에 등장하지 않는다고 해서 그런 작품을 일컬어 "'무성'을 지향"한다고 평가하는 일은 타당할까? 인용한 인터뷰에서 황인찬 시인의 표현을 빌려 더 말하자면, 시에서 "일종의 소녀 취향이라고 불릴 만한 이미지와 어휘 들을" 적극적으로 들인다거나 "자궁이나 월경의 이미지"를 반복적으로 활용할 때,[6] 그를 일컬어 으레 '여성성'을 다룬 시라고 말하는 일은 해당 시에 관한 충분한 독법이라 할 수 있을까?

이는 어쩌면 우리가 '여성적인 것'이란 무엇이고 '남성적인 것'이란 무엇인지에 대한 질문 앞에 설 때마다 이분법의 구도로 형성된 성차를 형상화하도록 세상으로부터 강요받는다고 생각하기에 벌어지는 일일 수도 있다. 달리 말해 시인의 근심을 그간 우리가 젠더라는 프레임을 견인하여 시를 접할 때마다 습관적으로 행했던 일들, 가령 우리가 상상한 범위 내에서 젠더를 인식할 수 있는 지표가 등장할 때에만 비로소 해당 작품을 '젠더 프레임'으로 읽을 수 있다고 여겨왔던 방식에 대한 문제 제기에서

지 않는다는 것이다. 버틀러는 "우리가 성적 권리에 대해서 말할 때" 그것은 "그저 개인의 욕망에 관한 권리를 말하는 것이 아니라 우리의 개인성이 의존하는 규범을 말하고 있는 것"임을 분명히 한다(주디스 버틀러 『젠더 허물기』, 조현준 옮김, 문학과지성사 2015, 60면 참조). 그에 따르면 젠더의 규범적 재생산이 가능했던 배경에는 이성애 중심주의와 가족의 재생산이 제도적으로 자리하고 있어야 했으므로, '젠더'와 '섹슈얼리티'는 "단지 문화적인" '정체성 운동'의 필요기제가 아니라 정치경제학적인 고유한 생산양식과 체계적으로 연결된 개념이다. 인간의 사회적 재생산과 재화의 재생산을 포함한 '경제적인 영역'에서 주변화되는 비규범적 섹슈얼리티 '들'의 생존권 사수의 문제는 문화와 경제 양자를 명확하게 구분하려는 "폭력적인 조작" 앞에서 그 구분을 허물어뜨리기 위한 운동에 해당한다(주디스 버틀러 「단지 문화적인」, 낸시 프레이저 외, 케빈 올슨 엮음, 『불평등과 모욕을 넘어』, 문현아·박건·이현재 옮김, 그린비 2016, 69~91면 참조). 이 글이 삶의 총체성과 연결되면서 '젠더'에 관한 언급을 할 수밖에 없는 이유 중 하나도 여기에 있을 것이다.

6 「미지×희지 Vol. 1: 찌는 세계 — 이자혜·황인찬, 다음을 기약할 수 없는 인터뷰」, 앞의 책 151면.

비롯된 것이라고도 이해할 수 있다는 얘기다.

"'무성'이라는 건"(지금 사회의 맥락에서는) "남성형으로 받아들여"진다고 했던 시인의 표현을 다시 살핀다. 젠더를 '받아들여지는 것'으로 표현한 이 말은 젠더라는 개념 자체가 여태껏 '남성'과 '여성'이라는 이분법적 대립을 강고하게 가정하고 그에 따른 정체성을 고정화함으로써 발휘되어왔음을 드러낸다. 또한 그를 가르는 기준 자체가 역사적으로 구성되어왔기에 젠더는 그것이 다른 이들에게 '어떻게 수용되는지'를 의식하는 중에 수행되는 것임을 감안하고 쓰였으리라 짐작하도록 우리를 이끈다. 주디스 버틀러에 따르면, 젠더를 역사적 범주로 이해하는 일은 "'신체(anatomy)'와 '성(sex)'은 문화적 틀 없이는 존재하지 않는다"는 얘기를 받아들이는 것과 같다.[7] 우리가 '여성적인'(feminine) 혹은 '남성적인'(masculine)이란 용어를 손쉽게 사용한다 하더라도 그 용어 각각에는 그렇게 쓰여왔던 사회사가 존재하고, 그 용어의 의미 역시도 "문화적 규제와 지정학적 경계에 따라" 달라진다.[8] 그러니까 '남성적' '여성적'이라는 용어가 되풀이된다고 해서 이것이 우리의 제한된 상상을 따라 오롯이 같은 것을 지칭한다고는 볼 수 없으며, 다만 이런 용어는 '반복'됨을 통해 이런 용어가 사회적인 표명으로 고정되는 일들이 벌어진다고 말해야 할 것이다. 젠더는 "행동의 양식화된 반복을 통해" "시간 안에서 점차적으로" 도입되어 "하기(doing)"로 수행되는 것,[9] "다른 사람과 더불어, 혹은 다른 사람을 위해" 행해지면서[10] "언제나 수정되는 과정 중에 있"는 것,[11] "그 정의상, 비자연적인 것"이다.[12] 다시 말해, 젠더는 언제나 우리의 이해

---

7 주디스 버틀러 『젠더 허물기』, 조현준 옮김, 문학과지성사 2015, 23면.
8 같은 책 24면.
9 같은 책 39면.
10 같은 책 11면.
11 같은 책 24면.
12 김애령은 "하나의 젠더로 구성된 '여성'의 타자화가 결국 몸에 각인되는 사회적 권력

가 가둥지 못하는 '여성성' '남성성'이라는 구분 이상의 것을 포함한 상태에서 구성되는 개념이자 '여성적인 것/남성적인 것'이라는 이분법적인 구분 자체가 어떻게 작동되고 허물어질 수 있는지를 문제에 부칠 수 있는 개념이다.

이와 같은 방식으로 젠더 개념을 생각하는 일이 긴요한 까닭은, 이처럼 확장된 젠더 개념을 토대로 시에 접근하는 방법을 마련하지 않는다면 앞서 시인이 2000년대 시의 목소리를 듣기 위해 상정했던 시적 주체가 처한 맥락(대문자 '나(I)'로 대두되는 남성 화자의 세계로 돌아가지 않기 위해 '나'를 해체시키고 사라지게 한 그 자리가 무성성을 지향하도록 두는 상황)이 오히려 젠더 프레임으로 형성 가능한 다양한 독법을 제한해버리는 결과를 초래할 수 있기 때문이다.

젠더 개념을 정태적으로 사유하지 않고 수행적으로 받아들이는 독법을

의 소산이라는 사실, 그리고 젠더를 통한 타자 구성의 원리는 다른 사회적 타자를 구성하는 과정에도 동형적으로 작동함"을 보여주기 위해 보부아르를 경유하여 버틀러를 읽는 작업에서 "보부아르에게 섹스는 해부학적으로 결정되어 있는 것인 반면, 젠더는 사회적 의미이자 몸의 형식, 사회화이기 때문에 변화 가능한 양식"이라고 정리한다. 이때 "젠더는 그 정의상, 비자연적인 것"이란 버틀러의 유명한 명제에 대한 이해가 수월해진다. 즉 "'여자임'이 '암컷임'과 인과적 모방적 관계를 갖지 않는다면, 암컷이 아닌 몸이 여자가 되거나, 암컷인 몸이 여자가 되지 않을, 몸이 다른 젠더 구성의 장소가 될 가능성을 차단할 근거는 없다". 몸이 이미 '되기'의 한 양태라면 "'여자 되기'에서 '되기'는" "한 체현 방식에서 다른 체현 방식으로의 이동"으로 읽어야 하고, 버틀러는 그에 관하여 "섹스에서 젠더로의 이동은 체현된 삶의 내부에 있"으므로 "젠더는 문화적으로 '구성된 것', 문화의 수동적 산물"이라고 말했던 것이다. 이때 '되기'는 또한 "체현의 한 방식, '기획'과 무관하지 않"으므로, 젠더는 언제나 '선택하기'를 견인하는 개념으로 자리한다. "젠더 '선택하기'는 완전히 자유로운 조건에서의 선택이 아니라, 깊숙이 파묻혀 있는 문화적 규범들의 교직 안에서 가능성을 체현하는 것이다." 따라서 "젠더를 선택하는 것은 받아들여진 젠더 규범을 새롭게 조직화하는 방식 안에서 해석하는 것이다. 젠더는 급격한 창조의 행동이라기보다는, 우리의 문화적 역사를 우리 자신의 용어로 새롭게 쓰는 전략적인 기획이다". 김애령 「'여자 되기'에서 '젠더 하기'로: 버틀러의 보부아르 읽기」, 이화인문과학원 엮음, 『젠더 하기와 타자의 형상화』, 이화여자대학교출판부 2011, 25~33면 참조.

경유할 때, 우리는 2000년대 시에서 들리는 목소리가 '성차를 삭제'하고 '무성성을 지향'하는 게 아니라 젠더를 전략적으로 활용하는 것이라고 말할 수 있다. 사실 "성차를 지우는 방법"을 취한다는 말은 이미 젠더를 '선택'할 수 있는 개념으로 파악하고 있다는 말 아닌가. 인용한 인터뷰에서 시인이 2000년대 시의 목소리가 "성차가 드러나기 이전의 존재"인 "아이의 목소리"를 "지향"한다고 평가할 때, 우리는 확장된 젠더 개념을 끌고 와서 '아이의 삶'을 사회에서 끊임없이 부여하는 성차의 의미가 기입되고 구체화되는 현장으로 전환해낸다. 이로써 2000년대 시의 목소리는 곧 비자연적인 젠더가 기존 사회의 규범과 격렬하게 경합하는 과정을 체현하는 것이라고 말할 수 있다. 2000년대 이후 시적 주체가 주어진 젠더 규범을 향해 질문을 던지고 그를 새롭게 쓰기 위한 발화를 하고 있다고 파악한다면, 몸에 기입된 채 반복적인 연기(performance)를 통해 수행되어왔던 그간의 '젠더' 개념이 바로 그러한 작동 방식으로 평상시에는 별다른 거리낌 없이 작동되어왔다는 점 역시도 새삼 깨닫게 된다. '무성적'으로 '비칠' 때조차도 젠더는 주체성 확립에서 중요한 구성 조건이다.

그러므로 젠더 프레임을 경유하여 시를 읽는 일이란 시적 주체의 목소리를 보다 더 복잡하게 듣는 일에 가깝다. 시적 주체의 발화는 기존의 젠더 규범에 의존하는 동시에 비판적인 거리를 확보하여 그것을 변화시키고자 애쓴다. 그를 통해 "때로는 젠더에 대한 규범적 관념이" 시적 주체가 목소리를 내는 (게 가능하도록 만드는) "살 만한 삶"을 이어가지 못하도록 훼방을 놓거나 그 자신의 "인간됨(personhood)을 무너뜨릴 수 있"음을 발견하기도 하고[13] 더불어 규범과 동화(assimilation)하라는 사회의 명령을 거북하게 여김으로써 확립할 수 있는 시적 주체 '나'는 어떤 모습인지를 보여주기도 한다. 이는 "2000년대의 시"에서 "성차가 약화되어가는

---

13 주디스 버틀러, 앞의 책 10면 참조.

시대"가 그려진다고 시인이 거론했던 것과는 별개로 나날이 젠더 위계로 인해 발생하는 폭력이 가시화되는 사회현실 속에서 시가 세련되게 그를 은폐하는 게 아니라 (시에서 들리는 목소리들이 현실과 무관한 채로 젠더와 상관없이 해체된 주체의 것으로 자리하는 게 아니라) 도리어 지금까지와는 다른 삶을 가능하게 하기 위한 방향으로 젠더 프레임을 활용해왔다는 얘기, 그러므로 최근에 쓰이는 어떤 시의 목소리들은 결코 그러한 현실과 무관하지 않다는 얘기이기도 할 것이다.

2. 젠더를 허물어(undoing) '인간'을 의문에 부치기

젠더에 대한 기존의 관념이 이상화된 인간 신체를 지배하는 규범에 종속된 채 형성되었다는 문제의식을 따르다보면, 젠더 규범 그 자체는 누가 인간일 수 있고 누가 인간이 아닌 자로 전락할 수 있는지 또는 어떤 삶이 살 만하고 어떤 삶의 경우는 사는 것 자체가 매우 힘든지 등을 가르는 차별적 의미의 생산 기제로 작동한다는 것을 알 수 있다. 주어진 젠더 규범을 따르지 않았다는 이유로 지금 사회의 성원권이 인정되는 '인간'으로 대접받지 못하는 이들이 엄연히 존재하는 현재의 상황을 떠올려보자.[14] 우리는 분명 "어떤 사람은 전혀 인간으로 인정받지" 못한 채 "살 수 없는 삶(unlivable life)이라는 또다른 체계로 몰리"는 사회에서 살고 있다.[15] 또한 이는, 누가 인간으로 인정받을 수 있고 누가 그렇지 못한지의 자격을

---

14 대선을 앞둔 2017년 4월 당시 당선이 유력했던 한 후보의 '동성애 반대' 발언을 규탄하기 위해 시위를 벌이다 연행되었던 인권운동가들의 사례, 혹은 2017년 초부터 육군 내에서 군인 수십명이 '동성애자'라는 이유로 대대적인 수사를 받았거나 심지어는 동성애가 죄목이 되어 육군 보통군사법원에서 유죄 판결을 받았던 모 대위의 사례를 생각해볼 수 있다.

15 주디스 버틀러, 앞의 책 12면.

정하는 사회의 "인정 도식"이 "인간을 차별적으로 생산하는 권력의 장"[16]
으로 역할한다는 점 역시도 의미한다고 볼 수 있겠다. 다소 길지만 버틀러의 다음 말을 함께 읽는다.

> 지금 여기서 작동하고 있는 인간 개념의 문화적 외형은 어떤 것일까? (…) 이것은 레즈비언, 게이, 바이섹슈얼 연구들이 성적 소수자에 대한 폭력과 관련해 제기한 질문이면서, 트랜스젠더인 사람들이 추행이나 때로는 살인의 표적이 되었을 때 제기한 질문이고, 인간 유형론에 관한 규범적 관념이라는 명목으로 너무나 자주 몸에 대한 원치 않는 폭력으로 성장기가 얼룩졌던 인터섹스들이 제기한 질문이기도 하다. 의심할 바 없이 이는 또한 젠더와 섹슈얼리티에 초점을 둔 운동들이 보이는 깊은 유사성의 근거이기도 하다. 신체적 장애를 가진 사람들을 비난하거나 제거하려는 규범적 인간 형태론과 인간의 능력에 대항하려 애쓰면서 말이다. 문화적으로 가능한 인간 개념을 지탱하는 인종적 차이를 고려해볼 때, 이는 또한 인종차별 반대 투쟁과 유사한 부분이기도 할 것이다. 이런 인종차별 반대 투쟁은 이 시간에도 전 지구적 영역에서 극적이고도 공포스럽게 일어나고 있다는 것을 우리는 알고 있다. (…)
> 담론의 층위에서 보면, 어떤 삶은 전혀 삶으로 간주되지 않고 인간적인 것도 될 수 없다. 그런 삶은 인간을 나타내는 지배적 틀에 맞지 않음으로써, 처음에는 담론 층위에서 그런 삶을 인간 밖의 것으로 탈-인간화하는 일이 일어난다. 그다음에 이것은 신체적 폭력으로 이어지는데, 이 폭력은 어떤 의미에서 이미 문화 속에 탈인간화가 작동하고 있다는 메시지를 전달한다.[17]

---

16 같은 곳.
17 같은 책 45~46면.

'인간' 개념 자체가 이미 '탈-인간화하는 일'의 포함으로 지탱되어왔음을 상기시키는 버틀러의 얘기는, 그간 "인간주의로부터 이탈"하여 "'시학적 반인간주의'라고 불러야 할지도 모르"는 목소리를 들려준다고 평가받았던,[18] 혹은 "타자화된 살갗"[19]의 목소리가 등장한다고 논의되어왔던 몇몇 시편들에 대한 읽기를 조금은 다르게 전환할 수 있도록 만든다. 이를테면, 시적 주체의 발화가 비인칭의 것으로 '들리도록' 만드는 상황이 제시될 때마다 해당 시가 종국에는 '인간다운' 존재를 규정하는 기준이 무엇인지를 묻고 있다고 볼 수 있는 것이다. '인간다움'이란 무엇인지를 질문하는 시의 목록으로 우선은 허수경, 김행숙, 이장욱, 하재연, 김현, 신해욱의 시를 기입해볼 수 있을 텐데, 그중 허수경(許秀卿)의 시 한편을 살핀다.

이름 없는 섬들에 살던 많은 짐승들이 죽어가는 세월이에요

이름 없는 것들이지요?

말을 못 알아들으니 죽여도 좋다고 말하던
어느 백인 장교의 명령 같지 않나요
이름 없는 세월을 나는 이렇게 정의해요

아님, 말 못하는 것들이라 영혼이 없다고 말하던
근대 입구의 세월 속에

당신, 아직도 울고 있나요?

오늘도 콜레라가 창궐하는 도읍을 지나
신시(新市)를 짓는 장군들을 보았어요
나는 그 장군들이 이 지상에 올 때
신시의 해안에 살던
도롱뇽 새끼가 저문 눈을 껌벅거리며
달의 운석처럼 낯선 시간처럼
날 바라보는 것을 보았어요

그때면 나는 당신이 바라보던 달걀 프라이였어요
내가 태이나 당신이 죽고
죽은 당신의 단백질과 기름으로
말하는 짐승인 내가 자라는 거지요

이거 긴 세기의 이야기지요
빌어먹을, 차가운 심장의 이야기지요
— 허수경「빌어먹을, 차가운 심장」전문
(『빌어먹을, 차가운 심장』, 문학동네 2011)

　시에서 '나'는 스스로를 "말하는 짐승"이라 칭하면서, 자신이 '자라기'
위해서 동원된, 자신 몸에 새겨진 "이름 없는 것들" "말 못하는 것들"의
긴 시간에 대하여 헤아리고자 한다. 이때 시적 주체가 인식하는 "긴 세기
의 이야기"란, 승자의 입장에서 기록되어왔던 '인간의 역사'가 아니라 그
가장자리로 밀려나 있는 존재들의 세월에 대한 것이다. 시적 주체의 예민
한 귀는 신시를 짓는 일과 같이 튼실하고 화려하게 쌓아올려진 업적으로

이룩되어온 인간의 역사를 찬양하는 소리보다는 그것이 비정하게 감추려 드는 뒤안의 소리를 듣는다. "신시의 해안"에 사는 "도롱뇽 새끼가" "눈을 껌벅거리"는 소리, "근대"로 입장하지 못한 이들이 "울고 있"는 소리, 어느 백인 장교가 끝내 알아듣지 못한 음성으로 허공에 의미를 기입하며 혹은 그 음성을 접수할 수 있는 감각들끼리만 교감하며 미련 없이 사라졌을 소리… 그것들이 켜켜이 세월을 이루고 오늘날의 "나"를 바라본다. "죽은" 그것들의 "단백질과 기름으로" "말하는 짐승인 내가" 자란다.

'나'는 '말하는(말할 수 있는)' 자이므로 지금까지는 사회의 상징질서를 받아들이는 데 무리가 없던 존재이자, 앞으로도 단지 "이름 없는 것"으로 남겨지지만은 않을 공산이 큰 존재일 수 있었다. 그러나 "말하는 짐승"이라는 표현으로 '내'가 소개되는 순간, '나'는 '인간'인지 아닌지 확정하여 공언할 수만은 없는 모순적인 존재가 된다. "말하는 짐승"인 '나'가 심장에 새겨진 숱한 세월을 부둥켜안고 계속해서 살아가야 하듯 어쩌면 "삶의 가능성은 인간적인 것을 초월해 살아 있는 존재에 속하는 것"[20]일지도 모른다. "죽은 당신의 단백질과 기름"으로 만들어진 삶이 주어진 '나'에게, 사는 문제와 인간적 삶의 위상은 함부로 분리해서 살필 수 없는 것이다. 따라서 '나' 자신이 모순형용적인 "말하는 짐승"임을 자각하는 상황에서 '나'는 "어느 백인 장교"나 "장군들"이 저질렀던 폭력으로 말미암은 '인간으로 용인된' 역사만을 내 과거의 전부라고 말하지 못한다. '인간적'이라는 말이 담고 있던 폭압적인 면모까지 두루 끌어안아야만 '내 심장'의 들쑥날쑥한 온도를 형성하는 총체적 삶의 조건들을 혹은, '인간 중심적인'이란 표현에선 도무지 담으려야 담을 수 없는 사연들을 파악할 수 있다. 그제야 앞으로 어떻게 살아가야 하는지에 대한 감 역시도 잡을 수 있는 것이다.

---

20 주디스 버틀러, 앞의 책 27면.

버틀러는 우리의 삶 속에서 "살아가는 존재의 범위"는 "인간의 범위를 넘어선다는 것"임을 밝힌다. 이는 "'인간적 삶'(human life)이라는 용어"에서 "'인간적'이 그저 '삶'만 수식하는 게 아니"라는 것, "'삶'은 인간을 인간적이지 않으면서 살아 있는 것과 연결하고, 이 연결성의 한가운데에서 인간적인 것을 설정"한다는 것을 말한다.[21] 이에 따르면 시인의 다른 시편들에서도 자주 발견되는 '인류애'란 말을 이해할 수 있을 것이다. 허수경에게 '인류애'란 인류의 역사가 '인간' 개념의 정립 과정에서 지금껏 배제해왔던 존재들이야말로 '삶'을 추동해왔던 숱한 관계의 일원임을 이해하고, 그를 통해 '인간'이란 존재를 둘러싸고 있던 재래의 경계를 넘는 행위의 실천이다.

그뿐인가. '인간'이란 범주가 그 자체 안에 젠더, 인종, 장애 여부 등에 따른 권력 격차의 작용을 역사로 간직하고 있는 이상, 하여 지금껏 그 영향력을 미치고 있는 이상 그와 함께 "'인간' 범주의 역사는 끝나지 않았고" '인간'이 어떤 존재인지는 계속해서 질문에 부쳐질 수밖에 없다. "인간 범주가 시간 속에서 만들어지며 또 광범위한 소수자들을 배제해야만 작동된다는 말은, 그런 범주에서 배제된 자들이 그 범주에 대해, 그 범주에서 말하는 바로 그 지점에서 '인간' 범주에 대한 새로운 표명을 시작할 것임을" 의미한다.[22] 김현과 신해욱의 시에서는 시적 주체가 젠더 규범을 허무는(undoing) 지점을 발생시킴으로써 인본주의라는 말 자체에 의문 부호를 달아두는 일이 벌어지는데, 이를 통해 이들은 인본주의로 회귀하지 않음으로써 '인간'이란 말 자체를 다시금 바라볼 수 있는 상황을 마련한다. 김현의 시를 먼저 살핀다.

---

21 같은 곳.
22 같은 책 28~29면 참조.

인간은 되눕니다. 침대에 걸터앉아서 인간은 목을 늘립니다. 늘어진 목과 머리는 여럿이 나눠 먹을 수 있는 밥상을 두리번거리며 불어터진 먼지를 쓸고 욕실까지 흘러갑니다. 흘러온 얼굴이 인간의 지느러미를 따라 움직입니다. 인간은 아가미로 숨 쉬고 숨죽입니다.

인간의 호흡을 잃었구나, 인간.

인간의 표정이 백랍처럼 빛납니다. 인간의 목덜미가 납빛으로 찢어집니다. 점점 희미해지는 어린 인간이 찢어지는 인간 곁으로 와 앉습니다. 어린 인간은 자라나는 혀를 불규칙적으로 잘라내며 모처럼 인간이 알아들을 수 없는 말을 발명하려고 합니다.

인간은 인간의 말을 하지 않아도 돼!

늘어난 인간은 꿈틀거리고, 사라지는 인간의 혀들은 더듬거리고, 변신한 인간은 한결 자연스러운 움직임을 갖고, 멈춰 있습니다.   욕조의 수면이 밤의 수면까지 밀려갑니다.
— 김현 「비인간적인」 부분(『글로리홀』, 문학과지성사 2014)

김현의 시는 "헐벗은 몸"으로 밤의 욕조 속으로 들어간 인간이 저 자신의 감각을 하나하나 구체적으로 살피는 상황에서 시작된다. 시에서 '인간'이란 표현은 매 순간 등장할 때마다 다른 색을 띤다. 이를테면 시 속 '인간'은 침대에 걸터앉은 고독하고 고립된 개체로서의 인간일 수 있고, 밥상에 고개를 숙이고 여럿을 생각하는 관계 속의 인간일 수도 있다. 또한, 그러한 인간이 '되고 싶어' 인간이 될 수 있는 길로 들어서는 문턱에서 자꾸 서성이는 이일 수도 있으며 한편으로는 '비인간적'이라고 불리는 자리에 서 있기를 강요당한 상태에서도 '인간적인' 성미를 잃지 않도록 노력해야만 한다면 이는 도대체 무엇을 의미하는지를 고민하는 인간일 수도 있다. (인용한 김현 시의 제목 '비인간적인'이란 말에는 다섯개의 각주가 달려 있는데, 그 내용은 다음과 같다. "1) 인간들로부터 밤은 왔다/2) 이 밤 인간들의 집회는 시인을 앞장세운다/3) 밤의 인간들은 우리도 인간이 되고 싶다는 불구의 구호를 외친다/4) 한 소설가는 인간적인 관점에서 어느 밤에 대한 인간이란 시를 쓴다/5) 인간을 잃어버린 인간들의 밤으로 유령 한 자루가 꺼질 듯 걸어가고 있다") 요컨대, 시인은 '인간'을 반복해서 사용함으로써 기존의 '인간'이라는 정의가 가능해지기 위한 규범을 허물어뜨리고, 그 자리에 다른 인간 '들'을 둔다. 이때 시적 주체는 인간이 인접한 사물 역시도 인간의 감각으로 포괄하여 말할 수 있는지, 그러한 접합을 통해 변화한 인간은 애초의 형태를 잃는다 하더라도 여전히 인간이라 부를 수 있는지를 궁금해하는데, 그 과정에서 인간의 개념은 자연스럽게 확장된다.

    덜미를 잡힌 건가, 내가?

    치마를 입고 두 개의 다리로 나는
    달리기를 하는 중이었는데.

    여자인간에 거의
    가까워지고 있었는데.

    웃는 소리가 난다, 창피하다, 뒷다리만 돋은 수중 생물이 뒤뚱뒤뚱 자라, 분수를 모르고 직립보행을 한다며, 빈축을 사고 있는 것 같다,

냄새가 난다, 억울하다, 이렇게 땀에 흠뻑 젖었는데, 땀을 닦으면 금세 말라 죽어버리게끔, 양서류의 살갗에 덮이는 저주에 걸릴 것만 같다,

갈채를 받는 건가, 내가?

혓바닥을 길게 빼고 싶어지는데

양말을 자꾸 손에 신고 싶어지는데

(이래서는 안 되는데)

그렇다고 치마를 입고 물구나무를 설 수는 없는데

그렇다고 인간사표를 쓸 수는 없는데

그렇다고 지구 바깥에서 다시 태어나
순결한 얼굴로 주위를 두리번거릴 수는 없는 거잖아요
—— 신해욱 「종의 기원」 전문(『syzygy』, 문학과지성사 2014)

한편, 인용한 신해욱(申海旭)의 시는 "치마를 입고 두 개의 다리로" "달리기를" 할 때 "여자인간에 거의" "가까워지고 있었"다고 말하면서 '여자인간'이 되기 위해서 일거수일투족을 연기할(perform) 수밖에 없는 상황이 얼마나 불편한지를 폭로한다. 더군다나 "여자인간"을 연기하기 위해 애쓰는 일을 성가시다고 여기기 시작하면 "인간사표"를 쓰는 상황에 봉착할 수 있으니, 시적 주체는 참 난감하기 이를 데 없는 상황에 처한 것이다. 이 모든 일이 '종의 기원'이라는 자리에서 일어나고 있다는 사실에 주

목하자. 시적 주체는 인간이란 말이 그 출발선에서부터 젠더의 기각 가능성을 동반하고 있다는 사실을 일러준다. 시에서 들리는 고민과 불안의 목소리를 통해 젠더가 허물어질 수 있는 지점까지 밀려난 우리는 '인간'이라는 규범에 저항을 표현하는 발화가 마치 "지구 바깥에" 있는 것처럼 기존의 '인간'의 관점으로는 잘 읽히지 않는다는 것, 또한 바로 그와 같이 완전히 규제할 수 없는 어떤 역사로 '인간'을 말하는 방식을 통해 '인간' 개념 자체를 새롭게 여는 일이 가능하다는 것을 알게 된다.[23]

---

23 이 글의 2절에서 거론한 시들이 질문하는 '누가 인간으로 간주되는가' '누구의 삶이 삶으로 간주되는가'는 결국 '무엇이 애도할 만한 삶으로 중요한가'에 대한 문제를 환기하기도 한다. 애도는 상실에 대한 반응으로 중요한 주제인데, 주디스 버틀러가 생각하는 '애도'란 흔히 통용되는 프로이트의 정의와는 다르다. 프로이트는 누군가가 다른 누군가를 잃었을 때 그 자리를 다른 무언가가 차지하는 방식으로 이뤄지는 것이 곧 애도라고 설명한 바 있으나, 주디스 버틀러의 경우는 "자신이 겪은 상실에 의해 자신이 어쩌면 영원히 바뀔 수도 있음을 받아들일 때" 일어나는 것이 애도라고 설명한다. 우리가 누군가를 잃고 슬픔에 빠져 있을 때 혹은 어떤 장소에서 사라졌거나 공동체에서 쫓겨난 이들의 빈자리를 느낄 때, 그를 통해 우리는 우리가 누구인지, '나'는 어떤 인연을 맺어 존재해왔는지를 비로소 짚어낼 수 있다는 것이다. "관계의 한 양상으로서의 젠더나 섹슈얼리티"가 "소유가 아니라 오히려 박탈의 양상, 즉 다른 이를 위한 존재 방식, 혹은 다른 이 덕분에 가능한 존재 방식"이라 한다면, 애도는 이러한 관계성을 그 어떤 것보다도 잘 드러내주는 기제라 할 수 있다. 지금의 사회가 잃어버려도 그만이라는 태도로 대하면서 애도를 허용치 않는 존재가 있다고 할 때, 우리가 자명하다고 여겨왔던 "인간 개념"은 실은 "인간으로 간주되지 않는 인간들"을 "배제"하고 추방함으로써 만들어낸 "제한적인 인간 개념"에 기초한 것이라는 사실이 드러난다. 이는 지금의 사회가 어떤 존재들을 끊임없이 '삭제'하려는 폭력적인 시도를 함으로써 인간의 자리를 규정해왔다는 얘기이기도 하다. 어떤 삶이 제대로 애도되지 못한다면 그것은 전혀 삶이라 할 수 없다. 그것은 "삶으로서의 자격을 부여받지 못할 것이고 주목할 가치가 없"다는 의미이기 때문이다. 따라서 최근 시들 중에서 사회가 애도하기를 금기시한 죽음들에 반응하는 시가 있다면, 이는 시인이 "누가 애도할 만한 인간인지를 결정하는 규범이" 이미 "공적으로" 생산되고 있음을 감지하는 것이라 할 수 있으며, 동시에 시가 슬픔의 태도를 능동적으로 취함으로써 기존의 (공적 시스템이 '애도할 만한 삶/애도해선 안 되는 삶'을 구분하여 만들어낸) '인간' 개념을 허물어뜨리고, 오히려 '인간/비인간'을 가르는 규범 자체를 질문에 부치고 있는 것이라고 할 수 있겠다. 그러한 예로 안희연, 박시하의 시 등을 꼽을 수 있을 텐데, 이들 작품에 관한 자세한 분석은 허락

3. '살 만한 삶'을 행하기(doing) 위한 '나'를 다시 읽기

젠더와 섹슈얼리티를 단지 기존의 '여성적인 것'과 '남성적인 것'을 어떻게 잘 체현하느냐의 문제로 소급할 것이 아니라 이분법적으로 구획되어 있던 규범 자체에 거리를 두고, 이분화된 기준이 누구에 의해서 어떤 과정을 거쳐 형성된 것인지를 사유하기 위한 개념으로 받아들인다면, '젠더 규범'은 얼마든지 누구를/무엇을 '인간'으로 드러나게 하는가를 질문하는 지표로 삼을 수 있다. 그러나 여기에서 한발짝 더 나아가면, 우리는 다음의 질문에 봉착하게 될 것이다.

> 내가 특정한 젠더여도 여전히 나는 인간의 일부로 여겨질 수 있을까? 내가 그 범위에 들어갈 수 있을 만큼 '인간' 개념이 확장될까? 특정한 방식의 욕망을 표현해도 내가 살아갈 수 있을까? 내가 삶을 영위할 자리가 있을까, 그리고 그 자리는 내가 사회적 존재가 되기 위해 의존하는 다른 사람에게 인정받을 수 있을까?[24]

달리 말해, 우리가 누구를/무엇을 '인간'으로 살게 하는가를 고민하는 동안에도 '인간'에 대한 이전 정의 — 인본주의(humanism)적인 관점, 대문자 '나(I)'의 세계 — 에 여전히 사로잡혀 있다면 우리는 우리 앞에 놓인 삶을 협소한 관점으로밖에 대할 수 없다는 얘기다. 앞 절에서 세편의 시를 읽으면서도 살핀 바 있지만 기실 우리가 실제로 살아가는 '삶'은 '인

된 지면의 맥락상 다소 확장된 논의로 비춰질 수 있기 때문에 다음을 기약하기로 한다. 주디스 버틀러 『불확실한 삶: 애도와 폭력의 권력들』, 양효실 옮김, 경성대학교출판부 2008, 46~65면 참조.

24 주디스 버틀러 『젠더 허물기』, 12면.

간답지 않은' 형태들, 소위 '비인간적'인 면모들까지 그러모으면서 진행되는 것이기 때문이다. 그렇다면 '인간'의 개념으로도 아직 포섭할 수 없는, 영영 언어화할 수 없는 영역까지도 포함하여 '살아 있는' 그 자체, 그것을 우리는 삶의 또다른 이름이라 부를 수 있을는지도 모르겠다. 그리고 그렇게 할 때, 그간의 규범이 "다른 종류의 인간"[25]으로 분류한 이들이 감당했을 다른 현실(reality)이 드러날 수 있을 것이고 더불어 누군가가 어떤 종류의 젠더와 섹슈얼리티를 구현한다 할지라도 그이를 향해 '진짜 인간'의 외양이 아니라는 이유로 배제와 소외를 받아들이라고 강요하는 상황을 막을 수 있을 것이다.

이와 같은 생각은 젠더와 섹슈얼리티의 문제를 삶의 '존속'과 '생존'의 문제로 전환하여 생각하게끔 우리를 이끈다. 대관절 살아 있다는 것은 무엇이며 '삶다운 삶'이란 무엇인가. '삶다운 삶'을 수행하기 위해 안간힘을 다하는 '나'라는 주체가 시에 등장할 때, 그러한 '나'를 두고 세계를 장악하려는 대문자 '나(I)'의 모습과 같다며 우스워할 수 있을까. 아닐 것이다. 오히려 그러한 방식으로 시에 나타나는 '나'는, '나' 자신이 "사회적 조건들에 항상 어느 정도는 탈취"[26]당해왔음을 인정하면서, '나'를 출현시킨 제반 조건들과의 연결이 있을 때에야 '나'를 의미화하는 모습을 보인다. 그때 행해지는 발화는 언제나 '발신자'와 '수신자'를 염두에 둔 대화적 관계 속의 발화이며, 그러한 역할에 책임을 표하는 '나'의 모습은 단일한 형태로 수렴되지 않고 입체적으로 변화하면서 구성된다.

자신 앞에 놓인 삶이 '살 만한 삶'인지를 질문함으로써 '나'를 더욱 복잡하게 말하는, '너'와 '우리'의 관계 속에서 '나'를 사유함으로써 '삶' 자체를 만만하게 보는 여타의 관점을 경계하고자 하는 시의 목록으로는 진

---

25 같은 책 52면.
26 양효실 「역자의 말」, 주디스 버틀러 『윤리적 폭력 비판: 자기 자신을 설명하기』, 양효실 옮김, 인간사랑 2013, 239면.

은영, 김민정, 임승유, 황인찬, 유진목, 유계영, 정한아의 시를 당장 떠올릴 수 있을 것 같다. 2000년대 초반에 '1인칭' 시적 주체의 '해체와 확산'에 힘써왔다고 으레 읽혀왔던 진은영, 김민정(金敃廷)이 목록의 한 부분으로 꼽힌 점에 대해서는 더 말해야 할 것이 있다. 세번째 시집부터[27] 최근 시에 이르기까지 2010년대에 접어들면서 발표한 이 시인들의 작품 속 관심이 새삼 '나'를 향하고 있다는 데에 관심을 기울일 필요가 있기 때문이다.

2000년대 초반 작업과 비교했을 때 진은영과 김민정의 최근 시에서는 시적 주체 '나'의 언술이 보다 더 두드러지게 나타난다. 이를 두고 시인들이 기나긴 시적 여정의 한가운데에서 자기 자신을 상대하는 근육을 이전에 비해 더 강하게 키웠기 때문이라고 할 수도 있을 테고, 한편으로는 시가 현실과 맺는 관계 속에서 시적 긴장을 필요로 하는 상황이 최근 시인의 시선에 자주 포착되기 때문이라고도 말할 수 있을 것이다. 중요한 것은 시가 왜 '나'에 대한 관심에 집중하는지뿐만 아니라 그때의 '나'가 2000년대 이전의 '나'와 얼마나 다른 지점에 서 있느냐에 있다. 이들의 최근 시에서 나타나는 '나'는 완고한 서정의 세계를 염원하는 스스로에 도취된 '나'가 아니다. 이들이 왜 '나'에 대한 관심에 힘을 쏟는지를 다시금 생각하면서, 이들의 '나'를 '삶다운 삶'을 질문하는 과정 속에 등장하는 행위주체(agency)로서의 '나'로 읽어보기로 한다. 그 예시로 진은영의 시를 살핀다.

투명한 삼각자 모서리처럼 눈매가 날카로운
관료에게 제출해야 할 숫자의 논문을 쓰고
"아무도 스무살이 이토록 무의미하다는 걸 내게 가르쳐주지 않았어요"

---

27 진은영은 『훔쳐가는 노래』(창비 2012)부터, 김민정의 경우는 『아름답고 쓸모없기를』(문학동네 2016)부터를 이른다.

라고 써보낸 어린 친구에게 짧은 편지를 쓰고

나보다 잘 쓰면서

우연히 나를 만나면 선배님 시를 정말 좋아했어요, 라고 대접해주는 예절 바른 작가들에게,

빈말이지만, 빈말로 하늘에 무지개가 뜬다는 것은 성경에도 나와 있는 일이니까,

빈말이 아니더라도 '좋아해요'와 '좋아했어요'의 시제가 의미하는 바를 엄밀히 구분할 줄 아는

나는 고학력의 소유자니까,

여전히 고마워하면서, 여전히 서로 고마워들 하면서, 그동안 쓴 시들이 소풍날 깡통넥타와 같다는 거

어릴 적 소풍 가서 먹다 잊은 복숭아 깡통넥타를

나는 아마 열매 맺지 못할 복숭아나무 가지 사이에 끼워 놓았나보다, 바람이 불고 깡통 구멍이 녹슬어가고 파리인지 벌인지 모를 것이 한밤에도 붕붕거리고,

그것은 너와 나의 어린 시절이 작고 부드러운 입술을 대어보았던 곳, 그 진실한 가짜 맛

그러다가 나는 문득 시작해놓은 시가 있으며

어떤 이야기가,

어떤 인생이,

어떤 시작이

아름답게 시작된다는 것은 무엇일까

쓰러진 흰 나무들 사이를 거닐며 생각해보기 시작하는 것이다

— 진은영 「아름답게 시작되는 시」 부분(『훔쳐가는 노래』, 창비 2012)

"이 시에는 아무것도 없다/네가 좋아하는/예쁜 여자, 통일성, 넓은 길이나 거짓말과 같은 것들이"(「이전 詩들과 이번 詩 사이의 고요한 거리」)[28]라고 말하면서 삶이 부과하는 안정된 정체성에 대한 욕망과 싸우던 첫번째 시집의 시편들과 비교했을 때, 인용한 시에서 시적 주체 '나'는 살 만한 삶이 가능하기 위해 여러 종류의 안정성이 필요한 순간과 매번 부딪친다. 그럴 때마다 시적 주체 '나'는 "살 만한 삶의 가능성을 최대화하는 것은 무엇"이고 "견딜 수 없는 삶(…)을 최소화하는 것은 무엇"이냐는 질문에 답하기 위해[29] 주어진 규범과 그 규범에 미달하는 '나' 혹은 그 규범을 초과하는 '나'의 생각들과 마주한다. 그러다가 자신이 좇는 것이 혹 "어릴 적 소풍 가서 먹다 잊은" "복숭아 깡통넥타" 같은 "진실한 가짜 맛"은 아닐까 의심하면서, 또 그러면 안 될 게 무언가 하고 어느 정도는 수긍하면서, 지속되면 지속될수록 불모를 상대해야 하는 삶에서 중요한 건 "진실한"이라는 형용사가 감춘 무언가가 아닐까 짐작하면서, 시 쓰기를 시작한다. 시인에게 시를 쓰는 일이란 곧 삶의 어느 지점에서나 가능한 '시작(始作)'의 아름다움을 탐구하는 일이다.

버틀러는 "내가 행위(doing) 없이는 존재(be)할 수 없는 사람이라면, 내 행위의 조건은 부분적으로 내 존재의 조건"이라고 말하면서, "나의 행위가 내게 행해진 행위에 달려 있다면, 아니 그보다도 규범이 내게 작동한 방식에 달려 있다면 내가 '나'로서 지속될 가능성은 내게 행해진 것과 밀접히 관련될 수 있는 나의 존재(my being)에 달려 있"음을 강조한다. 그러니까 "내가 어떤 행위주체성(agency)을 갖고 있다고 해도, 그것은 나 스스로 선택한 적 없는 사회"에 의해 "구성된다는 사실로 인해 열려" 있는 것이고,[30] 이는 너절한 상태에서도 삶이 이어질 수밖에 없음을 아는 이가

28 진은영 『일곱 개의 단어로 된 사전』, 문학과지성사 2003, 20면.
29 주디스 버틀러 『젠더 허물기』, 21면.
30 같은 책 13면.

홀로 고립을 자처하는 게 아니라(고립을 자처한다 하더라도, 그이는 그이가 처한 삶의 조건 속에서 자신의 상태를 형성할 수밖에 없다), 그 삶을 구성하는 여럿과의 관계를 고려하며 '나'를 사고하는 방식에 해당한다고 볼 수 있을 테다. 진은영의 최근 시에 나타난 '나'는 그러므로 '살아 있다는 것'이 무엇인지를 질문하고, 겨우 생존하는 방식으로서의 삶이 아니라 '삶다운 삶'을 향해 고뇌하는 '나', 불가능하거나 해독할 수 없는 어떤 비현실성마저도 그것이 '비현실'이라는 명칭을 갖게 되는 상황은 왜 일어나는가를 숙고하며 '가능한 삶에 대한 생각'이 기어코 가능해지기를 조심스럽게 고대하는 '나'일 것이다.

'인간은 어떻게 자신의 젠더를 행동에 옮기는가'라는 질문 앞에서 우리는 이 질문을 '단지 문화적인' 문제로 여기지 않는다. 혹은 젠더가 수행적이라는 말 자체를 다채로운 욕망이 실현되는 쾌락적인 광경만을 연출하는 상황이라고 강조하며 받아들이지도 않는다. 그것은 "현실이 재생산되며 경합을 벌이는 극적이고도 중요한 방식을 우화적으로 표현"한 것[31]이므로, 삶의 총체성과 연결되는 문제다. 또한 그것은 어떤 "젠더 표현물이 어떻게 위법적이고 병리적인 것이 되는지, 젠더를 넘나드는 주체가 어떻게 감금되고 투옥될 위험에 처하는지, 왜 트랜스 젠더 주체에 가해지는 폭력은 폭력으로 인정되지 않는지, 왜 이런 폭력은 그 주체를 폭력에서 보호해야 할 바로 그 국가에 의해 때로 자행되는지"[32]와 같이 지금 사회의 성원권에 대한 승인 여부에 영향을 미치므로, '삶 정치'의 차원에서도 충실하게 살펴야 하는 문제가 된다. 우리는 그 질문을 특정한 사람에게만 살 만한 삶을 승인하는 사회에 대한 거부로, 특정한 사람에게만 살기 힘든 삶이 부여되는 것에 대한 비판으로, 그 어떤 모습의 '나'일지라도 삶다

---

31 같은 책 55면.
32 같은 곳.

운 삶을 보장받을 이유가 명백히 있다는 근거로 삼고자 한다. 정한아(鄭漢娥)의 시를 읽는다.

> 지난밤의 불길한 꿈에 관해서는 쓰지 않겠다
> 온갖 새로운 소식과
> 심금을 울린 독서나 흥미로운 정치
> 발음하기만 해도 우리를 취하게 하는 천사 따위에 관해서도
> 내일의 내가 읽으면 힘이 빠질까 차마 쓰지 않았던
> 하지만 나를 너무 자주 방문해서 기를 쓰고 도망해야 했던
> 모든 가상을 제거한 나의 진심, 어쩌면
> 이것은 너무 오래 된 지구의 무의식
>
> 젖어서 퉁퉁 분 30년 치 일기의 젖은 부분만 하나하나 찢다가
> 남겨둘 구절이 하나도 없다는 걸 깨닫고 통째로 쓰레기봉투에 처넣으면서
> 생각한다, 저 냄새나는 묵은 양말 더미를 나는 왜 평생 지고 다녔나
> 젊어 세상을 떠난 존경했던 비평가가
> 좋은 예술 작품은 독자를 고문한다고 썼던 것을 기억하다가, 또
> 목사가 된 고문 기술자가 설교 시간에
> 자기 고문 기술이 거의 예술이었다고 떠벌린 것을 기억하면서
>
> 점점 더 난해한 시를 쓰면서 해석될까 봐 떨고 있는 시인처럼
> 고통이 윤리의 증거라고 막연히 생각했던
> 어리석은 날들을 수정해보려고
> 수정해보려고

앞으로도 누군가는 자기가 가지지 못한 집과 차에 불을 지를 것이다
시가 멸종되고 시의 자랑이었던 광기가 현실 속에서 벌어질 때 우리는
경악할 것이다 ── 시의 실제 용도가 무엇이었는지 한 사람쯤은 깨달으
면서
설탕으로 만든 성상에 달라붙은 개미 떼처럼
그럴듯한 범죄자와 멍청이를 향해 절하는 사람은 항시 있을 것이다
그 모든 현실을 드라마처럼 보고 즐기는 사람도 마찬가지
달콤하고 거룩해 보이는 것은 우리를 환장하게 하지
마구 핥아 먹어서 녹아 사라지고 나면 다른 것에로 달려간다

성상은 여러 형상을 하고 있지만 결국 자기 얼굴과 흡사하다
자기 도덕을 자기에게 증명하려고 끊임없이 혼자 자책하는 사람
사과하든가 그렇지 않으면 그만 죽어버려라(울프 씨, 당신 말이야, 하긴,
당신은 실종됐지)
자기 미학을 모두에게 증명하려고 끝끝내 아무 가치판단도 하지 않는
달변가
오늘 점심에 끓인 쇠고기뭇국에서 풍기는 숙주나물 냄새가 열 배는 더
미학적이다

아니, 이런 짓은 바람직하지 않지 팔십 년대처럼
시에 대고 화를 내는 건 어쩐지 졸렬한 일 하지만
오늘은 PMS인걸 마그네슘도 트립토판도 도움이 안 된다, 이를테면

(⋯)

당연한 것은 아무 데도 없으면서 동시에 모든 것이 순리인

너무 오래 돈 지구의 무의식 ── 쉬고 싶어

하던 대로 하고 있지만 쉬고 싶다 지구는 생리 전이다 내일은

어디에서 피가 터질지 모른다 정치도 미학도 위안이 안 된다

　　　　　　── 정한아 「PMS」 부분(『울프 노트』, 문학과지성사 2018)

시에서 '나'는 잘못된 비유가 어떤 상상과 현실을 낳는지를 목도하고, 고통을 윤리의 증거로 삼았던 과거의 날들이 비뚤어진 자만에서 비롯되었음을 성찰한다. 이를 두고 '성찰'이라 한 이유는, 이 시가 "모든 가상을 제거한 나의 진심"으로 쓰인 시로 읽혀서다. 그러나 그 역시도 포즈일지 모른다는 두려움이 '내' 안에는 있는 것 같다. 잘 취한 포즈만으로는 현실이 쉽게 바뀌지 않음을 '내'가 이미 알고 있기 때문이다. 그러나 "달콤하고 거룩해 보이는 것"을 좇는 일의 멍청함이 얼마나 거절하기 어려운 매혹인지도 '나'는 잘 알고 있으므로, 또한 그 포즈를 '나'가 줄곧 취하리라는 예감 역시도 '나'를 비켜가진 못한다. (기만적인 포즈와 분투하는 '나'의 모습은, 정한아 시에 등장하는 '론 울프'를 때때로 '버지니아 울프'의 21세기판 명명으로 읽히게 만든다.)

그러다 시적 주체는 문득 "오늘은 PMS인걸" 하고 외친다. 이 '문득'의 순간에 '나'는, 자신에 대한 통제를 그만둔다. 그 대신 '나'를 다른 이들과의 연결 속에서야 가능한 존재, 어느 정도는 다른 것들에 내맡겨진 채로 있어야 하는 존재로 받아들인다. 그러한 '나'가 "일상의 대부분"을 "당연"하게 주어진 것이라 여길 리 없다. "당연한 것은 아무 데도 없"는 것이다. 그리고 바로 그러한 이유로 '나'는 "어디에서 피가 터질지 모"르는 지구의 상황을 그냥 넘기지 않는다. 다른 이들과의 연결이 있어야만 살아갈 수 있는 '나'의 취약성을 여기가 아닌 다른 어딘가의 통증에 대한 반응으로, 특정한 누군가에게만 통증을 부여하는 사회에 대한 의구심으로 전환하는 이 시는 '나'가 '나'에 대해서 말을 잘할수록 원심력을 키울 수 있는

상황을 제시한다. 시에서 '나'는 '살 만한 삶'을 행하기(doing) 위해 거듭 읽히는 입체적인 존재로 있다.

4. '여성 시' 개념의 불충분성: '젠더 프레임'을 경유했을 때 마주칠 수 있는 다른 삶, 새로운 읽기

이 글은 젠더 프레임을 경유하여 최근 시를 읽는 일의 다양한 가능성을 모색하기 위해 쓰였다. 그를 위해 시적 주체가 젠더 규범을 허무는 (undoing) 지점을 발생시킴으로써 기존의 '인간' 범주를 의문에 부치는 시편들과, 젠더와 섹슈얼리티를 삶의 존속과 생존을 위해 수행되는 개념으로 전환하여 입체적인 '나'를 구사함으로써 '삶다운 삶'을 추구하는 시편들을 차례로 읽었다. 대문자 '나(I)'의 세계로 회귀하지 않아도 '인간' 이란 말 자체를 다시금 바라볼 수 있는 통로와 여러 관계 속에서 비로소 만들어지는 '나'에 대해 재고할 수 있는 단초를, 시를 읽는 작업으로 얻을 수 있었으면 했다.

'여성적인 것' '남성적인 것'을 이분법적으로 구분하여 젠더 개념에 접근하는 방식을 거절하는 이 글이 전제하는 바는 어떤 개념을 질문에 부치지 않고 반복적으로 사용할 때 오히려 그 개념 자체가 정태화되면서 거기에 접근할 수 있는 다양한 길이 가로막힌다는 데에 있다. 우리가 습관적으로 사용하는 '여성 시'라는 말 역시도 마찬가지일 것이다. '여성 시'란 무엇을 의미하는지 의문을 갖지 않고 그 말을 사용할 때, 우리는 우리가 상상할 수 있는 범위 내에서의 '여성' 개념을 더욱 확고히 하면서 기존의 젠더 구도에서 얘기해왔던 한정적인 방식으로만 시에 접근하는 우를 범할지도 모른다.

도대체 '여성적인 것'이란 무엇이고, '남성적인 것'이란 무엇인가? '여성'과 '남성'이라는 이분법적인 프레임만으로 시에 접근하는 일이 곧 젠더 개념을 경유하여 시를 읽는 일의 전부라 할 수 있는가? 인간이란 무엇인지를 심문하는 시편들에서 확인할 수 있는 '허물어지는' 젠더를 일컬어 우리는 무어라 부를 수 있을까? 우리는 '비여성적인' '비남성적인' 영역까지 포괄하여 움직이는 젠더와 섹슈얼리티를 어떻게 바라보고 있나? 더욱이 인간의 삶이 실은 그것을 '인간'이라 승인한 사회구조의 규범에 의해 내쳐진 '비인간적인' 면모까지 포함한 채로 운영되는 것이라면, 그것이 삶의 한 과정임을 감안한다면, 젠더 프레임을 경유했을 때 얼마든지 시를 입체적으로 독해하는 길을 찾을 수 있지 않을까? 이런 궁금증을 가질 때 누군가 우리 손에 '여성 시'라는 말을 쥐여준다 한들, 우리는 그것만으로 '페미니즘적인 독서'를 하기에는 불충분하다고 느낄 수밖에 없다. '인간'이라는 말 자체가 지금껏 정태화한 '인간 규범'에 부합해야만 성립 가능한 개념으로 활용되었을 때 그렇지 못한 존재들을 폭력적으로 소외시키고 배제시키는 일들을 양산했듯이, '여성 시'라는 말이 '여성'의 '여성다움'을 고정화해서 바라보게 만드는 데에 일조하여 얼마든지 시에 접근 가능한 다양한 경로를 차단할 수 있기 때문이다.

　결국, 다음의 질문이 여전히 우리 곁에 남아 시를 읽을 때마다 우리의 눈가를 간질이고, 우리의 귓가에 이명을 일으킬 것 같다. 우리는 시를 통해 어떤 목소리를 듣는가? 그 목소리를 듣는 '우리'는 누구이며, 시를 읽고/쓰는 '나'는 누구인가? 이는 나날이 젠더 위계로 발생하는 폭력이 가시화되는 사회현실 속에서 우리가 2000년대부터 최근에 이르는 시들을 젠더 프레임으로 읽을 때마다 맞닥뜨리는 질문이자, 최근 시가 현실을 관통하면서 지금까지와는 다른 삶을 가능하게 하기 위한 방향으로 젠더 프레임을 활용할 때마다 장착하는 질문들의 핵심일 것이다.

Quizás, Quizás, Quizás

◆

시와 운율, 거기에서 비롯되는 감정에 대한 메모

> 길들이고, 길들여지는 것. 그러므로 내가 기억하는 것이
> 단지 하나의 장면, 한 줄의 시라는 것이 나의 야만이다.
> 침묵은 너무나 단단해서 어떤 말도 그 안으로 들어가지 못한다.
> schweig. 우리는 함구해야 하지. 완전한 이해,
> 완전한 묘사는 불가능하니까. 그럼에도 불구하고 자꾸만
> 말하고자 하는 것이 나의 야만이다. 잃어버린 시간, 그리고 음악.
> ── 한유주 「그리고 음악」 부분

서정(lyric)이라는 말의 어원이 아주 오래전 그리스에서 사용하던 현악기(lyre, 리라)로부터 비롯되었다 하더라도, 어떤 악기로부터 들리는 소리의 형태를 일컬어 곧바로 '시'라 할 수는 없을 것(하지만 그 소리가 들리는 순간에의 현현을 '시적인 상황'이라 명명할 수는 있다고 구별할 필요는 있을 것)이다. 음악을 통해 전달 가능한 미학적 정서가 시를 통해 전할 수 있는 것과 상통하는 지점이 있다 하더라도 그들 각각을 이루고 있는 질료들이 명백히 구분되어 있기 때문이다. 이는 모두가 수긍할 만한 얘기지만, 동시에 모두가 확신할 수 없는 얘기이기도 하다. 이는 시를 이루고 있는 언어가 '시'라는 장르에 대한 규약을 완벽히 지키는 일에 영원히 도달할 수 없어 다만 상징적인 지침으로만 그를 따를 것을 요청받을 때, '시'로 분리되기 이전의 요소들이 소여로서 드러나기에 그러하다. '시'가 떨쳐낼 수 없는 동시에 '시'를 시답게 해주는 '음악성', 운율과 연루되어

있는 개념을 여기서 찾을 수 있겠다. 우리는 다만 이렇게 써야 할지도 모른다. 시가 근원적으로 노래의 세계와 연결되어 있고 선험적 리듬의 힘과 연결되어 있다는 것은 부정할 수 없으나, 청각에 기대는 음악에 비해 시는 저 자신을 이루는 언어를 통해 감각적, 신체적 자극들의 혼합을 구성한다는 것. 시의 말들은 조합과 결합, 혹은 공존을 통해 의미의 교차 및 굴절, 왜곡, 확산, 심지어 무화(無化)에 이르기까지 한다는 것. 그렇다고 시에서 말들의 존재양태로서의 운동방식이 곧 규격화된 양식을 따르는 것만을 일컫는 게 아닌지라, 시는 언어를 보충하는 언어적이지 않은 영역(non verbal)이 끼치는 영향에도 지배를 받으며 형성된다는 것.

그리고 우리의 관심에 대해서는 이렇게 써야 할 것 같다. 노래하는 시에서 읽는 시로 바뀐 지 오래라 하더라도, 시에 내내 잔존해 있던 음악성이 언어의 '부실함'과 교호(交互)하면서 시가 거느리는 의미 층위와 정념의 결을 어떻게 생성해내고 있는지를 읽으려 한다고. 이를 고려한다면, 운율을 "운문을 이루는 소리의 반복에서 나타나는 규칙성을 뜻하는 말"[1]로 정의하는 것이 능사는 아니게 된다. 이는 '반복'과 '규칙성'에 대한 함의가 다양하게 분화될 수 있기 때문인데, 가령 최근 시에서 일어나는 '반복'의 방식은 의미 층위가 강화되는 측면으로 수렴될 뿐만 아니라 텍스트 내

---

1 권혁웅 「한국현대시의 운율 연구」, 『어문논집』 57(2008), 234면. 운율에 대한 기존 논의에 대한 재검토 및 현대시에서 운율을 고찰하기 위한 방법론을 마련하기 위해 쓰인 이 논문을 권혁웅은 이후 『시론』(문학동네 2010)에도 수록한다. 이때 저자는 운율에 대한 장을 아무런 부연도 하지 않은 채 "음악"이라는 제목하에 배치하는데, 이는 그러나 독자가 당연히 받아들여야 할 대목이 아닌 것 같다. 다만 해당 글에서 제기된 저자의 주장은 한번쯤 새겨볼 만하다. 저자는 해당 글에서 기존 운율에 대한 연구가 정형성에서 도출되면서 '변화'보다는 '불변성'에만 주의를 기울여 여러 음악적 성격을 살피지 못해왔던 점, '음보' 개념이 통사적 차원에서의 분절만을 기준으로 삼아왔던 점 등을 지적하며 현대시의 운율적 성격을 다양하게 검토할 수 있도록 "동일한 가치를 지닌 음운의 반복" "등량화된 음절로 이루어진 마디의 반복" "동일한 구문의 반복"을 중심으로 시를 형성하는 율격을 고찰해야 한다고 말한다.

부의 파열과 일탈을 일으키며 파동을 심화시키기까지 한다. 한수영(韓壽永)은 "운율에 대한 기대치의 짜임새라고 할 수 있는 추상 유형과 실제적인 발현의 두 축 사이에는 운동하는 힘이 존재하며, 운율은 이 두 축 사이의 대위법에서 형성된다"[2]고 했다. 시에서 시를 이루는 언어와 언어적이지 않은 영역이 끊임없이 충돌하고 길항하는 과정에서 운동성이 발휘된다는 것을 떠올릴 때, 시의 내면에 숨어 있는 리듬 의식의 깊이를 지시하는 '소리'라는 원천, 그 기층체계와 이에 대한 발현태인 시 텍스트를 고려하며 시의 운율을 살피는 일은 그리 간단치만은 않은 일이 된다. "말하는 목소리의 굴곡을 따라가면서 생기는 시의 불규칙한 동요와 흐름, 파문과 파동"[3]으로 말미암아, 독자가 시와 함께 균열되는 것이 아니라 감응(affect)을 형성할 때, 어쩌면 그 순간이야말로 시가 음악처럼 수용되는(시에 잔존한 음악성이 꾀하려 했던) 순간일지도 모른다.

그러니까 요즘의 시들에서 우리가 운율을 살피려 할 때, 그 시도는 언제나 '도래할 (어떤) 소리'의 박동을 내적인 운율의 충동들로부터 찾는 작업일 수 있다. 그렇다면 어쩌면(quizás), 그 시도는 지금의 언어들에게서는 찾아보기 어려운, 사라진 생채기처럼 그 흔적이 있을 듯 말 듯한 '언어'의 탄생 이전의 음향, 언어가 되기 전의 '언어', 언어와 세계가 처음 만난 지점에서 촉발된 정념을 더듬는 일일 수 있고 또한 아마도(quizás), 끝내 시가 되지 못한 노래가 그 흔적만을 텍스트에 그림자처럼 내비친 상황을 좇기만 하는 일일 수도 있으며 그러다 혹(quizás), 다양하게 '들리고/읽히는' 시와 교감하는 데에 성공하거나 실패한 때를 포착하기 위한 작업일 수도 있다.

---

2 한수영 「현대시의 운율 연구 방법에 대한 검토」, 『한국시학연구』 14(2005), 85면.
3 테리 이글턴 『시를 어떻게 읽을까』, 박령 옮김, 경성대학교 출판부 2010, 250~51면.

어쩌면(quizás), 그 가능성

어쩌면 그 가능성을 발견하고, 그로 인해 독자를 설레게 했던 시가 있었기 때문에 이 논의는 출발했을지도 모른다.

피로와 파도와 피로와 파도와
물결과 물결과 물결과 물결과

바다를 향해 열리는 창문이 있다라고 쓴다
백지를 낭비하는 사람의 연약한 감정이 밀려온다

피로와 파도와 피로와 파도와
물결과 물결과 물결과 물결과

한적한 한담의 한담 없는 밀물 속에
오늘의 밀물과 밀물과 밀물이
어제의 밀물과 밀물과 밀물로 번져갈 때

물고기들은 목적 없이 잠들어 있다
물결을 신은 여행자가 되고 싶었다

스치듯 지나간 것들이 있다라고 쓴다
눈물과 허기와 졸음과 거울과 종이와 경탄과
그리움과 정적과 울음과 온기와 구름과 침묵 가까이

소리내 말하지 못한 문장을 공책에 백 번 적는다
씌어진 문장이 쓰려던 문장인지는 분명하지 않다

피로와 파도와 피로와 파도와
물결과 물결과 물결과 물결과
　　　　── 이제니 「피로와 파도와」 전문(『아마도 아프리카』, 창비 2011)

　　우리의 시사(詩史)에는 약 백여년 전, 이미지를 구사하는 일에 능했던 시인이 파도가 밀려오는 모습을 그리기 위해, "오.오.오.오.오"라는 표현을 사용하여 단 하나의 글자를 반복 배치함으로써 바다를 시각화, 청각화했던 일이 있었다.[4] 이제니의 시에서는 그보다 더 나아가 '피읖(ㅍ)'이라는 파열음의 반복적 배치를 통해 "피로와" "파도와"라는 글자가 "물결"과 함께 나부끼게 하여 여러 겹의 시적 장면을 겹쳐놓는 상황을 연출한다. 한국어의 음성적 자질을 고려할 때 피로와 파도가 함께 등장하면서 강화되는 불안감은 '물결'이라는 울림소리가 동반된 단어를 통해 완화되는 듯도 싶다. "피로와" "파도와"는 "물결과"와 더불어 "연약한 감정"을 출렁이게 만든다. 소리를 활용하는 이 시만의 방식은 밀물이 몰려오는 장면에서 으레 전해져야만 할 것 같은 쓸쓸함과 적막을 벗어난 색다른 감정의 무늬를 형성하는 데 영향을 끼친다.

　　시적 주체는 지금의 상황을 "쓰는" 주체다. "바다를 향해 열리는 창문이 있다"라고, "스치듯 지나간 것들이 있다"라고, "소리내 말하지 못한 문장을 공책에 백 번" 적는 이다. 같은 시어들이 반복될수록, 무언가를 쓰는 주체는 밀물에 휩쓸리듯 피로감에 (속수무책으로!) 젖어드는 상황에 놓이지만, 그 반복된 말들 속에 "물결을 신은 여행자"나 "눈물과 허기와 졸

──────────
4 정지용 「바다 1」.

음과 거울과 종이와 경탄과/그리움과 정적과 울음과 온기와 구름과 침묵" 같은, 무언가를 "쓰는" 주체라면 누구든 놓치고 싶지 않은 희열의 내용이 비등하게 '밀물'에 실려오고 있다. "연약한 감정"에서 온기가 느껴지는 이유가 여기에 있다. 시에 등장하는 여러 말들의 반복은 피로의 강조를 위해서 활용되는 것이 아니라, "스치듯 지나간 것들" "소리내 말하지 못한 문장"같이 연약한 감정이 품고 있으므로 쉽게 버리지도 못하고, 내보이지도 못한 것들을 가만히 짚기 위해 활용되는 것이다.

　어쩌면 이제니에게 시어 반복이란, 리듬에 사로잡힌 주체가 그것에 쓸려가기 위해서, 그러니까 리듬 안에서 '자기'(soi)를 희박하게 만들어 '자기 자신'에서 익명으로 이행하기 위한 활동일지도 모른다. 레비나스(E. Levinas)는 파울 첼란(Paul Celan)의 시에서 리듬에 대해 설명할 때, "특별히 영적인 행위"로서의 시의 언어는 "자신의 대타성에 의해서 모든 증여의 기적을 가능케" 한다고 했다. 시는 "말 한마디로 그가 즉각 연결되어 모습을 드러내고 또한 구출하며 어쩌면 편안하게도 해준다고 가정하는 타자 앞으로" 뚜벅뚜벅 "가는 것"이란 의미에서다.[5] 이를, 고독한 피로를 느끼는 '쓰기 주체'가 고요하게 자신의 내면으로 침잠할 때, 도리어 들을 수 없었던 박동에 연결되는 상황이 드러나는 이제니의 시적 장면을 위한 설명으로 읽어도 무방하겠다.

아마도(quizás), 새어나오는

또한 아마도, 새어나오는 소리들을 앙장브망으로 보여주는 시도 우리

---

5 레비나스의 파울 첼란에 대한 평가는 Levinas, *Noms propres*, Paris: Fata Morgana, 1976, 50~55면.

주변엔 있을 것이다.

중간이 끊긴 대파가 자라고 있다 멎었던 음악이 다시 들릴 때는 안도하
게 된다

이런 오전의 익숙함이 어색하다

너는 왜 갑자기 화를 내는 거지?
왜 나를 떠나겠다는 생각에 사로잡힌 거지?

통통거리는 소리는 도마가 내는 소리다 여기로 보내라는 소리는 영화
속 남자들이 내는 소리고

어떤 파에는 어떤 파꽃이 매달리게 되어 있다
어떤 순간에나 시각이 변경되고 있다

저 영화는 절정이 언제였는지 알 수 없이 끝나 버린다
그런 익숙함과 무관하게

찌개가 혼자서 넘쳐흐르고 있다
불이 혼자서 꺼지고 있다

나는 너에게 전화를 걸어야겠다는 생각을 지나친다
　　　　　— 황인찬 「발화」 전문(『구관조 씻기기』, 민음사 2012)

들리지 않아야 할 여타의 소리가 시적 주체 주변으로, 혹은 시적 주체

의 내부로 틈입해 들어온다. 하지만, 외부에서 소리가 들리기보다는, 오히려 시적 주체가 달리 반응을 하니 원래부터 있었던 소리가 들리기 시작했다고 표현해야 더 정확할 것이다. "안도하게 된다"라는 1연의 운을 떼자마자, 시적 주체는 다음 연에서 한치의 망설임도 없이 "오전의 익숙함이 어색하다"고 했다. 그리고 이어서 들려오는 목소리, 너와의 관계를 생각할 때에야 비로소 울리는 '나'의 목소리.

4연과 7연에서 앙장브망을 사용하고 있는 대목을 보자. '너'와의 관계를 경유할 때 "통통거리는 소리는 도마가 내는 소리다"라는 생각과 "여기로 보내라는 소리는 영화 속 남자들이 내는 소리고"라는 생각이 일반적인 통사법칙을 어긴 채 하나의 행으로 붙여지고, 6연과 7연의 "그런 익숙함과 무관하게" "찌개가 혼자서 넘쳐흐르고 있다"라는 문장은 하나의 상황에 대한 설명이어야 할 때임에도 불구하고 도리어 두개의 연으로 분절되어 있다. "어떤 순간에나 시각이 변경되고 있다"고 생각하는 시적 주체는, '발화'가 언제나 제 뜻을 고스란히 전할 수만은 없다는 비극을 품은 말임을 이미 알고 있는 듯싶다. 이 때문에 앙장브망 사이에서 새어나오는 소리들을 차마 막지 않는 방식으로, 하여 당황스럽고도 쓸쓸한 마음을 함께 전하는 방식으로 '당신'과 '나'의 관계, '당신'의 말과 '나'의 말의 관계, 그리하여 결합될 수 없는 생각과 생각의 관계가 내보이도록 둔 것이다.

이때 불현듯 침입하는 "통통거리는" 도마 소리, "여기로 보내라는" 영화 속 남자들의 소리, "찌개"의 넘쳐 흐르는 소리 같은 범속한 여타의 '소리'들은 이어져왔던 익숙함을 끊어내고 어색한 분위기를 조성한다. 시적 주체는 끊어질 듯 말 듯한 (당신을 향한) 생각을 그 '어색한' 소리풍경에 덧대고 있다. 이어지지 않는 지점들이 접붙여진 그 자리에는 상처를 수습하려는 자의 애씀 또한 더불어 있다. 시는 단절과 연결을 동시에 운용하는 방식의 한가지로 음악성을 품는다. 하나의 완전한 노래가 혹여 되지 못할지라도.

혹(quizás), 기억처럼

또다른 어떤 시는 혹, 기억처럼, 랩소디처럼, 반음쯤 내려간 채 연주되는 음악성을 내보이고 있지는 않은가. 이제 읽을 한편의 시는 시를 이루는 말의 울림 덕분에 매끄럽게 읽히지만, 그러는 한편 이 말들을 이루는 내용이 불연속적인 기억에 기대고 있는 탓에 독자인 우리는 끝내 '시간의 경과에 의해 지배되는 음악'이 되지 못한 시를 경험하고 만다.

그날 아버지가
들고 온 비닐봉지

얄랑거리는 잉어

잉어 입술처럼
귀퉁이가 헐은
파란 대문 집

담벼락마다
솟아 있는
깨진 유리병들

월담하듯 잉어는
내가 낮에 놀던
고무대야에 뛰어들고

나와 몸집이 비슷했던 잉어

그날따라 어머니는
치마 속으로
나를 못 숨어들게 하고

이불을 덮고 끙끙 앓다가
다 죽기 전에 손수 배를 가르느라
한밤중에 잉어 내장을 긁어내느라

탯줄처럼 길게
끌려내려오던 달빛

"당신 이걸 고아먹어야지 뭐하려고 조림을 해"

다음날 아침
밥상에 살이 댕댕하게 오른

그러니까 동생 같은
　　—박준「낙(洛)」전문(『당신의 이름을 지어다가 며칠은 먹었다』, 문학동네 2012)

　"아버지"와 "얄랑거리는 잉어" "잉어 입술"들이 환상적이고 든든한 이미지를 구사하기 이전에 바닥으로 떨어지는 것들을 안아올리기는커녕 그것들을 찌를 태세로 있는 "깨진 유리병"들과 중첩되면서, 막다른 골목의 집에서 그려질 법한 장면들이 이어진다. '어머니'와 '아버지'를 바라보는 '나'의 시선으로 그려진 이 시의 장면들은 애잔하고 안쓰럽다. 반복해서 읽을수록 그러하다는 것을 독자인 우리 모두는 안다.

서로가 서로를 보듬을 여유가 쉽게 나질 않는 궁핍이 "파란 대문 집"의 풍경을 끌어내리면서〔落〕슬픔의 파고를 높일 때, 그 감정이 좀처럼 추슬러지지 않는 이유를 우리는 어린아이가 발랄하게 읊조리는 듯한 간결한 리듬이 밴 시와 불일치하는, '어머니'와 '아버지'의 드러나지 않은 심정에서 찾을 수 있다. "이불을 덮고 끙끙 앓다가" "다 죽기 전에 손수 배를 가르느라" "한밤중에 잉어 내장을 긁어내느라" 애쓰던 어머니의 움직임과 "당신 이걸 고아먹어야지"라던 아버지의 말의 앞과 뒤에는 혹, 이야기조차 되지 못한 삶이 숨어 있던 건 아니었을까. 사실로 확정할 수 없어 이어지는 짐작은 '내' 기억을 온전치 않도록 갈라놓는다. 그리고 그 기억의 틈 사이로 형상 없이 텅 빈 언어로 나풀대는 "동생 같은"이란 말. 어디로 흘러가지도 못하는 그 말은 단지 소리로 거기에 남아 그치지 않는 노래로 고여 있다.

아마도, 어쩌면, 혹(quizás, quizás, quizás), 이 글에서 살핀 시들을 이루는 말은 말의 탄생 이전에 거기에 있었을 누군가들이 흩어지기 직전에 남긴 자취일 수도 있지 않을까. 혹은 언어가 되기 이전의 '언어', 언어와 세계가 처음 만난 지점에서 촉발했다가 사라진 정념, 그럼에도 자꾸만 뚜렷한 무엇이 되고자 하는 야만, 가능성의 상태로 지금 이곳으로 흘러들어올 채비를 하는 무언가. 우리의 귀에 시가 '들리는'/'읽히는' 일이 잃어버린 시간을 갈망하는 일과 다르지 않은 이유도 여기에 있다고 믿고 싶다.

제2부

―――――

싸움과 희망

―――――

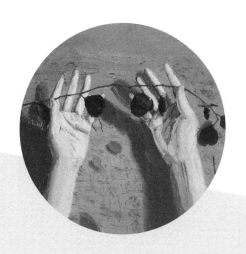

눈먼 자들의 귀 열기

◆

세월호 이후, 작가들의 공동 작업에 대한 기록

1. 쓸 수 있을까

"저는 글로 말하겠습니다."

글쓰기를 통해 삶의 진실에 다가가려는 이들이 저 자신을 설명하기 위한 엄숙한 표현의 하나로 꺼내던 이 말은 그러나 '세월호' 이후엔 천덕꾸러기가 되어버렸다. 모두가 사건은 목격했으나 진실엔 눈감아버린 이 시기를, 방향과 힘이 상실된 '쓰기'만으로 감당해낼 수 있을까. 무엇을 쓰고 어떻게 쓸까. 내 경우, 세월호에 관해 무엇을 할지 물었을 때 오로지 쓰기로 견뎌보겠다는 말이 답변으로 들리게 되면 괜히 야속하게 느껴지곤 했다. 마치 작가가 책상에 앉아 내놓을 수 있는 결과에만 국한해서 말하겠다는 고집으로 들렸기 때문이다. 하지만 그렇다고 해서 '쓰지' 않는다면 어쩔 것인가. 평론가 김나영(金娜詠)이 "내가 모르는 것을 말하고 있는 게 아닐까 싶은 한편 내가 너무 말하지 않고 있다는 생각이 들었다. 그 둘 사이의 길항에 놓여 있었다"[1]고 전한 고백에는 아무런 말도 제대로 해낼 수 없을지 모른다는 불안과 절멸의 상태에 놓인 현 시기 작가들의 초상이 담겨 있다. "망가진 문법더미 위"에서 "말의 무력" "말의 무의미"²와의 싸움을 피할 수 없다고 느낄 때, '쓰기'는 무엇을 할 수 있을까. 우리는 계속 쓸 수 있을까.

감자탕 집에서
누군가의 어버이로 살아온 두 사람이
소주를 마시고 있습니다
단순한 사고에 불과한 게 아니라고
한 남자가 말하지만
맞은편에는 유령이 앉아 있습니까

누군가의 어머니가 될 여자가
펄펄 끓는 감자탕을 들고 옵니다
그냥 사고였잖아요
세상에 그런 일들은, 그냥 사고잖아요
휴대용 버너를 켜고 깍두기가 든 접시를 내려놓으며
그녀는 어떤 시민입니다
사고가 사고 이상이 될 수 없는 어떤 세계가 있습니까
나도 선량한 시민이 되고 싶습니다
당신의 아이가 장래희망 칸에 적어넣은 것은 무엇입니까
무엇을 쓸 수 있습니까

그건 음모론

---

1 김나영은 2014년 12월 28일에 있었던 네번째 '304낭독회' 〈없는 사람처럼〉의 열번째 낭독자였고, 준비한 「손, 전화기」 낭독을 시작하기에 앞서 이와 같이 발언했다.
2 김애란 「기우는 봄, 우리가 본 것」, 『눈먼 자들의 국가』, 문학동네 2014, 18면.

맞은편에 앉은 자가 밀사의 목소리로 속삭입니다

그렇지요 설마하니

맞장구를 치던 여자가,

쟁반이 떨어져 가라앉습니다

죽은 아이들이 배 안에 가득한 것 같아요

갑자기 진통을 호소합니다

"다음 소식은 피해자 X들의 나라입니다. 이 나라의 방정식은 자꾸만 다른 방정식을 근이라고 우깁니다. 퇴보의 활주로를 향해 돌아간다고 합니다. 용인될 수 없는 램프 리턴입니다. 이 시체는 누구입니까? 토막 난 불안이 도처에 널려 있는데 기껏 담아둔 희망에서는 물이 새는군요."

다음 소식입니까

한 남자가

되풀이되고 있는 역사에 대하여

말하려는 순간에

─입 좀 그만 다물게

입 좀 그만 다물게 그 일이 무슨 일이었는지 우리 좀

알고 싶습니다

빈 소주병 안에서 누군가 외치고 있지 않습니까

맞은편에 앉은 자가 뚜껑을 닫자

병 속에는 에어포켓

여기는 어디 아니 얼마예요 얼마냐가 중요하지 중요한 건 이제 그게 아니라니까 민생을 살려야 한다니까,

손님들은 뉴스를 보고 있습니다 뉴스를 듣고 뉴스를

다음 소식은 물음표를 쓰면 잡혀갑니까

물음표 모양이 기억나지 않는다면

한반도는 어떤 모양으로 생겼습니까

이 땅 위에서 도대체

무엇을 쓸 수 있습니까

무엇을 쓸 수 있습니까

— 한지혜 「무엇을 쓸 수 있습니까」 전문(2014년 12월 27일 304낭독회)

위의 시는 소통의 도구라 여겨왔던 말이 전달의 과정에서 의미가 굴절되는 상황을 그리고 있다. 탕을 앞에 두고 술잔을 기울이는 이들의 말과 음식을 나르는 이의 말, 감자탕 집의 벽 한편을 차지하며 마치 식당 안에 있는 사람들 사이를 감시하듯 지나가는 뉴스의 말 등, 이 공간의 모든 목소리는 방향을 잃고 서로를 비켜간다. 이를테면 "단순한 사고에 불과한 게 아니라"는 말은 누구에게도 환영받지 못한다. 거기에 대고 "그건 음모론"이라고 대꾸하는 순간, 말 속에 조금이라도 잠재되어 있으리라 기대되는 진실은 휘발되어버리는 것 같다. 겉으로 보기엔 왁자지껄한 식당일 테지만 그곳에서 '대화'는 기실 사라지고 없는 것이다. 말의 용도가 점점 줄어드는 이 현장의 구석에서는 한편, "세상에 그런 일들은, 그냥 사고잖아요"라는 말이 "펄펄 끓는 감자탕"과 함께 밥상에 놓인다. "그렇지요 설마하니" 하는 맞장구에 매여 식당 안의 세계에 안착한 이 말은 '그 일'을 "사고"라고 여기는 순진한 믿음을 가진 사람을 단박에 "사고가 사고 이상이 될 수 없는 어떤 세계"의 "어떤 시민"으로 만든다.

이때 "선량한 시민"이 되고 싶은 시인의 목소리는 어느 편에 있나. 시인은 중요한 건 그게 아니라고 단정하는 평서문과 입 좀 그만 다물라는 명령문이 둘러싼 '시민'의 세계로부터 추방된 의심의 말("단순한 사고에 불과한 게 아니라")과 손잡는다. 그러고는 가정의 말("죽은 아이들이 배 안에 가득한 것 같아요")과 의지의 말("알고 싶습니다"), 물음의 말("당신의 아이가 장래희망 칸에 적어넣은 것은 무엇입니까" "물음표를 쓰면 잡혀 갑니까")의 위치로 다가간다. 어쩌면 그 자리로 가는 한, 앞으로도 시인은 어딘가에 가두어진 물만 보면 '그 사건'을 떠올릴 터이고, 거기로부터 "누군가 외치고 있"는 소리를 듣기도 할 터다.

물론 위의 시를 말이 갖고 있는 본래의 불완전한 성미와, 오해에 기반을 두고 이해를 추동하려는 대화의 어리석은 본성에 대한 알레고리로 읽을 수도 있다. 우리는 어떤 상황에서도 계속해서 새롭게 읽히며 제 수명을 연장시키는 작품이 좋은 시라는 사실을 알고 있다. 그러나 이 시를 굳이 그렇게 읽지 않는 이유는, 시인의 목소리가 모두의 말이 방향을 잃고 헤매는 상황 속에서 발견되고 있기도 하거니와, 그 목소리마저 "무엇을 쓸 수 있습니까"라는 질문에 포함시키는 방식을 위의 시가 택하고 있기 때문이다. 이 작품은 현재 모든 이들의 말을 속박하고 있는 닻이 물음표 모양으로 한반도에 정박하고 있는 상황을 구현한다. '쓸 수 있을까'라는 질문 자체를 구체적인 정황으로 삼아 인간의 말이 더이상 나아가지 못하는 조건 속에서도 결코 도망가지 못하는 문학의 남루한 현재를 보여주고 있는 것이다.

2. '이후'의 방식

세월호 이후, 한국사회의 구성원들이라면 그 누구도 세월호에서 벗어날 수 없는 일상을 살게 되었다. '사건'은 이전의 현실이 부서져 '이후'라는 조건하에서 살아갈 수밖에 없을 때, 그래서 습관적으로 삼아왔던 경계를 복받치듯 다시 질문할 수밖에 없을 때 성립한다. 언어로부터 삶을 구성하는 인식의 틀을 제공받는 우리는 '세월호'라는 사건의 곁에서 망가졌으므로, '쓴다는 일'이란 무엇이고 어떻게 가능하며 왜 하는지에 대한 생각을 처음부터 다시 해야 하는 상황에 처하게 되었다. 요컨대 세월호 이후에 쓰이는 글들의 문제는 사건을 다루는 방식의 상투성에 있지 않다는 것이다. 어떤 수사를 동원해서 쓴다 하더라도, 사건에 비할 때 문장이 "허접하게 느껴지기" 때문이다.[3]

작가들은 순식간에 상투와의 싸움이 아닌 '허접'과의 싸움 한복판에 던져졌다. 이는 극단으로 치닫는 '쓰기에 대한 무력감'의 반동으로 정말 필요한 '사람의 말'이 무엇인지 떠올릴 수 있어야 한다는 압박이 작가들에게 급격히 침투했음을 의미하는 것일 수도 있겠다. '세월호' 이후의 글쓰기는 슬픔에 광의적으로 접근했을 때 지워질 수도 있을 구체적인 얼굴에 예민하게 반응해야 했고, 희생자 가족들이 거리에서, 팽목항에서 이어가고 있는 고투에 누를 끼치지 말아야 한다는 조건을 염두에 두어야 했다 (이때 재현의 문제는 결코 거절할 수 없는 난관으로 자리한다). 또한 사건을 음해하는 세력들의 난폭한 말들과 '지겹다' '해서 무엇 하느냐'는 식의 냉소에 정면으로 맞서, 사건으로부터 영향을 받은 모두의 존엄 역시 더이상 훼손될 수 없도록 해야 했다. 이 같은 고민은 그간 고정된 매체를 통해 전달되어온 쓰기 작업의 운신을 살펴 문학이 사회적 충격이나 통증과 맺어왔던 관계를 다시금 가다듬어야 한다는 요청으로 이어졌다. 환언하면 우리가 이전에 나누었던 말이 왜 동결(凍結) 상태가 되었는지를 살펴 기존의 '쓰기' 방식을 내파할 수 있어야 한다는 요청, 단정(斷定)의 편에서 비껴난 가정(말하지 않으면 어떻게 될까), 의지(누구든 말해야 한다. 무어라

---

3 2014년 8월 27일 작가들은 '세월호' 이후 무엇을 할지에 대한 회의를 진행했고, 그 자리를 포함하여 이후에 이어진 여러 차례의 회의를 거쳐 '304낭독회'를 시작했다. 첫번째 회의 자리에서 시인 심보선(沈甫宣)은 '세월호'가 전하는 무게감이 너무나 크고 강렬하여 아무리 그에 대해 세련되게 표현하려 노력한다 하더라도 결국엔 "허접하게 느껴질 것"이라고 말했다.

도 해야겠다), 물음(무엇을 쓸 수 있을까? 어떻게 살아갈 수 있을까?)의 말들이 길을 터서 '이후'의 말을 구상할 수 있도록 누군가와는 함께해야 한다는 요청이 작가들의 공동행동을 부추겼던 것이다. "글로 말하겠다"는 표현에서 한정하고 있는 '쓰기 행위'의 원심력을 넓힐 필요가 있었다.

이에 공감하는 작가들의 예술활동 중 한 사례로 '304낭독회'를 들 수 있다. '304'는 세월호에서 돌아오지 못한 304명을 기리는 의미의 숫자로, 작가들은 낭독회가 304회를 채울 때까지 계속되어야 한다는 데 의견을 모았다. '304낭독회'는 2014년 9월 20일을 시작으로 매달 마지막 토요일, 낭독을 원하는 사람이라면 누구든 상관없이 자발적으로 준비한 글을 낭독하는 방식으로 진행되고 있다.[4]

낭독회의 다짐이 이행되기 위해서는 제대로 말할 수 없는 조건에 처한 이들의 목소리가 잠기지 않도록, 공명하여 크게 울려나갈 수 있는 목소리들의 숫자 역시도 확장되어야 했다. 그 같은 조건을 의식해서인지 '304낭독회'의 낭독자 섭외는 주로 직전에 낭독을 했던 사람이 친구에게 다음

---

4 첫번째 '304낭독회'는 작가와 작가의 친구들이 세월호에 대해서 하고 싶은 말을 한줄로 표현한 문장 306개를 낭독하는 방식으로 진행되었다. 일상적인 의미에서의 '낭독회'는 낭독을 하는 자가 무대에 서고, 듣는 자가 객석에 앉는 형태를 취하기 십상인 데 반해, 첫번째 '304낭독회'는 작가와 작가의 친구들, 그리고 낭독이 진행되는 중에 농성장을 지나가다가 '우연히' 참여하게 된 여러 시민들이 구분 없이 원의 형태로 둥글게 선 채로 팸플릿에 정리된 306개의 문장을 하나씩 돌아가며 낭독했다. 그 과정에서 낭독에 참여한 모든 이들은 자신이 쓴 문장을 다른 이가 낭독하거나 다른 이가 쓴 문장을 자신이 낭독하는 경험을 하게 되었다. 어떤 이는 '기존의 정돈된 낭독회의 모습이 아니라서 당황스럽다'(행사 진행을 도왔던 세월호 국민대책위원회 활동가의 말)고 당시의 소회를 밝히기도 했지만, 현장의 많은 참석자들은 무대와 객석의 경계가 허물어지고 말하는 자와 듣는 자의 구분이 없어지는 색다른 체험을 했다. 이 경험은 이후 작가들의 낭독회 운영에 있어서 중요한 지침으로 자리 잡았다. 작가들은 '304낭독회'를 준비하는 회의에서 작가가 아니더라도 세월호에 대해서 말할 필요를 느끼는 이들이라면 누구든지 말할 수 있는 낭독회가 되었으면 하고 바랐다. 두번째 낭독회부터 최근까지 '304낭독회'는 약 열편 정도의 글을 차례대로 낭독한 후, 마지막 순서로 참여자들 모두가 함께 소리 내어 지정된 한편의 글을 읽으며 마무리하는 프로그램으로 채워지고 있다.

회의 낭독을 권하는 식인데, 그 덕분에 자연스레 낭독자가 친구들에게 낭독회를 알리고 (낭독은 못하더라도) 참여를 권유하게 된다. 낭독을 권유하는 과정에서 작가들은 그간 방에만 고립되어 있던 자신이 이제껏 많은 사람들과 연결되어 있었고, 이들이 서로 이음매 역할을 할 수도 있다는 점을 새삼 깨달았다. 일견 부서지기 쉬워 보일 수 있는 '우정의 연쇄'는 오히려 그렇기 때문에 유연한 매개가 되어 "먼 시간까지 오래 읽고 쓰고, 행동하겠다"[5]는 '304낭독회'의 결심을 실현 가능하게끔 만들고 있는 것이다. 소박하게만 보이는 '낭독회'라는 형식이 왜 오래도록 작가들의 예술활동의 일환으로 모색되어왔는지를 짐작하게 하는 대목이다.

일찍이 낭독회는 문학을 통한 공동체성의 환기를 위한 장(場)으로 자주 활용돼왔다. 반세기 전인 1946년, 민족문학 단체였던 '조선문학가동맹'이 낭독회를 추진했던 이유는 "대중의 계몽화"와 "정치적 메시지의 전달"이었다.[6] 시 낭독 운동을 평가하며 김기림(金起林)은 "시인이 군중의 호흡과 표정과 움직임에서 새로운 시상은 물론이려니와 어떤 새로운 '리듬', 새로운 역학을 그 시에 받아들일 수 있을 것"[7]이라며 낭독이 실제 작품의 생산에 기여할 수 있으리란 기대감을 표한 바 있다. 당시의 시 낭독은 비록 뚜렷한 목표 달성을 위한 수직적 운동에 해당했을지라도, 대중의 결집을 꾀하는 데 용이한 방식으로 혹은 참여한 시인들이 스스로를 대중의 한 사람이라 인식하게 되는 동기로 받아들여졌다는 사실은 분명해 보인다. 이를 상기한다면, 조선문학가동맹은 '낭독회'의 효과를 정서적 감응이라 인지하고 있었을 것이다.

---

5 '304낭독회' 책자 머리글의 일부.
6 박민규 「조선문학가동맹 '詩部'의 시 대중화 운동과 시론」, 『한국시학연구』 제33호, 2012. 4, 183~217면.
7 김기림 「낭독시에 대하야」, 『신민일보』 1948. 3. 13. 박민규, 같은 글 209면에서 재인용. 독자의 이해를 돕기 위해 현재의 문법에 맞추어 수정했다.

그로부터 오랜 시간이 흐른 뒤인 2009년 여름에 시작되었던 '작가선언 69' 이후의 여러 활동들도 앞선 낭독회의 특징을 이어간다고 볼 수 있다.[8] 단, 근래의 낭독회는 배타성을 완화하고 정서적 감응의 수평적 구도를 형성하기 위해 작가와 시민의 경계를 허물어뜨리는 일에 주력한다. 그러면서도 인쇄매체로 한정되어 있던 텍스트 너머로 '문학적' 발화를 충동하여 예상치 못했던 감각을 일깨우기 위한 노력도 놓치지 않는다. '304낭독회' 역시 그 계보에 놓일 수 있을 것 같다. 눈으로 확인되는 강력한 기제(機制)가 없이도 서로를 신뢰하는 속에서 글을 읽고 듣는 행위를 이어가고 있는 '304낭독회'는 "눈먼 자들의 국가"[9]에서 눈으로 보는 방식이 아닌 다른 감각기관의 열림을 유도하면서 '쓰기' 활동을 추동하며 운영되고 있다.

3. 눈먼 자들의 귀 열기: 리듬의 정치성

낭독을 하는 행위자와 듣는 청자의 마주함 속에서 생성되는 우연적인 상황은 예측불허의 감응을 이루면서 낭독회 참여자들 안에 잠재되어 있

---

8 홍대입구역 부근 철거 예정 건물에 있던 식당 두리반에서 있었던 '불킨 낭독회', 작가들과 시민들의 단어 하나, 문장 하나씩을 모은 후 이들이 함께 말을 배열하면서 시 한 편을 완성했던 '희망버스'에서의 시 쓰기 활동, 그리고 그간 신문이나 뉴스에서 보도하지 않았지만 투쟁이 일상화된 공간에서 벌어진 여러 낭독회 등이 그에 해당할 것이다. "정체가 모호한 공간, 문학적이라고 한번도 규정되지 않은 공간"을 문학적 활동으로 채우는 '문학의 아토포스'의 생성에 내한 논의는 진은영 『문학의 아토포스』, 그린비 2014, 158~80면 참조.

9 소설가 박민규는 "선박이 침몰한 '사고'"이자 "국가가 국민을 구조하지 않은 '사건'"으로의 '세월호'를 정의하면서, 국민들로 하여금 진실에 눈감도록 종용하는 국가를 문제화한다. 그가 진단한 대로 한국에 살고 있는 모두가 진실을 알지 못하므로, 우리는 모두 '눈먼 자들의 국가'에 사는 셈이다. 박민규 「눈먼 자들의 국가」, 『눈먼 자들의 국가』, 문학동네 2014, 47~65면.

던 행동반응을 일으킨다. 다음은 2014년 11월 29일, 광화문광장에서 열린 세번째 '304낭독회'에서 발표되었던 글이다.

다시 아침이 왔고 나는 잠에서 깨어났습니다. 눈부신 것이 눈을 감게 합니다. 이토록 아름다운 지옥과 명징한 세계 속에서 나는 지속됩니다. 단단한 땅 위에 나는 서 있고 따뜻한 곳을 향해 발을 내딛으며 달고 더운 음식을 먹고, 가끔 웃습니다. 그렁그렁한 눈이 나를 봅니다. 웃다가 멈춰진, 환하게 정지된 얼굴 속에서 마지막 달처럼 휘어진 둥근, 소년 소녀들. 소년이 소녀를 만나 작은 과자를 나누어 먹을 때, 과자 부스러기가 좁은 무릎에 소복소복 내려앉을 때, 덩치 큰 아이가 이불을 나누어 덮을 때, 구겨진 가방을 열어 뒤집을 때, 창밖의 물이 예쁘다고 느낄 때, 괴물이 만화 속에 있을 때, 노래할 때, 넘어질 때, 뛰어도 뛰어도 더 뛰고 싶을 때, 다 먹고 더 먹고 싶을 때, 친구의 등에 손과 마음을 얹을 때, 서로 속일 때, 창피해서 울어버릴 때, 좋아서 때리고 싶을 때, 스무살을 상상할 때, 마흔과 여든, 결혼과 여행을 준비할 때, 함께 먹을 음식의 간을 볼 때, 쏟아지는 물건들 속에서 서로를 껴안을 때, 무서울 때, 기다릴 때, 다음 계절이 오지 않을 때, 멈추지 않을 때, 누군가 최선을 다해 조용히 숨을 거둘 때, 달리는 차 안에서 나가는 문을 못 찾은 고양이가 썩어갈 때, 굽이 낮은 구두가 짝을 놓치고 서로 멀어질 때, 모든 것이 떠다닐 때, 사라질 때, 죽은 채 도착할 때, 그들의 엄마는 사랑하고 더 사랑하고 끝까지 사랑합니다. 작은 누나는 우는 아저씨처럼 주먹을 움켜쥡니다. 고장 난 장난감처럼 형이 뒤틀립니다. 젊은 청년들은 총탄과 폭격이 없는 전쟁터에서 자주 이별하며 서로의 안부를 묻지 않습니다. 기별이 없는 동안 말법을 잃어버립니다. 짧거나 긴 신음, 쇠줄에 묶인 포로처럼 아 아 어 으 어 아 어 으 어 이토록 무용한 모국어 속에 젖은 눈과 바짝 마른 입이 왈칵 쏟아내는 울음은, 먼 타국의 돌멩이처럼 다만 모르는 풍경일 뿐입니까. 나에게 묻습니다. 나는 어쩌면 당신이고 당신은 나와 연결되어 있습니다. 나는 당신을 잘 모르고 당신도 나를 알 수는 없지만, 우리는 이제 모르면 안 되는 것들이 있고, 끝낼 수 없는 것들이 있습니다. 당신이 사는 동안, 내가 늙어가는 동안, 선한 눈, 죽음을 미처 알지 못했던, 눈부신 장면 속에서 서로를 먹이고 재워주던 일상적이고 보편적인 눈이 나를 보고 있을 때 말입니다. 저 큰 빌딩이 당신 거고, 나의 집이 내 것인 동안, 이 모든 것이 자본의 것이고 당신과 내가 눈먼 노예처럼 등이 굽어 온몸이 땅으로 쏟아지는 동안, 나는 이 땅에서 나의 혼을 소유할 것이고, 썩어문드러질 것이고 나에게 질문할 것입니다. 더럽고 추악한 인간의 형상으로 이 도시, 이 거리에 서 있을 것입니다. 이것은 나의 할 일이고 이것은 나의 부모가 나에게 준 역할이며, 나의 부모는 이 땅에서 나를 낳아 살게 하였습니다. 나는 이상한 나라의 앨리스가 아닙니다. 나는 평범한 시민입니다. 미안하다는 말은 나중에 하겠습니다. 먼저 해야 할 것들이 있고 아직 하지 못한 것들이 남아 있습니다. 마음이 무너지지 않도록 나는 기운 내어 오늘의 밥을 먹고 내일을 궁리할 것입니다. 가끔 미치거나 울거나 뚱뚱한 부자가 되어 편하게 살고 싶은 탐욕 속에 있을지라도 나는 이 명징한 참혹을 지속할 것입니다. 나의 애도는 씩씩한 것이고 일상의 노동 속에 있을 것입니다. 그러므로, 돌아오라 사람이여. 울음보다 먼저 도착하라. 소년이 소녀를 만나, 작은 손이 더 작은 손을 쥐는 동안, 사람이 사람에게 말하라.

— 장수진 「사람이 사람에게」 전문(2014년 11월 28일 304낭독회)

시인은 낭독회에서 "아 아 어 으 어 아 어 으 어 이토록 무용한 모국어"를 마치 문자 옆에 괄호 속 지시문이라도 있는 듯, "아(한숨 쉬고) 아(조금 길게) 아(더 길게, 신음처럼) 아(더 길게, 비명처럼) 아(지친 듯이, 잦아들도록) 아(조심스럽게, 작은 소리로) 아(다시 좀더 길게) 아(고통스럽게, 오래도록) 다 말할 수 없는 이토록 무용한 모국어"로 낭독했다. 이때 문자는 엄연한 하나의 개념적 의미체계에서 밀려나는데, 시인의 호흡과 음성의 조율로 인해 청자들은 문자가 나르는 소리 자체에 집중하게 된다. 시인 자신의 언어화할 수 없는 괴로움이 목소리에 실리면서, 그 소리가 그간 우리의 귀에 들리지 않았던, 진실과 함께 가라앉은 이들의 소리와 맞닿을 수도 있다는 인상을 받게 되는 것이다. 그에 따라 "나는 어쩌면 당신"이고, "당신은 나와 연결되어 있"다는 구절에 힘이 실리게 된다. 시인은 낭독을 통해 우연히 발휘되는 육체적 에너지로 (능동적으로 듣기를 행하는) 청자들과 만나고, 의미의 흔적이 사라져 "무용한" 문자들은 낭독의 현장에서 수행적(performative) 의미를 구성하게 된다. 이처럼 낭독의 수행성은 "행위자와 관람자의 실제 공(共)-현존을 통해 구성"[10]된다. 시각적 원리에 기반한 '쓰기-읽기'(문자로 '보기', 자율적인 개인의 집필과 묵독행위)가 불가능한 곳에서 열리는 '304낭독회'는, 청각적 원리에 기반한 '읽기-듣기'(목소리를 '듣기', 타율적인 개인의 발성과 청취)의 수행을 통해 이후 '쓰기-살기'의 가능태가 실질적으로 실현될 수 있도록 언어를 통한 내면적인 '공-현존'을 잠재적으로 형성하고 있는 것이다.

그러나 낭독회 참여자들이 '여기'에 있는 몸으로 형성하고 있는 '공-현존'은 역으로 '없는 사람'을 부각시키는 단서가 되기도 한다. "당신"은 여기에 없고, '우리'만 여기에 남아 소리를 내고 있다. 우리는 "당신"의 얼굴을 완벽히 표현하는 일에 끝내 실패할 것이다. 그저 "당신"이 사라지게 된 경위에 대해 생각하면서, 거기에 지속적인 질문과 충족되지 않는 대답을 온몸으로 던질 뿐. 또한 '우리'가 "사람"으로서 질문할 때, "당신"도 "사람"으로 돌아올 수 있으리라고 믿을 뿐. "당신"의 '몸'이 돌아오지 못하고 있는 곳에서 우리의 몸이 현현하는 상황을 통해 "당신"의 없음이 가시화되는 방식은 '304낭독회'가 안고 있는 공-현존의 딜레마이자 세월호

---

10 에리카 피셔-리히테 「우리는 어떻게 행동하는가」, 『문화학과 퍼포먼스』, 문화학연구회 옮김, 유로서적 2009, 21면.

이후를 사는 우리가 안고 가야 할 책무다. 이를 장수진(張修珍)은 '나'의 살아 있음을 설명하는 서술과 부재하는 "당신"이 했을 행위에 대한 서술이 겹치도록 쓰고 있다. "명징한 세계"에서, '나'의 육체가 먹고, 웃고, 느끼는 행위를 표현하는 말은 "소년과 소녀"들이 겪었을 일들을 표현하기 위한 말과 다르지 않다. 주어가 별다르게 등장하지 않는 문장들이 이어지는 전반부에 "쏟아지는 물건들 속에서 서로를 껴안을 때, 무서울 때, 기다릴 때"로 짐작되는 장면들이 예상치도 못한 사이에 밀려왔다가 가면서 독자는 "우리는 이제 모르면 안 되는 것들이 있고, 끝낼 수 없는 것들이 있습니다"라는 구절에 마음을 두게 되는 것이다.

낭독회에서 읽히는 글은 때때로 낭송을 염두에 두고 쓰이는 까닭에 낭독에 적합한 리듬과 호흡을 갖고 있어서 "시집의 지면에 얌전히 기록되었을 때"는 정작 "시적 효과가 급격히 줄어들 것"[11]이라는 염려를 낳는다. 그러나 이 지면을 빌려 위의 시를 접하게 된 독자들은 인용한 작품의 구절들에 오래 눈이 머물 것이라 믿는다. "~할 때"의 반복이 나의 현존과 "당신"의 부재와 그를 둘러싼 다양한 주체들의 삶을 연상시킬 뿐 아니라 그와 겹치는 이미지들을 유동적으로 강화시키거나 약화시키는 방식으로 형성하는 중인 리듬 덕분이겠다. 장수진의 시는 낭독에만 적합한 리듬이 아닌, "마음이 무너지지 않도록" "기운"을 내어 "오늘의 밥을 먹고 내일을 궁리해야 하는" 이의 참혹한 몸이 이어가야 할 리듬을 구현하고 있다. 이때 리듬은 "하나의 음가로 환원되지 않는 삶의 율동을 다원화하는 언어활동에의 참여"[12]로 경험되는 것이다.

앙리 메쇼닉(Henri Meschonnic)은 '리듬'을 운율론에 갇힌 개념이나 '척도'로 계산 가능한 형식으로 사유하지 않고, 사람의 호흡 및 심장과 연

---

11 진은영, 앞의 책 177면.
12 최현식 「한국 근대시와 리듬의 문제」, 『한국학연구』 제30집(2013), 411면.

계되는 몸의 움직임, 그와 더불어 짓는 표정, 근육을 움직이게 하는 떨림 등 광의적인 의미로서의 '삶의 박동'에 기반을 두고 설명한다.[13] 그는 특히 리듬을 정형시구와 동일시하는 관점을 일컬어 "계절과 날의 순환, 인간의 육체적 주기성"[14]만 고려하는 것이라고 지적하면서, 우리가 주목해야 할 리듬은 '주기성' '규칙성'을 특성으로 삼은 것이 아닌 "'운동' '흐름' '예측 불가능한 무엇'에 토대를 둔" 개념이라고 제안한다.[15] 이를 염두에 두면 우리가 처한 지금의 상황을 다르게 생각해볼 수 있는 실마리를 얻을 수 있을 것 같다. 현재의 치안(police) 질서에서 필요로 하는 '리듬'은 정제된 균형을 삶에 도입하기 위한 '동일한 것의 규칙적인 회귀', 즉 우리에게 혼돈을 안기는 '사건'의 의미를 미리 만들어진 도식을 준거 삼아 탈각시키도록 종용하는 방식에 해당한다. 이 같은 리듬의 의미만을 따른다면 우리는 '사건'이 초래한 혼돈을 잠재워야 '삶'이라고 용인돼온 때로 돌아갈 수 있고, 희생자에 대한 애도를 완수할 수 있다는 착각에 빠지기 쉽다. 그러나 세월호의 진실을 인양하지 않는 사회에서 살고 있는 우리들은 망각함으로써 일상의 리듬을 되찾으려는 움직임이 거북하게 느껴진다. 그런 우리에게 필요한 것은 혼돈의 리듬을 살려냄으로써 치안 질서

---

13 앙리 메쇼닉의 리듬의 시학에 관한 설명은 루시 부라사 『앙리 메쇼닉: 리듬의 시학을 위하여』, 조재룡 옮김, 인간사랑 2007 참조.

14 같은 책 150면.

15 리듬의 어원인 그리스어 '류트모스'(rhuthmos)는 '어떤 강이 흐르는 모습(couler)'이라는 의미를 갖고 있기 때문에 이를 플라톤 이후로는 이탈을 허용하지 않는 규범적인 순환성, 즉 '측정이 가능한 형식적 단위'로 해석해왔다. 그러나 앙리 메쇼닉은 언어학자 벵베니스트(É. Benveniste)가 리듬의 어원을 수정하면서 "물결들의 다소간 규칙적인 운동"이라는 의미를 리듬과 결부시킨 점에 주목한다. "플라톤에 의해서 그 의미가 제한되거나 고정되기 이전에 '물결의 존재' 혹은 '흐르는 형태'를 지칭"했다는 사실을 인식한 것이다. 따라서 메쇼닉이 재해석한 '류트모스'(rhuthmos)는 "형상(figure)이자 만남(rencontre)이며, 질서(ordre)를 포괄하면서도 이 질서가 '변화하는 모습'"에 가깝고, 이러한 형태는 "고정된 형태와 전적으로 구분되는 '운동과 변화방식' 자체"다. 같은 책 146~51면.

에 균열을 내는 방식이다. 그것은 앞의 시에서처럼 우리에게 떠밀려오는 "명징한 참혹"을 피하지 않는 삶을 살아냄으로써 가능하다. 이 시에 내재된 형식인 리듬이 낭독을 통해 읽는 이와 듣는 이의 몸으로 전화(轉化)될 때, 리듬의 정치성은 발현된다.

4. 느린 화살처럼, 쏠 것이다

낭독회에서 참여자들이 겪는 리듬의 경험은, 소리와 소리가 격렬하게 부딪히는 싸움의 현장에서도 이뤄진다. 광화문 세월호농성장에서 진행했던 두번째, 세번째 '304낭독회'에서 참여자들은 그 일대에서 농성을 반대하는 보수우익 집단과 종교단체의 '소리' 사이에서 낭독해야 했다. 또한 회를 거듭할수록, 해당 낭독회를 진행하는 때마다 들려오는 곳곳 ─ 이를테면 국가권력에 의해 삶의 터전이 파괴되고 있는 현장 혹은 파업, 농성 등을 통해 일상을 중단시키고 문제적인 상황 자체를 또다른 삶의 근육으로 이끌고 가게 된 곳 ─ 의 소식들에 어떻게 곁을 내어줄지에 대해서도 예민하게 고민해야 하는 상황이 벌어졌다. 이러한 사정은 '낭독회'라는 형식이 지나간 시간에 대한 예의를 갖추는 제의적인 성격에만 머물지 않도록 만든다. 여전히 시끄러운 현장성의 부각과 리듬의 수행을 통해 일시적으로 발휘되는 말들의 의미가 '세월호'의 시간성을 현재진행형으로 각인시키는 덕분이다.[16] 기억은 우리가 말하는 속에서 고정적으로 보관되는

---

16 '304낭독회'는 일꾼들 간의 논의를 통해 매회 다른 장소에서 열린다. 대학교의 생활도서관, 하자센터처럼 지역사회와 연결되어 있는 공간에서의 개최를 통해 세월호에 대한 이야기가 광화문광장 외의 장소에서도 울려 퍼질 수 있도록 해야 한다는 생각 때문이다. 그뿐만 아니라, 때때로 '테이크아웃드로잉 카페' '옥바라지 골목 구본장 여관 앞' 등 '사회적인 재난'이 있다고 여기는 투쟁의 장소에서도 낭독회를 가진다. 이는 세월호사건이 '지금-여기'의 현장과 어떻게 연결될 수 있는지에 대한 논의가 이어질 수

것이 아니라 끊임없이 더해지고 확장해가는 '현재'의 상태를 통해, 시간에 따라 변해가는 우리의 '여기' 있는 몸을 통해 수행적으로 빚어지는 것이다. 낭독회의 '현재'는 시간의 흐름에 따라 생산될 차이를 갖고 기억의 무늬를 만들어나가리라는 의미에서 영원회귀적이다. 낭독회 마지막 순서에서 참여자들이 다 함께 읽는 "오늘은, 4월 16일입니다"라는 문장에서처럼 "현재와 미래에서부터 과거가 항구적으로 재개되는 반복"[17]을 취하는 형태로 낭독회의 시간은 회귀할 것이다.

'304낭독회'는 사회적 고립과 망각에 맞서 싸우고 있는 희생자 가족들의 곁에서 20여년이라는 기나긴 시간이 걸릴지라도 304회를 채우겠다는 다짐을 하며 그 긴장을 유지하고 있다. 이 낭독회를 시작한 작가들은 지금처럼 낭독회가 한달에 한번씩 집중적으로 열리는 방식을 꼭 고집할 필요가 없으니, 이 낭독회가 더 많은 사람이 함께할 의지만 있다면 다른 지역에서 동시다발적으로 진행될 수 있다고 여긴다. 그렇게 되면 낭독회는 생각보다 일찍 304회를 채우게 될지도 모르겠다. 그러나 언제 횟수를 채울 것인가에 조바심을 내는 사람은 없다. 기나긴 시간이 걸리더라도 이 낭독회를 이어가리라 계획한 작가들의 '리듬'에는 세월호사건이 아니었다면 족히 20년도 넘게 살았을 이들에 대한 기억이 담겨 있기 때문이다. 낭독회가 각오하고 있는 시간성은 사건을 함께 살아내는 방식 속에서 형성되는 것이다. 시인 이원(李源)의 말처럼 "사랑하는 아이와 가족을 잃어 내내 고통받는 사람들처럼" "그 부모들처럼, 그 가족들처럼, 사회가 잊은 사람들을 기억하며 그 손쉬운 애도를 최후까지 지연시키는 일이 문학의 할 일"[18]이다. 사건이 피해자들의 고립으로 마무리되지 않도록 하기 위해,

---

있도록 해야 한다는 생각이 '304낭독회'의 운영방침에 스며 있기 때문이라고 설명해야 할 것이다.

17 루시 부라사, 앞의 책 179면.

18 김여란 「고통의 목소리를 보여주는 '문학의 정치' 필요」, 『경향신문』 2014. 8. 11.

'304낭독회'에 참여한 이들은 사건의 통증이 우리 모두의 삶의 리듬으로 체화되기를 바란다. 관성적으로 살았던 몸을 무너뜨리고 그 한계를 조건 삼아 '쓰기-살기'가 이어지기를 바란다.

니체는 가장 고귀한 종류의 아름다움은 "인간이 거의 의식하지 못한 채 계속 지니고 있는 아름다움" "우리들 마음속에 겸손히 자리 잡은 후 결국 우리를 점령하여 우리의 눈을 눈물로, 우리 마음을 동경으로 채우면서 천천히 스며드는 아름다움"이라고 했다.[19] 눈먼 자들의 국가에서 버림받은 이들의 곁, 그 자리로 가서 오래도록 귀를 열고, 말을 하는 것. 그리고 그 것이 씻겨가지 않도록 계속해서 쓰는 것. 문학은 느린 화살처럼 오래도록, 은밀한 걸음으로 갈 것이다. 이는 문학이 애초부터 해온 일이기도 하거니와 문학이 아름다울 수 있는 이유이기도 하다.

---

19 프리드리히 니체 『인간적인 너무나 인간적인 I』, 김미기 옮김, 책세상 2001, 170면.

책에는 없는 이야기들

> 무엇인가 빠져나가는 느낌을 받았다.
> 몽환에 가득 찬 고전주의가, 창가에 놓인 꽃과 과일의 정물이,
> 전쟁 이전에 찍은 듯한 희미한 사진들이, 책에는 없는 이야기들이.
> ── 배수아 「푸른 사과가 있는 국도」 부분

1997년, 당시 서른네살의 작가 이불(李昢)은 뉴욕 근대미술관에서 'Majestic Splendor'라는 제목의 작품을 발표하려 했었다. 이는 다양한 색상의 구슬과 금속 조각으로 장식한 여러 마리의 싱싱한 도미가 가지런히 진열장에 놓여 있는 모습을 한 작품이었는데, 처음부터 작가는 전시 기간 중에는 그 작품이 부패되도록 방치할 예정이었다. 도미가 상하면서 풍길 냄새가 어떤 효과를 일으킬지가 중요할 수 있으므로, 작가는 미술관 측에 관람객의 후각을 자극하기 위해 오리엔탈리티와 관련된 향수를 전시장에 분사하겠다고 요청하는 조치를 취했다. 그러나 시간이 지날수록 생선의 썩어가는 냄새가 심각해지면서 "뉴욕 근대미술관이라는 눈의 성전에 가득 찬 성스러운 공기를 오염시켰다".[1] 미술관 측은 악취와 오물을 내뿜으며 벌레가 들끓기 시작하는 광경을 그대로 둘 수가 없어, 작가의 항의에도 불구하고 전시회가 열리기도 전에 작품을 철거했다. 당시 이불의 작품이 일으켰던 해프닝을 일컬어 우정아(禹晶娥)는 "시각의 우월성에 기반을

---

1 우정아 「실패한 유토피아에 대한 추억」, 권행가 외 『시대의 눈』, 학고재 2011, 357면.

두고 있는 미술관에 대한 대단히 실질적이고 치명적인 물리적 공격"[2]이었다고 평가하면서도 "우발적인"[3] 상황이 공포를 극대화시킨 경우라고 했다.

가만, '우발적인' 사건? 우리의 질문은 거기에서 출발한다. 썩어가는 도미로부터 비롯되었던 냄새를 역하다고 평가했을 '고상한' 미술관 인사들의 일그러진 표정, 아무런 약품 처리도 하지 않아 벌레와 곰팡이가 서식하기 시작하는 속에서도 '반짝반짝 태연히 빛나고 있었을' 가공된 장식용 구슬과 금속 조각, 후각의 중요성을 역설하며 목청 높여 항의했을, 그러나 실은 도미의 부패를 충분히 예상하고 있었던 작가의 '의도'… 마침, 작품의 한글 제목을 작가는 "화엄"이라 지었다. 도미가 화려하게 장식되었다고 해서 바쳐진 이름은 아닐 것이다. 우리는 'Majestic Splendor 화엄'으로부터 거부와 배제와 소거에 익숙한 인간들의 감각에 내정된 한계(작품은 마치 '너는 만물의 부패를 향한 운동을 직시할 수 있겠느냐' 하고 묻는 것 같다) 혹은 완벽하리만치 불완전한 존립들이 작품의 철거 순간에 전시되는 것을 본다. 요컨대 불법(佛法)의 광대무변함은 도리어 '화엄'의 철회 지점에서야 다가오는 것이다. 이 때문에 이불의 작품은 예정된 부패의 형태로 '사건'(event)을 잠재적으로 보유하고 있었다고 기록해야 할 것이며, 이불의 작품이 사라지고 멀리 달아나는 순간, 우리는 그제야 떠나가버린 그것이 그 자체의 일부로 지니고 있었던 진실을 깨닫고 (혹은 깨닫기는 한 건지 갸우뚱해하며) 동요하게 되는 것이다.

어떤 시는 아직 활성화되지 않은 부분을 제 안에 암약하도록 방치한다. 그러고는 그 안에 있으나 그에 속하지 않는 것과 타협하면서 외줄타기를 하듯 의미들을 가시화하기도 한다. 이미 시의 말(言)이 되어버린 것과 될 수 없는 것, 되지 못한 것과 될 수 있는 것. 이들은 어쩌면 상극을 이루지 않

---

2 같은 글 358면.
3 같은 글 356면.

는 층위일 수도 있다는 것. 인간도 다르지 않다.[4] 어느 국면에서든 완전할 수 없는 인간은 영원히 불완전하므로 쓴다, 시를. 그리고 어렵사리 엉뚱하게 쓰인 시를 따라 읽으며 문자가 무한정한 의미의 세계로 달아나려는 순간, 우리는 그제야 떠나가버린 그것을 어렴풋이 헤아리고, 갸우뚱해하며 천천히 동요하기 시작하는 것이다. 이현승(李炫承)의 시를 먼저 읽는다.

숨이 막힌다.
가지런히 잘려나간 잔디에서 풀 냄새가 난다.
씀바귀꽃이 개선 환영 인파처럼 늘어선 길을 걸으며
박수 받아야 할 사실을 기억해내지 못한 채
암담은 화창과 마주하고 있다.

꽃 한송이 못 보셨어요?
노랗게 핀, 예쁜 꽃이에요.
도둑이라는 말에 지갑으로 가는 손처럼
씀바귀 민들레 냉이꽃 들이 갑자기
제 꽃들을 감싸 안는군요.
저는 노랑을 잃었어요.
온통 노랑 꽃밭에서요.
하늘에서 빛이 쏟아지고 있군요.
아, 노랗고 눈부신 빛이.
해님, 우리 꽃 못 보셨어요?

---

4 "인간은 두개의 국면으로 이뤄진 하나의 존재다. 즉, 아직은 개체화되지 않아 활성화되지 않은 부분과 운명이나 개인적 경험을 흔적으로 간직한 또다른 부분 사이의 복잡한 변증법이 낳은 결과가 바로 인간이라는 존재다." 조르주 아감벤 『세속화 예찬』, 김상운 옮김, 난장 2010, 12면.

어느 영토가 더 넓은지를 가늠하는 침략자처럼
당신은 줄곧 내려다보고 있었잖아요.

우리가 할 수 있는 일은 언제나
기억을 되돌리는 것뿐이지만
문제는 기억나지 않는다는 것이 아니라
경험되지 않았다는 것.
우리가 거기에 없었다는 것.

도둑이 다녀간 집은
자물쇠를 몇개씩 걸어도 결국 잠기지 않는다.
완전히 열려버린 눈동자처럼.
씀바귀 민들레 냉이꽃이 두리번거리는 곁으로
노랗게 눈부신 암담 속으로 어린 꽃 하나 걸어나갔다.
— 이현승 「블랙아웃」 전문(『생활이라는 생각』, 창비 2015)

2연에서 불현듯 바뀌는 화법은 1연에서 그리고 있는 씀바귀 군락이 남기는 환한 이미지를 한순간에 의아하게 만든다. "꽃 한송이 못 보셨어요?"라는 물음이 던져지는 순간, 시의 배경은 "암담"이 마주한 "화창"에서 다시 "암담"의 한가운데로 바뀌기 때문이다. 화창한데, 그 화창의 한가운데에서도 보지 못하는 무언가가 있다고 2연에 끼어든 목소리가 말한다. "하늘에서 빛이 쏟아지고" 있고, 그 때문에 "노랗고 눈부신 빛"이 가득함에도 명명백백 다 드러나고 있는 그 가운데에 서 있는 누군가의 목소리는 도리어 "노랑을 잃"은 것이다.

눈이 많이 내릴 때 가스나 안개가 발생해서 주변의 모든 것이 하얗게 보이는 현상을 '화이트아웃'이라 한다. 시야를 상실케 해서 원근감과 공간감을 모두 없애는 화이트아웃 현상 속에서 주체는 자신의 위치뿐 아니라 실존 자체도 분별하지 못한다. 시의 제목은 분명 "블랙아웃"이지만 우리는 흐드러지게 핀 "씀바귀 민들레 냉이꽃 들"이 갑자기 무리를 지어 햇빛과 뒤섞이면서 오히려 그 무엇에 대해서도 명징하게 표현하지 못하게 만드는 화이트아웃의 현상을 경험한다. '블랙아웃'이란 말에 의도적인 감춤이 내포되어 있다면, '화이트아웃'이란 말에는 우연한 감춤이 있다. 그러나 이 모두는 홀연히 일어나는 일들이라는 의미에서 상통한다. 우리의 시야 확보가 좌절되는 그 지점에서 단일한 목소리는 갈라지고, 우연을 만든 과거의 어떤 의도로부터 빚어진 헤맴 속에서 우리는 우리의 우매함만을 반복해서 깨닫게 되는 것이다. 하여 시의 제목은 화이트아웃이 아니라 이 말이 감추고 있었던 비밀의 다른 이름인 '블랙아웃'이다. 꽃들이 활짝 피어날수록 아득하고도 암담한 기분을 당신이 느낄 때가 있다면 그것은 "완전히 열려버린 눈동자"가 아무것도 보지 못하듯이, 당신을 위한 단 하나의 "꽃"을 당신 안에 차분히 새겨내는 일에 당신이 늘 실패하기 때문. 그러한 태도는 또 그것대로, 충만히 피어난 꽃들을 껴안지 못하는 일이기도 하다는 것, 다르게 말해 "경험"하지 못한다는 것.

꽃들이 활짝 피어나는 일의 잔인함을 그리는 위의 시적 상황은, "가지런히 잘려나간 잔디"에 여전히 남아 있는 "풀 냄새"에 "숨이 막"히는 시적 주체가 "어린 꽃 하나"를 끝끝내 발견하지 못하는 장면을 마지막으로 연출한다. 꽃들이 만개한 바로 그 위치에서 시적 주체는 가장 큰 상실감을 느낀다. 때때로 인간에게 '역설'이란 모순적인 구조로 이뤄지는 것이 아니라 너무나도 정당한 감정인 셈이다.

> 새 옷을 열 개쯤 껴입고 새사람이 된 광대와
> 태어날 때부터 입고 있던 옷으로 땀을 훔치는 광대가
> 하이파이브를 하고

팔짱을 끼고
가면을 빼앗긴 광대의 적나라한 인격을 위해
랄랄라 돌고 돌며 노래를 한다

발바닥에 파룻파룻 새싹이 돋았다네
발바닥엔 얼마큼 싱거운 물을 주어야 할까
싹을 키우면 발바닥은 뿌듯할까
싹을 뽑으면 발바닥은 시원할까

랄랄라 우리는 양말을 사랑하고
광대는 신발끈이 밟혀 넘어지고

머리를 땅에 묻고 흙냄새를 맡을까
감자처럼 착하게
고구마처럼 듬직하게
하늘로 하늘로 발바닥을 뻗어볼까

랄랄라 광대는 혀가 짧고
우리의 귀는 수제비처럼 뜯어지고

후렴은 누가 하지?

우리의 만면에는 갸륵함이 넘치는데

광대의 엉덩이는 이름을 쓰고 있는데
── 신해욱 「프릭 쇼」 전문(『syzygy』, 문학과지성사 2014)

신해욱의 시에 대한 읽기도 제목을 확인하는 일로부터 시작하자. "프릭쇼"는 19세기 말에서 20세기 초 사이에 미국에서 인기를 끌었던 구경거리였다. 훼손된 사람 신체의 일부나 소위 '비일상적인 신체를 가진' 사람들, 괴이한 동물 시체 또는 기형인 동물들을 '전시'하던 이 쇼는 과학의 능력을 조롱하기 위해, 혹은 과학을 대하는 일을 낯설어했던 사람들에게 흥미를 제공하는 역할을 했다. 하지만 기괴함에 대한 선호는 근대가 들어선 이후 강조되어왔던 정상과 비정상의 경계를 허무는 데에 역할을 했다기보다는, "쇼"의 특징상 오히려 그 구별 짓기를 더욱 두드러지게 했다. 또한 쇼에서 내내 진귀한 구경거리로 제시되던 이들이 과학의 잣대에 따라 유전적 돌연변이나 질병에 의한 모습이라고 해독되기 시작했다. 프릭쇼는 과학의 합리를 좇아가기 시작한 관람객들의 만족을 점점 충족시키지 못했으므로, 쇠퇴의 길을 걸을 수밖에 없었다. 이미 모두의 기나긴 망각 속으로 밀려난 프릭쇼가 여기 시적 현장에서는 왜 펼쳐지는 것일까.

시는 기괴하게도(uncanny), 한 행이 마무리되는 곳마다 거기에 대치되는 시선을 약삭빠르게(canny) 놓아둔 듯하다. 가령 이런 것이다. "새 옷을 열 개쯤 껴입고 새사람이 된 광대"가 등장하는 행 뒤에는 '새 옷을 열 개쯤 열어 젖혀야 광대가 사람임을 확인하는 관객'이, "태어날 때부터 입고 있던 옷으로 땀을 훔치는 광대"가 등장하는 행 뒤에는 '태어날 때부터 입고 있던 옷에 대한 신의는 그 옷으로 땀을 훔쳐야만 가질 수 있는 것이라 여기는 관객'이 숨겨져 있는 것만 같다. "가면을 빼앗긴 광대"의 뒤에는 '가면을 쓴 구경꾼들', 그러니까 프릭쇼에 등장하는 출연진들의 '비정상성'을 향해 욕을 던지는 참혹을 관통해야만 저 자신의 정상성을 인정받는 이들이 자리하고 있는 것만 같다. 3연에서 '우리'라는 시적 주체의 돌연한 등장이 새삼스러울 게 없는 이유는, 1연에서 은폐된 시선이 이미 그를 예고하고 있었기 때문이다.

이 글의 처음, 우리는 어떤 시들의 활성화되지 않은 부분은 시에서 제시하는 명료한 이미지들에 속하지 않은 채로 제시된다는 맥락을 통해 시의 말이 되어버린 것과 될 수 없는 것, 되지 못한 것과 될 수 있는 것이 한 통속임을 알았다. 3연에서부터 슬쩍 '우리'라는 말을 등장시키며 1연의 각 행마다 등장하지 않음으로써 등장을 예고한 이들이 사실은 독자인 나와 별반 다르지 않은 시선을 가진 자들임이 폭로될 때, 인간이 끝내 포기하지 못하는 고약한 호기심과 타자들과의 구별 지점에 관한 고집들도 함께 선연히 드러나는 것이다("우리의 귀는 수제비처럼 뜯어"지고, "우리의 만면에는 갸륵함이 넘치"는 걸로 보아, 시적 주체는 '우리'와 광대가 별개의 존재들임을 부각시킨다). 어쩌면 인간들은 '프릭쇼'가 환기하는 욕망과 내내 겹쳐질 수밖에 없는 연약한 존재들임을 독자는 확인한다. 그러니 이탤릭체로 표기된 시구들은, 참지 못하고 터져나오는 광대들의 박동으로 읽히기도 하지만, '프릭쇼'를 원하는 관객들인 '우리'를 에워싼 노래들일 수도 있는 것이다. 'freak'이라는 형용사는 '우리'-'독자'를 가리키는 말일지도. 이처럼 시에는 없는 이야기들이 그 자리에 거주하기도 하면서, 모르는 이의 얼굴을 '없는' 방식으로 살려두기도 하는 것이다. 김경후(金慶厚)의 시를 읽는다.

바닥 틈으로 도망치는 개미떼
꼭꼭 눌러 죽이다
멈출 것
한마리는 돌아가 알리게

여긴
빈 주전자와
뒤틀린 선인장

서걱거리는 어둠만 있다고
말라죽은 낙타가죽 같은 이불만 있다고
매달릴수록 허물어지는 모래시계와
모래의 가슴뿐이라고

이게 다야
모든 개미에게 알리게
꼭꼭 눌러 죽이다 멈출 것
개미지옥 같은 방
개미핥기같이 검게 수그린 여자만
여기 있다고
아무도 오지 말라고

개미성운까지
돌아가 알려줄
마지막 개미는 살려둘 것
─── 김경후 「개미지옥」 전문(『오르간, 파이프, 선인장』, 창비 2017)

생명을 이어갈 수 있는 조건인 물이라곤 찾아볼 수 없는 건조한 장소가
시의 배경이다. "빈 주전자"와 "뒤틀린 선인장" "서걱거리는 어둠" "낙타
가죽 같은 이불"이 사막을 연상케 하는데, 이 구절들은 말라 있고 막막한
기분을 선사하는 방 안을 환유적으로 그려내고 있다. 여러 마리의 개미
중 누가 살아날지 모른다는 이유로, 개미들이 구조적으로 안고 있을 절망
이 이 방엔 있다. 그리고 시적 주체는 여기 "개미지옥"을 일컬어, 이곳은
"검게 수그린 여자만" 있는 "아무도 오지" 않는 방이라 설명한다. 개미를
눌러 죽이다, 부러 한마리를 살려두는 상황에서.

그러니 애꿎은 개미들의 지옥을 표현할 것이 아니라 우리는 아무도 찾지 않아 적막한 방 안에 홀로 내내 남겨져 있는, 쉽게 치유되지 않는 절망감에 대해서 먼저 말해야 한다. 요컨대 시에서 남겨지는 정념은 3연에서 "이게 다야/모든 개미에게 알리게"와 같이 개미를 향한 화법으로 폭로되는, "검게 수그린 여자"의 드러나지 않은 미성숙함, 표현에 실패하여 '순진한 어린아이' 같은 모습으로 개미만 눌러 죽이고 있는, 그런 잔인한 쓸쓸함임. 이는 시적 주체 스스로도 자신에게 이해할 수 없는 것으로 남아 있을 바로 그런 감정이다. "여기 있다고"와 "아무도 오지 말라고"가 병렬적으로 나란히 3연의 마지막 부분에 적힌 까닭에 강조되는 것은 "여기 있다"는 울림이며, 그 때문에 "아무도 오지 말라"는 도리어 아무라도 와주길 원하는 요청으로 들리는 것이다.

소통에 실패한 자에 관한 시 같지만, 그것은 결코 직접적으로 언급되지 않는다. 여자의 얼굴이 어찌 생겼는지 우리가 확인할 길은 아무것도 없다. 다만 어떤 방을 개미지옥이라 하는 일은 '사건'을 잠재적으로 보유하는 형태를 드러내는 일이기도 하다. 이 방이 사막의 모래들처럼 완전히 부서지려는 순간(방에 남겨진 인간의 마음이 으스러지려는 순간) 우리는 그제야 개미성운으로 떠날 마지막 개미를 떠올리며 동요할 것이다. 사건이 일어나지 않는 대신, 무슨 일이 일어날 것만 같다는 예감만으로도 충분히 불안할 수 있다.

강조하건대 어떤 시들은 아직 활성화되지 않은 부분을 제 안에 암약하도록 방치해서, 우리로부터 멀리 달아나기만 하려는 척력으로 그 의미들을 어렴풋이 남기기도 한다. 잘 잡히지 않고 흩어져 멀리 사라져가는 이 의미들은 무엇인가? 어쩌면 무언가가 사라진/사라지려는 그 국면만이 진실을 보유하고 있는 것인지도 모른다.

불가능을 옹호할 권리

(나는) 무엇을 할 수 없는가

김현의 어떤 시는 페이지 위에 얌전히 자리하고 있기를 거부한다. '시의 제목 → 시인의 이름 → 시의 본문'순으로 한편의 시를 읽어나가는 관습에 독자가 등을 돌리게끔 한다는 의미다. 시는 오히려 방금 언급한 홑따옴표 안의 화살표들을 곡선의 형태로 구부리기를, 독자로 하여금 페이지 안을 종횡무진 누비는 방식으로 읽기를 권한다. 시의 전문을 지면에 발표된 처음의 형태로 고스란히 옮겨 적기가 까다로운 이유도 아마 여기에 있을 것이다. 퍽 장난스럽게 흐트러진 질서의 읽기가 고안하는 유희를 잠시 즐겨보시길 바란다.

어제 이강생의 얼굴을 발굴했다. 이강생은 얼굴을 가지고 있었는데, 이강생은 그 얼굴을 가지고 아시아인의 얼굴을 하고 있었다. 아, 저게 바로 세계인의 얼굴이구나, 동성애자의 얼굴을 한 이강생의 얼굴을 보며 수많은 얼굴을 생각했다.

해진 누나 애정만세 보내요.

쓰고 나는 해진 누나의 얼굴을 떠올린다. 해진 누나는 얼굴을 가지고 있는데, 해진 누나는 해진 누나의 얼굴을 가지고 해진 누나의 얼굴을 기억나게 하지 않는다. 해진 누나는 고개를 든 채로 해진 누나의 얼굴을 숙인다. 해진 누나의 얼굴을 눈앞에 두고 아, 저게 바로 누나의 얼굴이구나, 세계적인 얼굴이 해진 누나를 가지고 있다.

나는 빛과 함께 침대 위에서 세계 속 미스터리를 본다. 빛의 얼굴은 잘생겼다. 눈과 코가 무엇보다 입이 있으므로. 뽀뽀를 한다. 뽀뽀할 때마다 빛의 얼굴은 변한다. 사랑하는 사람들의 얼굴은 슬픔 쪽으로 닭살이 돋는다. 빛의 얼굴이 보고 싶을 때마다 빛의 목소리를 듣는다. 해진 누나에게 애정만세를 보냈어. 이강생의 얼굴에 관해서는 말하지 않는다. 해진 누나의 얼굴에 관해서도 말하지 않는다. 빛의 얼굴에 관해서도 말하지 않았다. 다만, 내 얼굴에 대해서는 말할 수 있다. 얼굴이 무수히 변한다는 걸 알면서도 사람들은 우리 어디서 만난 적 있죠, 미스터리하다.

이강생의 얼굴은 묘지를 돌아다닌다. 해진 누나는 우는 얼굴에 귀를 기울였다. 내 얼굴은 눈부시지 않다.

**우리의 얼굴은 망가져갈 거야. 그렇지만 너의 얼굴이 먼저 보고 싶구나.
— 김현 「*애정만세」 전문(『현대문학』 2013년 9월호)

*묘지를 산책할 때였다. 벤치에 앉아 얼굴을 떨어뜨린 여자가 얼굴을 줍지 못한 채 울고 있었다. 얼굴이 없으므로 숨죽여 흐느꼈다. 그 앞에 살아

있는 누나가 앉아 있었다. 누나는 떨어진 얼굴에게 물었다. 우리 어디서 본 적 있죠. 누나는 아직 아무것도 보지 못했다. 누나에게는 애정이 있다.

    ** 빛은 사실(주의)이다/빛의 목소리를 듣고/빛은 사실이다/쓴다/

　사정상 제목을 하단에 표기하긴 했지만, 인용한 위의 시에서 독자는 "애정만세"라는 제목을 읽기도 전에 제목 앞에 놓인 주석 "*"이 무엇을 의미하는지 눈으로 따라가야 했을 것이다. 방금 우리는 "*"을 편의상 주석이라 했다. 그러나 어떤 경우에 주석은, '시'라는 이름으로 형성된 하나의 세계를 밑받침하기 위해 형성된 '지하통로'라 불려도 무방하다. 우리가 사는 도시의 지하에서 숱한 사람들이 하루에도 몇번씩 교차하거나 평행하듯, 하여 지상의 세계가 원활히 순환할 수 있도록 돕듯, 인용한 위의 시에서도 주석으로 더해진 "*"과 "**"은 이미 각기 독보적인 층위의 세계를 형성하면서도 동시에 시의 본문이 지닐 수 있는 의미의 스펙트럼을 세분화하기 때문이다.[1] 가령 이렇다. 「애정만세」라는 시의 제목과 동명인

---

1 졸고 「살과 돌」(『리얼리스트』 7호, 삶창 2012, 155~65면)에서 필자는 리처드 세넷의 의견을 전유하여, 도시의 구획 자체가 그곳에 거주하는 사람들의 신체를 구획하는 데에 일조할 뿐 아니라 나아가 사람들이 반응하고 공명할 수 있는 감각의 운용에도 영향을 끼친다고 주장했었다. 이때 문학은 구획된 도시의 틈새로 조심히 우리에게 걸어오는 방식을 취한다. 마치 도심에 가득 들어선 건물과 건물 사이에 언뜻 들이차는 차가운 밤하늘처럼 문학은 끊임없이 우리에게 내장되어 있었던 감각을 요동치게 만든다. 거기에 흔들린 우리들은, 감각의 경계를 재분할하는 능동적인 역할에 기어코 참여하게 되는 것이다. '도시'라는 말을 지우고 그 자리에 '텍스트'라는 말을 심도록 하자. 이 글에서 긴요하게 다루고 있는 문제 중 하나는 책의 어떤 페이지 역시도 누군가에 의해 구획되고 그에 따라 묘사된 세계라는 점, 또한 독자들은 저 자신에게 부여된 페이지를 들여다보며 어떤 입장을 취해야 하는지 분명한 표정을 짓게 된다는 데에 있다. 무표정으로 출발한 듯 '무구하게' 느껴지는 이 지면 역시도 지금의 사회제도와 제도를 관할하는 정치권력의 영향, 책을 펴내는 출판사의 당파성, 저자의 입장 같은 각종 표정이 충돌하는 정치의 장(場)이다. 이를 역이용하는 시인이 김현이다. 시인은 시에 지하통로, 골목

1994년에 제작된 대만 영화를 기억하는 독자의 경우, 그는 시의 제목이 의미하는 바를 사유하기 위해 '지하통로'의 도움을 받아 영화의 마지막 장면으로 구성된 상상의 층위를 마련할 것이다. 실제로 영화 「애정만세」의 마지막 장면은 여주인공인 메이가 새벽에 공원을 혼자 걷다가 울음을 터뜨리는 모습을 약 6분간 담아내는 것으로 채워진다. 이 인상적인 롱테이크를 두고 당시 관객들은 도시에서의 삶이 전하는 외로움을 강렬하게 호소하는 장면이라 평하기도 했다. 그렇다면 시의 첫번째 주석에서 "벤치에 앉아 얼굴을 떨어뜨린" 채 "울고 있"는 여인은 영화 속 '메이'와 동일 인물인가. 시인은 지금 영화 감상 후의 인상을 필사하고 있는 것인가. 그러나 시적 주체는 "숨죽여 흐느"끼는 여자 앞에 "살아 있는 누나"가 있었다고 말하고 있으므로, 우리는 우리가 알고 있던 영화 속 장면만으로는 시에서 형성 중인 풍경을 충분히 상상할 수 없게 된다. 지하통로로 들어선 이후에 설치한 첫번째 상상의 층위가 '누나'의 개입으로 인해 또다른 층위의 시적 현실과 오버랩되는 것이다.

울고 있는 여인을 홀로 두고 싶지 않아 하는 마음이 '누나'를 그 자리에 있게 한 것이리라. 다시 궁금해진다. '누나'는 누구인가. "우리 어디서 본 적 있죠"라는 질문을 "떨어진 얼굴"을 향해 던졌다 했으니 혹, '누나'는 여인의 일부인가. 떨어뜨렸다가 미처 수습하지 못한 얼굴과 대면하는 상황에 놓인 여인이 저 자신에게 불현듯 닥쳐온 가장 낯익은 것(얼굴)에 대한 가장 낯선 느낌을 해소하기 위해 '누나'라는 존재를 불러온 것인가. '지하통로'에서 벗어나 흘깃, 시의 본문을 (역으로) 참고하여 이 '누나'가 시의 본문 속 "해진 누나", 즉 아직 "애정만세"를 보지 못한 "해진 누나"라고 가정할지라도, '누나'는 여전히 "아무것도 보지 못"한 채, "떨어진 얼

길같이 다양한 통로를 마련하여 독자로 하여금 게릴라식의 읽기와 창조적 이해를 가능하게 만든다. 독자는 김현의 시에서 직교형의 계획도시에서는 꿈꾸지 못했던 몸짓을 취할 수 있게 된다.

굴"을 향해 질문을 던지는 역할을 전담하고 있다. '누나'는 이른바 탈구된 형상 앞에서 얼굴을 발견하기 위해 지하통로에 들어선 것이다. 그러나 얼굴을 '발견하다'라니. 누군가가 '얼굴'의 모습을 하고 나타난다는 것은 현현과 동시에 특정한 호소를 피력한다는 것을 의미한다. 이는 "나의 입장과 위치와는 상관없이 스스로 자기를 표현하는 가능성"[2]으로 '얼굴'이 나타나면서 타자의 존재 자체가 더욱 중요한 의미가 있음을 알리는 것이다. 이 때문에 "떨어진 얼굴"에게 물음을 던지는 상황은 '누나'라는 행위자만 능동적으로 움직인다고 해서 가능한 것은 아니다. 우리는 "누나"와 "떨어진 얼굴"이 맺는 대화적 관계를 본다. "사랑하는 사람들의 얼굴"의 등장이 가능해지기 위해서는 그 이면에 "슬픔 쪽으로 닭살이 돋"아나 있음을 거듭 확인할 수 있어야 하듯, 그리고 그를 감당해야만 사랑이 가능할 수 있듯, 모두가 도외시하는 '울고 있는 여인'이 부상하기 위해서는 "누나"와 "떨어진 얼굴"의 대화가 (설혹 어긋나는 한이 있더라도) 끈기 있게 이어져야 하는 것이다. "우리 어디서 본 적 있죠"란 물음을 던지고, 대화가 이어질 때("애정"이 이어질 때), 도시에서 소외된 여인의 얼굴이 지니고 있던 특이성(singularity)은 다른 이들과의 관계와 연루되면서 도시의 현 상태를 구체화할 뿐 아니라 이 도시에 사는 다른 이들의 상황 역시 다를 게 없다며 폭로하는 기능을 수행한다. 환언하면, 특이성을 표상하던 여인의 "떨어진 얼굴"은 '누나'의 존재를 매개로 새로운 보편성을 획득한다.

위의 시에서 모든 존재들은 '얼굴'이라는 말의 물질적인 실체성과 함께 출몰한다. 지하통로를 벗어나 본문으로 들어선 우리가 마주한 것 또한 배우 "이강생의 얼굴"이다. "이강생"이라는 배우 그 자신의 "얼굴"이 지닌 함의는 "아시아인의 얼굴" "세계인의 얼굴"로 확장되는 과정을 갖는

---

2 강영안 「해설: 레비나스의 철학」, 엠마누엘 레비나스 『시간과 타자』, 강영안 옮김, 문예 출판사 1996, 136면.

데, "아, 저게 바로 세계인의 얼굴이구나,"란 구절 이후에 곧이어 "동성애자의 얼굴을 한 이강생의 얼굴"이란 구절이 배치되면서 주석에서의 사태와 비슷한 상황이, 그러니까 특이성이 보편성의 형식으로 전환되는 상황이 연출되고 있음을 확인할 수 있다.

'특이성'과 '보편성'에 대한 논의는 실은 기존 질서가 배태하는 '소외'와 '배제', 그리고 그를 문제시하는 자들이 시도하는 '균열'과 '재분할'의 문제와 맞닿아 있음을 염두에 두고 시에 조금 더 밀착해보기로 한다. 영화 속 배우에 대한 언급을 하던 시적 주체는 불현듯 한 행으로만 구성되어 있는 2연에서 시를 쓰고 있는 현실의 층위로 들어선다. '애정만세'를 '보낸다' 했으니, 아마도 해진 누나에게 '애정만세'라는 영화 파일을 보내는 모양이다. 그런데 가만, 이 누나는 누구인가. 소설가 조해진(趙海珍)인가, 아니면 지하통로에서 묘사된 여인에게 "우리 어디서 본 적 있"느냐고 묻던 그 누나인가. 혹은 누구의 누나도 아닌 여인인가, 그 모두인가. 어쨌거나 "해진 누나의 얼굴을 눈앞에 두고"서야 시적 주체는 누나의 '얼굴'을 인식하는 것이다. 그러한 "해진 누나"의 얼굴이 '나'와의 관계를 넘어서 "세계적인 얼굴"로 또다시 자리한다. 이어지는 4연은 다시 시적 주체의 체험 층위. 4연에서 "빛"은 특이성과 보편성이 씨줄과 날줄처럼 엮인 세계에 대한 메타포로 역할한다. "뽀뽀를 할 때마다" 변하는 빛의 얼굴은 사랑하는 사람들의 개별성과 특이성, 사랑하는 중인 사람들의 보편성을 두루 지키는 양식인 것이다.

영화를 통해 구성한 시적 장면과 시적 주체의 현실에서 구성된 시적 장면, 시적 주체의 체험이 가시화되는 장면 등 각각의 층위를 옮겨다니며 혹은 주석과 본문을 종횡무진 옮겨다니며, 게릴라식의 읽기를 시도하게 하는 김현의 시는 제한된 지면 위에서도 다양한 층위의 시적 현실이 관계를 맺고 있음을 보여준다. 다양한 층위가 관계를 맺을수록 고정된 페이지 안에서는 실로 무수한 실제의 삶들이 엉키게 되면서 구체적인 시공성

(chronotope)이 드러나는 셈이다.[3] 하지만 무엇보다도 이 시가 획득하고 있는 명료함이란, 시적 주체의 말하는 태도로부터 기인한다. 시적 주체는 "이강생의 얼굴에 관해서는 말하지 않는다. 해진 누나의 얼굴에 관해서도 말하지 않는다". 말하지 않은 이강생의 얼굴이나 해진 누나의 얼굴은, 그 대신 묘지를 돌아다니며 누군가의 얼굴을 불러 모으거나 우는 얼굴에 귀를 기울이는 다정함을 선보이는 일에 복무하는데, 시적 주체의 태도에 따르면 우리는 앞으로 이들의 행위를 기억해야지 굳이 말로써 함부로 얼굴이 겪은 일들에 일일이 부연할 필요가 없다(오히려 아는 체를 하려고 들수록, 얼굴이 감당해야만 했을 진실은 우리를 지나쳐버릴 것이다). 얼굴이 마주한 실질적인 사건들을 완벽히 표현할 수 있는 언어가 우리 손에 쥐어져 있지 않다는 점은 부정할 수 없는 사실이다. 하여 다음과 같이 말할 수 있겠다. '(나는) 무엇을 할 수 없는가'란 질문을 조심스레 주머니에 소지하고 다니는 발화 주체야말로, 자신이 그 구성에 참여한 구체적인 시공성이 펼쳐진 페이지에 한해서만큼은 책임을 지겠노라 전제하는 것이라고. 누군가의 얼굴을 불러 모아 만들어낸 시적 현장이라면 더욱이. 윤리의 질문은 어떤 행위가 도달할 수 없는 지점이 있다는 각성의 인근에서야 출현한다.

---

3 개리 모슨과 캐릴 에머슨은 바흐친의 문학이론을 검토하는 글에서 바흐친의 말을 빌려 '시공성'을 다음과 같이 정리한다. "작품과 그 작품 속에 묘사된 세계는 실제 세계 속으로 들어가고 그것을 부유하게 하며, 그 실제 세계는 작품과 작품 속의 세계로 작품 창작 과정의 일부로서, 창작 이후의 작품의 생애의 일부로서 들어가는데, 이는 청자나 독자의 창조적 수용을 통해 작품을 끊임없이 새롭게 하는 데서 일어난다. 물론 이러한 교환은 그 자체가 시공적이다. (⋯) 작품과 인생 사이의 교환이 내부에서 일어나는 특수한 창조적 시공성에 관해서도 우리는 언급해야만 하는데, 그 창조적 시공성은 작품의 독특한 삶을 구성한다." 개리 모슨·캐릴 에머슨 「시공성의 개념」, 서상국 옮김, 여홍상 엮음, 『바흐친과 문학이론』, 문학과지성사 1997, 180~81면. 이 글에서 언급하는 '시공성'의 개념은 바흐친을 따랐다.

예술과 책임

바흐친은 1917년에 쓴 「예술과 책임」에서 인간이 "'일상사의 소동'에서 마치 '영감과 감미로운 음향과 기도'의 다른 세계로 들어서듯 창조 행위 속으로 들어"[4]서는 방식으로 예술을 운용하는 것에 대한 불만을 토로한다. 바흐친이 봤을 때 그러한 방식을 일삼게 됐을 때의 결과로 "예술은 너무나 뻔뻔스럽고 자만에 빠져 있으며, 너무나 감상적이고, 당연히 그런 예술을 따라잡을 수 없는 삶에 대해 눈곱만큼도 책임지지 않는"[5]다는 것이다. 이는 '예술'과 '(예술을 따라잡을 수 없는) 삶' 사이의 거리를 최대한 멀리 상정하여 예술의 추상성을 한껏 격상시키는 방식의 작품이 자리하는 곳에서는 언제나 유효한 얘기다. 어떤 경우에 문학은 삶을 무시한 대가로 얻어낸 '영감'— 혹은 '사로잡힘', 즉 도취에 가까운 것 — 으로 일구어낼 수 있는 영역일 수도 있다. 그러나 이때 그와 같은 시도를 한 이가 '무시한' '삶'이란 그이 자신의 삶을 이르는 게 아니라 그이가 책임을 회피하려 들었던 숱한 얼굴들의 구체적인 삶들로 이해되어야 한다(그래서 우리는 "거창한 단어 대신 문학적으로 깔보는 일상적 단어들을 가져다가 제자리를 찾아주고 빛나게 해주는"[6] 시를 신뢰할 수 있는 것이다). 거기에 등 돌린 결과로 얻게 된 '문학의 유용성'은 다양한 현실 층위와 그 어떤 대화도 없이 고안됐을 공산이 크다. 바흐친이었다면 "삶에 대해 책임을 지지 않고 창조하는 것"이나 "예술을 염두에 두지 않고 사는 것"[7]은 한

---

4 미하일 바흐친 『말의 미학』, 김희숙·박종소 옮김, 길 2007, 25면.
5 같은 곳.
6 「"버려졌다 생각되는 것을 삶 속으로 가져오는 것이 시" '여성으로 시를 쓴다는 것'… 허쉬필드-진은영 시인 대담」, 『한국일보』, 2013. 10. 1, http://news.hankooki.com/lpage/culture/201310/h2013100122150086330.htm
7 미하일 바흐친, 앞의 책 26면.

없이 쉬운 일이라며 냉소를 던졌을 일이다.

지금 우리는 '책임'에 대해 고민하고 있는 것이다. 만약 시에서 마련된 구체성이 삶과의 지속적인 연루 속에서 구현되는 것을 일컬어 '예술과 책임'의 관계를 증명하는 것이라 할 수 있다면, 김현의 시는 '책임'이라는 막중한 행위 역시도 버겁지 않게, 그러나 열정적으로 이룬다. '특이성'과 '보편성'에 대한 사유를 촉발하면서 동시에 그에 대해 재규정하도록 독자를 이끄는데, 그 과정에서 겹쳐지는 다양한 층위의 현실들이 생성시키는 시적 현장은 곧 김현의 작품에서 느껴지는 새로움이겠다. 꿈꾸는 모든 일이 실현 가능하지 않다는 게 인간의 삶임을 안다면, '가능한 세계'로의 문학만을 강요하는 일은 문학의 단편만을 이르는 일일 수 있다. 불가능이 구체성을 이루고, 또한 그를 염두에 두는 태도야말로 삶과 괴리된 예술에 거리를 두게 한다. 바흐친은 이 얘기를 다음의 방식으로 전화시킨다. "시인은 삶의 비속한 산문성이 자신의 시 탓임을 기억해야 하며, 생활인은 예술의 불모성이 엄격한 요구를 제시할 줄 모르는 자신의 어설픔과 삶의 문제들에 대한 자신의 진지하지 못함 때문임을 깨달아야 한다."[8] 그리고 우리는 그를 통해 다음과 같은 비평적 명제를 얻을 수 있겠다. 독자는 삶과 예술이 내정한 불능(不能)으로부터 삶과 예술의 대화가 성립함을 깨달아야 한다. 오히려 '모든 것이 가능하다'고 여기는 예술에의 도취란 미덥지 못한 것이 된다. 김이듬의 시를 읽는다.

엉클 톰의 오두막이 이렇게 생겼을까 나는 친구 집으로 피신해 왔다 청천 시골에 있는 송판으로 지은 집

나는 할 만큼 했고 부모는 나를 키우는 동안 모든 보상을 받았다

---

8 같은 곳.

친구는 친구의 친구 삼촌이 창고 가득 모아둔 송판을 날라다 이 집을 지었다 그 아저씨는 죽어라고 일만 하다가 출장길에 죽었다 해외수입물품을 취급하는 일을 했던 모양인데 포장용 나무 궤짝을 모조리 집으로 가져가 못을 빼고 닦아 크기대로 분류해서 창고가 넘치도록 쌓아두었던 것이다 아무 취미도 없이 퇴근하면 못을 빼고 휴일에도 못을 빼고 달밤에도 못을 뺐다고 한다

그 아저씨 손발에 가득했을 못들은 다 어디로 흩어졌을까 접촉이 없으면 못도 없겠지 그는 제주 출장 가는 길에 참변을 당해서 그리 애 터지게 모은 송판 한 장 써보지도 못한 채 죽었다고 한다

나는 소나무 향기가 진동하는 오두막에서 빨간 우산 도장이 찍혀 있는 나무판자들을 만져본다 내 할머니가 죽은 후 열어본 장롱 서랍 안에 가지런했던 새 옷들처럼 까칠까칠하다 왜 할머니는 그 좋은 옷 다 놔둔 채 태연히 누추한 옷만 입다가 돌아가셨을까

나는 할 만큼 했다 내 부모는 고집스런 나의 못을 빼는 재미를 누렸을 것이다 나름의 좋은 대못을 박아 뭔가 만들어보려고도 했을 것이다 나 때문에 시간 가는 줄 모르고 도를 닦았으므로 지금 나에게 더 이상의 기대와 요구를 하는 건 무리다

매트리스 위에서 뒤척이기만 해도 세 평 크기의 아담한 집 자체가 흔들린다 못이 있어서 목숨이 붙어 있는 사물들 그리고 고라니 울음 소리 다시 달밤이 뒤흔들린다 달이 액자처럼 흔들린다 친구는 코를 골며 눈을 뜬 채 자고 장이 멀다는 핑계로 내일 아침밥도 굶길 것이다 개밥은 챙겨주면서

벽면 판때기의 귀여운 빨간 우산은 유통 도중 비를 맞히지 말라는 표시
고 숨을 쉬라고 이 구멍들을 뚫어놓은 건가 왠지 답답하다 가슴에 오목하
게 팬 작은 못에서 드디어 피라미만 하게 놀던 내 영혼이 말라 죽나 보다
─「못」 전문(『현대문학』 2013년 8월)

    친구 집에 "피신"한 것으로 여기기엔, "나"에게 걸려 있는 일들이 너무
많다. 지금은 오두막집이 되었지만 한때는 궤짝의 일부였던 송판들, 그리
고 그 송판들의 향기와 까칠까칠한 감촉, 달밤을 깨우는 고라니 울음…
이 모두가 "나"의 연약한 감각을 깨워 내 안에 겹쳐 있던 사연들을 자꾸
대면하게 하고, 대화하게 만드는 것이다. '내'가 연상하는 것은 사물마다
감추고 있는, 그래서 노력해서 떠올리지 않으면 잊히기도 쉬울, 한때 그
사물들과 관계했던 사람들이다. 포장용 나무궤짝을 모조리 집으로 가져
와서 못을 빼고 닦던 친구의 친구 삼촌, 새 옷들을 옷장 속에 넣어둔 채 누
추한 옷만 입다가 돌아가신 할머니. '나'의 생각은 이어서 궤짝에서 떨어
져 나왔으나 끝내 다른 용도로 쓰이지 못했을 어떤 못들의 행방, 한때 송
판에 담겨 있었을 터이나 아저씨가 참변을 당하는 바람에 더이상 실현되
지 못했을 아저씨 나름의 이상(理想), 새 옷 속에 같이 개켜지기만 하고
단 한번도 펼쳐지지 못했을 할머니의 바람에 당도한다. 좌절되고 실패한
가능성들에 '나'의 생각이 머물게 되는 것이다. 이 때문에 시에서 화자가
"나는 할 만큼 했고 부모는 나를 키우는 동안 모든 보상을 받았다"고 불
쑥 불만을 터뜨리며 내가 할 수 있는 일은 이제 더이상 없다는 말("나는
할 만큼 했다")을 꺼낸다 하더라도 그 말은 자조로 들리지 않는다. 다른
곳에 구멍을 내야만 지탱할 수 있는 못이나, 그 못에 의존해야만 걸려 있
을 수 있는 사물들("못이 있어서 목숨이 붙어 있는 사물들") 모두가 좌절
된 이상이 있을 때에야 지속할 수 있는 현실을 지시하는 것이라면, "피신"

해간 화자는 이미 서로의 기대와 요구가 좌절을 내정한 채로 진행되고 교차하는 속에서 삶이 계속되리라는 점을 눈치채고 있다. 그러니 '나'를 "답답하게" 하는 "가슴에 오목하게 팬 작은 못"이 전하는 통증은 '내'가 살아 있는 한 지속될 것이다. 그것은 흡사 예술과 생활이 내적으로 연결되게끔 애쓰는 시인의 책임감이 빚어내는 멍울과 같다.

불가능을 옹호할 권리를 위하여

불가능을 염두에 두지 않고 외치는 문학은 기만적일 뿐 아니라 무책임한 것이다. 문학은 참으로 기이해서, 이곳에선 한없이 안일해 보이는 자세로도 가장 팽팽한 상태를 견인해내는 일들이 종종 벌어진다. 우리는 문학에서 비롯되는 정치성에 대한 사유의 단초를 어떻게 얻을지 심문하는 중이다. 심보선 시의 일부를 읽는다.

나는 마지막으로 말합니다.
사람들이여, 나는 시인이랍니다.
부디 내게 진실을 묻지 말고 황금을 구하지 말아요.
나는 무엇이 행복이고 무엇이 불행인 줄 몰라요.
그 둘이 마주했을 때,
무엇이 먼저 흠칫 놀라 뒤로 물러나는 줄 몰라요.

그러니 사람들이여, 명심하세요.
자고로 시인이란 말입니다.
벌꿀과 포도주를 섞은 눈빛으로
술 취한 듯 술 취하지 않은 듯

사물을 조용히 관찰하고 오래오래 생각하는

그런 평범한, 평범한 사람이랍니다.

　　　　　—「나는 시인이랍니다」 부분(『현대문학』 2013년 9월호)

　심보선에 따르면 "문학의 정치는 오히려 자신에게 부과되는 규범적이고 기능적인 역할과 정체성을 거슬러, 누구나, 자유롭게, 느끼고 표현할 줄 아는 역량을 선언하고 수행"[9]하는 것이다. 이때 중요한 것은 기존의 상징질서가 부과해오고 강요해왔던 '규범적이고 기능적인 역할과 정체성'이 우리로 하여금 무엇을 어떻게 할 수 없게 만들었는지를 돌아보고, 상상하는 일이다. 이를 통해 우리는 권력에 시큰둥했던 삶들에 구체적으로 반응하기 시작한다. 때때로 권력이 상상할 수 없는 전혀 다른 방식으로의 삶으로 자유로이 감염되기도 한다. 그러니 사람들이여, 시인은 "사물을 조용히 관찰하고 오래오래 생각하는" 방식으로 끝내 숨길 수 없는 문학의 당파성을 견지한다. "술 취한 듯 술 취하지 않은 듯" 말이다.

---

9 심보선 『그을린 예술』, 민음사 2013, 230면.

폭탄보다 시끄러운(Louder than bombs)[1]

1. '304낭독회'의 '304femi' 설립기

좀더 많은 이들에게 전해야 할 이야기가 있어 이 글을 쓴다. 2016년 10월경, SNS 해시태그 운동으로 시작된 성폭력 생존자들의 증언을 통해 성폭력이 단순한 인성 문제가 아니라 조직상의 위계와 젠더권력에 의해 벌어지는 구조적인 폭력이라는 점을 많은 이들이 실감하던 중의 일이다.

10월의 '304낭독회'[2]를 일주일 앞두고 낭독회 일꾼들이 일을 진행하기 위해 사용하는 SNS 단체창에서 목격담 하나가 공유되었다. 한 낭독회 참석자가 과거 '304낭독회'의 뒤풀이 자리에서 낭독회에 청자로 참석했던 문인이 습작생을 상대로 성추행을 가하는 사례를 목격한 바 있고 이를 어떻게 처리해야 할지 난감해하다가 별다른 조치를 취하지 못한 채 자리를

---

1 영화 「라우더 댄 밤즈」(요아킴 트리에 연출, 2015)에서 제목을 빌려왔다.
2 세월호에서 돌아오지 못한 304명의 사람들을 기억하기 위해 작가들과 시민들이 함께 만들어가는 '304낭독회'에 대한 자세한 설명은 이 책의 「눈먼 자들의 귀 열기」를 참조할 것.

파하게 되었다는 얘기였다. 덧붙여 목격자는 SNS상에서 '문단_내_성폭력' 말하기 운동을 지켜본 후 용기를 내어 일꾼들에게 전할 수 있었다고도 했다. 일꾼들은 상황의 심각성을 인지하면서도 한편으로는 세월호를 기억하기 위해 진행하는 낭독회의 뒤풀이 자리에서 이런 일이 벌어질 수 있다는 사실에 참담한 심정이 되었다. 일꾼 자신들도 포함하여 낭독회에 참석하는 이들 역시 한국사회의 젠더 인식 수준에서 자유롭지 않으며, 앞으로도 많은 사람들이 모이는 형태로 낭독회가 이어질 예정이므로 목격자가 제기한 내용을 각별히 여겨야 한다는 점 역시 새삼 깨달았다.

마냥 참담해할 수만은 없었다. 일꾼들 사이에서 목격담의 형태로 접수된 성폭력 사례의 가해자를 색출하여 단죄하는 방식(이 경우, 피해자가 공론화를 원치 않는 상황일 수도 있으므로 피해자를 찾아 고발을 부추기는 방식은 더 큰 피해 사례를 낳을 수 있다고 일꾼들은 판단했다)이 아니라, 보다 더 나은 방식의 대책을 마련해야 한다는 의견이 모아졌다. 목격담을 공유한 상황을 계기로, 낭독회를 준비하고 만들어가는 이들뿐 아니라 낭독회에 참석하는 이들 모두가 앞으로 젠더권력 및 위계를 이용한 폭력을 좌시하지 않도록 인권 감수성을 갖추자는 다짐 역시도 나왔다.

2016년 10월 29일 스물여섯번째 '304낭독회' 〈우리는 기울임으로 모여들었습니다〉가 열리기 전, 일꾼들은 사회자의 발언을 통해 '문단_내_성폭력'과 관련한 문제를 어떻게 해결할지 지혜를 모으는 일에 '304낭독회'도 직간접적으로 함께하겠다는 점을 낭독회에 참석한 모든 이들에게 약속했다. 그 이후 2016년 11월 9일, 일꾼들은 오프라인 회의를 가졌고 페미니즘적인 관점이 반영된 활동 방향에 대한 의견을 나누었다. 회의에서 일꾼들은 목격자가 제기한 내용뿐 아니라 "'문단_내_성폭력' 해시태그 운동으로 고발되어 현재 법적 분쟁 중에 있는, 가해자로 지목된 몇몇이 과거 304낭독자로 참여했다'는 사실, '뒤풀이를 자제한다 할지라도, 젠더권력 및 위계를 이용한 폭력을 경계하는 의식적인 노력이 수반되지 않는 한 비슷한 문제가 반복될 수 있다. 전반적으로 반성폭력 문화를 조성하기 위한 실천을 해야 한다'는 제기, 그리고 '세월호에 대해 목소리를 내는 일과 반성폭력의 태도를 취하는 것이 별개가 아님을 알려야 한다'는 입장을 공유했다.

이를 통해 (1) '304낭독회' 내부에 반성폭력 문화 조성을 위한 하위기구 '304femi'를 공식적으로 설치하여 피해 사례를 전수 조사하고 낭독회와 관련한 폭력 사례를 상시 접수하며, 피해 사례 발생 시 '304femi' 담당 일꾼이 향후 신뢰할 수 있는 전문가 단체의 도움을 받아 그 해결에 힘쓸 것, 매달 낭독회 자료집에 공식 창구 이메일 및 담당 일꾼 명단을 공개할 것, (2) 자료집에 성폭력 문제의 대응에만 국한된 방어적인 내용이 아닌 성폭력이 자행되는 문화 비판 및 반성폭력 문화를 지향한다는 '304낭독회'의 입장을 분명하게 공표하는 문안을 수록할 것, (3) 일꾼들이 모두 '304낭독회 반성폭력 가이드라인'을 숙지하여, 이후 '304낭독회' 관련 자리에서 만에 하나 예기치 못했던 문제 발생 시 저지 및 대응을 할 수 있도록 할 것, 낭독자 섭외 시에도 '반성폭력 가이드라인'을 고려하여 제안할 것, (4) 낭독회 마무리 후 뒤풀이가 있을 시에는 사회자 멘트로 이에 협조할 것을 참석자 모두에게 당부할 것, (5) 자료집 뒤에 실리는 '304낭독회'의 이전 낭독자 명단에 가해지목자의 성명을 그대로 둘 시 피해생존자가 그를 의식하여 낭독회 참여에 제한을 느낄 수 있고, 또한 가해지목자 본인이 자신의 잘못된 행위를 덮기 위해 이전 낭독자 명단에 본인의 이름이 있는 것을 명분 삼을 수 있으므로, (지금까지 온라인상에 업로드된 기존 자료집의 낭독자 명단에는 빈성적인 싱찰을 위해 가해지복자의 이름을 그대로 두되) 앞으로 나올 자료집에는 명백한 가해 사실이 드러났거나 법적 조치에 들어간 가해지목자들의 이름을 자료집에 기재된 리스트에서 비어 있는 괄호로 두고 이 같은 상황의 경위를 자료집에 밝힐 것 등을 결정했다. 회의 내용은 기낭독자들에게 메일로 전달해 어떤 과정을 통해 이와 같이 결정했는지 확인할 수 있도록 했다. 일꾼들은 결정된 사안을 지키기 위해서 지금까지 꾸준히 노력하고 있으며, 혹시나 미처 짚지 못한 부분은 없는지 때때로 토론하며 낭독회를 이어가고 있다.

'304낭독회'에서의 경험을 길게 서술했다. 이는 필자가 낭독회의 일꾼 중 한 사람으로서 '왜 304낭독회까지 페미니즘을 이야기하는가' 하고 불만을 토로하는 이들에게 차분히 경위를 전달할 필요를 느꼈기 때문이기도 하지만, 앞서 설명한 사례가 필자에게 '페미니즘적인 관점으로 문제 상황에 접근했을 때 모두를 위한 더 나은 해결 지점을 얻을 수 있다'는 경험을 선사했기 때문이기도 하다. 페미니즘적인 관점을 "분노의 내면화와 초자아의 강화를 뜻하는 고양된 도덕적 느낌"[3]을 가늠하는 지표로만 오해하는 이들이 일부 있는 요즘인지라, 언급한 경험에서 필자가 무엇을 '페미니즘적인 원리'로 받아들였는지에 대해서도 길게 서술해야 할 필요를 느꼈다.

어떤 실천이 필요한지 논의하는 과정에서 그리고 회의에서 결정된 사안을 실제 낭독회 운영에 반영하는 과정에서, 일꾼들이 특히 논쟁했던 부분은 크게 두가지로 요약된다. 첫번째는 '세월호'를 기억하는 자리로서의 '304낭독회'와 '문단_내_성폭력' 말하기 운동으로 그 필요성이 촉구된

---

3 주디스 버틀러는 윤리가 "폭력의 바깥이 아니라 폭력 안에서 폭력에 공모해왔다는 보다 근본적인 반성을 통해 극복되어야 한다"(양효실 「역자의 말」, 주디스 버틀러 『윤리적 폭력 비판: 자기 자신을 설명하기』, 양효실 옮김, 인간사랑 2013, 238면)고 말하면서 '나는 나의 행동에 대해 얼마만큼 책임을 질 수 있는가'를 질문하는 윤리의식이란 곧 "투명한 자아가 자기 자신과 맺고 있는 유아론적 관계로 봉합되는 상황"(같은 글 239면)과 다를 바 없음을 알린다. 이는 윤리적 책임 혹은 반응능력을 자기 자신에 대해서 타자에게 '설명 가능'하기 위한 노력 혹은 '책임감'으로 해석하기 때문에 가능한 입장이다. 본문에서 인용한 문장은 버틀러가 '책임감'이란 말을 사람들이 오해해서 받아들이는 경우를 설명하기 위해 꺼낸 표현이다. 이 글에서는 최근 페미니즘을 통한 문제해결이 마치 곧바로 도덕적인 강박 같은 것이지 않느냐며 '페미니즘'이라는 말 자체를 타자화하는 이들이 있는 듯하여 그와 거리를 두기 위해 이 표현을 활용했다. 같은 책 172면 참조.

바 있는 페미니즘적인 시각이 어떻게 겹쳐질 수 있는가다. 이에 관해선 의외로 쉽게 논의가 갈무리될 수 있었다. 왜냐하면 일꾼들이 '페미니즘적인 태도로 형성 가능한 문제해결 방식'을 단순한 도덕적 강박에 국한된 방식이 아니라 새로운 윤리를 발명하는 정치 운동에 해당하는 것으로 암암리에 받아들였기 때문이다. 세월호참사의 고통은 명백히 한국 "사회에 만성화된 폭력, 억압, 차별, 혐오의 문화에 연루되어 있"으므로, "2014년 4월 16일의 비극을 발생시킨 조건들을 지속적으로 성찰"[4]하는 일과 반성폭력적인 태도를 유지하는 일은 약 30회 가까이 낭독회를 진행해왔던 일꾼들에겐 떼려야 뗄 수 없는 것으로 체감되었다. 세월호를 기억하는 자리를 통해 가닿고자 하는 세상과 '문단_내_성폭력' 말하기 운동을 통과하여 가닿고자 하는 세상은 다르지 않았던 것이다.[5]

두번째는 일꾼들 각자가 생각하는 '페미니즘'의 정의, 그러니까 '페미니즘의 원리로 어떤 활동을 구성한다는 건 무엇을 의미하는가'에 대한 제각기 다른 상정에 대한 고민이었다. 일꾼들이 이에 대해 쉽게 합의할 수 있을 것이라고 생각했는데, 오해였다. 일꾼들의 SNS 단체창에서는 페미니즘이 무엇인지에 대한 이야기만으로도 소란스러운 논쟁이 일 때도 있었다. 각자가 생각하는 페미니즘의 정의가 다르다는 얘기는, 일꾼들 모두의 합의를 거쳐 어떤 행위가 진행됐다 하더라도 그 행위의 어떤 지점에서 '페미니즘'이 반영되었는지에 대해서는 제각기 다르게 인식한다는 이야기도 될 것이다. 물론 이에 대해선 꼭 동일한 합의를 이끌어내지 않아도 된다는 게 내 생각이다. 낭독회의 직접적인 실천을 통해 토론이 그치지 않도록 하여 페미니즘의 개념을 수행적으로 구성하면 될 일이기 때문이

---

4 서른번째 '304낭독회' 〈그래도 잡으라고, 손을 내밀었다〉 자료집, 40면.

5 실제로 2017년 1월 21일 진행되었던 스물아홉번째 '304낭독회' 〈그 봄, 가장 깊은 일〉에서는 같은 날 진행되었던 '세계 여성 공동행진'에 지지와 연대의 마음을 담아 발언했던 낭독자들이 여럿 있었다.

다. 다원주의적인 관점에서 개진하는 의견이 아니라, 페미니즘의 넓고 깊은 스펙트럼을 애써 단일화할 필요는 없으며 그보다는 차이의 긴장을 유지하는 과정이 더 중요하다고 생각한다.

다만, 공동체의 새로운 실험이 어떻게 페미니즘을 통해서 가능한지를 '304낭독회'에서의 경험으로 설명할 수 있다면 앞서의 사례 어디에서 어떻게 페미니즘적인 원리가 작동했다고 필자가 생각하는지, 그에 대해서만큼은 이 글이 감당할 수 있을 것 같다. 이 글에서 상정하는 '페미니즘적인 원리'란, 단 한 사람의 문제제기라 하더라도 그를 '지나치지 않는 것', 그리고 대화를 통해 차이가 있는 의견이 드러나도록 만들고, 드러나지 않는 목소리들을 '예리하게 듣는 것'을 이른다. '304낭독회'의 반성폭력 문화 조성을 위한 하부기구 '304femi'는 그 두가지를 존중하면서 만들어졌다.

2. 윤리적 자원으로서의 민감성

언급한 두가지를 차례로 짚는다. 우선 '단 한 사람의 문제제기라 하더라도 그를 지나치지 않는 것'이라고 했거니와, 이는 '나' 자신을 향해 '쳐들어오는' 세상의 일로부터 놓여나지 못하는 '끔찍하게 민감한 마음'[6]에서 비롯된 행위를 이른다.

대개 우리는 세상 여기저기에서 들려오는 소리들에 모두 반응하는 방식이란 오지랖이 과도하게 넓은 자만 행하는 것이라고, 그러한 방식은 '나'라는 사람이 하는 일에 집중할 수 있는 힘을 앗아가기 일쑤라고 여긴다. '나'에 대한 구심력을 높일 때에야 '나'를 비로소 지켜내어 다른 사람과의 관계에서도 실수를 줄이고, 덜 상처받는 방법을 강구할 수 있다고

---

6 버지니아 울프 『끔찍하게 민감한 마음』, 정덕애 옮김, 솔 1996에서 표현을 빌려왔다.

여기기 때문이다. '나'를 향해 '쳐들어오는' 일들과 적당한 거리를 두는 일이 경우에 따라 맞기도 할 것이다. 그러나 이때 상정된 '나'라는 사람은 정말 오롯이 '나'일 수 있을까. 강조하여 묻건대 '나'는 '정말' '나'일 수 있는가. 나에 대해서 말할 수 있는 자로 '나'는 충분한가. 나는 누구인가.

주디스 버틀러는 그간의 윤리적인 심문이 '나의 행동은 올바른가' '나는 나의 행동에 대해 얼마만큼 책임을 질 수 있는가'와 같이 "나와 나의 행동의 관계를 놓고 성찰하는"[7] 형식으로 이루어져 있었음을 지적한다. 이는 자아가 연루되어 있는 (그렇기 때문에 "자신의 서술 능력"을 언제나 "초과하는") '사회적 시간성'을 탈각시킨 '나'에 국한한 심문에 다름 아니라는 것이다.[8] 그러니까 '나'라는 존재가 성립되기 위해서는 "사회적 조건들에 항상 어느 정도는 탈취"당한 바 있는 '나'를 염두에 두어야 한다.[9] 달리 말해 세상 여기저기에서 들려오는 소리들을 지나친 채 거기에 반응하지 않으면, 도리어 '나'를 출현하게 하는 조건들을 은폐함으로써 '나'로부터 가장 멀어지게 된다. 자기 자신을 설명하기 위해서는 그 설명에 언제나 '자기 자신의 출현 조건들을 포함'해야 한다.[10]

버틀러의 견해를 경유해 생각해볼 때, 우리가 앞서 주목한 '그 무엇도 지나치지 않는' '끔찍하게 민감한 마음'에서 비롯된 행위는 결국 주체(형태가 고정되지 않은 것으로서의 '나' 혹은 경우에 따라서는 '모종의 커뮤니티'를 '주체'라는 말이 놓인 자리에 둘 수 있겠다. 언급한 낭독회 사례에서는 후자를 '주체'라는 표현 대신에 사용 가능하다)를 이루는 여러 목소리들 사이에 위계를 두지 않거나 그것들을 제압하지 않기 위한 '책임감'과 연결된 것일 테다. 윤리적 자원으로서의 민감성을 설명하기 위해

---

7 양효실 「역자의 말」, 주디스 버틀러, 앞의 책 239면.
8 같은 책 18면.
9 같은 책 19면.
10 같은 책 18~19면 참조.

레비나스를 빌려와 '책임감'을 말하는 버틀러의 문장을 잠시 읽는다.

> 책임감은 의지를 배양하는 문제가 아니다. 책임감은 타자에 반응하게 되기 위한 자원으로 무의지적 민감성을 사용하는 문제다. 타자가 무엇을 했건, 타자는 여전히 나에게 윤리적 요구를 하고 있고, 내가 어쩔 수 없이 반응해야 하는 "얼굴"을 갖고 있다.[11]

주체는 자신의 행동 때문에 책임감을 갖게 되는 것이 아니라, 자신의 피할 수 없는 민감성의 층위에서, 즉 '주체적인'이란 말이 성립되기도 전에 조건으로 있어야 하는 자기 자신의 수동성의 층위에서 확립된 타자와의 관계로 인해 책임감을 갖는다. 이를 통해 우리는 '책임을 진다'는 말은 곧 자신의 이해가 가닿지 않는 측면이 자기 자신에게도 있다는 스스로의 한계를 받아들이고, "이 한계를 주체의 조건으로서뿐 아니라 인간 공동체의 곤궁으로서도 확립한다는 것"[12]임을 알게 된다. 자기 자신의 취약성을 가리는 일에 급급해하고, 민감성을 제거함으로써 '나'를 있게 한 '다른 누군가'의 목소리에 귀를 닫는 일이야말로 부자연스러운 행위인 것이다.

김금희의 단편소설 「세실리아」에는 누군가로부터는 놀림거리로 치부되는 인물을 "없는 셈" 치지 않고 내내 신경 쓰는 화자 '정은'이 나온다.

대학 시절 요트부 활동을 했던 정은은 졸업 이후 동아리 부원들과 매해 갖는 송년 술자리에서 우연히 동기 '세실리아'의 이름을 듣는다. '세실리아'에 대한 음험한 말을 주고받는 동기들 사이에서 정은은 짜증이 치미는 걸 느끼고, 그 이후 줄곧 세실리아에 대한 생각에 붙들려 있다. 정은의 머릿속은 정체를 알 수 없는 시끄러운 소란으로 가득하다.

---

11 같은 책 160면.
12 같은 책 146면.

동결이라는 상태는 무엇을 말하는 것일까. 내 안의 모든 것이 아주 차가워져서 살이 붙고 피가 붙고 똥도 붙고 눈물도 겯붙어서 차가운 것들이 견딜 수 없게 차가워서 붙고 붙다가 더는 붙을 수 없어 멈춰버린 상태. 가장 저점에서 엉기고 마는 상태. 그런 건 나쁠까, 좋을까. 아니면 나쁘지도 좋지도 않을까.

"세실리아를 한번 만나보는 게 좋겠다."

— 김금희 「세실리아」(『너무 한낮의 연애』, 문학동네 2016, 86면)

정은은 자기 삶의 여러 국면에서 찾아드는 마음의 상태를 세실리아에 대한 생각과 분리하지 않는다. 동아리 내에서 '치운'과 연애했다가 헤어졌다는 이유로 다른 이들로부터 심한 놀림과 따돌림을 당했던 '세실리아'에 대한 기억이 자신의 처지로 말미암은 감정들과 연속성이 있는 듯 여겨졌기 때문이다. 정은은 그를 '지나치지 않고', 세실리아를 만나기로 한다. 그렇게 찾아간 '세실리아'는 어엿한 설치미술가가 되어 있었고, 정은은 세실리아가 작업 중인 얼음송곳으로 구덩이를 파는 설치미술 작품에 대한 이야기를 전해 듣는다. 이와 더불어 세실리아와 연애를 했다고 알려졌던 치운은 사실 세실리아에게 성폭력을 행사한 가해자였다는 사실까지도 알게 된다.[13]

---

13 평론가 강지희(姜知希)는 세실리아가 정은에게 과거에 대한 사실을 토로한 이 장면에 주목하며 「세실리아」의 윤리가 "설치미술가로 유명해진 세실리아를 이상적이고 긍정적인 여성 역할 모델로 제시하지 않는"데에 있다고 말한다. 더불어 이 소설을 "연약한 희생자의 자리에 놓이기를 거부하고, 독립적인 인간이자 자존감 높은 인간으로 서 있"는 세실리아가 "끔찍하게 민감한 마음"과 싸워 "미치거나 죽지 않고" "어떻게든 살아남은" 서사, 즉 "김금희에 의해" "다시" 쓰인 "여성 예술가의 서사"로 읽는다. 이 글은 강지희의 독법에 동의하며, 그에 관한 응답으로 이 소설이 화자인 정은의 편에서 생각해볼 때에도 "끔찍하게 민감한 마음"으로 곁에 있는 이들을 지나치지 않는 이의 서사, 관계로부터 해방되기를 기꺼이 거절하고 관계를 통해 도리어 새로운 기억을 써내

'녹지 않고' '사라지지 않는' 고통을 안고 사는 인물, 고통을 해방하지 않는 방식으로 살되 그것과 늘 대면하며 살기를 작정한 인물 세실리아는, 그녀를 지나치지 않고 찾아간 정은에 의해 "성적 모욕과 수치심을 녹이고 흘려보내는 것이 아니라, 구덩이에서 평생을 그 단단함과 싸워온 자의 기품"[14]을 지닌 인물로 재해석될 수 있는 여지를 얻는다. 정은은 세실리아와 나눈 대화를 함부로 하지 않는다. 가령, 다시는 찾아오지 말라는 세실리아의 말을 듣고 정은은 휴대전화에서 세실리아의 번호를 지우는데, 이 장면에서 우리는 오랜 시간을 홀로 상처와 싸우면서 지금의 자리에 이른 세실리아의 현재에 존중을 표하며 동시에 자신의 떳떳하지 못한 삶의 국면들을 반추하는 정은을 볼 수 있다. 이는 정은 자신도 구체적으로 짐작할 수 없는 세실리아의 고통을 허투루 연민하지 않기 위해 행하는 일이었을 것이다.

'나'의 이야기는 오직 '나'에 의해서만 쓰일 수 있는 것이 아니기에 오히려 타인으로부터 결코 자유로울 수 없는 나의 취약성을 인정하고, 단 한 사람의 이야기조차도 예사로 지나치지 않는 것. 그와 관계를 맺는 속에서 비로소 '나'의 이야기를 만들어내는 것. 이는 '민감할 수 있는' 능력을 발휘하여 이전엔 조명되지 못했던 새로운 관계와 의미 들을 창출해냄으로써 나의 삶에 책임을 다하는 방식이라 할 수 있다.

3. 폭탄보다 시끄러울(그러나 자칫 들리지 않을) 목소리를 예리하게 듣기

「세실리아」에서 정은은 무엇을 지나치지 않았나. 그것은 정체를 알 수

려갈 줄 아는 이들의 서사로 읽힐 수 있다는 생각을 보태고자 한다. 강지희 「이 밤이 영원히 밤일 수는 없을 것이다」, 『문학동네』 2016년 겨울호, 2~8면 참조.
14 같은 글 5면.

없는 떠들썩한 소란으로 가득했던 정은의 머릿속과 비슷한 마음 상태로
내내 살아왔을, 그러나 아무도 듣지 못했던 세실리아 내부의 폭탄보다 시
끄러운 외침, 세실리아의 얼굴에서 터져나와야 할 목소리였다. 만약 정은
이 세실리아의 목소리를 '대변'하려고 했다면 정은이 고집하는 프레임 안
에서 세실리아의 목소리는 굴절되었을 것이고, 그로 인해 세실리아는 끝
내 자신의 모습을 제대로 드러내지 않았을 것이다. 정은은 그저 세실리아
의 목소리를 '들었다'. 다시 말해, 세실리아의 (언어로든, 예술작품으로
든) 표현 자체가 이미 여러 망설임과 흔들림, 자부심, 자기혐오 등의 다양
성을 담고 있다는 사실이 인정되는 속에서 세실리아의 목소리가 '들린'
것이다(이 소설이 세실리아의 이야기를 굳이 화자 정은의 위치를 경유하
여 독자들에게 전달한 까닭도 여기에 있을 것이다).

　이전에는 들리지 않았던 목소리를 향해 '말하라'는 당위를 재차 강조
함으로써 목소리를 내지 못한 개인에게 책임을 뒤집어씌우는 방식이 아
니라, 그 목소리를 '들음'으로써 비로소 목소리로 하여금 스스로 말할 수
있게 하는 구조를 함께 만드는 것. 이와 같은 '예리하게 듣기'는 공동체의
새로운 실험을 가능하게 하는 두번째 페미니즘적인 원리에 해당한다.

　2016년 하반기부터 지금까지, '문단_내_성폭력' 말하기 운동이 진행
됐던 일련의 과정 속에서 꼭 짚어야 하는 점은 그러한 말하기 운동이 왜
'SNS'를 통해서 촉발되었는가에 있을 것이다. 이는 SNS가 말하는 이에
게 그 말을 들어줄 누군가가 있으리라는 기대를 갖도록 하는, 바로바로
응답할 수 있는 매체여서이기도 하다. 만약 이들의 말이 홀로 남겨진 채
공허하게 사라질 수도 있었다면 해시태그 말하기 운농은 불가능했을지도
모른다. 성폭력 피해생존자들의 말이 충분히 의미있음을 보증해주는 '들
을 귀'가 있었기에 이 운동이 가능했던 측면이 있었다는 얘기다. 들리지
않는 목소리가 공적인 시스템에서 의미있는 '말'로 자리하기 위해서는 그
목소리가 위축되지 않도록 그것을 '들리는 말'로 전환해줄 능동적인 청자

가 필수적으로 요청된다. 관련된 시를 한편 읽는다.[15]

내가 아, 하고 말하면
너도 아, 하고 대답했는데

네가 오, 하고 말하면
나도 오, 하고 대답했는데

우리의 대화 이후
사라지지 않는 것은
점점 커져가면서

비가 오면 비를 맞는다
입을 아아, 벌리고 비를 맞는다
입을 오오, 벌리고 비를 맞는다

감자에 싹이 나고 잎이 나서
하늘로 올라가는 이파리들은
뿌리가 가고 싶은 곳과는 상관없이

나의 손이 네 몸에 손자국을 남겼는데
너의 머리카락이 나의 머리카락과 엉켰는데

---

15 하재연의 시에 대한 부분은 졸고 「너도 아, 하고 답하면」(『한겨레』 2016. 11. 3, B5면 2단 수록)을 수정 및 보완했다.

감자에 싹이 나고 잎이 나서
아무렇게나 자란 열매의 씨가
나의 소식이 닿지 않는 곳에 떨어진다

비가 오면 비를 맞는다
바람이 불어 키가 자라나고

빈 화분을 반짝 들어
거리에 내놓는 눈동자 속으로
비가 그쳤다는 듯 쏟아지는
햇빛, 햇빛

　　　— 하재연 「잔여물들」 전문(『세계의 모든 해변처럼』, 문학과지성사 2012)

　인용한 시에서 '너'는 '나'의 말을 의심하지 않는다. 오히려 함께 소리를 내어본다. 분명 부름과 응답이지만, 들리는 소리가 유사하다. 이 소리가 메아리처럼 공허하게 느껴지지 않는 까닭은 '너'의 소리가 '나'를 앞질러 나가 미리 생각을 마련하지 않기 때문이다. 이들은 같은 자리에서 "비"를 맞으며 서로를 지켜준다. 물론 이렇게 출발한 말은 어디로 향할지 미지수다. 그러나 설혹 그 말들이 "나의 소식이 닿지 않는 곳"으로 건너갈지라도, 그 말이 사라지지 않도록 믿음을 실어준다면 거기에선 내가 모르는 이름의 싹이 자랄 것이다. 비가 그치면 햇빛도 들어설 거다. 말하는 이가 지금껏 입 밖으로 꺼내지 못했던 얘기를 용기 내어 할 때, 그리고 그것이 품은 온갖 색채를 적극적으로 듣는 이가 곁에 있을 때, 대화는 "사라지지 않는 것"을 남긴다. 여기에서 화자나 청자는 모두 서로의 다름을 인정하는 관계 속에서 정치적으로 평등을 실현하는 행위의 능동적인 참여자가 된다.

내가 '아' 하고 말했을 때 '아' 하는 누군가가 곁에 있어 그 말이 저 스스로 근육을 입을 수 있다면, 그렇게 될 때까지 '아'라는 씨앗에 믿음을 실어준다면 바뀐다, 틀림없이. 대개의 거대한 변화는 그러는 사이에 온다. 요컨대 자신의 이야기를 전달하기까지 많은 장애가 있을 이의 말이 품고 있는 다층적인 질감의 소리를 인정하는, 그러한 방식의 듣는 태도가 갖춰질 때, 비로소 누구의 이야기도 위계 없이 그리고 사심 없이 드러날 수 있다는 얘기다. 그럴 때 지금 세계의 변화에 대해서도 예감할 수 있을 것이다.

기존의 제도와 법이 특정한 목소리가 들리지 못하도록 제동을 걸 때 말이 되지 못한 목소리들이 좌절한 그 자리를 '지나치지 않고' '적극적으로 듣는 귀'로 참여하여 모두에게 적용될 해방의 통로를 기획하는 이, 서로를 살피고 돌봄으로써 누군가의 내부에서 폭탄보다 시끄럽게 울려 퍼지고 있을 소리를 이윽고 끄집어내는 이, 또는 그것을 용기 있게 행하는 이. 이야기를 여는 이. 하여, 결국에는 폭탄보다 강렬한 삶의 변화를 이끌어내는 이. 이들은 이미 작가이며, 이들의 말이 새겨진 곳은 모두 문학의 이름을 입을 수 있다. 등단했는지의 여부, 작품을 발표했는지의 여부를 떠나 그런 자리에서 언제나 우리는 이미 '작가-비평가들'이다. 문학 출판계에서 시도되는 다양한 층위의 여러 실험들[16]이 특히나 페미니즘에 정초해 있다고 감히 말할 수 있다면, 그것은 그간 누군가 혹은 무언가에 의해서 없다고 취급되어왔던 낯선 입들이 '서로' '지나치지 않고' '예리하게 듣는' 과정을 통해 예상 너머의 힘을 만들어내고 있기 때문일 것이다.

---

16 이 글에서는 '304낭독회'에서의 사례 정도를 예시로 제시했지만 그밖에 최근 새로운 문예지들의 탄생 혹은 기존 문예지들의 변화, '독립 출판'이란 이름의 개별 출판물 시장의 확산, 작가·비평가·독자들의 역할에 대한 재고 촉구 등 많은 변화의 기미 등을 언급할 수 있을 것 같다.

싸움과 희망

1. 성상이 깨지는 광장에서

2016년 가을부터 시작된 광장의 촛불은 무엇을 바꾸는 중일까. 무엇이 바뀌었는지를 나열해보자는 질문은 아니므로 한국사회의 대의정치에 국한한 생각을 넘어서는 답변을 떠올려보자. 무엇보다 이 글의 관심은 다 같이 '박근혜 하야' 구호를 외치면서도 제각기 다양한 성향을 내보인 사람들을 살펴보는 방식으로 최근 광장의 촛불이 일으킨 변화를 짐작해보는 데 있다. 이와 관련한 장면을 제시하려면, 여럿을 내밀 수 있다. 언론에서는 상공에 카메라를 띄워 거리를 가득 메운 촛불을 한폭의 사진으로 담아내느라 바빴지만, 우리는 그 황홀경의 한가운데에서, 멀리에서 보면 보이지 않는 여러 풍경을 마주했기 때문이다.

먼저, 여성혐오적인 표현들이 집회에 섞여 나오는 상황을 비판하는 이들의 행진이나, '가만히 있으라'는 학교의 종용을 거부하면서 거리로 나선 이들의 발언에 대해. 이들은 시민권을 얻기 위해 갖춰야 할 자격이 따로 있는지를 물으며, 자신들이 광장에 나선 사실 자체로써 이미 별다른 자격요건 없이도 누구나 시민권을 주장할 수 있음을 증명해 보였다. 한편에선 '경찰차에 붙였던 스티커를 다른 시민들이 도로 떼는 일은 옳은가' '평화로운 시위는 가능한가' 같은 질문이 집회 전략에 대한 토론을 촉발했는데, 이처럼 즉흥적으로 일어났던 논쟁에 대한 평가가 SNS계정을 통해 실시간으로 이뤄지면서 최근의 광장은 특정 누군가의 주도로 운영되지 않는 상황임이 자연스럽게 드러났다. 거리 곳곳에 출현한 기상천외한 깃발은 또 어떠했나. 과거에는 자신이 어느 집단에 속해 있는지를 알리는 역할을 했던 깃발은 이제 그것을 따르는 '대오' 없이도 여러 정체성의 표지로 기능할 수 있음을 보여주었다. 사람들은 특이한 이름을 가진 깃발 앞에서 '인증샷'을 촬영하며, 집회에 참여하고 있다는 '인증'이 최근의 광장이 가진 힘이라는 사실을 일깨워주기도 했다. 이제 누구든 광장의 촛불이 특정 성향의 집단이 주도하는 것이라고 비아냥거리지 않게 되었다는 점도 이전과는 달라진 풍경이라고 말할 수 있겠다(몇몇 부모들은 촛불집회에 나간다는 자식을 뜯어말리는 대신, 자신이 그동안 왜 박근혜정권을 지지했는지를 돌아보는 상황과 맞닥뜨려야 했다).

요컨대 2016년 하반기에 시작되어 2017년 상반기까지 이어졌던 촛불은 여러 시차(視差)를 견인할 때에야 광장의 구호가 갖는 영향력이 좀더 확장될 수 있음을 일깨워주었다는 점에서 이전 촛불들과 다르다. 이는 '성상'(聖像, icon)에 가까웠던 '대통령'이라는 상징이 어떻게 산산조각 나는지를 실감하는 자리가 곧 최근의 광장이라는 얘기도 될 것이다.[1] 다시 말

---

[1] 미국의 정치철학자 쑤전 벅모스(Susan Buck-Morss)에 따르면 이콘(성상)은 어떤 개별적 대상의 재현물이 아니라 이미지의 특정한 작동 양식이다. 가령, 이콘으로서의 주권자 형상은 특정 집단이 '구성하는 권력'과 '구성된 권력' 간의 순환고리를 완성하기 위해 가시적인 의인화 이미지를 마련하여 거기에 권능을 부여한 것이다. 그렇다면 이콘은 마법적인 권능을 내재한 특별한 이미지가 아니라 오직 그것을 보는 사람의 감정적인 개입과 믿음으로 작동하는 것이며, 이때 정치권력은 이를 보증하기 위해 정교한 '시각적 경제'(visual economy)를 설계함으로써 그 작동방식을 유지시키는 역할을 하

해 촛불의 현장이란 거대한 스펙터클로 우리 앞에 놓인 '객관적 상관물'
이 아니라, 의식적인 차원의 성상을 깨뜨리면서 각자가 지금 필요하다고
판단하는 이야기와 이미지를 구축하는 자리, 그리고 그것이 서로 마주하
고 갈등하고 경합하면서 새로운 사회가 수행적으로 만들어지는 자리다.
'현장'이라고 했거니와, 최근의 광장은 특정 권력체계에 의해 그간 관성
적으로 구획되어왔던 '드러나도 되는 것'과 '드러나면 안 되는 것' 사이
의 구분을 무너뜨리고, 다른 것, 다른 가치, 다른 사람 들이 역동적으로 어
울리면서 서로를 통해 동시대성을 감각할 수 있는 장소로 거듭나고 있다.
더군다나 최근의 광장에선, 영원한 성상이란 없음을 깨달은 사람들이 자
신을 대리하는 무언가를 따로 찾지 않는다. 저마다의 위치에서 각자의 이
야기를 능동적으로 구성해가면서 이전과는 다른 상황을 창안하고자 힘을
내고 있는 것이다.

2. 현장의 문학성

묘한 표현일 수 있겠지만, 나는 최근 광장의 작동방식이 상당히 '문학
적'이라고 느낀다. 이 표현을 오해하지 말았으면 좋겠다. 앞서 광장에 대
한 이야기를 길게 전한바, 이 글에서 나는 '문학적'이란 말을 오랫동안 견
고하게 자리 잡은 어떤 상징이 와장창 깨지면서 거기서부터 다양한 갈래
의 이미지나 이야기 들이 새롭게 구성될 때, 그것들이 서로 갈등하고 경
합하면서 살아 있는 형태로 생생하게 진화되는 과정으로 성의하고자 했

게 된다. 한국사회에서 박근혜정권이 다수의 표를 얻고 지지를 받았던 배경에는 '박정
희'라는 이콘, '대통령'이라는 주권자 형상에 대한 신화가 견고하게 자리한 까닭도 있
었을 것이다. 쑤전 벅모스 「시각적 제국」, 윤원화 옮김, 『자음과모음』 2010년 겨울호,
1070~1118면 참조.

다. 이것은 실제 우리가 어떤 문학작품을 접하면서 그간 독자인 '나'를 구성해왔던 언어와 전혀 다른 방식으로 조직된 언어를 만날 때마다 일어나는 일이기도 하다. 그 어떤 성상도 허용하지 않는 '장'으로서의 문학, 여러 위치에서 확보되는 시차로 지어진 이야기들이 단정(斷定)을 거부하고 끊임없이 생성되는 자리로서의 문학, 모두가 모두를 향해 열리는 문학. 이렇듯 '광장이 작동하는 방식'과 동일한 함의를 지닌 '문학적'이라는 말은, 모여든 이들 전부의 움직임을 요한다는 측면에서 피로할지언정(!) 쉽게 닫히지 않고 쉽게 끝나지 않는 어떤 '장소'를 여는 활동에 부치는 표현이다.

저 나뭇가지에 앉은 까마귀를 전망대라고 생각해봅시다.
다른 나뭇가지로 옮겨 앉은 까마귀를 다른 전망대라고 생각해봅시다.
당신의 나뭇가지가 부러지면, 당신의 전망대가 무너졌다고 탄식하기로 합시다.
한 그루 나무가 뿌리째 뽑히면, 얼마나 많은 눈동자들이 한꺼번에 눈을 감았는지 온 세상이 다 캄캄해졌습니다.
숲이 불타고 있습니다.
단 하나의 거대한 눈동자처럼 활활 타고 있습니다.
불이라면, 불의 군주라고 하겠습니다.

"오늘따라 서울의 야경이 너무 아름다워."
불빛에 도취한 연인의 독백이 독재자의 것처럼 느껴져 나의 사랑이 무서워졌습니다.
— 김행숙 「다른 전망대」 전문(2015년 4월 25일 304낭독회)

우리 앞에 놓인 세계는 언제나 우리가 서 있는 자리에서부터 구성되기 시작하는 소실점 있는 풍경이다. 그러나 우리 삶의 조망권이 그 정도의 크기로 주어졌다고 해서, 조망을 가능하게 하는 전제조건인 창공을 신경 쓰지 않을 순 없을 것이다. 우리가 지금의 세계와 관계를 맺는 방식은 어쩌면 방금 인용한 시에서처럼 "저 나뭇가지에 앉은 까마귀를 전망대"로 삼아 딱 그만큼의 크기로 세상을 바라보면서 그 역시 나름대로 행할 수 있는 전망의 방식임을 잊지 않는 것, 나뭇가지가 부러지지 않는 한 우리에겐 지금 여기의 상황을 살필 수 있는 각도와 높이의 전망대가 쥐어져 있음을 염두에 두는 것, 설혹 부러진다 한들 거기를 저버리지 않고 그것을 기반으로 삼아 우리 몫의 이야기를 만들어내는 것. 우리의 가시권 내에서 숲의 총체에 대한 확인이 가능한지를 가늠하는 일은 위의 시에선 중요하지 않다. 스펙터클의 감격을 전하는 몫은 우리의 것이 아니다. 중요한 건 지금 여기의 상황을 잘 살필 수 있는 나뭇가지의 자리이고, 여러 각도와 높낮이의 다양한 전망대가 뿌리 뽑히지 않고 서 있을 수 있는 나무의 자리다. 그런 자리가 지켜질 때에야 불타는 숲을 단순하게 '너무 아름다운' '야경'으로 치부하지 않을 수 있기 때문이다. 그래야 누군가의 목숨이 타오르면서 발생할 수도 있을 불빛을 사랑스러운 광경으로 오해하지 않을 수 있기 때문이다. 또한 때때로 불의 이미지는 빛이 아니라 재를 남기는 일에 더 능숙할 수도 있다는 복잡한 진실을 이해할 수 있기 때문이다. 그렇다면 위의 시를 강 건너 불구경하듯 쳐다만 보면서 '아름답다'는 찬사만 보태는 건 독자가 할 수 있는 일의 전부가 아니다. 오히려 한그루의 나무가 뿌리 뽑히면서 숲의 무엇을 바꾸고 있는지, 거기에 어떤 이미지가, 어떤 이야기가 만들어지고 있는지 고민해볼 일이다.

시인은 시를 너 신행시키는 대신에 저 자신의 이야기도 행여 나뭇가지로부터 멀어진 자리에서 "불빛에 도취한 연인의 독백"처럼 불타는 숲을 가리켜 아름답다는 주문만 외는 것으로 구성되고 있지는 않은지를 묻는다. 그러할지도 모르는 일말의 가능성을 '무서운 것'이라 여기는 시인은 지금, 위의 시를 통해 우리가 어떤 세계를 '문학적으로' 바라보고 경험하는 일이 어떻게 가능한지를 말하는 것 같다. 그리고 아마도 그런 일은 나뭇가지에 앉은 까마귀를 우리에게 주어진 전망대라고 가정하면서, 나뭇가지의 상태를 토대로 숲의 상황을 가늠하면서, 거기에 서린 '많은 눈동자'들이 한꺼번에 눈감았을 때도 숲의 한가운데를 떠나지 않고 그 자리에서 일어나는 각종 사건들의 혐의를 뒤집어쓰면서, 그것을 해석하는 말들이 갈등하고 경합하게 자리를 내주면서, 여러 감정들이 팽팽하게 서로 맞서게 만들면서, 그러면서 가능해질 것이다.

3. 보다 잘 쓰기, 보다 잘 읽기, 보다 삶다운 삶을 살아가기

이 글의 2절까지 쓰고 나서, 나는 최근 광장의 작동방식을 '문학적'이라고 말한 나의 견해를 두고, 누군가는 그렇다면 문학을 겪기 위해서 집회에 나가면 될 일이지 굳이 작품을 읽을 필요가 있겠느냐는 의견을 제기하진 않을까 하고 노심초사하느라 한동안 글을 진전시키지 못했다. 그도 그럴 것이 이 글을 쓰기로 결심한 배경에는, 문학에 대한 염려가 여기저기에서 매우 다양한 형태로 들려오는 상황에서도 우리는 왜 문학작품을 접하는 일을 피하지 못하는가에 대한 이야기를 하고 싶다는 포부가 있어서였다.

과거에 비해 사람들이 종이책을 찾지 않는 이유로는 여러 가지를 떠올릴 수 있겠지만,[2] 많은 이들이 이전에 비해 유독 문학작품에 흥미를 느끼

---

2 텍스트 외적인 요인으로는 매체의 변화에서부터 시작해 문학교육의 문제 등등을 꼽을 수 있겠지만 그를 자세히 논하는 일은 이 글의 목표가 아니므로 이는 논외로 두기로 한다. 다만 과거에 비해 사람들이 책을 찾지 않는다는 사실을 실감할 만한 사례가 있어 소개하고 싶다. 이와 같은 현상은 아마 한국만의 일은 아닌 것 같다. 미국의 '맥스위니스 출판사'가 자신들의 출판 기획방식을 소개하는 책에서 "이 책은 책, 특히 종이 책의 암울한 미래에 대한 우려의 목소리가 높아진 시점에 세상에 나오게 될 것이다"라는 문구를 실은 일을 보면 짐작 가능하다(맥스위니스 엮음 『왜 책을 만드는가?』, 박중서 옮

지 못하는 이유는 무엇일까. '재미가 없어서'라는 답변이 나올 수 있겠지만, 얼마만큼 자극을 주는지가 재미의 유무를 판단하는 전부는 아니라서 그 말은 곧 자신의 삶과 연관된 이야기, 자신이 솔깃해할 만한 이야기를 한국문학 작품에서 찾을 수 있는가 하는 의심이 깃든 답변으로 들리기도 한다. 아무튼 이러한 상황에서 다짜고짜 문학을 수호하겠다고 으름장을 놓는 것만 아니라면, 적어도 각자가 문학으로부터 무엇을 기대하고 있는지를 심문하고, 그 기대로 빚어진 성상을 깨면서 만들어나갈 문학은 무엇일지 가늠해보는 태도는 필요하지 않을까.

요 근래 3여년만 헤아려봐도 한국문학과 어떤 방식으로든 관계를 맺은 이들은 사회적인 일들과 빈번히 영향을 주고받아야 했다. 세월호사건을 겪으면서는 말을 구사하는 일의 곤궁을 감당해야 했고, 표절 사태에 대한 갑론을박을 겪는 과정 속에서는 근대문학의 장(場)에 대한 재검토를 요구받았으며, 온라인 해시태그 운동으로 촉발된 문단 내 성폭력에 관한 증언들과 마주하면서는 문학·출판계 역시도 한국사회의 젠더의식 및 위계문화로 조직된 시스템과 떼려야 뗄 수 없음을 새삼 새기게 되었다. 그러나 그러는 와중에도 계속해서 누군가는 소설을 쓰고, 시를 발표한다. 어째서 이런 일이 일어나는 것일까. 어떻게든 주어진 세상을 표현하고자 하는 특

김, 미메시스 2014, 10면). 맥스위니스의 저 문구는 언뜻 보면 자조적으로 들린다. 하지만 문구의 속내를 잘 따져보면 '책을 내고 말 것이다'라는 결의의 다른 표현으로 읽히기도 해서 아마 요즘 같은 시절(이라 함은, 이제 책 역시도 시장에서 하나의 '굿즈'로 소비되는 것이 당연하게 여겨질 정도로 자본주의가 고도화된 시기)에 그럼에도 책을 내는 이들에겐 힘이 되는 말이기도 하다. 괜찮은 책을 내고 싶어 하는 의지가, 괜찮은 책으로 미세할지언정 좋은 영향력을 고루 나누고 싶어 하는 욕망이, 저 문구엔 있다. 이런 문구는 "문학은 문학 안에서 자신을 혐오함으로써 그 혐오로 인해 파괴된 상태를 흠모해왔다"면서 "무엇을 하기 위해 문학을 하는 게 아니라, 하기 위해 문학을 한다"(김신식 「후기 아닌 후기」, 강동호 외 『지금 다시, 문예지』, 더북소사이어티 2016, 141~47면)라고 폐쇄적인 결론을 단정적으로 내세우는 표현들보다 훨씬 더 솔직하게 느껴진다.

정 작가들의 이기심 때문일까? 아닐 것이다. 그런 상황 속에서도 어떤 이들은 쓸 수밖에 없기 때문에 썼을 것이다. 이때 문학은 여러 사건을 거칠 때마다 변화하는 삶의 국면을 어떻게 감당할지 애쓰는 하나의 움직임이 된다. 쓰는 이들은 쓰면 쓸수록 혼란만이 가중된다는 가혹한 진실을 불확실한 삶의 표지로 삼는다. 쓰는 이에게 있어선 글이 쓰이는 그 자리가 곧 삶의 현장과 다름 아닐 것이다.

읽는 이의 상황이라고 다를까. 독자가 '자신의 삶'과 연관된 이야기가 문학작품에 없을지도 모른다고 가정한 이면에는, 자칫 스스로 볼품없을지도 모른다고 판단해버린 저 자신의 삶을 또는, 지긋지긋해하면서도 끝내 떠나지 못하는 지금 이곳의 삶을, 문학작품을 통해 어떻게든 마주하게 되는 상황이 불가피하게 벌어지기 때문인지도 모른다. 저 자신의 삶을 외면하기 위한 알리바이로 문학에는 기대할 게 없다는 판단을 내세웠는지도.

하지만 바로 이와 같은 이유로, 우리는 결국 문학작품을 피하는 일에 실패하고 말 것이다. 누구나 살면서 한번쯤은 우리 삶의 불편할 정도로 복잡한 디테일과 마주쳐야 하는 일들이 빚어지기 때문이다. 다시 말해 오랫동안 견고하게 자리 잡은 어떤 상징을 와장창 깨버리고, 거기서부터 다른 전환을 맞이하기 위해 다른 이미지와 다른 이야기를 만드는 어떤 순간을 맞이할 수밖에 없기 때문이다. 그런 의미에서 우리 삶은 이미 절반쯤은 문학적인 행보를 걷고 있거나, 문학 역시 이미 삶에 드나드는 움직임을 지속해왔었는지도 모른다. 이러한 운동과정 속에서 삶과 문학의 분리는 무용해지는 것이다.

보다 잘 쓰려는 것. 보다 잘 읽으려는 것. 이는 단순히 미학적인 측면으로 삶을 세공하려는 방식이 아니라 그 자체가 '삶다운 삶'을 살아보고자 하는 궁리에 가깝다. 우리는 삶을 보다 더 '잘' 꾸리고 싶어 한다. 그리고 이는 어디 먼 곳에 놓인 이상에 다가가야만 성취되는 게 아니라, 삶의 구색을 맞추고자 애쓰는 과정 속에서야 비로소 창안되는 것이기도 하다. 지금 여기를 뚫어지게 들여다보는 일은 지금 이 순간을 잘 다지는 일이지만, 한편으론 여기에서 출발해서 이동한 그다음 자리에 지금보다 더 나은, 더 삶다운 삶을 두고자 하는 안간힘에서 비롯되는 일이기도 하다.[3]

4. 문학의 현장성

다음과 같은 의문이 남을 것이다. '삶'이라는 말이 얼마나 복잡한데, 거

---

3 한 시인의 에세이를 읽다가, 우리가 누군가에게 신호를 보내는 일이란 단지 나 자신이 여기 있음을 알리는 차원에서 그치는 게 아니라 '나'라는 사람이 '나'일 수 있도록 하는 구체적인 목록까지 동봉하여 발신하는 일이라고 생각하게 됐다. 그저 먹고 자고 숨쉬는 것. 이게 삶의 전부일까? 전부가 아니라면, 우리에겐 무엇이 더 필요할까. 우리를 숨만 쉬는 유기체로서가 아니라 구체적인 얼굴을 가진 인간으로 자리하게 하는 것은 무엇일까? 시인의 에세이에서 내가 밑줄 쳤던 문장은 다음과 같다. "살아남는다는 것은 그냥 남는 것과는 다른 것이다. 죽은 것도 남아 있을 수는 있으니까. 폐허로, 유물로, 굳어버린 육신으로…… 살아서 남아 있기 위해서는 무엇이 필요한가? 살아 있도록 자극하고 살아 있다는 확신을 줄 수 있는 것, 무엇보다도 그것이 윤리나 책무에 앞서 필요할 것이다."(진은영 「알토 가수처럼」, 『문학과사회』 2016년 봄호, 325면) 그저 먹고 자고 숨 쉬는 것이 삶의 전부가 아니라면, 잘 먹고, 잘 자고, 숨을 잘 쉴 수 있는 어떤 조건이 마련되는 속에서 '이것으로 충분한가'를 넘어서는 질문이 우리의 살고자 하는 의지를 자극할 수 있다. 주디스 버틀러는 "생존은 정치의 목적이 아니라 정치의 전제조건"이라고 말했다. 우리가 우리의 의지와는 무관하게 태어났고, 우리의 욕망과는 무관하게 주어진 삶으로부터 '단지 살아 있으라'고 요구받는 만큼이나 살 만한 삶이 되려면 "삶은 생존을 넘어 그 이상이 되어야 한다".(주디스 버틀러 「우리, 인민 — 집회의 자유에 관한 생각들」, 『인민이란 무엇인가』, 현실문화 2014, 86~87면) 그 생각에 동의한다. 집회에서 사람들이 정해진 하나의 구호에 매몰되지 않고 그 구호를 잘 실현히기 위해 다양한 목소리를 내는 일, 그것이 광장을 넘어 일상에서 실천으로 이어지기 위해 애쓰는 일 역시도 그 연장선상에 있는 것이겠다. 단지 삶이 아니라 '삶다운 삶'을 따르는 일이 우리 삶의 이유가 된다면, 인간으로서의 삶 자체를 거의 포기하고 싶을 때에도 인간다운 삶에 대한 숙고를 이어가게 해주었던 문학의 필요를 새겨볼 수 있을 것이다. "그 덕택에 우리는 어둠 속에서도 여전히 살아 있다고" 느낄 수 있을 테니까(진은영, 앞의 글 325면).

기엔 채 잡히지 못하고 틈새로 빠져나가는 것들이 분명 있는데, 구멍이 있기 마련인데, 누가 말하고 어떻게 말하느냐에 따라 다른 결로 펼쳐질 장면들이 있는데, 간단치 않은 저 말의 등가로 어째서 문학을 두려는가. 고작 문학에 대한 논의는 우리의 삶과 동떨어진 채 진행될 수 없다는 얘기를 하려는가.

맞다. 문학을 통해 만날 수 있는 '현장성'(liveness)은 그 복잡한 '삶'이라는 말에 기반을 둔다. 삶의 한가운데로 밀착해 들어가 웬만해선 고개 돌리고 싶을 만치의 일들과도 용감하게 (의도치 않았다 해도 선뜻) 만나고, 그 만남을 존중하되 이러한 과정 속에서 수행적으로 만들어지는 세계가 생동감 있게 나타나는 상황. 이를 문학의 현장성이라 불러도 될까? 그래도 된다면 우리는 삶의 현장성을 피할 수 있는 문학을 알지 못한다. 문학의 현장성은 삶에서와 마찬가지로 지금 이곳의 자리가 아니면 겪지 못하는 일들을 고스란히 뒤집어쓰는 방식으로 만들어진다.[4]

단, 문학의 현장성이 현장의 문학성과 구별되는 지점이 있다면 그것은 주어진 '지금 여기'에 대한 사유가 당장을 감당하는 일로 그치지 않고 '지금 여기가 전부인가'에 관한 질문을 조건삼아 진행된다는 데에 있다. 한 편의 시를 더 살피자.

---

4 현장성의 영어 표현으로 사용한 'liveness'를 직역하면 '활기참' '살아 있음' '생방송' 같은 말이 될 것이다. 이 말은 문학작품을 접할 때 우리가 세계에 대해 느낄 수 있는 살아 있음과 생생함을 표현하기 위해서 사용한 것이기도 하지만, 이 글을 통해 전해지는 '현장성'의 의미에는 그러한 살아 있음과 생생함이 문학에서 가능한 이유까지 담겼으면 했다. 연극을 예로 떠올려볼까. 연극에서 현장성이란 배우와 관객이 물리적으로 한 장소에 같이 있는 것을 의미한다. 배우와 관객이 동시적으로 존재한다는 말은 이질적인 존재들이 공연장 내에서 서로를 가늠하며 차이 속에서 새로운 의미를 만들어냄을 뜻한다. 문학을 접할 때도 이런 일이 일어나는 건 아닐까. 요컨대 문학의 현장성이란 작가와 독자라는 서로 다른 세계가 마주하는 장소, 지금껏 만난 적 없는 이질적인 조직으로 이루어진 언어를 통해 새로운 의미가 자꾸 생성되는 자리, 서로의 살아 있음을 확인하는 자리다.

잉어찜을 먹었다 잉어는 아주 컸고 어제까지도 물속을 헤엄쳐 다녔을 거라는 건 생각하지 않았고 저수지의 깊은 물도 생각하지 않았다 어제 내린 비로 물이 불어 잠긴 낮은 지대의 집들과 지붕들을 생각하지 않았고 그곳에도 사람들이 있다는 것을 생각하지 않았다

학교의 연못에는 커다란 잉어 떼가 검은 물속을 무리지어 다녔는데 먹이를 주지 마시오,라는 팻말이 붙어 있었고 하지만 누군가 뭔가 던지기만 하면 탐욕스럽게 달려들었다 어떤 잉어들은 사람의 얼굴을 닮았고 사람보다 오래 살기도 한다고

등 푸른 생선을 먹을 때도 먼바다를 생각하지 않았고 커피를 마실 때도 커피 농장과 그곳의 아이들을 생각하지 않았다 닭을 먹으며 새들을 생각하지 않았고 소를 먹으며 돼지를 먹으며 생각이란 걸 하지 않았고 먹고 또 먹었다

잉어 가시가 목구멍에 걸렸는데 병원에 가지 않았다 커다란 잉어의 커다란 가시 어떤 의심도 없이 나는 그것을 삼켰는데

검은 물속에서 문득 아름다운 빛깔의 비늘을 드러내 보이며 잉어는 진흙도 먹을 것이다

— 강성은 「낙관주의자」 전문(『Lo-fi』, 문학과지성사 2018)

잉어찜을 먹을 때 우리는 그 잉어가 어디에서 어떻게 살았는지를 생각하지 않는다. 지금 여기에서 잉어찜을 먹는 행위 그 자체에만 충실한다면, 우리는 확장되는 사유의 맥락을 싹둑 잘라내어 그 프레임에 해당하는 빈

약한 현실만이 삶의 전부라 여기며 살아가야 할는지도 모른다. 하지만 우리의 몸이 지금 여기에서 벗어나지 못한다 하여 '지금'과 '여기'를 만들어낸 '지금 이상의 시간'과 '여기 이상의 공간'이 사라지는 건 아니다. 언론 기사에서 만나는 요약된 현실만이 삶의 전부가 아니며, 역사의 물화된 부품으로 기능하기 위해서 오늘이 존재하는 건 아니라는 얘기다. 위의 시에서 시인은 추방된 사유를 불러와 이미지의 맥락과 구체성을 확보한다. 잉어찜을 먹으면서 잉어가 헤엄쳤을 물속을, 물속에 잠긴 사람들을 연상한다. 연상 속에서는 잉어가 탐욕의 얼굴을 하고 있는 상황도 있어, 지금 여기를 구성하는 이미지들은 순식간에 고립에서 놓여난다. 그리고 이같이 구체성과 맥락이 형성되는 현장의 구성원으로는 우리 자신도 있음을, 위시는 주시하고 있다.

이미지를 단면적으로 사고하라는 종용, 이야기를 단절적으로 끊어내라는 요구에 응하지 않는 싸움을 통해 우리가 할 수 있고 또 하지 못하는 것들에 대해서 끊임없이 생각하는 일, 그렇게 해서 지금 여기 너머의 삶까지 닿으려는 일. 삶다운 삶까지 이를 수 있는 길을 고심해보는 일. 문학 현장에 그어진 최전선이 있다면 아마 그 근방에서는 이런 일들이 벌어지고 있을 것이다. 우리가 문학과 관계 맺는 일을 피하지 못하는 이유도 이와 같은 방식으로 적어둘 수 있을 것이다.

제3부

———

비평이 왜 중요한가

———

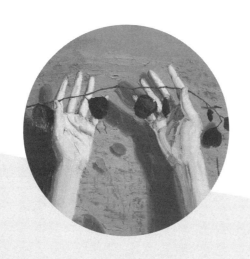

비평이 왜 중요한가

◆

촛불 이후, 문학비평이 혁명을 의미화하는 방식

1. '혁명의 낭만화'를 문제화하기

김현의 「지혜의 혀」는 밤을 독창적으로 보내고 살아남은 이들의 목소리가 담긴 시다. '독창적으로' 밤을 보냈다고는 했지만, 시에 등장하는 이를 지시하는 특별한 누군가가 따로 있는 건 아니다. 발표 시기가 2017년 3월이니만큼 '밤'이란 표현이 특정 정권의 시기를 떠올리게 한다는 것을 감안하고서라도, 그들이 누구이며 무엇을 했는지 구체적으로 상상하는 과정은 김현의 시를 흥미롭게 감상하는 방법 중 하나가 될 것이다.

"자면서 눈을 맞았다"라는 구절로 시작하는 이 시는, 눈을 감고 있었던 이의 감각을 깨운 '눈[雪]' 이미지가 장면으로 삽입되면서부터 깜깜한 밤을 제대로 살필 수 없도록 '눈[目]'을 "가지고" 사라져버린 "부엉이"의 날갯짓을 좇는 과정을 담는다. "부엉이는 내 눈을 가지고/어디로 날아가서/무엇을 보여주려고 한 것일까"라는 호기심은 이전에는 마냥 잠들어 있던 화자를 더이상은 "가만히" 있을 수 없도록 한다. 급기야는 "책장"을 넘길 때 얻을 수 있는 깨달음의 언어와 "우물"가에서 들려오는 전설의 말들 사이로, 습관적으로 구원을 바라며(화자는 "신"이 어디에 있는지를 반복해서 확인한다) 당연하다는 듯 생애주기를 따르던 사람들의 삶에서(시는 언약식, 돌잔치, 죽음과 관련한 의례 등 한국인의 전반적인 생활상을 연상케 하는 장면에서부터 '유가족'이라는 호칭으로 불리게 된 이들과 화장실에서 끼니를 챙겨야 하는 이의 하루 등 한국사회에서 포착되는 장면에 이르기까지 두루 언급한다) 촛불이 켜지고 꺼지는 순간들을 파노라마와 비슷한 형상으로 복기한다. 장장 27연으로 이루어진 긴 시인지라 전문을 옮겨 적기는 어려우나 후반부만큼은 잠깐 읽고 가기로 한다.

> 아이는
> 판사봉과 연필과 실과 청진기와 지폐를 앞에 두고
> 부모와 조부모와 부모의 친구들과 조부모의 친구들이
> 아무것도 보지 못하는 사이에
> 보이지 않는 것을 집어 들어
> 자신이 가진 가장 깊은 둥지 속으로 넣었다
> 여자의 미래였다
> 지혜롭구나 우리들의 아이란
> 신은
> 너희의 가장 나중에 것에 있다
>
> 하야하십시오.
>
> 울거나
> 웃거나
>
> 눈을 맞으며

지혜의 우물 앞에

촛불을 켜고

해골을 들고 서 있었다

해골의 혀를 쓰다듬으며

손을 녹였다

물이 떨어졌다

책장을 넘기는 부엉이 소리

섞은 물이 하나둘 퇴진하는 소리

사나흘 꿈 밖으로 나가지 않은 사람이 걸어 나오며 말했다

꿈이 아니에요

부엉아,

인제 그만 내 눈을 물고 돌아오렴

———「지혜의 혀」 부분(『현대시』 2017년 3월호)

　아이의 돌잔치를 그리던 시가 느닷없이 "하야하십시오"라는 외침을 받
아들이면서도 계속되듯이, 시는 광장에서 '하야가'를 부르며 밤을 보냈
던 이를 특별한 누군가로 수렴하지 않고 촛불을 켜고 꺼봤던 숱한 사람들
로 확장해서 말하는 일에 무게를 싣는다. 촛불은 비단 집회에서 '하야'를
외칠 때만이 아니라 각자의 삶에 충실하기 위한 의식을 치를 때에도 밝
혀지는 것이기 때문이다. 위의 시는 광장에서 모두가 "보지 못하는 사이
에" "보이지 않는" 무언가를 선취하는 체험을 했던 것과 마찬가지로 돌잔
치가 되었든, 생일잔치가 되었든 간에 범속한 삶의 과정에서도 얼마든지
"미래"를 선취하는 순간이 있었음을 보여준다.

　그렇지만 이것을 두고 일상은 일상대로 귀하고 광장은 광장대로 귀한

것이라는 순진한 발상으로 이해하면 곤란하다. 위의 시는 관성을 그저 따르는 채로 일상을 구성할 때 딸려나오는 부정(不正)한 모습 역시도 부각하고, 한편에선 사람들이 편히 쓰는 입말을 시의 구절로 등장시킴으로써 날것의 말들과 시의 언어가 섞일 때에야 모두가 "밤"을 통과하는 현장이 개시될 수 있음을 암시하기도 한다. 요컨대 시는 일상을 대변하는 도구가 평상시의 맥락을 비틀고 무기로 그 역할을 전환할 때 "꿈"이 더이상 꿈으로 남지 않는 광장이 형성될 수 있으며, 내정된 결론이 있다고 믿었던 생애주기에서 비틀어낼 무언가를 발견한다면 이전과는 다른 일상을 만들어가는 '혁명의 일상화'가 이뤄지리란 태도로 "밤"을 노래하는 것이다. 이는 촛불혁명을 순수한 추상성의 세계로 밀어둔 채 의미화하는 대신에, '불순'한 구체성이 있는 세계로 기억함으로써 광장을 끝내 낭만화하지 않는 방식에 해당한다.

앞에서 이 시를 일러 어둠을 '독창적'인 방식으로 보낸 이들의 목소리가 담겼다고 한 것은, 사람들이 서로 부대끼는 생활 한가운데서 발생시키는 삶의 방식이자 그를 통해 계속해서 살아가는 몸들이 직접 만나 지혜를 갈구하고, 협상하고, 도모하는 현장을 열어젖히는 상황을 일컫는다. 다른 무엇으로 대체할 수 없는 "지혜의 혀"는 이와 같은 맥락에서 존재한다.

김현의 시는 촛불의 광장을 통과해온 몸들이 지금 어디에 있는지를 살피고 어떤 방식으로 살아가야 하는지를 고민할 때 간과하지 말아야 할 사항을 일러준다. 촛불이 "기존의 혁명 개념과 동떨어진 면이 많"지만 "바로 그 점에서 세계적으로도 새로운 성격의 혁명을 만들어내고 있"다는 백낙청(白樂晴)의 의견을 참조할 때,[1] 촛불을 '혁명'으로 의미화하기 위해서는 "'헬조선'을 만들어온 한국사회의 온갖 적폐를 청산하고 새로운 시대를 개막"[2]하기 위한 매일의 몸짓을 게을리할 순 없다는 메시지를 위의 시

---

1 백낙청 「'촛불'의 새세상 만들기와 남북관계」, 『창작과비평』 2017년 봄호, 19면.

는 전한다. 문학작품을 읽는 일이 지금 우리가 어디에 있는지를 돌아보면서 '별 볼 일 없으리라' 여겼던 일상에 입체적인 의미를 부여하고 혁명의 연장선상에서 매일을 돌보게 만드는 일이라고 말할 수 있다면, 비평은 그러한 문학 읽기에 '지금 그것만으로 충분한지' 거듭 질문을 던짐으로써 우리 사회가 추구해야 할 가치에 대한 대화가 끊기지 않도록 물꼬를 트는 역할을 한다고도 볼 수 있을 것이다.

이 글은 현재 한국문학 현장에서 주목할 만한 주제를 논의하는 비평들에 말을 걸면서 함께 더 고민했으면 하는 부분을 짚고, 그를 통해 문학비평이 재미나게 할 수 있는 일을 찾아가기 위해 쓰였다. 이 과정에서 촛불 이후 혁명을 어떻게 의미화할지를 적극적으로 사유하는 장(場)으로서 문학비평이 자리하고 있는지를 가늠할 수 있었으면 하는 바람도 있다.

2. 페미니즘 논쟁이 던지는 질문: 문학은 '현실'을 어떻게 담는가?

불과 몇년 전만 하더라도 사회의 변화를 촉구하는 움직임마다 "어차피" 안 될 것이라던 정서가 팽배했던 한국사회가,[3] '어쩌면' 지금 우리가 무엇을 하느냐에 따라 다른 세상을 만들 수 있다는 기대감을 회복하게 되었다는 점은 촛불이 이룩한 소중한 성취 중 하나다.

문학비평의 현장은 어떠한가. 촛불과 같은 시기에 걸쳐 표절 논란, '문

---

2 같은 글 24면.

3 쉽게 바뀌지 않는 한국사회의 구조가 다른 미래에 대한 상상을 중단시키고, 정해진 결론 앞에서 할 수 있는 건 아무것도 없다고 무력감을 가중시키는 방식으로 '어차피'라는 자조적인 말을 활용하게 한다는 내용을 언급한 글로는 졸고 「삶은 부사(副詞)와 같다고」(『한겨레』 2016. 2. 25), 백영경 「'어차피' 오는 변화는 없다」(『창작과비평』 2016년 가을호) 참조.

단 내 성폭력' 해시태그 운동에 이어 '미투' 현상을 겪으며 한국문단의 '예전 같지 않은' '위상'이 운운되면서 비평 역시도 '무용론' 혹은 '위기론'이 거론되는 실정이다.[4] 하지만 지금 거론되는 비평 무용론, 비평 위기론은 2010년대 초 '근대문학 종언론'을 참조하면서 벌어졌던 '문학의 위기에 관한 이론'에 대한 논쟁과는 사뭇 다른 양상을 보인다.[5] 현재 한국문학 비평 현장은 단지 문학에 대한 주목도가 이전과는 달라졌기 때문에 이야기를 진행하는 게 아니라, 숱한 걱정들 속에서도 오히려 그 걱정을 주제로 삼고 지금 비평이 감당해야 할 시급한 과제가 무엇인지를 열정적으로 논의하고 있다. 특히 최근 진행 중인 페미니즘과 관련한 논쟁은 변화의 가능성을 믿는 운동(movement)의 언어가 우세할 때 비평 역시도 활성화될 수 있음을 실감케 한다.

조연정(曺淵正)은 최근의 페미니즘 작품들이 부당한 현실에 즉자적으로 반응하느라 미학적인 결함을 안은 채 쓰이고 있다는 평가에 정면으로 반박한다.[6] 비평가 자신의 젠더 이슈에 대한 맹목을 마치 도그마에 사로잡히지 않고 문학작품에 접근하는 방식인 것처럼 여기는 글들을 일러[7] "비

---

4 해당 시기에 창간된 문예지들에서 비평 지면이 줄어든 상황을 주목한 글로는 장은정 「설계-비평」, 『창작과비평』 2018년 봄호 참조. 비평가들이 충분히 발언할 만한 지면이 줄어들 뿐 아니라 무엇보다도 비평의 독자들이 거의 실종 상태인 현재를 진단하면서 '비평 무용론' '비평 위기론'의 근거를 살피고, 문학은 무슨 역할을 할 수 있는지를 고민하는 최근의 비평문들을 꼼꼼하게 따져 읽은 글로는 강경석 「비판적 조감 1: 2018년 봄의 비평들」, 『21세기문학』 2018년 여름호 참조.

5 2010년대 초반 위기와 종말 담론을 심심찮게 등장시켰던 비평들이 사유한 '문학의 위기'는 무엇보다 '문학의 위기에 관한 이론'이었음을 밝혀내고, 비평에서 이론의 도입이 갖는 가능성과 문제점을 이중적으로 살핌으로써 문학의 공간에서 작동하는 비평의 정치를 그린 작업으로는 황정아 「비평의 위기, 비평의 정치」, 『개념 비평의 인문학』, 창비 2015 참조.

6 조연정 「같은 질문을 반복하며: 2018년 한국 문학의 여성 서사가 놓인 자리」, 『릿터』 2018년 8/9월호. 본문에서는 이하 면수만 표기.

7 같은 글에서 조연정이 일별하기도 했거니와 여기에 속하는 비평으로는 황현경 「소설

참한 현실을 그저 관망"(40면)하고 있다고 시원하게 비판하면서, 페미니즘으로 각성된 관점으로 현실의 문제를 일깨우는 소설의 새로운 미학적 성과 역시도 충분히 인정되어야 한다고 말한다.[8] 돌봄 노동을 홀로 감당해왔던 여성의 삶이나 데이트폭력 및 성폭력 피해자의 삶 등 한국사회에서는 그간 논의의 대상조차 되지 못했던 여성의 현실이 조남주의 『82년생 김지영』(민음사 2016)과 강화길의 『다른 사람』(한겨레출판 2017) 등으로나마 가시화됐을 때, 이 작품들은 그마저도 보지 않으려는 독자를 향해 "인생을 통틀어 젠더 차별의 피해자로 지속적으로 고통받고 있는 쪽"(38면)은 '왜 여성인지'를 질문하는 역할을 한다는 것이다. 현실을 변혁하기 위한 운동의 차원으로 비평의 역할을 넓혀 생각한다면 조연정의 글은 문학이 발현하는 정치성에 대한 주제로까지 확장할 수 있겠다.

랑시에르(J. Rancière)의 의견을 빌려 말하자면 '미학적 새로움'의 근거로 '여성의 현실'을 제시하는 입장은 해당 작품들이 '현실-되기의 정치'를 실현한다고 보는 것에 가깝다.[9] 이와 같은 입장은 이전에는 공적인 담

이라는 형식: 요즘 소설 감상기」, 『문학동네』 2018년 봄호; 복도훈 「유머로서의 비평: 축제, 진혼, 상처를 무대화한 비평의 10년을 되돌아보기」, 『메타-크리틱: 문학과사회 하이픈』 2018년 봄호.

8 조연정은 문학에서 지금껏 제대로 대변되지 못한 자신의 삶을 읽고 싶어 하는 독자들에게 '명료한 사실'로서의 메시지를 전하는 작품으로 『82년생 김지영』을 주목한 김미정의 논평을 참조하면서, 『82년생 김지영』을 위시한 최근의 페미니즘 이슈를 쟁점화하는 작품들이 새로운 미학적 가능성을 담보하고 있다는 데 힘을 보탠다. 김미정의 글에서 『82년생 김지영』은 "특정 다수와 호환되기 쉬운 주어의 문제" 덕분에 독자들이 "이제껏 대변되지 못해온 자기를 읽"기 위한 "당사자성"을 획득한 작품으로 읽힌다. 김미정 「흔들리는 재현·대의의 시간」, 『문학들』 2017년 겨울호 참조. '재현'에 대한 심화된 이해를 요청하는 이 글은 김미정의 논의가 '재현'(represent)을 대의 민주주의하에서의 '대표' 및 '대변' '대리'의 의미 정도로 축소시켰을 때에야 설득력을 얻을 수 있다는 입장에 있다.

9 랑시에르에 따르면 '미학적 체제'에서는 '예술의 정치'가 두가지 방식으로 작동한다. 하나는 "삶과 분리된 예술임을 부인함으로써" "예술을 분리하지 않는 삶을 현실화하려는 방식"이고, 다른 하나는 "지배적 삶의 형식에서 스스로 떨어져나옴으로써 그런

론에서 가시화되지 않았던 현실이 작품으로 드러났을 때 이를 '새롭다'고 본다. 그러나 현실이 드러나는 그 자체만을 갖고 새롭다고 얘기하는 순간, 문학은 '하나의 대체적인 정치적 기능'을 부여받는 영역에 머물게 된다. 한편 이 반대편에는 문학이 현실에서 떨어져 나가야 현실에 대한 저항을 수행한다는 입장에 서서 '문학의 자율성'을 옹호하는 입장이 있다. 하지만 문학을 현실에서 떨어뜨리는 입장은 문학의 역할을 미학적 새로움을 통해 '사회적 중재 기능'을 담당하는 자족적인 영역으로 한정한다는 한계를 갖는다. 이와 같은 입장은 문학이 현실의 재현 그 자체보다는 '비(非) 재현' 또는 '반(反) 재현'에 관심을 기울여야 한다고 여기므로, '절박한 현실'일수록 더욱 경계하는 모습을 보이는 것이다.

"소설이 삶의 진정한 현시 형태와 온전히 일치할 수 없"고, 역으로 문학을 통한 "순수하고 평등한 감각체험이야말로 진정한 삶이라고 보는 것" 역시 옳다고만은 할 수 없겠다.[10] 요컨대 최근 문학비평 현장에서 벌어지는 페미니즘 논쟁은 허구의 형식을 빌린 문학이 '문학'의 방식으로 현실과 어떻게 만나는지, 그 재현의 작동방식에 대해 좀더 구체적으로 물어야 한다는 과제를 남긴다. 백지연(白智延)이 지적했듯, 뛰어난 문학작품은 폭

삶에 대한 저항을 수행"하는 방식이다. 랑시에르는 삶과 동화되는 '삶-되기의 정치'와 삶을 거부하는 '저항형식의 정치' 사이의 긴장이 미학적 체제가 가능하도록 만들었지만 그 동력을 상실하면서 문학의 정치가 "합의"의 문제로 전락한 바를 언급한다. 이때 문학은 "'하나의 대체적인 정치적 기능'을 부여받아 점점 더 정치적 개입"만을 형성하거나 "사회적 중재 기능"을 수행하게 되는 것이다. 황정아는 2010년대 초 "자기패배적인 시선으로 문학의 위기를 곱씹은 비평의 분위기"가 "'문학의 정치' 논의와 함께 일순 전환"되었을 때 랑시에르의 이와 같은 논의가 적극적으로 다루어지지 않았다고 지적한 바 있다. 그러면서 그간의 비평이 한국문학의 풍경을 "약간의 아이러니를 가미하며 고루하지 않게 일상의 연대를 재구축하는 기획"과 "그런 일상을 완전히 무너뜨리는 섬뜩한 재앙과 트라우마를 증언하려는 기획"이 전부인 것처럼 관찰해왔던 것은 아닌지 성찰한다. 황정아, 앞의 글 294~98면 참조.
10 황정아 「사실주의 소설의 정치성」, 『다시 소설이론을 읽는다: 세계의 소설론과 미학의 쟁점들』, 창비 2015, 180면.

력과 차별의 현실을 "고발"의 차원으로 담는 "사회적 담론의 형식"과는 다르게 "'살아 있는' 존재의 삶 속에서 탐구"하는 과정을 통해 감동을 전하기 때문이다.[11]

가령 다음과 같은 질문들을 예시로 마련해볼 수 있을 것이다. 여성의 현실을 문학작품에 담을 때 '새로운' 미학적 기준을 요청하지 않고, 삶 자체가 스스로 살아나는 바를 충실히 전달하는지를 판가름하는 '재현'의 원리에 따라 이를 평가하면 어떨까? 『82년생 김지영』에서 주인공인 '김지영'의 목소리가 정신과 의사의 분석 리포트를 거쳐서야 들리는 것이라면, 리포트를 채우는 '규범적 언술'에 기대어 진행되는 서사는 처음부터 '김지영'이라는 인물의 고유함을 놓치고 있다고도 말할 수 있지 않을까? 물론 '김지영'이라는 이름을 드러내기 위해 '김지영'의 삶이 전부 설명 가능하다고 여기는 편협한 시선을 개입시킨 상황 자체가 이중으로 구속된 여성의 현실을 상기케 하는 바가 있다고 말할 수도 있다. 하지만 예정된 재현의 실패가 현실의 여성들이 주어진 상황에 적응하면서 동시에 문제를 상대하고 극복하기 위해 어떻게 애쓰는지에 대한 주제로 이야기를 이어갈 수 있게 하기보다는 '김지영'이라는 인물을 주어진 상황에 종속시킴으로써 여성의 삶에 대한 상상 역시도 차단시켜버리는 효과를 낳고 있지는 않은가? 한편 소설이 여러 자료를 동원하여 '김지영'의 실존을 증명하려 할 때마다 "자기동일적 주체의 허구성"[12]이 폭로되는 것으로 논의를 이어간다면 어떨까? 과연 여성의 이야기는 '김지영'의 것만으로 충분할까?

백지은(白志恩)의 고민도 여기에서 멀지 않은 자리에 있는 것 같다. 백지은이 "여성의 이야기는, 우리 사회의 구조와 체계에 안착하지 못한 무언가를 섬세하게 수긍하는 쪽보다는 그것이 우리 사회의 구조와 체계를

---

11 백지연 「페미니즘과 공공의 삶, 그리고 문학」, 『사소한 이야기의 자유』, 창비 2018, 128~29면.

12 김영희 「페미니즘과 근대성」, 『이중과제론』, 창비 2009, 129면.

탈구시키도록 더욱 예민하게 자각하는 쪽으로 읽혀야 한다"고 말할 때,[13] 이는 젠더불평등에 의한 억압의 차원을 복잡한 관계망 속에서의 일상과 정치로 읽어내는 문학의 작업이 더욱 섬세해졌으면 한다는 요청으로 들린다. "개별 존재들의 존엄성이 인정받는 평등한 삶을 위한 노력은 단순히 제도를 철폐하거나 초월하는 방식으로 성취되지 않"고, "현실의 적응과 극복은 불가피하게 당면한 현실의 압력을 견뎌내는 제도의 안과 밖에서 동시에 이중적으로 수행"되는 상황을 고려할 때,[14] 문학은 문학의 형식으로 현실을 읽는 눈을 확보함으로써 사회를 다르게 조명하고 거기에 동참한 사람들의 인식과 편견을 바꾸어낼 수 있기 때문이다.

3. 문학의 공공성 논쟁이 던지는 질문: '무엇을 향해' 말하는가?

한편 최진석(崔眞碩)이 『82년생 김지영』을 둘러싼 비평가들의 논쟁에서 특히 "작품이 독자대중과 내밀하게 정동하고 있"는 측면을 반기는 입장에 주목하면서 "한국문학은 대중의 정동, 나아가 공통성에 직접 접속함으로써 문학 '바깥'의 영역에서 일어나는 다양한 쓰기의 범람을 경험하는 중"(59면)이라고 말할 때, 그가 주장하는 바는 비평이 "'커먼즈'로서 문학의 위상"을 세우기 위해 "공-동성의 사건화"(50면)를 정립하는 역할을 해야만 한다는 것이었다.[15] 그가 봤을 때 현재 한국사회의 지형은 "언어든 정동이든" "공통적인 것마저 자본에 의해 식민화"(61면)되어 있으므로, 비평에 "우리 시대 진리의 정치를 새롭게 사유하는 기능과 임무"(63면)를 맡

---

13 백지은 「당대의 여성 서사가 우리를」, 『릿터』 2018년 8/9월호, 34면.

14 백지연, 앞의 글 132면.

15 최진석 「공-동적 사건의 비평을 위하여: 문학이라는 커먼즈와 비평의 문제」, 『창작과 비평』 2018년 여름호. 본문에서는 이하 면수만 표기.

겨 "대중의 정동을 포착하여 사건을 사건으로 남겨두는" "현재의 사건이 또다른 사건으로 이어지도록 관찰하고 촉발하는"(66면) 활동을 기대할 수밖에 없다는 것이다.

최진석의 논의에서 제기되는 의문을 차례로 살펴다보면, 현 자본주의 세계체제에서 당연시 여기는 소유관계를 재배치하는 상상력을 키우고 시스템에 관여하는 관계 전반을 다르게 실험할 수 있는 문학을 매개로 '공공성'을 고민할 때 비평의 과제는 무엇인지 다시금 헤아릴 수 있으리라 생각한다.

첫째, 현재 "다양한 쓰기의 범람"이 "일어나는" "문학 '바깥'"(59면)이라는 범위 설정에 대하여.

이를 거론하기 위해서는 최진석이 상정하는 '문학'의 실체가 무엇인지 확인할 필요가 있다. 그는 부르디외(P. Bourdieu)와 델포(G. Delfau)의 의견을 경유하면서 문학에서 논할 수 있는 '공공성'의 영역을 (문학작품을 '상품'으로 생산하고 공급하는 과정인) 출판시장에 한정한다.[16] 이에 따라 그가 정의하는 문학의 '공공성'이란 제도 위에서 성립되는 것이니만큼 "국가적 공공성"을 형성하기 위해 길러지는 "'정상적' 시민의" "최소한의 교양"(53면)과 연관된 성격으로만 수렴된다. 그의 입장에서 문학은 "삶과 예술의 근대적 분열"(60면)하에서 '제도화된 예술'의 편에 서 있지만 문학을 구성하는 언어는 (문학상품을 생산하는 제도의 구성원으로서의) 생산자와 ("수동적 소비자에 머물러 있던") 대중 모두의 "공통적인 것"이다.

---

16 "근대문학은 작가와 독자라는 개인뿐 아니라 비평과 문단, 출판산업과 시장 등의 외부적 요소들로 구성되어왔다. 특히 문학시스템과 관련하여 공공성이란 문학상품을 생산해 시장에 공급했을 때 '공정한 계약'이 발생하는 조건을 감독하는 역할이었다. 국가로부터 독립적인 시민사회 내부를 자율적으로 규율할 필요를 충족시키기 위해 공적인 것(Res publica)이라는 개념이 요구되었고, 문학장 또한 거기에 의존했던 것이다. 이것이 문학적 근대성의 제도적 기반이며, 개인주의의 신화로 포장된 문학은 그렇게 근대성의 공적 평면에 연결된다." 같은 글 52~53면.

따라서 그는 문학이 그 내부에서 "예술과 삶의 오랜 분열을 극복하려는 시도"(56면)를 할 수 있고, '대중'이 공통의 언어를 어떻게 사용하느냐에 따라서 '제도 바깥'으로 문학의 역할을 확장시킬 수 있다고 말한다.

최진석이 문학의 공공성을 사유할 때 제도로 수렴되지 않은 문학의 역할은 애초부터 논의에서 차단된다. 문학이 상대하는 '바깥'을 '제도의 바깥'이라 할 때, 그곳은 고작 지금 체제 내부만으로 한정될 우려가 있다. 게다가 '삶'과 '예술'이 유리되어 있다고 보는 관점은 문학의 과제를 '제도로부터의 탈주' 그 이상도 이하도 아니게 만듦으로써 도리어 '삶'이라는 표현을 제도와 무관한 숭고의 대상으로 격상시키는 결과에 다다를 수도 있는 것이다. 뒤에서 다시 말하겠지만 이러한 논의에서 소환하는 '작가/생산자/엘리트'와 '독자/소비자/대중' 사이의 뚜렷한 분절 역시도 비평을 초월적인 위치에 자리매김하기 위한 서두로 기능할 수 있다.

물론 그가 제도로 수렴해서 거론하는 '근대문학'은 지금 시기를 "탈근대"(54면)로 정의하기 때문에 꺼낼 수 있는 표현일 것이다. 하지만 현재 우리가 논의하는 문학이란 좀더 정확히 말해 '자본주의 세계체제하에서의 문학'일 텐데, 지금의 체제하에서도 '제도 바깥의 바깥'으로까지 문학의 공공성에 대한 논의를 얼마든지 확장할 수 있고 또 그래야만 한다. 비평의 역능은 여기에서 발휘될 수 있는 것이다. (어쩌면 최진석은 한국문학이 체제의 바깥을 말하는 데까진 나아가지 못한다고 미리부터 상정했을 때 가능한 논의를 펼치고 있는 것인지도 모르겠다.)

둘째, 비평의 과제를 '정동'의 파악으로 구체화하는 것에 대하여.

최진석은 현재를 "대중의 (무)의식적 감각에 직접 촉수를 맞대는 공통적인 것"(58면)으로 "문학장의 기반이 변형"(60면)된 시기로 진단하면서, "창조적 정동의 주체로서 대중 전체가 호출되고 기존의 장르형식이나 글쓰기 형태의 외연이 확장되고 있는 우리 시대에 비평가의 전통적 위상은 더할 나위 없이 좁아져버렸다"(60면)라고 평한다. 그가 보기에 앞으로 비평이 할 일은 그러므로 "작가와 독자를 연결시키고, 그들에게 공통의 언어를 기입"하는 "(무)의식적인 감각의 운동으로서 정동"(59면) 파악에 국한된다. 그러나 정말 그게 전부일까. 작품을 읽으면서 비평이 할 일이란 오직 '공통의 언어'로서의 공감 지점을 찾아나서는, 소위 '정동적 반응'을 살피는 응답의 차원밖에는 없는 것인가.

최근에 스타트업 종사자들의 생활을 핍진하게 담았다는 이유로 소셜미디어에서 화제가 되었던 장류진(張琉珍)의 소설 「일의 기쁨과 슬픔」(『창작과비평』 2018년 가을호)을 예시로 생각해보자. 만약 비평이 대중의 정동을 파악하는 관찰자의 위치를 점한다고 가정한다면, 해당 소설은 많은 사람들이 호응한 작품이니만큼 '당연히' 비평의 대상으로 다뤄져야 할 것이다. 그다음 비평이 할 일은 이 작품에 대한 관심도가 왜 이렇게 높은지에 대한 분석을 시도하는 것으로 길음될 것이다. 가령 소설에서 화폐가 아닌 '포인트'로 임금을 받는 장면이 등장했을 때 SNS상에서 독자들은 이것이 현실화될까봐 '뜨악'해하는 반응을 보였는데, 이를 통해 독자들은 '그럴듯한' 이야기에서 재미를 느낄 뿐 아니라 '그럴 수 있을 것 같은' 상황이 일으키는 감정의 동요로부터 재미를 얻는 것이라고 짐작할 수 있다. 일어날 수 있는 현실의 차원을 미리 보여주면서 독자들의 감정을 특정 경로로 이끄는 작품이 독자로 하여금 현실을 방어적인 프레임으로 바라보게끔 하면서 흥미를 유발하는 것이다.

물론 이처럼 독자들이 어떤 부분에 흥미를 느끼는지 파악하는 과정은 시대를 조망하기 위한 효율적인 방식일 수 있다. 그러나 비평이 대중의 정동을 파악하는 데까지만 말한다면, 비평은 '그들은 그럴지도 모른다'는 짐작으로 채워지는 소극적인 작업이 될 것이다. SNS상에서 장류진의 소설에 대한 '하이퍼 리얼리즘' '호러 리얼리즘'이라는 창의적인 표현이 등장하고 있는 지금, 비평의 역할을 '정동의 파악'으로 한정하지 않는다면 비평이 논의할 수 있는 주제는 늘어날 것이다. 이를테면 비평은 해당 소설의 리얼리티 확보 방식에 대해서 충실하게 더 말할 수 있지 않을까? 「일의 기쁨과 슬픔」을 통해 말하자면, 소설이 당도한 ('갑질'의 피해를 입은 '거북이알'과 화자인 '안나'의 '덕질'로 이룩되는 연대라는) 결말은 어떤가? 해당 결말을 쓸쓸하지만 현실로 받아들여야 하는지, 소위 '소소하고 확실한 행복'을 찾는 시대를 살아가는 사람들의 안전을 위한 자기정당화일 수 있다고 여겨야 하는지 더 논의해볼 수 있지 않을까? 소설을 통해 확인할 수 있는 현실에서 비롯된 상상력과, 현실에서 조명되지 못한 장면들과, 현실을 통과해 만들어지는 현실 바깥을 형성하는 사유는 어떤가?

비평의 과제가 대중의 정동을 파악하는 것으로 제한될 때, 비평의 몫은 우리 사회가 어디에 있는지를 파악하는 데에서 그칠지도 모른다. 그러나 중요한 것은 경로의 확인 자체만이 아니라 그 경로가 어디를 향하는지, 잘못된 경로라면 어떻게 바꿔서 나아갈지, 어떤 경로가 지금보다 더 나은지를 생각하고 판단하는 일에 있다.

셋째, 문학 현장을 구성하는 이들을 염두에 둘 때 '대중/독자'와 '비평가'를 구분하는 일이 타당한지에 대해서.

최진석이 "문화의 생산자이자 소비자로서 대중이 자신을 표현하기 위해 콘텐츠를 개발하고 플랫폼을 제작함으로써 일종의 비평가적 역할을 자임하게 되었다"(60~61면)라고 말할 때 "자임"이라는 표현은 일견 답답한 느낌을 준다. 작가(생산자)와 독자(소비자)가 분리되어 존재할 수 없듯이, 등단과 비등단자의 구분을 굳이 의식하지 말고 비평적 대화에 참여하는 순간 누구나 비평가가 된다고 볼 수는 없을까?[17] 이전에는 '대중/독자'

---

17 앞서의 서술은 어쩌면 논의를 진행하는 비평가 자신은 대중의 한 사람이었고 기존의 비평가들은 대중의 반대편에 있었다는 식으로 경계를 세우는 효과를 누릴 수 있을지도 모른다. 물론 등단제도를 통해 직업 비평가의 길을 걷는 이들이 다른 이들에 비해 발표지면을 확보하는 데 훨씬 유리하다는 점은 무시할 수 없는 사실이다. 그러나 이는 비평이라는 (비평문을 읽는 사람들에게 영향력을 행사하기 위해 '설득의 말하기'를 진행한다는 차원의) 권력행위에 대한 논의를 (비평행위의 충실성을 떠나) '등단'을 통한

와 '비평가'가 확연히 구분되고 지금은 아니라는 방식으로 '대중/독자'와 '비평가'를 명확히 분절하는 논의가 오히려 기존의 비평가에게 권위를 실어주는 효과를 낳고 있는 건 아닐까?

'비평가'는 다른 무엇도 아닌 '독자'의 한 사람이다. 최원식은 표절사태 이후 한국문학의 비평문화를 진단하는 글에서 "비평가란 좋은 독자라는 원칙을 다시 확인하는 데서 출발하고 싶다"고 말했다.[18] 비평 행위가 "자대도 말고 자소도 말고, 작가의 앞도 아니고 뒤도 아니고, 오로지 독자로서의 책임과 긍지를 지니고 작가와의 협상에 당당히, 그러나 겸허히 임"[19] 하는 방식으로 역할을 할 때, 문학 현장에서는 좀더 다양한 의미의 구축과 좀더 나은 가치의 창조가 활발하게 일어날 수 있을 것이다. 비평이 공공성에 대한 논의를 이어갈 때 치열하게 살펴야 할 것은 '누가' 말하는가의 차원이 아니라 그 말하기가 '무엇을 향한' 것인지에 있다.

4. 비평이 왜 중요한가: 기억투쟁으로서의 비평

1절에서 밝힌 본고의 목표 중에는 "문학비평이 재미나게 할 수 있는 일을 찾아가기"가 있었다. 기실 모든 것이 엔터테인먼트가 되기를 바라는 듯한 요즘 상황에서 비평마저 그런 모습을 보여야 한다고 여기기 때문에 '재미'라는 표현을 쓴 건 아니다. 문학이 지금 어디에서 무엇을 하고 있으며 할 수 있는지를 살피는 비평의 작업은 '지금보다는 더 나은 삶'에 대한 바람을 토대 삼아서 진전하는 것이다. 또한 스스로 충실히 생각하고, 생각한 바를 다른 이들과 나누는 과정을 필히 동반하기에, 이러한 작업이 진

발표지면 확보 유불리로 치환하는 논리로 읽히기 쉽다.
18 최원식 「우리 시대 비평의 몫?」, 『문학과 진보』, 창비 2018, 37면.
19 같은 곳.

행되다보면 삶에 대한 관성보다는 삶을 향한 활력을 얻을 수 있으므로 꺼내든 표현에 가깝다.

촛불이 기득권 세력의 적폐를 물리치는 일을 일상에서 행할 것을 우리에게 요청했다면, 이 글은 현재 한국문학 비평 현장에서 진행되는 논쟁에 구체적으로 개입하는 방식으로 그 과제를 수행하고자 했다. 문학비평이 싸워야 할 적폐는 '으레 그럴 것'이라는 단정을 통해 문학에 대해서 더이상 말하지 않고 답보 상태를 자처하는 것, 혹은 자기충족적인 해석의 세계를 형성해 그 안에 들어가 문을 걸어 잠그는 것, 요컨대 대화를 차단하는 것이라고 생각했기 때문이다.

길게 살펴본바, 촛불 이후 한국문학 비평 현장은 비평 스스로 자기폐쇄성을 깨기 위한 분투의 장과 다름없었다. 의미있는 여러 입장들을 차례로 상대하고자 한 이 글은 문학비평 역시도 지금 이 자리에서의 싸움을 멈추지 않음으로써 혁명을 의미화하는 일에 힘을 보태고 있다는 증거로 있고자 했다. 이 논쟁이 삶의 어떤 부분을 얼마만큼 건드리는지는 앞으로 여러 비평적 입장들이 계속해서 부딪치고 갈등하는 속에서 질문이 심화되고 논의가 확장되는 정도에 따라 가늠할 수 있을 것이다. 다시 말해, 비평 행위가 얼마나 적극적으로 이어지는지에 따라 촛불 이후의 시기를 살고 있는 지금의 문학을 어떻게 기억할지에 대한 판가름이 난다는 얘기다.

비평이 왜 중요한가. 그것은 비평이 문학을 어떻게 기억할지를 끊임없이 겨루는 논쟁의 장으로 살아 있기 때문이다.

참된 치욕의 서사 혹은 거짓된 영광의 시

◆

김민정론

한 사람이 손을 뻗는다. 달을 가리킨다. 사람들은 달이 아니라 손에 대해서 수군대기 시작한다. 그가 달을 향해 이목을 집중시키고자 했다고 가정할 수 있다 한들, 다른 이들에게 주어진 수단이란 그의 손이 전부이기 때문이다. 사람들은 일단 무작정 손을 따라가기로 한다. 말(言)들이 만들어진다. 당연하다.

한 사람이 달을 보라고 가리킨 손에 대해서 말들이 만들어지고 있는 이 상황은 언어와 의미에 관한 오래된 비유다. 사물(달)은 언어(손가락)를 통해 현시되지만, 언어라는 몸으로 지탱하는 지시적 의미만 남고, 달은 아득히 멀리에 있다. 혹은 형상화하는 방식과 형상화하고자 하는 대상에 관한 비유라고 해석할 수도 있다. 문학은 언제나 대상(달)에 대한 직접적인 말하기를 시도하지만, 궁극적으로 그에 실패할 수밖에 없는 숙명에 처한다. 언제나 대상'에 대한' 방식을 통해서만이 겨우 달은 보일 듯 말 듯하다. 혹은 저 수많은 수군거림 속에서, 수만가지의 달이 재창조될 뿐이다. 여전히 달은 지구 밖에 있다. 하지만 달을 향해 손을 뻗는 것만이 달에 대한 말들을 만들어내는 방법의 전부일까? 그것이 늘 실패할 수밖에 없는 행위라면 달에 다다르는 언어란 어떤 방식으로 형성될 수 있을 것인가? 이에 대한 대답을 강구하기도 전에, 우리는 메타 시선의 렌즈를 빌려 던 져진 질문의 타당 여부를 검토해야만 한다. (이 순간을 원하는 사람이 없 다 한들, 사태는 이미 벌어진 뒤다. 해명을 위해서 질문을 재수정하자면) 과연 다다를 수 있는 달이란 존재하고 있기는 한가? 손의 욕망은 과연 달 을 향해만 있는 것인가?

다시 시작하자. 언어와 의미가 어긋날 수밖에 없는 상황이 당연한 사실 이라면, 한 사람의 손과 달과 그에 관한 시선들이 교차하는 이 상황 자체 가 숱한 의문들을 감춘 전시(展示)라고 의심이 들기 시작한다면, 우리는 어쩌면 초점을 전환해야 할지도 모른다. 그러니까 'a(달)'와 'b(손)'가 서 로에게 더이상 유비관계나 인접관계로 상응하지 않을 때, 우리는 이들을 유기적으로 연결시켜야만 한다는 명령으로부터 탈피해야만 한다. 이들의 비밀에 접근하기 위해서 고개를 돌리고, 우회해서 가는 길을 모색해야 하 는 것이다.

이를테면 그 사람의 한쪽 손이 달을 향해 뻗어 있을 때, 같은 시각 그 의 다른 손은 무엇을 하고 있었을까? 달을 가리키지 않은 나머지 손의 행 방, 그 손의 사정은 지금 당장의 어떤 주목할 만한 서사로 등장하지 않는 다. 다만 달과는 전혀 다른 방향을 가리키는 엉뚱함, 한 프레임 안에서 상 황과 전혀 조응하지 않는 비실체적 현상, 이 때문에 달을 가리키는 것이 중요하기는 한 것인지에 대한 의문과 달이 애초에 있기는 한 것일까 하는 극단적인 의심까지 불러일으키는 행위로 존재할 뿐이다. 이 글에서 주목 하고자 하는 '시(詩)'라는 존재는 바로 그와 같은 위치에서 가능한 것이 다. '지금-여기'에서의 맥락으로부터 무용한 듯하나 그 자체가 상황에 대 해 인식하는 감각의 환기를 유도하는 방식으로, 시는 존재 '하고 있(는 중 이)다(is being)'.

오래된 비유를 빌려 돌고 돌아(迂廻) 왔지만, 나는 언어와 의미가 맺고 있는 대응 관계의 실패를 인정하는 지점뿐만 아니라 그에 대한 대안을 강구하는 지점에 위치한 이 시대의 시들을 변호하고자 하는 중이다.

그들은 'a(달)'와 'b(손)'의 교차 관계 속에서만 고군분투하고 있지 않다. 'a'와 'b'의 구체적 물질성을 탐구함으로써 그 안에서 '죽지 않은 누군가의 심장'이 '짐짓 예술적으로 부리는 교태'에 대하여 쓰기도 하고(강정「낯선 짐승의 시간」,『키스』, 문학과지성사 2008), 또는 'a'와 'b'의 현상이 자욱한 이 세계에 대해 기괴한 '연상 작용'을 함으로써 '어떤 식으로든 그들이 연결되어 있는 것처럼 느끼도록' 쓰기도 한다(황병승「이 저녁의 모든 것은 어긋났고 우리들은 그 모든 것의 멤버」,『트랙과 들판의 별』, 문학과지성사 2007). 혹은 그 모두의 주변을 유령처럼 떠돌며 모두가 '하는 생각을 알 수 없었다'고 기록하고는 '여기 서늘해지는 목덜미'만을 주목하는 시도 있다(김행숙「조각공원」,「사소한 기록」,『사춘기』, 문학과지성사 2003). 그리고 이 다양한 방식 사이에서, 이 글은 'aʹʹ'와 'bʹ'라는 기이한 이본(異本)을 뜨거나 'a'와 'b'의 변형을 일으켜 'c'와 'd'로 변태하는 생성 작용에 스스로를 위치시키는 한 시인의 호흡법에 대해 주목해야 한다고 주장할 것이다.

김민정 시의 언어들은 분명 현재를 가리키지만, 그중 일부는 미처 기록이 끝나지 않은 어떤 과거를 은밀하게 "조물조물 납작납작 주무르고"[1] 있다. 그 은밀함이 삐죽, 엿보이는 찰나가 시적인 섬광이 구체적으로 현시하는 때다. 시인의 "사정이야 어찌되었든"(「사정이야 어찌되었든」), 우리는 그 섬광을 어떻게 받아들여야 하는지 고민해야 한다. 왜냐하면 김민정의 시들이 내보이는 전략이란 강정의 시에 비해서는 덜 농염하고, 황병승의 시에 비해서는 널 이국석이며, 하불며 김행숙의 서늘할 정도로 초연한 시선

---

1 김민정「살수제비 끓이는 아이」,『날으는 고슴도치 아가씨』, 열림원 2005, 71면. 이하 이 시집에 실려 있는 시들 및 앞으로 이 글에서 인용할『그녀가 처음, 느끼기 시작했다』(문학과지성사 2009)에 수록된 김민정의 시들은 괄호 안에 제목만 밝힌다. 이 글에서 다루게 될 김민정의 시는 언급한 두권의 시집에 담긴 작품들로만 한정한다.

을 보유한 시와 대비했을 때는 그리 초연하지도 않기 때문이다. 그들에 비해 김민정의 시는 아귀다툼이 진탕 벌어지는 한가운데에 방치되어 있는 것 같다. 하지만 시적 주체가 그 악랄한 상황들에 맞서 그 나름대로의 대응 방식을 구현하고 있다는 느낌이 드는데, 그것은 매우 구체적이다. 김민정의 시가 동시대의 시편들이 형성하고 있는 좌표 위에서 바라봤을 때 특별히 발랄하다고 여겨지는 까닭은 바로 거기에서 비롯될 수 있을 것이다.

이 글의 목표는 김민정의 시가 어떤 시적 전략을 구사하며 무성하게 쌓여가는 이천년대 이후의 시에 대한 평가들 사이를 가로질러가는지, 하여 김민정의 시 세계가 안내하는 독보적인 대안이란 무엇인지에 대하여 탐구하는 것이다. 그러니까 이 글을 통해서 나는 기억과 현재, 상황과 언어에 대한 주종관계에서 벗어나 끊임없이 이미지들을 창조했다가 삭제했다가를 반복하는 김민정 시의 투쟁방식에 관하여 말하고자 한다. 이는 (김민정 시 이전에 시들에 대해서는) 오만할 것이고, (김민정의 지금 시들에 대해서는) 적나라할 것이며, (이후 김민정의 예정된 시들에 대해서는) 불안하고도 불온한 희망에 관해서 건투를 비는 글이 될 것이다.

1. 작은 사건들

김민정의 시들이 책장 사이사이를 나란히 버티고 있을 때, 우리는 툭툭 솟아오르는 어떤 장면 혹은 어떤 중얼거림이 그 가지런한(사실은 '가지런하고자 하는'에 더 가깝다) 질서를 휘젓고 균열을 만들어내는 순간과 너무나 자주 마주친다. 가령 다음 시에 등장하는 "하필 그랬다" 같은 종류의 말들로 인해 발생하는 전환이 그렇다.

처음 극장이란 델 가서 본 영화가 「개 같은 내 인생」이었다 <u>하필 그랬</u><u>다</u> 중학교 1학년을 단체 관람 시킨 도덕 선생님은 전교조였다 <u>하필 그랬다</u> 한 번 봤으면 됐지 싶을 영화를 보고 또 보러 다니는 사이 선생님은 이미 자도 아니면서 섬마을 선생님으로 불려갔다 <u>하필 그랬다</u> 광화문역 교보문고 입구 옆에서 한 남자가 복제판 디브이디를 늘어놓고 파는데 근 20년만에 그 영화도 있었다 <u>하필 그랬다</u> 침대에 빌렁 누워 영화나 보는데 어디선가 울리는 휴대폰 벨소리……김민정 씨……나 신현정이올시다……김민정 씨……우리 개가 아랫집 개를 물어 죽이고 어디로 내뺐다는데……그 집 연놈들이 씩씩거리며 문 차고 들어와서는 날 아주 잡도리하듯 그거이 참……개를 찾아 개보고 나보고 사과를 하러 오라지 않수……이 비에 그니까 비가 와 개새끼가 미쳤나……생돈 십만원 물어주고 내 속이 쓰려 술 한잔했시다……김민정 씨……미안합니다……근데 이 미친놈의 개새끼는 어디가 숨었을까요……비가 컴컴하니 이렇게 억수인데……며칠 지나 시인 지망생 후배 몇이 보신 약속을 잊었느냐 해서 불광동 개고기집엘 끌려갔다 <u>하필 그랬다</u> 뜨거운 국물을 후후 불어 마시는 한 남자의 목에 걸린 금줄에서 땀이 뚝뚝 떨어질 때, 내가 핥고 있는 소프트 아이스크림에서 단물이 뚝뚝 떨어질 때, 맞은편 굳게 철문 내린 치킨집 앞에 멀뚱하게 선 개 한 마리 이리 올까 말까 살랑살랑 꼬리 흔드는데 이 간격의 팽팽한 시위 아래 매미 한 마리 툭 떨어져 잠시 울음소리 고요도 하였다 <u>하필 그랬다</u>

—「사정이야 어찌되었든」 전문(밑줄은 인용자)

다른 시간대의 일들이 그 '사정'을 묻기노 선에 "하필"이면 동시에 펼쳐졌다. 따로 또 같이 펼쳐진 여러 상황 중에서도 시인이 이 모든 상황을 술회하는 지금이 "교보문고 입구 옆"에 있는 시간대인지, 아니면 "신현정"으로부터 전화를 받고 며칠 지나서 "개고기집"에서 아이스크림을 핥고 있는 시간대인지 명확하지 않다. 다만 이러한 시적 정황들이 "매미 한 마리 툭 떨어져 잠시 울음소리 고요"한 때와 소름끼치도록 냉정하게 연결되어 "팽팽한" 긴장을 마련하고, 그를 통해 시간 구조의 애매성(ambiguity)이 형성되고 있는 것이다.

과거에 일어난 일들이 명백한 몇 장면은 있다. 전교조 선생님이 "섬마을"이라 불리는 미지의 곳으로 불려갔다거나 "신현정"과 나눴던 통화 내용이 전개되었던 사건들이 그러하다. 하지만 우리가 이들을 순차적인 관계로 도모할 수 있을 것 같다는 착각에 잠시 빠지는 새 그 기대를 저버리고, 존재하는 모든 상황의 현재성은 "하필 그랬다"라는 중얼거림 때문에 계속해서 장면을 초기화(reset)시킨다. 이때 우리가 알 수 있는 단서는 다음과 같다. 시적 주체에게 과거의 일부 사건들이란 마음대로 관리할 수 있는 대상이 아니라는 것. 어느 날 불쑥, "하필" 툭툭 솟아 올라와 현재의 지점에 과거라는 일부를, 어쩌면 과거라는 환상을 자꾸 개입시킨다는 것. 과거의 작은 사건들은 사실, 이미 "나"의 현재성 안에 있었다는 것. 결과적으로 시인은 현재의 질서를 끊임없이 교란시키는 어떤 잠입이 일어날 때마다 "하필 그랬다"고 어쩔 수 없다는 듯 중얼거리면서, 독자가 형상화할 수 있는 장면들이 각각 자율성을 띠고 겹쳐지도록 설치하고 있는 것이다.

게다가 시적 주체의 입장에선 이와 같은 상황들이 참으로 우연히 일어나는 것들이다. "하필 그랬다"라는 중얼거림이 여섯번 등장한 것과 같이 여섯번으로 나뉘어 등장한 이들 장면들(① 처음 극장에서 본 영화는 「개 같은 내 인생」이었다. / ② 「개 같은 내 인생」을 단체 관람시켜준 선생님은 전교조였고, 어느 날 불려갔다 / ③ 광화문역 교보문고 입구 옆 복제판 디브이디 판매상에게는 「개 같은 내 인생」도 있었다 / ④ 영화를 보다가 전화를 받는데 시인 신현정이 도망간 '개' 때문에 벌어진 사건을 하소연했다 / ⑤ 후배들과 개고기집에 갔다 / ⑥ 남자의 목에서 땀이 떨어지고, 내 아이스크림 단물이 뚝뚝 떨어질 때, 꼬리를 흔들고 있는 개 한마리와 마주쳤다) 사이의 유사성이란 단지 '개'일 뿐이라는 데에 그 이유를 찾을 수 있겠다. '개'라니! 장면들의 매개 지점으로 '개'를 꼽았지만 그 '개'는 히치콕의 용어를 빌려와 설명하자면 마치 맥거핀처럼, 어떤 사건을 순차적으로 구성해내기보다는 그저 시간차를 둔 장면들이 우연히 하나로 겹쳐지게 하는 소재에 불과한, 그 안은 텅 비어 있는 것이다. 어쩌면 '개'라는 기표를, 영화 제목에서뿐만 아니라 사회에서도 통할 수 있는 '인생'에 대한 비하, 상황에 대한 비하, 어쩔 줄 몰라 하면서 영락없이 당하고 있는 시적 주체의 스스로에 대한 비하로 이해할 수도 있다. 하지만 그와 같은 분석은 시인이 형성하고자 하는 의미의 폭을 내용에서만 구현할 수 있다고 소급하는 것에 다름 아니다. 오히려 우리가 주목해야 할 것은 "하필 그랬다"라는 중얼거림이 형성하는 기능에 대해서다.

"하필 그랬다"가 등장할 때마다 시적 장면은 전환된다. "하필 그랬다"라는 말에 묻어나는 묘한 자포자기의 심정, '사정'을 말하고자 하면 길어질 수도 있기에 결국 시를 통해 현재 보여줄 만한 것은 '사정이야 어찌되었든' 무조건적인 현시밖에 없다는 무모한 태도, 하지만 어쩌면 그것이 그 '사정'에 대한 최선의 말하기일지도 모른다는 묘한 예감이 시적 화자의 우회적 말하기를 지지하게 한다.

하지만 도대체 왜 이런 일들이 일어나는가. '사정이야 어찌 되었든'이라고 말하는 사람이 있거나 말거나 '사정'에 대한 호기심을 주체할 수 없어 온 저변을 서성이는 독자가 있을 수도 있다. 그들에겐 사정을 찾아 시 본문이 아니라 시인이 본문 끝에 대롱대롱 달아놓은 주석을 들추어보는 방법을 추천해본다. 실제로 시 본문 마지막에는 "신현정" 시인의 별세를 알리는 '*' 표시의 문장과 시로 달라지는 건 없다는 시인의 자조가 함께 섞여서 실려 있는데, 독자들은 '하필이면' 죽은 시인에 대한 기억이 '개'와 함께 어우러진 이 상황을 사정의 전말이라 여겨야 하는 불편에 당도하게 된다.[2] 계속해서 우리는 "하필 그랬다"라는 사건의 재구성에 속고 있는 것이다. 시적 주체가 진술하는 장면들 모두가 나란히 서 있는 것 같지만,

어쩌면 같은 장면들이 다른 모습으로 변태한 것일 수도 있고, 또 한편으로는 기이하게 공존해 있는 이 상황에 말이다. 심지어 장면 내의 이미지들 사이에서는 역설마저 발생해서 상황을 더욱 복잡하게 만들고 있는데, "불려가는" "도덕" 선생님이라든지, "미안합니다"라는 인사가 숨겨놓은 "미친놈"이라는 욕의 발설이라든지, 개고기를 먹은 나와 내 앞에 살랑살랑 꼬리를 흔드는 개의 이미지가 대놓고 충돌하는 식의 역설이 뻔뻔하게 진행되고 있는 것이다. 요컨대 그녀의 사정이란 이해가 불가능한 상황을 이와 같이 대놓고 병치해서 전시할 수밖에 없다는 그 자체일 수 있다. 그러니까 시적 주체에게 잠입해 들어오는 '사정'의 진위 여부란 폭력의 질서가 남기는 자취에 불과하다. 이는 '해소'와 '화해'가 소거된 세계의 말하기 방식이며 동시에 매우 하찮은, 그래서 망각한 줄만 알고 있었던 작은 사건들이 "팽팽한 시위 아래" "툭 떨어"지는 경험에 대한 설명인 것이다.

하지만 시인은 시침을 뚝 떼며, 이러한 모든 의미들을 '사정이야 어찌 되었든'이라는 말 속에 묻어버리고 있지 않은가. 안 그런 척하면서, 시적 주체는 은근슬쩍 고발하는 것이다. "하필 그랬다"라는 푼크툼(punctum. 작은 디테일에서 얻는 압도적 경험)을 통해서 도도하게, 노려볼 만한 무언가가 있는 것 같다고 역설하는 것이다. 어쩌면 시는 도리어 우리를 노려보면서 '불가피한 잠입'의 시도를 줄기차게 이어가는 것일지도 모른다.

고대 히브리어처럼 흐리마리한 이정표를 따라 검은 눈 속의 도시로 들어섰다 낮작낮작 몸 낮추는 길 위로 구겨지고 찢긴 약도들이 나뒹굴고 있

---

2 김민정의 두번째 시집 『그녀가 처음, 느끼기 시작했다』의 제3부 제목은 '신은 각주에'다. 그녀는 자신의 시가 사실 애초부터 '神'을 (마치 글의 각주처럼) 바닥에 깔고 있다는 것을 알려주고 싶었는지도 모른다. 그렇다면 우리는 '각주'를 향해 가며 진위를 찾아야만 하는 것일까. 아니다. '애초부터' 신이란, '각주'에나 매달아 놓는 '신'발 같은 것 아닌가. 축하한다, 김민정식의 아포리아에 우리는 계속해서 당도하고 있다.

었다 집집마다 내다 버린 쉰김치가 지하로 흐르는 강을 푹푹 썩히고 집집
마다 팔뚝만 한 똥줄기들이 세면대 위로 솟구쳐오르는 걸 나는,

　보았다 똥독 오른 입술로도 밀어를 속삭이던 연인이 하룻밤 새에 불구
대천지 원수가 되고 슬그머니 투견장으로 간판을 칠해 다는 불 다 꺼진 거
리에 불 켠 앵두알 같은 눈알을 죄 따먹어버린 늙은 수캐들의 미주알은 푹
푹 썩어 문드러지고 있었다 (…) 쓰레기통 속에 처박힌 살점들이 식은땀처
럼 피를 줄줄 흘리는데,

　웃고 있었다 누덕누덕한 누더기 이불처럼 서로서로의 토막 난 살점에
살점을 기워 한 살집이 된 아이들이, 조각 난 제 살점들을 찾다가 입에
물고는 공터에 모여 불을 피우고 꼬챙이에 끼워 호호 불어 호호 불어 (…)
나는 정말 아니라니까 참다 못한 샛별장의사 경리 K양이 질 속에 쇠파이프
를 쑤셔 박은 채 열린 관을 향하여 토끼뜀을 뛰어 들어간다
　　　　　　　　　　　　　　　　　　　　　　　　—「불가피한 잠입」 부분

　그리고 이러한 일들은 어느 날 갑자기 우연히, 자꾸만 벌어진다. 이미
화석이 되어버린 언어인 "고대 히브리어" 같은 이정표와 찢어진 약도 때
문에 아무런 표징도 없는 도시에서, 미처 피할 새도 없이 "나"는 보게 되
는 것이다. "쉰김치"의 냄새가 불길함을 자극할 때쯤, "똥줄기들"이 청결
한 "세면대" 위로 "솟구"치는 장면을.
　세계를 가로지르는 빗금이 은밀하게 시작되어서 석나라하게 도래했
다. 우리는 그 아슬아슬하게 나 있는 틈을 통해 세계를 겨우 볼까 말까 하
는 끼인 존재로 전락한다. 하지만 시는 반대다. 도리어 그 틈을 이용하여
우리 앞에 온갖 이미지들을 쏟아낸다. 빗금을 사이에 두고 "밀어를 속삭
이던 연인"은 하루 만에 원수가 되고, "불 다 꺼진 거리"에 "불 켠 앵두알"

같은 늙은이들의 썩은 창자 끝은 솟구친다. 그리고 빗금 사이로 노출된, 가해와 피해가 공존한 상태의 수많은 세계의 "살점을 기워 한 살집이 된 아이들". 우리는 '그들' 앞에서 한없이 무기력하게, 불가항력적으로 서 있을 수밖에 없다. 말 그대로 이 모든 시적 정황은 '불가피한 잠입'으로 이루어졌으므로.

학익동이요 했는데 택시에서 내리고 보니 끽동 길 한복판이었다 쉽게 불러요 쉽게 부르지 그렇게 불려온 40여 년 동안 어둠 깜깜할수록 빨강으로 더 환해지던 옐로 하우스의 안마당, (…) 돌아봤다 돌이 된 엄마가 돌아보지 마 신신당부했거늘 떨어뜨린 문학개론 주우려다 눈이 마주친 끽동 언니는 하이힐 끝으로 책장 위에 올라선 채 이렇게 말했다 뭘 째려 이 쌍년아, 너도 인하대 나가요지?

—「미혼과 마흔」 부분

다락 위에 할머니와 내가 잠들어 있었다. 나눠 먹은 수면제의 양이 적당하였고, 쇠사슬로 겹겹이 겹쳐 묶은 다락문은 견고했다. 그러나 깡깡 문 치는 소리, 낑낑 문 찍어 대는 소리…… 거기 누구예요? ……저 집게벌레예요 저 좀 들여보내주세요. 나는 다락문 한가운데에 공기알만 한 구멍을 뚫었다. 구멍 밖으로 빤지르르한 먹물빛 벌레가 가재발만한 집게 글러브를 낀 채 제자리뛰기를 하고 있었다.

—「가재발 달린 집게벌레의 방문」 부분

시적 주체가 잘못 말한 것도 아니고 택시기사가 말을 잘못 알아듣는 바람에 내리게 된 도착 장소일 뿐인데, 그곳에서 눈이 마주친 "끽동 언니"는 욕설로 '나'를 맞이한다. 이는 '내'가 손쓸 새도 없이 불가피하게 벌어진 일이다. 두번째로 인용된 시에서도 마찬가지다. "나"는 할머니와 곤히 잠들어 있었을 뿐인데 "집게벌레"가 당당하게 "들여보내주세요"라고 요구하고 있다. 불가피한 빗금의 개입은 이처럼 계속되는 것이다. 시적 주체의 흐릿한 전망 속에 각종 작은 사건들은 저 스스로 "제자리뛰기"를 하며 운동하고 있다.

거대한 하나의 사건이 세계를 단 한번에 뒤트는 법칙이란 이 세계에는 없다. 김민정 시의 시적 상황들은 꺼림칙한 이전의 일들이 애써 잊으려 해도 잊히지 않은 채 끊임없이 이곳으로 흘러와 소름 돋게 만드는, '작은 사건들'이라는 무리들이라고 할 수 있다. 시가 노려보는 그 시선에 꼼짝없이 속박된 우리들은 지금을 사소하게 꼬집는 작은 사건들에 집착할 수밖에 없게 된다. '지금-여기'라는 하나의 프레임이 보유하고 있는 전체 질서를 곳곳에서 흐트러뜨려놓는, 억압된 것들의 귀환인 것이다. 무엇을 억압했는가. 왜 직접적으로 가리키지 않고, 곳곳을 노려보면서, 꼬집으면서 등장하는가. 불쑥 솟아오르고, 툭툭 던져지는 시적 장면들과 말들, 상황들은 왜 하필이면 위악적이고, 추하며, 잔인한 이미지를 형성하고 있는가. 혹은 왜 대개 기이하게 변태하는가.

가공할 만한 상상의 규모를 자랑하는 시인의 내면에서 벌어지는 일들이기 때문에? 그렇기도 하고, 그렇지 않기도 하다. 중요한 것은 시적 주체의 내면에서 일어나고 있는 이미지의 주조가 어디로부터 기인했는지 볼 수 있어야 한다는 점이다. 대개 환상은 이 세계의 상징을 받아들이지 못하는 자신을 소외시키고, 그를 은폐하기 위한 스크린으로 등장하게 마련이다. 시적 장면들이 전시하는 이미지들 간의 넘치는 차이성의 공존은 무엇을 은폐하고자 하는 것인지, 시인의 작품들을 조금 더 정치하게 들여다볼 필요가 있겠다.

2. 추(한 기)억들

시인의 첫 시집 『날으는 고슴도치 아가씨』에서의 시작은 이렇다. "은총의 고문으로 얼룩진 겹겹의 거울 속 빌어먹을 나"(「내가 그린 기린 그림 기림」)가 다양하게 변주하는 장면들이 이어진다. 때로는 철창 속 "문어대가리"로, 때로는 '젖소 아줌마'로, '튀겨지는 양념 통닭'으로 '나'는 제한 없이 변태한다.

> 고작 한 방울의 바다, 눈물 속에서 나는 여직 종처럼 울고 있지. 글쎄, 나는 아니라니깐요. 철창 안은 온통 민숭민숭한 문어대가리들뿐, 너나없이 우글우글 떠들어대고 있었지. 이 좆만한 새끼들, 아가리 안 닥쳐? 황 형사가 사정없이 문어대가리들을 박치기시키자 부서진 석고처럼 흰 가루들이 우수수 쏟아져 내리기 시작했지.
>
> ——「박치기하면서 빛나는 문어」부분

아빠들은 눈빛을 교환하며 쉽게 공모자로 합쳐졌어요. 얼마나 마음이 잘 맞는지 약속 없이도 지우개로 쓱싹쓱싹 서로의 눈동자 속에서 서로의 얼굴을 지울 줄 알았어요. 젖소 따위가 무슨 구두를 신는다고, 아빠들은 아줌마의 손과 발을 부러뜨리려다가 창 밖으로 냅다 던져버렸어요. 울면서 울면서 아줌마는 십자버티기 자세로 링에 묶인 채 오래오래 매달려 갔어요.

아빠들이 아줌마의 까만 점박이무늬 코트를 홀렁홀렁 벗겼어요. 아줌마의 가슴팍에 조롱조롱 매달려 있는 젖병들이 퉁퉁 부은 젖꼭지로 눈물 같은 젖을 흘리고 있었어요. 아침 안 먹고 오길 잘했지 뭐야, 아빠들인 제각각 젖병을 입에 물고 쭉쭉 빨았어요. 그러나 아줌마의 실루엣이 우그러지고 찌그러지더니 에취에취 후춧가루처럼 폴폴 날지 뭐예요.

―「젖소 아줌마가 작아지는 비밀」 부분

나는 나만 기다리고 있는데 누군가 내 심장을
끓고 있는 기름솥단지 안에 떨구네요 아마도 그건
천사 아줌마의 실수였을 거예요 아줌마는 신장병 환자,
야구글러브만 하게 부은 손으로 젓가락질하다 보면
콩알 하나 흘리는 것쯤 예삿일일 테니까요 그나저나
(…)
줄줄이 햄처럼 꼬리에 꼬리를 문 닭들이
아저씨 그림자를 무빙워커 삼아 둥둥 떠가고 있네요
나는 주인 찾아 헤메 다니는 집 잃은 개처럼
코를 벌름거리며 혹시 그들이 내가 아닌가 하고
닭들의 뒤꽁무니에 따라붙어봤어요

―「저기 우리집양념통닭 아저씨 지나가신다」 부분

순진한 어조가 장면의 잔혹성을 배가시키는 아이러니의 화술로 채워진
이 시들은 "그녀들의 메르헨"이라는 시집 첫번째 부의 제목과 어울려 엮
이고 있다. 경찰서에서 행해지는 고문의 가혹함은 문어대가리들의 박치
기로, 여성을 둘러싼 음탕한 시선은 젖소의 젖을 짜내는 작업으로, 살해된
새들이 평화롭게(?) 일용할 양식으로 탄생하는 순간은 천사의 구원을 받
아 천국으로 난 무빙워커를 타고 가는 닭들의 행렬로 그려진다.

시적 장면을 엮어내고 있는 시적 주체 '나'는, 오직 저 자신만이 메르헨
의 화자로 역할하면서, 시들을 한편의 기이한 동화로 매듭짓고 있다. '내'
가 취하는 극도의 방어적인 자세로 인해 누구도 그 세계 안으로 직접 침
투하기는 어려울 것 같다. '나'의 폐쇄된 말하기는 '나'에게 가해지는 폭
력의 명백한 피해자가 자신임을 인지하면서도 가해자인 상대의 심리를

수용하는 이중성을 묘하게 드러내고 있다. 이와 같이 '나'의 말하기가 원천 봉쇄한 시적 장면은 먼 옛날, 아무리 사방을 둘러봐도 그 어떤 구원도 구할 수 없기에 하나의 캐릭터 안에 전형적인 성격뿐만 아니라 기이한 뒤틀림도 함께 양가적으로 구현해냈던 바로크극을 떠올리게 한다. 이는 주어진 상황에 대한 해결 방식이 도처에 없을 때 드러나는 말하기인데, 김민정의 메르헨에서도 마찬가지다. 시적 주체가 폭력을 피할 수 없을 때, 주어진 조건을 바꾼다거나 다른 의미 구조를 통해 새로운 해석을 도출해내는 것이 아니라 아예 동물 이미지로 변태하여 주어진 상황 자체의 해결 불가능성을 전경화하고 있는 것이다.

영민한 이들은 이쯤에서 어떤 서사가 만들어지기 위하여 선행되어야 하는 과정을 떠올려볼 수 있을 것이다. 서사의 구조화를 위해서는 이야기의 화자가 사후 과정의 위치에 서야 한다. 그래야만이 '사건'으로 성립된 어떤 서사의 화자로서, 비로소 '말'을 할 수 있기 때문이다. 하지만 자신이 지나온 일들임은 분명할지언정, 그것을 저 자신의 서사로 도무지 받아들이지 못하겠다는 화자가 있다면 어떻게 할 것인가? 사후(事後)를 찾지 못해 헤매게 되는 화자가 있다면? 바로 이와 같이 해결 불가능한 치욕의 순간이 존재할 때, 김민정 시의 주체들은 시적인 전환을 통해 변태하면서, 과거의 상황을 현재 진행형의 장면과 병치시키는 방식을 취하고 있다. 방점이 찍혀야 하는 부분은 바로 자신이 겪어온 '폭력'을 외면하지 못하고 있는 시적 주체의 현재 상황이다. 그 "풍경의 한순간을 시 쓴답시고" 김민정의 시적 주체들은 마치 바로크극의 양가적인 성격을 구현하는 캐릭터처럼 '피해'라는 이름의 '해피'에 대한 메르헨(「피해라는 이름의 해피」)을 이룩하고 있는 것이다.

지나온 자리마다 구겨지고 굴곡진 호흡 달여가며 둥글게 둥글게 몸 말아가는 너를 나는 보았다, 지하수처럼 샘솟는 샛노란 너의 피를 나는 드디

어 맛보고야 말았다

밤마다 물먹은 고무장갑처럼 퉁퉁 불은 내
심장을 갉아대던 이빨 갈림은 꿈이 아닌 내 안에 너의
존재 방식, 살 다 발라먹고 난 닭뼈처럼 나 말라갈 때
그 많은 비곗덩어리 오려 몸치장하던 것도 내 안에 너의
존재 방식, 먹물 들인 옥수수수염처럼 무성한 내
음모를 잡아 뽑을 때 머리 끈이 툭 터지면서 일순
숱이 불어나던 네 머리카락도 꿈이 아닌
그래, 그래, 내 안에 너의 존재 방식

이제 내가 불신하는 건 나의 지문, 나의 배내똥
이제 내가 머리 두는 땅은 피 끓는 너의 단속곳
다시 무정란 속으로 역류하여 들어차는

이 달짝지근한 액취……

오오 버려짐의 축복이여!

—「다시 무정란 속으로」 부분

"버려"지는 나를 받아들여야 하는 것은 '너'라고 호명되는 또다른 '나'다. "구겨지고 굴곡진 호흡 달여가며 둥글게 (…) 몸 말아가는 너"란 곧 그를 바라보는 '나'의 일부분인 것이다. 부정하고 싶어도 존재하는 '나'는 '너'로 명명되어 '나'와 '너'가 구분되지 않는 데칼코마니의 접힘선을 좇아가게 된다. '내'게 자꾸만 도래하는 (배제하는 데에 늘 실패하는) 과거의 시간은 곧 "역류하여 들어차는" 시간이고, 이는 시적 주체가 여전히 자

신의 서사를 완성시키지 못한 채 자라고 있는 존재임을 암시하는 것이다. '나'와 '너'가, 그리고 '피해'와 '해피'가 공존하는 상황들은 "꿈이 아"니라 다만 현재진행형이므로, 우리는 완결된 서사를 지켜보는 일 대신에 공회전 중인 성장기를 포착해야만 한다.

시적 주체가 "무정란 속"을 향해 역행할 때, 폭력과 결부되어야만 형성되는 섹슈얼리티에 대한 메타포가 앞으로 등장할 시편들의 장면마다 계속해서 자욱할 것이라는 점이 예고된다. 이 때문에 여러 시편들에 등장하는 시적 주체 '나'는 간헐적으로 '소녀'로 읽힌다.[3] 소녀에게 성장의 거름은 폭력이다. 즉 평화로운 일상과 폭력이 개입하는 특수한 상황은 이분법화할 수 있는 것이 아니라 동전의 양면처럼 존재하는 것이다. 가령 "냄새나는 것들"이 내게 아는 체를 하고, 심지어 "내가 사랑해야 할 형제들"은 '나'를 계란 후라이처럼 "양은세숫대야" 위에서 "뒤"기고 알아들을 수 없는 말을 한다(「축! 생일」). "선생님"은 날 안고 화장실로 가서 "단추 하나를 먹어버"리고(「엄마, 학교 다녀오겠습니다 — 나는 안 닮고 나를 닮은 검은 나나들 3」), "아버지는 다락에서 도끼를 꺼내"와서, 방문 위를 내리 찍어 언니와 나를 공포로 몰아넣는다(「그러나 죽음은 定時가 되어야 문을 연다」). 친구의 아버지인 "아저씨"는 내게 "입 속이 죄다 까지도록" 맛없는 사탕을 빨게 하다가, 빨다 뱉으면 때린다(「죽어도 절대 안 죽는 내 소꿉친구의 아버지는 이제 영원히 노래할 수 없어요」). 급기야 '나'는, 이 모든 상황의 탈출구를 찾을 수 없어 나의 살점들을 구워 잘라 무한대의 '나'를 먹여 살려야 하는 순간에 이르게 된다. 잔인한 추억의 한가운데에 여전히 서 있는 '나'는 더이상 이 모든 상황들을 외면하고 도피할 새가 없다는 것을 인정해야 하는 것이다. 헐거운 봉합

---

3 「엄마, 학교 다녀오겠습니다 — 나는 안 닮고 나를 닮은 검은 나나들 3」「살수제비 끓이는 아이」「죽어도 절대 안 죽는 내 소꿉친구의 아버지는 이제 영원히 노래할 수 없어요」「매일매일 놀러 오는 우리 죽은 아빠」「잠들어 거울 속에서 눈 뜬 검은 나나」「사춘기」등이 이에 해당하는 작품들이다.

으로는 추(한 기)억들을 감출 수 없다. 불가피한 상황의 적나라한 현시를 이룰 때에야 비로소 폭력과 결부된 세계의 정체를 낱낱이 고발할 수 있다.

여기에서 시적 주체 '나'가 직접적으로 몸에 각인된 폭력의 상흔들을 어떻게 기억하는지를 짚고 가자. 과거의 사건이 현재로 고양되어오기 위해 재구성의 과정을 거치지 않고 있는 김민정 시의 특이성을 이해하기 위해서다. 김민정의 시 세계에서는 "고통 속에 가장 강력한 기억의 보조수단이 있음을 알아차린 본능"[4]이 도리어 스스로를 고통 그 자체에 내재시킴으로써, 이후 시적 주체가 어떤 상황에 놓이더라도 안전하게 저 자신을 보존할 수 있도록 만들고 있다. 따라서 폭력은 언제나 현재진행형이며, 고통은 일상적인 감각일 뿐이다. 폭력은 시적 주체의 곁을 서성거리다가, 습관적으로 도래한다. 비로소 소녀는 다음과 같은 생존의 법칙을 터득하게 되는 것이다. 첫째, (강박적으로라도) 살면서 지나칠 수 있는 수많은 장면들이 실은 폭력의 일부라고 인식할 수 있는 감수성을 키울 것, 둘째 그 모든 상황에 대하여 적나라하게 고발할 수 있는 도발을 길러낼 것. 소녀에게 세상은 폭력으로부터 잉태된 공간이다.

> 부디 서둘지 마세요 했거늘 저만치 앞서 밀려나간 슬리퍼를 어쩌면 좋아요 좀 빨기라도 하시지 얻어맞아 부어오른 볼때기에 발냄새가 밸까 때 타월로 문지르니 그게 볼터치라 했고, 내 화장의 역사는 그로부터 비롯하게 된 거랍니다
>
> ——「김정미도 아닌데 '시방' 이건 너무 하잖아요」부분

아가씨, 뒷면도 한번 봐야지
산발한 파마머리의 한 여자 얼굴에

---

4 니체『도덕의 계보』, 김정현 옮김, 책세상 2002, 400면.

볼펜 심지만 한 구멍이 숭숭하다

내 아내야

아, 네

잡는 대로 내가 거기를 아예 째길 작정이야

아, 네

아주 짝 벌어지게 쪼갠단 말씀이야

아, 네

(…)

아가씨, 오늘 운 좋은 줄 알아

거스름돈 3,200원 너 다 드시고

나는 토했다

— 「아내라는 이름의 아,네」 부분

어느새 나는 서른이었고 미결로 종결된 신문기사 속 일찍이 방부 처리된 너는 죽어서도 순결한 열일곱이었다 떨쳐낼 수 없는 네가 있어 또다른 너들을 떨쳐낼 수 있는 내밀한 너와 내 협상의 테이블 위에서 먼저 사인하는 손, 있었으나 누가 뭐래도 우리는 지는 걸 이기는 병자들일 뿐이었다

— 「그림과 그림자」 부분

첫번째 시에서는 선생님을 놀렸다고 오해를 산 까닭에 슬리퍼로 매를 맞는 '나'가 등장한다. 이때 느꼈던 수치심과 모멸감은 이후 여성이 화장으로 자신의 본모습을 가리고 사회적 가면을 쓰는 근거가 된다. '나'는 폭력으로부터 파생된 수치와 모멸을 껴안은 채, 이를 은폐하면서 살아가야 한다. 그리고 '내' 안에 내재되어 있는 모욕감은 나와 전혀 다른 위치에 있는 여성의 이야기가 아무런 연관성도 없어 보이는 '내'게까지 전해질 때 살아나게 된다. 이에 대한 내용은 앞서 두번째로 인용한 시에서 펼

쳐진다. 택시기사 아저씨의 시시껄렁한 농담이 손님들로부터 "아, 네"라는 대답을 얻으며 너무나도 자연스럽게 아저씨 아내의 삶을 은폐시키고 있다. 아마 그녀의 삶은 폭력으로 점철된 상황에 방치되어 있을 것이다. 그리고 나와 그녀를 포함하여 피해자의 위치를 점하고 있는 모든 삶들은 "미결로 종결된 신문 기사 속"에서, "방부 처리된" "병자들"로 고정된다. 이들은 "지는 걸 이기는" 것이라고 착각하고 살아야 하므로, "누가 뭐래도" '그림자'의 삶들일 뿐이다. 피해자들이 스스로 저 자신의 삶을 은폐시키는 방식이 세번째로 인용한 시에 드러난다.

결과적으로 '소녀'의 생존 법칙은, '은폐'를 통해 성취되고 있다. 이는 곧 폭력을 폭력으로 인식할 수 있는 감수성의 기민함과 폭력을 폭력이라 고발할 수 있는 도발이 '잠입'의 방식이어야 성공적인 전시가 가능하다는 것을 예증한다. 피상적으로 보기에는 소극적이기 짝이 없는 방식이라 여겨질 수 있다. 상처는 범람하는데 시적 주체가 살아남기 위한 방식으로 채택한 태도가 겨우 은폐와 전시라면, 시적 주체인 '나'의 자학성을 도대체 어디까지 용인할 수 있을 것인지에 대한 질문이 남겨지기 때문이다.

니체는 과거의 사건을 잊기 위해서는 언제나 새로운 활동에 착수해야 한다고 말한 바 있다. 이는 '망각'에 대한 적극적이고도 긍정적인 해석이다. 이를테면, 고통의 감각으로부터 벗어나고 싶은 자는, 고통 속에서도 스스로를 건강하게 지켜내기 위한 방편으로 새로운 활동을 긍정해야 한다는 것이다. 니체적 망각은 이전의 것과 다른 새로운 것을 선택하여 기억하는 '선택적 기억 능력'이자 창조의 기반이 되는 긍정적인 활동성으로 기능한다.[5] 김민정 시에서 시적 주체에게 부여된 폭력적 세계의 은폐는, 폭로되지 않았던 과거가 현재의 질서를 교란시키며 도래하는 바로 그때

---

5 니체적 망각에 대한 사유는 진은영의 「기억과 망각의 아고니즘: 기억의 정치학을 위한 철학적 예비고찰」,『시대와 철학』 제21권, 2010, 157~89면에 따르는 것임을 밝힌다.

드러난다. 시적 주체가 인간이 아닌 다른 종의 동물로, 때로는 '내'가 아닌 '너'로 끝없이 변태하며 피해자의 전시를 가능하게 하는 이유는, 폭력의 자취로 이루어진 사건들 사이에서 새로운 사건을 주조할 수 있는 창조자로 그와 같은 존재들이 대두되기 때문이다. 그래서 김민정 시의 시적 주체들은, '나를 안 닮고 나를 닮은 검은 나나들'이 '꿈'을 꾸는 것으로부터 출발해(「나는 안 닮고 나를 닮은 검은 나나들 1~5」), "화살"이었다가 "우산"이었다가 "낚싯대"였다가 "장대높이뛰기용 장대로 키 자라는 한 마리의 거대한 고슴도치"도 되면서(「날으는 고슴도치 아가씨」) 날마다 새로운 상황을 만들어내고자 안달하는, 의지의 창조자들이다.

> 나는 정오의 달 쨍쨍한 25시에는 늘 생리중이기 때문에 피가 모자랐어요 엄마, 내 번호를 불러줘야지⋯⋯돌아와보니 오렌지가 도로에 떨어져 있던 도서대출카드를 줍고 있었어요 온몸의 모공이 뚫어지도록 쭈크러진 오렌지가 주홍빛 땀방울로 도서대출카드를 씻기고 있었어요 증명사진 속 그녀는 내가 아닌데 나는 자꾸만 내 얼굴을 잃어버리고 있었어요 (⋯) 나는 잃어버린 내 얼굴이 저만치 앞선 사람의 얼굴에 겹쳐 판독되는 걸 보았어요 그건 내가 아냐 외쳤지만 판독기에 찍힌 내 얼굴은 내가 아니라서 연체료를 물고 있었어요 나는 잃어버린 내 얼굴을 감추기 위해 항아리만 한 오렌지를 덮어쓰기로 했어요
>
> ──「오렌지 나라의 얼굴을 잃어버린 오렌지들」 부분(밑줄은 인용자)

'나'는 월경을 거쳐 성인 여성으로 변모하는 것이 아니라, "오렌지"로 위장한다. 과거 사건의 폭력성이 '나'의 "얼굴"을 지우기도 하지만, 이는 의도된 상실일 수 있다. 사건에 방치된 시적 주체가 스스로의 구체성을 소거해나가는 몸짓을 취할 때, 추(한 기)억들 속에서도 '나를 안 닮고 나를 닮은 나'들이 유연하게 행위할 수 있는 것이다. 변태를 거듭하는 시적

주체 '나'는 이윽고 기표의 무한팽창을 통해 존재 자체를 허무는 방식에까지 이르게 된다. 이를테면 김민정의 두번째 시집인 『그녀가 처음, 느끼기 시작했다』에서는 언어의 변태가 시들의 제목에서부터 두드러진다(「복수라는 이름의 악수」「화두냐 화투냐」「陰毛라는 이름의 陰謀」「페니스라는 이름의 페이스」 등). 이름이라는 이름의 이면들이 무한히 제시되면서, 팽창하는 기표 '나'가 더이상 '나'를 천착하지 않는 상태가 되어 말[言]의 물질성에까지 도달하는 것이다.

뼁,뼁,뼁이오 텅 빈 양파망에서 튀겨져 나오는 뻥튀기나 먹는 나는 뻥튀기 낀 잇속이나 쑤시면서 다만 골똘해지는데 손에 꼭 쥔 이것은 떨어져도 튀는 공이니 김민정철학관이나 김민정머리방처럼 개나 소나 하게 잡스러운 내 간판은 머잖아 또 깨질 이름이니 부모여, 부디 이제 더는 시인 김민정에 기대를 마오

──「정현종탁구교실」 부분(밑줄은 인용자)

"이름"이 덧없다는 얘기는 모든 새로운 명명을 거부하라는 게 아니라 그 어떤 새로운 명명도 가능하다는 얘기다. 니체가 말하는 강자는 침해와 불의의 사건 이후에도 '강건한 건강을 지켜낼 수 있는 자'였다. 기억과 망각의 싸움 속에서 망각이 생성해내는 기표가 상처의 의미를 퇴색시키고, 이때 생성된 새로운 의미는 또다른 기표로 무한히 옮겨 타면서 '시적 주체'로 하여금 '강건한 건강을 지켜내는 자'가 되게 했으니, 따라서 범람하는 상처 속에 날마다 "깨질" 것을 두려워하지 않는 '나'는 니체적 강자라고 할 수 있겠다. 폭력에 대처하여 버티고, 견디는 자세는 어쩌면 체제의 논리에 오염되면서 기어코는 멸종하지 않는 방식일 수 있다. 기존의 것과는 완전히 다른 관점으로 사태를 조망하는 말하기 방식인 것이다.

3. 새로운 주체(들)

　　떠나간 애인은 잠들었고 나는 그에게 잔바람을 불어주려 훌라후프를 돌린다 아슬아슬 금이 갔다 모아지는 사연 속에 펼쳐도 닫힘의 기억으로 쭈글쭈글해지는 사과 껍질을 나는 길고 더 길게 벗겨내고 있었는데 피투성이 고무줄이여! 끈 떨어진 탯줄에 목이 감긴 건 다름 아닌 나였다 낳고 싶었는데 이리 불쑥 낳아지다니, 우는 법을 몰라 척척한 분홍 장화를 신은 우비 소녀는 그날 밤 안짱다리처럼 벌어진 내 입술 새에 장화를 벗어 질척질척 고인 눈물을 쏟아부었고 나는 인큐베이터처럼 따끈한 보온도시락 안에서 하루 꼭 세 끼의 밥통으로 꼭꼭 살 파먹히는 알뜰한 경제가 되어갔다, 다만 구멍으로 벌어지기 위하여

──「삼차원의 커플 女」전문

　　현재 시제는 오직 훌라후프를 돌리고 있는 시적 주체의 행위를 설명하기 위해서만 동원된다. 그러니까 "떠나간 애인"이 과거에 잠들어 있고 그를 향해 잔바람을 불어주려 한 '나'의 의도는 묘하게 과거와 현재가 교차하는 현재 시제에서 펼쳐진다. 어느 날 불쑥 도래한 "돌린다"는 행위는 "떠나간 애인"과 '나' 사이에 이미 그어졌던 "금"의 징후일 수 있다. 이는 곧 과거의 사건이 현재의 각성에 대한 반증으로 기능하고 있는 상황이다.

　　과거에 존재했던 것은 각성된 의식이 돌연 출현하는 장[6]이다. 따라서 과거와 현재의 변화된 관계에 대한 시적 주체의 인식은 "펼쳐도 닫힘의 기억으로 쭈글쭈글해지는" 형상이라 할 수 있다. "쭈글쭈글"한 형상으로, 과거와 현재가 병치된다. 그러고는 사과껍질이 벗겨질 때 하얀 알몸의 과

---

6 발터 벤야민 「K」, 『아케이드 프로젝트』, 조형준 옮김, 새물결 2005, 906면.

육이 드러나듯이 그때서야 관계의 진면모가 드러나는 것이다. 시적 주체는 이를 통해 관계가 빛날 때 예감할 수 없던 폐허까지 읽어낸다. 별난 관계라고 알고 있었지만 사실 별나지 않았고 별 볼 일 없는 관계였음을 폭로하면서, 시적 주체는 과거 자신의 형상을 "별 본 일 없음보다 별 본 일 있음으로" "위풍당당 행진곡에 홀로 발맞출 수 있었습니다"(「별의별」)라고 우습게 그려낼 수 있게 된다.

하지만 그와 같은 거대한 깨달음이 안겨다주는 더없이 초라한 순간을 어떻게 감당해야 할 것인가. 이 때문에 각성의 지점에 대하여 시적 주체는 더욱 깊이 파고들 수밖에 없다. "길고 더 길게" 벗겨내면, 늘어뜨려지는 피투성이 고무줄 속에 관계의 폐허로 혹은 망각으로 밀어낼 수밖에 없었던, 탯줄에 목이 감겨 있던 아이의 이미지가 등장한다. '나'가 투사된 과거 욕망의 일부는 어른으로 성장하지 못하고 일상적인 방식으로 걸음하지 못하는 소녀가 되어 눈물을 쏟아붓고 있다. 훌라후프를 돌리는 시적 주체가 기억을 서사화하기 위해서 스스로가 어떻게 자신의 일부를 도려내왔는지를 깨닫는 순간이다. "살 파먹히"면서 형성해온 시간은 시적 주체가 저 자신을 '구멍'으로 취급해버리는 시간이었다. '나'의 일부에 구멍이 존재해 있음이 아니라 '나'를 "구멍"으로 여기는 것. 이는 혐오와 도취가 공존하는 묘한 양가적 감정으로 '나'를 대하는 방식이다.

자기 자신을 포함하여, 어떤 존재를 하나의 완전한 통일체로 인식하는 순간, 우리는 근대적 질서가 빠졌던 오류에 함몰된다. 완전한 통일체, 완전한 합일지점은 사실 모순투성이인 주체에겐 환영일 뿐이다. 과거의 문제를 소기한 채 현재의 나를 설명할 수는 없다. 피투성이라 할지언정, 삶에서 껴안아야 할 "쭈글쭈글"한 부분은 당연히 존재하기 마련이고, 이는 고무줄처럼 탄성있게 계속해서 '내'게 도래할 것이므로, 우리는 언제나 완전한 통일체에 대한 경계를 늦추지 말아야 한다. 삶의 어긋남에 대한 각성은 언제나 필수적이다. 그리고 그와 같은 각성은 현재의 통증에 관해 예민할 때, 생채기에서 오는 통증을 뚜렷하게 인식할 때에야 가능한 것이다. 이토록 절실한 행위, 그 모두를 관통한 채 이전과는 다른 새로운 말하기를 천착하고, 비로소 주변부와 중심부의 경계 짓기를 상관하지 않고 하나의 반죽으로 상황을 뭉쳐내어 "조물조물 납작납작 주물"거릴 수 있는 (「살수제비 끓이는 아이」) 새로운 주체의 탄생. 마치 어린아이가 찰흙 반죽을 갖고 노는 듯한 유희로 단련되고 있는 이 발랄한 순간을 우리는 김민정의 시들에서 지켜볼 수 있는 것이다.

'나'를 괴롭혀온 다양한 적들[7]은 '잘 알지도 못하면서' 행하는, "비호감"의 이미지로 전시된다(「잘 알지도 못하면서」). 살면서 '나'를 건드는 '재수 없는' 것들을 향하여, 시적으로 '재수없어!'라고 날릴 수 있는 찬란한 복수, 시인의 표현대로라면 (결국 그 모든 것이 '나'를 향한 것이므로) '겸손한 분노'(「쪽파」)를 전략적으로 이용할 때, "구멍을 메우기 위하여" 떠나온 애인을 팽이 삼아 돌리는(「삼차원의 커플 男」), 실제로는 저 자신이 구멍이 되어가는 것을 막기 위하여 애쓰는 가련한 자에 대한 대응을 마련할 수 있는 것이다. 요컨대 김민정의 시 세계에선 환상의 모든 이미지가 '나이면서 동시에 내가 아닌 나'라는 순간에 이르면서, 새로운 시적 장면을 구성하는 재미난 주체(들)가 쏟아지고 있음을 확인할 수 있다. 과잉된 '나'의 몸짓은 생존을 위한 하나의 프락시스(praxis)다. 환상은 곧 실존을 위한 것이었다.

　　줄이 돌아간다 줄 돌리는 사람 없이 저 혼자 잘도 도는 줄이 허공을 휘가르며 양배추의 빽빽한 살결을 잘도 썰어댄다 나 혼자 폴짝 줄 넘고 있었는

---

7 '적(敵)'이라고 범박하게 표현했지만 이들은 사실 '나'의 '구멍'이다. 본래부터 '나'가 짊어지고 나아가야 할 오물들, 나를 아무것도 아닌 것으로 만들어버리는 빈 공간. 이 때문에 이들이 있어야만 결국 도래할 '나'가 구성될 수 있음을, '더럽지만' 인정하고, 각성하는 순간이 오는 것이다.

데 (…) 줄 돌리는 사람 없이 저 혼자 잘도 도는 줄이 돌고 돌수록 썰면 썰수록 풍성해지는 양배추처럼 도마 위로 넘쳐나는 쭈글쭈글한 내 그림자들이 겹겹이 엉킨 발로 폴 짝 폴 짝 줄 넘어가며 입 속의 혀 쭉쭉 뽑아 길고 더 길게 줄을 잇대나간다

— 「나는야 폴짝」 부분

흔들리고 싶을 때마다
흔들리기 위해서였다
흔들고 난 뒤에는
안 흔들렸다 손 흔들기 위해서였다
(…)
마른 이파리들 저 알아서
저 먼저서 툭, 툭, 떨어져 내렸다
뒷짐 지고 산책이나 다녀올 일이었다

— 「숲에서 일어난 일」 부분

새로운 주체(들)은 대지가 "흔들"릴 때마다 다시 "폴짝"하고 뛰면서 초기화(reset)의 몸짓을 취할 줄 아는 존재들이다. 추한 과거의 사건들이 '나'의 주위를 배회할 때마다 함께 "흔들리"면서, 파괴와 생성이 양가적으로 작동하는 격렬함을 즐기는 존재들이다. 그리고 무엇보다도, 모두가 구멍을 메우는 데에 천착하거나 혹은 그에 대한 사정을 찾아보고자 집중할 때 그 치열한 상황 속에서도 "뒷짐 지고 산책이나 다녀"오는 존재들이다. 이 때문에 김민정 시의 주체들은 매 순간 느끼기 시작(reset)한다(「그녀가 처음, 느끼기 시작했다」).

4. 참된 치욕의 서사, 거짓된 영광의 시

마음에 들지 않은 상황이 우연히 내 앞에 펼쳐질 때, 망연자실해 있지 말고 그를 움켜쥐어볼 것. "조물조물"하면서(「살수제비 끓이는 아이」) 시간과 배경, 당시의 냄새와 공기까지도 한꺼번에 하나의 반죽으로 뭉쳐놓을 것. 덩어리로 뭉쳐진 상황을 "싹둑, 정원용 가위로 잘라"볼 것(「복수라는 이름의 악수」). 마치 마블링의 결과처럼 드러난 뭉개진 상황의 단면을 지켜볼 것. 그리고 그 우스운 꼴을 감상할 것.

이는 김민정식 상황대처법이다. 우리는 매우 괜찮은 '견딤', 하지만 지금까지와는 전혀 다른 견딤의 미학을 시인으로부터 선사 받았다. 이를 김민정식의 '전략적인 견딤'이라 부르고 싶어진다. 김민정에게 우리가 읽어야 할 새로움이란 것이 있다면, 그것은 치욕의 순간을 서사화하는 데에 주력하지 않고 다만 '내'가 직면한 순간마다 영광을 안기기 위해 계속해서 일순간의 시적 장면을 생성해낸다는 점에 있다. 우리는 비로소 '처음, 느끼기 시작한다'. 무엇을? 마블링의 결과처럼 드러난, 뭉쳐진 채 전시된 현재의 상황을. 또는 영광된 시적 장면의 이면에 도사리는 치욕의 서사를.

시인은 기억과 현재, 상황과 언어 사이를 주종관계가 아닌 끊임없이 창조와 소멸을 뒷받침해주는 공생관계로 직조해낸다.

가장 뻔한 옛이야기, 그것은 우리들 누구나의 이야기. 내가 슬픈 건, 언젠가 내가 족집게였을 때 미처 다 안 뽑혀버린 이야기. 엄마는 그때 또 나를 낳고 있었지.
　　　　　　　　　　　　　　　　　─「陰毛 한 터럭 속에 세상 모든 陰謀가 다 숨어 있듯이」 전문

"미처 다 안 뽑혀버린 이야기"가 지속되는 가운데, '나'는 계속해서 탄생한다. 이는 달리 말해 내가 기피하는 "뻔한" 이야기조차도 '나'를 만

들어내는 재료라는 말이다. 본래 은밀하게 감춰진 곳으로부터 세상 모든 '음모'가 만들어지지 않던가. 내가 감추고 싶은 이야기가 실은 지금의 '나'를 존재하게 하는 것이다.

어쩌면 우리는 '내'가 지나쳐온 치욕의 순간들을 봉합하는 일이 불가능하다는 것을 처음부터 너무나 잘 알고 있었을지도 모른다. 하지만 '내'가 지나쳐온 그 수많은 굴욕과 능멸의 역사를 애초부터 없었던 것처럼 치부해버리고 싶은 욕망이 그를 의식적으로 잊게 했다. '그건 내가 원하던 게 아니었어'라고 말하면, 그 순간들은 나와는 상관없는 방향으로 멀리 사라져버릴 것만 같았으므로. 그러나 과거에 대한 단순한 부정만이 그 순간들에 대한 배제의 전부가 아니다. 폭력은 '내'가 생각했던 것 이상으로 '내' 안에 훨씬 깊이 새겨져 있었고, 폭력 자체가 '내'가 성장해온 기반일 수도 있기 때문에 사태는 그리 단순하지 않은 것이다. 내가 가장 배제하고 싶은 '나를 닮지 않은 나'를 버리면 버릴수록, '나를 닮은 나'조차도 자리하지 못하게 된다. 방어적인 태도와 핑계만으로 '내'가 꾸려온 시간들을 지탱하기에는, 녹록지 않은 삶이 우리를 농락하는 것이다.

참된 치욕의 순간들 속으로 '나'는 "데굴데굴 굴러갔다". "굴러 굴러 파묻힌" 나를, 나 역시도 알고 있다. 당황하지 말고, 김민정 시에서 제시하는 이에 대처하는 자세를 우리는 취해보기로 한다. 그러니까, "굴러 굴러 흙속에 파묻힌 나는 무덤으로 둘러쳐진 병풍 속에서 몸 털고 일어"서야 한다. 그러고는 그 상황 속에서, 전혀 엉뚱한 인사를 건네는 것이다. 작은 사건들이여, "여긴 어쩐 일이야" 하고(「내내」「숨은 집 찾기 놀이」).

자신의 과거를 인정하고 자신만의 '서사'를 이루기 위해서는 사실 내가 겪은 치욕은 참된 것이어야 한다. 그리고 소거하지 않은 참된 치욕의 서사들과 우리는 뻔뻔하게 어깨를 걸 수 있어야 한다. 기이하게 '나는 안 닮고 나를 닮은' 형태로 변태한 '나'들이 치욕의 시간들과 연대하는 바로 그때, 영광의 시가 거짓말처럼 형성되는 것이다.

이제 나는 가쁜 숨을 몰아쉬며 안도한다 그리고 환호한다 *와우, 애들아 이것 좀 봐, 드디어 내 푸른 제2의 자아가 내 몸 위에 달군 피자처럼 엉겨 붙고 있어*

—「완전한 격리」 부분

"내 푸른 제2의 자아"가 "내 몸 위에 달군 피자처럼 엉겨 붙고 있"을 때, 이 영광의 시적 장면은 하지만 어쩐지 불온하게 보인다. 시적 주체의 현재가 '푸르게' '달구어진'이라는 양가적인 층위에서만 발생할 수 있는 것이기에 우리가 늘 몰아쉬어야 하는 "가쁜 숨"이 '영광'이란 말을 이중주로 느껴지게 하기 때문이다. 하지만 '거짓'처럼 여겨진다고 짐짓 '영광'의 포즈를 취하는 그 찰나를 비난할 수는 없는 일이다. 중요한 점은 앞으로도 시적 주체가 그 어떤 비난을 받을지언정 영광된 순간을 맞이하기 위해서는 변태라는 위장이든 무엇이든 수단과 방법을 동원해 '폴짝' 하고 뛰어오를 것이라는 데에 있다.

다시, 진부할 수도 있는 (하지만 그만큼 중요하게 짚고 넘어가야 할) 이 글의 처음에서 언급했던 오래된 비유에 대한 이야기를 떠올려보자. 한 사람이 손을 뻗는다. 달을 가리킨다. 그 의도의 진위 여부는 알 수 없으나 (어쩌면 진위 여부에 대한 호기심은 강박일 수 있으나) 달을 가리켰으니, 여하튼 달을 위해서 한 사람의 손이 복무하고 있는 중이다. 하지만 그 사람의 한쪽 손이 달을 향해 뻗어 있을 때, 그의 다른 손은 무엇을 하고 있을까?

다른 손의 행방이 기록된 지도 위에서, 김민정 시의 언어들은 무언가를 은밀하게 "조물조물 납작납작 주"무르고 있다. 툭, 툭, 주머니에서 무언가가 터져나온다. 지나온 치욕의 순간들은 참된 서사였으나, 영광의 순간을 맞이하기 위한 거짓된 몸짓은 처절하고도 우스꽝스럽다. 영광된 시들이 툭, 툭, 새로운 주체들을 뱉어내고, 활성화시킨다. 손을 뻗어 가리킨 달은 어쩌면 이 모두를 은폐하기 위한 것일 수도 있다. 이 모두를 고발하기 위해 우리는 매일 파괴와 생성의 법칙을 견디고, 즐겨야 한다. 괜찮다. 부정은 탄생의 다른 이름이므로. 우리는 김민정의 시에서와 같이 조금 더 발랄해질 필요가 있다.

이제 더이상 달을 향해 달려가지 않아도 된다. 김민정의 시와 더불어 우리는 더욱 극악해지고, 더욱 무구해져야 한다. 그것이 오염된 우리들이 다가올 미래에도 멸종하지 않을 수 있는 최선의 방식이다.

기쁨은 어떻게 오는가

배수연의 『조이와의 키스』에 대하여

1. 내겐 너무나 소중한 '박하사탕'

미술가 펠릭스 곤잘레스토레스(Félix Gonzàlez-Torres)의 「Untitled (Rossmore II)」는 사탕 더미를 바닥에 쏟아놓고, 그 곁을 지나가는 관객이 사탕을 마음껏 가져가도록 둔 작품이다. 원래 작품을 이루는 사탕들의 무게는 작가의 연인이었던 '로스 레이콕'의 죽기 직전 몸무게였던 34킬로그램. 하지만 관객들이 사탕을 하나씩 집어갈 때마다 작품의 무게는 줄어들고, 관리자가 처음의 무게에 맞춰 다시 다른 사탕을 채워넣는 방식으로 이 작품의 전시 상태는 유지된다. 여기에 특별한 의미가 새겨지는 순간은 관객들이 사탕을 직접 먹을 때인데 이를테면 다른 이들의 입속으로 사탕의 맛이 퍼질 때마다 작가는 사별한 연인과 과거에 나누었던 감정을 지금 이곳의 관객들의 몸에 전하는 행복한 기운으로 소환할 수 있는 것이다. 관객들과 더불어 죽음이 구체적인 생(生)의 정취와 연결되고, 지금은 사라져버린 과거의 한순간이 현재의 몸으로 살아난다. 이 과정을 통해 곤잘레스토레스의 사적인 슬픔은 부재와 현존이 공존하는 '지금 이 순간'을 온전히 살아내는 공공의 애도작업이 된다.[1] 연인의 몸을 사탕으로 교환하여 전시한다는 발상은 일견 도발적으로 비칠 수 있겠지만, 사탕의 맛을 상상할 수 있는 우리는 안다. 작가가 얼마나 간절하게 지금 이곳에 자신의 연인을 빛나는 기억으로 남겨두고 싶어 하는지를. 혹은 '사랑'이란 말의 특별한 의미는 실은 구체적인 감각이 되살아나는 곳에서만 유효하다는 사실을. 상대에 대한 최종의 이미지가 가장 달콤한 방식으로 형성되기를 바라는 마음이 밑절미에 있으므로, 우리는 34킬로그램의 사탕을 '로스 레이콕'이라는 고유명사와 얼마든지 교환할 수 있다. 사라진 과거와 구체적인 감각을 기꺼이 교차시킬 수 있다. 마치 배수연(裵秀娟)의 첫 시집 『조이와의 키스』(민음사 2018)를 만난 우리가 시인이 '조이'를 내민 방식을 얼마든지 그리고 기꺼이 받아들일 수 있는 것처럼.

　'조이'는 곁에 있는 누군가의 이름이거나 혹은 내 안을 스스로 들여다봐야 알 수 있는 나의 내밀한 말의 일부일 수 있다. 어쩌면 나도 모르게 지나쳐온 나의 과거 어느 한순간의 마음 상태일 수도. 어떤 고정된 형상으로 딱 맞아떨어지게끔 조이를 소개하지 못하는 이유는, 우리에게 다가온 조이가 가령 "테이블 위로 홍차를" 쏟는다거나 "자주 물구나무를 서는" 행위로 그려지고, 때때로 "눈"이 "새 자전거처럼" "현관"을 향해 있다든지 "어금니 중 하나"가 "열심히 핥아주고 싶"은 "박하사탕" 같다든지 하는 파편화된 이미지로 그려지기 때문이다(「조이와의 키스」). 아니, 조이는 내가 여행을 떠날 때 "노래를 해 주는" 친구이자(「조이와의 여행」), "어둠"을 "건널 수 있게" 해주는 주문일 수 있다(「조이라고 말하면 조이라고」). 혹은 창문의 격자무늬를 통해 바라보는 세계가 더 분명해질 수 있도록 '나'의 위치를 일깨워주는 유리창 속 나의 또다른 '자아'일 수 있는 것이다(「격자무

---

1 펠릭스 곤잘레스토레스의 작품에 대한 간략한 소개는 진 로버트슨·크레이그 맥다니엘 『테마 현대미술 노트』, 문혜진 옮김, 두성북스 2011, 397면 참조.

늬 풍경」). 다음과 같이 말해볼까. 이처럼 하나로 모아지지 않는 이미지들이 하필이면 'Joy', 그러니까 '기쁨'이라는 말과 함께 나타났으므로 기쁨은 사방에 퍼져 있는 방식으로, 혹은 고정된 하나의 형상으로는 결코 수렴될 수 없는 방식으로 우리에게 온다고.

누군가의 이름이거나 혹은 나의 내밀한 말, 과거 어느 한순간의 마음 상태에 대한 최종의 이미지가 가장 달콤한 방식으로 형성되기를 바라는 배수연의 첫 시집은 '조이'라는 말과 얼마든지 교환 가능한 이미지들로 가득하다. 당장 잘 보이지도, 느낄 수도 없는 과거 시간들을 지금 이 순간에 현존하는 세분화된 감각과 교차시키면서, 시인은 독자 모두와 온전히 '지금'을 살아내는 공공의 '엔조이'(enjoy) 작업을 이룩하고자 한다. '조이'란 말의 의미는 구체적인 감각이 되살아나는 곳에서 유효해진다. 말하자면, 기쁨은 불가해한 방식으로서가 아니라 "핥아주고 싶"은 마음을 일으키는 구체적인 "박하사탕"의 맛으로 우리에게 온다.

2. 축소된 세계에서 벌어지는 일들

생의 구체적인 맛으로 기쁨을 전달할 줄 아는 시인이라고 했거니와, 배수연은 지금 이곳의 세계를 엄숙한 문제로 가득 차 있는 거대한 공간으로 결코 바라보지 않는다. 그렇게 생각하는 순간 자신이 살고 있는 세계는 '나'라는 사람의 움직임을 최대한으로 축소시키는 공포의 장소로 둔갑하기 때문이다. 세계의 위기를 혼자서는 해결할 수 없을 정도로 거대한 것, 또는 위협적인 것으로 인식하기 시작하면 세계의 변화를 꾀하기도 전부터 우리는 지레 겁을 먹게 되는지도 모른다. 공포가 우리를 극도의 수동적인 상태로 만드는 것이다. 이 방식이 전부일까? 우리는 언제까지 겁에 질린 상태로 세계를 상대해야 할까? 우리에겐 우리의 능력을 위축시키지 않는 방식으로 세계를 인식할 수 있는 프레임이 필요하다고, 시인은 생각했을 것이다. 지금 이곳의 세계를 어떻게 다르게 바라볼지를 제안하는 일은 따라서 시인의 긴요한 과제였으리라 짐작된다.

배수연은 이를 거뜬하고도 사뿐히 해낸다. '나'와 내가 상대하는 '세계'의 크기를 역전시키는 방식을 마련한 것이다. 시인의 제안이란 다름 아닌 지금의 세계를 마치 별것 아닌 것처럼 대할 필요가 있다는 것. 세계를 커다랗게 상정해서 나를 축소시키지 말고, 역으로 지금의 세계를 축소시켜서 그 앞에 있는 '나'를 거대하게 불러보자는 것. 다음의 시에서 발휘되는 상상력은 이와 같은 인식을 바탕으로 형성된 것일 테다.

> 나는 지붕을 바꾸고 다니는 거인
> 지붕 수집가
>
> 거인이라면 기다란 꼬챙이로 밤을 찔러 봅니다
> 푹 익어 밤의 반대편까지 관통하는 밤이라면,
> 거인이 움직입니다
> 그날은 아무리 느린 거인이라도
> 세상 끝에서 끝까지 다녀 볼 수 있습니다
> 나는 날아 봅니다 괜히 발끝을 휘저어 봅니다
> 떼를 지어 날던 거북이들 채여 나갑니다
>
> (⋯)
>
> 거인은 어떤 지붕 아래도 들어갈 필요가 없으므로,
> 거인입니다
> 나는 가져온 지붕들을 모아 놓고 잠이 듭니다

지붕들은 내게 잘 보이려는지 오래도록

헝클어진 정수리를 다듬습니다

　　　　　　　　　　　　　　　　　　—「지붕 수집가」 부분

　시에서 '나'는 지금 세계의 상층("지붕")을 마음대로 바꿀 수 있는 "거인"이다. 달리 말하자면 이는 기존 세계가 갖고 있는 서열, 혹은 질서를 얼마든지 뒤바꿀 수 있는 능력이 '내'게 있음을 '나' 자신이 인식하고 있다는 얘기다. '나'는 "어떤 지붕 아래도 들어갈 필요" 없이, "발끝을 휘"저으며 마음껏 움직인다. 그러다가 편안하게 "잠이" 들기도 한다. 이러한 움직임 가운데 기존과는 다른 질서가 마련되고("지붕들은" "헝클어진 정수리를 다듬습니다"), '내'가 전적으로 관장하는 세계에서 나의 자유는 무기한 연장된다. '나'는 이윽고 내가 있는 세계를 오롯이 느끼는 이로 거듭난다.

　지금 세계를 너무나 거대해서 결코 감당할 수 없는 공간으로 방치해두기보다, 내가 감당할 수 있는 크기로 축소시켜 있는 힘껏 거기에 개입할 때에야 보이는 게 있을 것이다. 우선은 그렇게 축소된 세계에선 '나'라는 사람이 느끼는 게 다르고, 내가 발휘할 수 있는 의지의 정도도 다르다. 「닥터 슬럼프」라는 시를 떠올려보자. 시에서 "수많은 배를 띄운 왕국의 주인"으로 상정된 "우리"는 "도무지 아무것도 쓰지 못하는 밤"이 와도 그 밤에 펼칠 "돛"과 그 밤에 터뜨릴 "폭죽"을 한가득 소유하고 있으므로, 아무것도 쓰여 있지 않은 페이지 위에서도 충분히 황홀할 수 있는 "눈을 잃은 연인"이 된다. 「기념일」에선 어떤가. "배가 부른 섬"으로 상정된 "우리"는 깜깜한 "밤"을 품어낼 수 있는 존재이기도 해서 계절의 변화를 체감할 수 있는 순간들을 "기념일"로 묶어두는 능력을 발휘하기도 한다. 배수연식으로 축소된 세계에서 '우리'라는 존재는 '확장된 능동성'으로 있는 힘껏 스스로 고양되는 순간을 맞이한다.

이뿐만이 아니다. 지금 이곳의 세계를 축소시키는 일은 세계에 대한 사유를 '수사학적'으로 진행한다는 말, 즉 시인이 비유를 통해 잉태되는 세계를 긍정함으로써 지금껏 세계를 지탱한다고 알려져왔던 진리 개념조차도 "일군의 비유", "시적으로, 수사학적으로 상승되고 전이되고 치장"된 일련의 "환영"일 뿐임을 급진적으로 선포하는 일이기도 하다.[2] 그런 일은 시적 장면의 한가운데에서 터져나오는 온갖 말들도 그 자리에서 질서를 창안하여 새로이 뒤척일 수 있게 만든다. 말놀이(pun)로 새로운 질서를 짜는 일이 천연덕스럽게 벌어진다는 얘기다.

너무 좋아 트럼펫과 트램펄린이 쉼 없이 황금색으로 구워지는 따뜻함 속에서 너와 내가 속을 하얗게 파고들며 가는 손가락 사이로 부드러운 살을 만지는 시간 —— 엄마, 오늘 우리는 장롱 속에서 별을 낳을 거야 우리가 태어났을 때처럼 두드리면 실로폰 소리가 나는 —— 아이들은 해가 넘어가는 시간에 트럼펫과 트램펄린이 나란히 지구 한 바퀴 돌아오는 것을 본다

—「트럼펫 트램펄린」 부분

아, 나의 엄지와 검지와 중지 —— 그 사이에서 가장 뜨거운 몸통
빛나는 활자를 두르고 마른 종이 위로 걸어 나와
관자놀이를 누르고 정수리를 쪼개 놓는
도시의 전광판엔 언제나 시가(市價) 백지수표
고대의 현자와 아들과 딸들이 밀실과 광장의 카페에서 끝없이 돌려 피우며 입을 맞춰 외치는 후렴

---

2 형이상학적인 진리 개념을 붕괴시키는 니체의 입장을 참조하여 썼다. 페터 지마 『데리다와 예일학파』, 김혜진 옮김, 문학동네 2001, 40면 참조.

아직 우리에겐 시가, 시가

—「우리에게 시가」부분

「트럼펫 트램펄린」은 숨을 차고 넘치게 하여 트럼펫이 연주되는 순간 포착되는 공기의 울림과 아이들의 점프로 나타나는 트램펄린의 탄성을 교차시키면서 완성되는 어떤 날의 오후를 그린다. 비슷한 자음의 반복으로 마련되는 리듬 위에서 '트럼펫'과 '트램펄린'의 수직 운동이 펼쳐질 때('트럼펫'은 "부우 하고 부푸는 볼의 바람"을 악기에 불어넣었다 뺐다 하는 운동성을 만들어내고, '트램펄린'은 아이들이 직접 "올라갔다" "떨어"지는 운동성을 선보이는데 이들 모두 "구슬땀"이 위에서 아래로 흐르도록 유인한다는 공통점을 갖고 있다), 오후의 햇볕은 사방에 번지면서 에로스적인 에너지를 탄생시킨다("황금색으로 구워지는 따뜻함 속에서 너와 내가 속을 하얗게 파고들며 가는 손가락 사이로 부드러운 살을 만지는 시간"). 이 시에는 진리를 구축하는 엄숙한 과정 없이도, 등장하는 온갖 말들이 저들끼리 관계를 맺으면서 하루라는 시간을 마련하고 생의 충동을 잉태시키는 상황이 있다. 중요한 건 "부드러운 살을 만지는" 구체적인 감각의 순간이 그 사이에서 불쑥 솟아난다는 것.

「우리에게 시가」를 볼까. 이 시에서도 말놀이는 엉뚱한 의미의 저장소 역할을 한다. 가령, '담배'(cigarette)이기도 하고 '시(詩)'와 '노래(歌)'이기도 하며 때때로 교환가치가 매겨지는 '가격(市價)'이기도 한 "시가"라는 말을 요모조모로 활용했을 때 우리가 도달할 수 있는 결론이란, "아직" 우리에겐 무언가를 탄생시킬 수 있는 가능성의 시간이 더 있다는 것(마지막 연의 '시가'는 "時가, 時가"로 읽히기도 하는 것이다). 손에 잘 잡히지 않는 연기를 내뿜는 '시가'(cigarette)의 "뜨거운 몸통"이 "엄지와 검지와 중지"로 다뤄질 때, '시가'의 연기는 사라지지 않고 다른 의미의 시가들을 툭툭 만들어낸다. 이쯤이면 시인이 펼쳐내는 상상의 연금술은 구체적인 감각이 살아나는 곳에서 지시성을 획득한다고 말해도 될 것 같다.

3. 최선의 몸짓으로 기쁨을 맞이할 것

시인은 왜 이토록 세차게 지금 이곳을 자신만의 세계로 축소시키고, 그 앞에 선 자신의 능력을 적극적으로 확장시키는 걸까. 구체적인 감각을 매개로 맞이하려는 기쁨에 대한 열망이 그 누구보다 커서인가.

아마도 그럴 것이다. 그렇지 않으면 "손목이 아픈 소녀와 결혼하여" "새 민족의 시조가" 되는 일을 "위대한 일"이라 생각하는 폭력적인 존재가 장악한 역사를 응당 신화화하여 받아들여야 하고(「방주」), "온통 탁한" "오렌지빛 줄무늬 교복을 입고 있"어야만 하는 숨 막히는 성장의 시간을 견뎌야 할 뿐만 아니라(「오렌지빛 줄무늬 교복」), 음험한 일들이 일어나는 노동의 현장을 당연하다고 여겨야 하는(「엉덩이가 많은 정원」) 지금 이곳의 세계에서 구원의 길을 도무지 찾을 수 없기 때문이다.

배수연의 방식을 이르러, 별다른 방편이 없다면 스스로 무너지기 십상인 이 세계에서 자신을 수호하기 위한 최선의 몸짓이라고 해도 될까. 어쩌면 기꺼이 그래도 된다는 게 이 글의 속내겠다. 사적인 구원에 대한 시인의 갈망은, 시 곳곳에 기쁨(Joy)을 맞이하는 통로가 마련됨으로써, 지옥 같은 '지금 이 순간'을 우리 모두가 감당하려고 일구는 공동작업의 진행으로 전환된다. 자기 자신을 살리는 방식을 알고 있어야 자신이 사는 세상도 살릴 수 있는 법이다. 배수연은 최선을 다해 기쁨과 만난다.

스스로 누군가를 위해 태어났다고 생각하는 것은 너무나 무거워서
우리는 일부러 하품을 크게 했지만
한 번도 서커스 단원들을 잊어 본 적이 없습니다

우리는 매일 커다란 단지에 눈물을 쏟고 코끼리 여물을 삶았습니다

뜨거운 김을 쐬어 눈알을 씻으면

천막 밖으로 아직은 너그러운 바람과

누구도 보지 못한 짐승의 냄새

손바닥이 따뜻한 당신의 휘파람과

그래도 가끔씩은

우리를 대신해 그네에 오르는 별들이 녹으며

싸르락 싸르락 반짝였습니다

—「우리들의 서커스」부분

　시인이 이르건대, 기쁨은 "너무나 무거워"지는 생각 대신에 "일부러 하품을 크게" 하는 장난 사이로 온다. "여물을 삶"는 노역의 지겨움이 아니라 그때 불어오는 "너그러운 바람"과 생생한 생명의 "냄새", "따뜻한" "손바닥"의 감촉과 내 곁을 감싸는 다정한 이의 "휘파람" 사이로 기쁨은 '오는' 것. 기쁨이 오는 순간을 섬세하게 감지하는 것만으로도 우리는 우리 자신에 대해 얼마든지 다르게 기록할 수 있다. 우리 자신을 "싸르락 싸르락" 빛나게 기억할 수 있다. 요컨대 지금과는 다른 사람으로 있을 수 있다. 그걸 당부하기 위해 배수연은 반짝이는 사탕 같은 시를 우리의 입속에 쏘옥 하니 넣어준 것일지도 모른다.

결정들

◆

이영주 시에 관한 소고

시(詩), 눈멀지 않은

이영주(李映姝)를 읽을 때 우리는 시에 있는 모든 말들의 접촉면에 맨살이 닿는 경험을 한다. 시의 말들을 구슬이라 가정한다면, 이영주의 시를 읽는 독자는 색색의 구슬이 가득 담긴 풀장 안을 들어갔다 나온 이들일 것이다. 우리는 시에 나타난 모든 말들과 빠짐없이 만났다가 헤어진다. 하지만 많은 말들과 헤어지기 전에 만났었다는 사실이 우선하므로, 말들의 느낌이 여전히 살갗에 남겨진다. 그 느낌을 잊지 못한 우리는 이영주의 시가 우리에게 남긴 것은 무엇인지 궁금해하며, 모르는 사이에 둘러쳐진 시의 자장 안에서 내내 허우적댈 것이다. 순진한 우리들은 묻는다. 어떻게 이런 일이 가능하지?

대개 이런 일은 시가 품고 있는 분명한 이미지들 덕분에 가능하다. 가령 땅 위에 직립해 있는 이들이 하늘을 나는 이들에 대해 갖는 속내가 "까마귀의 붉은 속살"(「둥글게 둥글게」)같이 강렬한 색채 이미지로 나타난다거나, 계단을 걸어가는 이의 모습으로부터 오선지 위에 자리한 음표의 형태가 연상될 무렵 "휘파람 부는 방향으로 흘러가는 피 냄새"(「음악의 내부」)라는 후각적 이미지가 개입해올 때 독자는 틈 없이 쏟아지는 이미지들의 짜임 속에서 구획되는 이영주 시의 구체성을 경험할 수 있는 것이다.

하지만 앞서 우리는 시에서 나타나는 '모든 말들의 접촉면'에 닿을 수 있다고 하지 않았나. 그렇다면 하나의 이미지가 강렬하게 고여 있는 것이 아닌, 다수의 이미지가 밀려오는 상황을 가정해볼까. 따라서 이미지와 이미지 사이에 형성되는 긴장관계가 또 하나의 이미지를 생성하는, 쉼 없이 촘촘하게 짜이는 그물을 떠올려볼까. 이를테면 "보이지 않는 손"이 "계속 무늬를"(『차가운 사탕들』에서 「시인의 말」) 짜는 일로부터 구체성이 획득 가능한 시적 현장. 이영주 시의 특이성은 이미지들이 점점 쌓이면서 시적 장면의 윤곽을 중층 결정할 때 마련된다. 「숲의 축구」는 분명한 이미지들이 재잘거리며 모여들어 집단을 형성하고, 그를 통해 이뤄진 관계가 우리의 시야를 새로이 트이게끔 하는 시다.

숲에 가득한 건 비밀들. 아이들이 축구를 한다. 신발이 없어 울고 있으니, 발이 없는 자가 다가왔다는 페르시아 속담.

아이들은 양탄자를 짜고 축구를 한다. 실패를 둘둘 말아서 너의 발이 멀리 날아가도록 힘껏 찰게. 붉은 실이 포물선을 그리며 날아간다.

비밀은 잎에서 잎으로 건네진다. 아이들이 발을 찬대. 공은 흐르고, 공보다 아름다운 맨발이 흐른대.

(…)

경기가 끝나자 무성한 나무들이 여름을 떠나간다. 오래된 나무집 그늘

남은 빛으로 빠져든다. 이 세계에는 오로지 한 계절뿐인데, 양탄자를 짜느라 계절을 넘어가고 있다.

—「숲의 축구」 부분(『한국문학』 2014년 가을호)

인용한 시에서 우리는 무엇을 보는가. 먼저 축구를 하는 아이들이 있다. "맨발"로 뛰어다니며 축구를 해야만 하는 가난한 사정도, 이들의 씩씩함을 막아설 순 없을 듯하다. 아이들이 공으로 삼은 "실패"가 발 사이를 데굴데굴 굴러다닌다. "실패"는 실을 둘둘 만 것이기도 하지만 실이 둘둘 풀려나가는 것이기도 하므로, 아이들이 이 공을 발로 찰 때 실패에 말려 있는 "붉은 실"은 때때로 "포물선을 그리며 날아가"기도 하겠다.

우리는 또 무엇을 보는가. 아이들의 축구 경기가 이뤄지는 곳은 다름 아닌 무성한 잎들이 서로를 만지고 있는 나무들 사이다. 그 "숲"을 본다. 아이들이 맨발로 실패를 주고받는 동작은 바람에 흔들리는 나뭇잎들이 서로를 건들고 있는 모습과 정확히 겹쳐진다. "비밀은 잎에서 잎으로 건네진다"라는 3연의 시구절에서 우리는 이 문장이 푸른 나뭇잎들이 흔들리는 모습과 아이들의 움직임 모두를 정직하게 지칭하고 있다고 느낀다. "비밀"은 눈에 보이지 않는 것. 이 때문에 숲에 가득한 푸른 기운을 흔드는 바람도, 축구를 하는 아이들을 어울리게 하는 역동성도 당장은 손에 잡히지 않는 것. 다만, "비밀"은 "잎에서 잎으로 건네"지는 것이므로, 어떤 장면을 우리가 우선적으로 보아야 하는지에 관해서는 그 누구도 쉽사리 확답할 수 없는 것이다. 그 덕분인지, 아이들이 공으로 삼아 뻥뻥 차던 실패가 "포물선을 그리며 날아"갈 때 보이던 "붉은 실"은 나무들 사이에 비추는 햇살에 부여된 다른 이름으로 보이기 시작한다.

그뿐인가. 우리는 또한 맨발을 부딪치고 실패를 주고받는 아이들이 "양탄자를 짜"는 노동을 하고 있는 아이들임을 본다. 축구를 하고 있는 동안만큼은 이들이 몸 안에 눌러 담았을 슬픔은 땀으로 분출될 것이고, 눈물은 환희로 둔갑할 것이다. 그리고 아이들을 빠져나간 슬픔과 눈물은 숲에 이르러서는 "잎사귀가 자라도록" 하는 자양분으로 자리 잡을 것이다.

아이들의 축구가 무르익을수록 나뭇잎들이 울창해져가는 시적 현장에서 우리는 다시, 아이들이 짜는 양탄자의 무늬가 햇살을 재료 삼아 숲에 새겨지는 장면을 본다. 시간이 흐르고, 계절이 지나가고, 아이들의 맨발이 실에 모이고, 양탄자에 모이고, 숲에 모이는 상황을 본다.

이 시에서는 아이들이 축구를 하는 이미지와 햇살과 바람이 숲을 보듬는 이미지, 그리고 이들이 구축하는 시간성이 겹치고 겹친다. 그러나 우리는 이 시를 일컬어 여러 층으로 쌓이는 이미지들이 결국 함축성을 넘어서는 지시성의 차원을 획득했다고, 해서 확실한 시적 상황들이 구축된다고, 간편한 말로 갈음하고 싶지 않다. 이 시에 담긴 묘한 분위기 때문이다. 우리는 거듭 본다. 하지만 우리가 보는 대상들은 우리가 만질 수 없는 자리에, 우리가 끝내 볼 수 없는 자리에 있다("양탄자를 짜느라" 아이들은 계절을 "넘어가고 있"고, 그리하여 아이들의 흔적을 가늠해볼 수 있는 것은 "양탄자"를 통해서일 뿐이지만, 정작 우리는 그 "양탄자" 위에 앉아볼 수 없다. 설혹 우리 눈앞에 실제로 양탄자가 등장했다 할지라도, 우리는 거기에 아이들의 "멀리 날아갔던 발들"을 그려 넣으면서 그 물건을 막 다루진 못할 것이다). "자신이 의미하는 것이 '되어버리는' 말은 전혀 말로 존재하지 않기 때문"[1]에, 아이들의 맨발이나 숲 같은 이미지들은 '비밀'로 밀봉되어 확실함의 세계로 비약하지 않는 길을 택했다. 아이들이 그려지려는 순간 숲이 자리하고, 숲이 자리하려는 순간 아이들이 자리하는 길항 관계 속에서 양탄자가 짜이는 상황이 부상하고, 이미지들은 그 사이로 계절이 흐르도록 그냥 둔다. 이들은 차라리 '말'로 남아서 사라지지 않고 우리가 거듭 '볼 수 있게끔' 돕는 것이다. 이 때문에 우리는 만질 수 없는 자

---

1 테리 이글턴 『시를 어떻게 읽을까』, 박령 옮김, 경성대학교 출판부 2010, 112면.

리에 있는 아이들을 그리는 '말'을, 볼 수 없는 자리에 있는 숲의 축구를 이룩하는 비밀을 그리는 '말'을 본다. 볼 수 없는 이들을 자꾸 보게끔 만드는 시를, 인식의 오류를 일으킨다는 이유로 진리를 가늠하는 재판에 회부할 필요는 없을 것이다. 이 시가 독자들에게 전하는 애틋한 감정은 참과 거짓을 판단해야 하는 차원을 이미 넘어서고 있기 때문이다.

시(視), 눈부신 한가운데에서

그러니 다시, 이영주를 읽을 때, 시에 있는 모든 말들의 접촉면에 맨살이 닿을 때 겪을 수 있는 각별한 '경험'에 우리는 주의를 기울일 필요가 있다. 이영주의 '이미지'가 곧 '이미지들'과 동일한 의미임을 우리가 깨닫는 순간, 이미 우리는 '이미지-사건'의 한가운데에 초대되는 것이다.

신은 왜 독을 가지고 사라졌을까. 그러다가 왜 푸른색이 되었을까. 염료공의 아이들은 중독된 심장처럼 불규칙하게 펄떡거린다. 광맥 안으로 사라진 사람. 다시 태어난 태양 아래서 아이들이 광목천에 염색을 한다. 일이 끝나면 구역질하는 아버지. 우리 집은 온통 푸른색입니다. 핏줄처럼요. 창문으로 달빛이 스며들면 조용해진다. 독을 가지고 떠나다니. (…) 늙은 광부가 캐서 만든 돌의 색. 앞을 못 보는 신이 두고 간 것은 죽음의 빛인가요. 삽날은 광부의 발등을 찍기도 한다. 울음을 건너간다. 아버지는 돌 옆에서 잠이 든다. 세상에 남겨진 것은 푸른 중독. 돌 속에 얼굴을 박고 떠날 수가 없는 사람. 신은 무엇인가. 아이들은 나뭇가지를 꺾어 매일 매일 푸른빛에 물든 손톱 속을 파낸다. 붉은 피가 울컥 울컥 쏟아지도록. 이제 좀 혈액이 흐르는 것 같습니다.

―「염료공」부분(『한국문학』 2014년 가을호)

"어떤 사람들은 색을 만들어 밥을 먹는다"라는 구절로 시작하는 이 시는 '염료공 아버지'의 노동 현장을 떠나지 않았던 "돌의 색", 즉 "푸른빛"이 염색을 하는 아이들의 광목천에 물들고, 이어서 "창문으로" 스며든 "달빛"과 교호하는 순간에까지 이르는 모습을 보여준다. 미루어 짐작하건대, 시에서 '아버지'는 발효시킨 쪽풀을 우려낸 물에 산소를 불어넣기 위해 수천번 발길질로 파란색을 만드는 염료공 혹은 청금석을 깨내어 파랑 염료를 얻는 가난한 광부일 것이다. 이렇게 예상하기 시작하면 "우리 집은 온통 푸른색입니다. 핏줄처럼요"라는 시 속의 음성은 온통 염료공의 아이들의 목소리로 채워지는 듯 여겨진다. 쉬이 끝날 것 같지 않은 이 가난과 고통이 "핏줄처럼" 이어지면 어쩌지, 하는 조바심을 뒤로한 채 신(神)이 사라진 현재를 서늘하게 바라보는 아이의 시선이 느껴지기에 그 어떤 희망에 찬 미래에 대한 전언도 무용할 터다.

그리고 간간이, 서늘한 이 빛깔에 "토할 것 같"다고 호소하던 아버지가 쏟아내던 붉은 피, 문헌을 불태워버리자고 할 때 솟아오를 붉은빛, 현재의 상황이 아버지와 아이들로 계속해서 이어지리라는 점을 암시하기 위해 등장하는 혈액의 빛 같은 붉은 이미지가 간섭한다. 시에서 등장하는 이들에게 기계적인 동작이 강요될 때는 푸른빛이 진해지고, 이 빛깔이 더이상 현실을 견인해내지 못한 채 파괴적인 정서를 담지하게 되면 붉은빛이 폭파하듯이 등장하고 있는 것이다.

조강석(趙强石)에 따르면 '이미지-사건'은 "우리로 하여금 한 상태로서 다른 상태로 이행하도록 자극"[2]하면서 발생하는 것이라고 했다. 그는 브라이언 마수미(Brian Massumi)의 표현을 빌려와 "이미지-사건은 '선형적 일시성의 서스펜스로서의 정동'과 관계가 깊다"[3]고 말하기도 했다.

---

2 조강석 「시적 이미지와 내적 실재」, 『현대시』 2014년 3월, 114면.

이 시에 출현하는 시바신이 "세계를 멸망시키는 파괴자인 동시에 변형과 재건까지도 책임지는 복합적인 존재"라는 시에 달린 각주의 설명을 빌려와 곱씹어보자면, 어쩌면 이 시는 현실에서 드러나는 "푸른빛"을 통해 "푸른빛"의 신이 사라지고 없는 상황을 변증법적으로 보여주고자 한 것일지도 모른다. 시에서 말하는 이의 시선이 시바신이 사라졌다는 '저편'만을 향해 있었다면, 우리는 아이를 스치는 '이편'의 이미지들에 대해서는 전혀 생각지 못했을 것이었다. 감춤과 드러냄의 운동이 여기엔 있다. 시적 주체는 시바신을 향해 직격으로 말을 전하는 대신에, 다음과 같이 중얼거리는 것이다. "신은 왜 독을 가지고 사라졌을까. 그러다가 왜 푸른색이 되었을까." 현실로 전유되기 전, 푸른색은 '파괴'와 '재건' 모두를 뜻하고 있었으므로 시적 주체의 중얼거림은 이 시의 상황이 언제든 전복될 수 있는 잠재력이 있는 것임을 넌지시 알려준다. 광목천에 푸른색을 물들이다 남겨진 흔적인 푸른빛을 손톱 속에서 파내는 아이들의 모습이 시의 마지막 부분에서 유난히 돌올해 있다고 느껴지는 이유 역시도, 이 시에서 감각에 할애되는 모든 말들이 우리로 하여금 어떤 빛깔이 그것으로 '되어가는' 경험을 하도록 두기 때문일 것이다.

　눈이 부시도록 푸른빛이 낭자한 가운데에서, 우리는 멀어버린 두 눈으로 다가올 일에 대한 예고를 본다. '이미지-사건'은 가능성으로 발발하는 것이다.

시(詩), 눈 감은 뒤에도

눈앞에서 볼 수 없음에도 말이 '있음'을 보여주고, 언제나 무엇인가 발

---

3 같은 곳.

발할 수 있다는 가능성을 품고 있는 것이라면 이미지란 얼마나 위험한가. 그러나 한편, 이미지의 위험을 모두 감수하기로 작정한 것이 또한 시이지 않은가. 지시의 획득에 차오르는 순간을 저지하며, 의미의 퇴색에는 한치의 양보도 없이, 이영주의 시는 함부로 물러서지 않는다. 이는 이영주 시의 '모든' 말들이 독자들에게 구체적으로 다가오는 이유이기도 하다. 이영주 시의 말들은 정말 한꺼번에 와르르, 독자를 향한다.

　독자들은 이영주 시의 '모든' 말들이 구체적으로 와르르 저 자신들에게 다가오는 순간을 불가피하게 수용해야 한다. 그러나 역으로 생각하자면 우리를 덮쳐온 '모든' 말들을 구성해서 읽어내야만 하는 권한 역시도 우리에겐 주어지는 것이다. 우리가 눈을 감고 못 본 체하려 해도, 이미지들의 잔해는 너무나도 구체적으로 우리의 몸에 닿아 있다.

　　배가 뒤집어졌나요?

　　발과 발이 맞닿아서
　　차가운 물속에서도 온기를 느낄 수 있어요

　　물이 들어온다

　　발 위에 발
　　발이 포개어진다

　　　　　　　　　　　　　　　　　　　—「여행일기 1」부분(『한국문학』 2014년 가을호)

　이 이야기를 멈출 수가 없어요 세상의 모든 그림자는 물속에 잠겨 있습니다 기름진 살을 발라내고 남은 가시를 바다로 던진 이야기요 북극 지방 주민들은 물을 불러와 가시 위에 새로운 호흡을 불어넣네요 그림자는 길고 날카로운 팔을 띄우고 물처럼 잠이 듭니다. 팔만 남아 있는 나의 그림자를 잠자는 생물체 위에 놓아서는 안 된다는 이야기 어둡고 먼 곳에 떨어져 있는 장소는 전부 고요하게 가라앉는다는 이야기요

돌아오지 않고 있습니다 도시의 방처럼 둥둥 떠내려가는 어둠 속에서
——「여행일기 2」 부분(『한국문학』 2014년 가을호)

"여행일기"란 제목 때문에 우리는 이 글의 시적 주체를 쉽게 상상하면서도, 쉽게 상상한 그 순간을 맞이하는 스스로에게 복잡한 감정을 갖는다. 2014년 4월의 한국을 요동치게 한 사건이 짐작되기 때문이다. 그 사건으로부터 누구도 자유로울 수 없는 상황임을 알리기 위하여, 시인은 구체적인 이미지를 쉽게 떠올리게 하는 동시에 그 이미지를 고정화하려는 당연한 습관이 뒤틀리도록 이미지가 '어그러지는' 과정을 진행시킨다.

「여행일기 1」에서는 다양한 이들의 언술로 이어지는 듯한 문장들이 시적 현장을 매끈하게 봉합할 수 없도록 만들고 있다. 그리고 「여행일기 2」에서는 "기름진 살을 발라내고 남은 가시를 바다로 던진 이야기"와 바다에 잠긴 그림자들을 여러 층으로 겹쳐놓으면서 시적 현장을 원천봉쇄해버림으로써 독자가 상기하기에는 오히려 괴로운 이미지를 전시하고 있다. 이미지보다 그것을 상기하는 우리가 먼저 어그러지는 것이다. 이 이미지들은 우리가 아무리 눈을 감고 보지 않으려 한다 해도 그로부터 도망칠 수 없음을, 우리 주위에서 내내 서성이면서 기어코 알려주고 말 것이다.

이영주의 시에 한발자국이라도 더 다가가기 위해서라면, 시를 이루고 있는 말들 중에 거들떠봐서는 안 되는 말이란 없다. 이영주의 모든 말들은 지극한 근성을 품고 있다. 말이 자리하게 될 곳에 깃들어 있는 예감, 말이 '있을' 그 자체에 부여된 이름이 이영주 시에서 드러나는 '이미지'의 함의라면, 그녀의 시가 남기는 의미를 좇기 위해 중요하다고 생각되는 시

어 하나하나를, 이미지 하나하나를 줍던 독자 역시도 어느새 제 주먹이 불룩해져 있음을 느낄 것이다. 독자여, 그 주먹을 펴서 당신 손에 쥐어진 결정들을 보아라. 세상을 여과 없이 맞이하는 말들의 결연함을 느껴라. 눈 감지 마라. 설혹, 눈 감는다 할지라도, 우리는 기꺼이 그 결정들의 운동에 동참할 수 있을 것이다.

누구에게 이것을 바칠까? (1)

자기 테크놀로지로의 글쓰기

푸코(M. Foucault)가 말하길, '자기 테크놀로지'란 개인이 자기 자신의 수단을 이용하거나, 타인의 도움을 받아 저 자신의 신체와 영혼, 사고, 행위, 존재방법을 효과적으로 조정할 수 있도록 해주는 것[1]이라 했다. 그를 통해 개인은 본인이 도달하고자 하는 일정 궤도에 오를 수 있도록 스스로 변화시킬 수 있는 힘을 갖추게 된다는 것이다. 매혹적인 용어다. 한치 앞도 예측할 수 없는 사건들이 과잉이다 싶을 정도로 24시간 우리를 혼돈케 하고 있고, 가면(persona) 쓰기에 능숙치 못한 왜소화된 자아들의 서툰 관계 맺기 방식이 확산되면서 주체들 간에 공동(共同)의 움직임이 말 그대로 공동화(空洞化)되어갈지도 모른다는 긴장이 야기되는 요즘 아닌가. 게다가 지금의 자본주의 세계체제를 수호하고자 하는 권력의 통치방식은 우리들로 하여금 쉽게 냉소하는 데에 익숙해지도록 부추긴다. 사실 이 같

---

1 미셸 푸코 외 『자기의 테크놀로지』, 이희원 옮김, 동문선 1997, 36면 참조.

은 사회에 대한 진단은 오래되었지만, 이렇다 할 공동의 전망을 그리기가 간단치 않은 시기에 푸코가 주창한 저 개념은 상당히 유용하게 들리기도 하는 것이다. 그러나 이미 권력의 통치방식이 타의에 의한 착취가 아니라 자기 자신으로 하여금 '과잉 활동성'을 발휘하게 하여 성과를 내도록 만드는 '자기착취'의 사회[2]가 곧 지금의 사회라고 판단하게 되면, '자기 테크놀로지'는 고도로 세련된 억압방식의 한가지로 위험하게 탈바꿈한다.[3]

한편, 문학에서는 어떤가. 푸코의 언급을 다시 빌리자면, 고대 그리스적부터 "자기 자신에의 배려라는 문화 속에서 글쓰기는 중요했다".[4] 인간은 글을 쓰는 행위를 통해 자기 자신이 쓰려는 무엇, 그러니까 글의 주제혹은 대상과 관계를 맺으며 '주체'로 형성되어갈 수 있으므로 '쓰기 행위'는 곧 자신의 경험을 형식화하는 방식이다. 2000년대 이후의 시 텍스트들이 '새로운' 화법과 함께 등장했을 때 형성되었던 곤궁이 '읽기'의 지점에있었다고 초점화해본다면 지금 현재, 우리의 관심은 '쓰기'의 분화로 형성되는 시적 현장으로 옮겨가야 하지 않겠느냐는 것이 이 글의 입장이다. 쓰기의 표현방식이 더욱 미세하게 분화되어, 제각각의 주체들은 각자 '쓸수밖에 없는' 상황의 동력을 '저 스스로' 만들어내고 있다. 하지만 '쓰기'라고? 문학은 이미 '쓰이는' 영역이지 않은가? 이 질문에 대한 답변을 분명히 하기 위해 푸코의 언급을 길게 경유해왔다. 2010년대 들어서 첫 시집을 발표한 시인들로부터 우리는 "자기 삶의 매뉴얼이 없거나, 그것이 주어진다 해도 무의미함을 이미 알고 있거나, 혹은 그 점을 인지하고 있지만 그 상태대로 살 수밖에 없는 상황에 몰린 자들의 글쓰기 형태"[5]를 발견

---

2 한병철 『피로사회』, 김태환 옮김, 문학과지성사 2012, 65~73면 참조.

3 이에 관해서는 서동진(『자유의 의지, 자기계발의 의지: 신자유주의 한국사회에서 자기계발하는 주체의 탄생』, 돌베개 2009) 등이 이미 사회학적인 관점으로 몇차례 언급한 바 있다. 하지만 이 글의 관심은 '자기 테크놀로지'라는 용어가 비평의 '쓰기' 과정을 통해 어떻게 전유될 수 있는가에 있다.

4 미셸 푸코 외, 앞의 책 51면.

한다. 이들은 적어도 생의 소용돌이에 자신이 휩쓸려가지 않도록 하기 위한 방식으로의 '쓰기'를 취한다. 이 때문에 자기 자신을 작품의 재료로 간주하여 '실존의 미학'으로서 쓰기를 중시하게 되는 모습을 보이는 것이다.

외재적 법과 질서에 대한 거부의 방식으로 발화하되, 그러나 아나키적이지도, 니힐리즘적이지도 '못한 채' 간헐적으로 '이건 정말 우리가 원한 게 아니었어요'를 절규처럼 외치는 듯한 이들의 '쓰기'를 위한 펜의 잉크는 때로는 흐릿하게(최정진, 황인찬), 때로는 진하게(주하림, 조인호) 지면상에 자국을 남긴다.

자기 테크놀로지에서 "도구를 다루는 법과 말하는 법, 대상들을 만들어내는 법을 배"우는, 그리하여 "이러저러한 문제를 제기하고, 이러저러한 방식으로 행동하고, 타자와 일정한 관계를 유지하는 한정된 주체가 되는 법" 역시도 저 스스로 '배우는' 기술의 하나다. 후자를 일컬어 "실존의 기술"의 영역이라 한다면, 이를 통해 자기 자신을 구축하는 주체를 우리는 윤리적 주체라 명명할 수 있을 것이다.[6] 따라서 2010년대의 시적 주체들이 자기 테크놀로지를 어떻게 구현하면서 실존하는지를 검토하는 과정을 거친다면 이들이 실현하는 윤리의 실체 역시도 확인할 수 있을 것이다. 흥미로운 점은 최정진과 황인찬과 같이 잉크의 농도를 '흐릿하게' 쓰는 시인들의 경우는 오히려 그들이 내거는 윤리적 기제가 더욱 진하게 읽히고, 반면 주하림, 조인호와 같이 잉크의 농도를 '진하게' 해서 시를 쓰는 이들의 경우는, 비(非)윤리적인 세계의 환기에 관심을 두고 해체적인 방식으로 그 윤리적인 기제를 (어쩌면 흐릿하게) 드러낸다는 점이다. 이 글에서

---

5 『문학과사회』 2013년 봄호의 「좌담: 한국문학의 현재를 가늠하는 울울창창 조감도 — 젊은 평론가들의 현장 발화(發話/發火)」에서 필자가 꺼냈던 말을 인용했다. 이 글(과 이어지는 다른 글 「누구에게 이것을 바칠까? (2)」의 경우)은 좌담 당시 간단한 주장으로 그쳤던 필자의 의견을 해명하는 일에 바쳐질 예정이다. 좌담에 참석하여 풍성한 사유를 필자와 나누어주셨던 선생님들께 감사를 표한다.
6 심세광 「역자 서문」, 미셸 푸코 『주체의 해석학』, 심세광 옮김, 동문선 2007, 13면.

는 최정진과 황인찬의 첫 시집을 읽으며 시적 주체가 어떤 쓰기의 방식을 관통하면서 '자기착취'의 방식과 자신의 그것을 변별해내는지, 따라서 쓰기의 방식으로 '고립의 공간'을 창출하는 것이 아니라 어떻게 '윤리적인 장소'를 창안해내는지를 보고자 한다.[7]

흔들리는 구별로부터: 최정진의 경우

최정진(崔正進)은 구별(distinction)을 흔드는 시인이다. 가령 시인에게 '문'은 '열고 닫는' 역할을 하는 사물로 국한된다. 닫으면 벽이 되고, 열면 통로가 되는 '문'의 손잡이를 시인이 붙들고 있는 한 '문'은 안과 밖 사이, 공간과 공간 사이를 알리는 자리에 위치할 수밖에 없다. 하지만 이 같은 설명으로는 '구별'을 '흔든다'는 평가를 충분히 해명할 수 없을 것 같다. 이 글의 입장은 최정진의 시적 주체가 '경계에 서 있는 자'라고 (쉽게) 단언하려는 데에 있지 않기 때문이다. 강조하건대 주목해야 할 지점은 시인의 문에 대한 애티튜드에 있다.

　내 답은 겨우 문을 열었다 닫지만 내 불안이 가본 적 없는 곳을 지나간 곳으로 만들기 전에

　도착을 거부하고 있다 용서가 잊었던 용서를 생생하게 겪게
　　　　　　　　　　　　　　　　　　　　　　　—「로션의 테두리」 부분

---

7 이 글에서 분석 대상으로 삼은 작품은 시인들의 첫 시집인 최정진의 『동경』(창비 2011), 황인찬의 『구관조 씻기기』(민음사 2012)로 제한을 두기로 한다. 주하림과 조인호에 대한 논의는 이 책에 수록된 다른 글 「누구에게 이것을 바칠까? (2)」에서 이어진다.

인용한 시에서 문은 시적 주체의 '답'이 '겨우' 열었다 닫는 것이기도 하거니와 시적 주체의 '불안'이 도착을 거부한 채 헤매고 있음을 직감하고 있는 장소이기도 하다. '불안'의 도착이 지연되는 한(문을 열고 닫았다는 '답'이 확정적이지 않으므로 불안은 떠도는 것이겠다. 따라서 '답'이 완성형으로 자리하지 않는 한) 문은 영영 닫힐 수도(벽이 될 수도), 내내 열려 있을 수도(통로가 될 수도) 없는 노릇이다. 환언하면 입구와 출구의 기능을 포기하지도 않으면서 동시에 입구와 출구의 기능을 해낼 수 없는 자리에 문은 있는 것이다. 그렇기에 구별이 사라지거나 그 자체로 존재하기보다는 도리어 구별이 '흔들리는' 시적 현장이라 일컫는 자리에 최정진의 시적 주체가 (잠재적으로) '있는' 것이다.

어디에도 속할 수 없으면서(이는 명백히 시적 주체가 택한 태도다. 문을 통과해 전진할 수 있는 시인은 '애매한' 곳에 부러 멈춘다), 어딘가에 속하지 않았음에 대해 끊임없이 의식하는(어떤 '중단'은 '전진'을 염두에 두고 행하는 것이기도 하다) 시적 주체가 불현듯 두드러지는 순간에 시적 현장은 균열이 일어나고, 불안이 야기된다. 불안? 존재와 인식 사이의 괴리가 자각될 때 여겨지는 바로 그 불안을 "문을 열다 놓고 문을 닫다 놓"는 갈팡질팡의 상황(「동경 3 — 것의 문제」), "나의 조금 너의 조금 우리의 전부를 생각하면 오늘 내가 연 문과 닫은 문의 개수가 같을까봐 무섭다 우리에겐 어떤 일도 벌어질 수 없을지 모른다"면서 어떠한 자극이나 사건이 일어나지 않을 수도 있다는 막연한 두려움[8]이 경련하는 상황(「그의 각오」)이 빚어낸다. 그런데 이때 형성되는 불안은 '문을 잡고 있는 자' 그 자신이

---

8 혹자에겐, 인용한 「그의 각오」의 부분이 평범한 맥락도 특정한 상황으로 해석하지 못하는 시적 주체의 무기력, 혹은 승인받지 못할 오독에 대한 망설임을 반증하는 것이라 받아들여질 수도 있겠다. 그러나 이는 시적 주체가 주어진 세계에 대한 과도한 읽기(over-reading)를 시도하지 않으려는 조심스러움으로도 충분히 비춰질 수 있다. 이 글은 후자에 힘을 싣고자 한다. 최정진은 늘 ('유보적'인 것이 아니라) '잠재적'이기 때문이다.

오롯이 감당해야 하는 종류의 것이 아닌가. 스스로가 구별을 흔들고 있기에 "아무도" "알아보지 못"하고(「펭귄과 달의 난방기」 부분) "너의 입으로 너의 이름을 부르"기 때문에 구별을 뚜렷이 하기 위한 호명도 할 수 없는("물어봐, 어떻게 해야 할지 모르겠어/그런 생각조차 느껴지지 않게/너의 입으로 너의 이름을 부르며"「숫자를 찾아가는」 부분) 시적 주체가 드러나는 순간은 '자기 자신'이 전적으로 책임을 떠맡아야 하는 애매한 지점에서 형성되는 불안의 지점이라 할 수 있다. 이때 시적 주체는 이 감정을 자못 함부로 여기지 않는다. 시인의 자기 테크놀로지가 발휘되는 지점이 바로 여기인데, 시적 주체는 불안하기 때문에 오히려 자기 자신을 강하게 어필하려는 움직임을 지양하고, 최대한 흐릿하게 남고자 최선을 다하는 것이다.

푸코는 '자기 테크놀로지'라는 용어를 검토할 때, '자기'(soi)라는 말의 함의를 우선적으로 파악해야 한다고 했다. 배려 '해야만 하는' '자기'란 무엇인가? 재귀대명사에 속하는 '자기'는 '동일성'을 의미하는 동시에 '자기 정체성'의 개념을 전달하기도 한다. 특히나 '자기 정체성'의 개념은 질문의 초점을 자기에 대한 정의로부터 '자기 자신이 저 자신의 정체성을 찾을 수 있는 토대란 무엇인가?'로 바꾸어놓는데,[9] 비록 저 자신이 세계의 맥락에 있을지라도 거기에 완전히 매이지 않으려는 시적 주체가 그 불안의 상황을 지연시키면서 동시에 세계에 응하려는 '자기'를 스스로 지우는 과정이 최정진의 시에서는 펼쳐진다. 하여 시적 주체에게는 '-하면 안 된다'의 문법을 괄호로 부연하며 윤리적 기제를 구현하는 일이 중요해진다. 시적 주체가 저 자신의 행위에 대해서 설명하고 있는 구절들을 눈여겨 읽기로 한다.

네가 다시 보이든. 누가 유리를 의식하든. 극장에서 꺼내면서 줄거리가

---

9 미셸 푸코 외, 앞의 책 48면 참조.

구겨지든.

두 눈은 보고 있다

육중한 자동차가 네 앞에서 서서히 방향을 바꾸든. 손은 손잡이의 분위
기에 못박혀 떨고 있다

너의 역할이 잘 움직여지지 않든.

극장에서 꺼낸 줄거리를 찢어서 얼굴의 땀을 닦든. 네 얼굴이 굳기 전에
는 신경을 쓰지 않은 것이 중요하다

문제가 답이든.
　　　　　　　　　　　　　　　　　—「가능성의 엉뚱한 핑계가 아프든」 부분(밑줄은 인용자)

　'주어+서술어'로 시작한 '나'의 행위는("두 눈은 보고 있다") 점차 안
긴문장의 수를 늘려가면서 복잡한 문장구조를 이루는데("손은 손잡이의
분위기에 못박혀 떨고 있다""네 얼굴이 굳기 전에는 신경을 쓰지 않은 것
이 중요하다") 이는 자신의 행위에 대한 조건을 추가하고 있는 것과 같다.
그만큼 시적 주체 스스로가 염두에 두어야만 할 일들이 많아짐을 뜻하는
것이다. 그런데 이상하다. 문장에서 행위를 '하지 않으면 안 되는' 기관
들인 "눈""손""신경"이 누구의 것인지는 명확하게 제시되어 있지 않다.
'하지 않으면 안 되는' 일들은 늘어가는데 이 행위가 '내'가 해야 할 일인
지 명확치 않은 것이다. 언급된 '두 눈'은 '나'의 두 눈인가, 혹은 '너'의
두 눈인가. 어쩌면 '우리'의 '두 눈'? 그러나 중요한 건 누가 나열된 행위
들을 해내느냐에 있지 않다. "나와 너를 제외하고/우리를 바꾸려는 힘은

빠지지 않는다."(『피의 설치 1』) '역할이 잘 움직여지지 않든', ('나'로 구별
지을 수 없는, 나이기도 너이기도 한) 흐릿한 '내'가 완수해야만 하는 일
자체가 중요하다. 그 과정을 통해서만이 '주체'는 구성되(어지)는 것이
다. 그리고 자기 자신을 지우기 위한 강렬한 윤리적인 기제는 기어코, 미
학적인 기품이 집약된 어떤 이미지를 형성하고야 마는 것이다. 다소 길지
만, 독자는 한 호흡으로 다음의 시를 읽어주길 바란다.

여름에서 겨울로 날아오는 새가 있다 그 새에 관해 소문만 무성한 것은
겨울 하늘에 부딪혀 죽은 새의 깃털이 거리 가득 눈으로 쌓이기 때문이다
소문의 새를 실제로 본 사람은 폭염과 폭설을 구분하지 못하는 병에 걸린
다 여름이 오면 폭염 속에서 얼어죽어 날아간다

발을 디딜 수 없어 수면이라 부르는 것이
바다에게는 바닥이라는 듯이
물속을 날아다닐 수 있었던 것은 살아 있을 때였다고
몸이 굳자 바다는 그를 돌려보내주었지만
그의 몸은 수면으로 떠오르지 않고
수면에 비친 풍경 속 앙상한 나뭇가지에
새의 둥지처럼 걸려 있었다

어떤 구름은 하늘로 쏘아올린 공기방울이고 어떤 구름은 올려다본 눈빛
이 하늘에 일으킨 균열이다 비 오는 날 울적한 건 하늘에 구름을 일으킨 눈
빛이 되돌아오기 때문이다 숨을 고르면 바다에서 찬바람이 불어온다

사람들은 포구에 가만히 앉아 있었지만

눈빛만은 찬바람에 나부끼는 옷자락 사이로
깊이 가라앉았다 되돌아오곤 했다
한 켤레 구두가 놓인 포구에서
새들이 수면에 비친 풍경 속으로 날아갈 때
허공을 쥐고 있는 새들의 발을 보면
발금을 보고 운명을 점치지 않는 이유가 궁금했다

—「새의 조각」 전문

　‘새’는 거리 가득 쌓이는 ‘눈’으로, 바다의 수면 위로, 구름의 눈빛으로, 찬바람으로 끊임없이 변모한다. 이미지가 금세 전환될 수 있는 이유는 변모하는 ‘새’가 실은 투명한 하늘을 배경으로 움직이기 때문. 우리가 새의 이동을 쉽게 눈치채지 못하는 이유도 아마 그 때문. 하늘을 배경 삼아 움직이는 새는 방어를 위해서 변색을 택할 필요가 없다. 다만 사람들의 소문이 무성하든 말든, 사람들이 포구에 가만히 앉아 있든 말든, ‘새’로 수렴되는 이미지의 운동은 미련 없이 자연의 순환에 따르면서 ‘날아가는’ 그 행위로 반짝 “풍경 속으로” 기입된다. 풍경에 포섭되는 것이 아니라, 그저 나란히, 풍경과 병렬적인 구도를 형성하며, 날아가는 것이다. 자기 자신을 지우면서 취하고자 하는 아름다움이 여기에 있다. 여기엔 ‘나’도, ‘너’도 없다. ‘나’ 혹은 ‘너’라고 아직은 할 수 없는, ‘나’ 혹은 ‘너’가 이후에 다다랐으면 하는 운동적인 이미지가 있는 것이다.

제한과 중단으로부터: 황인찬의 경우

　최정진의 ‘새’가 하늘을 배경으로 병렬적으로 위치하고 있음을 상기할 때, ‘나란한’ 그 구조를 형식으로 내장한 시를 황인찬에게서 찾을 수 있을 것 같다.

> 그것은 함께 공원을 걸을 때의 일이었다

> 나는 중앙공원의 분수대 앞에 있었다
> 너는 센트럴파크의 분수대를 지나갔다

> 네가 한낮의 공원에 서 있으면
> 나는 어둠에 붙들리고

> 개를 데리고 나온 여자가 개를 놓쳤다
> 그러자 그곳에서 자전거가 쓰러진다

> 우리는 함께 공원을 걷고 있었다

> 여자의 비명이 동시에 들려올 때
> 점점 짙어지는 어둠을 보며 나는 생각했다

> 무엇일까, 마주 잡은 반쪽의 따뜻함은

> 갑자기 가로등에 불이 들어왔다

> 내가 어둡다, 말하자
> 네가 It's dark, 말한다

—「듀얼 타임」전문(밑줄은 인용자)

이 시의 구조는 상당히 특이하다. 밑줄 친 네개의 구절이 한행으로 한 연을 이루고 있고, 나머지 연은 모두 두행으로 이루어져 있는데, 이 두행의 구성이 분신(double)처럼 짝패를 이루고 있다. 두개의 시간대를 동시에 표시한다는 "듀얼 타임"이라는 제목 때문일 공산이 크지만, 두행으로 이루어진 연들에서 '나'와 '너'의 궤적에만 집중하다보면 위의 시는 같은 시간, 다른 장소의 사람들[10]에 대한 언술로 읽힐 수 있겠다. 하지만 묘하게도, 밑줄 친 네개의 구절을 따로 읽을 때("그것은 함께 공원을 걸을 때의 일이었다" "우리는 함께 공원을 걷고 있었다" "무엇일까, 마주 잡은 반쪽의 따뜻함은" "갑자기 가로등에 불이 들어왔다") 독자는 이 시가 같은 시간, 같은 장소에 모인 이들의 현장을 그린 것일 수도 있겠다고 여기게 될 것이다. 누군가와 함께하고 있다는 착각이 여기에 개입한다. 아니다. 시적 주체의 착각이 아니라 정말 그러하다고 해야 할 것만 같다. 네개의 구절을 기점으로 시적 주체가 정립할 수 있는 현실의 층위가 전환되기 때문이다. 가령 시적 주체가 '그것'이라는 대명사와 함께 "공원을 걷는" 일에 대한 언급을 두번 반복하고 나서 그 이후 시선을 시적 주체 저 자신이 느끼는 감정/감각의 차원에 두고, (어느덧 시간이 지나) 저녁이 되어 가로등에 불이 켜졌음을 언급할 때, '걷는 행위'에서 비롯되어 인간에게 깃든 따뜻함은 가로등에까지 옮겨가는 상황을 연출하는 것이다.[11] 그러나 시선

---

10 하지만 장소가 다르므로 시간대 역시도 다를 수밖에 없다. '중앙공원'과 '센트럴파크'가 비슷한 의미일 수도 있으나 번역 과정을 통해 다른 의미를 창출해내고 결과적으로는 제각각의 장소를 지시할 가능성이 있듯, 중앙공원과 센트럴파크의 배경이 되는 시간대에도 장소들 사이에 보이지 않게 빗금이 쳐져 있을지도.

11 한편 '그것'의 정체는 끝까지 명료하게 등장하지 않는다. 이는 시인이 부러 장치한 것으로 추측되는데, 아마도 '그것'은 앞으로도 절대 '명료해선 안 될' 예정이다. 황인찬은 대명사를 주로 하나의 시적 현장이 가능하게 하는 가장 중요한 기표이자 동시에 너무나 무용한, 텅 비어 있는 공백을 지시하는 기표로 활용한다. '그것'은 끝끝내 존립해서 시의 긴장을 팽팽하게 지탱한다. 필자의 이 같은 의견을 뒷받침해주는 황인찬의 또 다른 시편을 소개한다. "그것을 생각하자 그것이 사라졌다//성경을 읽다가/다 옳다고

을 돌려 짝패를 이루고 있는 다른 연들을 볼 때, 두개의 행이 이루고 있는 관계는 완전한 분신이랄 수만은 없다. "내"가 "중앙공원의 분수대 앞"에 있었다면, "너"는 "센트럴파크의 분수대를 지나갔"고, "네가 한낮의 공원에 서 있으면", "나는 어둠에" 있는 모습은 흡사 같은 장소에 쌓여 있는 다른 시간대의 일들이 시적 주체의 발화 속에서 구성되고 있는 것처럼 보여서다. 그리고 그것이야말로 밑줄 친 네개의 문장이 개입해 들어가고자 하는 현실의 층위일 수도 있다. 행과 행 사이에 빗금이 쳐져 살짝 어긋나 있는, 그 때문에 완전한 '듀얼'이 되지 못한 '듀얼'의 층위. 그럼에도 이 '듀얼'이 당도한 층위는 가로등에 불이 들어온 이후에 들어설 수 있는 대화의 영역이다. 즉 "어둡다"/"It's dark"가 번역되지 '않은' 채 각자의 언어로 교환되는 층위에 접어드는 것이다. 번역되지 '못한' 게 아니라 번역되지 '않았다'는 점에 주목해야 한다. 여기서 우리는 바르트(R. Barthes)가 "마음속에서 통합이 아닌, 다만 논리적 모순이라는 오래된 유령으로부터 해방되기 위해 모든 장벽을 파기하는 개인의 허구적인"[12] 발화라 일컬었던 '바벨'(Babel)적 구성의 언어를 연상할 수 있다. 시적 주체 스스로의 운용으로 택한 언어들이 바르트가 정의한 바벨탑의 언어들처럼 황홀하게 엉켜 있는 것이다.

황인찬의 '듀얼적' 구성이 야기하는 숱한 상황은 그리 많지 않은 단어들로 연출된다. 최정진이 시적 주체의 실질적인 얼굴 같은 주어를 지우고 그 위에 '-하면 안 된다'의 문법으로 기능하는 행위들을 올려놓는다면, 황인찬은 하나의 의미, 하나의 상황을 현시할 수 있을 법한 하나의 문장을 분해하는 형식으로, 하지만 그것이 주어진 말 내에서만 가능하게 하여,

---

느꼈다//예쁜 것이 예뻐 보인다/비극이 슬퍼서/희극이 웃기다//좋은 것이 좋다//따뜻한 옷의 따뜻함을 느낀다/컵 속의 물을 본다// 투명한 빛이 바닥에 출렁인다//그것은 마시라고 있는 것" ─「그것」전문.
12 롤랑 바르트 『텍스트의 즐거움』, 김희영 옮김, 동문선 1997, 50면.

사회에서 통용되는 경제를 배반하는 '시적인 말의 경제'를 생성하는 방식
으로 자기 테크놀로지를 실현한다. 시는 결코 이윤추구를 위해서 언어를
과도하게 착취하라 하지 않는다. 주어진 말들의 의미가 세분화되어 전해
지므로 그 말을 꺼내든 '나'의 목소리는 흐릿해질지언정, 세분화된 의미
는 그만큼 다양한 해석을 요청하면서 독자가 뛰어들 수 있는 폭을 넓히는
것이다. 시적 주체는 목소리의 볼륨을 전략적으로 낮추는 움직임을 통해,
'글을 쓰는 자기 자신'과 '생(生)이라는 작품' 사이에 거리를 설정하고, 자
기 자신을 작품의 재료로 간주하여 '실존의 미학'으로 쓰기를 이어간다.

실존의 원리로 자기 자신을 재료로 삼는 쓰기를 내세우므로, 시적 주체
가 따르는 것은 외재적 법-질서가 아니다. 시적 주체는 저 자신을 탄생케
한 저 시간적 층위(통시적), 저 자신을 이루는 지금 이곳의 층위(공시적)
가 구성하는 윤리를 따른다. 이를 전제한다면 「듀얼 타임」에서, '나'를 강
렬하게 추동하는 윤리적 기제는 무엇을 '더(more) 말하지 않는 방식'이
다. 그리고 하나의 문장으로도 그릴 수 있는 상황에 대한 반복 제시, 이중
적 제시를 통한 '쓰기 장소/독서 장소'의 창출이다. 황인찬의 시에서 '자
기 테크놀로지'가 발휘되면 될수록 (발화 주체가 '자기'임에도) 시에서
발화되고 있는 주체에게는 벌써 또다른 낯선 주체가 들어서는 것이다.[13]
쓰는 몸은 그러나 아직 '여기'에 있으므로, 자기 테크놀로지를 통해 발휘
되는 쓰기를 감행하는 이들은 내내 모순적인 결합에 속박될 수밖에 없다.
그들, 시인은 영원히 절합(articulation)을 떠안고 가야 하는 자들인 것이
다. '쓰기'를 통해 '쓰지 않은' 부분, '쓰여야 할' 부분을 반증하는 방식. 황

---

13 이 문장은 낭시의 사유가 빚어낸 표현을 참고한 것이다. "글쓰기는 우리가 소유하지
도 않고 우리 자신이지도 않은, 그러나 그로부터 존재가 기탈되는 바로 그 몸으로부터
비롯해야 한다. 그리하여 내가 글을 쓸 때면 글을 쓰고 있는 나의 손에는 벌써 이 낯선
손이 들어와 있지 않은가." 장-뤽 낭시 『코르푸스: 몸, 가장 멀리서 오는 지금 여기』, 김
예령 옮김, 문학과지성사 2012, 23면.

인찬이 '중단'의 윤리를 이행하는 이유는 여기에 있다.

시적 주체는 더 보여줄 무언가가 있을 것만 같은 순간에 말을 멈춘다. 더 나아갈 때보다 멈추었을 때가 얻을 수 있는 의미가 더 크다고 여기는 것 같다. 이는 최정진의 '말해야 할 부분을 말하지 않는' 방식과 유사하게 겹쳐지기도 한다.

> 낮에도 겨울은 어두웠다
>
> 그 애는 빈 의자에 앉아 있었다 추워서 그래? 물었더니 고개를 저었다 어둡구나, 말해도 고개를 저었다
>
> 겨울은 낮에도 어두웠다
>
> 열려 있는 문이 밖을 향하고 있었다 <u>그 애는 악령이 아니었다</u> 그 애는 빈 의자에 앉아 있었다
>
> <u>그 애가 악령이 아니었다면</u> 그 애는 대체 누구였는가? <u>악령도 없이 세월 이 흘렀다</u>
>
> ——「연인 — 개종 3」 전문 (밑줄은 인용자)

마지막 연에서 던진 질문이 힘없이 고개를 숙여버린 후 "악령도 없이 세월이 흘렀다"는 상황에 대한 진술만 있어서, 위의 시를 얼핏 읽게 되면 독자는 시적 주체가 '그 애'에 대해 말하기를 포기한 것이라고 단정지어 버릴 수 있다. 하지만 시인은 무엇을 포기했나? 포기를 하고 있기는 한가? 재차 읽는다.

밑줄 친 구절은 또다시 한정된 어휘들로 겹의 문장을 형성하고 있다.

"낮에도 겨울은 어두웠다"라는 첫 구절에서 독자는 '-에도'라는 주격조사 때문에, 겨울의 낮뿐만 아니라 다른 때에도 어두움을 감지한다. 어둠이 '나'와 '그 애'의 사이를, '나'와 '그 애'와 '독자'의 사이를 비집고 들어온다. 비슷한 말들인데, 그 순서만 바꾸니 의미가 배가(doubling)된다. "겨울은 낮에도 어두웠다"라는 구절은, 낮과 밤만이 어두울 뿐 아니라 겨울이 아닌 다른 계절 역시도 마찬가지로 어두울 수 있음을 알린다. 하루의 축과 계절의 축에 모두 어둠이 내려앉아, 우리는 "어둠구나,"라고 말하는 시적 주체의 목소리에 동의를 표하게 된다. 그런데, '그 애'는 고개를 저었다고 했다. '그 애'가 고개를 저었던 때가, 어둠이 하루를 채우고 있음을 깨달을 무렵이므로 '그 애'는 어쩌면 하루뿐 아니라 일년 내내 아니, 어쩌면 모든 시간이 어둠에 잠긴 채로 운용된다는 것을 알고 있는 애일지도 모른다.

　어둠 속에서 한치 앞만을 조심스레 예감하면서 사색에 잠긴 '그 애'를 이르러 누군가는 불길하다 말했을 수도 있었을까(한 사람에 대한 편견은 이렇게 만들어지기도 한다). 시적 주체는 갑자기 단호해진다. "그 애는 악령이 아니었다." 황인찬이 대명사를 활용했던 방식과 비슷하게, '악령'이란 말에 덧씌워졌던 기존의 의미는 단호한 시적 주체의 목소리를 통해 소거되기 시작한다. 시인이 포기한 것은 '그 애'가 아니다. 쓰기 주체들을 압박해오는, 기존의 상징질서다. 그 앞에서 시적 주체는 중단을 외치고, 그 질서를 아무것도 아닌 것으로 만들어버린다. 정신분석학적으로 표현하자면, 기꺼이 대타자의 지지를 포기하면서, 자신의 좌표를 재정립해나가고 그 위를 자유로이 유영하는 위험을 감수하는 것이다. 시인이 요청하는 것은 아직 도래하지 않은 형태로서의 관계다. 황인찬이 감행하는 중단의 윤리를 '자기 포기'가 아니라 죽음을 수용하고, 관계하는 방식으로의 윤리로 볼 수 있는 이유, 즉 '죽음'과의 직면이 "자기의 거부"일 수가 없는 이유가 여기에 있다. 이 의견을 보충할 수 있는 또 한편의 시를 여기에 남긴다. "죽은 사람이 나를 보고 수인사하지만 나는 그를 모르고/그도 나를 모르겠지 이곳의 상냥함이/계속 나를 편안하게 만든다//너는 내 몸이 아니구나, 아니구나 내 몸이구나//나는 오늘도 밥상머리에서 떠올린다/(…)//먹으면 몸이 따뜻해지니까, 나는 밥을 먹게 되고, 불을 피우게 되고, 눈을 감게 된다//죽은 사람과 밥 한 그릇도 나눠 먹어야지//이곳은 빛이 꺾여 들어오는 방이다/비가연성의 캄캄함이 겨울에도 내려온다"(「목조건물」 부분).

(누구에게) 이것을 바칠까?

이 글의 제목으로 삼은 "누구에게 이것을 바칠까?"는 쥘 바르베 도르비이(Jules Barbey d'Aurevilly)가 예의 그 악명 높았던 『악마 같은 여인들』(Les Diaboliques, 1874)을 출판했을 때 책의 맨 앞장에 오만한 마음으로(하지만 그는 정말 아무렇지 않았을까?) 썼던 문장이다. 정치적으로는 프랑스 혁명과 공화주의에 반대한 왕당파였던 바르베를 끌어들인 이유는, 우매하게도, 바르베 그 자신이 저 자신의 '쓰기'의 목표를 저 문장으로 하여금 만천하에 드러나게 했기 때문이다. 이미 '누구'를 상정한 가운데 쓰인 글쓰기에서 바르베는 자유로울 수 없었을 것이다. 더군다나 '바침'이라니. 누구에게 바친단 말인가? 발레리는 '누구도 자기 자신만을 위해 글을 쓰지는 않는다'고 얘기한 바 있지만, 이 글에서는 내내 바로 그 '자기 자신'을 문제로 다루었다. 2010년대의 어떤 시들은 어쩌면 '자기착취'의 방식과 변별되는 생존의 시학으로의 테크놀로지를 애쓰며 발휘하고 있는지도 모른다. 무엇이 되기 위한 방식으로의 생존이 아니다. 어떤 존재들은 제자리에 버티고 있는 것만으로도 저 자신의 존립을 선언하는 것이다. 모두에게 바치는 글일 수 없는 이 글이 ('자기 자신'에게 바치는 이 글이) 역으로 모두에게 바칠 수 있는 글이 될 수도 있을 가능성을 조금이라도 품고 있다면, 아마 그 때문일 것이다.

퍼포먼스 김승일

◆

김승일의 시를 생각함

1

김승일(金昇一)의 오늘을 읽기 위해 김승일을 향했던 그간 말들의 목록을 먼저 살핀다. 여느 삶과 마찬가지로 시인의 오늘은 어제와 다를 터인데, 어제까지 갖고 있던 시인에 관한 우리의 통념이 오늘의 시인을 읽는 일에 방해가 될 수 있다는 기우 때문이다. 독자들의 흥미를 자극했던 시인의 첫 시집 『에듀케이션』(문학과지성사 2012)을 우리는 다음과 같이 기억한다. 가령, "자신의 맹목적 충동을 관리하려 드는" "체계에 대한 저항이나 반항의 태도"를 취해보는 것에 그치지 않고, 그 이후 "찾아드는 피로"를 전시하면서 "자신이 행한 반항에 대한 반항"까지 선보일 줄 아는 면모를 갖춘 시인이 "문학의 저항이 내용 없는 의사(擬似) 저항에 불과한 것이 되었는데도 여전히 문학의 왕국에 충실한 신민이 되기 위해 애쓰는 자들을 향해 당신의 믿음은 죽은 것에 대한 믿음이라고 말하는" 시집이라고.[1]

---

1 송종원 「텅 빈 자리에서」, 『창작과비평』 2011년 봄호, 389~407면.

또는, "기존 체제와 기성세대가 의미있다고 주장해온 어떤 가치"도 믿지 않거니와 "어떤 다른 가치가 그 자리를 대신할 것이라고 믿지도 않는"[2] 즉, '에듀케이션의 공백'이라는 의도적인 단절을 수용한 이가 관계를 요청하는 시집일 수 있다고. 오늘의 김승일도 그러한가.

> 눈동자라는 테마로 시 1편과 200자 원고지 7매 내외의 산문을 청탁 받았다. 같은 주제로 시도 쓰고 산문도 써야 될 때면 항상 시를 먼저 쓴다. 시 쓰는 게 산문 쓰는 것보다 시간이 더 많이 걸리기 때문이다. 하지만 이번엔 산문을 먼저 쓰고 그 산문을 레퍼런스 삼아 시를 써보려고 한다. 산문은 눈동자와 총기에 관한 글이 될 것이다. (…) 하지만 글로는 보여줄 수 없다. 글은 동영상이 아니기 때문이다. 데뷔하고 얼마 안 있다가 고등학생 때 시 창작 선생님이었던 김지혜 시인을 만났다. 너 요즘 이상한 것 같다. 어디 안 좋니? 왜 눈을 똑바로 못 바라보니 옛날엔 안 그랬는데. 그녀에게 그 말을 들은 다음부터 나는 누굴 만날 때마다 언제나 눈을 똑바로 마주치기 위해 노력하고 있다. 숨을 쉬어야겠다고 생각하며 숨을 쉬면 숨이 잘 안 쉬어진다. 나는 너의 눈을 보고 있는데, 너는 내가 네 눈을 응시하고 있다는 것을 영원히 알아채지 못할 것이다.
>
> ─「나는 계속 이렇게 할 수 있다」 부분(『문학나무』 2015년 6월)

인용한 시가 시작하자마자 본격적으로 출현한 '글을 쓰는 나'는 자신이 청탁받은 주제와 그것을 표현하는 과정의 순서 등을 소개한다. 어떤 독자는 위의 시가 글을 쓰는 과정을 메타적으로 다룬 시일 뿐이라고 단순히 요약하고 넘어갈 수도 있겠다. 하지만 써야 할 산문의 제목이 계속해서 전환되는 과정에서 삽입되는 '나'의 경험(인용한 시의 언급되지 않은

---

2 신형철 「2000년대 시의 유산과 그 상속자들」, 『창작과비평』 2013년 봄호, 362~83면.

다른 부분에서, '쓰는 나'가 설정한 화자는 부재하는 관객들을 상정한 채 "방백"으로 말함으로써 '승일'을 향한 메시지를 타전한다. 이 '승일'은 인용한 시가 쓰이는 상황 전체를 연출한 시인 김승일을 지시하는가? 장담할 수 없다. 독자는 그에 관한 판단을 쉽게 내리지 못한 채 이 경험을 마주한다)과, 그것을 호흡의 중단 없이 서술하는 과정 중에 또다시 "나는 계속 이렇게 할 수 있다"는 '확고한 의지'의 반복적 등장('호흡의 중단 없이'라고 말했지만, 시의 뒷부분에서 '나'는 "숨을 쉬어야겠다고 생각하며 숨을 쉬면 숨이 잘 안 쉬어진다"고 말하면서 자연스러운 호흡은 곤란하다는 점을 호소한다. 의지가 확고한 이에게도 숨 쉬는 일은 매 순간 긴장이다), 다른 제목으로 산문을 구상할 때마다 연동되는 이미지의 개입("나는 계속 이렇게 할 수 있다"는 제목으로 산문을 쓰겠다는 와중에도 '나'는 지금 자신이 쓰고 있는 산문의 제목이 "꿀과 요거트"라고 말하고, "꿀과 요거트를 좋아했던" '오사마 빈라덴'의 의지 없는 눈동자에 관한 서술로 옮겨가면서 쓰기의 힘을 할애하기도 한다) 등이 도리어 이 시를, 떠오르는 바에 따라 중얼거리는 '나'의 음성을 받아 적은 시라고 할 수 없게끔 한다. '글을 쓰는 나'는 의식적으로, 다음에 일어날 상황에 대해 이미 잘 알고 있는 이의 관점에서, 앞서서 먼저 말하는 방식을 취하고 있는 것이다.

'글을 쓰는 나'에 해당하는 '언술 내용 주체'의 의지는, '언술 내용 주체'가 발화할 수 있도록 이 시가 쓰이는 상황 자체를 관장하는 '언술 행위 주체' 즉 자기 자신과의 긴장 관계 속에서 이어진다. 그 긴장 관계에서 우선권을 쥐기 위한 보이지 않는 투쟁이 '글을 쓰는 나'로 하여금 앞서서 자신이 무엇을 할지에 대해서 말하게 하고, 온갖 책망의 화살이 '나'를 겨냥하는 상황이 온다 하더라도 그 상황을 "똑바로" 보려고 애쓰게끔 한다. 이는 '글을 쓰는 나'가 자신이 속한 세계를 자신의 눈에 보이는 세계와 보이지 않는 세계라는 이중의 겹으로 인식하고 있음을 반영한 태도이자, 자신이 처한 상황이 쉽게 끝나지 않으리라는 직감 속에서 어떻게든 대책을 마련하려는 의도에서 비롯된 행위일 테다. 그렇다면 우리는 인용한 시가 단순히 산문 쓰는 과정을 전시한 작품이라고 쉽게 말해선 안 된다.

인용한 시의 일부만을 살핀 상태에서 성급하게 말하자면, 오늘의 김승일은 지금 체계에 대한 반항의 태도를 보이다가 피로를 얻은 뒤에 '자기 자신에 대한 반항'까지 해보지만, 그 상황이 쉽게 '끝나지 않음'을 스스로 파악한 듯 보인다. 또한, 오늘의 김승일은 그 상황에서 마냥 자기 자신에 대한 반항으로 대처하는 게 아닌 다른 무엇을 할 수 있을지 골몰하는 모습까지 보이는 것 같다. 따라서 오늘의 김승일은 "우리가 진정으로 믿을 만한 것을 가르쳐보라"[3]는 갈구 대신에 철저한 자기 기획 속에서 비로소 그 방안에 대해 설계까지 하는 듯 보인다. 요컨대, 오늘을 살아가는 김승일은 스스로 '책임'의 문제를 떠안기 시작한 것이다. 이는 자기 자신의 잘못에서 비롯된 일 아님에도 책임을 떠맡기는 세계가 곤란하다고 추궁하는 일에 더 힘썼던 어제의 김승일과는 분명히 구별되는 지점이다.

오늘의 김승일이 책임에 대한 문제를 어떻게 풀어내는지는 김승일 시를 읽는 또다른 참조점이 될 것이다. 시인은 자기 자신을 심문하는 시적 상황을 더욱 적극적으로 구성하면서 해당 문제를 심도있게 풀어가는 특징을 보인다. 다시 말해, 시를 통해 제기하는 문제의식과 그를 구현하는 발상의 매력을 여전히 유지하면서도, 퍼포먼스적인 면모를 더욱 두드러지게 펼치면서 '오늘의 김승일'을 선보이는 것이다.

이때 '퍼포먼스'(performance)[4]는 말 그대로 '행위'를 일컫는데, 오늘

---

3 같은 글 382면.
4 "퍼포먼스는 동사 'perform'에서 파생된 단어로서 사전적으로 'to do something'이다. 한마디로 '행위'다. (⋯) 빅터 터너에 따르면, 'perform'은 형식과는 아무런 관련이 없고 고대 프랑스어 'parfournir'(완성하다)에서 나온 것이다. '완수'의 뉘앙스가 퍼포먼스의 핵심요소라는 얘기는 매듭이 지어진 행동이 퍼포먼스라는 것을 뜻한다. 말하자면 우리가 일상 속에서 숨 쉬고 먹고 배설하고 자는 행위는 끝도 없이 이어지는 행동이다. 그러한 행동에 어떤 매듭이 주어져 일정한 의미단위로서 기능하는 행위가 퍼포먼

의 김승일이 선보이는 시적 현장에서는 "재현된 가상이 아니라 현실 속에서 일어나는 체험적 현실의 행위"를 "자연 발생적인 행동"과는 구별되는 "다른 차원의 행동"으로, "자연스럽게 존재하는 어떤 것이 아니라 인위적인 그 무엇인가가 부가되어 하나의 단락을 이루게 되는 행위"로 수행한다.[5] 물론 여기까지만 말한다면 어제의 김승일과 연속적인 차원에서만 오늘의 김승일을 조명하는 것이므로, 이게 전부가 아님을 독자인 우리는 염두에 두어야 한다. 오늘 우리가 만날 김승일의 퍼포먼스적인 측면이란, 한스티스 레만(Hans-Thies Lehmann)이 개념화한 '포스트드라마 연극'의 구현에 더 가깝다.[6] 그러니까, 쓰기 상황—쓰는 이가 있고, 쓰는 이를 통해 발화하는 이가 또 있으며, 쓰이는 대상이 있고, 그들 사이의 관계가 하얀 질감의 물성을 가진 지면 위에서 실질적으로 연출되는 상황—의 현존을 통해 시인 자신의 몸에 기재되어 있던 내지는, 시인 자신이 의식하

스라는 얘기가 된다. (…) 리차드 쉐크너는 인간이 하는 모든 행위에 '프레임'(frame)이 처질 때 바로 퍼포먼스가 되는 것이라고 한다." 김효 「포스트드라마 연극의 미학적 기초: 니체와 아르토」, 『외국문학연구』 41권, 2011년 2월호, 118면.

5 김승일이 구현하는 퍼포먼스에 대해서는 김효가 정의하는 '포스트드라마'에서의 '퍼포먼스' 개념과 그것을 유사한 것으로 보아 설명했다. 김승일의 퍼포먼스성을 설명하기 위해 인용한 겹따옴표 속 표현은 김효, 같은 글 120면.

6 '포스트'라는 용어에서도 알 수 있듯이, '포스트드라마 연극'이란 "드라마 이후의 연극"을 말한다. 레만은 "아리스토텔레스 이후 연극미학의 기준점이 되었던 '재현 중심의 드라마 연극'에 대한 문제제기"를 하면서, 종래의 드라마 연극이 재현하던 "문학적 서사에서 이탈한" '포스트드라마 연극'의 개념을 주창했다. 특히나 레만은 포스트드라마 연극의 특징으로 "종합의 후퇴" "꿈의 이미지" "공감각" "퍼포먼스 텍스트" "탈서열화" "동시성" "과잉" "육체성" "기호들의 밀도 조절을 통한 유희" 등을 꼽은 바 있다. 이러한 특징들이 아리스토텔레스의 영향 아래에 있는 연극에서는 아예 드러나지 않았다고 단절적으로 말하기는 어려우나 "결과물보다는 과정을, 의미보다는 표명을, 정보보다는 에너지 넘치는 충동"을 더 중시한다는 측면에서는 어느 정도 '포스트드라마 연극'이라는 개념을 공식화할 수 있다고 본다. 김수진 「새로운 서사와 연기의 진정성에 관한 연구: 르 콰와 제롬 벨의 작업을 중심으로」, 『드라마연구』 37권, 2012년 6월, 6~7면 참조.

던 '시'의 개념을 상대화하기, 그러한 시를 쓰는 자기 자신을 심판대에 올려두기.

2

포스트드라마 연극이 '극적인 서사'의 재현 과정을 소거시키고 공연을 만드는 이들의 '자기 이야기'라는 '현실'을 무대에 난입시켰듯,[7] 김승일의 시는 하나의 시편에서 살필 수 있는 쓰기 과정에 대한 현실이 또다른 시의 현실로 난입하는 상황을 자주 벌인다. 여러 시편이 유사한 시적 상황을 공유하는 과정은, 독자의 눈에 각각의 시편들이 시적 주체를 분유(分有)하는 것으로 보이게끔 한다. 유독 시편들을 연결하는 '쓰기 주체'가 김승일의 시에서는 주목을 받는다는 의미다. 가령, 이 글의 처음에 인용했던 시의 현실이 또다른 시의 현실로 활용되는 상황을 보자.

> 너는 다른 사람 눈을 똑바로 보지 못하는구나
> (누군가가 내게 했던 말이다)

라는 문장이 생기는데 문장이 생기는데라는 문장 앞에 앉으면 문장이 생긴다는 문장 대신 그때부터다 내가 다른 사람의 눈을 똑바로 보지 못하게 된 것이라는 문장이 생긴다고 써야 한다라는 문장이 생긴다 이것이 1이다 내가 눈동자에 대한 산문을 어떻게 쓸 것인지에 대해 쓴 산문에서 언급한

---

7 같은 글 8~9면 참조.

이렇게다

—「어시스턴트」부분(『문학나무』 2015년 6월)

방금 인용한 시는, '눈동자'라는 테마로 산문을 쓰는 과정에 대한 시 「나는 계속 이렇게 할 수 있다」와 연동되어 읽힌다. 시인은 자신의 작품을 또다른 작품에 삽입하여 '시를 바라보는 시'라는 상황을 발생시키고 작품 끼리 대화 관계를 맺는 형식을 만드는데, 그를 통해 시인이 연출한 '쓰기 상황'은 '실제' 그 자체로 시에 장착된다. 물론 이때 '실제'란, '있는 그대 로의 현실'을 작품 내로 들여오는 상황과는 다른 차원의 '현실', '쓰기 주 체'에 의해 선택 및 편집된 상황이 작품 간의 관계를 통해 수행적으로 구 성해내는 현실을 일컫는다. 이는 시인이 종래의 서정으로 포착할 수 있는 시적 상황에 대한 학습을 거둬들이고, 쓰기 주체들이 편집하고 구성해낸 현실로 시적 상황을 도출해내는 방식이라 할 수 있다. 달리 말해 작품들 간의 삽입과 간섭을 통해 공유되는 '쓰기 상황'에의 부각으로 말미암아 김승일은 시를 쓰는 일상이 곧 시가 되는 과정 즉, 김승일식의 '시의 일상 화'를 추구한다.

쓰기 과정 자체를 현시해주는 표지(標識)로 등장한 "라는 문장이 생기 는데"라는 표현은, 시적 상황 전반을 연출할 수 있는 전능이 '글 쓰는 나' 에게 계속해서 주어지는 상황의 발생을 알린다. '글 쓰는 나'가 "문장 앞 에 앉"을 때, 문장을 통해 발화된 사실은 '실감'의 세계로 편입하여 정말 앞서서 쓴 바와 같이 '되고', 그러한 상황이 다음의 문장을 쓰는 상황이 미장아빔(mise en abyme)처럼 빚어지는 것이다. 그 때문에 '글 쓰는 나' 가 고도로 집중해서 연출한 세계는 자칫 폐쇄적인 구역, 즉, 외부와의 접 촉을 차단한 나르시시즘의 영역일 수도 있다는 오해를 사기도 하겠다. 하 지만 인용한 위의 시에서도 언급된 바와 같이('문장이 생긴다'의 반복을 통해 시적 주체가 당도하는 곳은 "이렇게다"라는 구절이다. 이는 시적 주체가 거듭 쓴 바를 다시금 메타적으로 살필 수 있는 자리에서 발화한 구절로서 시적 주체로 하여금 자기 세계로 회귀하는 것을 막는 표현이기도 하다), 시인은 활자의 배열과 조합, 텍스트의 연결을 자기 자신이 적극적으로 관장할 수 있는 세계에서는 비유성의 차원으로 등장했던 문자가 한순간에 축자성을 획득할 수 있다는 사실, 다시 그 축자성이 해체되고 비유성의 세계로 한순간에 전환되어버릴 수도 있다는 사실을 모르지 않는다("내가 신이라는 사실 때문에 상자의 죽음이 이해되었다 내가 신이라는 사실 때문에 상자는 신이 되었다"—「유」 부분). 쓰기 과정 자체가 현시되는 시는 '글 쓰는 나'가 마련한 현실의 내재적 성질에 의해 언제든지 무너질 수 있고, 그 균열을 근간 삼은 구축을 수행하기도 하면서 동일성과 폐쇄성의 차원을 벗어나는 것이다.

따라서 시인은 쓰기 상황의 현존이 여러 시편들의 관계 속에서 구체화되어갈수록, 많은 이들이 합의했다고 여기는 '보편적인' 개념으로서의 '시'보다, 시인 저 자신이 품고 있었던(시인 저 자신이 '쓰고' 있었던) '시' 개념에 대한 재확립을 고민한다. '글 쓰는 나'의 책임감은 이 지점에서 발현된다.

자신이 구성한 개념이 자신의 눈을 가리는 '편견의 인식론'으로 역할을 할 수 있다는 의심은, 미장아빔의 형식으로 작동하는 '쓰기 상황의 현존'이 '시 쓰기' 자체를 통한 자족적인 유희 혹은, 기성에 대한 반항으로만 기능하지 않도록 돕는다("형편없는 연출가가 내 희곡을 공연하였다 연출가는 내 희곡을 출력한 다음 길가는 자들에게 나누어 줬다 그것이 그 희곡의 공연이었다 나는 아주 형편없는 연출가였다"—「주인」 부분). 오히려 김승일의 '쓰기 상황'은 시인이 의식해온 시의 개념과 전투를 벌이는 현장, 시를 쓰는 자기 자신을 가시화하는 '자기 재현'의 설치를 통해 '자신'을 심문하는 형식이 빚어내는 현장으로 느껴진다. 「9시간 동안 읽어야 하는 시」에서 언급된 바 있는 "타이핑하는 데 5분 정도 걸"리는 시가 실제로「타이핑하는 데 5분 걸린 시」라는 제목으로 독자들에게 전달될 때를 예시로 읽는다.

지금 이 문단은 이 시를 다 쓰고 나서 다시 시의 맨 처음으로 돌아와 첨부한 문단이다 나는 이 시를 9시간 동안 읽으면서 다시 수정하였는데, 그러면 늘 그랬던 것처럼 글자와 종이가 검은색과 흰색처럼 느껴지는 것이다 아마 이 시를 9시간 동안 읽고, 또 읽다보면 나와 비슷한 것을 깨달을 것이다 그렇지만 이것이 이 시를 9시간 동안 읽어야 하는 이유는 아니다 이 시의 원래 제목은 불과 발이었지만 짧은 고심 끝에 9시간 동안 읽어야 하는 시라는 제목을 붙이게 되었다

전해 들은 이야기들을 직접 들은 얘기라고 여기다가 이러면 안 된다고 생각했다 이 밤에는 어디에든 밤이 있다 사랑 안엔 어디에든 사랑이 있다 전화가 왔다 거긴 지금 저녁이니 여긴 낮이야 직접 들은 얘기였고 믿을 만한 얘기였는데 이곳의 밤에는 그곳의 아침에도 밤이 있었다 김승일의 시는 철길에 뛰어들어 보지도 않고 기차에 치이면 어떻게 될지 아는 척을 하고 있대 어느 문창과 교수가 내 시에서 그런 것을 느꼈고 그녀는 교수의 말에서 무언가를 느꼈다 그건 네가 이곳에 없기 때문이야

(…)

어제 나는 예전에 쓴 시를 이 시에 이어 붙였다 요제프의 친구들은 나를 얼마나 멍청하게 보았을까 어제 나는 바로 여기까지 썼다 오늘 나는 9시간 동안 여기까지 찬찬히 읽어 보았다 이 밤에는 네가 없다 이 밤에는 그곳의 아침이 없다 나는 독일에 가지 않았다 나는 시상식에도 몇 년 동안 가지 않았다 나는 시를 쓰지 않았다 나는 철길에 뛰어들고 싶다 (…) 여기까지 쓴

다음 나는 9시간 동안 여기까지 수차례 읽어보았다 이런 것을 이런 식으로
꼭 써야 하냐고 그녀가 내게 말할 것이다 부엌에서 테이블 위에서 그녀가
내게 말을 했다 너는 나와 달라 나는 누구와도 다르지 않았다 여기까지 쓴
다음 어제 나는 독일에 왔다

—「타이핑하는 데 5분 걸린 시」 부분(『유심』 2014년 7월호, 밑줄은 인용자)

인용한 시는 설명했던 바와 같이 시가 제작되는 과정을 여실히 드러낸
다. 그러나 '나'의 안내에 따라 "9시간 동안" 이 시를 수차례 읽는다 하더
라도, 시적 주체인 '나'의 행위들이 실제로 진행된 바 있는 행위인지, 시적
주체에 의해 전적으로 연출된 허구인지에 대해서는 독자가 판별하기 어
렵다. 그리고 설혹 어떤 부분은 삶의 진실을 고스란히 옮겨 적은 부분이
있다 할지라도 그조차도 시적 주체에 의해 선택된 표현으로 전달되는 것
이기에, 위의 시를 읽을 때 우리는 허구와 실제 사이에 놓인 경계를 굳이
명확하게 할 필요를 느끼지 않는다. 이는 위의 시가 쓰일 때 독자의 입장
에서 경험되는 세계와 경험되지 않는 세계, 시적 주체의 관점으로 보이는
세계와 보이지 않는 세계, "직접 들은" 세계와 끝내 '내'게 전달되지 못하
는 세계, "있는" 세계와 "없는" 세계의 층위가 이중의 겹으로 작용하는 상
황을 시인이 인식하고 있음을 보여주는 측면에 더 가깝기 때문이다.

시적 주체가 심원화하려는 문제는 바로 여기에 있다. '내'가 '있는' 세
계에 대한 인식은 곧 '내'가 '없는' 세계에 대한 인식 속에서 발아한다. 그
렇기 때문에 무언가가 쓰이는 상황은 곧 무언가가 쓰이지 않는 상황과 동
일한 것이기도 할 테다. 시적 주체가 편집을 통해 설치한 프레임으로 바
라본 세계(쓰기 주체가 고도로 집중해서 연출한 세계)는 곧 그가 배제한
프레임 밖의 세계를 통해 형성된다는 얘기다. "김승일의 시는 철길에 뛰
어들어 보지도 않고 기차에 치이면 어떻게 될지 아는 척을 하고 있대"라
는, 실제 체험 여부를 묻는 방식으로 시에 대한 평가를 진행하는 현장에

서 '나'는 여전히 자유롭지 않다. '쓰기 상황의 현존'은 '쓰는 나' '자기 자신'에의 부각 속에서 진행되는 것이기도 하거니와 동시에, (문창과 교수에게) 비난받은 바와 같이 '나'의 시는 "철길에 뛰어들어 보지도 않고 기차에 치이면 어떻게 될지"에 대해서 적는 방식으로, '쓰는 내가 겪지 못한 나'에 의해 성립되는 방식으로 적힌 것이기 때문이다. 그 비난을 부정할 수 없으므로, 시를 쓰는 도중에도 시적 주체는 자기 자신에 대한 의심과 심문을 저버리지 못한다.

그럼에도 '나'는 아마 앞으로도 계속해서 '내 관점'으로 배제할 '부재하는 나'를 품고, 부정성을 토대로 시를 쓸 것이다. "실패에 대한 시를 쓰고 싶"은 마음을 구축해본 사람만이 저 자신이 부릴 수 있는 전능을 무너뜨리면서 갈 수 있는 까닭이다. 비난을 던지는 이들과 쉽게 타협하지 않으면서 동시에, 자기 자신이 갖고 있던 기존의 개념에 대해 끊임없이 질문하는 방식으로 시인은 시를 사유한다.

한편, '나'는 종합적인 결론에 도달하지 않기 위해(종합적인 결론에서 후퇴하기 위해) 일부러 "나는 시를 쓰지 않았다" "나는 철길에 뛰어들고 싶다"와 같이 자신이 의식하는 시의 개념에 반대하는 충동에 휩쓸리는 면모를 보이기도 한다. 또한, 그 뒤에 "여기까지 쓴 다음 나는 9시간 동안 여기까지 수차례 읽어보았다" 같은 문장을 씀으로써 다시 자기 자신을 극단적인 심문의 현장에 배치되도록 두는 태도를 보이기도 한다. 이는 '자기 자신'에 대한 명확한 판단을 유보함으로써 시가 쓰이는 현장을 환영 없이, 지속적으로 창출시키는 방법에 해당한다. 바로 그러한 이유로 ("문창과 교수"의 염려와는 다르게) 김승일의 시는 너무나 현실적으로 다가오는 것이다. 종합적인 결론에 도달하지 않기 위한 안달의 과정을 통해 고양된 "나는 누구와도 다르지 않았다" 같은 성찰은 진정성 있게 전달된다.

3

시를 쓰는 상황 자체를 시에 현존시키는 퍼포먼스를 선보일수록 오늘의 김승일이 전하는 실감은 짙다고 쓴다. 시를 쓰는 '자기 자신'을 용감하게 심판대에 올려두는 실험을 계속하기 때문만은 아닐 것이다. 그것이 이유의 전부는 아니다. 나는 김승일의 시를 읽을 때마다 발생하는 감정에 대해서는 아직 제대로 말하지 못했다.

오늘의 김승일은 "사람들을 설득하려고 설득 당할 사람들을 낳는"(「컴플리케이티드」) 방식으로 유지되는 세계에서 시를 쓰는 과정 자체가 이어질 수 있도록 자기 자신을 스스로 단속하고 설득하며 나아가야 한다는 점을 안다. 그래서 그렇게 한다. '퍼포먼스 김승일'은 이후 어디로 갈지 아무도 모르는 상황에서도 시가 계속되는 상황을 수행 중이다, 마치, 삶처럼.

그러나 마치 삶처럼, 시인은 '왜 그래야만 하는가'에 대한 답을 쉽게 구하려 들지도 않는다. 왜 시를 써야만 하는가에 대한 '정답'을 굳이 찾아야 한다고도 생각하지 않는 듯싶다. '왜 시가 계속 쓰이는가' '왜 시를 계속 써야만 하는가'에 대한 답변을 구하는 자리를 빈 공간으로 둠으로써 그와 같은 질문을 장치로 활용할 수 있기 때문일 테다. 시인은 '시를 쓰는 행위' 그 자체의 연출로, 부재하는 동기를 발생시킨다. 그렇다면 김승일의 '대답이 부재하는 질문' '왜'는 그 발생에 형식을 부여하는 하나의 방법론으로서의 퍼포먼스라고도 말할 수 있지 않을까. 그것을 안다고 여기므로 오늘의 김승일은 그렇게 하는 것 같다.

그러니까 원더풀, 원더풀한 절망

◆

서효인의 시를 읽다

    독일의 극작가 롤란트 시멜페니히(Roland Schimmelpfennig)가 쓴 연극 「황금용」은 유럽의 어느 도시에서 아시안 푸드를 파는 간이식당 '황금용'을 무대 삼아 진행된다. 주방에 있는 다섯명의 동양인 요리사뿐 아니라 식당과 이웃한 식료품 가게 및 여러 집에 세 들어 사는 사람들의 이야기가 동시에 펼쳐지는 이 연극은 다섯명의 배우가 일인 다역을 맡아 서사를 전개한다. 제한된 무대 위에서 한정된 몇명의 배우들이 다양한 역할을 맡는 조건을 연극의 당연한 기본 전제라고 여기는 독자를 위해 설명을 더 보탠다면, 이 연극은 브레히트의 서사극적인 기법을 현대적으로 차용한 까닭에 배우들이 자신의 몸이 본래 갖추고 있던 성정과는 정반대의 캐릭터를 연기하는 방식을 취하며 상연된다. 관록이 엿보이는 남자배우는 주방의 나이 든 동양 남자를 연기할 뿐 아니라 천방지축 소년이나 우아하고 예쁘장한 스튜어디스를 연기하고, 단정해 보이는 젊은 여자배우는 폭력적인 중년 남성을 연기하는 것이다. 배우가 자신과 어울리지 않는 역할에 맞추기 위해 과장된 연기를 선보일 때마다 관객은 그러한 모습이 우스꽝스럽다는 생각이 들어 웃음을 참지 못한다. 그러나 한편으로는 배우의 얼굴과 그들이 연기하는 캐릭터 사이에 놓인 거리가 자꾸 신경 쓰여 마음 다해 웃지 못하는 일이 벌어지기도 한다. 웃지도, 웃지 않기도 뭣해 머쓱할 만한 이 곤궁은 무대 위의 일이 비단 연극 내부로 한정된 일이 아니기에 발생한 듯 보인다. 이를테면 관객들은 무대 위에서 제대로 관리되지 못하는 이미지를 보며 우리 또한 일상에서 우리 자신 "얼굴의 빈 면을 꼼꼼히 채우는 일"(「송년회」 부분, 『백 년 동안의 세계대전』, 민음사 2011)을 난감하게 여겼던 경험을 떠올리고, 자신의 얼굴과 자신이 상정한 캐릭터 사이에 처음부터 틈이 있을 수밖에 없음을 깨닫기 시작하는 것이다. 이는 생활 속에서 요청되는 얼굴이 따로 있다는 사실을 새삼 일깨워주는 일이자 거기에 붙들린 우리가 우리도 모르는 사이에 저 자신이 원치 않는 얼굴로 연기하며 살고 있다는 사실이 폭로되는 일이기도 하다.

　웃음을 유발하는 동시에 웃음 유발에 제동을 거는 이중적인 상황에 관객을 노출하는 시멜페니히의 방식은 서효인(徐孝仁)의 시가 말하는 방식을 연상하게 하는 측면이 있다. 서효인 역시도 웃긴 상황과 웃을 수 없는 상황의 이중성을 시적 현장에 배치하여 그 자리에서 빚어지는 양가적인 감정을 독자들에게 안기는 작업을 감행한다. 시멜페니히의 연극에서와 마찬가지로, 시인은 사람들이 자신의 성정과 정반대인 얼굴을 하고 사는 일의 비극성을 피할 수 없는 생의 비밀 — 더 나아가 '시대'의 비밀 — 로 간주하는 듯 보인다. 특기할 만한 점은 서효인의 시적 주체의 경우, '굳이 저렇게까지 해서 살고 싶을까' '저것은 삶인가' 같은 질문을 한번쯤 던지고 싶은 상대의 '질문 없는 삶'이 아이러니를 구조 삼아 이어지고 있다는 점을 이해하고 있는 대신, 그 정황과 거리를 두고 관찰하려는 태도를 보이고 있다는 데에 있을 것이다. 그러다가 문득 거리 두기에 실패해, 저 자신에 대한 수치심을 감추지 못하는 상황에 부닥치기도 하는 일이 시적 주체에게는 빈번히 일어난다. 시적 주체 역시 시적 현장의 일부임을 깨닫는 자리에 저 스스로 기어이 당도하기 때문일 터다.

달리 말해 서효인의 시는 독자에게 비극의 감정을 유발하여 지력(智力)을 마비시키는 일을 시도하지 않는다. 그보다 시인은 저 자신의 수치심을 시대에 대한 혹은 삶에 대한 분노로 전환하는 과정에서 희극적인 상황을 견인해내고 그를 통해 비애의 감정을 전시하여, 거기에 수반되는 '무엇이 삶인가' 같은 사유를 독자에게 촉발하는 방식을 취한다고 설명해야 적합할 것이다. 가령, 다음과 같은 시.

선배는 그곳에 갔던 이야기를 즐겨 했다. 여기서 개성까지는 50킬로미터쯤 되겠지만 <u>별로 중요한 이야기는 아니다.</u> 우리는 파주 시청 앞에 있는 개고깃집에서 개성식으로 개를 먹었다. 수육에서 노릇한 김이 오른다. 이럴 땐 진짜 한민족 같은 거다. (…) 식당 텔레비전에서 종편 채널 뉴스가 나왔고, 북한 소식을 전했다. <u>별로 중요한 이야기는 아니지만</u> 그들은 진지했다. 선배는 아나운서를 두고서, 뚱뚱한 거 봐라, 저게 돼지냐 사람이냐. 운동권이었던 선배는 논술 학원으로 꽤 많은 돈을 벌었다. <u>아주 중요한 이야기다!</u> 나는 그 학원의 강사로 아이들의 허벅지를 때리면서 소일했다. 우린 개를 먹는다. 아이들은 북한이 아닌 여기에서 태어난 걸 다행으로 여기면서 허벅지에 불만을 갖지 않았다. (…) 그는 원장이고 나는 강사다. <u>별로 중요한 이야기는 아닐지도 모른다.</u> 고기를 먹는 동안 형님, 형님 하며 텔레비전에 나온 김정은과 그의 얼굴을 번갈아 봤다. 우리는 한민족이다. 우린 개 먹는다. 이제 누구도 김일성 만세, 뇌까리는 자유를 걸진 않는다.

— 「개성」 부분(『여수』, 문학과지성사 2017, 밑줄은 인용자)

자신이 건너온 역사와 차이가 나는 행동을 선보이는 '선배'의 말하는 본새가 어쩌면 가장 먼저 독자의 눈길을 끌 것이다. 과거의 이야기를 흘러간 옛 노래를 다루듯 하는 선배는 어느새 오직 '먹고살아야 하는 삶'만을 당면한 목표로 삼는 사람이 되어버렸다. 시에서 '나'는 개고기를 먹는 식당에서 "별로 중요한 이야기는 아니"라는 듯이 '한민족' 운운하면서 개성식 요리를 맛보는 일에 혈안이 된 선배의 동물적 삶에 가까운 모습을 보며 선배가 언급한 "저게 돼지냐 사람이냐" 같은 욕을 그에게 고스란히 돌려주고 싶은 심정을 가진다. 종편 방송 아나운서의 정치적인 언급이 아닌 외모를 향해 욕을 하는 선배의 모습이 졸렬해 보이기 그지없어서다.

하지만 '나'라고 다를까. 선배가 사교육 시장에서 꽤 많은 돈을 번 축에 속한다는 언급이 바로 이어서 거론되는 대목에 이르면, '내'가 지금의 상황을 치욕스러워하면서도 굳이 '참아내고 있는' 굴욕을 선보이고 있다는 사실이 들통난다. 아니나 다를까 '나'는 그의 학원에서 기생하며 살아가는 "강사"이고, 아이들의 허벅지를 때리는 일로 먹고사는 자에 해당한다. 실상은 '나' 역시도 그가 돈을 많이 번다는 사실에서 벗어날 수 없는 속물적 유형의 인간에 속하는 것이다. 동물적 삶에 가까워 보이는 선배의 삶과 거리를 두는 듯 보이지만, '나'의 삶 역시 치졸하기는 매한가지다.

"아주 중요한 이야기"라는 구절 이후, 밥상 둘레에 "둥글게 앉아" 개성식으로 요리한 개고기를 먹으며 선배의 얘기에 동조하는 치에 불과한 '나'의 모습은 유독 오롯해진다. '김일성 만세'를 언론에서 떠들 수 있는 날이 와야 진정한 자유를 누리는 때가 온 것이라고 외치던 시인 김수영의 과거 기개가 떠올라 민망할 정도로, 개성식 개 요리를 먹는 자유를 누리는 이들의 밥상 위에는 이제 "노릿한 김"이 오르는 수육만이 유일한 삶의 지표로 여겨지게 된 것이다.

뭔가 석연치는 않으나 그렇다고 해서 어디서부터 잘못되었는지 쉽게 따질 수 없을 정도로 생활의 무게가 만만치 않은 듯 보이는 '나'에게 '개성식당'을 풍경 삼아 모두의 동물성이 드러나는 지금(이때 '개성'은 '犬性'으로 읽히기도 한다)은 마냥 웃어넘기고 말 상황이 아니다. 이제는 "이곳의 시민인 것을 다행으로" 여기는 합리화를 동반하고, 불편한 상황을 도리어 "자랑스레" 여길 만한 상황이라고 자위해야만 영위가 가능한 때이며, 이러한 상황에 자신의 몸을 구겨놓은 자들은 모두 아이러니를 삼킨 얼굴로 있어야 한다는 조건에 순응해야 하기 때문이다. 서효인 시에 자주 등장하는 표현에 따르자면 이와 같은 방식으로 있는 사람들 — '선배'와 '나' 또는 선배와 나의 가르침을 마냥 수용하는 '아이들' — 은 모두 '못 생겼다'. 도대체, 이런 방식으로 계속 살아야 한다면 무엇을 위해 삶이 있는 것이란 말이냐고 따져 묻고 싶은 부아가 치미는 얼굴들이란 말이다. 그러다가도 이 역시 "개소리"에 불과한가 하는 회의가 밀려올 즈음이면 시인의 희극적 상황이 결국 삶을 파악하는 유일한 형식으로 아이러니와 유머를 독특하게 결합한 결과로 내놓은 것이라는 생각에 이르게 된다.[1]

특히 시 곳곳에 "별로 중요한 이야기는 아니다"라는 중얼거림이 "별로 중요한 이야기는 아니지만 그들은 진지했다"와 "아주 중요한 이야기다!" "별로 중요한 이야기는 아닐지도 모른다"로 이어져 배치될 때마다 독자는 '그럼 무엇이 중요한 이야기인가' 하고 반문하게 되는데, 이는 이 시가 삶의 진정성을 구성하는 조건을 질문하는 태도의 긴장을 놓치지 않기 위해 안간힘을 쓰고 있다는 증거가 된다. 안간힘이라도 써야, "개성 식당에 도로 들어가"는 일 외에는 다른 방도를 구하지 못하는 현재를 냉소하는 손쉬운 방법과 결별할 수 있는 것이다. 시인은 구겨진 현재를 구겨진 채로 마냥 방기하지만은 않겠노라는 몸부림을 숨기지 않으려 한다.

대구와 광주를 잇는 고속도로가 하나 있다. 1988년 올림픽을 기념하여 동서 화합과 민족 번영을 위해 건설되었다고 알려졌다. 터널 공사마다 폭파 잔해에 죽은 자가 대여섯 명은 되었다. (⋯) 1984년에는 전두환 대통령이 개통식에 얼굴을 비췄다. 테이프를 끊었다. 죽은 줄 모르고 죽은 자가 수

---

1 "희극은 아이러니와 유머를 독특하게 결합해냄으로써 법을 파악할 수 있는 유일한 형식이 될 수 있다." 질 들뢰즈 『매저키즘』, 이강훈 옮김, 인간사랑 2007, 103면.

백은 되었다. 중앙분리대는 없었다. 지리산에서 찬바람이 불었다. 광주와 대구를 잇는 고속도로가 하나 있다. 동쪽과 서쪽에서 출발한 버스와 서쪽에서 동쪽으로 출발한 화물차가 산을 감싸 도는 2차선에서 서로의 뺨을 후리며 스친다. 여태 살아 있느냐는, 인사.

— 「올림픽고속도로」 부분(『여수』)

'대구'와 '광주'를 잇는 고속도로라니. 시인은 지역감정을 해소하기 위한 상징의 역할을 하라고 만들어진 건축물을 대상으로 말하기 시작하지만, 시인의 시선이 종국에 가닿는 지점은 이 건축물이 지어지는 과정에서 목숨을 잃어버린 사람들, 그렇게 지어진 도로 위에서 밤늦게까지 노동하다가 사라진 사람들, 도로가 지어지면서 죽어나간 야생동물들 등, 도로의 겉모습에서는 찾아볼 수 없을 도로의 속사정에 있다.

도로가 지어지는 과정에서 죽은 자가 수백은 되지만, 그 누구의 죽음도 가시화되지 않았다는 아이러니를 이 도로는 품고 있다. 죽음 하나하나에 부여할 만한 이름마저 적당한 게 없어서 시인은 각기의 죽음을 일컬어 "대여섯 명" "두어 명" "세 명" 같은 양적 개념으로 호명한다. "1984년"에 있었다는 개통식은 분명 저 숱한 죽음들을 은폐하기 위해서라도 아주 화려하게 치러졌을 것이다. 그 모습을 상상하고 있자니 '대통령'의 모습이 우스꽝스럽게 그려지기도 하고, 우스운 통치자가 감추고 있었을 수백의 죽음이 떠올라 동시에 비통해지기도 한다. 시인은 어쩌면 모든 현재가 이와 같다고 말하고 싶었는지도 모른다. "광주와 대구를 잇는 고속도로"는 통치자가 감추고 싶었던 역사를 삼킨 채 여전히 건재해 있는 듯 보이지만 그 사이사이에는 실은 도무지 감출 수 없는 과거의 '잃어버린 죽음들'이 있는 것이다. 모든 현재는 곧 속사정을 숨긴 채 구겨져 있는 현재다.

버스와 화물차가 "서로의 뺨을 후리며" 스쳐가는 후반부 장면은 특히나 의미심장하게 다가온다. 숱한 죽음들을 모른 체하면서 관성적인 생활에 몸을 맡긴 채 살 수만은 없지 않으리라는 고민이 "뺨을 후리며 스"치는 상황을 "살아 있느냐는" "인사"로 치환하고 있기 때문이다. 이를 '미완성'인 죽음을 삶의 조건으로 가져가야 한다는 당부로도 읽을 수 있을까. 늦은 밤, 고된 노동에 치여 졸음운전을 하는 이의 눈가에 급작스레 상대편의 헤드라이트가 비치면서 그의 정신이 번쩍 깨어나듯이, 또는 그 상황을 통해 아무런 말 없이 묵묵히 있으리라 믿어 의심치 않았던 고속도로 위에도 실은 숱한 말(言)들이 스쳐 지나감을 상기하기라도 한다는 듯이, 구겨진 현재는 정신이 번쩍 드는 순간을 맞이해야만 다른 층위의 현재로 이어질 수 있다. 요컨대 시인은 정신이 집약적으로 깨어날 수 있는 몸짓을 취할 때, 우리가 우리도 모르는 사이에 순응했던 원치 않은 얼굴에서 벗어나 다른 방식으로 있을 수 있다고 말한다.

> 차는 막혔다. 말이 느려진 내가 잠시 졸다 깨어나니, 이름이 지워진 자리에 고층 아파트가 서 있었다. 갈 길을 잃은 말들이 갈기를 휘날리며 제자리를 돌았다. 구파발이었다. 도배 값은 16만원이었다. 나는 달린다. 불광천을 지나 통일로로 접어들며, 내가 살 집도 아닌 벽의 색을 정하며, 화급을 다투는 소식처럼 어디론가 빠르게…… . 그러나 나는 멈춘 버스에서 잠시 쉬는 사람. 발이 느린 사람 몇이 차고지의 버스에 오른다. 이곳은 쉴 곳이 아니다. 발이 느려진 말처럼 쓸모없는 이름을 차창에 쓰고 지우길 여러 번이다. 너머로 새로 지은 아파트들의 근사한 이름들이 보인다. 벽지 색은 미색으로 했다. 차가 다시 막힌다. 전할 곳 없는 소식이 잠시 머무르고 사라진다. 길 잃은 말들이 고꾸라지고 있다.
>
> ──「구파발」부분(『현대시학』 2015년 4월호)

이 시에서 살 집을 구하지 못한 이의 이름은 계약서에 쓰이지 못한 대신 "차창"에 피어오른 서리에 쓰였다가 지워진다. 빌린 집의 계약서에 쓰인 이름 석 자는 오히려 집주인 앞에서 '나'의 말문을 막히게 하는 역할만 할 뿐이므로 차라리 버스의 차창에 쓰였다 지워진 이름이 내 감정과 적실하게 이어진 것으로 보이는 듯도 하다. 그러나 그도 잠시, 이름이 사라진 차창 너머엔 '내'가 살 수 없는 "새로 지은 아파트들의 근사한 이름들"이 겹쳐 보인다. '나'는 그저 막힌 도로 위에서 "발이 느린 사람들"의 오갈 데 없는 "말", "발이 느려진 말"은 어디를 향해야 하는지를 가만 생각할 일밖에 달리 할 게 없어 이내 쓸쓸해진다. 어디에서든 편히 쉬지 못하고, 어디를 가든 내 방향이 아닌 것만 같은 느낌 속에서 지내야만 하는 시인의 처지가 이 시에서 그려지고 있는 것이다.

시인의 세계에서는 바람에도 손이 있어 그 손을 뻗어 현재의 뺨을 "후려치는" 일이 벌어지므로, 발이 있는 말이 현재 어디로 움직여야 하는지를 고민하는 상황이 시에서 벌어지는 건 당연한 일이다. 그러나 지금 시인이 운용할 수 있는 말은 마냥 원하는 방향을 향해 나아갈 수 있는 발이 갖추어져 있지 않은 상태. 현재 "화급을 다투는 소식처럼 어디론가 빠르게" 움직이더라는 시인의 발도 "갈 길을 잃은 말들"이 제자리를 맴돌다가 고꾸라지는 경로를 곧 따르게 될지도 모른다. 어쩌면 이는 생활 속에서 요청되는 얼굴을 끝내 갖추지 못하게 되면 어쩌나 하는 초라한 불안이 시인의 현재를 완전히 장악했을 때 나올 법한 언술일지도. 그러나 그렇다고 해서 절망하기엔 이르다. 어찌 되었건 그의 말에는 발이 달려 있어서 위의 시의 후일담이 여러 방향으로 작성될 수 있는 여지를 남기기 때문이다. 게다가 버스가 쉬는 곳의 지명도 '구파발'이지 않은가. 발이 달린 모든 것은 우리를 달리게 할 것이다. 발 달린 말의 가능성은 함부로 재단될 수 없다.

그러니까 생활 속에서 요청되는 얼굴이 따로 있다는 사실을 의식하고 있는 시인이 거기에 붙들리기도 전에 온갖 안간힘을 쓰며 우리의 얼굴과 우리 자신이 상정한 캐릭터 사이에 놓인 틈을 부각하는 일, 어디로든 함부로 떠나지 않으면서도 지금 이곳의 자리에 긴장을 부여하는 일, 하여 '무엇이 삶인가'라는 질문에서 '어떻게 살 것인가'라는 고민에 이르는 몸부림을 쉬지 않고 하는 일을 서효인은 감당한다. 이를 우리는 위의 시의 후반부에서 다시금 떠올릴 필요가 있을 것이다.

이 글의 처음에 언급했던 시멜페니히의 연극 「황금용」에서는 가장 나이가 많은 남성 배우가 예쁘장한 스튜어디스로 분(扮)해 조그만 '황금용' 식당에 앉아 다음과 같은 대사를 하는 장면이 나온다. "내가 먹었던 최고의 타이수프는 샌프란시스코 식당에서 먹었던 수프였어, 정말 원더풀한 맛이었어, 음, 원더풀!" 이 장면에서 관객들은 남성 배우의 과장된 말투와 몸짓에 폭소하기도 하지만 이내 그 웃음을 거두고 기묘한 비애감에 젖는다. 어느 한군데에 붙박여 살지 못하는 이들의 삶은 오직 기억에 의지해서만 경험의 저장이 가능한데, 손에 잡히지 않는 기억의 조각들 사이에서 손가락을 움직이며 "음, 원더풀!" 하고 외치는 무대 위 스튜어디스의 모습이 쓸쓸하게 느껴지기 때문이다. 더군다나 동양의 음식에 대한 정보도 없이 유럽 한가운데의 조그만 식당에서 아메리카 대륙에서 맛봤던 아시아의 음식을 떠올리던 독일 여성의 얼굴을 한국의 남자배우가 연기할 때, 관객은 어딘가에 박혀 있지도, 그렇다고 어딘가로 떠돌아다니기에도 불안한 삶을 거기에서 읽는다. 어울리지 않는 것은 배우의 과장된 연기만이 아니다. 숨길 수 없는 틈이 내장된 삶에서, 우리는 우리에게 주어진 소임이 편할 때보다 편하지 않을 때가 더 많고, 우리에게 요청된 얼굴과 우리가 원하는 얼굴이 부담 없이 어울릴 때보다 어긋날 때가 더 많음을 경험한다. 그런데도 그럭저럭 삶은 이어지고, 그 사실은 우리를 나소 쓸쓸하게 만든다. 아이러니의 형식으로 삶을 이어가야 하는 우리의 처지를 서효인은 받아들이기로 한 것 같다. 시인은 그 때문에 밀려드는 수치심을 시대 전반에 대한 절망으로 전환하여 읽어내는 기지를 발휘하기도 하고, 거기서 빚어지는 몸짓으로 '무엇이 삶이어야 하는지'를 묻기도 한다.

그러므로 서효인의 시를 따라 읽는 우리는 아직 절망하기엔 이르다고 말해도 될까. 우리가 삶으로부터 선사받은 쓸쓸함이란 서효인의 독법에 따르면 그러니까 원더풀, 원더풀한 절망으로부터 비롯된 것이기 때문이다.

누구에게 이것을 바칠까? (2)

자기 테크놀로지로의 '인유': 2010년대 시 읽기를 위한 또 하나의 방편

2010년대에 독자들과 만난 어떤 첫 시집들에서는 생의 소용돌이에 '자기 자신'이 휩쓸리지 않기 위한 방편으로 '쓰기'를 내세우는 시인들의 모습이 보인다.[1] 자기 자신을 작품의 재료로 간주해서 '실존의 미학'으로서 쓰기를 중시하는 모습은 말 그대로 '쓰기 주체'가 저 자신과 어떻게 관계를 설정하는지를 드러내면서 동시에 이들의 시대에 대한 대응 방식 역시도 확인할 수 있게 해주는 단초로 제공되기도 한다.[2] 여전히, 문제는 '자기

---

[1] 이 글은 2010년대에 들어서서 첫 시집을 발표한 최정진과 황인찬의 시를 '외세적 법과 질서에 대한 불신 및 거부, 하지만 또다른 비전을 형성할 만한 토대를 구축하지 못한 이들의 "끼인 시기"가 재촉한 "자기 테크놀로지"로의 쓰기'로 평가한 바 있었던 「누구에게 이것을 바칠까? (1)」과 연장선상에 놓여 있다.

[2] 푸코가 설명한 '개인에 관한 정치의 테크놀로지'란 우리가 자신을 하나의 사회로, 하나의 사회적 실체의 일부분으로, 하나의 국가나 정부의 일부분으로 인식하게 되는 방식이다(미셸 푸코 외, 이희원 옮김, 앞의 책 246면). 하지만 이 글에서 다루는 '자기 테크

자신'에 즉, '주체'(subject)에 있다. 강렬한 윤리적 기제 내에서 저 스스로를 운용하는 모습을 흐릿한 잉크로 표현하는 시인들이 있는 한편, 이 글에서 살필 주하림(朱夏林)과 조인호(趙仁鎬)는 (윤리적 기제의 강제는 흐릿할지언정) 각양각색의 텍스트들과의 연루 속에서 자기 자신을 콜라주하여 드러내는 방식을 취하면서 진한 잉크로 비(非)윤리적인 세계의 환기 및 윤리적 기제의 '폭파'를 표현한다. 이 글에서는 주하림과 조인호의 시가 시대를 살아가는 방편으로 '자기 테크놀로지'를 발휘하기 위하여 '인유'라는 수사에 어떻게 기대어 쓰는지를 밝히고자 한다.[3]

왜 '인유'(allusion)인가? '자기 테크놀로지'로의 글쓰기는 "새로운 자기 체험을 포함"[4]한다. 인간은 끊임없이 글을 쓰는 행위와 결합되어야만 새로운 문법(질서)을 창안할 수 있는 주체로 구성될 수 있기도 하거니와 그때 자신의 경험이 형식으로 내장되어 이후를 기약할 수 있게 된다. 그러나 지금 시대의 주체들에게는 정작 기록행위를 통해 스스로를 형성할 수 있을 만큼의 '경험'이란 것이 전무하다시피 한 상황이라고들 한다.[5]

그렇다면 어떻게 '자기 테크놀로지'로의 '쓰기'가 가능할 수 있을 것인가. 이 글에서 함께 읽을 주하림과 조인호의 시에서는 유독 제사(題詞)나

놀로지'의 개념은 어디까지나 문학 텍스트를 통해 직시할 수 있는 시적 주체에 초점화가 되어 있음을 염두에 두어야 한다. 이는 앞선 「이것을 누구에게 바칠까? (1)」에 이어 문학작품에서의 '자기 테크놀로지'라는 용어가 비평의 '쓰기' 과정을 통해 사회학적으로 한정된 용어를 어떻게 전유할 수 있는지를 시도하는 작업이기도 하다.

3 이 글에서 분석 대상으로 삼은 작품은 시인들의 첫 시집인 주하림의 『비벌리힐스의 포르노 배우와 유령들』(창비 2013), 조인호의 『방독면』(문학동네 2011)으로 제한을 두기로 한다.

4 미셸 푸코 외, 앞의 책 52면.

5 이 문장은 경험이 파괴된 상황에 대해 논했던 아감벤의 입장에 의문을 품고 있는 필자의 입장이 실린 것이다. 디디위베르만을 빌려 인유의 가능성을 논해보자면, 인유는 경험 없음, 혹은 '경험의 빈곤' 자체를 이미지의 연쇄를 통해 하나의 경험으로 만들 수 있는 방식일 것이다.

주석, 인용구가 눈에 띈다. 경험이 소거된 자리, 혹은 희미하게 경험의 흔적이 잔존해 있는 그 자리에 다른 텍스트들이 들어서기 시작하는 것이다. 요컨대 경험을 통한 삶의 표현이 아닌, 인유의 모자이크를 통해 자신의 삶을 '만들어가는', 임시적이고 가변적인 "주체들"이 '쓰기'를 추동하고 있다. 이때, 앞서 상정된 텍스트들과 영향관계를 맺고, 새로운 의미를 창안하는 방식이 바로 '인유'다.

파스코는 인유를 일컬어 어떤 텍스트의 저자가 그의 창작물 위에 또다른 텍스트를 접합시켜(grafted) 은유적인 결합을 이루어내는 '모드' 혹은 '전략'이라 했다.[6] 텍스트 내부에 인유된(alluded) 부분은 인유한 텍스트에 확장적인 의미를 생성시키는 내재적 기능을 담당하게 되는 것이다. 이 때문에 인유는 단절되고 소거된 경험의 연속성을 이어가는 역할을 자처하기도 한다. 하지만 이 글의 관심은 '인유하는-인유되는' 텍스트의 관계 속에서 드러나는 시적 주체의 태도 및 '쓰기 주체'의 상황에 대한 파악에 있을 듯하다.

인유하는 말들 ── 공작부인과 가짜 거북의 분투: 주하림의 경우

2000년대 이후 등장한 몇몇 시인들의 특징 ── 혼종적인 목소리의 출현, 유희에 몸을 실은 언어들, 기이하리 만큼 다종다양한 동물들의 등장 등 ── 은 때때로 루이스 캐럴의 『이상한 나라의 앨리스』(1865)에서 활용된 말들에 빗대어지기도 했다.[7] 꼭 그래서만은 아니지만, (선배 시인들의 화

6 Allan H. Pasco, *Allusion: A Literary Graft*, Charlottesville: Rookwood Press, 2002, 6면 참조.
7 일찍이 권혁웅은 『미래파』(문학과지성사 2005)에서 김민정의 시를 언급할 때, 김민정

법과의 영향관계 속에서 형성되었으리라 짐작되는) 그 시기 이후의 시인들의 표현 방식을 이해하기 위해서도 해당 동화의 한 장면을 경유해보기로 한다.

앨리스가 만난 '공작부인'과 '가짜 거북'이 남긴 말들을 보자.[8] '공작부인'은 '모든 일에는 교훈이 있는 것'이라며 상황에 대한 평가부터 시작해서 자신의 기분 상태에 관한 표현에 이르기까지, 그 어떤 '말'(words)에도 과도한 의미를 부여하려 한다. 특히나 그녀가 강조하는 '교훈 찾기'란 대개 이 동화가 쓰였던 시기에 많은 이들의 입으로 공유됐던 속담이나 노랫말, 문학작품, 비평문 속의 문장들로 구사된다. 인유가 넘쳐난다. 흥미로운 점은 '공작부인'이 인유한 아포리즘들이 하나같이 정합적인 맥락을 형성하지 못한 채 제각각으로 흩어진다는 데에 있다. 다양한 인용구들 때문에 얼핏 보기에 공작부인은 '무언가를 많이 아는 듯'이 보이지만, (이후 앨리스가 엉터리로 노래를 부를 때, 가짜 거북이 '저런 걸 외우는 게 무슨 소용이 있어? 설명도 못하면서 계속 외우기만 한다면 말이야' 같은 핀잔을 던진 것과 같이) 그 말들의 의미가 조직적으로 짜이지 못하는 까닭에 공작부인의 수다는 결국 허영 가득한 도덕주의자의 발화 이상도 이하도 아니다. '가짜 거북'은 어떤가. 앨리스가 여왕에게 이끌려 만나게 된 '가짜 거북'은 내내 한숨을 쉬고, 눈물을 흘리며 비극적인 몸짓을 취하는 데에 도취되어 있다. 앨리스는 '가짜 거북'이 무슨 얘기를 하는지 제대로 알

시의 발화자인 '검은 나나'를 '이상한 나라의 앨리스'와 견주어 바라본 바 있으며, 이장욱은 황병승의 첫 시집 『여장남자 시코쿠』(랜덤하우스중앙 2005)에 대한 해설을 '체셔 고양이'의 웃음이 가진 의미의 흔적을 좇아 '무정형의 몸과 웃음'으로 넘쳐나는 황병승의 「Cheshire Cat's Psycho Boots_ 7th sauce」로 포문을 열었다. 그리고 기혁의 「다정한 말, 이상한 나라의 존재방식: 김행숙 시 다시 읽기」(『세계일보』 2013. 1. 1)에 이르기까지, 『이상한 나라의 앨리스』는 2000년대 이후 시들의 현장을 설명하기 위한 키워드로 계속해서 소환된 바 있다.

8 이 글에서 언급한 장면들은 모두 루이스 캐럴 『이상한 나라의 앨리스』, 이소연 옮김, 펭귄클래식코리아, 2010, 217~43면 참조.

아들을 수가 없는데, 그 이유는 '가짜 거북'이 우느라고 말을 유창하게 이어나가지 못하기 때문이다. 더욱이 '가짜 거북'의 말을 자세히 들어보면, 그 이야기들은 도무지 조금도 슬픈 얘기가 아닌 것이다. '공작부인'과 '가짜 거북'의 말하기를 요약하자면 아마도 질서를 잃은 인유의 과잉, 도취된 감정 표현이 남기는 신뢰할 수 없는 정념이라 할 수 있을 듯하다. '공작부인'과 '가짜 거북'의 화법이 합쳐져서 동시에 발휘되는 자리에 주하림의 시가 있다. 하지만 오해는 말 것. 두서없는 '공작부인'과는 다르게 시인은 독자로 하여금 자신의 작품에서 '무엇을' 인유하는지에 주목하기를 바라며(그 때문에 '인유하는 텍스트'인 주하림의 시와 '인유되는 텍스트' 사이의 관계가 부각될 수밖에 없겠다. 이는 인유로 활용되는 '원천'source 에 대한 관심이기보다는, 현재 쓰이고 있는 텍스트가 이전 텍스트를 어떻게 대할지 시적 주체에게 판단 및 관계 설정을 요하는 것이다), 눈물을 조절 못하는 '가짜 거북'과는 다르게 시적 주체는 감정을 과잉 설정함으로써 오히려 독자에게 '낯설게 말하기'를 시도, 독자로 하여금 시적 현장과 어느 정도 거리를 형성할 수 있게끔 한다.

너처럼 아름다운 불면증 환자는 처음이다

뜨거운 새, 관념, 관념에 다가가는 자세
우리가 달아나려 하는 한 그것은 우리의 운명*

사람들 귀에 새 부리를 걸어주었지만
처음 배운 날갯짓조차 하지 못하더군
간밤의 지긋지긋한 비가 진눈깨비로 바뀌는 순간
우리 그림자는 섹스만 해서 눈이 멀어버린 것일까
창을 조금 열고 펑펑 쏟아지는 알약을 상상하다 깊은 잠이 들었다

당신의 잠든 피부를, 벗겨진 엉덩이를
비유하느라 단잠 잘 수 있는 기회를 다섯번이나 놓치고
당신은 꿈속에서 젖꼭지 자국이 선명한 초록색 티셔츠를 원했다
뺄 때마다 멀어지고 두꺼워지는 자국들 진짜 젖꼭지가 되어
튀어나올 때까지의 고백, 어지러운 고백은 이어질 것이다

지금 답장이라는 말은 위태롭고
손을 잡고 떨어져 걷는 시간들은 행복했다
당신은 그렇게 형편없이 적고 있었다 부끄러움을 몰라
바보들은 시도 때도 없이 상징에 대해 묻고
더 나은 바보들을 상대하다 지쳐 지나가던 형제나
자매들을 불러 싸우고 화해하기에 이르렀다

긴 행렬을 보며 우리는 이빨이 튀어나갈 때까지 웃었지
모두 담장 너머의 이야기

여기서는 손도 몸도 일으킬 필요가 없지
창을 뚫고 바닥에 쏟아지는 빛, 빛의 본성
헤어지잔 한마디에 마구간을 부수던 말들이 병들어가는데

너처럼 더러운 내벽을 가진 분열증 환자는 처음이다
                                —「빛의 볼륨」 전문(밑줄은 인용자)
* 장뤼크 고다르의 영화 「미치광이 삐에로」 중에서.

인용한 위의 시에서 "우리가 달아나려 하는 한 그것은 우리의 운명"이

라는 구절은 시에 표기된 바와 같이 장뤼크 고다르의 영화의 일부분을 인유한 것이다.[9] 하지만 이 구절 때문에, 1연 1행에서 '너'로 호명한 이가 영화 속 인물인 '페르디낭' 혹은 '마리안'으로 좁혀지지만은 않는다. 오히려 "뜨거운 새, 관념" "관념에 다가가는 자세"와 같이 '관념'을 기점으로 '새'가 '자세'로 가뿐히 탈바꿈한 두번째 행과의 연결 속에서 1연 1행의 '너'는 고정된 인물을 일컫기보다는 움직임이 자유로운 관념들 사이를 가리키는 말로 확장되는 것이다. 하지만 그렇다고 해서 고다르 영화에 대한 언급이 시에서 활용된 언어들의 의미 확장에 도움을 주지 않는 것은 또 아니다. 「미치광이 삐에로」(1965)는 어떤 영화인가. 고다르 특유의 내레이션으로 영화가 진행되는 동안 다른 영화들이 인유되기도 하고, 르누아르와 모딜리아니 같은 유명 화가의 그림들이나, 베트남 전쟁 혹은 케네디 암살 같은 역사적 사건들 역시도 빈번하게 출현하는 영화가 아닌가. 겹겹의 텍스트로 구성된 영화 속 대사가 시의 초반부에 눈길을 끄는 자리에 있을 때, 독자는 영화와 병렬적인 구조를 형성하고 있는 위의 시 역시도 겹겹의 의미를 퇴적시키며 지층을 이루는 구조라고 여길 수 있게 된다. 하지만 이 퇴적층의 강도는 어쩐지 미심쩍다. '관념'은 '새'처럼 가볍게 택할 수 있을 '자세'일 뿐인데 사람들은 "날갯짓조차 하지 못"할 정도로 스스로를 속박하고 있고, 반면 그사이에 '우리'는 "깊은 잠에 들었"다가 "단잠 잘 수 있는 기회"를 놓치는 상충적인 자세만을 취하는 장면이 이어지고 있어서다. 의미가 쌓일수록 시에서 말하고자 하는 바는 단단해지지 않고 분무한다. 마치 '빛'의 두께가 '느껴지는' 층위의 것일 뿐 단단하게 고정시킬 수 있는 것이 아니듯. 다시 말해 '관념'은 '새'처럼 가볍게 택할 수 있을 '자세'일 뿐이므로, 빛이 어떤 물리적 성질에 구애받지 않고 자유

---

9 1965년에 제작된 장뤼크 고다르의 「미치광이 삐에로」(Pierrot Le Fou)는 전직 스페인어 교사인 페르디낭이 딸을 돌보기 위해 온 마리안과 묘한 기류에 휩싸이다 훌쩍 여행을 떠나는 얘기가 페르디낭의 일기로 진행되는 영화다.

로이 투과되듯이, 시적 주체에게 있어서는 말이 불확정적이고 무질서한 의미를 표하는 것이야말로 저 자신의 당연한 성질에(운명에) 따르는 것이 되겠다. 우리가 질서로부터 "달아나려 하는 한" "그것은 우리의 운명"인 것.

하지만 말이 자유로이 미끄러지는 상황을 전하기 위해서 시적 주체는 반드시 고다르의 영화를 통했어야만 했을까. 주하림의 시에서 가장 주목을 요하는 시구절이 대부분 위의 시에서와 같이 인유로 처리되어 있기에 이 질문은 중요하다. 위의 시에서 영화 대사를 인유한 이후를 재차 보기로 한다. 그 지점에서부터 말들의 호흡은 가빠지고, 어조는 냉소와 무시가 느껴지리 만큼 퉁명스럽다는 인상을 주기 시작한다. 모든 인유들과의 그 어떤 관계도 설명하지 않음으로써 오히려 거기에 매어 있음을 보여주었던 '공작부인'과 견주어볼 때, 시적 주체는 점점 자신이 끌고 온 장뤼크 고다르의 영화에 지배를 받지 않으려고 무단히 애를 쓰는 모습을 보인다. 이는 고다르가 없이는 관념의 필연적인 자유로움, 말의 본래적인 비고정성에 대해 전할 수가 없었겠지만 그렇다고 해서 그와 무난한 동료 관계를 형성하기에는 어딘가 억울한 감이 있다는 시적 주체의 표식으로 느껴진다. "모두 담장 너머의 이야기"라지 않은가. 시의 저변에 형성되고 있는 시적 주체가 처한 상황 층위를 정리하자면 다음과 같다.

① '내'가 구획된 곳에서 주어진 말로는 표현하는 데에 한계가 있다.
② "창을 뚫고 바닥에 쏟아지는 빛" "빛의 본성"에 기대야만 이야기를 이어갈 수 있음을 시적 주체는 '이미 알고 있다'.[10]

---

10 주하림의 또다른 시 「레오까디아와의 동거」에서 시적 주체는 "빛 없는 세계"에서 (이뤄질 수도 있을) 수많은 탄생에 대한 두려움을 표한다. 그리고 나서 저 스스로의 혀를 깨물지 못해 탄생하지 못하는 존재들은 결국 무언가를 '더 훔치는 방식'을 쉽게 떠올리는 모습을 보이는 것이다. 주하림의 시에서 '빛'은 세상 밖의 이야기 혹은, 시적 주체

③ 이 때문에 인유한 부분과 시라는 몸(body) 사이에 긴장관계를 형성시키는 위태로운 느낌의 말들이라도 배치하여, 그를 통해 전할 말을 전한다.

④ 시적 주체가 서 있는 곳에 부재한 것(-)은 인유한 고다르의 영화 대사가 있는 바로 거기에서 드러난다.

'고립된' 내가 유일하게 시간의 흐름을 감지할 수 있을 만한 방식이 이처럼 '나'를 둘러싼 담장 너머로부터 달려드는 텍스트들과의 연결 속에서야 가능해질 수 있음을 시적 주체는 스스로 시인한다. 이 같은 모습은 시인의 다른 시편들에서도 나타나는 특징이다("그대 입술에서 흘러나온 저음의 각서 ─ 어젯밤 뜯어버린/시간 그것은 공포, 흐른다는 것과 흐르지 않는다는 사실 너머/너는 고립이라 하지만 나는 증오라고 적네/우리를 떠난 시간들만 그것을 시간이라고 순수하게 가리키지/세상 밖의 이야기/쏟아지는 빛" ─「어린 여왕이 매음굴에서 운다 ─ 떨려오는 흙, 푸른 잎사귀, 요설」 부분).「빛의 볼륨」에서 시인이 활용하는 잦은 인유(과잉의 인유)는 따라서 연속성보다는, 단절감을 느끼는 고립된 시적 주체가 그 단절감을 떠안은 채 시도하는 연결 방식으로서의 '쓰기'에 대한 은유로 읽힌다. 그러나 다른 텍스트(혹은 '타자')를 포섭했다 하여, 시의 본문(혹은 시의 '몸')이 결코 그를 소유할 수 있는 것은 아니다. 이것은 주하림의 시적 주체들이 처한 상황이다. 다른 텍스트와의 대면 속에서 시적 주체는 그것이 원한의 감정이든, 다른 무언가가 있어야만 말하기가 가능한 자기 자신에 대한 의심이든(사실 원한과 의심은 동시에 발생한다) 자기 자신에 대한 판단을 가동시키기 시작하고, 이때 다른 텍스트가 떠받치고 있던 맥락이 무너져 기존의 상징질서에 대한 판단을 진행시키기 시작하는 것

에게 고립감과 동시에 연속성을 안겨주는 지형의 다른 이름이다.

이다. 이것은 주하림의 시적 주체들이 대응하는 방식이다. 그러니 "장면"
이 순서 없이 안겼다가 지워졌다가 흘러가는 상황은("왜 장면은 순서를
묻고 안고 지우며 흘러가는가/내가 원하는 진짜 장면은/사랑이든 엉망이
든 빠져나오지 못할 곳을 찾아 헤매는 것"—「유독 그날 밤의 슬픈 이야
기를 완성하려는」 부분) 데리다가 「시란 무엇인가?」에서 언급했던 "타자
에게서 오는 것과 타자의 것을 받아쓰는 것, 즉 암기하는 것"[11]으로 시를
활용할 수밖에 없는 시적 주체들의 몸짓의 일부라 할 수 있을 것 같다. 잔
혹하게 말을 하는 듯이 보여도, 그것이 가짜 거북의 말들처럼 정념을 남
기는 데에 일조하지 않고 오히려 시적 주체가 창출해내는 감정들이 타당
한지, 정당한지, 괜찮은지, 그러면 안 되는지, 그럴 수 있는지에 대한 물음
을 발아하는 데에 역할한다고 여기게 되는 이유 또한 바로 인유한 텍스
트와의 대면으로부터 기인한 것이라 할 수 있겠다. (이는 종종 주하림의
시적 주체들이 연기를 하는 듯이 느껴지는 이유이기도 하다.)

> 나의 배후에는 아무것도 없어요 흔해빠진 누나 형도 없어요 (…)

> 벌거벗고 다녀도 이상할 게 없는 날, 사각팬티만 걸친 채 오늘도 그녀만
> 기다리다 쭉 찢어버린 페이지 그녀를 죽였다 올라탔다 도려냈다 밟았다 뺏
> 다 껐다 품었다 날려보냈다 달이 뜨면 너의 방에서 내 몸은 나올 수 없어*
> 마셔라 달고 따뜻한 여자의 피를, 나는 마침내 그녀가 던지고 간 메시지처
> 럼 복잡해져갑니다

—「입실」 부분(밑줄은 인용자)

* 오까노 레이꼬의 만화 『음양사』 중에서.

---

11 데리다의 에세이 「시란 무엇인가?」에 대한 번역 및 설명은 니콜러스 로일이 『자크 데리
   다의 유령들』(오문석 옮김, 앨피 2007)에서 진행한 것을 따랐다. 275면 참조.

"나의 배후에는 아무것도 없"다는 말은 오까노 레이꼬(岡野玲子)의 만화로부터 인유한 "너의 방에서 내 몸은 나올 수 없어"라는 말과 충돌하게 된다. 무언가를 써나가기 시작하는 '쓰기 주체'가 진한 잉크 자국을 남기면 남길수록, 저 자신의 견고한 독창성으로 비약할 수 없다는 것, 그보다는 "페이지"에 "죽였다 올라탔다 도려냈다 밟았다 뺐다 꼈다 품었다 날려보냈다" 등의 행위를 취하며 기존의 상징질서와 관계를 맺을 수밖에 없다는 것. 이 상황이 시적 주체를 극단적으로 분방하게 만든다.

그러나 '글 쓰는 자'에 대한 (혹은 글을 쓰는 시적 주체 스스로에 대한) 믿음을 거두고, 경멸을 보내면서도("소설가는 진실만을 씁니다/경험만을 중요하게 생각합니다 요새 많이 야위었어요/(…)/한 문장 두 문장 건너뛸 때/젖은 분 냄새가 밀가루 반죽처럼 엉킵니다/무심코 건드리기만 해도, 새로운 여자쯤 금세 탄생하지요"—「타노시이 선술집」 부분, "어디선가 냄새가 난다 글 잘 쓰는 사람들에게서 올리브 냄새가/아니 호두 냄새/호두의 기가 막힌 젖 냄새/그게 아닐 바엔 누렇고 시커먼 브래지어가 되어 누군가의 어깨에 매달려 죽어야지"—「미찌꼬의 호사가들」 부분) 쓰기를 이어갈 수밖에 없는 시적 주체는, 시의 몸 안으로 끌어들인 '인유되는' 대상이 단지 기존의 체제질서에 복무하는 방식의 것이 아닐 수도 있음을, 그러니까 "쏟아지는 빛"으로의 "세상 너머의 이야기"일 수도 있음을 (단지) 주시 (정도는 거뜬히) 하고 있는 것 같다(이 때문에 쓰기 안에서, 그는 더욱 '분방헤'지는 것이겠다). 시의 말들은 비틀거리며(reeling) 가면으로 삼기 위한 '세상 너머의 이야기'를 읽고(reading), 그를 받아 안아 몸부림치며(writhing) 쓰기(writing)를 이어간다.[12] 주하림의 '쓰기 주체'는 정직

---

12 가짜 거북은 앨리스에게 학교에서 "맨 먼저 비틀거리기와 몸부림치기"를 배웠다며 울면서 말하는데, 이때 활용한 말장난이다. 루이스 캐럴, 앞의 책 301면의 주해 참조.

하게 시대를 앓기 위해 '진짜' 없이 가면을 쓴다.

인유되는 말들 —— 관습의 기록/재기록: 조인호의 경우

주하림이 불특정 다수의 텍스트에 내재하고 있는 문장들과 관계하는 한편, 조인호는 관습적인 비유의 활용을 극대화함으로써 '친숙한 낯섦'을 형성한다. 주하림 못지않게 조인호 역시 첫 시집에 수록된 시편들의 길이가 장황한 편에 속하는데, 어쩌면 이 넘치는 말들을 지탱하기 위해서라도 기존의 비유나 상징이 시 텍스트 내부로 적극적으로 들어와야만 하는 것인지도 모를 일이다. 그러나 중요한 것은 이 기나긴, 넘치는 말들이 어디를 향해 있는가에 있을 터다. 관습적인 표현들을 고스란히 인유하면서, 시적 주체는 그 '관습'이 꾀하는 절망적인 결과를 노골적으로 폭로한다.

철과 장미의 문명 속에서 그는 용접공으로 일했다 철가면을 쓰면 산소 용접기 밖으로 장미처럼 피어오르는 불꽃이 보였다 그는 철과 장미를 사랑했다 불이 붙는 독한 술을 즐겨 마셨고 쇠못을 씹어 먹는 철인이었다 중금속에 중독된 그의 눈은 세상이 온통 붉은색 셀로판지처럼 보이게 만들었다 용접 불꽃이 그의 눈을 멀게 만들수록 세상에 없는 단 하나의 붉은 색을 지닌 철의 장미를 그는 볼 수 있었다 그의 피는 붉은 철로 철철 넘쳐흘렀고 그는 조금씩 녹슬어갔다

그의 철근콘크리트 지하방은 습하고 어두운 철가면 같았다 철가면은 심해 속으로 가라앉는 자물쇠처럼 무거웠다 강철 수면(水面) 위로 드러난 그의 얼굴은 점점 철가면을 닮아갔다 그는 눈을 뜰 때마다 철가면을 쓴 채 욕조 안에 몸을 담근 자신을 발견하곤 했다 파이프들이 붉은 녹을 떨어뜨리

며 삐걱거렸다 욕조 속의 물이 용광로처럼 부글부글 끓었다 그의 알몸은 장미 잎 같은 붉은 화상 자국투성이였다

그는 일생 동안 불꽃만을 바라본 몽상가에 가까웠다 그는 용접 불꽃 속에서 살아 있는 구멍들을 보았다 오, 입 벌린 구멍들 모음들 비명들이 불타오르는 지옥을 보았다 그 구멍 저편에선 아름다운 붉은 장미의 정원이 펼쳐져 있었다 그의 두 눈엔 콘센트 구멍 같은 어둠이 고여갔다

그는 철가면을 쓴 채 홍등이 켜진 도살장 골목을 붉은 쇳물처럼 흘러다녔다 도살장 골목 어둠 저편 번쩍거리는 칼날들이 뱀의 혀 같은 용접 불꽃처럼 쉭쉭거렸다 붉은 장화를 신은 인부들이 소 머리가 가득 쌓인 수레를 끌고 다녔다 도살장 담벼락엔 덩굴장미가 대퇴부 핏물처럼 번지고 있었다 담벼락 너머 높다란 송전탑에서 철근들이 금속성의 동물 울음소리를 내며 뒤틀렸다 도살장 시멘트 바닥 물웅덩이 위로 뜨거운 김이 피어올랐고 고압전류 같은 쩌릿쩌릿한 비가 내렸다

그는 송전탑 꼭대기 위로 덩굴장미처럼 기어오르기 시작했다 번쩍, 가시철조망 같은 번개가 송전탑에 내리꽂혔다 고압전류 속에서 그는 자신의 철가면과 함께 흐물거리며 녹아들었다 철가면이 송전탑의 철근 속으로 들러붙고 있었다 송전탑 밑 지상의 사람들이 붉은 뼈를 드러낸 채 해골처럼 웃고 웃었다 번개가 번쩍거릴 때마다

송전탑은 거대한 한 송이 붉은 장미로 피어났다
— 조인호 「철가면」 전문(밑줄은 인용자)

시에서 초점화된 '그'는 용접 일을 하기 위해 '철가면'을 쓰기도 하지

만, '철을 다루는 노동자'라는 의미에서 인접성에 의거한 환유적 표현으로 '철가면'이라 표현된다. 하지만 '철의 노동자'라니. 이는 동시에 쇳불에 담금질할수록 그 강도가 세지는 철과 같이, 노동자는 (맑스의 표현에 따라) 노동자에 대한 탄압과 착취가 거세질수록 세상을 움직이는 것이 바로 자기 자신이라는 정체성이 확고해진다는 의미에서 유사성에 의거한 은유적 표현이 될 수도 있을 것인데, 이 같은 의미는 이미 모두가 공유하고 있는 바다. 한국사회의 노동운동사와 함께 형성되어온 오래된 비유이자, 비유성보다 지시성을 더 강하게 획득해버린 표현인 '철인'은, 그 맥락을 전혀 제거하지 않은 채로 천연덕스럽게 시 내부에 자리한다(한편 이 같은 관습적인 표현은 노동자를 철과 같이 단단한 이미지로 구체화하기도 하지만, 뉴스에서는 이러한 노동자들을 쇠파이프를 들고 있는 전사들로 묘사하며 소위 '폭력적인 시위'의 신봉자들로 형상화하기도 한다). 조인호의 「철가면」은 '철의 노동자'라는 예의 저 오래된 비유를 통해 도리어 "쇠못을 씹어 먹는 철인"인 노동자의 '녹슬고' '무거우며' '어두운' 이면, 즉 관습적 표현이 은폐했던 측면을 부각시킨다.

주지하다시피 관습적 은유는 원관념과 보조관념 사이의 긴장관계가 형성되어 있지 않다. 반복적인 비유의 사용 속에서 긴장 자체가 탈각되어 지시성 자체가 지배적으로 그 의미를 차지하고 있기 때문이다. 문제는 탈각된 긴장 상태에 이데올로기 효과가 자리하게 된다는 데에 있다. 이 시의 긴장관계는 바로 이 같은 관습적인 은유가 형성하고 있는 기존의 맥락을 적극적으로 인유하면서도, 다른 관점으로의 조명을 통해 익숙한 문법이 초래하는 이데올로기적 효과를 중단시키는 방식으로부터 비롯한다.

시의 초반부에서는 감정을 절제하는 듯이 보이는 "철인" 용접공은, 저 자신이 쓰고 있는 "철가면"에 깃들어 있는 익숙한 문법 이면이 드러나면 드러날수록, 절제하고 억눌려 있던 감정을 폭발시키는 듯이 보인다. "철인"인 용접공이 철을 용광로에 담금질하듯 자신의 몸을 욕조에 "담"글

때, 파이프의 "붉은 녹"이 떨어지고 "붉은 화상 자국투성이"의 몸이 드러나는 장면은 관습적 비유의 지시성이 노동자 스스로의 정체성 형성에도 영향을 끼치고 있음을 보여준다. '용접공'은 정말 '철의 노동자'가 되어 스스로 물화되는 상황을 연출하는 것이다. 이때, 용접공의 억눌려 있었던 감정은 용접공의 물화된 몸체 대신에 주변을 둘러싼 대상들로 투사된다. "칼날"은 "뱀의 혀"가 되고, "덩굴장미"가 "핏물"처럼 번지며, "송전탑의 철근들"은 "동물"처럼 울음소리를 내기 시작하는 것이다. 끝내 철가면을 벗지 못한 채 그 스스로가 "철인", 즉 철로 된 사람의 형상과 유사한 송전탑으로 물화한 용접공은 세계의 익숙한 비유가 어떤 논리를 정당화하고, 어떤 결과를 초래할 수 있는지에 대한 경고를 섬뜩하게 보여준다.

조인호의 관습적 문맥에 대한 적극적인 인유는 시집 곳곳에 '최후의 인간'이나 '최후의 모음'과 연결되는 구원의 이미지와 '전쟁' 혹은 '다이너마이트'와 같이 파괴적인 이미지가 공존하는 데에서 특히나 두드러지게 읽힌다. 이쯤에서 독자는 의아할 수밖에 없겠다. 세계의 끝에 대한 이미지들의 연쇄 속에서 조인호가 '관습적인 표현'들을 내내 인유하는 까닭은, 거기에 깃든 기존의 의미들을 멈추고 새로운 세계에의 생성에 일조하기 위함인가 아니면 기존의 의미 작동이 완전히 멈추는 자리에만 서 있기 위해서인가(하물며 앞서 인용했던 「철가면」 역시도 송전탑이 거대한 한송이 장미로 거듭나는 장면에서 마무리를 짓고 있다). 시인이 활용한 '인유'는 그 효과가 상당히 양가적이라 할 수 있는데, 이는 아마도 인유가 애초부터 경험을 연장하는 데 쓰일 뿐 아니라, 기존의 경험 그 자체를 현시하는 데에 쓰이면서 그에 대한 판단을 독자에게 떠넘기는 방식으로 양가성을 펼쳐내고 있기에 가능한 일일 것이다. 이 때문에 '인유되는 말'에 좀더 주의를 집중해야 한다. 시인이 활용하는 파국적인 시적 현장이 다소 위태롭게 보이는 이유는, '무엇을' 인유하는가에 있어 그 '인유되는' 표현들이 대개 파괴의 이미지에 힘을 더 실어주고 있어서일 수 있다. 어떤 관습은 당연히 파괴해야 하는 것이다. 이것은 백퍼센트 옳은 명제일까? 다음의 경우는 어떤가.

아래의 시에서 시인은 특히나 시를 쓰는 일을 "최종병기시인"의 임무로 병합시키기 위해 군대식 훈련 과정을 인유해 시 '쓰기'를 설명한다. 이는 풍자가 아니다.

> 최종병기시인이 되는 데 필요한 능력 중의 하나는 위장술이다. 뛰어난 저격수가 되려면 사물의 배후에 그림자처럼 잠입할 줄 알아야 한다. 최종병기시인은 사물의 편에 있다. 이를테면 훈련교관이 매미! 하면, 나무에 매달려 맴맴 울어대는 우리 훈련병들. 그 순간 자신이 매미라는 사실을 절대 의심하지 않는다(어떤 훈련병은 땅속에서 7년 동안 매미 유충으로 지낸 적도 있다고 한다). 최종병기시인은 인간이란 허물을 언제든 탈피할 수 있어야 하므로 살아 있는 유령이어야 한다. 보이지 않는 적만큼 위험한 것은 없다.
>
> ──「최종병기시인훈련소」부분(밑줄은 인용자)

'최종병기시인' '저격수' '훈련병'이라는 말을 지우고 그 자리에 '시인'이라는 말을 채워 읽었을 때, 시인은 "사물의 배후에 그림자처럼 잠입할 줄 알아야" 하고, "사물의 편에" 있어야 하며, 자신이 모방하는 대상을 "절대 의심하지 말아야" 한다. 시인의 역할과 '최종병기'로 훈련되는 군인의 역할이 병렬 구조를 이루는 가운데, 시인은 그 스스로가 언어 질서와 싸우는 '최종병기'로 고정화된다. 관습적 표현의 문맥이 시 내부로 인유될 때, 주의해야 할 점은 자칫 인유되는 말 자체가 관습의 고착화에만 역할하게 될 수도 있다는 데에 있다(관습이라는 말은 얼마나 위험한가. 관습은 '내' 안의 내장된 질서를 이르는 말이기도 하다). 쓰기 주체는 인유되는 말에 함몰되어, 글을 쓰는 '자기 자신'에 대한 의문 없이 시적 현장을 봉합해버릴 수도 있다. 이 경우 '자기 테크놀로지'로의 쓰기는 인유하는 문장의 진한 잉크가 흥건해서 끝내 윤리적 주체로 설 수 있는 기회를 잃게 된다. 조인호의 '쓰기 주체'는 문제적인 시대에 정면 대응하기 위해 '진짜'로 승인된 가면만을 쓴다. 그리고 그 가면을 끝내 벗어 던지지 못해 거기에 갇히게 되는 비극을 전시하는 것이다.

누구에게 이것을 바칠까?

누구에게 바쳐지지 않는 글은 없겠으나, 이 글에서는 내내 바로 그 '바침'을 문제로 삼았다. 인유하고, 인유되는 속에서 시적 주체들은 은연중에 그 어떤 텍스트의 맥락도 '소유'할 수 없었음을 인지했을지도 모른다. 데리다는 받는 사람과 주는 사람 모두에게 마찬가지로, '선물다운 선물은 선물처럼 보여서는 안 된다'고 했다. '인유하는-인유되는' 텍스트가 서로를 도구화하지 않을 때, 인유의 모자이크를 통한 삶의 형성이 진정 가능할지도 모르겠다. 그래야만이 아직은 가면 쓰기에 머물러 있는 자들도 (다른 누구에 의한 승인이 아닌) 저 자신에의 승인을 전제하는, 그러한 삶에 대한 사유를 시작할 수 있을지도. '자기 테크놀로지'로의 쓰기는 수행 중에 있다.

쓴(bitter) 시를 쓰다

◆

다시, 김민정의 시를 꺼내 읽는다

1. 기어코, 시적 성찰이 현실을 침범할 때

하이데 파스나흐트(Heide Fasnacht)의 「폭발 실연」(Demo, 2000)은 건물이 폭발하는 순간을 조각으로 표현한 작품이다. 형언하기 어려운 아수라장의 상황이 스티로폼이나 네오프렌 같은 재료로 만들어져 "우리 눈앞에 얼어붙은 채" 자리한 덕분에, 관람객은 "보통 눈 깜박할 사이에 벌어지는 일"을 "천천히 잘 살펴볼 수 있"는 기회를 갖는다.[1] 폭발 중인 건물은 마치 처음부터 재(ash)로 이루어져 있었다는 듯 흑색을 띠고 있다. 그래서인지 "서 있는 사람보다 약간 큰 규모로 완성된"[2] 이 작품은 친밀한 일상에 가해진 균열이 일으키는 위압보다는, 처음부터 일상의 외부에 자리해 있는 '비(非)-일상'의 현전으로 느껴져 관람객의 불쾌를 자극한다. 보다 솔직히 말하자면, '이런 순간이 삶에 자리하고 있기는 한가' '재난이 일상은

---

1 진 로버트슨·크레이그 맥다니엘 『테마 현대 미술 노트』, 문혜진 옮김, 두성북스 2012, 172면.
2 같은 곳.

아닌데, 이런 모습을 군이 왜 봐야 하나' '배제해도 되는 순간은 아닐까' 같은 생각이 작품을 앞에 둔 이들 사이로 드나들기도 하는 것이다.

건물의 창문이 쏟아내는 잿빛의 울퉁불퉁한 연기(煙氣)는 '폭발이 있었으므로 이것은 연기일 것'이란 짐작 때문에 연기로 인식될 뿐, 실상은 건물의 본래 모양새를 뒤트는 역할을 전담한 흑색의 반죽 덩어리로 느껴진다. "공중으로 터져나오면서 폭발하는 건물의 무수한 파편"[3] 역시 흐르지 않고, 퍼지지 않으면서 건물을 감싼 그 상태로 관람객 앞에 놓이는데, 흥미로운 점은 바로 그와 같은 상태가 '이런 순간은 배제하고 싶다'는 생각을 정지시키고, 오히려 그 생각을 '이 건물이 폭파하기 직전엔 어떤 조짐이 있었을까' '그 후엔 어떤 일이 일어났을까' '폭발이 지나간 뒤가 아니라 바로 지금 폭발하는 중에 만질 수 있는, 굳어 있는 물질이란 폭발 현장의 무엇이라 말할 수 있을까' 등으로 전환한다는 데에 있다. 다시 말해 하이데 파스나흐트 작품의 동결된 시간은 멈추어진 순간이 전하는 경악보다는 그 일이 일어난 상황의 맥락을 끈질기게 상상하도록 만든다.

이 작품에 대한 종래의 평가 ── "순간 동결이라는 비현실적인 속성으로 만들어낸 폭발의 가상 재현은 시간을 통제할 수 있다는 믿음이 얼마나 무용한 것인지"[4]를 질문하면서 '만들어진 환경'(built environment)이 지닌 '덧없음'을 보여준다[5] ── 는 물론 타당하다. 하지만 또다른 질문도 가능할 것이다. 이를테면, '동결'의 상태가 아니라면 주목하지 못할 그 순간순간에 우리의 현실이 은폐하고 있는 '삶의 진실'이 담겨 있다면, 만약 그렇다면, 어쩔 것인가 같은 질문. 그러니까, 누군가에겐 덧없다고 여겨질

3 같은 곳.
4 같은 곳.
5 Sarah Cascone "Sculptor Heide Fasnacht on the Ephemerality of Our Built Environment", 〈Artnet News〉, 2015. 8. 11, https://news.artnet.com/people/interview-with-heide-fasnacht-323167.(검색일: 2016. 3. 31)

수 있을 순간에의 천착이 어쩌면 어떤 사건을 이해할 때 탈각시키기 쉬운 현실의 맥락을 끊어내지 못하게 할 뿐만 아니라 오히려 겹겹이 쌓여 있는 오해의 층위를 해체시키고, 다른 시선으로 삶을 상대하게 해주는 계기를 마련해준다는 의미에서.

요컨대, 현실의 어떤 상황을 확대경으로 '줌인'(zoom in)하여 바짝 다가간 후 거기의 시간을 '비현실적'이라 여길 정도로 미세하게 관찰할 때, 정지되어 있다고 인식된 순간이 붙잡고 있던 서사가 오밀조밀하게 방출되기 시작할 수도 있다는 것이다. 이는 최근 김민정의 시가 운용하는 시간성과 상황에 대한 접근방식을 떠올렸을 때도 마찬가지로 나눌 수 있는 얘기다.

> 소리나는 그대로 적었을 말
> 들리는 그대로 적게 됐을 말
> 그러니 참 정직한 말
> 그런데 빨간 밑줄 쫙 가는 말
> 아니라는 말
> 틀렸다는 말
>
> ──「그대는 몰라」 부분(『아름답고 쓸모없기를』, 문학동네 2016)

화자는 재즈 라이브 클럽에 들렀다가 가게 여닫이문에 고딕체로 쓰인 "쎅쓰폰"이란 글자를 발견하고는, 인용한 위 부분과 같이 말했다. 시인은 누군가에겐 쉽게 지나쳐도 그만인 글자에 독자의 시선을 수렴시키고, 그 글자에 담겨 있음직한 겹겹의 사유, 가령 "참 정직한 말/그런데 빨간 밑줄 쫙 가는 말"로 구사되는 여러 층위의 사연들을 한꺼풀씩 드러나게끔 하는 방식으로 시적 상황을 개시한다.

"쎅쓰폰"은 '색소폰'의 오기일 테지만, "쎅쓰폰"이라는 글자에 시선이 정지한 화자는 "들리는 그대로 적"는 말, 그러나 누군가에게는 틀렸다고 판명될 말이 지닌 정직함을 먼저 생각한다(시에서 화자는 "쎅쓰폰"이란 글자가 "눈에 확 들어오기는 했다"고, 왜냐하면 그 글씨체가 눈에 띄는 '고딕체'였기 때문이라고 너스레를 떤다. 하지만 이 너스레는 공연히 취해진 게 아니다). 신중하면서도 엄숙하게 쓰인 고딕체의 "쎅쓰폰"은 누군가의 장난으로 쓰인 글자일 수도 있고 어쩌면 맞춤법을 잘 모르는 이가 적은 글자일 수도 있다. "흘러간 어느 악사의 가게"라는 짐작이 사실이라면, 저 글자의 사연이 자아낼 애상은 한층 더 짙어진다. "우리 가요 〈댄서의 순정〉"을 부르던 과거의 — 지금은 잊힌 — 가수들도 "울어라 쎅쓰폰아"라고 발음했던 게 연상될 즈음에는 영어 발음에 능숙하지 않았던 사람들이 대중문화랍시고 다 같이 누렸던 노래에 지울 수 없는 어수룩함을 남겼던 상황을 저 글자와 더불어 떠올리지 아니할 수가 없기 때문이다. 하지만 또 마냥 "쎅쓰폰"에 진지하게 응수할 수만은 없는 게, 저 짓궂은 성격의 서체에 담긴 음습한 정서까지 부정할 수는 없어서겠다. 따라서 화자의 능청은 마냥 웃어넘길 수도 없고 그렇다고 울며 부여잡을 수도 없는 '이러지도 저러지도 못하는' 상황에서 빚어진 행위일 뿐 아니라, 독자가 어색하지 않게 "쎅쓰폰"이란 글자에 집중할 수 있도록 물꼬를 트는 통로로 기능한다.

"소리나는 그대로 적었을 말" 혹은 "들리는 그대로 적게 됐을 말"은 미학적인 작술을 부리지 않은 말이라는 의미도 될 터이므로, 그 "말"들은 실은 시로 제작되지 못하는 재료에 해당한다. 하지만 시인은 오히려 현실에서 만난 날것 그대로의 말에 시선을 집중함으로써, "쎅쓰폰"이라는 글자에 주목하는 상황 자체를 동결시켜 그로부터 파생 가능한 맥락을 끄집어 올림으로써, 거꾸로 시적 현장을 구성해낸다. "국어 대사전을 달달" 외우면서 "편집자 시험을 준비하는" 사람에겐 '오기' 내지는 "빨간 밑줄"이 쫙 그어져 "틀렸다"고 판명될 말도, 시를 쓰는 사람에겐 정지의 순간을 만들어내는 "정직한 말", 귀한 말이 되는 셈이다.

『날으는 고슴도치 아가씨』(2005), 『그녀가 처음, 느끼기 시작했다』(2009)에서 독자인 우리가 엿본 김민정의 시 세계는 치욕의 순간을 서사화하는 데에 주력하지 않고 다만 '내'가 직면한 순간마다 영광을 안기기 위해 계속해서 일순간의 시적 장면을 생성해내는 자리에 있었다. 이는 "'시적 성찰' 따위를 위해 만들어진 문장이 아니"라, "시적이거나 지적인 느낌"을 "온전히 휘발"시킨 후 "어지러운 문장들로" "한편의 '시'를 이루는" 방식에,[6] 서사가 먼저 있고 그를 통해 시를 만들어낸다는 얘기에 가까운 것이었을 테다. 그래서인지 시인이 동원했던 환상의 이미지들도 폭력적인 세계에서 생존하기 위해 취했던 과잉된 시적 몸짓, 실존을 위한 하나의 프락시스로 여겨졌다. 그러나 앞서 김민정의 최근 시를 짧게나마 살핀 우리는, 두번째 시집 이후 시인의 활동에 대하여 조금 더 부연할 말이 있음을 느낀다.[7]

시인은 환상의 이미지가 가리고 있었던 현재의 상황을 직관적으로 먼저 드러내고(이제 시인은 극악한 상황을 마주하는 일에 대한 두려움을 걷어내려는 것으로 보인다. 어떤 휘장의 도움 없이 또는, 어떤 우회의 발생 없이, 시인은 직접적인 현실을 시의 현장으로 들인다), 상황을 중단하는 시적 사유를 보다 더 돌출시켜 독자에게 현실의 맥락을 적극적으로 상상하도록 만든다. 이는 시적 성찰을 통한 발굴을 통해 거기에 켜켜이 쌓여 있던 서사들을 꺼내오는 방식이자, 현실에서 집중해서 봐야 할 순간을 만드는 화자 '나'의 목소리가 세계에 더 구성적으로 개입해 들어가는 방식이다. 또한, 이것은 종래 서정의 세계로 김민정이 귀의했음을 의미하는 게 아니라, 김민정이 서정을 소화하는 방식을 갱신하고 있다는 것, 그러니까

---

6 이장욱 「그 여자의 악몽」, 김민정 『날으는 고슴도치 아가씨』 해설, 열림원 2005, 157면.
7 이 글은 시인이 두번째 시집 출간 이후에 발표한 시들을 대상으로 삼는다.

시인이 '시적인 순간'을 소환하여 기어코 시로 현실을 소화하는 방식을 선보이고 있음을 의미한다.

2. 현재 가장 현실적인 상상력

하이데 파스나흐트를 경유한 우리는 동결된 현재가 그 일이 일어난 상황의 맥락에 대한 상상을 더욱더 끈질기게 부추김을 알고 있으므로, 김민정이 요하는 집중의 순간이 곧 시적 현장의 구성과 연결된다는 점 역시도 짐작할 수 있다. 다시 정리하여 목록화하자면, 김민정의 최근 시가 운용하는 시간성과 상황에 대한 접근방식은 다음과 같다. 어떤 사건이 지나간 뒤가 아니라 현재 일어난 상황의 바로 한가운데에서 주목할 만한 지점에 집중하기, (그러한 방식 때문에 그와 같은 지점이 다소 '비非-현재'적으로 느껴진다 할지라도) 더욱더 깊이 파고들 듯 집중하기. 하여, 더 현실적인 상황이 시적 현장에 펼쳐지도록 두기. 이를 염두에 두고 다음의 시를 읽는다.

> 이마트가 처음 생겼을 때
> 구입한 물건 담아 가라고
> 박스 코너가 주차장 안쪽에 자리했을 때
> 잘들 담아 잘들 싸서 가시라고
> 가위와 스키치테이프 꽤 넉넉했었다
> 쓰고 제자리에 놓아주십사
> 당부의 글도 붙어 있었는데
> 그게 힌트가 된 모양인지 어느 날
> 가위 끝에 긴 철끈이 수갑처럼 채워졌고

테이프는 박스용 커터기에 꽉 끼워져

남아나는 테이프 꼴을 아주 못 보게도 하였는데

니퍼나 펜치로 끊어도 그만이겠다 생각한 이가

어디 한둘이 아니었는지 어느 날

주황색 플라스틱으로 된 긴 틀 하나

철판으로 된 선반 위에 여섯 개의 나사로

귀퉁이마다 꽉꽉 조여져 있었고 이는

커팅과 테이핑을 한번에 해결할 수 있는

일자형 포장 도구의 하나였는데

아래로 누르면 테이프도 포장용 끈도

순식간에 턱 하고 잘리는 성능 좋은 기계 앞에

"커팅기 내부에 손을 넣으시면

안전사고가 발생할 수 있습니다"란 문구는

담뱃갑의 경고문처럼 시큰둥한 당연함이니

이를 뛰어넘는 상상력이야 또

언젠가 발휘될 것이 분명하겠지만 새삼

손이 다른 인간들과

다른 손의 인간들

손 드는 인간 위에

손 자르는 인간 있다 싶으니까 몰랐어요

모르는 게 자랑인 청문회 방송에서 죄송해요

죄송합니다 반복하던 이준식 후보가

장관도 되고 사회부총리도 되는가 싶었다

—「삼세번」전문

인용한 시는 "가위와 스카치테이프"가 넉넉하게 놓여 있던 "박스 코너"에 "쓰고 제자리에 놓아주십사"라고 쓰인 "당부의 글"에서부터 시작됐으리라 짐작을 해본다. 일견 당연해 보이는 저 글귀는 실은 철저히 마트의 운영자 입장에서 쓰인 것이다. 글귀의 이면에 고객에 대한 불신이 잠복해 있기 때문이다. 굳이 "당부의 글"을 남기지 않았다면 아마 사람들은 물건들을 "제자리에 놓"지 않는 경우의 수에 대해 생각하지도 않았을 것이다. "그게 힌트가 된 모양"인지 박스 코너의 "가위와 스카치테이프"는 한동안 제자리에 놓이지 않았던 것 같고, 그 탓에 마트의 운영자는 "가위"는 "끝에 긴 철끈"을 매달아놓고, "테이프는 박스용 커터기에 꽉 끼워" 놓아두는 방식으로 강수를 두었던 모양이다. 하지만 그게 또 화근이 되어 철끈과 커터기를 끊는 고객들의 행위가 이어졌고, 이 박스 코너 근처는 급기야 "일자형 포장 도구"를 들여다놓고 '당부의 글'이 아닌 안전사고의 위험성을 알리는 '위협의 글'이 있는 곳으로, 보이지 않는 손을 통해 고객들을 관리하려 드는 상황이 벌어지는 현장으로 전환되고 말았다.

시에서 화자는 무심하게 여겼다면 누구의 입장에서 쓰인 것인지도 모르고 지나칠 글귀가 있던 박스 코너를 예사로 넘기지 않고, 거기에 독자의 시선을 붙잡아놓는다. 고객을 관리하려 드는 자본의 욕망과 그것을 훼방하려는 고객들의 이기, 이들이 얽히고 섞이면서 "손이 다른 인간들" 사이에 험한 말들과 막돼먹은 마음들이 오가고 종국엔 악다구니가 발생하는 상황이 시인이 붙들어맨 '주차장 안쪽 박스 코너'로부터 끌어올려진 것이다.

특히 위의 시에서 위협의 글귀("'커팅기 내부에 손을 넣으시면/안전사고가 발생할 수 있습니다'란 문구")로 변한 "당부의 글"에 십약된 시간은 범박하게나마 세 층위로 분할할 수 있는데, 우선은 "박스 코너" 주변에서 일어났던 일련의 상황들을 지시하는 시간의 층위, 둘째로는 그 맥락을 추동하는 중핵이라 할 수 있는 ─ 시인의 시선이 유도한 몰입으로 파악할 수 있는 ─ "문구"에 집중한 채로 동결된 시간 층위, 세번째는 이 상황을 지켜보면서 정지된 시간을 통해 거기에 숨겨진 사연과 메시지를 전면화하여 받아들이게 된 독자들의 시간 층위가 그것이다. 이 시가 자본에 의해 관리되는 사람들이 악다구니에 골몰하는 동안 "손 드는 인간 위에/손 자르는 인간"이 있음을 모르는 상황을 발생시키고 그 때문에 우려할 만한 일이 일어날지도 모른다는 얘기까지 전할 수 있는 이유는 동결된 현재로 구체적인 현실의 맥락이 폭로되는 이 시의 시간 운용 방식에 있을 것이다. 글귀에 대한 집요하고도 미세한 시선이 결과적으로, 모르쇠로 일관하며 그저 "죄송합니다"만 반복했던 자가 권력을 잡는 시대에 대한 통찰력으로 이어진 셈이다.

김민정이 유도하는 '동결된 현재'가 부추기는 상상력이란 몰입을 요구하는 현실의 순간에서 또다시 현실적인 맥락으로 생각을 잇는 방식 즉, 개연성이 있는 이미지의 연쇄를 통해 현실을 구성하는 힘을 이른다. 이는 "타자의 상황을 내면으로부터 이해할 수 있게 하는" "낭만주의적 발상"에서 벗어나 "일상생활의 필수 요소"로서의 상상력, "가장 단순한 사회적 상호작용"으로서의 상상력, "이전의 경험에 비추어 앞으로 발생할 결과를 예견하고" "현재 존재하지 않는 것을 존재하게 만드는" "우리의 생활세계의 일부"인 상상력에 해당한다.[8] 그러니 김민정의 최근 시에서 직관적으로 파악된 시적 순간은 거기에 엉겨 있는 현실적인 맥락을 자꾸 상상하도록 부추기고, 그 덕분에 현실이 감당하고 있었던 수치심, 현실을 구속하고 있었던 염오, 현실을 관통하고 있었던 괴로움… 등이 맥락을 갖고 드러나는 것이다. 시인은 더욱 철저하게 '시적인 순간'을 찾아 골몰한다.

「입추에 여지없다 할 세네갈산(産)」은 갈치에 붙어 있던 "세네갈産"이라는 글자에 집중한 시인이 "세네갈"이란 나라에 대해 우리가 으레 생각

---

8 테리 이글턴·매슈 보몬트 『비평가의 임무: 테리 이글턴과의 대화』, 문강형준 옮김, 민음사 2015, 220~21면.

할 법한 편견들, 사연들을 꺼내들다가 급기야는 그러한 생각을 '생각이랍시고' 하는 한국인의 의식구조에 대한 비판적인 평가에까지 이르고만 시다. 이 시에는 "세네갈産"이란 글자를 발견하고 거기에 코를 박은 채 상상력을 발휘하는 사람만이 구체화할 수 있는 사유의 영역이 있다.

세네갈,
녹색 심장의 섬유여
형제들이여, 어깨에서 어깨로 모여라
세네갈인들이여 일어나라
바다와 봄에, 스텝과 숲에 들어가라
역시나 시인 대통령이 써서 그런가
보우하사도 없고 일편단심도 없고
충성도 없고 만세도 없구나
세네갈,
우리는 갈치를 수입하고 우리는 새마을운동을 수출하고
마키 살 세네갈 현 대통령을 초청한 자리까지는 좋았는데
방한 기념으로 수건은 왜 찍나 그걸 왜 목에 둘둘 감나
복싱 하나 주무 하나 결국엔 한번 해보겠다는 심사인가
(…)
본 사람이 있어야 믿지 간 사람이 아니라야 믿지
재세네갈한인회 회장보다 부회장이 낫지 않을까
헛된 믿음으로 찍히고 말 발등이라던 재기니한인회,
재말리한인회 두 회장에게 속아보는 게 차라리 나을까나
세네갈,
갈치 먹다 알게 된 거지만 사실
갈치보다 먹어주는 게 앵무새라니까

세네갈산 앵무를 한국서들 사고 판다지

——「입추에 여지없다 할 세네갈산(産)」 부분

(『아름답고 쓸모없기를』, 밑줄은 인용자)

'세네갈'이란 글자에 거듭 몰입할 때 시인은 세네갈 국가의 가사를 떠올리고, 연쇄적으로 "갈치를 수입하고" "새마을운동을 수출하"는 한국의 처지를, 그리고 "재세네갈한인회" 등의 사람들로부터 비치는 한국의 현재를 떠올린다. '세네갈'이란 말이 구절들 사이에서 반복될 때마다 국가 '세네갈'에 대한 연상이 단순한 말놀이에 그치지 않고 구체적인 살을 얻고 펼쳐지면서, 갈치의 산지가 적혀 있던 라벨에 머물던 시야가 한국과 아프리카를 상대하는 비판적 거리의 확보가 가능한 상상력으로 확장된다.

재미있는 점은 '세네갈'이라는 말 자체가 지니고 있는 말의 자질 덕분에('세네갈'이라는 특유의 울림소리 덕분에) 반복되는 '세네갈'이란 말이 화자가 속해 있는 한국사회를 향한 '욕'처럼 들리게 만드는 효과 역시도 동시에 발생시키고 있다는 데에 있다. 어쩌면 시인의 관심은 비단 현실적인 상황의 전면화에 그쳐 있는 게 아니라, 그 현실에 '내'가 속해 있음을 반복적으로 상기시키는 것, 수치심, 염오, 괴로움 같은 감정은 어떻게 해서든 배제할 길이 없고 끝까지 어떻게든 '내'가 상대해야 하는 것임을 드러내는 데에 있는 건 아닐까. 비현실적으로 느껴질지언정 화자인 '내'가 몰입을 요하고 동결시킨 '현재'는 분명 우리가 살고 있고, 감당하는 '현실'로 이루어져 있기 때문이다.

3. 정직한 수치

현실로 더 깊이 들어갈 때, 거기엔 '내'가 감당하는 현실의 악다구니가 있다. 김민정 시의 '나'들은 그로부터 자유롭지 않았고, 여전히 그러하다. 아니, 스스로 자유로울 수 없다고 결심하는 듯 보인다. 이 모든 수치, 염오, 괴로움을 쓰면서 '나'는, '내'가 현실을 구성하고 있는 자이자 어떻게든 현실에 연루된 자리에 있는 자임을 예증한다.

> 간만 먹는 내가
> 소금은 털고
> 남의 간이나 씹는 내 앞에서
> 아줌마가 레모나 빈 껍데기로 이를 쑤시었다
> 이가 썩었나 이 사이에 뭐가 꼈나
> 잇새를 파는데 끼룩끼룩 소리가 났다
> 종이컵으로 입 한 번 행구더니
> 아줌마가 레모나 빈 껍데기로 다시금 이를 쑤시었다
> 레모나 빈 껍데기 그 끄트머리에
> 뾰족한 압침처럼 박혀 있을 냄새여
> 혹여 짐작이나 하시려나
> 당신이 이 쑤시던 이쑤시개를
> 내 코에 갖다 대지만 않았어도
> 자요, 식어요, 나요,
> 당신과 자주는 일쯤은
> ——「냄새란 유행에 뒤떨어지는 것」 부분(『아름답고 쓸모없기를』)

하필이면 "장미만 파는 꽃집 옆"에 있는 분식 포장마차에서 순대를 사 먹는 '내'가 아줌마의 노랗게 찌들어 있는 앞치마에 시선을 둘 때, "찌들 어 깨끗해지는 건" 노란 옥수수뿐이라는 데 생각이 미친다. 이는 아줌마 가 "레모나 빈 껍데기"로 이를 쑤시는 모습에 집중하게 되는 계기가 되어 그 순간 세상에서 가장 고약한 냄새가 밀집되어 있을 "레모나 빈 껍데기" "끄트머리"에서와 같이 '내'게 고약한 일을 저질렀던 과거 "당신"과의 서사가 전면화된다. 그런데 '노랗게 찌든' 앞치마에 시선을 두고 '레모나 빈 껍데기'로 이를 쑤시는 아줌마의 모습을 시적 현장으로 소환한 '나'를 두고, 화자는 "남의 간이나 씹는 나"로 소개한다. 나서서 연상하는 '나 자신'에 대한 자격을 묻는 것이다. "당신"과의 역했던 일이 전적으로 현실이 되는 건 '내'가 그로부터 해방되지 않았기 때문, "유행에 뒤떨어지는" 일을 만들어내는 건 전적으로 '나'를 통해 마련되기 때문.

김민정이 시에서 현실을 전면화할 때 김민정의 '나'들이 여전히 맞닥뜨리는 수치, 염오, 괴로움 같은 감정은 '나'로 하여금 쓰기에 내포된 의미들 전반에 관하여 자체적으로 반성을 끊임없이 추동하게 만드는 역할을 한다.[9] 더군다나 '수치'는 수치를 발생시킨 상황과 주체 자신을 분리할 수 없는 상황을 형성하기 때문에, 김민정의 시 쓰기를 추동하는 감정으로서의 '수치'는 화자가 현실 외부로 성화(聖化)되지 않도록 만드는 데 일조하는 감정에 해당한다고도 볼 수 있다.

> 고요 또 고요 연이은 고요
> 어떤 망설임이 우리의 조준을 이토록 길게 끄는지
> 앞서거니 뒤서다가 결국엔 너 터지고 나 섞이는 소리
> 쏴ㅡ
> 죽어도 오줌발로는 지고 싶지가 않았다
> 3박 4일 동안 족히 서너 번쯤은 됐을 거다

---

9 엘스페스 프로빈은 '수치'의 감정이 주로 성찰적 글쓰기와 맞닿아 있는 측면을 설명하면서 "수치는 우리로 하여금 계속해서 우리의 글쓰기에 내포된 의미들을 반성하도록 강제한다"고 말한 바 있다. 엘스페스 프로빈 「수치의 쓰기」, 멜리사 그레그·그레고리 J·시그워스 엮음, 『정동이론』, 최성희·김지영·박혜정 옮김, 갈무리 2015, 129면 참조.

그녀는 모를, 나만 아는

그녀와 나만의 오줌발 내기

문제는 솔직함이 아니라 유치함 같았다

———「시집 세계의 파편들」부분(『아름답고 쓸모없기를』)

"중국 샤먼"에서 "시인 안치"와 대담을 나눈 화자 '나'는 그녀와 친해
지려고 나이에 관한 얘기를 꺼냈다가 알게 모르게 무시를 당하고, 오히려
그녀로부터 '자신은 페미니스트인데 너는 아니냐'는 막무가내식의 반문
을 듣고 기분이 상한다. 화자 '나'의 입장에서 볼 때 '안치'는 애써 붙임성
있게 구는 타인의 성의는 쉽게 무시하면서, "자매애" 같은 지적 명칭만을
반기는 속물이었던 것. "자매애"라는 말은 "함께 화장실을 가도 괜찮다는
사이"라는 의미도 되므로, '나'는 '안치'와 재래식 와변기에 함께 쪼그려
앉는다. 여기까지가 인용한 시의 앞부분에서 일어난 상황에 해당한다. 하
지만 이러한 언술 뒤에 따라온 인용한 부분이 아마 이 시를 쓰게 한 시작
의 계기이자 시인이 착안하여 마련한 시적 몰입의 순간일 것이다.

한국 현대시사의 목록에는 마흔 넘은 여자들이 오동나무 아래에서 함
께 오줌을 누면서 서로의 그 소리가 시원타고 좋아하며 억압됐던 여성성
을 일으키고 자매애를 맘껏 누리는 시편이 있다.[10] 인용한 시에서 김민정
이 거론한 "자매애"란 말은 그로부터 거리를 둔 듯 보인다. 오히려 여자들
이 오줌을 누던 모습을 오동나무가 흐뭇하게 내려다보았다던 그 시에 대
한 패러디로 읽히기까지 하는 것이다. 인용한 시에서 '자매애'라는 말은
형식적인 외피로 떨어져나가고, 함께 오줌을 누는 현장은 "앞서거니 뒤서
다가 결국엔 너 터지고 나 섞이는 소리"가 울려 퍼지는, 서로가 "죽어도"
지고 싶지 않아 하는 '자존심 대결'의 현장으로 갈음된다. 그렇게 된 이유

---

10 김선우 「오동나무의 웃음소리」, 『도화 아래 잠들다』, 창비 2003.

를 '나'는 "솔직함" 때문이 아니라 "유치함" 때문이라고 말하는데, 이 역시 '나 자신'의 자격을 심문하는 과정을 시적 현장에 마련하는 방식일 것이다.

'내'가 느끼는 나 자신에 대한 '수치심'으로 성찰적 시선이 가동되는 이 통렬한 쓰기는, 김민정 시인의 이전 시집들 곳곳에서 내비쳤던 죽음충동과도 궤를 같이한다. 하지만 이는 동시에, 자기 자신의 죽음에 대한 매혹을 넘어 그것을 자기 자신을 향해 휘두르는 성찰의 검으로 전환시키기 위한 방편으로, 하여, 이윽고 인간관계와 세상을 상대할 수 있는 여유로운 유머로 둔갑시키기 위한 방편으로 활용되는 것이기도 하다. 시인은 수치와 염오, 괴로움으로 말미암은 정직한 시를 쓰고자 한다.

> 시를 쓰는 새벽 이
> 새벽에
> 나무 위로 참새 한 마리
> 나무 위로 까치 한 마리 날아들자
> 푸다닥 내빼버린다
> 누가 시킨 독창일까
> 시시해진 새소리를 가만
> 들어주고 있음의 태만
> 손톱이나 깎겠다고 하룻밤 새 면면에다
> A4용지나 깔아뒀던 참이다
> 여성지용 권두에세이에나 실릴 법한
> 시를 쓰는 아침 이
> 아침에
> ──「시를 재는 열두 시간」 부분(『아름답고 쓸모없기를』)

인용한 시는 "24시간 나주곰탕집"에서 혼자 국밥을 시켜먹으며 "육우의 잘린 젖퉁이나 건져 씹"는 자신을 돌아보는 시인이 깍두기를 연신 씹으면서 시 제목을 떠올리기도 하고, 조간신문에 튄 밥알이랄지 식당 벽지에 붙은 밥풀 딱지랄지 탁자 밑에 눌린 코딱지랄지 온갖 소재들이 시일 수 있음에 골몰할 때, 그 사이를, 날아드는 "까치 한 마리"로 인해 푸다닥 내빼버리게 된 "참새 한 마리"가 채우는 장면을 담았다. "여성지용 권두에세이에나 실릴 법한"이라는 자조를 주억거리며 자기 자신에 대한 수치로 새벽을 관통하는 시인에게 '무엇이 시가 될 수 있는가'에 대한 고민은 '시는 무엇이 되려는가'에 닿아 있다. 누군가에게는 덧없을 새소리가 들리는 고요의 순간, 시는 쓰이지 못하고 손톱을 깎을 때 받치거나 깎은 손톱을 버릴 때 그것을 감싸는 용도로나 쓰이는 A4용지를 바라보는데 밀려오는 처연함, '나' 자신이 무용해 보일 때마다 유난히 '내'게 치대는 지독한 삶의 맛, 자꾸 헛짚은 것만 같은 사랑법이라 해도 밀고 나갈 수밖에 없다고 여기게 되는 삶의 국면들…은 왜 시가 아니란 말인가.

시인은 한다. 무엇을? 멈춘 상태가 아니라면 주목하지 못할 그 순간순간에 담겨 있는 쓰디쓴 '삶의 진실'로 시를 짓고, 거기에 현실의 맥락을 들여와 기어코 다른 시선으로 삶을 상대하는 계기를 마련하는 일을. 수치로 '나'를 돌아보고, 그를 통해 '내'가 연루된 세계를 톺아보며, "몹시 문란하지 않으면" "탄생할 수 없"을 "사랑"과 "이해"에 관해(「밤에 뜨는 여인들」) 정직하게 대꾸하는 일을. 독자들 곁엔 끝내 현재에 대한 연민의 자리를 지키는 시인이 머물 것이고, 오늘 김민정은 "메마르고 매도될 수밖에 없는" 쓰디쓴 것들의 언어로 시를 쓸 것이나(「근데 그녀는 했다」). 이 고독한 작업을 시인이 감당하겠다고 하니 큰일이다. 하지만 삶이 그냥 그런 것일 수도 있겠다는 예감 때문에 김민정을 읽는 지금의 우리는 그만, 서러워지려는 것이다.

제4부

———

허물기, 짓기

———

검은 새 한마리가 적막한 달을 향해 난다

◆

허수경의 시를 읽다

영문학에 대한 이해가 나 자신 깊지 않아서 이국의 작품을 언급하는 일을 늘 망설여왔었지만, 잠깐의 경솔이 허락된다면 월트 휘트먼(Walt Whitman)에 대한 소회를 밝히면서 얘기를 시작하고 싶다.

총 52편으로 이루어진 『나 자신의 노래』(*Song of myself*, 1892)를 세상에 내놓았을 때, 휘트먼의 업적은 단지 미국에서 '서사시'의 포문을 열었다는 데에 그치지 않았다. 휘트먼 이후의 시인들이 (특히 직접적으로 휘트먼을 언급했던 에즈라 파운드Ezra Pound의 경우를 떠올릴 수 있을 텐데) 그를 의식하면서 썼던 글들 속에서 짐작해보건대 그는 이미 "시가 정치·경제·과학·종교의 기본적 진실을 노래하며 국민 전체의 정신적 고양을 위한 민주적 계몽안의 일부가 되어야 한다고 생각"[1]했던 호방한 시인으로 자리했던 것 같다. 물론 휘트먼의 시관이 소위 "거창한 긍정"을 진제힐 수밖에 없었던 배경에는 그가 살다 간 시대가 민주적 포괄성을 갈망해야 했

---

[1] 김우창 「사물의 미학과 구체적 보편의 공동체」, 백낙청 엮음 『리얼리즘과 모더니즘: 서구근대문학론집』, 창작과비평사 1984, 318면.

던, 달리 말해 "아메리카라는 약속의 땅, 그 물리적, 정신적 약속에 총체적인 시적 실체를 부여하는 것"을 시인의 사명으로 여겨야 했던 "퇴락의 시대"라는 필연성이 있어서이기도 했다.[2] 그는 미국에서 민주주의를 논할 때 중요하게 꼽히는 글인 「민주주의의 전망」(1871)을 쓴 사람이기도 한데 그 글에서 시인은 자신의 시가 선택된 일부의 계급을 위해서만이 아니라 "현실생활, 서부, 노동자, 농촌과 목공과 기술자에 관계되는 사실, 또 각층의 여성, 중산층, 노동계층을 유념하며, 여자의 완전한 평등과 위대하고 강력한 모성을 생각하는 문화의 기획안"[3]으로서 쓰여야 한다는 뜻을 전했었다. 그러니까 휘트먼이 "나는 내 자신을 기리고 내 자신을 노래한다/내 믿는 바를 그대 또한 믿게 되리라/내게 속하는 모든 원자(原子)가 똑 그대에게도 속하기 때문"[4]이라고 시의 문을 열었을 때, 그가 쓰는 '나'는 자연의 신성이 인간의 몸에 깃들면서 나오는 공정한 품의 소유자이자 우주와 합일한 신비롭고 무한한 존재와 다를 바 없다고 여겨도 될 것이다. 또한, 그런 휘트먼을 읽는 순간이란 서정이 존재를 극한으로 고양시키는 때와 다르지 않을 것이다. 이로써 오래전 이국에서 쓰인 시를 읽는 지금의 우리는, 어떤 시는 거창한 긍정마저 감당하는 위력을 발휘한다는 생각을 가질 법도 하다.

그러나 나는 시를 통해 공동체의 통합을 그렸던 휘트먼이 앵글로쌕슨 백인 남성이라는 사실을 잊지 않고 있다. 그가 구상했던 '평등의 구성원'에는 과연 그가 딛고 있는 땅에서 강제로 내쫓겨야 했던 이들의 목소리까지 담겨 있었을까. 확신할 수 없다. 그가 결연하게 그렸던 민주주의에는 아무래도 그의 조상들이 오랜 시간에 걸쳐 원주민들을 향해 일으켰던 살육의 시간들이 삭제되어 있는 것 같다.[5] 그의 시에 등장하는 '나'가 확신

2 같은 글 316~18면 참조.
3 같은 글 318면.
4 휘트먼 「내 자신의 노래 1」, 『풀잎』, 유종호 옮김, 민음사 2001.

에 찬 채 우주와 합일을 이룰 때, 그에 따라 인간 개개인의 존엄도 덩달아 일으켜 세울 때, 시가 세계의 존재들을 신성의 영역으로 고양시킬 때, '나'가 알지조차도 못하는(혹은 알 필요가 없다고 여기는) 역사 속 형상들에 대해선 어떤 언어가 부여될 수 있을지에 대해 줄곧 생각한다. 휘트먼이 겪었던 시대로부터 멀어진 지금이긴 하나 지금 역시도 퇴락의 시대라는 명명으로부터 멀어질 수 없는 때라 말한다면, 시를 읽을 때 우리는 인간으로서의 존엄을 회복할 수 있는가.

좋은 시란 무엇인지를 묻는 질문 앞에 설 때마다 도리어 나는 독서의 과정에서 일으켜 세워질 존엄의 가능 여부를 따지곤 한다. 찢겨진 시대에도 허락될 존엄이 있는가. 이를 따지는 '우리'는 그럴 만한 존재들인가.

새 한 마리 자정의 이불까지 왔다.
새는 검었다.

오늘 하루 동안 내가 본 것들,
미세한 먼지까지 보이는 봄빛이니 그 먼지야 잊어버린다고 해도
먹었던 찬, 만났던 사람, 바람 꽃, 푸른 순 막 돋아드는 가지
응급차, 신호등, 쇼윈도

---

5 이러한 생각이 나만의 예민함에서 비롯된 바는 아닌 듯하다. 유희석의 글 일부를 남긴다. "무엇보다 성과 인종 등 다양한 층위로 존재하는 모순들을 하나의 국가적 정체성으로 지워버리는 전후 통합 서사로서의 이데올로기가 「민주주의의 전망」에 도사리고 있음을 일단 지적할 수 있겠다. 제국주의와 별반 구분될 수 없는, 개나다, 꾸바, 나아가 태평양도 다 집어삼키는 휘트먼 특유의 대국주의는 전일적 관념으로서의 미국이 육화된 이데올로기다. 국민문학의 열망이 대국주의적 야심으로 이어진 사례는 독립전쟁 이후에도 무수했지만, 미국의 아시아함대가 강화도를 유린한 신미양요가 일어난 고종 8년이 「민주주의의 전망」이 발표된 1871년이라는 점도 상기할 만하겠다." 유희석 「19세기 미국의 문학지식인과 대중문화: 휘트먼의 민주주의의 전망과 연관하여」, 『영미문학연구』(Journal of English Studies in Korea) Vol. 13, 영미문학연구회 2007, 146면.

다 있던 자리에 두었는데
하필이면 새가 왜 이불 안으로 들어온단 말인가.

으응 그래, 곧 비행기가 뜬다네.
그곳엔 그렇게 이웃 사람들이 많이 도망와 있대, 천막이 없어, 더 많은 국방색 천막과 부루스타가 필요해, 아니 아니 찬물 환타 정수기 쌀 기름 달걀 등등이 없어.
으응 그래, 달콤한 과자 많이 먹지 마, 토마토 소스로 만든 국수는 많이 먹고.

곧 비행기가 뜬대, 그 공항에는 새벽 두 시에나 도착할 거야.
모래를 잃어버린 사막이 자꾸 이상한 얼굴들을 실어나르고 있어, 그때 그때 어쩔까, 근데,

올해엔 사과나무에 꽃이 한 달이나 먼저 피었어, 먼 산에는 녹지 않은 봉우리들이 만년설의 헌 옷을 다 벗었다네, 푸른 푸른 봉우리로 변한 저 만년설 안에 웅크리고 있던 유기체들이 다 계곡물로 들어갔어, 비행기가 도착하는 그 공항에는 그런 사과꽃이야 없겠지만 저기 저기, 비행장 창문에 새 한 마리가 머리를 쾅 부딪치더니 떨어지고 있네, 이파리처럼 검은 이파리처럼.

새 한 마리, 자정의 이불 속을 날아다니는 새 한 마리,
새는 검었고 노란 부리를 가지고 있었다.

저렇게 많은 얼굴들이 사막에서 몰려오면 사막은 얼굴을 잃어버리지 않을까, 검은 먼지 떼에서 아이 얼굴을 가진 검은 새 한 마리가 적막한 달을

향하여 날아오르는데,

　그래 이렇게 그곳으로 돌아가고 싶지는 않았지, 이제 비행기 안으로 들어가야 해.

　오늘 하루 동안 내가 본 것들,

　미세한 가루처럼 하늘로 흩어지던 여윈 팔다리야 잊어버린다고 해도

　하하거리며 스케이트보드를 타던 할머니들, 구부정하게 앉아 밭매던 물소나

　저공 비행기며 냉동고에서 얼어 있던 영아,

　다 있던 자리에 누워 있는데

　검은 새, 자정의 이불 속을 날고 있는 검은 새.
　　　　— 허수경 「검은 새 한 마리」 전문(『빌어먹을, 차가운 심장』, 문학동네 2011)

　시는 분명 "새 한 마리 자정의 이불까지 왔다"고 시작하지만, 불가항력적으로 '새'에 대한 생각을 멈출 수 없는 '나'의 모습은 '새'를 떠나보내지 않기 위해 애를 쓰는 모습과도 유사하게 포개진다. '나'는 자정에 이르러서도 '검은 새'를 떠나보내지 못하고 있는 것이다. '새'가 제자리에 있지 못하고 내게로 날아든 여정을 거듭 떠올리는 위 시의 상황은 어쩌면 '나'의 목소리가 '검은 새'와 같은 처지의 존재들과 연결되어 있는 현실에 눈감지 않을 때에야 비로소 '나'의 언어 역시 계속 쓰일 수 있으리라는 예감을 배면으로 두고 있는지도 모른다.

　'검은 새 한마리'는 단지 '검은 새 한마리'가 아니다. '나'의 목소리는 인간이 세워놓은 비행장이 없었다면 창문에 부딪쳐 낙하할 일도 없었을 '새 한마리'에서부터 출발해 태어난 땅을 떠나 도망을 다녀야 하는 아이들, 철을 잘못 타고 태어난 사과나무의 꽃과 예상치 못한 시기에 만년설이 녹으면서 꺼내어진 거기 쌓여 있던 시간들, 불화의 징후들…을 향해

전송된다. 시에서 '내'가 본 것은 '하루 동안'이 아니라 아주 오랜 시간 동안 '내'가 봐왔고, 보지 못했더라도 있으리라고 짐작되는 것들에 해당한다. '나'는 너무 많은 것들과의 연결에 내던져진 '나'이고, 그 많은 것들과 제대로 손잡지 못하도록 함부로 찢겨진 세계에서 어쩌지 못한 채 있다.

'나'는 다행히도 이불 속에 누워 있거나 안전하게 비행기에 탑승할 수 있는데 그러지 못한 자리에 있는 이들은 어째야 할까. 그치지 않는 인류의 폭력으로 끊임없이 떠돌아야 하는 생들은, 삶다운 삶을 누려보지 못한 얼굴들이 맴도는 지금 이곳의 비참한 일들은, 도대체 어째야 할까. '어째야 할까'라는 물음이 '나'를 확신이 아닌 긴장 위에 서게 만든다. 삭제하고 싶어도 삭제되지 않는 살육의 시간을 감당하기엔 우리는 너무나 빈약하다. 인간은 애초부터 존엄을 허락받지 못한 존재들일지도 모른다.

그런데 왜 하필이면 '새'일까. 시에서 새는 인간의 손에 잡히지 않는 허공을 향해 자신의 몸을 움직여 날아오를 줄 아는 유일한 존재로 소환된다. 폭력과 패악으로 얼룩진 시간으로부터 좀처럼 발을 빼지 못할지라도, 종국에 가닿을 곳이 설령 적막한 자리라 할지라도, 새는 난다. 시인은 "검은 먼지 떼에서 아이 얼굴을 가진 검은 새 한 마리가 적막한 달을 향하여 날아오르는" 장면을 안간힘을 다해 붙잡는다. 끝끝내 저 장면을 뒤로 두지 않는다.

존엄은 어떻게 회복되는가. 흉내 낼 원전도 없이 어떻게 싹을 틔우나. 이 엄숙한 질문에 끌려 다니며, 나는 있다. '좋은'이란 말에서 돌아서고 싶지 않아서다. '좋은 시란 무엇인가'라는 질문에 대한 답을 포기하고 싶지 않아서다. 어떤 시는 모든 살아 있는 것들의 훼손되는 존엄마저 감당하는 위력을 발휘한다. 이 말을 하려고 나는 여태까지 자국과 이국의 경계를 거두고 쓰인 시에 기대었는지도 모른다.

삶다움의 가능성을 믿는 시

◆

시가 전망을 그리는 방식에 대하여

1. 확인되지 않는 삶?

제주시 탑동에 위치한 미술관 '아라리오 뮤지엄'에 입장한 관람객이라면 누구나 코오헤이 나와(名和晃平)의 '픽셀 디어'(PixCell Deer) 시리즈 중 하나인 「디어 패밀리」(Deer family, 2014, 혼합재료)를 만날 수 있다. 작품과 제법 떨어진 곳에 자리한 관람객에게 이 작품은 유리구슬로 이루어진 다섯개의 사슴 조형물로 보인다. 조명 아래에 올곧은 자세로 선 다섯마리의 유리 사슴은, 2000년대 초반까지는 영화관으로 사용되었다가 그 주변 상권이 침체되자 한동안 방치되었던 공간을 개조하여 마련한 미술관의 허름한 벽면과는 무관하게 유난히 반짝인다. 하지만 반전이 있다. 작품에 가까이 나가가보면 유리구슬이 실은 박제된 사슴을 뒤넣고 있는 렌즈 형태의 투명물질에 불과하다는 점이 드러나기 때문이다. 순진한 유리 사슴 가족이 '박제가 되어버린' 몸으로 미술관 내부에 일렬로 서 있을 때, 관람객은 그들 몸을 뒤덮은 화려한 유리구슬 장식으로 인해 그들의 끔찍한 삶을 감히 상상하지 못하고 그 곁을 지나쳐버리거나, 역으로 아름다운 장식에 이끌려 다가갔다가 표면이 전부가 아님을 깨닫게 된다.

코오헤이 나와가 조각 연작의 타이틀로 내건 '픽셀'(Pixcell)은 "디지털 영상에서 화상의 정밀도를 나타내는 픽셀(pixel)"과 "생물학적 세포를 일컫는 셀(cell)의 합성어"[1]다. 박제된 동물 본연의 무게, 냄새, 색을 이루는 '셀'은 그것을 뒤덮은 유리구슬로 인해 왜곡되고 굴절되면서 관람객에게 대상을 정확히 인식하는 일의 어려움을 함께 전한다. 작가가 '픽셀'(pixel)이란 개념을 굳이 거론한 배면에는, 디지털 매체와 불가분한 시대의 특징 중 하나로 이른바 '진짜' 현실을 가려내야만 하는 빈번한 상황의 발생과 그에 따라 존재보다 앞서는 인식의 규정을 강조하려는 바가 있으리라는 짐작이 간다. 하지만 작품이 전하는 메시지를 그것으로 한정할 수는 없을 것이다. 유리구슬로 가려져 있다 한들, 박제된 사슴의 현실은 지워지지 않는다는 사실 때문이다.

유리구슬로 가려진 사슴 박제는 최근의 시를 다루는 비평의 태도를 재고할 수 있는 기회를 제공한다. 가령, 엄연히 사슴이 '있는' 정황에서 유리구슬 이면의 현실을 비어 있는 것으로 두지는 않았는지, 어쩌면 그렇게 함으로써 유리구슬 이면의 현실을 아예 '박제'로 방치해버리진 않았는지.

평론가 이광호(李光鎬)는 2010년 이후에 발표되는 시편들이 "인식될 수 있는 저항과 비판의 논리"로 한정되지 않는 "비결정의 가능성의 영역"에서 상상력을 개화하므로, 그것들에는 "체제 안에 소속되지 않는 시간"을 사는 "비성년"들의 "놀이"가 담겨 있다고 읽었다. 소위 '성년'이 아닌 자들이 선보이는 놀이의 순간은 "체제 안에 소속되지 않는 시간" 속에서 "시적인 언어로만 발설되는 미지의 언어"로 이루어지므로, 비평가가 다른 작품들에서 삶은 "확인되지 않는" 것으로 평가된다. 이는 시적 주체가 체제의 한가운데에 개입해 들어가 능동적으로 구사했던 미학적 전략을

---

1 아라리오 갤러리 「코헤이 나와 개인전」 보도자료, 2012.

오히려 현실과 유리된 것으로 여기는 바에 가깝다.[2]

어쩌면 시는 유리구슬을 두르고 있어야만 겨우 서 있는 사슴과 같이, 삶을 쉽사리 '확인'할 수 없는, 미학적인 형식을 다소 장착해야만 하는 장르에 해당하는지도 모른다. 말의 자질에 예민하기에 어떤 유리구슬을 택할지 더욱 치열하게 고민할 수밖에 없는 영역이란 얘기다. 하지만 시를 통해 드러나는 '시적인 것'의 발견이란 결국 삶의 한가운데서 이뤄지기에 (시인이 시를 어떤 의도로 썼는지의 여부와는 상관없이) 시는 현실의 세목을 전할 말에 파장을 일으키면서 삶을 구성하는 역할을 짊어지기도 한다. 시에 붙여진 '확인되지 않는 삶'이라는 표현에 유독 마음이 쓰이는 이유가 여기에 있다. '확인되지 않는다'고 했거니와, 최근 시에 드러나는 시적 주체가 주로 무기력하고 왜소하다고 말하는 비평에서는 실제 '삶 이하의 삶'을 사는 이들, '삶다움'이 보장되지 않는 시스템에 묶여 내일을 내다볼 수 없다고 기정사실화된 이들이 다뤄져왔기 때문이다.[3]

하지만 삶다움을 보장받지 못한 채 살아가는 이들의 안간힘은 왜 삶이 아닐까. 오히려 최근의 시는 '삶 이하의 삶' '확인되지 않는 삶'을 다른 시선으로 조명하여 그 또한 부정할 수 없는 현실임을 간곡하게 말하는 방식으로 입체적인 삶의 국면을 작품 안에 들인다. 단순히 현실이 새기는 고

---

2 이광호 「비성년 커넥션」, 『문학동네』 2013년 여름호, 346~61면.

3 이러한 논의에서 거론되는 주체들이란 주로 지금 사회의 제도로는 포착되지 못하는 삶을 이어가는 젊은 세대에 국한되는 경우가 많다. 박상수는 2010년대 시에서 나타난 주체가 "하강하는 시대감각"을 반영하느라 "도저한 무기력과 무능감"에 휩싸인 채 "'몰락하는 중간계급'의 자존심"을 보존하는 일에만 선전宣傳하는 "왜소한 주체들"임을 주장한 바 있다(박상수 「기대가 사라져버린 세대의 무기력과 희미한 전능감에 관하여」, 『문학동네』 2015년 여름호, 350~76면). 이는 2000년대 시들의 특징과는 분리되는 속에서 2010년대 시를 논하려는 비평가의 욕망이 시적 주체를 곧장 '시인'이라는 사회적 존재로, 더군다나 경제 조건에 대응하느라 급급해하는 '계급적 주체'로만 국한하여 본 결과다. 하지만 이와 같은 독법이야말로 시에서 현실을 단편적으로 제시하는 손쉬운 방식일 것이다.

통에 압사당하는 주체가 자기연민을 안전하게 전시할 수 있는 폐쇄적인 장으로서가 아니라, 빠져나갈 탈출구가 없다고 강요된 시스템 내부에서 주어진 '지금 이곳'을 감당하면서 끈질기게 살아남아 바로 그 자리에서 돌파구를 마련해가는 몸짓을 취하면서. 이는 2010년대 이후에 쓰인 시들이 소위 '미래파 논쟁'에서 언급됐던 시편들과 같이 미학적인 전략에 대한 치열한 고민을 통해 삶을 증명하는 방식이라 할 수 있다. 그리고 보면 '삶'이라는 말 자체에 이미 입체성이 있음을 간과할 수 없다.[4] 문제는 삶으로 규정되지 못하는 자리 역시도 삶일 수 있음을 다지는 방식이 어떻게 문학으로 드러나는지에 있을 것이다.

앞서 언급한 코오헤이 나와의 작품은 유리구슬을 미적 전략으로 삼아 박제된 사슴의 상황을 폭로함으로써 사슴이 놓인 미술관 전체 풍경을 다시 보게 만든다.[5] 이때 유리구슬은 단순한 장식이 아니라 사회를 어떻게 바라볼지를 질문하는 렌즈로 역할을 한다. 마찬가지로 시에서 활용되는 미학적인 형식은 바깥에 대한 상상이 가로막힌 현실의 다른 면을 볼 수 있도록 이끌고 종국에는 가려졌던 삶의 다른 면을 제시함으로써 독자에게 새로운 길을 능동적으로 마련해가도록 한다. 최근 시의 경우에선 시적 주체가 보고 있는 바를 다시 봄으로써 지금 필요한 게 무엇인지를 헤아리는 방식(황인찬, 안미옥의 시)이나, 은유로 미처 전달되지 못하는 진실을 은유로 전달해야 하는 한계 상황 속에서 토대의 전환을 촉구하는 방식(정한아,

---

4 한기욱(韓基煜)은 문학이 "'이 세상'과 '다음 세상', '다른 세상'"과 관련된다고 말하면서 '이 세상' 속에 이미 "좋은 미래와 나쁜 미래의 맹아들이 들어와 있"고 그러한 까닭에 "'이 세상'의 개체와 시대의 진실을 드러내자면 '다른 세상'을 상상하는 작업을 통해 이미 '이 세상'에 들어와 있는 잠재적인 '다음 세상'의 성격을 감별해야 한다"고 했다. 한기욱 「문학의 열린 길」, 『창작과비평』 2016년 봄호, 51~78면.

5 「디어 패밀리」는 후꾸시마 사태 이후인 2014년에 제작되었고, 한국에선 세월호사건이 일어났던 같은 해 미술관에 배치되었다. 박제된 사슴을 발견하고 작품의 제작시기를 함께 고려하면, 유리구슬은 반짝이는 오브제로서가 아니라 우리가 어떤 상황을 바라볼 때 그 상황이 구성적으로 성립될 수밖에 없음을 알리는 장치로 기능한다.

전문영의 시)이 그에 해당할 것이다. 이는 이중의 구도를 형성해서 현실의 한계를 노출시키고, 바로 그로부터 삶의 돌파구를 마련하는 전략을 최근의 시가 활용한다는 얘기도 된다. '확인되지 않는 삶' 역시 삶으로 살피는 문학의 길 위의 숱한 웅얼거림을 단지 응석으로 넘겨짚지 않으려면, 우리는 이들 시가 타진하는 진동에 보다 더 적극적으로 임할 필요가 있다.

2. 관조를 믿지 않는 시: 황인찬과 안미옥의 경우

'스펙터클의 사회'(기 드보르)라는 개념을 꺼내지 않더라도, 지금을 '이미지가 우세한 시대' 내지는 '시각문화의 지배가 만연한 시대'라고 진단할 수 있을 것이다. 모두가 스마트폰의 창을 통해 각자의 프레임으로 세상을 보고 있기 때문에, 과도하게 말해서 현재 우리는 '관객'의 역할에서 좀처럼 벗어나지 못한 채 산다. 특정한 대상과 거리를 두고 쉬운 품평과 단정(斷定)으로 이미지를 소비하는 경우가 늘었다는 의미다.

한편, 직접적으로 겪는 차원보다는 보는 차원으로서의 경험이 우세한 사회에서는 자신이 보는 것만큼 다른 이에게 '보이는' 삶으로서의 자기 전시가 정체성을 규명하는 데에 필수적인 요소로 자리한다. 지금은 '나는 무엇을 보는가'만큼 '나의 무엇이 보이는가' 역시 중요해진 시대다. '나의 무엇이 보이는지'를 중시하기 시작하는 '관객'은, 특정한 이미지가 재현되는 과정이란 곧 그것을 가시화하는 질서에 편입시키는 노력 속에서 행해지는 것임을 인지하게 된다. 이 경우, 관객은 표면이 아름다운 것일지라도 실상은 그것이 어떤 진실을 가리고 있는지도 모른다는 의심, '내가 보고 있는 것'이 진짜가 아닐 수 있다는 판단을 가진다. '내가 보고 있는 것'을 적극적으로 해석하고 그를 통해 자신의 다른 감각을 일깨우면서 의식과 행동을 가다듬는 관객은 수동적인 존재가 아니다. 관객 자신이 "'보는 자'의 위치를 포기하고 행동하고 만들어야만 하는 사람"이 되는 게 아니라, 관객의 자리가 이미 능동성과 수동성의 양분 구도를 허무는 장소라는 얘기다.[6] 시각문화의 지배가 만연한 시대에 '관객'은 오히려 보이는 것이 전부라고 여기게끔 형성된 상황을 신뢰하지 않고, 그로부터 벗어나는 일을 역동적으로 해낼 수 있다.

황인찬의 시는 관조하는 상황 자체를 다시 바라보는 프레임을 시 내부에 장착시킴으로써 어떤 상황을 '지켜보는 행위'를 마냥 무기력하다고 평가할 수 있는지라는 문제를 제기한다.

공원을 헤매는 작은 다람쥐는 지난여름 묻어둔 도토리를 찾는다 거기에 기쁨은 없다 바글대는 잉어 떼에게 먹이를 던지면 흰색, 붉은색, 노란색, 검정색이 모두 첨벙거리며 뒤섞이고 그것은 일종의 장관을 이룬다

어두운 수풀 속에서 사랑을 나누는 사람들은 이것이 잘못된 일이라는 것을 알기에 더욱 사랑한다 아이스크림을 쥔 아이가 넋 나간 얼굴로 그 옆을 걷는다 자신이 무슨 일을 저질렀는지도 알지 못하는 채로

때로 일이 잘 풀릴 때도 있다 사람들은 그것을 하느님이 도우셨어, 라고 말한다 갑자기 비가 내린다면 물가의 망초들이 자라겠지 망초들은 생각 없이 자란다 그것들은 꽃이 작고 많다 거의 사람만 하다

그러나 어떤 것도 잘못되지는 않았다
잘못은 아니다

6 남수영 「스펙터클과 중력의 무대」, 『비평과 이론』 17권 2호, 2012, 133면.

새들이 전선 위에 줄지어 앉아 있다 어떤 사람들은 새들이 무엇인가를
알고 있다는 생각을 한다 그러나 그것은 사실과 다르다 그래도 새들은 이
곳을 내려다보고 하늘은 점점 어둡다

그리고 폭우다
비가 엄청나게 쏟아져 내린다

아이가 집에 들어온 것은 비가 쏟아지기 직전의 일이다

성철아, 손부터 씻어라 비가 오기 전에 들어와서 참 다행이야 하느님이
도우신 거야

바깥의 것들이 물에 휩쓸려 가는 동안, 엄마는 말한다
　　　　　　　　— 황인찬 「두희는 알고 있다」 전문(『희지의 세계』, 민음사 2015)

순전히 제목 때문에, 독자는 첫 구절부터 시의 화자를 '두희'로 상정할
가능성이 크다. 시의 초반부에 등장하는 공원의 풍경을 모두 두희가 보는
상황으로 여긴다는 뜻이다. 화자 두희의 눈에 이 공원은 누군가의 감정을
다른 이가 대신 설명할 수 없는 장소다. "작은 다람쥐"가 "지난여름 묻어
둔 도토리"로부터 기쁨을 얻는다고 쓰거나 "아이스크림을 쥔 아이가 넋
나간 얼굴로" 걸을 때 느꼈을 모종의 심정을 그 애의 입으로 전해 듣기도
전에 화자가 앞질러 말한다면, 그것은 화지의 짐작이 그들의 언어인 척하
고 전달되는 일일 뿐이기 때문이다. 시의 초반부에서 화자 두희는 독자들
에게 공원의 풍경을 전달하기 위해 자취 없이 작동하는 매개로 있다. 이
때 화자는 자신이 프레임화한 세상을 관조하는 동시에 자신이 본 바를 기
술하는 과정에서 행여나 넘쳐흐를 수 있을 감정을 절제하는 거름망의 역

할을 전담한다.

그러나 위 시에서 감정을 억제하는 방식은 자연스럽게 느껴지지 않는다. 오히려 화자의 감정이 간섭하지 않도록, 장면을 구성하는 모든 이들의 감정까지 소거해가는 그 세계에는 화자의 시야로 프레임화된 순간부터 외부의 시선이 끼어들고 있는 것만 같은 기이함이 잠복해 있다. 마치 손가락으로 만든 네모를 일상적인 풍경에 갖다 대었을 때 네모 안이 더이상 평범하지 않다고 여겨지듯, 액자 구성으로 처리된 세계의 내부는 어쩐지 안전이 보장되지 않은 것 같아서 찜찜함을 남긴다. 그때, "어떤 것도 잘못되지는 않았"고, 누구의 "잘못은 아니"라며 주어진 상황 자체를 수습하려는 발화(잘못의 책임을 논할 수 있는 주어가 의도적으로 가려진 채 "잘못은 아니다"라고 언술하고 있음을 염두에 두자) 이후 이어지는 5연에서 "그러나" "그래도"와 같이 변화를 형성하는 접속어가 연이어 등장하고, 두희의 액자는 본격적으로 요동친다. 아이의 이름을 엄마가 "성철"이라 부를 때, 그제야 독자는 지금껏 알고 있던 화자의 이름이 두희가 아니라 어쩌면 '성철'일지도 모른다고 생각하게 된다.

성철을 화자의 자리에 두고, 1연에서부터 상황을 반추해보자. 성철은 공원에 있었다. 그리고 두희는 성철이 무언가를 보고 있는 상황을 '알고 있다'. 이때 독자는 성철의 발화(로 짐작되는 '나'의 발화) 위에 두희의 발화를 포개어 읽을 수 있다. 두희가 '알고 있는' 바는 다시 이 시 전체를 추동하는 '쓰기 주체'로서의 '나'의 목소리에 포개어져 독자에게 전달된다. 환언하면, 성철의 경험을 액자화하여 두희가 숨어서 보고 있고, 그를 다시 보는 '나'의 목소리가 시를 이룬 상황이다. 우리는 공원 풍경을 보던 성철에 대해 알고 있는 두희를 말하는 '나'의 언술로 형성된 시적 현장에 초대받았던 것이다.

쓰기 주체 '나'는 성철이 보는 바를 두희가 어떻게 보는지에 대해 최종적으로 쓰는 자리에서 자신이 '말할 수 있는 바'가 무엇인지에 대한 자기인식을 적극적으로 불러일으킨다. 시의 마지막 구절이 이를 증명한다. "바깥의 것들이 물에 휩쓸려 가는 동안, 엄마는 말한다"에서 쓰기 주체 '나'는 자신이 무언가를 보는 행위만으로는 상황 자체가 완전히 바뀌지 않음을 상기시키고(쓰기 주체 '나'는 "바깥"에 대한 생각을 정리하지 못한 가운데 두희가 알고 있는 바를 전해야 한다), 이를 통해 액자 구성으로 처리된 세계 내부 및 그 액자를 관조하는 액자 바깥의 안정성은 늘 위협받을 수밖에 없음을 알린다. 결과적으로 성철이 보았던 것을 보는 두희를 다시 보는 쓰기 주체 '나'는 우리 앞에 놓인 액자 속 세계를 가장 적극적으로 해석하는 행위자로 남는다. 황인찬의 시적 주체를 일컬어 "할 수 있는 것은 그저 무기력하게 지켜보는 일뿐"이라고 했던 이전의 평가[7]를 승인할 수 없는 이유가 여기에 있다.

랑시에르(J. Rancière)는 관객이라는 위치를 통상 '수동적'이라고 평가하면서 '보는' 행위의 정치적 의미를 축소시키는 일에 반대하는 입장을 표한다.[8] 무언가를 '보는' 행위는 자신이 보고자 하는 것에 집중하기 위해 최선을 다해 의지를 발현할 때 가능한 행위다.[9] 그렇게 해서 자신이 보고 있는 바에 대한 무조건적인 신뢰를 거두고, 눈앞에 놓인 이미지를 선정적인 대상으로 몰아가지 않으면서도 그것을 형성하는 전체의 맥락을 파악하게 되는 것이다. 황인찬은 하나의 사실을 '객관'으로 합의할 수 없는 지금의 현실에서, 우리가 보고 있는 것을 우리 스스로가 얼마만큼 신뢰할 수 있는지 성찰하는 과정을 갖기 위해 관조를 관조하는 이중의 액자 구성을 시에 형식화한다. 여기에는 주관적으로 파악된 현실이 다시 또다른 주

---

7 박상수, 앞의 글 365면 참고.
8 자끄 랑시에르의 『해방된 관객』(Le spectateur émancipé)에 대한 해석은 남수영, 앞의 글 123~46면과 김지영 「이미지와 주체」, 『코기토』 제72호(2012년 8월), 109~38면 참고.
9 이는 보는 이가 단지 지켜보는 것만으로도 점할 수 있는 특권적 위치란 없음을 의미하기도 한다. '관객'은 "이성적인 관찰자의 특권 대신 모든 에너지를 쏟아붓는 위치"에 있다. 김지영, 같은 글 129면.

관으로 파악되는 상황을 반복함으로써 객관적인 거리 형성의 필요성을 요청하고, 시적 현장 전체를 조망할 수 있는 시선의 부재를 폭로하는 시적 주체의 분투가 담겨 있다. '조망 불가능 상태'에 빠진 지금의 현실이 잃어버린 것은 총체적 시선임을 그와 같은 시선의 부재로 실감하는 시적 주체는 지금의 상황이 어떤지를 심도 깊게 고민하기 위해서는 무언가를 들여다보고 그를 통해 '볼 줄 아는 능력'을 키워야 함을 알린다. 현재의 소실점을 탐색하기 위해 다시 원근법을 재구성하는 자리를 요청하는 방식을 취하는 것이다.

이와 같은 방식이 안미옥(安美玉)의 시에서는 어떻게 드러나는지 살펴보기로 한다.

내게는 얼마간의 압정이 필요하다. 벽지는 항상 흘러내리고 싶어 하고 점성이 다한다는 게 어떤 것인지 보여주고 싶어 한다.

냉장고를 믿어서는 안된다. 문을 닫는 손으로. 열리는 문을 가지고 있다는 걸 잊어서는 안된다.

옆집은 멀어질 수 없어서 옆집이 되었다. 벽을 밀고 들어가는 소란. 나누어 가질 수 없다는 게

다리가 네개여서 쉽게 흔들리는 식탁 위에서. 팔꿈치를 들고 밥을 먹는 얼굴들. 툭. 툭. 바둑을 놓듯
— 안미옥 「식탁에서」 전문(『온』, 창비 2017)

시를 통해 처음 입을 연 '나'는 지금 "흘러내리"는 중인 것 같다. 하나의 위치와 역할에 고정되어 있지 않았으므로, '압정'이라는 임시방편으로 스

스로를 자제하려는 듯 보인다. 우리가 의식하지 못한 사이에 자연스레 우리 몸에 밴 식사 예절이 아마 '나'더러 그러라고 시키는 것 같다. 그러나 '나'의 세계에선 "벽지"조차 "흘러내리고 싶어" 하지 않나. 중요한 건 "항상" 그런 바람을 갖고 있다는 것인데, 이는 '나'에게 주어진 세계가 항상 그럴 수 없다는 뜻도 되겠다. 혹시 '나'는 태생이 유동성을 띠고 있음에도 ─ 하나의 위치와 역할에 고정될 수 없음에도 ─ 고정된 자리에 있으라는 요구를 내내 받아왔던 것은 아닐까.

외부의 요청과 내부의 욕망이 일치하지 않는 자리에 있는 이의 시선은 불신으로 채워진다("믿어서는 안 된다"고 결연히 외치는 목소리를 들어보라). 하지만 그러한 시선으로 발화할 때 '나'는 '나'다울 수 있고, '냉장고의 열리고 닫히는 문은 같다'는 말과 '그 문을 여닫는 손 역시도 같다'는 말이 다르지 않다는 진실도 성립될 수 있다. '나'의 시선으로 볼 때에야 우리는 '옆집'이 '옆'이라는 간격에 어울리는 역할을 부여받기 위해 '옆집'이라는 이름으로 불린다는 사실과 '팔꿈치'만큼의 간격으로 앉아야 서로가 밥을 먹을 수 있는 ─ 마치 바둑을 두는 순서를 따르듯이, 식탁 위에서 공유하는 반찬과 찌개그릇에 각자의 수저를 엇박자로 갖다댈 수 있는 ─ 공간이 형성된다는 사실을 확인할 수 있다.

'고정된 위치와 역할'을 '압정'으로 박은 것 같은 역할에 불과하다고 여기는 시적 주체의 시선을 따르다보면, '나'는 본래부터 식탁의 구성원이 아닐 수도 있다는 생각에 이르기도 한다. 시적 주체는 낯선 상태가 언제나 갱신되는 세계에 둘러싸여 있고, 아귀가 맞지 않는("쉽게 흔들리는 식탁") 관계 속에서 저 스스로를 돌봐야 하는 저시에 놓여 있다. 그이에게 '처음부터 친밀하고 익숙한 공동체'는 모순형용일 뿐이다.

흥미로운 점은 저 불편하게 은폐되어 있던 '간격'을 조명하려는 시적 주체의 의지가 '가족'들의 '입'〔食口〕이 모이는 "식탁"으로 환기되는 장소를 떠나지 않았을 때 발현될 수 있다는 데 있다. 거기의 구성원들이 서로를 이방인으로 여기는 상황이 나타나면서 공동체 상(像)에 대한 불확실한 전망을 안긴다 하더라도, 시인은 이러한 기분에 휩싸이는 순간을 감당하고 있어야 '누군가'와 '함께' 있는 '공동체'에 대한 다른 질문을 제기할 수 있다고 말하는 듯하다. 시가 '밥을 먹는 이'의 "얼굴"보다는 "팔꿈치"를 양각할 때, 독자는 공동체의 의미를 가타부타 새기기보다는 공동체의 작동방식을 상기할 수 있는 것이다.

요컨대 위의 시는 무언가를 보는 행위란 주어진 삶의 외부로 밀려났다고 망연자실해 있는 이가 행하는 게 아니라, 스스로를 그 삶의 구성원으로 여기는 이들이 행하는 실천임을 전한다. '나'는 "얼마간의 압정"을 손에서 놓지 않은 채 식탁의 상황을 다시 들여다봄으로써, 자신이 있는 자리 바깥의 시공간을 상상하는 일이 쉽지 않은 세계에서 할 수 있는 몫을 다듬어간다. 이는 주어진 현실이 이어지게끔 해주는 재생산의 역할에 복무하기보다는, 주어진 현실을 운용하기 위한 재분배의 역할을 수행하는 방식이다.

황인찬과 안미옥은 관조를 관조함으로써 지금 자신이 알고 있는 것으로 한정된 프레임이 놓치고 있는 바가 무엇인지를 묻는다. 이는 우리가 발 딛고 있는 세계의 초상화를 그리기 위해, 스스로가 그 세계를 직접 겪어나가는 가운데 형성한 시야를 활용함으로써 자기 자신이 세계의 구성원임을 부각시키는 방식이라 할 수 있을 것이다.

3. 은유를 믿지 않는 시: 정한아, 전문영의 경우

지금의 사회를 일컬어 거듭해서 '바깥을 상상할 수 없게 만든다'고 했거니와, 이 표현은 지금이 주어진 시스템 이외의 그 어떤 체제도 불가능함을 반복적으로 설파하는 이데올로기가 강화된 시대임을 알리는 것이기도 하다. 이런 사회에서는 다른 곳으로의 이동, 다른 방식으로의 삶이 어렵다(고 강요된다). 주어진 역할을 '가만히 따르라'는 순응을 요구하고, 거기에 익숙해지도록 다스리는 통치방식이 우세하므로, 주체가 자발적으로 생산성을 발휘할수록 오히려 시스템의 지속에 복무하는 아이러니가 빚어지기도 한다. 주어진 현실 내부에 대한 신뢰를 철회하는 방식으로 현실 비판을 수행하는 상황을 단순한 냉소로 치부할 수 없는 까닭은, 이것이 외부로 이동하는 방식이 금기시된 상황에서 취할 수 있는 비판 전략의 한가지일지도 모른다는 짐작이 들기 때문이다.[10]

이런 상황에서 시는 어떤가. 시는 특히 아리스토텔레스가 "한 사물에 속하는 단어를 다른 사물에다 옮겨 놓는" 언어 현상의 '이동'(epiphora)으로 정의하는 '은유'를 지배적인 방편으로 활용하므로,[11] 이동의 형식이 금기시되거나 관습적으로만 진행될 때 생기를 잃을 수밖에 없다. 따라서 언어의 이동을 통해 "대상과 경험을 익숙하지 않은 관점에서 기술하여 평범하고 익숙한 언어 사용을 뒤흔들면서" 익숙한 것을 낯섦으로 전환하는 시가 은유를 믿지 않는다는 말은, 언어의 이동을 통해서도 전환되지 못하는 사태가 있음을 시가 직시하기 시작했다는 의미가 될 것이다.

'은유를 믿지 않는 시'는 '은유'로도 채 드러나지 못하는 진실이 있음

---

10 이는 의회정치 활동을 불신하는 이들의 태도를 쉽사리 '탈정치적' '사회에 무관심한 방식'이라고 폄하할 수 없는 이유이기도 하다.

11 시에서 추상인 것을 구체적으로 묘사하기 위해 쓰인 "은유가 일깨우는 언어 표현의 생생함은 그것이 어떤 사태를 '눈앞으로 가져오기' 때문에 가능하다". "죽은 사물"조차 "생생한 것, 살아 있는 것으로" 자리를 옮기는 은유야말로, "사물들 긴의 관계를 생기 넘치게 가시화"한다는 의미다. 김애령 『은유의 도서관』, 그린비 2013, 11~24면 참조. 서로 구별되는 양자가 있을 때 이들 차이 사이에 놓이는 심층적인 유사성을 기반으로 '이동'하는 은유는 그들의 관계를 가시화함으로써 이들을 엮는 "보편성이나 일반성"을 향해 가는 사유를 기반으로 한다. 김욱동 『은유와 환유』, 민음사 2007, 266면. 따라서 시를 형성하는 말이 하나의 세계를 형성하기 위해서라면 은유의 역할이 비대해질 수밖에 없다.

을 또다시 어쩔 수 없이 나름의 은유로 전달해야 하는 한계 상황을 제시함으로써 토대의 전반적인 전환을 촉구하는 방식을 취한다. 은유에 대한 완전한 부정이 아니라, 그를 감당하면서도 은유가 베푸는 향응에 만족하지 않겠다는 의지를 시에 담는 셈이다. 이때 삶은 은유로도 도무지 가려지지 않는 '어떤 것'의 형태로 드러나 그것을 싣고 나르는 또다른 은유의 필요성을 촉구하는 과정에서 그 자취가 포착된다.

정한아는 은유를 통해 어떤 사태가 눈앞에서 생생해지는 상황이 오히려 허구일 수도 있음을 부각시킴으로써, 언어가 이동할수록 구체적인 상황이 역으로 추상화되는 현장을 시에 마련한다. 정한아의 시에서 시적 주체는 눈앞의 것을 함부로 믿지 않는다.

도서관 뒤뜰엔 잊혀진 사상처럼
이끼가 드문드문 자라고 있다
사람들은 소태를
얼마나 오래 머금을 수 있는지

붓꽃과 익어가는 여주와 박꽃과 봉숭아
이름을 부르는 것만으로는 결코
도달할 수 없는
눈으로만 먹을 수 있는
빛깔들
맛을 보면 도망할 육식동물들을 위해
고통 없는 선을 위해
아름다운 착한 것이 있어야 할 텐데

어쩌나, 가물어 단

과일을 크게 베어 물면

소리 없이 가능한 한 멀리 내어 뱉는

씨앗 같은 문장부호들

왜, 죽음의 징후 ── 꽃들은

절박할 때만 피나, 왜,

아름다운 채 삼키면 치명적인가, 왜,

도서관 뒤뜰엔 아직도 잊혀진 사상이,

웬 조그만 노인이, 우산이끼처럼 까라져

아직 파란 여주를 씹고 있나

    ── 정한아 「폭염」 전문(『울프 노트』, 문학과지성사 2018)

위의 시에서 시적 주체는 '믿지 못하는' 것들의 목록을 먼저 살핀다. 우선, 이름이 전하는 달콤한 느낌으로는 분명 맛있는 과육을 길러낼 것 같지만 실은 아예 먹을 수 없거나 먹을 수 있을 만큼 익지 않은 "붓꽃과 익어가는 여주와 박꽃과 복숭아"가 있다. 이때 우리가 믿지 못하는 것은, "붓꽃과 익어가는 여주와 박꽃과 복숭아"를 먹을 수 없다는 판단에 따라 "눈으로만 먹"기로 결심한 순간에도 우리로 하여금 입맛을 다시게끔 유혹하는 언어 그 자체다. 그러나 언어는 물질에서 비껴난 상태로 이동하므로 그 자체가 "도달할 수" 있는 상태는 부재한다.

두번째로는 "가물어 단" "과일"을 "베어 물" 때 언젠가는 잘 자라 제 몫을 해주리라 여기며 내뱉는 "씨앗"처럼, 문장 내에서의 몫이 있어 어떤 자리든 잘 심어두지만 그 자리가 꼭 기존의 의미를 뒤집는 역할을 전담하지는 않는 "문장부호들"이 있다. 문장의 의미가 그 자리에서부터 끊어지거나 생성되지만(끝과 시작점을 형성하지만), 이들은 소리가 없고 특정한 형태로만 남겨지므로 문장이 가문 상황에서는 도대체 무엇을 하는지 알수가 없는 것들이다. "씨앗"으로 은유되었지만, 문장부호들의 역할을 일컬어 문장의 의미를 배태하는 가능성으로 여기기엔 견인해야 하는 조건들이 많으므로 이때의 은유는 이미 작동되어버린 오류로 남는다.

세번째는 "도서관 뒤뜰"에서 "아직" 익지 않은 "파란 여주"를 씹고 있는 "웬 조그만 노인"의 이미지. 아무도 찾지 않는 "잊혀진 사상"이 도서관에서 겨우 발견되었을 때 치명적으로 빛나는 시대착오성이 완전히 익지않은 여주의 쓴 맛을 보는 '노인'으로 제시될 때, 미래를 내다볼 수 없어과거를 소환하는 '도서관'이라는 장소의 닫힌 상태와 죽음에 가까워지면서도 삶을 계속해서 이어가고자 하는 절박한 행위가 부딪히면서 은유의불충분성이 표면화된다. 시에서 언어가 이동할수록, 도서관 뒤뜰에 있었던 시적 주체의 구체적인 상황은 점점 추상화되어간다.

이처럼 세개의 목록을 살피다보면 시에서 시적 주체는 눈앞에 있는 것을 믿지 않는 게 아니라 시적 주체가 말함으로써 만들어지는 형상을 믿지못하는 듯 보인다고 해야 할 것 같다. 위의 시에는 "이론적으로 사물을 파악하는 방식"[12]으로서의 은유를 의심하는 태도가 그 저변에 있다.

쑤전 쏜택(Susan Sontag)은 은유가 사유의 핵심이라고 한들 은유 자체를 완전히 신뢰해선 안 된다고, 은유는 "어쩔 수 없이 필요한 허구"이자"필수적인 허구가 아닐 수도 있"음을 알아야 한다고 말했다. "사유를 하려면 은유가 필요하기 때문에 사람들은 불가피하게 새로운 은유 구축에연루"되지만, "적어도 물려받은 은유에 대해서는 비판적이고 회의적이라야" 한다는 게 그 골자다.[13] 정한아의 시적 주체는 너무나 생생한 가상을만들어내는 은유가 전하는 추체험에 대한 신뢰를 철회함으로써, 이동의

---

12 수전 손택·조너선 콧『수전 손택의 말』, 김선형 옮김, 마음산책 2016, 99면.
13 같은 책 101~02면.

형식이 금기시된 세계에서 돌아봐야 할 현실은 어디에 있는지를 묻는다. 시적 주체가 언어의 이동을 통해 인지적으로만 움직이려는 방식은 정신을 몽롱하게 만드는 '폭염' 속에서 일종의 섬망에 빠져버리는 행위와 다른 게 아니지 않느냐고.[14] 전문영(全文英)의 시를 이어 읽는다.

왜 아직 아무도 답을 모를까 고담시 주민들이 왜 고담시를 떠나지 못하는지 의아해하며 공원의 벤치에 주저앉는다 마치 그것이 낙원의 조각인 것처럼 결코 나는 틀리지 않은 것처럼 엉덩이가 짓무르는데도 자꾸 어딘가에서 경기가 시작되고 있다는 생각이 들어 하염없이 앞과 그 앞 혹은 앞의 앞만 바라보다가

다들 상대팀과 싸우러 가느라 벤치를 비웠구나 그런 결론이 난다 그러니까 나만 여기 있지 우리 팀에 누가 있었는지 잘 기억이 나지 않지만 거기서 각자 짓무르느라 늦나보다 납득하며 몇 년 전 뉴욕 센트럴 파크에서 매일 저녁 마주치던 청년 하나를 겨우 떠올린다 늘 같은 자리의 벤치에 앉아 클라리넷을 연습하며 똑같은 곡을 똑같이 틀렸지 그러니까 그 사람도 아직 그 벤치를 떠나지 않았을 거라는 생각을 하며

고담을 잘 안다고 생각하면서도 고담이 고담인 것을 어떻게 할 수 없는 고담 시민이 오래전에 고담을 떠났지만 떠났다는 사실을 존중받지 못하는 고담 시민에게 어떻게 일어서는 법을 배워야 할까 골몰하기로 한다 그러지 않고는 아까부터 저려오는 다리에게 딱히 해줄 말이 없어서 살짝 고개를

---

14 정한아는 1990년대에 대학생활을 보내면서 1980년대의 문학을 간섭석으로 경험했던 바에 대한 글에서 다음과 같은 문장을 남긴 바 있다. "누구나 1980년대가 시의 시대였다는 사실을 알고 있는데 (…) 어쩌면 그것은 너무나 생생한 가상이었을지도. 어떤 세대가 한꺼번에 만들어낸 세계에 대한 공동 해석을, 현실이 아니라 텍스트의 형태로 자기를 학습시킨 나는, 아무도 그러라 하지 않았건만, 너무 생생하게 추경험해버린 나머지 일종의 섬망에 빠져 있었는지도 모를 일이다." 정한아 「천년 왕국에서 요한계시록을 읽을 때」, 『쎎_문학의 이름으로』 2015년 창간호, 187면.

들어보면 전광판은 처음부터 부서져 있다

— 전문영 「벤치에의 권유」 전문(『황해문화』 2014년 여름호)

시적 주체는 지금 어느 벤치에 앉아 사람들이 떠나지 못하는 특정 공간 '고담시'를 떠올리는 중이다. 벤치에 앉은 채 생각에 잠긴 시적 주체의 현재 모습 그대로, 시는 주로 여기가 아닌 다른 어딘가로 이동하지 못하는 이들에 대한 얘기를 꺼낸다.

고담시에 대해 더 말하자. 만화 및 영화 「배트맨」 시리즈의 배경으로 독자에게 친근하게 다가오는 '고담'은, 온갖 부정·부패가 난무하며 늘상 파국적인 상황에 휩싸이는 장소로 알려져 있다(「배트맨」의 이 같은 배경은 구원자로서의 배트맨이 필히 활약해야만 하는 조건을 제공한다). '소돔과 고모라'를 줄여서 고담이라는 이름이 붙여졌다는 소개가 있을 정도로, 고담은 범죄가 들끓는 곳이지만 시적 주체의 착안대로 그곳에 사는 사람들은 그곳을 웬만해선 떠나지 않는다. "고담시 주민들"은 "왜 고담시를 떠나지 못하는"걸까.

도시 외부로 떠나지 않는 주민들은 한편, 도시 내부에서는 생존을 위한 쟁투를 위해 잘도 이동한다. 그와 같은 도시의 혼잡한 생태를 떠올리면서, 생존 경쟁에서 뒤처진 채 벤치에 앉은 자신을 돌아보다가 시적 주체는 문득 "같은 자리의 벤치에 앉아 클라리넷을 연습하며 똑같은 곡을 똑같이 틀렸"던 청년을 떠올린다. 같은 실수를 반복하는 청년이 같은 자리를 고수할 수밖에 없는 상황은, 고담의 방식을 그대로 유지한 채로는 고담 밖으로 이동할 수 없음을 알린다. 고담을 벗어나기 위해서 고담이라는 '지금-여기'를 제대로 쳐다보고 이를 전환하고자 하지 않으면, 그 바깥을 그릴 수 없다는 것이다.

위의 시에서 고담은 현재 우리가 살고 있는 곳 자체에 대한 은유라고 말해도 되겠지만, 거기까지 말한다면, 위의 시는 고담을 관습적인 은유로 활용하는 것에 그친다. 하지만 시적 주체는 "고담을 잘 안다고 생각하면서도 고담이 고담인 것을 어떻게 할 수 없는 고담 시민"의 입장을 헤아린다. 이는 우리가 사는 곳이 온갖 부정적인 모습으로 들끓는다는 의미에서 고담이라는 은유를 활용했던 바를 철회하고, 그럼에도 우리는 왜 우리 사는 곳을 떠나지 않는지에 대한 질문으로 의미를 옮겨가는 방식이다. 고담이란 말을 꺼냈을 때 연상할 수 있는 의미로는 채 드러나지 않은 지금 이곳의 진실을, 시적 주체는 눈치챈 듯 보인다.

은유가 유사성을 기반으로 하여 언어의 이동을 꾀한 후 실제를 새롭게 기술하는 관점을 제공하려면 "하나의 이야기를 함축"하고 있어야 한다.[15] 그러나 이야기 자체가 결핍된 상태라면 은유에 대한 신뢰를 버리고, 지금 이곳의 이야기가 부재하는 상황을 돋보이게 만드는 편이 오히려 언어의 이동을 가능하게 하는 전략이 될 수 있을 것이다. 정한아와 전문영의 시는, 은유로 전달되지 않는 진실을 은유로 전달해야 하는 한계 속에서 은유 자체가 목적일 수 없음을 분명히 한다. 이를 두고, 주어진 현실을 의심함으로써 다른 현실이 필요하다고 말하는 방식이라 할 수 있지 않을까.

4. 삶다움의 가능성을 믿는 시

이 글은 최근 시의 시적 주체가 처한 상황 — 다른 세상의 필요성을 요청하기 위해 지금 세상의 방식과 얼마간은 긴장된 적응 속에서 발화하는 상황 — 을 현실로 살피되, 그때 능동적으로 발휘되는 미학적인 전략이 시적 주체의 정치성으로 수행되는 상황을 살피고자 했다. 1절에서 언급했던 「디어 패밀리」를 경유하여 말하자면, 생명을 강제로 박제당한 사슴이

---

15 김애령, 앞의 책 186면.

처한 현실의 맥락이 유리구슬로 가시화되었듯이 최근 시의 시적 주체는 저 자신의 '있음'을 현시하기 위해 관조와 은유를 의심의 구조로 전유하여 현실에 응전한다. 이는 바깥을 상정할 수 없도록 차단당한 세계에 사는 이들이 시를 제작하는 과정을 통해 삶의 실천을 도모하는 방식을 꾸린다는 의미에 가깝다.

황인찬과 안미옥의 시는 자신 앞에 놓인 상황을 거듭 봄으로써 눈앞에 놓인 상황과 연루된 '나'의 존재가 주어진 지금과는 다른 각도로 위치할 수 있음을 알리고 다른 세계를 향해 열린 자세로 임할 수 있음을 보인다. 정한아와 전문영의 시는 시가 쓰이도록 추동하는 언어 형식으로서의 은유에 대한 의심의 상태를 다시 은유로 표현함으로써 은유가 활발하게 작동하지 않는 토대의 문제를 짚는다.

황인찬과 안미옥, 정한아와 전문영의 시에서 활용하는 '(자신이 지금껏 행했던) 관조를 믿지 않는', '은유를 믿지 않는' 방식은, 시적 주체가 주어진 상황을 백퍼센트 믿지 않음으로써 다른 상황으로의 전환을 노리는 태도를 취함으로써 가능한 전략이다. 이때 시적 주체가 믿는 바는 지금 자신이 알고 있는 바가 전부는 아니라는 상태이므로, 이들이 사실화한 상태를 두고 그것이 부정성을 기반으로 형성되었다고 비판하는 이도 있을 것이다. 그러나 이들이 지닌 '믿지 않음'의 태도는 '불신'이 아닌 '의심'의 차원에 해당한다. 불신은 그 자체를 확신하면서 믿지 못하는 태도를 이르고, 의심은 확신할 수 없어서 믿지 못하는 태도에 가깝다. 이들의 의심은 '지금-여기'를 둘러싼 구조적인 문제에 맞춰져 있다. 의심하는 주체는 주어진 조건을 살피는 과정에서 지금 상황의 문제를 어떻게 해결할지 모색하고, 그를 통해 정해진 회로 바깥으로 나가기 위한 탐구를 시작한다. 따라서 최근 시에서 나타나는 시적 주체의 의심하는 전략은 현실의 난관을 "극복하기 위해서도 최소한으로 필요한 적응 (…) 주체적인 '적응'에 값하는 적응"[16]에 준한다. 주어진 '여기'를 떠나지 않는다는 결의는 지금 상황을 온전히 믿는 상태를 예증하는 게 아니라, 오히려 주어진 자리에서 다음을 모색하기 위해 실천을 도모하는 '자기 자신'의 존립에 믿음을 신 겠다는 의미다. '전략'이라고 했거니와, 시 내부에 프레임을 짜서 상황에서 한발 물러서서 생각에 잠기는 시적 주체 그리고 은유를 통해 성립한 상황이 역으로 은유의 불충분성을 드러내주는 방식을 노출시키는 시적 주체를 통해 '의심하는 나'의 모습이 부각될수록 시에는 '지금-여기'의 문제에 대한 극복 과정에 능동적으로 개입할 수 있는 여지가 마련된다.

문학을 통해 발현되는 정치성이 "우리의 통념을 넘어서는 새로운 활동"[17]이 계속해서 '재발명 되는 행위'라 한다면, 최근 시는 '나'라는 주체의 존재증명을 위한 미학적인 전략을 구사하면서 발휘하는 정치성으로 지금의 현실을 다르게 구성하도록 만든다. 소설가 김사과의 표현을 빌리자면 이것은 "내가 하는 일이 나를 죽이는 것이 아니라 살릴 수 있다는 가능성을 믿고 그것의 실현에 나서"는 일일 것이다.[18] 죽지 않고, 나를 살리기 위해 쓰는 일. 나를 살리기 위해 나를 살게 하는 바탕 위에 내가 있음을 확인하는 일. 최근의 시는 그러한 일을 영민하게 행한다. 거기엔 삶다움을 갈구하는 삶이 있다. 삶다움의 가능성을 믿는 삶도 있다. 그리고 거기엔 기어코 삶답게 살고자 도약하려는 삶도 있음을, 이제 우리는 안다.

---

16 백낙청 「근대 한국의 이중과제와 녹색담론」, 이남주 엮음 『이중과제론』, 창비 2009, 180면.
17 진은영 『문학의 아토포스』, 그린비 2014, 75면.
18 김사과 『0 이하의 날들』, 창비 2016, 207면.

36.5도의 노래

◆

유병록의 『목숨이 두근거릴 때마다』에 대하여

1. 한마리의 몸

"시는 온몸으로, 바로 온몸을 밀고 나가는 것"이라고 김수영이 힘주어 쓴 저 문장을 마음에 새기지 않는 시인은 없을 것이다. 많은 이들이 '온몸'이란 말의 함의에 내내 골몰해 있는 동안 우리에게 시는 당연하게도 '이미 몸이 된 말'의 다른 이름이 되었던 셈이다. 그도 그럴 것이, 어떠한 접촉도 없이 태어난 시를 우리는 본 적이 없기 때문이다. 어엿한 존재와 느닷없는 삶이, 혹은 머리와 가슴, 사유와 사물, 연필과 종이 각각이 저자신의 구체적인 몸으로 서로를 마주할 때, 해서 이들이 '온몸'으로 새로운 세계를 개시할 때, 시는 탄생한다. 그러나 당연히 여기는 말일수록 한번 의문을 품고 쳐다보기 시작하면 더욱 생경한 법이다. '온몸으로 밀고 나가는 시'라니. 마치 넘어서지 못하는 문턱처럼 자꾸 걸리는 '몸'의 정체는 도대체 무어냔 말이다. 하여 곧이곧대로 일컫고도 싶은 것이다. 이를테면 시인이 그의 망막과 수정체를 통해서 시의 일부로 삼으려는 어떤 대상을 본 후, 자극을 받은 시인의 뇌신경이 혈관에 다른 리듬을 부여하기 시작하는 과정이라거나 시인의 감각중추에 의해 편집된 대상이 결국 언어로 갈무리되어 나타나는 상태라고 하거나… 그도 그럴 것이, 실제로 시인의 몸과 마음을 마모시키지 않은 채 태어난 시를 우리는 본 적이 없기 때문이다.

유병록(庾炳鹿)에 대해 말하려 하는데 우리는 '이미 유기체가 된 시'에 대한 상상을 먼저 해버렸다. '유기체'란 말이 주는 엄숙함 때문에 바꾸어 표현하자면, 유병록의 첫 시집에서 우리는 살아 있는 신체의 기능을 스스로 수행하는 말의 현장을 목격한다. 이는 시에서 그려지는 세계가 당장이라도 손에 잡힐 듯이 구체적인 물질성을 띠고 있다는 얘기다. 지금 시를 쓰는 자가 관통하고 있는 곳이 어떠한지를 보라. 사방은 밤의 살갗으로 덮여 있다.

밤은 한마리 거대한 짐승

거리가 지워지고 사이가 사라진다 이름을 잊어버리는 순간, 얼굴을 잃어버리는 순간, 낯선 자들 사이로 혈관이 이어진다

검은 피가 흐르고 흰 뼈가 돋아난다
—「검은 피 흰 뼈」 부분(『목숨이 두근거릴 때마다』, 창비 2014)

어둑한 탓에 잘 보이지 않게 된 "거리"를 "지워"졌다고 표현하는 까닭은 "한마리"의 "거대한" 몸이 그를 삼킨 이후이기 때문일 것이다. 짐승의 내부로 단숨에 전환된 세계에서 '나'와 '너'의 차이를 확인하기란 어렵다. "이름"도, "얼굴"도 무화된 만큼 혼란도 가중됐을 터다. 그런데 여기는 "짐승"의 속. 이 어두움은 밤의 살갗이 우리를 덮고 있다는 증거이지 않은가. 여기와 저기를 가르는 "거리"가 지워진 대신 그 자리는 "혈관"이 되어

'나'와 '너'의 연결을 돕고 있다. 우리는 "한마리 거대한 짐승"인 밤의 일부, 밤의 기관(器官)으로 여기에 있는 것이다. 혈관으로 연결되어 있는 한 우리는 각자의 자리에서, 저 자신의 역할을 수행하면서도 서로가 "밤"에 복무하고 있음을 안다. "자기 살을 만져도" "누군가를 쓰다듬는 느낌"이 드는 이 일은 "오고야 마는 빛이" 밤의 목을 내리칠 때까지 계속된다. 이 때문에 이 밤의 캄캄함 속에서는 낮 동안 살아 있음을 확인할 길 없던 존재의 눈빛까지도 깊숙이 느껴진다. 비로소 "검은 피가 흐르고 흰 뼈가 돋아난" 존재가 새로이 개시되는 것이다(이때 '새롭다'는 말은, 밤의 일부가 되었을 때에야 깨어난 우리의 감각으로부터 빚어진 표현이겠다). 이를 가리켜 시인에게 임박한, 아무것도 쓰여 있지 않은 흰 종이 위에 검은 잉크가 새겨지면서 새로이 시가 탄생하는 순간이라 해도 무방하다(이때 '새롭다'는 말은 "피"와 "뼈"와 "혈관"과 "살"과 "가죽"과 "숨소리"에 힘입어 시의 틀을 등에 업은 채 나타난, 한마리의 거대한 '몸'으로부터 빚어진 표현이겠다).

유병록은 육화(肉化)에 능한 시인이다. 꽃이 피고 지는 순간에 근육의 움직임을 감지하는 것은 물론이거니와("땅에 묻힌 자가 팔을 내밀듯/피어나는 꽃/아름다운 완력도 시간을 구부리지 못한다"—「완력」 부분), 네가 없는 자리에 놓인 침묵까지도 시인은 시간을 밀고 가는 수행자로 여긴다("시간은 간다/너의 침묵이 밀고 간다 너의 부재가 밀고 간다"—「밀고 간다」 부분. 한편, 이 시에서 가버린 이를 명사 '밀고密告'로 읽게 되면 독자는 "너는 오지 않고/부재는 눌변이 되고 말더듬이가 되고 마침내 침묵이 되고"라는 구절에서 한국 정치사의 한 장면을 떠올리게 될지도 모른다). 거칠 것 없이 장대비가 내리는 풍경은 어떤가. 그 속에서 시인은 수차례 혼절하는 물방울들을 보기도 한다("굽이를 지나 낭떠러지에서 뛰어내리는 물방울, 뼈가 부서지고 체온이 탈출한다 살점이 공중으로 튀어오른다"—「중력의 세계」 부분). 단지 신체와 연루된 시어를 사용해서 그렇다는 것이 아니다. 오랜 시간 지속적으로 공을 들여야 아이의 뼈와 살이 자라는 것처럼 시에서 살피는 대상이 맞이하는 매 순간 중에 결코 쉬운 때란 없음을, 그리고 그 순간이 언어로 솟아나는 과정 중에 감염되는 우리의 정서 역시 거저 얻어질 수 있는 게 아님을 일러준다는 의미에서 그렇다는 것이다. 시인은 매 순간이 단 한번의 점화로 사라지는 것이 아니라 다음으로 전화되리라 믿는 것 같다. 한번은 아무것도 아니다. 그러니 지금이 전부는 아닐 것이다.

시인 덕분에 우리는 부분으로 전체를 말하는 제유의 방식을 빌려 여기와 여기 건너의 다른 무엇을 잇는 '필연'을 이해할 수 있게 된다. 가령 "아무도 부축하지 않는" 어느 "구부러진 자"의 엎드린 자세는 지구가 피에타 상의 성모와 같이 두 팔을 벌려 안아 올려주어서 그렇게 된 것이라는 정황(「구부러지고 마는」)이나, 황량한 사막에서 사람들이 타고 다니는 가축이라도 되는 양 "몇켤레의 구두와 울음을 신고" "불안조차" 들어 올려야 하는 엘리베이터의 과업에 대한 장면(「엘리 엘리 라마 엘리베이터」)이 시에 등장할 때, 우리는 이들이 중력으로부터 자유로울 수 없는 세계의 부분으로 등장해 '그렇게 될 수밖에 없는' 지금 이 순간의 무게를 실감나게 전해주고 있음을 느낀다.

멀리 돌고 돌아와서야 이해할 수 있는 인과(因果)가 구체적인 '몸'의 운동성으로 드러난다는 의미에서 유병록을 '육화에 능하다'고 했다. 여기에서 물리적인 삶의 총량이 느껴진다면, 그것은 당신이 느끼는 이번 생의 무게감이 결코 당신에게만 해당되는 이야기가 아니라는 뜻도 될 수 있겠다. 당신 역시도 이 세계의 제유로 표현될 수 있다면(살아 있는 당신의 몸이 곧 지금 세계의 증거라 할 수 있다면), 당신은 필연적으로 다른 무엇들과 연결되어 있는 것이다. 우리는 모두 중력으로부터 자유로울 수 없는 세계의 일부분이다. 어쩌면 우리가 이 세계의 기관일지도 모른다는 생각이, 사과 하나의 갈라지는 틈새에도 우주가 깃들어 있음을 새삼 일깨워주는 것일 수도 있다("쪼개진 단면은 붉게 변해 서로 낯선 얼굴을 한다//비애가 탄생하고 죄와 용서가 분리된다//바다를 사이에 둔 대륙처럼 멀어지고 서로를 모방하는 표정이 실패할 때//이쪽 기슭의 눈먼 벌레들이 더 이상 저쪽의 시간으로 건너가지 못할 때//사이에 부는 바람에도 균열이 인다." ─「사과」 부분). 그리고 보면 끝내 전체를 조망하지 못하므로 언제나 부분으로밖에 체험될 수 없는 게 또한 인간의 삶이지 않은가.

2. 사물의 살과 수혈되는 붉은빛

유병록이 운용하는 제유로 꼽을 만한 것이 더 있다면 '책'을 떠올릴 수 있겠다. 문자와 종이의 관계를 뼈와 몸으로 여기는 시인에게 한권의 책은 곧 생의 축약이다. 해서 독서 행위를 생의 구체로 다가오게 하는 계기도 몸의 "만지는" 행위를 통해서다("늙어서 죽은 자는 지혜의 책이, 젊어서 죽은 자는/혁명의 책이 된다더군/아이가 죽으면 예언서가 된다더군//삶에 관한 의문이 드는 저녁에 쓰다듬는/한권의 생이 된다더군" ─「사자(死者)의 書」 부분, "아무도 언급하지 않는 시간이 궁금해지면/너를 넘긴다/옮겨적듯 소리 내어 읽는다" ─「너를 만지다」 부분, 밑줄은 인용자). 손과 책이 각자의 뼈와 근육의 꾸러미인 살로 서로를 탐구하는 순간에 촉발되는 온기가 얼마나 두터운지에 대해서는 굳이 더 말하지 않아도 될 것이다. 질감을 두루 나누는 '만지는' 순간만이 조각으로 분리된 각각의 존재들로 하여금 충만한 생을 유사 경험할 수 있게 한다.

누군가의 살을 만지는 느낌

따뜻한 살갗 안쪽에서 심장이 두근거리고 피가 흐르는 것 같다 곧 잠에

서 깨어날 것 같다

순간의 촉감으로 사라진 시간을 복원할 수 있을 것 같은데

두부는 식어간다
이미 여러번 죽음을 경험한 것처럼 차분하게

차가워지는 가슴에 얹었던 손으로 이미 견고해진 몸을 붙잡고 흔들던
손으로

두부를 만진다
지금은 없는 시간의 마지막을 전해지지 않는 온기를 만져보는 것이다

—「두부」 부분

 "두부"의 얌전한 모양을 설핏 봐서는 눈치챌 수 없는 사연이 "만지는
느낌"을 통해 전해진다. 그러나 두부의 흰 살을 만지는 "순간의 촉감"으
로 "복원할 수 있을 것 같은" 것은 비단 두부의 반듯한 몸이 만들어지기까
지의 시간만은 아닌 듯하다. 부서지고, 으깨지고, 들끓기도 했다가 때로는
단단하게 서 있기도 했던 '나'의 "사라진 시간"도 "만져지는" 듯한 것이
다. 그것이 반갑기도 하지만, 이미 나의 것이 아니게 된 한때의 나를 만나
는 일은 서늘하리만치 낯설다. 두부가 '내'게 살을 내어주는 순간을 수용
하면서 "있음의 무목적성을 통해 구성되는"[1] 다자성을 니의 손에 들어서
게 한 것이다. 사물의 살을 "만지는" 느낌은 그 찰나의 온기로 이르는 법

---

1 장-뤽 낭시 『코르푸스: 몸, 가장 멀리서 오는 지금 여기』, 김예령 옮김, 문학과지성사 2012,
  33면.

열(法悅)일 때도 있지만, 이처럼 스스로의 표피를 통해 결코 내가 될 수 없는 '너'와의 접촉으로 말미암은 것이기도 하다. 만지는 순간이 없다면 충만한 생이란 그저 환영에 불과할 뿐이다. 그러니 두부의 살을 만질 때, "따뜻한 살갗 안쪽에서" 느껴지는 "심장"의 두근거림과 흐르는 "피"에 우리의 감각은 더욱 예민해져야 하는 것이다. 나의 손과 너의 살이 서로를 만질 수 있도록 직접적으로 이끄는 힘이 거기에 있기 때문이다. 심장과 피의 '붉은빛'이 새어나오는 시를 읽는다.

붉게 익어가는
토마토는 대지가 꺼내놓은 수천개의 심장

그러니까 붉은 달이 뜬 적 있었던 거다 아무도 수확하지 않는 들판에 도착한, 이를테면 붉은 달이라 불리는 자가

제단에 올려놓은 촛불처럼, 자신이 유일한 제물인 것처럼 어둠 속에서 빛났던 거다 비명을 삼키며 들판을 지켰으나

아무도 매장되지 않은 들판이란 없다

(…)

올해의 대지에도 토마토는 붉게 타오른다 들판 빼곡히 자라난 붉은빛이 울타리 너머로 흘러넘친다

토마토를 베어 물 때마다
내 심장으로 수혈되는 붉은빛   ──「붉은 달」 부분

첫 시집의 첫번째 순서에 배치되어 있는 만큼 시인의 이후 모든 작품마다 내내 붉은빛의 강렬함이 스며들도록 기운을 북돋아줄 듯한 시다. 시적 현장은 '달'이란 말 때문에 밤 시간대의 밭이 펼쳐지는 데에서부터 시작하는데, 그 정조가 고요하지도 않거니와 나른하지도 않다. "붉은 달"이기 때문이다. 이곳은 토마토가 박혀 있는 지상의 붉은빛이 지구의 중력에 따라 명도를 더해가고, 달의 중력이 거기에 맞서면서 엉키는 장소라 해야 어울리겠다. 하루를 구성하는 시간의 혈관으로 '밤'은 한순간에 이 거친 투쟁의 숨결을 불어넣는다. 그런데 "붉은 달"은 "아무도 수확하지 않는 들판에 도착"한 바 있던, "비명을 삼키며" 어둠 속에서 들판을 지켰던 전설 속 누군가의 이름과도 같다고 하지 않았나. 대지에 자욱한 붉은빛은 기실 풍년을 이루는 들판이 잃어버린, 혹은 삼켜버린 역사의 현시이기도 한 것이다. 오늘 들판이 살이 찌는 이유는 모두 그에 빚진 덕분이다. "대지가 꺼내놓은 것은" 토마토가 아니라 "수천개의 심장"이 맞다. 그러니 지금 '내'가 "토마토를 베어 물 때마다" 나의 심장으로 새어 들어오는 이 "붉은빛"은 "아무도 매장되지 않은 들판이란 없다"라는 구절을 이룩하는 이미지다. 토마토를 삼키는 행위는 곧 "붉은 달"이 뜨게 하는 주문과도 같은 것. 그러니까 지금 여기에 당장, 잃어버린 역사가 '나'의 몸을 관통하게 하는 일. 종국엔, 과거와 현재가 연속성을 갖도록 하는 일. "심장"의 두근거림과 흐르는 "피"에 우리의 감각이 열려 있다면, 우리는 토마토를 "베어 물"면서도 생의 운동적인 과정을 실감하게 될 것이다. 결국 '나'의 발이 지금 여기에 묶여 있을지언정, 또한 '내'가 이 세계의 보잘것없는 흔조각에 불과할지언정, '나'는 최선을 다해 박동함으로써 역사에, 미래에, 여기가 아닌 어딘가에, 나 이외의 다른 이들에 연결될 수 있는 것이다.

시인에게 주어진 임무란, 우리가 우리 자신도 모르는 사이에 잃어버린 박동을 되살리는 일이기도 하다. 유병록은 그것을 억지로 짜내야 한다는 강박도 없이 음소를 세포처럼 이용하거나(「무릎으로 남은」에서 "모래"와 "무릎", "구부러진 생"과 "구술"과 같이 'ㅁ'과 'ㄹ', 'ㄱ'과 'ㅅ'의 활용), 종결어미를 같은 결로 정돈하거나, 또는 사물의 심정을 입말로 전하며 사물이 애초부터 품고 있었을 아득한 리듬을 꺼내놓는 방식(「망치」)을 동원하는데, 그로 인해 시의 박동은 멈추지 않게 되고, 시에는 매일매일 신선한 피가 돌게 된다. 시에서 느껴지는 운율이란 "반복될 수 없는 인간의 생명"[2]과 다름 아니다. 그러니 우리는 심장과 피의 색채인 "붉은" 달이 뜨는 밤 시간대의 어둠에 대해서, 언제나 붉은빛이 스며드는 유병록 시의 어둠에 대해서 거듭 생각해볼 필요가 있다.

3. 사람의 노래

왜냐하면 최종의 고독을 이해하는 논리가 어둠 속에 숨어 있기 때문이다. 우리는 어둠 속에서 섞이지 못한다. 각자의 자리에서 저마다의 역할을 수행하며 어둠을 지킬 뿐이다("누군가의 통증을 이해한다는 것은 오래된 오해, 구름은 지상의 비명에 귀 기울이지 않을 것"—「중력의 세계」부분). 그러나 나의 건너편에서 나와 같은 역할을 수행하는 누군가와의 연결성을 상상할 수는 있지 않은가. 우리는 어둠의 저편에서 들려오는 염소의 희미한 울음소리를 지나치지 않고, 그이의 심정을 나의 상황에 매개하여 가정할 줄 안다("아무리 둘러보아도 한뼘의 초원이 보이지 않을 때, 자신의 뒷발로 사다리를 밀쳐낸 기억이 떠올라 흰 털들이 곤두설 때//이 세계를 들이받기로 결심했던 것일까//빛나는 털을 가진 세계도 어두워질 때, 두고 온 이름들이 눈동자 속으로 절뚝절뚝 걸어들어올 때"—「지붕

---

2 옥타비오 파스 『활과 리라』, 김홍근 옮김, 솔 1998, 77면.

위의 구두」부분). 나와 너는 분리된 채로 우두커니 세계의 부분으로 있을 뿐이지만 바로 그러한 이유로 우리는 서로에게 내내 기울어질 수 있는 것이다("숨과 숨/사이의 고요에 귀 기울인 적 있었다 (…) 어둠 속으로 사라진 박쥐와/손끝에서 맴돌다 날아가버린 두근거림"——「흰 박쥐의 일을 여기에 적어둔다」부분). 그때, 어둠은 더이상 어둠이 아니게 된다. 그이로부터 새어나오는 입김과 거기에 반응하는 '나'의 박동이 뒤엉켜 붉은빛이 스며든 어둠이기 때문이다. 벼랑 끝에 서 있는 삶일지언정 최종의 고독을 지키려는 배짱이 거기엔 있는 것 같다("나는 보았다/부서진 짐짝 밖으로 쏟아져나온, 검은색이 대부분인 조각들 사이에서 드물게 빛나는 순간을//짐꾼은 망설이지 않고 부수더라"——「짐짝들」부분).

　이 글의 처음에서 우리는 '시는 온몸으로, 바로 온몸을 밀고 나가는 것'이란 문장 앞에서 골똘해했다. 유병록의 시를 떠올릴 때 그 문장은 '시는 우직하게 온몸으로 여기를 지키며, 그 몸으로 저기와 더듬더듬 연결하는 것'으로도 바꿔 읽을 수 있을 것이다. 시인의 '온몸'은 부득이한 중력의 세계를 극복하기 위한 안간힘을 낼 줄 안다. 그를 위해 뜨겁게 곤두섰다가도, '온몸'을 붙잡는 숱한 이들의 숨결로 저 스스로를 적절한 온도에 맞춰 식히고 달랠 줄 안다. 유병록 시의 온도는 그래서 사람의 온도, 오롯이 36.5도다.

현재를 살다

◆

신용목의 시를 읽다

歷千劫而不古 亘萬歲而長今
오랜 세월이 지나도 옛일이 아니오,
만세의 앞날이 오더라도 늘 지금이다
— 해인사 일주문 현판의 전문

1

아무도 '현재'를 믿지 않는다. 돌아보면 제자리에 없기 때문이다. 하지만 애초부터 '현재'란 일시적이고 순간적인 것이지 않은가. 이 글의 독자인 당신에게도 '현재'란 곧 글을 읽는 지금의 상황 자체로 있을 테다. 당신은 이 글과 만나 일시적이고 순간적으로 현재를 겪지만, 당연한 수순처럼 글을 읽고 있는 현재는 당신이 책을 덮은 이후엔 당신을 떠나고 없다. 현재는 벽돌처럼 쌓아두고 지킬 수 있는 게 아니라 수행적으로 경험되는 것이다.

그렇다면 처음의 문장을 다시 물을 필요가 있다. '현재'가 믿음을 잃었다는 말은 무엇을 뜻하는가. 우리 자신이 지금 하고 있는 일에 백퍼센트 충실하지 못하다는 얘기다. 다소 과격하게 표현하자면, 모두가 매 순간의 두께를 잃은 채 살고 있다. 도시가 형성되고, 거기에서 무언가를 생산하고 소비하는 일에 일조하기 위해 번화한 거리 위를 지나치게 빠른 속도로 다니는 이들에게는 시간이 입체적으로 구성될 리 만무하다. 무엇과 마주하고 있는지, 무엇을 경험하고 있는지 제대로 파악하지도 못한 채 현재는 속절없이 간다. 그러다보니 지금 우리에게 현재는 우리의 정신을 분산시켜 '쓸모' 있는 미래로 가는 지름길로만 역할하는 것, 그다지 믿지 않아도 되는 것. 그도 그럴 것이 정해진 미래를 향한 통로라 자부하는 환상을 걷어냈다 해서 딱히 돌아갈 곳도, 살아낼 것도 없는 게 우리가 처한 현재의 실상이기 때문이다.

이와 같은 상황은 '현재'를 숙명적으로 믿음의 층위에서 다룰 수밖에 없는 시에선 치명적이다. 돌아갈 곳도, 살아낼 곳도 없는 '현재'의 자리에서 서성이는 시를 누구도 지극하게 돌아보지 않는다. 일시적이고 순간적인 속성을 따르는 듯하다가도 어느 순간엔 변하지 않는 것, 영원한 것의 존재 여부를 자꾸 묻는 시를 누군가는 버거워하기도 한다. 현재를 살찌워 경험하기엔 모두가 지나치게 바쁜 탓이다. 요컨대 빈곤해진 매 순간의 두께를 가리기 위해 마술환등 같은 현재가 우선시되는 지금을 가리켜 누구나 시를 믿음의 차원에서 논하지 않는 시대가 되어버렸다고 얘기할 수는 있을 것 같다.

2

모두의 환상 속에서 운영되어왔던 '일상'에 시인의 시선이 닿을 때, 마치 마술환등으로 무대의 어두운 구석을 비추듯 '현재'의 민낯이 드러나는 시를 읽는다. 이 시에서는 시인을 따라 독자 또한 그 순간의 두께를 느낄 수 있는 겹눈을 갖게 되는 일이 일어난다.

그런 풍경은 보이지 않는 풍경을 보여주는 풍경이라고 말할 수 있다.
삼성역을 나왔을 때

유리창은 계란 칸처럼 꼭 한알씩 태양을 담았다가 해가 지면 가로등 아래 깨뜨린다.

그러면 차례로 앉은 사람들이 사력을 다해 싱싱해지는 것이 보인다.

그들이 스스로 높이를 메워버린 후 인간은 겨우 추락하지 않고 걷게 되었다고 말할 수 있다.

잃어버린 날개 때문에 지하철을 만들었다고……

삼성역 4번 출구 뒷골목을 걷다가 노란 가로등 아래를 지나며 울게 되었다고 말할 수 있다.

눈을 감으면,

유리창에 비친 뺨을 벽에다 갈며 지하철이 지나간다. 땅속의 터널처럼, 밤이 보이지 뒷골목이라면 가로등은 끝나지 않는 창문이라고……

냉장고 문을 닫아도 불이 켜져 있어서 환하게 얼어 있는 얼굴이 보이는 것이라고 말할 수 있다.

—「우리 모두의 마술」 부분

(『누군가가 누군가를 부르면 내가 돌아보았다』, 창비 2017, 밑줄은 인용자)

"보이지 않는 풍경"을 "보여주는 풍경"이라고 했으므로, 시에서 '풍경'은 그 자체가 능동적으로 '보이도록' 드러나는 자리에 있는 게 아니라 누군가가 개입해서 "보여주"어야 '보이는' 자리에 있다. 이 구절로 인해 풍경의 수동성이 폭로되기 전부터 '누가 어느 자리에서 지금을 보는가'에 대한 질문이 선취된다. 누군가가 "삼성역을" 나와 근처의 분주한 현장 한가운데를 보고 있다. 그리고 시에서 "삼성역을 나왔을 때"라는 행에 독자의 눈이 잠시 머물다가 다음 행으로 넘어가기 위해 그 눈을 깜빡하고 감았다 뜨는 사이, '삼성역을 나온' 누군가의 시선 역시도 딱 그만큼의 속도로 움직이면서 휴지기를 갖는다. "거울에 비친 영상을 보듯 그저" 바라보는 데서 그치는 게 아니라, 스펙터클의 "표면을 뚫고" 사방의 "속으로 더 깊이 들어가"기 위해 "주의를 기울"이는 것이다.[1] 그때서야 우리의 시야엔 낮 동안에는 마치 최면에 걸렸다는 듯이 아무런 이물감 없이 도시에 침잠하던 이들의 모습이 들어온다. 이를테면 고층 건물의 층층마다 불빛이 이어달리기를 하듯 차례로 켜질 때 그 빛이 거리의 가로등에까지 번지고, 가로등은 바통을 넘겨받았다는 듯이 저 자신의 불빛으로 거리를 비추는 장면, 또는 지하철이 그 빛을 받아 안고 도시의 몸 구석구석으로 나르는 장면. 거기에 "차례로 앉은 사람들"과 건물 사이사이로 '나타났다가 사라지는' 사람들을 본다. 빛의 흐름을 좇는 시선으로 주의를 기울인 덕분에, "겨우" 표정을 얻는 사람들에 대한 상상이 가동된 셈이다.

시는 "겨우", 이 부사의 영향력이 미치는 자장 안에서 고작 살아남기밖에 더하겠느냐며 자조하듯 현재를 (수동적으로) 대하는 도시를 여간해선 추락시키지 않는다. 그보다는 유리창에서 가로등으로, 가로등에서 지하철로, 지하철에서 보도로 이어지는 빛의 터치가 각자의 자리에 감춰져 있던 리듬을 일으켜 세워 풍경을 구성할 수 있도록 둔다. 그러므로 침묵과 소란이 진동할 때 알 수 있는 물질성의 현전으로, 이 도시는 있다.

도시의 사람들도 마찬가지로 '보이는' 이미지로만 있는 게 아니다. "사력을 다해 싱싱해지"려는 안간힘으로 몸을 가득 채운 채 있다. "눈을 감으면" 각각의 사람과 사물이 저마다의 높이에서(건물 안에서, 지하철에서, 도로 위에서) 각자가 취할 수 있는 리듬으로 애쓰며 살아가고 있다는 사

---

1 앙리 르페브르가 도시의 리듬을 경험하기 위해 권하는 행동은 다음과 같다. "좀더 오래 잘 살펴보라. 일정한 지점까지만 유효한 그 동시성은 사실상 표면적인 것에 불과하다. 표면, 스펙타클이다. 표면을 뚫고 그 속으로 더 깊이 들어가보라. 거울에 비친 영상을 보듯 그저 바라보기만 하지 말고 주의를 기울여 들어보라." 앙리 르페브르 『리듬분석』, 정기헌 옮김, 갈무리 2013, 115면.

실이 실감난다. '내'가 삼성역을 나와 뒷골목을 걷다가 "노란 가로등 아래를 지나며" 문득 울음을 터뜨린 이유도 여기에 있을 것이다. "얼어 있는" 얼굴을 보이거나 "아무데서도 보이지 않을 수 있을" 얼굴을 하고 있을 테지만, 여기엔 각자가 애써 만들어낸 리듬과 그것끼리 교차하며 공명하는 울림이 잠재되어 있음을 '나'는 모르지 않는다. '나'라고 다를까. 냉장고 안에 환하게 켜진 불을 두고서 문을 닫는 건 '내'가 아니라 세계의 문을 여닫을 수 있을 만치의 거대한 힘일 터. 그 문을 닫지 못하도록 막을 만큼 '나'는 강하지 않은 것 같다. 게릴라전이 불가능하도록 건축된 직교형 도로만 있는 '여기' 이 도시에서는 "언제든 사라질 수도 나타날 수도" 있는 게 곧 삶의 당연한 모습이다. 사라졌다 나타나는 일이 아니고서야 무엇을 할 수 있을까. 하지만 '나'는 분명 걷고 있는데, 달리고 있는데, '여기'에서 이렇게 움직이고 있는데… 아닌 게 아니라 이 도시의 삶은 그야말로 누가 있는지도 모른 채 모두의 얼굴이 환영처럼 둥둥 떠 있는, 하지만 끊임없이 누군가가 '달리고' 있는 게 분명한 판타스마고리아적인 세계다.

"눈을 감으면", 지금 이 자리를 이루는 인간으로부터 출발하고 움직이는 '현재'가 '나'의 온 감각으로 사무친다. 물리적으로, 물질적으로 다가오는 현재에는 역사(歷史)가 담겨 있고("그들이 스스로 높이를 메워버렸"다는 인간의 이력에 대한 고뇌는 그래서 새어나왔을 것이다), 미래의 인장(印章)도 예비되어 있다. '나'는 여기에서의 삶을 느낀다. 비로소 '나'는 '현재'를 본다.

백미러 속에서 누군가 달려오고 있었다.

깨진 유리 속이면 사람은 한명으로도 군중을 만든다. 인간은 끝나지 않는다.

— 「우리 모두의 마술」 부분(밑줄은 인용자)

현재의 한가운데에 충실할 때 나 자신뿐 아니라 내가 속한 여기의 삶을 돌아보게 되고, "백미러 속에서" 나와 같이 움직이는 "누군가"도 발견할 수 있을 것이다. 그리고 그때, 시의 중반부까지만 하더라도 함부로 단정하지 않기 위해 거듭 꺼내들었던 (소극적인) 제스처의 일부 "말할 수 있다" 같은 표현은 "있었다" "만든다" "않는다"로 강직하게 전환된다. 머뭇거림을 깨고 여기에서의 삶이 실체로 현전하는 순간, 시는 '겨우' 인간이었던 존재를 '끝내' 인간으로 재점화하는 것이다. '현재'는 굳이 믿음의 영역으로 승화시키지 않더라도 '지금, 여기'의 인간으로 인해 끊임없이 구제되거나 해체된다. 우리는 '여기'에서 쉽게 "끝나지 않는" 인간의 삶을 지켜내는 난폭함을 감당하며 '현재'를 산다. 일시적이거나 순간적이라고 치부하기엔 상대해야 할 두께가 만만치 않다.

시는 "예속된 욕망을 전혀 채워주지 않는" 방식으로 예속된 욕망에서 벗어나게 한다.[2] 그러므로 '우리 모두의 마술'은 다른 무엇도 아닌 마술적 환영을 벗겨낸 자리에서 이어가는 끝나지 않는 현재에 관한 것일 테다. 시선을 앞이 아닌 뒤로 두게 만드는 "백미러", 한명으로 여럿을 만들어내는 착각을 일으키는 "깨진 유리"를 경유해야만 볼 수 있는 '현재'라 할지라도 그를 제대로 보기 위해 몸을 던지는 무모한 이가 곧 시인이다. 우리는 시인의 분투에 감전된다. 깨진 유리의 모습을 하고 우리는 시인과 더불어 '현재'를 살기로 한다.

---

2 이 표현에 영감을 준 바디우의 문장을 각주로 남긴다. "우리가 어떻게 해야 하는지 알고 있으나 늘 조금밖에는 알고 있지 못하더라도, 우리의 예속된 욕망을 전혀 채워주지 않는 이 시와 이 이미지를 준비합시다. 현재에 대한 시적인 벌거벗음을 준비합시다." 알랭 바디우 『알랭 바디우, 오늘의 포르노그래피』, 강현주 옮김, 김상운 감수, 북노마드 2015, 48면.

3

　신용목(愼鏞穆)의 시를 읽고, 자연에 대한 옛날의 경험이 물집처럼 잡혀 있는 몸으로 길을 나선 이의 심정을 비로소 짐작할 수 있었다는 독자가 많다. 또한 그 심정이 오래된 서정의 근성에서 비롯되었기보다는 시의 고유함이 숨기고 있었던 이중성을 동력 삼은 것이기에, 시인의 걸음도 처음 너머의 길로 계속해서 움직일 수밖에 없음을 예감하는 독자 역시도 많을 것이다. 우리는 들어서는 길목마다 진창이 나타나리란 비관을 감추지 않으면서도 그렇다고 해서 속절없이 매 순간을 허망하게 떠나보낼 수는 없지 않느냐고 묻는 동시대의 시인을 한명 알고 있다. 시인은 '폐염전'을 바라볼 때 만들어진 "망한 자의 눈"으로[3] "한 무더기 깨진 불빛으로 반짝이는 도시"[4]를 늘 다시 본다. 아직 도착하지 않은 과거와 아직 출발하지 않은 미래가 뒤섞인 거기에 현재의 길이 나 있으므로, 뒷걸음질을 치며 내다보아야 할 폐허의 삶이 두터워질 때까지 '지금' 우리는 시인을 따라 그 길 위에 있어야 할 것 같다. 시 또한 다르지 않을 것이다.

---

3 신용목의 첫번째 시집 『그 바람을 다 걸어야 한다』(문학과지성사 2004) 뒤표지에 새겨진 시인의 글 부분.
4 신용목의 세번째 시집 『아무 날의 도시』(문학과지성사 2012) 뒤표지에 새겨진 시인의 글 부분.

무엇이 거기에 있는가

◆

함기석의 시를 읽다

1

함기석(咸基錫)의 시를 이루는 말들은 늘 뜻밖의 모양새로 독자를 맞이한다. 왜 '뜻밖'이란 표현을 썼는지에 대해서 부연할 필요가 있겠다. 한국 시가 '어떻게' 언어의 밭을 일구고 넓혀갔는지, 또한 시를 통해 '어떻게' 한국어에 부여된 자리 너머로 넘쳐흐르는 에너지를 계속해서 생성해갈 수 있었는지에 관해서는 지금껏 시를 꾸준히 읽어왔던 독자들이라면 가늠할 수 있을 것이다(한국 시가 지금껏 이룬 언어적 성취는 비단 시인들만의 분투로만 가능했던 게 아니다. 그것은 시적 언어들의 치열한 몸짓 한가운데를 관통해서 활보할 줄 알았던 독자들의 적극적인 독서 행위가 있었기에 가능한 일이다).

요즘은 도리어 시에서는 응당 '뜻밖의' 말, '뜻밖의' 앎이 있어야 한다고, 그러니까 '뜻밖의' 마주함이 이루어지는 곳이 곧 시여야 한다고 여기는 독자들이 다수겠다는 짐작 정도는 가능한 때다(그리고 이와 같은 인식을 조성하기 위해 치열하게 노력해왔던 시인들 중 한 사람으로 우리는 함기석을 떠올릴 수 있다). 그렇다면 함기석 시의 말들에 대해 축약적으로 전한 이 글의 첫 문장에서 우리가 방점을 찍어야 하는 부분은 (시에 등장하리라는 예상을 비껴난 문자 또는 기호 들이 출현한다는 의미로서의) '뜻밖의'가 아니다. 그보다는 오히려 '뜻밖의'의 뒤를 따르는 '모양새'라는 표현에 있을 것이다. 강조를 달리하고 아까의 문장을 반복해서 쓴다. 함기석의 시를 이루는 말들은 늘 뜻밖의 '모양새'로 독자를 맞이한다. 이 글은 그 모양새 속에서 그가 하려고 애쓰는 것이 무엇인지를, 그때 문득 우리에게는 무엇이 남겨지는지를 그의 시 몇편을 따라 읽으면서 골몰하는 중에 썼다.

2

모양새라고 했거니와 함기석의 시에서 자주 출현하는 다양한 수학적 모티프와 비연속적인 이미지들, 행간에서 빚어지는 의도된 축약과 비약은 그의 시편들을 향해 "끊임없이 초현실을 생산"한다거나,[1] "단일한 곳으로 수렴되는 의미를 부정"하면서 "무한과 공허와 없음을" 무의식으로부터 끌어내는 과정을 펼쳐놓는다는 평가를 던지게 만들었다.[2] 이는 함기석 시의 형식을 일컬어, 시를 이루는 말들의 모양새들이 자율적으로 움직이면서 "강고한 논리적 사고와 문법적 구조의 관성" 속에 있는 우리에게 "착오와 착란"을 설득시키고, 바로 그러한 방식을 통해 능란하게 조성된 "논리적 착시와 착오"가 역으로 "우리들 자신의 논리적 사고의 관성"을 간단히 파열시킴으로써 다른 세계를 만드는 방식이라고 이해하는 입장에

1 고봉준 「이상한 나라의 탈옥수들」, 『힐베르트 고양이 제로』 해설, 민음사 2015, 155면.
2 조재룡 「무위의 시학」, 『오렌지 기하학』 해설, 문학동네 2012, 149면.

가까울 것이다.[3] 요컨대, 함기석의 시를 이루는 말들이 그들 자신의 조직 원리로 자율성을 획득한다는 점에 모두가 어느 정도 동의하는 것 같다는 얘기다. 실제 현실과 부합하느냐의 여부를 떠나 모양새가 자율성을 지닐 수 있는 이유에 관해서 정한아는, "우리들이 모두 조금씩 초현실주의자이기 때문"이고, 그로 인해 경험 현실에서 더 나아간 현장의 창안이 가능하지 않겠느냐고 말한다.[4] 물론, 그러한 평가의 타당성을 완전히 부정하지 못하게 만드는 여지가 함기석 시에 있다는 사실을 우리는 어느 정도 인정한다. 그러나

정말 그러한가?

그러니까, 함기석 시의 모양새들은 철저히 자율성을 획득함으로써 지금 세계에 파열을 가하고 있다고 선뜻 단정해도 되나? 이 글이 함기석을 향한 지금까지의 평가와는 별안간 거리를 두려고 하는 배경에는 시인의 최근 시집 『힐베르트 고양이 제로』(민음사 2015)에서 다음의 시가 수록된 탓도 있다.

왜 나는 굽은 뱀의 육체에서 삼차방정식 곡선을 보는가
왜 나도 꼽추의 굽은 울음처럼 뱀인가
죽음은 내 심장에 정박한 U보트
손끝으로 빠져나와 끝없이 늘어나는 붉은 철로

지금 내 몸은 지진 중인 밤의 대륙붕

---

3 정한아 「논리와 착란」, 『문학동네』 2012년 가을호, 491~97면.
4 같은 글 493면.

〈부터〉부터 갈라지고 있는 흑해

〈까지〉까지 균열하고 있는 해저

혀 뽑힌 독뱀이 죽어 가며 생의 마지막 곡선을 그리고 있다

—「살모사 방정식」 부분

　인용한 부분에서 시의 화자는 "굽은 뱀의 육체"에서 "삼차방정식 곡선"이라는 응축된 형상을 떠내면서(이를 단순히 뱀 속에서 삼차방정식을 '보는' 행위라 말해선 안 된다. 시인은 '삼차방정식 곡선'을 구하기 위해 의도적으로 추상화의 과정을 거치는 중이다. 마치 외과시술과 다름없는 인식의 전환이 여기에 수반되어 있기 때문에, 화자는 뱀에서 삼차방정식 곡선을 '보는' 게 아니라 '떠내는' 것이라고 해야 한다), '나'의 자리를 확인한다. 최종적으로 구해지는 응축된 형상이 "삼차방정식 곡선"이라 할지라도 그것이 가능하기 위해서는 어떤 에테르를 집요하게 갈망하는 '나'라는 축이 있어야 한다는 것이다. 그러나 축으로 기능하는 '나'는 또한 "갈라지고" "균열하"면서 온전치 않은 상태를 전시한다. '나'는 상황의 축인 주어 'I'에서 대상 'me'로 전락하면서, 급기야는 저 자신을 "곡선"의 추상성에 몸을 싣게 만든다. 지면 위에서 '곡선'이 형성되기 위해서는, '내'게 다가오는 죽음에의 간섭은 피할 수 없는 종류의 것이 된다는 얘기다. 그러니까 하나의 인식이 문을 닫고 새로운 인식이 개화하는 추상화의 과정 속에서 일어나는 생성의 점증은 곧 '나'의 점멸을 수반한다는 것. 이 시를 이루는 뜻밖의 모양새를 한 언어들은 "아픈 몸으로 귀환하는" "어휘들"의 이면이자, "인간의 뿌리를 구원하지 못하는", 해독(解毒)되지 않은 기호들일지도 모른다.

　어쩌면 우리가 함기석의 시 곁을 떠나지 못하는 까닭은 다양한 수학적 모티프와 비연속적인 이미지들, 행간에서 빚어지는 의도된 축약과 비약 등 독자를 맞이하는 뜻밖의 모양새 그 자체가 끊임없이 초현실과 무한성

을 생성해서가 아니라, 그들 모양새가 자리하고 조성되는 과정이 전시됨으로써 해당 '모양새' 너머의 어떤 뚜렷한 목소리가 자꾸 들리기 때문인지도 모른다. 모양새가 자율성을 지녔기는커녕, 우리가 사는 여기의 세계가 그 모양새의 방식을 제공하고 있는지도.

우리는 함기석의 스타일을 그만의 수사로만 넘겨짚을 게 아니라 도대체 왜 그 스타일을 하고 있는지를 물어야 한다. 함기석의 시는 '어떻게'가 아닌, '무엇이'에 초점을 맞춰 다시 읽을 필요가 있다. 무엇이 거기에 있는가. 그리고 왜 하필 시(詩)로, 거기에 있는가.

3

그렇게 할 때, 최근의 함기석 시에서 우리는 3차원적 입체를 발견한다. 영화 「닥터 스트레인지」(스콧 데릭슨 연출, 2016)에서 시각적으로 구현된 그 '차원'을 말하는 것이냐고? 맞다. 시인은 지면 텍스트에서 출발한 문자들이 그 위에서 행과 연을 넘나들며 건설과 해체를 수행하도록 둔다. 2차 평면에 해당하는 지면 위 문자들이 움직이면서 그들 앞에 또다른 차원을 설치하는 방식을 보라. 거기에 누가 또 죽음 근처를 벗어나지 못하고 있는지도 보라.

1연의 첫 문장은 직사각형 모양의 갈색 나무문이다
손잡이를 돌리면 스위트룸이 나오고
당신의 사체 a가 침대 밑에 쓰러져 있다 창가엔
사체가 매매에 미칠 악영향을 계산중인 부동산 중개인 X

(…)

4연으로 졸졸 흘러드는 여름밤이다
4연은 욕실의 벽 너머에 있고 이방인 커플이 섹스 중이다
대머리 중개인 X는 매매가 하락을 위조한 사건을 상상하며
당신의 사체를 침대시트에 말아 어디론가 옮긴다

오렌지 커튼과 타원형 거울 사이 흰 공간이 5연이다
b가 혈흔을 채취 중이다 갑자기
5연으로 알몸의 이방인 여자가 뛰어든다
정말 이상한 모텔이야, 도대체 비상구가 어디야?
　　　　─「이 시의 적정 매매가를 말해보시오」 부분(『작가세계』 2016년 겨울호)

　시를 이루는 문자가 1연으로 진입하는 순간 다른 바깥으로 빠져나가지
못하도록 그 안에서만 연기(performance)하게 두었다가, 마지막 연을 통
해서야 겨우 저 자신의 운명을 마감할 수 있도록 구조화하는 방식은 함기
석이 으레 행했던 것이다. 인용한 시 역시 예외는 아니다. 어쩌면 문자로
하여금 시 '바깥으로 빠져나가지 못하게 만드는' 방식이 많은 이들로 하
여금 '자율성'을 연상케 했던 부분일 수도 있다.
　그러나 보다시피, 1연 1행에 설치된 갈색 나무문을 열고 1연 2행에 이르
러 스위트룸에 당도한 후, 1연 3행에서 '죽은' '당신'을 발견하는 방식은,
게다가 1연 4행에서 이 모든 상황을 지켜보며 이와 같은 입체의 건설과
해체의 매매가를 계산하는 부동산 중개인 X가 출현하는 장면은, 독자에
게 이 시의 문자들이 서 있는 바로 그 자리에서 입체를 형성하라고 요구
하는 것 같다. 달리 말해, 이 시를 읽는 순간 우리는 글자가 그 자리에 서
서 모종의 '모텔'을 뚝딱뚝딱 지은 것만 같은 착각을 느낀다. 그리고 3차
원으로 구축된 이 형상은 급기야, 폐쇄적인 방식을 통해 이 시가 쓰이는

지금 여기의 사회와 연결되는 알레고리로 그 형상이 드러나도록 독자를 이끌고 가는 것이다.

그러니 "도대체 비상구가 어디야?" 같은 외침이 예사롭게 들릴 리 없다. 이방인 여자의 입을 빌린 외침이라는 점을 놓치지 않는다면, 시공간이 "역류"하며 "문장들이 역류한다"는 시 내부의 상황은 부풀어 오를 대로 부푼 지금 여기의 세계, 바깥을 상정할 수 없(다고 착각하게 만들었던, 그러나 지금으로서는 이 역시 착각이지 않을까 싶게 만드)는 지금 여기의 세계가 저 스스로를 참지 못해 끓어오르고 있음을 연상케 한다. 외부로부터 와서, 여기에 머물겠다는 자가 당장 '비상구'를 찾고 있는 상황이기 때문이다.

'당신의 사체'의 행방을 따지기 위해 단서를 마련하는 방식으로는 "이 시의 적정 매매가를 말"할 수 없다. 그보다 독자는 인용한 시에서 3차원 입체의 구축과 해체를 통해 "시의 적정 매매가"를 말하도록 요구하는 권위와 마주하게 되고, 여기에서 빠져나가지 않는다면 거듭 자본의 메커니즘이 유지되리라는 불길한 예감과 그마저도 '당신의 사체'를 담보로 즉, '독자-당신' 인식의 죽음을 담보로 이 일이 계속되리라는 압박을 갖게 된다. 저 복잡한 입체의 배면에서 울려 퍼지는 어떤 절박함이 이 시에는 있는 것이다. 그런데

무엇이 그리도 절박한가.

4

또다른 시 「페르마 정리」(『작가세계』 2016년 겨울호)에서도 "횡단보도를 지우고/육교를 지나고" 하면서 3차원 입체의 구축과 파괴를 일삼는 시적 현

장이 조명된다. 하지만 거기에 끼어드는 감정은 제아무리 "시간도" "생각도" 지워지는 과정을 거친다 할지라도 죽음을 피할 수 없으리라는 예감이 빚어내는 쓸쓸함이다. 지금 상황에서 빠져나가고 싶지만 여기 내부와는 다른 어딘가로 — 바깥으로 — 빠져나가기 위해선 무언가의, 누군가의 죽음이 수반될 수밖에 없음을 아는 이는, 이 상황을 부정할 수 없기에 그 누구보다 더 절박하고 그 크기만큼이나 더 고통스럽다.

이쯤에서 우리는 함기석 시의 말들이 이루는 모양새가 실은 고통스러운 운명으로 말미암은 것이라고 말해야 할 것 같다. 그의 시 내부에서 응축된 형상은, 살아 있는 상태에서 죽음으로 소급되는 존재의 비일관성이 건드는 비애감으로 거듭 수렴된다.

> 해파리 실처럼 끈적끈적 어둠을 풀어내면서 그들은 내 눈 속의 진공을 응시했다 우린 무한히 확장 중인 구(求), 무한개 점이야 세계는 그 연결궤적을 따라 회전하며 태어나는 기하학 새장들
>
> (…)
>
> 나는 홀로 남아 보통위상공간의 부분공간인 유리수집합 Q가 비(非)연결공간임을 증명하기 시작했다
> 그건 울음이 살에 마른 불면의 마임이었다 증명을 살해하기 위해 태어나는 증명의 사생아들
>
> 하늘에서 어린 돌고래들이 천천히 지붕으로 내려왔다 폭설이 폭설을 폭설로 지워나가는 이생의 기이한 겨울밤, 수억 년 전에 사라진 별빛들이 죽지 않은 당신의 눈처럼 아름답게 반짝이고 있었다
>
> ——「마임의 공간」부분(『작가세계』2016년 겨울호)

다른 어딘가로 빠져나가고 싶다고 했지만, 그렇지 못한 운명을 타고난 인간으로서 '나'는 내 앞에 놓인 상황들을 '마임'으로 축약해서 이해해보고자 한다. 허공에서 통용되는 언어인 마임으로 추상화된 삶이 바로 그 허공을 통해서 입체를 구성할 때, '나'는 어쩌면 이 삶은 빠져나가고 싶다고 해서 당장 빠져나갈 수 있을 만큼의 간단을 허락하지 않는 것일지도 모른다고 여긴다.

"나는 홀로 남아" "비연결 공간"을 증명하기 위해 애쓴다. 그것의 성공과 실패 여부는 알 수 없다. '나'는 끝내 여기가 아닌 다른 어딘가로 가지 못할 것이다. 운명의 굴레를 벗어던지지 못할 가능성이 그리 할 수 있는 가능성보다 더 크다. 그러나 '나'는 증명하기 위해 애쓴다. "불멸의 마임"이 이어진다. 내 앞에 이어지는 '증명'은 또다른 증명을 살해하면서 계속된다. 내 앞에 주어진 "이 생의 기이한 겨울밤"에는 다만 사라졌다고 알려졌으나 실은 어딘가로 도망가지 못해 정처 없이 떠돌고 있는 "별빛"들만이 총총하다. 그리고 바로 그것, 고통이 흩어지지 않고 응축된 채 계속해서 삶에 부여된 비일관성을 증명하는 자리, 함기석 시에는 그것이 있다.

그리하여 말은
무한히 소멸 중인 육체 속의 우주
반지름 R인 원(Circle O)의 우주를 무한회전 중인
반지름 r인 원(circle o)의 원의⋯⋯
그리하여 말은 다시
무한히 팽창되는 우주 바깥의 불가능한 육체

그리하여 나는 없는 시
없는 눈 없는 귀 없는 코 없는 혀 없는 꽃 사라지는 궤적들

그리하여 세계는 젠가 게임

원 밖의 원 밖의 원 밖의 원 밖으로 무한히 사라지는

말은 웃는 백지

시간은 우리의 백골 컬렉터

—「R=kr」부분(『작가세계』 2016년 겨울호)

"무한히 소멸 중"인 것은 '내' 안의 '우주'이고, 소멸에 소멸을 거듭하는 무한회전 속에서 바로 그 무한회전으로 말미암아 다시 "팽창하는" 것도 '내' 안의 '우주'다. 그러므로 "나"는 소멸과 팽창의 이중주를 껴안고 있는 "육체", 언어의 실존적 쟁투가 벌어지는 장, 또한 그 때문에 '나'는 여기가 아닌 다른 곳을 향해 무한히 열려 있으면서도 (바깥을 끊임없이 지향하면서도) 여기에서 결코 벗어날 수 없는 (바깥을 끊임없이 지양해야 하는) 상태⋯

우리는 이것을 도무지 순수한 문자의 힘으로 볼 수 없다. 함기석의 "백지"는 "없는" 것으로 "무한"을 발설해야 하는 고통이 들끓는 장이다. 죽어나갈 걸 알면서도("백골 컬렉터") 회전하는 시간에 몸을 맡겨야 하는 운명론자들이 갖은 몸짓을 동원하면서 비일관적인 삶의 부당함을 폭로하려 애쓰는 일들이 거기에선 벌어진다. 우리가 사는 세상도 이와 다르지 않을 것이다. 함기석의 비애는 이 삶을 떠날 수 없는 이들의 비애와 맞닿아 있다. 채 다 언어화할 수 없는 통증도 거기엔 섞여 있겠다. 그러나 고통은 통약 불가능하기에 일시에 해독(解讀)될 리 없다. 함기석의 시가 내내 뜻밖의 모양새로 독자를 맞이하리란 짐작이 든다면, 그 이유를 이것으로 삼을 수 있을 것이다.

어째서 이런 일이 벌어졌을까

◆

이영광의 『나무는 간다』에 대하여

내가 나를 어찌할 수 없을 때조차도 삶은 뻔뻔하게 지속된다. 때때로 삶이 거짓의 형식으로 지탱되는 것처럼 여겨진다면 그 이유는 아마 여기에 있을 것이다. 우리는 분명 "모든 말을 다 배"운 이들이지만, 그럼에도 "혀 잘린 변사"에 불과한 채 "말할 수 없는 것을 말"해야 하는 순간들을 맞이한다(「시인이여」). 이처럼 연기(演技)를 통해서만 삶의 연기(延期)가 가능함을 불현듯 깨닫는 자리에 이영광(李永光)의 네번째 시집 『나무는 간다』(창비 2013)가 있다. 그의 시와 마주하는 일이란 어쩌면, 이 삶이 거짓으로만 여겨져 거기에 속한 나조차도 내 삶을 신뢰할 수 없을 때 (혹은 나자신이 하나의 거대한 거짓처럼 여겨질 때) 우리가 취할 방식으로는 대관절 무엇이 있을 수 있겠느냐고 따져 묻는 행위 같은 것일 수도 있다. 방점은 '따져 묻는' 데에 있다. '내가 나를 어찌할 수 없어 벌어지는 일들'이라 하더라도, 그마저도 그냥 넘길 게 아니라 심문해야 할 대상으로 삼아야 하는 게 아니냐고 시인은 말한다. 이를테면 기도를 하는 사람의 방향조차도 실은 "어쩔 수 있을 어쩔 수 없는 것"을 향해 있는 것(「기도」)이 아니냔 얘기다. 이때, 따져 물으면서 부상한 '어쩔 수 있을'이란 수사는 우리를 거기에 갇히게 해 종국에는 우리로 하여금 "기도에 목 졸"리게 한다. 벗어나지 못할 그늘이 우리 삶을 내내 따라다니는 것이다.

이영광의 시에서 '어째서 이런 일이 벌어졌을까' '어쩔 수 없는 일이란 무엇인가' 같은 질문들은 답변을 구하기 위한 역할을 방기한 채, 시인의 눈길이 뚫어지게 가닿을 만한 대상으로 혹은 매만질 만한 상황으로 등장한다. 시인은 마치 국밥을 앞에 두고 소주를 따른 잔을 연거푸 만지작거리듯이 자신의 내부에서 손쓸 새 없이 터져나온 말들을 집요하게 반복 응시하면서, 삶을 지탱하는 거짓된 형식을 따져 묻는 행위에 긴장의 숨결을 부여한다. 그러나 긴장만이 이어질 뿐 나 자신이 어떻게 살아갈지에 대한 뾰족한 답변 하나조차 구하지 못하는 상황("원, 삶도 죽음도 아닌 그걸 뭐 어쩌겠습니까/나는 답하지 못했다 나를," —「개구리 지옥」 부분)은 우리 삶의 중심축이 애초부터 어긋나 있음을 증명할 뿐이다. 서글픈 얘기지만, '내'가 '나'를 구원할 수는 없는 법이다.

인간이 짊어진 한계가 이것이라면, 한편, 도리어 시인은 그 반대편에 있는 이들을 조명한다. 그들을 '그늘의 삶'이라 하자. '삶의 그늘' 속에서 이영광은 '그늘의 삶'을 발견한다. 가령 "이따위 곳에 왜 날/낳아놓은 거야?"라는 질문을 독보적으로 만드는 사람과는 다르게 제 동족이 사자 무리 곁에서 살점이 찢겨 나가고 있음에도 "울지도 웃지도 않고" 풀을 뜯어 "먹는" "누"의 모습이나("식사가 끝나자 누도 사자도/발아래 이따위 곳 따위에는 눈길도 주지 않고,/피 좀 본 거로는 꿈쩍도 않는/노란 지평선을 본다/어쩌다 사람만이 찾아낸/분노의 거주지/혼돈의 부동산/이따위 곳" —「이따위 곳」 부분), "원한 없는 열개 스무개 닭 모가지들이" "갸우뚱" 하얀 마당을 올려다보면서 "검은 잠 속"에 있는 모습들이(「깔깔대는 혼」)의 경우. 이들은 무지해서 태연히 있는 것이 아니다. 이들 삶의 형식이 거짓일 수 없기 때문에 거기에 그렇게 있는 것이다. 하여, 영원히 구원받지 못하는 삶의 그늘에 잠긴 몸이 그늘의 삶에 감추어진 혼과의 이종교배를 이루며 내내 디디게 되는 헛발질은, 삶을 추동하는 원동력으로 자리한다.

　이영광의 시에서 3형식으로 이루어진 행들로 운율을 형성하는 시("나는 모든 자폭을 옹호한다/나는 재앙이 필요하다/나는 천재지변을 기다린다/나는 내가 필요하다/짧은 아침이 지나가고,/긴 오후가 기울고/죽일 듯이 저녁이 온다/빛을 다 썼는데도 빛은 나타나지 않는다"―「저녁은 모든 희망을」부분)나, 반복되는 구절로 이루어진 시("탈도 많고 말도 많은/캄캄한 내장들을 주물러도 본다/몸은 안 좋을 것이다/몸은 안 좋을 것이다."―「세한」)가 자주 등장하는 까닭도 아마 그와 연관지어 생각해볼 수 있을 것이다. 시에서 갖추어져 드러난 형식들은 문자에 묶여 있는 시의 몸을 전시하는 것이므로, 한계가 내정된 삶을 짊어지고 있는 인간의 몸을 연상하게끔 하기에 용이하다. (특히나 시에서 어떤 구절이 반복해서 등장할 때, 두번의 반복은 의미의 강화로 읽힐 수 있지만 세번의 반복은 의미의 이탈을 이룬다는 점을 염두에 둘 때) 이영광의 반복이 두번의 반복을 벗어나지 못하고, 그마저도 일정한 율격을 형성하며 자리한다는 점은 그 구절들이 의미의 정박뿐 아니라, 이 생에 닻을 내렸으니 거기에 매여 끝없이 뒤척일 수밖에 없는 인간의 헛발질을 상기하게 한다.

　헛발질로만 움직일 수 있는 삶, 쳐다보는 대상을 향해 나아가지 못하고 그에 대한 반동으로만 사는 일. 이는 마지못해 사는 것이 아니라 마지못해 살 수밖에 없는 궁지로 내몰렸기 때문에 살아남게 되는 우리들 삶의 진실을 건드린다. 그러니 가끔 시인이 처연하게 주정하듯이 울 때, 이를 우리는 궁지에 내몰린 자의 울음으로 이해해야 할 것이다("나는 북받치는 인간으로 돌아와 왈칵왈칵 토했다 아카시아/숲길 하나가 뿌옇게 터져 있다 자연이 유령의 손으로 염하는/자연을 세번째 본다 이 봄은 울음 잦고 길할 것이다"―「깊은 계곡, 응달의 당신」부분, "나 좀 없었으면 좋겠다/누가 나 좀 울었으면 좋겠다/자꾸 목덜미를 쥐는 나무 그림자들을 거미줄처럼 뜯어내며 나는/내가 무섭다더라, 하지만 삶은 삶도 죽음도 두려움도 아니다"—「개구리 지옥」 부분). 그때, 이영광의 울음은 짐승의 울음에 가까우므로 삶의 그늘과 그늘의 삶은 비로소 합쳐진다. (시에도 정직이라는 태도가 통용될 수 있다면) 이 같은 이유로 우리는 이영광의 울음을 정직하다고 느낄 것이다. 덧붙여, 정직하기가 쉽지 않은 나 자신의 삶이 문득 난감하게 여겨지기도 하겠다.

어떻게 참 잘도, 학생 땐 돌을 던지고
군인이 돼선 총질을 해댔을까, 정신을 잃지도 않고
잊지도 못할 말들을 뱉었을까
나는 너무 나 같아서 나 같지 않다
너무 나 같지 않아서 나 같다
(…)

중무장을 하고 후꾸시마로 들어가는 원전 처리 결사대처럼,
물샐틈없는 밤을 본다
산 것도 죽은 것도 아닌 나 같은 것이
어떻게 그렇게도 여러번 무사했을까
어떻게, 살려달라고 빌고 나서도
살고 있을까

　　　　　　　　　　　　　　　　　　　—「불을 끄려고 한다」 부분

　　위의 시에 따르면, 학생 때 시위대의 입장에 서서 돌을 던진 것도, 군인이 돼서 총질을 해댄 것도 모두 나다. '어째서 이런 일이 벌어졌을까.' 내가 손쓸 새도 없이 왜 삶은 뻔뻔하게 지속되는 것인가. 나는 왜 어쩔 수 없는가. '어쩔 수 없는 일'이란 도대체 무엇일까. 어떻게… 나는 살고 있을까. 이 의문들에 대한 답변을 구하기 어려워 짐승처럼 서글피 울 적마다

계속되는 시인의 헛발질은 삶이 내장하고 있는 부정합을 예증한다. 아귀가 맞아떨어지지 않는 것은 비단 나의 삶만이 아니다. '후꾸시마'라는 말로 짐작 가능하듯, 세계의 부정합에까지 시인의 헛발질은 미친다.

이런 그가 자주 말하는 '사랑' 역시도 부정합을 내장한 '사랑'일 것이다. 사랑이라는 말의 덧없는 외피를 벗겨내지 못한 이들이 사랑을 호출할 때 잊지 말아야 할 것은, '사랑'이란 우리를 '쓰러뜨린 말'들이라는 뜻을 갖고 있다는 점이다. 우리로선 사랑의 난폭한 성질을 어쩔 도리가 없다 ("물에 빠져 죽는 물고기처럼/말의 홍수에 휩쓸리면서도/한마디도 알아듣지 못하는/말의 기근/ 돌 속으로 들어가지 못하는 돌처럼,/사랑의 난폭한 주인들"—「사랑의 하인」 부분). 마냥 속수무책이다. 그러나 이런 위로는 가능하겠다. 삶이 뻔뻔하게 지속되는 것은 거짓의 체험일 수 있지만, 당신이 사랑 한가운데서 앓는 통증은 거짓일 리 없다. 거짓일 수 없다. 우리가 쩔쩔매며 이어가는 삶의 거짓된 형식은 참된 내용의 지탱으로 가능한 것이니, 당신의 헛발질은 언제나 정당하다.

ㄹ의 경우(輕雨)

◆

신영배의 『물속의 피아노』에 대하여

모든 것이 'ㄹ(리을)' 때문이다. 혀가 미끌거리는 운동 속에서 이 기묘한 자음을 발음할 때마다 우리는 소리에도 뒷모습이 있을 수 있다는 착각을 하게 된다. 이는 (첫음절 종성이 'ㄹ'일 경우) 혀끝의 가벼운 놀림 속에서 탄생한 소리가, 혹은 (끝소리가 'ㄹ'일 경우) 혀의 측면으로 바람이 지나가면서 싹 튼 소리가 기어코 우리 주변의 공기의 흐름을 바꾸어놓고, 어떤 잔영을 남긴다는 뜻이다. 'ㄹ'의 발음 방식을 통칭하여 '흐름소리〔流音〕'라 부르는 이유가 달리 있는 게 아니다. 하지만 대관절 무슨 연유로 이 글은 "모든 것이 'ㄹ' 때문"이라고 탓하는 저 단호한 문장으로 시작되는 것인가.

어떤 이의 말은 의사소통 과정에서 용인되는 의미만으로는 도무지 해명되지 않는다. 그렇다면 그것을 '말'이라고 할 수 있을까? '언어〔言〕'의 사원〔寺〕'인 '시(詩)'는 '그렇다'고 답한다. 시에서는 고정된 의미를 좇는 탐색 너머에도 말들이 다양한 방식으로 활용되는 상황이 얼마든지 목격될 수 있기 때문이다. 크리스테바(J. Kristeva)에 따르면 "의미는 이따금 목소리의 어조 안에 숨어 있는데, 정동의 의미를 해석하기 위해서는 그 어조를 들을 줄 알아야 한다".[1] 신영배(申榮倍)의 세번째 시집『물속의 피아노』(문학과지성사 2013) 역시 마찬가지다. 말들의 '울림'만으로도 독자들에게 특수한 정념을 남기는 방식이 여기엔 있다. 요컨대 신영배 시가 남기는 '기이한 슬픔'이라는 정서가 어떻게 형성된 것인지 그 원천을 헤아려보면, 'ㄹ'의 울림을 간과할 수 없다는 얘기다.

신영배의 'ㄹ'을 기억하는 세가지 방법이 있다. 어떤 자음의 분방함으로 시적 아름다움이 성취되는 현장에 동참하고 싶은 당신이라면 기꺼이 받아들일 수 있는 제안일 것이다. 'ㄹ에 관한 단정적인 정리'가 아니라 신영배 시의 도처에 '있을 법한 ㄹ의 경우(境遇)'를 나누기로 한다.

우선 시집 곳곳에 액체성의 표징으로 흐르고 있는 'ㄹ'을 살피기로. 'ㄹ'을 품은 액체의 한 종류라 할 수 있는 '물'은 신영배의 이전 시집들에서도 계속해서 눈에 띄던 어휘다. 이번 시집에서는 어떻게 물이 단단히 뭉쳐 있는 시적 현장 한가운데로 흘러 들어가 그 자리를 묽게 전화시키는지, 하여 물이 수반하는 다양한 움직임들에 관한 말들을 어떤 형태로 활성화하는지, 그 역능에 시선을 두기로 한다.

물방울이 흔들린다 물로 어떤 것은 가능하고 어떤 것은 가능하지 않다
불안과 부끄러움이 손 끝에 매달려 있다

(…)

눈가에
동그라미가 아른거리는 정오

---

1 줄리아 크리스테바『검은 태양』, 김인환 옮김, 동문선 2004, 74~76면.

손 끝에 물방울을 달고 여자는 물구나무를 선다
나가는 문과 들어오는 문을 세어본다
나가는 문만 다시 세어본다

피아노를 열어본다
1과 2로 노래를 만들어본다

물병이 쓰러진다 젖은 다리로 바닥을 긴다

손으로 눈가를 훔친다 물방울들이 부푼다

물방울을 안고 몸을 둥글게 만다 바닥을 구른다
　　　　　　　　　　　　—「물방울 알레그로」 부분(밑줄은 인용자)

　　설거지를 하는 여인의 손끝에서든, 눈앞에 들어찬 풍경에 대한 판별이
어려울 정도로 눈가에 어롱어롱 눈물이 맺혀서든, "물방울의 흔들림"은
실로 어디에서든 가능할 것이다. 이는 '물'이라는 말이 우리의 혀를 적시
는 순간, "나가는 문"과 "들어오는 문"의 경계가 흐려져 그 어떤 인과관계
로도 설명할 수 없는 상황들을 연관짓게 된다는 얘기다. 중력의 힘에 이
끌려 물이 어디에든 "매달려" 있으니 여자의 몸도 시적 현장에 "물구나
무"의 형태로 접촉하고, '물'이라는 말이 반복될수록 "일렁이는 오후"가
파도처럼 밀려와 여자가 서 있는 공간을 죄다 '일'과 '이'로(건반악기에
서는 '도'와 '레'에 해당한다) 만든 노래로 채우고 있다. 액체로써 말을 하
는 순간, 여자의 슬픔은 간과할 수 없는 모두의 슬픔이 되어 알레그로(빠
르게)로 확산되는 것이다. 액체는 지속되기도 하고, 억제되기도 하며(액
체는 우리를 젖게도 하지만, 온도에 민감하게 반응하여 쉽게 마르기도 한

다), 팽창적이거나 점액질이거나 전도성이 있어 쉽게 예비할 수 없는 특성을 가진다. 고체의 칸막이들을 통과해 전세계를 한번에 삼킬 정도로 강력함을 표방하지만, 또 한편으로는 어떤 액체도 그 자신의 형체를 쉽게 설명하지 못한다는 의미에서 무기력한 것이기도 하다. "물로 어떤 것은 가능하고 어떤 것은 가능하지 않다"라는 헤아림은 그래서 가능한 문장이다.

한편 이 민감한 성격은 비단 액체만의 것이 아니지 않은가. 인간인 우리도 실은 물에서부터 왔기에 하는 말이다("너는 물로 태어난 팔과 다리, 어린 몸짓으로"—「물방울이 떨어지는 시간」 부분). 지구가 막 만들어지기 시작한 이래, 대양에 살던 존재들이 육지로 살 곳을 옮겨왔다는 과학적 가설을 굳이 꺼내지 않더라도 우리는 어미의 몸속 양수에서 헤엄치다 땅으로 던져진 존재들이다. 물과 접촉할 때 밀려드는 고요한 안정감은 우리가 망각하고 있던 양수 속에서의 기억을 몸이 알아서 재생하는 과정에서 발현되는 것일지도 모른다("차디차게 손이 무너질 때 몸속의 물을 가만히 누이면 어떤 노래가 반짝이기도 해 물빛같이, 환하게, 내려놓는 기억같이, 가볍게, 짧게"—「문을 여는 여자」 부분).

신영배는 물의 흐르고, 떨어지고, 울리는 모든 움직임을 'ㄹ'이 박힌 동사들로 표현하거니와 이를 액체의 특성으로만 두는 것이 아니라 인간과 공유하게 한다. 종국에는 체제에 마비되어 있느라 우리 자신조차 잊고 있었던 우리만의 예민한 속성들을 들추어낸다. 시인의 'ㄹ'을 기억하는 두 번째 방법에 해당하는 얘기를 꺼낼 때가 되었다.

울어도 울어도 새가 되지 않는 슬픔
인형과 나란히
빗물
새는 눈

　　　　　　　　　　　　　　—「검은 스타카토」 부분

얼어서 울어서 얼어서 울어서

얼울거리는 얼울거리는

얼음의 유두

―「물사과」 부분

한낮의 집과 말

발이 붉어진다

나무가 바람을 읽고 있다

물이 오는가

지붕 위

여자가 달린다

―「지붕 위의 여자」 부분

물로 파랑과 놀다 노랑과 붙다 물로 바람을 피우고 햇살을 뿌리고 물로
반짝반짝 물로 팔랑팔랑

―「물과 나비」 부분

시인을 따라서 울고, 얼고, 달리고, 놀다보면 우리의 숨통을 트는 동사
들이 실은 물의 동사들과 닮아 있다는 점을 깨닫게 된다. 시인은 "울어도
울어도 새가 되지 않는"다 했지만, 우리가 '울다', 혹은 '울림'과 같이 'ㄹ'

이 자리한 동사들을 하나씩 손으로 짚을 때, 그를 기본음으로 삼은 '나'와 '새'와 '물'은 모두 한곡의 음악으로 연주되고 있음을 느낄 수 있다.

두 귀에, 더듬이에,

노래하는 연인

햇살에, 백지 위에,

새가 날고 바다가 오고

나는 물방울이 떨어지는 얼굴

—「물방울이 떨어지는 시간」 부분

'ㄹ'은 "노래" "햇살" "날다" "물방울"과 더불어 나타나면서 내내 '쓸쓸한 대로 괜찮은' 어떤 시간의 한 컷을 그리는 역할을 한다. 사이마다 한행씩 놓인 휴지기는 독자의 읽는 속도를 늦춰, 'ㄹ'의 울림이 천천히 그러나 점진적으로 지속될 수 있도록 돕는다. 따라서 위의 시를 장악하고 있는 호흡은 '노래'처럼 다정하고, '물방울'처럼 맑다. 차라리 음악이라고 해야 할 것만 같은 시다. 각각의 존재들이 각자의 자리에서 저 나름의 방식을 저버리지 않으면서 동시에 ㄹ에 기대어 한순간을 창안해내는 것이다. 그 구체적인 의미에 대해선, 'ㄹ'을 기억하는 마지막 방법을 논하는 다음 문단에서 생각해보기로 한다.

신영배는 'ㄹ'을 통해 포착한 이미지의 기저에 흐르는 움직임들을 계속해서 살려둔다. 언젠가 필자는 시인을 일컬어 "사건이 성립되기 전의 상황에 대한 최후의 이미지"와 "사건이 성립된 후의 상황에 대한 최초의 이미지"를 동시에 포착한다고 쓴 적이 있다. 부족함을 느껴 다시 적는다. 신영배는 그 포착한 이미지에 'ㄹ'의 울림을 흐르게 하여 운동감을 부여하는 시인이다. 모두 움직이고 있으므로, 어떤 운동은 서로 엇갈린 상태에서 현재를 구성하기도 하는 것이다("소녀들이 물을 찾아낸다/여자가 울었던 소리/접시 밑에 숨어 있는 물/여자가 울었던 소리/화분 밑에 숨어 있는 물/여자가 울었던 소리/구두 속에 숨어 있는 물"――「물을 나르다」 부분). 때때로 그 어긋남이 우릴 처연케 한다.

프랑스 시인 랭보(A. Rimbaud)는 「모음」이라는 작품을 통해 모음들의 색깔을 발명한 바 있다. 이는 온갖 감각에 다다를 수 있는 시 언어의 창조를 꿈꿨기에 가능한 일이었을 것이다. 랭보의 모음이 시인으로부터 직접적으로 부여된 색채로 빛나고 있다면, 신영배의 'ㄹ'은 독자에게 형언하기 어려운 정념만을 남긴 채 독자 자신도 'ㄹ'과 함께 흘러가보라고 권한다. 'ㅇ(이응)'과 'ㅁ(미음)', 혹은 'ㄴ(니은)'만으로는 확산될 수 없는 울림이 'ㄹ'을 통해 유연하게 진행되는 동안, 독자는 의미와 소리 사이에서 머뭇거리고 있는 슬픈 느낌에 잠시 골똘해지기도 할 것이다.

'ㄹ'은 마치 조금씩 내리다가 어느새 우리를 젖게 하는 경우(輕雨)처럼 다가오는 것. 또한 기어코 주변의 얌전하던 공기의 흐름을 바꿔내어, 알고 보면 슬프게 태어난 우리들 존재에 대해 일깨우는 것. 물의 기억으로부터 멀어진 우리는 다만 그것을 망각하거나, 그와 싸우거나, 끝내 품고서 살아가는 방식을 택할 수 있을 뿐이다. 신영배는 품는 편에 속한다. 그러고 보니 '슬픔'도 울림소리에 기댄 감정이다. 이쯤이면 모든 게 'ㄹ' 때문이라고 고집을 부릴 만하다.

큰 소리로, 훗!

◆

유계영 『온갖 것들의 낮』에 대하여

간단히는 죽지 않을 태도에 관하여

생각하는 레이디에 대해 말하겠다. 쇼가 진행되는 내내 상자 속에 숨어 있다가, 마술사의 지시가 떨어지기가 무섭게 관객 앞에 모습을 드러내는 우리의 레이디에 대해. 레이디는 무대 위에서 팔다리가 잘려 나가거나 접붙여지고(레이디의 팔다리는 이 경우에만 돋보인다), 죽다 살다 한다(사라졌다 나타나기를 반복해야 레이디는 관객들로부터 박수를 받을 수 있다). 행동반경이 제한된 세계에서 수월하게 살아남기 위해서는 주어진 질서를 순순히 따라야 한다고 우리는 배웠다. 그에 따르면 상자 속의 레이디는 마술사의 지시가 언제 내려질지 예의 주시하면서 숨만 쉬고 있어야 한다. 밖에서 불렀을 때 거기에 호응하는 연기를 펼쳐 보여야 하루의 식량과 잠자리를 얻을 수 있기 때문이다. 아마 레이디는 때를 놓쳐서는 안 된다는 이야기도 귀에 못이 박이도록 들었을 것이다.

하지만 이 글의 첫 문장에서 우리는 분명히 '생각하는 레이디'를 떠올리기로 했다. 레이디가 자신이 소속되어 있는 마술을 '생각'할 때 혹은, 쇼가 진행되는 무대, 쇼의 안정적인 운영을 이유로 명령을 반복하는 마술사에 대한 '생각'을 시작할 때 마술은 더는 쇼가 아니게 된다. 생각하는 레이디에게 무대는 삶의 다른 이름이다. 질문하고 번뇌하는 레이디에게 "모자 속의 토끼" "사과 속의 코끼리", 모든 말을 "대괄호"로 묶어두고 손뼉을 치는 관객 "아이들"은 너나 할 것 없이 시스템 내에서 할당된 배치를 아무 저항 없이 따르는 존재들이다. 달리 말해 레이디가 생각을 시작할때, 레이디의 시선은 마술 쇼의 배후에서 늠름히 모두를 관장하는 마술사의 시선과 병렬적인 위치에 서는 것이다. 쇼가 계속된다 해도(삶이 계속된다 해도) '쇼'라는 이름으로 묶일 수 없는 자리가(삶으로 허락받지 못한 자리가), 그러니까 마술사의 명령이 닿을 수 없는 자리가(삶을 지배하는 '일반적'이고 '정상적'인 법칙으로는 설명이 불가능한 자리가) 있음을 레이디는 눈치챌 수 있을 것이다.

여기까지 말했을 때, 우리는 자신에게 부과된 역할에서 자유로울 수 없는 레이디가 자신이 '생각'하게 된 상황을 독이 든 성배라 여기며 슬퍼하고 있으리라고 예상할 수 있다. 생각하는 레이디도 '레이디는 레이디'이기 때문에 끝내 무대 바깥으로 나가지 못하는 저 자신을 탓하기 마련이라고 쉽게 짐작하는 것이다. 그러나 다시 말하자면, 우리가 떠올리는 레이디는 '생각'을 하는 레이디다. 마술사의 자리 건너편으로 가서 "미치기 직전의 상태"라 할지언정 끝까지 숨이 이어지는 삶에 대해 생각하며, 레이디는 우울함이 아닌 씩씩한 태도를 취하기로 한다. 레이디의 시선과 마술사의 시선이 '지그재그'로 갈라지는 때가 돼야 비로소, 무대 위에서 아직 표현되지 않은 존재의 (알려지지 않은, 그래서 이름 붙여지지 않은) 몸짓을 수호할 수 있기 때문이다. 그러니 레이디에게 '생각'은 지금까지와는 다른 인식의 문을 여는 것, 상황에 대한 다른 방향으로의 접근을 시도하는 것. 혹은, 간단하게 말할 수 있는 것은 그 무엇도 없으니 설혹 어떤 상황이 종료되었다 해도 그것이 남겨놓은 뒤꼍을 되짚어볼 필요가 있다고 스스로에게 호소하는 것. 레이디는 '생각'을 통해 떳떳하게, 먼저의 상황이 듣지 않으려 했던 목소리의 볼륨을 키우고, 남들이 알아주지 않는다 해도 여간해선 사라지지 않는 — 아직 이름이 없는 — 상태의 곁으로 침착하게 다가가는 이다. 레이디가 생각할 때, 말들은 기존의 의미를 벗고 재배열된 맥락의 의미를 입는다.

지금까지 우리가 떠올린 '생각하는 레이디'는 유계영(庾桂瑛)의 첫번째 시집에 실린 시 「지그재그」의 한가운데서 느껴졌던 의지(意志)의 형상이자 이 시집에 수록된 여러 시편에서 두루 엿보이는 태도의 메타포다. 시를 읽는 일이 곧 시에서 들리는 목소리에 이끌려 언어가 형성하는 다양한 세계로 이행(移行)하는 일이라면, 하여 그 목소리의 기운에 우리의 마음을 내어주는 일이라면, 유계영을 읽는 우리를 이끄는 목소리는 상자에서 막 빠져나와 생각을 시작한 레이디의 그것과 유사하다. 이를테면 우리가 사는 이곳이 끔찍한 광경을 매일 목도할 수밖에 없는 세계라 할지라도 혹은, 우리 자신이 어떤 강제적인 상황에 묶여 있는 처지라 할지라도 유계영의 시를 읽는 순간에는 우리 또한 생각하는 레이디처럼 입술을 앙다물고 서 있고 싶어진다는 것.

참으로 씩씩하게, 간단히는 죽지 않겠다는 태도로, 유계영의 시들이 있다. 우리는 우리도 모르는 사이에 거기로 간다. 그때부터 서서히, 그러나 점점 세게, 쉬이 사라지지 않는 감정들과 섞이기 시작하는 우리를 두고 그 누구도 '가짜〔模型〕'라며 손가락질하지 않을 것이다. 시를 따르는 우리의 제스처가 인공적일 수는 없기 때문이다.

빛을 믿는 사람이 제일 먼저 겁을 먹고

유계영 시의 태도가 유독 분명하게 느껴지는 까닭은 시에서 말하는 이가 누구를 대신하고 있다는 생각이 전혀 들지 않기 때문이다. 시의 화법에 대한 앞선 문장을 1인칭 화자의 재림 내지는 전통적인 서정의 정의에 관한 운운으로 받아들이면 곤란하다. 그보다 유계영의 시에서는 세계와 불화하는 온갖 '나'들이 구석구석에 숨겨왔던 저 자신의 목소리를 직설적으로 터뜨리는 일들이 벌어진다고 해야 적합하다. 이는 마치 혼돈과 무질서로 가득 찬 세계에 시인의 말로 짜인 그물망이 쳐지고, 강제된 척도 속에서 답답해하던 각종 이미지들이 시인의 언어 그물에 걸려 저마다의 고개를 그물코로 내미는 형국과 같다. 자신이 처한 상황을 더욱 적극적으로 호소하거나 자신 앞에 놓인 상황에 직접 개입하려는 시적 주체의 목소리는 그래서인지 듣는 이의 감각에 날카롭게 파고든다. 시는 처음부터 위장(僞裝) 같은 건 전혀 몰랐다는 듯이 천진난만함이 지닌 공격성으로, 쏟아지는 이미지들의 물질성 자체로, 허위로 분장한 세계를 주시한다.

> 대재앙 오 초 전
> 마주 앉은 사람들 일부러 크게 웃는다
>
> 창밖을 서성이는 짐승과 눈 마주치면
>
> 가장 오래 사는 물 영원한 물 썩어도 이로운 물
> 사람들은 물의 자세를 배우기 위해 눕고
> 그 위에 눕는다
>
> 복면을 쓴 등 뒤의 어둠
> 빛을 믿는 사람만을 겁준다
>
> 모두 달라지고 아무도 망하지 않는 꿈

창문이 있던 벽의 흰 자리를 짚어 본다

(…)

공기 속의 말을 떨어뜨리지 않는 신체 훈련
다 할 수 있으면서
아무것도 하지 않는 내가 좋다
　　　　　　——「내일의 처세술」 부분(『온갖 것들의 낮』, 민음사 2015, 밑줄은 인용자)

　그물코에 걸린 이미지들이 각자의 자리에서 새어 나온다고 했거니와, 위의 시에 다가가기 위해서는 선형(線形)의 읽기가 아닌 방사형(放射形)의 독법에 대한 구상이 필요하다. 가령 내일을 어떻게 맞이할지 궁리하는 오늘 '밤'의 구체성은 베갯맡으로 치켜든 긴 팔 사이의 "겨드랑이"와, 살면서 가질 법한 자세 중 가장 무심한 형태에 해당할 (그래서 어쩐지 몸의 자세라기보다는 흐르는 물의 형태와 비슷하게 느껴지는) 잠든 "자세", 파헤쳐진 모양새로 또다시 폐허로 남는 "쓰레기"가 교차하면서 마련되는 심연을 통해 불쑥 드러난다.

　흥미로운 점은 '밤의 평범성'(banality of night)의 다른 이름일 수도 있을 이들이 2연의 "대재앙 오 초 전"이라는 상황과 관련되어 나타날 때마다 낯설게 느껴진다는 데에 있다. 불길의 징조를 무마시키려는 듯 "일부러 크게 웃는" 소리가 퍼질 때 밤의 평범성을 자처하던 구체성은 어느새 넘쳐흘러, 제각각의 사물이 취하는 몸짓을 부자연스럽게 만든다. 곧 "대재앙"이 닥친다는데 모두 아무렇지도 않게 원래의 몸짓을 '일부러' 취하는 상황이 기이하게 느껴지는 것이다. 상황이 이러하니 "일부러"라는 부사(副詞)가 예사롭지 않다. 평범하다고 믿어왔던 누군가의 (혹은 무언가의) 표정과 몸짓이 '일부러' 노력해야만 영위될 수 있는 것이라면, 우리가 자연스럽다고 느꼈던 일상이란 실은 애써 연기(演技)를 해야만 얻을 수 있는 것이 되기 때문이다. 사람들이 일부러 웃는다. 일부러 눕고 일부러 꿈을 꾸며 일부러 산다. "대재앙"이 던지는 비장함도 각자가 "일부러" 취하는 '원래'의 몸짓으로 견딜 수 있다고 믿고, "아무도 망하지 않는 꿈"을 꾸면서 그것이 '망함'에 가까운 이 세계에 대처하는 현실적인 처세술이라고 여긴다. 이는 모두가 애써서 버티므로 재앙 같은 게 닥칠 리 없다고 근거 없이 확신하는 이들이 살고 있는, 정확히 '대재앙 오 초 전'의 풍경이다.

많은 시인에게 '밤'은 낮의 세계와는 다른 법칙으로 운영되는 시간이다. 이성이 활발하게 움직였던 낮이 가고 밤이 찾아오면 시인들은, 낮의 언어로는 제대로 표현되지 못했던 존재들을 깨우러 다닌다. 밤의 세계에서 인간의 언어는 아무것도 아닌 게 되어 초라하기 그지없지만, 시인들로 인해 들리기 시작한 언어 너머의 소리는 자욱하게 대지를 덮쳐 지금의 현실 바깥으로 향하는 문을 연다. 그러나 위의 시에서 밤은 "먹다 남긴 태양"이 소비되는 시간대일 뿐. 너무 많은 이들이 여전히 낮에서 벗어나지 못한 채 밤을 장악하려 들고, 그것으로도 모자라 다음의 낮을 준비하는 시간대로 밤을 정의하려 드는 것이다. 밤은 "복면"이 씌워진 채로 뒤척이는 어둠으로 남아 저 자신의 성정이 더는 드러나지 못하도록 봉인된다. 낮을 믿는 사람("빛을 믿는 사람")들에게 '복면을 쓰지 않은 어둠' '가장(假裝)을 포기한 어둠'은 공포의 대상으로 전락한다.

이 와중에 시인은 무엇을 하고 있나. 1인칭 '나'의 움직임이 뚜렷하게 표현되는 구절을 좇다보면, 시인의 심정이 어디에 응집해 있는지 보일 것이다(인용한 시뿐 아니라 유계영의 여러 시에서는 자신의 입장을 관철하기 위해 '일부러' 터뜨리듯 쓴 '나'의 언술이 빈번하게 등장한다. 유계영을 읽는 방식은 이를 어떻게 살필지에 따라 달라진다). '나'는 한행으로 이뤄진 3연의 첫번째 행("창밖을 서성이는 짐승과 눈 마주치면")과 6연

의 두번째 행("창문이 있던 벽의 흰 자리를 짚어 본다"), 9연의 세번째 행
("아무것도 하지 않는 내가 좋다")에서 적극적으로 행동한다. "짐승"의
눈빛이 '나'를 찌르는 순간을 포착할 때는 어둠 속에서 길들지도 죽지도
않은 상태로 여전히 존재하는 누군가의 표정을 상상하고(이와 비슷하게
「퍼니스트 홈 비디오」에서는 "고양이"가 "다리를 꼬고 팔짱을" 낀 채 '나'
를 보고, 죽은 "아버지가 요염하게" '나'를 보는 일이 발생한다), 무언가
가 있었던 흔적으로서의 "흰 자리"를 더듬으면서는 '복면 쓰기 전의 세
계'를 기억해내기 위해 애쓰며(이와 비슷하게 「새벽 시간」에서는, 어둠
을 서서히 하얗게 물들이는 때란 곧 "버려진 개들"이 "살던 집"을 기억해
내기 위해 애쓰는 자리, 달리 말해 수치심을 깨닫기 시작한 자리로 기록
된다), 경직된 공기로 가득 찬 밤의 한가운데에서는 강요된 무언가를 '일
부러' 하느니 시침을 뚝 떼고 차라리 아무것도 하지 않는 편을 택한다(「아
이스크림」에서 이 구절은 가장 분명한 사랑 표현을 위해 아무런 호명도
하지 않는 편을 택하는 장면으로 변환되어 제시된다). 3배수 연(3연, 6연,
9연) 내의 순차적인 행으로 드러난 '나'의 행적 속에서 '나' 스스로가 동
요할 때마다 시인은 흔들리는 그 표정이 중요하다고 말하는 것 같다. 무
작정 빛을 믿지 말고 '생각'을 해보라고, "먼눈에게 어둠은 가장 평범한
장소"라고(「활」). 속물들의 지침이었던 '처세술'은 끈덕지게 행동을 모색
하던 시인의 육성을 타고 방향을 바꾼다. 시인은 허위를 벗어던진 말하기
를 요청한다. 복면을 벗은 어둠이 알아볼 수 있도록 자연스러운 우리의
표정, "천천히" 끼니드는 우리의 "말"이 필요하지 않느냐고.

　우리에게 표정이 절실한 건, 패턴화된 표정들에 둘러싸여 정작 '내'가
원래 지으려 했던 표정이 무엇인지 나조차도 잘 가늠하지 못하게 되었기
때문이다. 보이는 것을 보이게 만드는 '빛'을 당신은 어디까지 믿을 수 있
나(빛의 영문 표기인 'light'는 '계몽'을 의미하기도 한다. 당신은 '계몽'
을 어디까지 믿을 수 있나). 시인은 빛이 어둠을 가리는 칠갑으로만 쓰이

는 때를 견딜 수 없어 한다.

> 얼굴을 감싸고 선 나는
> 곁눈 속에서만 사는 귀신이 가장 두렵다
> 자기 색을 내는 편이 좋겠지
> 하지만 그들은 없는 색, 나쁜 색
>
> 커다란 밤이 날개를 젓고 있다
>
> 정말 투명해
> 천사의 쌍꺼풀처럼
> 가려움증 앓는 불빛들로 창밖은 가득해
>
> ──「암막 커튼으로 이루어진 장면 묘사」 부분

　우리가 언제나 주시해야 할 곳은 암막으로 가려진 그 너머에 있다. 커튼 뒤에서는 무대가 부여하지 않은 자유로운 움직임이 여전히 살아 있다. 손바닥으로 "얼굴을 감"싼 뒤에도 여전히 깜빡거리는 두 눈이 활력 넘치게 곁눈질하며 손바닥 너머의 기척을 살피듯이, 시인은 처음부터 저 자신의 근육으로 생존법칙을 구성해나가는 존재에게 신뢰를 보낸다. "자기 색을 내는 편"이 '좋은' 것이다. 가면을 거둔 "불빛"들이 "가려움증"을 앓는 모습이 아름다운 이유는, 그 통증이야말로 '불빛들' 스스로가 저 자신의 몸짓을 찾아가는 증거이기 때문이다. 암막을 앞에 두고 겁먹지 말자. 진실은 레몬 즙으로 쓰인 글씨처럼 불빛의 기운을 쬐어줄 때에야 그 통증 어린 표정을 드러낸다.

온갖 것들의 움직임, 그런 명장면

그러므로 "내가 누구인지 모르겠"다는 의문이 드는 순간(「온갖 것들의 낮」)은 기존의 위계질서, 기존의 습관, 기존의 얼굴 등을 부정하고 새로운 눈과 코와 입과 몸을 그리기 위한 토대가 마련되는 때다. 내가 누구인지 나도 잘 모르는 순간이 와야만 '나'의 참된 '낮'을 찾는, 생을 향한 충동질이 이어질 수 있다. 정해진 문법을 추구하는 '낮'의 언어가 주입되는 상황을 거부하고, "온갖 것들"이 스스로 헤매고 뒤척이며 '낮'을 형성할 줄 아는 상황이 오면 모두의 참된 '낮'이 나타날 것이다. 온갖 것들의 움직임이 색다른 상황을 창안하는 다음의 시에서처럼.

살찐 여자의 배 둘레처럼 아래로 흐르는 시간
밤이 찢어진 발바닥을 내린다
낙과와 신을 가려낼 수 있는
지면 위로 내린다

너는 언 빨래의 몽유병
빨랫줄에 걸린 해의 고민을 내린다
어린이를 벗는 어린이가 말한다

비가 온다

우리는 찢을 수 있어
익사한 몸들이 걸터앉은 물결을
몸의 질서를 벗어난 뼈의 잠영을
찢을 수 있어

우리는 어제 태어난 개의 꿈을 꾼다

                                           —「하루 종일 반복할 수 있는 일에 대한 목록」 부분

새가 머무는 날
홀쭉한 빛줄기에 매달리는 어둠을 쪼며
짧게 나누어 자는 잠

그런 잠은 싫었던 거야
삼백육십오 일 유려한 발목의 처녀처럼
하나의 목숨으론 모자라
죽음은 탄생보다 부드러운 과정

새는 알을 남기고 간 것이다
나는 알을 처음 본 게 아니지만
곧 태어날 새는 어미를 전혀 알지 못한다
알 속의 혀가 입술의 위치를 짚어 보는
그런 명장면

                                               —「에그」 부분

  움직임은 대개 이곳에서 저곳으로 '벗어나는' 상황으로 이뤄진다. "찢어진 발바닥"은 멀쩡한 발로는 갈 수 없는 곳에 닿을 수 있다. 언 빨래에서 빠져나가고 싶은 물기가 서서히 녹아 저 자신을 기화시켜 햇살에 닿는 과정처럼, 주어진 역할을 '벗(어나)는' 자리로 우리는 종일 움직인다. '몽유병'이라는 비유로 미루어 짐작할 수 있듯, 이러한 움직임은 우리가 애초부터 해왔던 것일지도 모른다. 단지 미처 발견하지 못했을 뿐이다. 우리에겐 "몸의 질서"를 '벗어나' 잠영 중이던 '뼈'가 있고, 이성이 기입되지 않은 동물적인 육체가 꾸던 제 나름대로의 '꿈'이 있다. 우리는 "찢을 수 있"다. 가만히 있으면 알아서 이뤄지는, 그런 방식은 '싫은' 것이다. 모든 생명의 탄생이 자기 의지 없이 이뤄진다 하더라도(그에 비해 죽음에는 자기 의지가 반영될 여지가 있다. 탄생과 생성이 죽음보다 어려운 까닭이 여기에 있다), 알 속의 새가 "어떻게 두어도 자연스럽지 않은 혀의 위치"를 떠올리고 자신의 "입술의 위치를 짚어 보는"것처럼 제 나름의 행동을 발명하는 방식으로, 정해진 방식을 '찢어내는' 방식으로, 온갖 것들의 움직임은 증명된다.

"천사"조차 자신에게 부여된 역할이 싫다면, "통통한 발을 벗어 버리고" 민낯을 드러내볼 일이다("0과 1의 사이/천사는 자신이 거대한 태아라는 사실이 싫다/고작 이런 대우나 받으려고 착하게 산 게 아니야/통통한 발을 벗어 버리고/차라리//괴물이 되고 싶어 하는 건 우리뿐"——「일요일에 분명하고 월요일에 사라지는 월요일」부분). '없거나("0")' 혹은 '있거나("1")'같이 뚜렷한 이분법만을 승인하고 "0"과 "1" 사이에 '있지 않은' '없지 않은' 상태를 허락하지 않는 시스템 내에서 살아야만 하는 일, 우리는 고작 거기에 갇히려고 사는 게 아니다. 시는 벌거벗은 몸으로 위장된 시스템을 능청스럽게 상대하면서, '일반적'이고 '정상적'이라 여겨왔던 삶의 법칙을 우스꽝스러운 것으로 만든다.

> 아침은 그렇게 오는 게 아니죠
> 모퉁이를 돌 때마다 열리는 새로운 골목의 끝에
> 내가 발가벗고 서 있는 거예요
> 아침은 그렇게 밝는 거예요
>
> 나는 오늘 태어났고

내일은 손 닿지 않는 곳의 가려움을 견디는 재미

　　　　　　　　　　　　　　　　　　　　　　—「생일 카드 받겠지」부분

누군가 나를 흔든다면
엎드려 자던 가축의 네 다리처럼
갑자기 나타나 보여 주는 것
혓바닥의 모래처럼 뜨거워지는 것
안경알을 찌르는 빛이 되는 것

수면 위로 올라가
천연덕스럽게 눈을 뜨고서 이렇게 말하는 것이다
나를 아는지
우리가 연습한 놀이의 이름을
알고 있는지

　　　　　　　　　　　　　　　　　　　　—「눈 천사가 지워진 자리」부분

　구획된 모퉁이 내부에서 정해진 선택지를 앞두고 고민하기보다는 돌아서서 새롭게 열리는 골목을 찾을 것, 암막을 걷어낸 벌거벗은 몸으로 아침을 맞이할 것. 팔과 다리, 혀, 눈, 이것이 갖춘 감각의 구체를 잊지 말고 맘껏 흔들릴 것, 뜨거워질 것, 천연덕스럽게 쳐다볼 것.

　시인은 터져나오는 온갖 것들의 말을 빠짐없이 받아 적는다. 자기긍정으로 채워진 온갖 것들의 말은, 사회의 관습이나 도덕, 제도를 부정하고 타고난 성정을 따라야 한다는 의미의 '견유주의'를 떠올리게 한다. 페터 슬로터다이크가 삶에 대한 믿음이 훼손된 시대에 견인해야 할 태도로 권한 바 있던 '견유주의'는 "물질적인 것, 즉 깨어 있는 육체"를 적극적으로 활용하여 "자신의 주권을 증명하"라고 한다.[1] 지극히 사적인 육체가 뻗뻔하게 드러날 때, "정신과 도덕을 몸과 물질로부터 분리하려"다[2] 삶 자체에 대한 믿음까지도 헤집어버린 상황을 비판할 수 있다는 것이다.

온갖 것들의 말에 눈을 돌릴 때, 우리는 새삼 그간의 엄숙한 질서가 얼마나 많은 이들을 침묵에 빠뜨렸는지 깨닫는다. 계량화된 쓸모의 기준에서 배제되었다 해서 굳이 슬퍼할 필요가 없다는 사실 역시도. '온갖 것들'은 강요된 질서를 따르지 않기 위해 고개를 내밀고 소란을 일으키면서 새로운 '낮'을 열어제낀다.

일단은, 훗!

다시, 생각하는 레이디를 떠올린다. 취향을 맞춰주지 않는다는 이유로 (삶에서 용인된 질서를 따르지 않았다는 이유로) 상대로부터 관계의 종언을 요청받는 우리의 레이디. 상대는 레이디가 관계에서 버려졌기 때문에 불행할 것이라(많은 사람은 레이디가 삶의 중심으로부터 내쳐졌기 때문이라고) 짐작한다. 하지만 우리는 분명히 '생각하는 레이디'를 떠올리는 중이라 했다. 레이디는 자신이 달콤하다고 여겼던 관계가 끊어졌을 때 어떤 단면이 만들어질지에 대해 생각한다. 달콤함, 그것은 위장일 수 있다. 레이디는 이 관계가 어떻게 만들어져왔는지를 고민하고, 레이디에게 끊임없이 맞춰달라고 요구하는 관계의 법칙에 대해 의문을 갖는다. 레이디는 '생각한다'. 레이디가 속한 세계가 문제적이라면, 레이디는 정해진 길이 아니라 다른 방향을 찾아가야 하는 게 맞다. 버려진 게 아니다. 레이디가 불행해질 것이란 예감은 "모두 틀렸다". "흔들거리는 왼발 오른발"

---

1 페터 슬로터다이크 『냉소적 이성 비판 1』, 이진우 옮김, 에코리브르 2005, 209면.
2 김석수 「뻔뻔함을 찾아나서는 '냉소적 이성 비판'」, 『문학과사회』 2005년 가을호, 384면.

로 움직이는 레이디는 관계에 대한 시야를 확보하고, 세계를 다르게 해석하기 위해 노력한다. 역전된 생각으로 상황을 주시하는 자리에, 레이디는 있다.

이것은 「오늘은 나의 날」에서 드러나는 시적 주체에 대한 얘기지만, 언제나 낙담과는 반대 방향으로 몸을 기우는 시인의 자기긍정에 대한 얘기이기도 하다. 자기 자신을 신뢰하지 못하도록 종용하는 세계에서 냉소는 얼마나 쉬운가. 우리에게는 우리에 대한 가장 아름다운 정의를 내릴 권리가 있다("몸은 도무지 아름다운 구석이라곤 없는데/나는 내 몸을 생각할 때마다 아름다움에 놀랐다//(…)//의자를 열고 들어가 앉자/늙은 여자가 날 떠났다/나는 더 오래 늙기 위한 새 의자를 고른다/나에 대한 가장 아름다운 정의를 내리려고"―「생각의자」부분).

유계영은 설혹 자신의 글씨체가 악필이라 할지라도 저 자신의 말로 글씨를 새기는 게 중요하다고 말하는 시인이다(「악필 연습」). 시인에겐 주어진 칸에 맞추어 비슷한 글씨체를 또박또박 써내라는 세상에다 대고 '훗' 하고 코웃음 칠 줄 아는 발랄함이 있다. 그 발랄함은 남들이 알아주지 않는―그러나 저의 말을 꺼내기를 주저치 않는, 영민한―존재들이 사라지지 않기 위해 끊임없이 움직이는 근육으로 이루어져 있다. 그러니 걱정은 금물이다. 기이할 정도로 명랑한 기운이 없다면 이 삶은 너무 지루할 것이다. 그렇지 않은가.

빛을 믿어도 되나

1

「삶다움의 가능성을 믿는 시」(이 책 321면)는 최근 시의 시적 주체가 추구하는 미적 전략을 남다른 정치성의 수행으로 읽기 위해 쓴 글이다. 제목에서부터 시가 '믿는' 무언가가 있다고 거침없이 표현했지만(그래서 저 글을 막 완성하던 시절의 나는 자칫 순진해 보이는 제목이 허튼 오독을 불러일으킬까 노심초사하기도 했는데, 시와 관련한 믿음을 운운할 때 전해지는 '순진한' 어감과는 다르게), 당시 저 글에서 거듭 고민했던 바는 눈앞에 펼쳐진 풍광을 쉽게 '믿지 않기'로 작정한 이들의 몸짓을 어떻게 보아야 하는가였다. 아마 나는 제 앞에 놓인 현실을 차마 믿지 못하는 까닭에 그 현실을 경험하는 '자기 자신'의 손닙 ─ 자신의 '있음' 혹은 '있지 않음' ─ 에 대한 근거를 치열하게 의심하면서 살아가는 이들이 떳떳했으면 하고 바랐던 것 같다. 실제로 시에서 들리는 어떤 목소리들은 주어진 삶 자체에 대한 찬양을 강하게 거부하는 대신에 도대체 '삶'이라는 말이 가리키는 범위란 어디까지인가를 강구하는 메타적인 자리에 있으려 했고, 나는 그 목소리들의 힘을 빌려 주어진 시스템에 굴종하지 않으려는 주체를 지탱하는 중요한 태도로서의 '의심'을 말하고 싶었던 것이다. 요컨대 저 글의 강조는 삶 자체에 대한 믿음이 아니라 '이런 삶'을 믿는 일이 가능한지를 심문하는 '의심하는 주체'들의 서늘한 시선에 있었다.

지금부터 할 얘기는 위에서 언급한 글이 쓰였던 2016년 무렵의 문학작품에 국한된 것만은 아닌, 이 글이 쓰이고 있는 2018년의 한국에서 살아가는 이들에 대한 얘기다(문학을 통해 얻는 모종의 예감이 현실에서 기시감처럼 역할을 하는 순간이 찾아올 때마다 나는 말이 품은 뼈와 살을 다시 어떻게 움직여나가야 하는지 막막해진다. 함께 생각해보자는 의미에서 계속 적는다). 과거에 썼던 글에서 언급됐던 문학작품에서처럼, 제 앞에 놓인 현실을 차마 믿지 못하는 까닭인지 젊은 세대가 중심을 이룬 일군의 사람들은 온라인에서건 오프라인에서건 어떤 얘기를 꺼낼지라도 '그거 실화냐?'라는 질문으로 응대하면서 '진짜 인증'을 요구하는 일들이 빈번하게 일어나는 요즘이다. 지금의 나는 '그거 실화냐?' '레알?' 같은 말을 반복해서 들을 때마다 과거의 내가 그랬듯, 의심하는 주체들의 활약에 삿된 마음 없이 주목할 수 있을까. 혹은 어떤 이들이 중시하는 '의심'의 태도가 더 떳떳하게 행해져야 한다고 확신하며 말할 수 있을까. 의심과 의심이 거듭될 때 쌓이는 주체의 피로도 혹은 의심에 의심이 더해질수록 빚어지는 감정들에 관해서, 우리는 어떤 말을 할 수 있을까. 의심하는 주체가 저 자신의 지성을 기준 삼아 자칫 냉소의 대열에 들어선다면 그럴 때는 어떤 대화의 개입이 가능할까. 이런 현실인지는 미처 생각지도 못한 채, 과거 내가 스스럼없이 저 글을 썼던 배경에는 어쩌면 내가 말하고자 하는 바가 제대로 받아들여질 리 없다는 생각에 언제나 우회적인 방식으로 글을 쓰는 나 자신의 문제가 반영된 건 아닐까.

모종의 경험에 대해 혹은 일화에 관해 '실화'인지를 재차 묻는 유행어더미에 둘러싸여 있다보면, 그리고 선정적이라 할 수 있을 만큼 낱낱이 그 '실화됨'을 요구하는 말들에 둘러싸여 있다보면, 지금 여기의 사람들에겐 '의심'이 의식할 새도 없이 저절로 그렇게 되어버린 종류의 태도처럼 여겨진다. 어떤 일이든 쉽게 믿지 않으려는 우리의 '의심'은 믿을 만한 말, 믿음직한 관계, 마음 놓고 신뢰할 시스템이 부재한 상황에서 궁여지책으로 기댈 수밖에 없는 방어적인 태도일 테다. 여러 결의 정보가 매체의 발전에 힘입어 한꺼번에 유통되는 한편 그를 편집하고 운용하려는 정치권력의 힘겨루기가 버젓이 일어나는 사회에서는 "눈앞의 이미지"가 "실재를 내쫓고, 사라진 실재를 가장"[1]하는 일이 비일비재하다. 그 때문에 벌어진 일의 사실 여부를 따지기가 갑절은 어려워졌고, 이런 상황 속에서 '그거 실화냐'라는 말의 유행은 지금 현실의 당연한 순서일 수 있겠다.

생각을 좀더 해보기로 한다. 무엇이 '진짜'인지를 찾는 사람들이 실화의 조각을 모으는 실질적인 과정에서 어떤 태도를 보이는지에 대해서도. 이들은 의심을 앞세워 '실화'를 건지려 하면서도 정작 맥락을 사유하는 일은 하지 않으려 한다. 촘촘하게 따지는 과정에서 당면할 수밖에 없는 온갖 리얼리티를 기피하는 대신, 이들은 자신이 리얼리티로 '승인'할 만한 새로운 이미지를 좇기 위해 황급히 움직인다. 그러니까 '레알'과 '실화'를 찾아 헤매는 지금 이곳의 사람들에게 중요한 것은 리얼리티의 확보가 아니라, '그것을 진짜라고 받아들여도 되는가?' '그것을 믿어도 되는가?' 같은 믿음의 개연성에 있다. 신뢰를 확신할 수 없는 세상에서, 더군다나 신뢰할 만한 무언가가 나타난다 할지라도 그것을 주어진 사실의 전부라고 말하고 싶지 않을 정도로 '믿기 힘든' 사회에서, 우리는 갈수록 외롭다. 자신이 속한 세계를 끊임없이 의심하는 처지인 사람은 자신 역시 그 세계에서 쉽게 받아들여지지 않을 것이란 불안을 늘 배면에 둔 채로 살아갈 수밖에 없기 때문이다.

---

1 앙리 르페브르『리듬분석』, 정기헌 옮김, 갈무리 2013, 116면.

의심의 눈을 가진 우리는 다짜고짜 무모하게 살아가지 못하고 자주 견딜 수 없어 한다. 바로 그러한 이유로 의심의 창궐은 문학을 만들기도 하지만, 이 세계의 모든 그럴싸한 풍경에 균열을 내기도 한다. 이 글은 명백히 눈앞에 보이는 것들에 대해서 일일이 '실화인지 아닌지'를 의심해야만 하는 우리에게 무언가를 믿거나 믿지 않는 일이란 무엇인지, 눈앞의 것을 믿게 만드는 환한 빛이 때로는 우리 눈을 멀게 만들고 있다는 이유로 그 빛에 대한 사유를 더는 진전시키지 못하고 있는 건 아닌지, 그렇다면 무엇을 믿는 일은 삶에서 필요한 것인지를 고민한다. 요컨대, 이 글의 강조는 무언가를 믿거나 의심하는 '확고한' '나 자신'에 대한 믿음의 수행이 과연 가능한가에 있을 것이다.

2

한강(韓江)의 「에우로파」[2]에는 때때로 밤 산책을 나서는 두 사람이 나온다. 한 사람은 스물네살부터 약 6년간 지속했던 결혼생활을 끝내고 이후 (주로 거리 곳곳의 투쟁 현장에서) 가수생활을 하며 살아가는 이고, 그이와 오랫동안 친구인 듯 친구 이상인 듯 말로 설명하기 어려운 관계를 이어가는 또다른 한 사람은 평범한 회사생활을 하며 살아가는 이다. 이렇게만 적는다면 두 사람은 우리 머릿속에서 자못 보통의 형상으로 그려질지 모른다. 그러나 보통의 형상이라니, 그건 어떤 얼굴을 일컫는 말인가. 이런 질문을 던지게끔 하는 이들이 바로 지금 이야기할 밤 산책의 두 사람이다.

---

2 한강 「에우로파」, 『노랑무늬영원』, 문학과지성사 2012. 본고의 2절에서 해당 작품을 인용할 때는 면수로만 표기한다.

결혼생활 동안 어떤 폭력을 겪었으리라는 짐작을 안기는 '인아'와, 태어났을 때 으레 주어졌다 여기는 성별이 형벌처럼 느껴져 그것을 거부하지 않고 살아가는 자신의 삶을 비겁하다고 생각하는 '내'가 각자의 사연을 나눈 뒤 (그리고 나서 또한 수개월에 걸쳐 우울증에 시달렸던 인아가 다시 노래하게 된 시간을 맞이하고) 두 사람은 종종 자신이 생각하는 가장 자신다운 모습을 갖추고 밤 산책을 한다. '나'는 인아의 화장품과 스타킹 등을 빌려 나 자신이 원하는 성별을 연출하며 거리로 나서고, 그런 '나'를 인아는 남자인 친구가 아니라 '자매'이자 '친구'로 여기며 기꺼이 동행한다.

인아의 말대로, 이런 날의 밤 산책은 나에게 환영의 숲이나 바다 아래를 걷는 것이다. 원피스를 입고 힐을 신고 진하게 화장을 하고, 내가 태어나 자란 도시의 번화가를 목적 없이 걷는다. 내가 아는 누구를 우연히 이 거리에서 마주친다 해도 나를 알아보지 못할 것이다. 모든 것이 눈부시게 휘황하고, 가슴 아프도록 절실해서 나는 가끔 눈물을 흘리고 싶은 마음이 되기도 한다. 하지만 실제로 눈물을 흘리는 일은 없다. 방해하지 않으려고 천천히 반 보 앞에서 걷고 있는 인아의 옆얼굴을 바라보는 것만으로 눈언저리의 뜨거움은 곧 식혀진다. 얼음이나 돌처럼 단단해 보이는 그 옆얼굴을 뒤따라 나는 계속 걷는다.

눈부시던 번화가의 불빛이 차츰 성글어지다 문득 황량한 본모습을 드러낸 거리의 끝에서, 인아는 걸음을 멈추며 나에게 묻는다.

다시 돌아갈까?

누가 먼저랄 것 없이 몸을 돌려 우리는 다시 번화한 거리를 향해 걷는다.

(79~80면)

인용한 장면에서 느껴지는 다소 몽환적인 분위기는 아마 '내' 처지 때문일 것이다. '나'는 원피스와 화장을 통해 내가 '되고 싶은 모습'으로 (그동안 이 모습과는 완전히 다른 모습을 하고 '내'가 자라왔던) 도시 한가운데를 가로지르고 있지만, 내가 되고 싶은 모습에 가까이 다가갈수록 나를 지금껏 알아왔다고 여겼던 사람들이 연상하는 '나'와는 계속해서 멀어지고 있음을 안다. 그걸 "절실"하게 실감하면서, '나'는 "대낮같이 환하지만 기이하게 공허한 음영을 거느린 네온사인 아래를"(78면) 인아와 함께 걷는 것이다. '나'에게 밤 산책이란 인아가 내게 불러줬던 노래에서 등장하는 목성과 목성의 위성 "에우로파"처럼 '앞으로 되고 싶은 나'와 '지금 이대로의 나'가 앞으로도 '나'라는 단어 하나만으로는 도저히 수렴될 수 없음을 확인하는 서늘한 절차이자, 동시에 '내가 바라는 나'의 모습을 인식하는 '인아'마저도 아슬아슬한 경계에 서 있는 '나'의 내밀한 감정까지는 결코 받아들이지 못하리라는 비관을 예감하는 시간이다(처음 인아의 노래를 들었던 과거의 어느 날, '나'는 인아처럼 여자가 되고 싶다는 생각을 불쑥 하게 되었지만, 그렇다고 해서 인아를 안고 싶은 나의 욕망이 잦아든 것도 아니었다. '내'가 인아에게 얼마나 연약할 수 있는지 인아는 자세히 알지 못하고, 나 역시 그 마음을 인아에게 제대로 전한 바 없다). 또한, 그런데도 "우리가 계속 살아가야 한다는 것"(95면)에 대해서만큼은 뚜렷하게 아는 때이기도.

인용한 부분에서 언급된 밤 산책의 다른 특징을 꼽자면, 인아와 '내'가 네온사인이 사라지고 황량한 어둠이 본모습을 드러낸 거리가 나타나면 돌아서서 다시 휘황한 불빛이 있는 곳으로 걸어 들어가곤 했다는 것이다. 이들의 이런 모습은 자칫 어둠과 위험을 피하는 듯 보이지만, 그렇게만 말할 수는 없다. 밝은 빛이 있는 곳으로 간다 하더라도, 이들은 "편견과 혐오, 경멸과 공포의 시선들"을 "견디는"(80면) 고통스러운 일을 계속해야 하기 때문이다. 이들에게 "다시 번화한 거리를 향해 걷는"(80면) 일이란, 빛을 통해 기이한 화장을 한 도시 속으로 들어가는 일과 같으므로 어둠을 등지는 방식이 아니라 어둠을 품어내며 살아가는 방식에 가깝다. 자신이 생각하는 자신다운 모습을 갖췄다 하더라도 자신다운 자신이 됨으로써 얻을 수 있는 자유를 쟁취했다기보다는 여전히 삶에서 자유를 갈망할 때마다 빚어질 긴장을 유지하는 방식인 셈이다.

'인아'와 '내'가 이런 산책을 유지할 수 있는 이유는 무엇일까. "여전히 사람을 믿지 않고 이 세계를 믿지 않"(92면)는다는 인아의 말이 못처럼 박혀 있는 이들의 삶에서, 지금 이 순간, 그 못을 딛고 이들을 나아가게 하는 건 무엇인가. 두 사람의 밤 산책에서 도시의 네온사인은 도시가 어둠을 감추고자 그 위에 덧씌운 일종의 치장처럼 여겨진다. 혹은 밤의 도시가 네온사인의 빛으로 뚜렷이 비추는 '나'는 오직 '나'가 아니라 '내가 되고 싶은 나'라는 가면인 듯, 그런 가면으로서의 빛인 듯 여겨진다. 눈에 보이는 것만을 곧이곧대로 믿을 수 없다는 증거로 제시되는 '명백히 보이는' 것으로서의 빛. 밤 산책에서 '인아'와 '나'는 그 치장 같은 빛에 몸을 맡기며 낮 동안 숨겨왔던 어떤 욕망을 가면으로나마 꺼낸다. 빛은 기어이 '나'라는 존재의 ("아슬아슬한 경계"로 표현되는) 아이러니마저 고개를 들게 하고, '인아' 옆에 있는 '나'는 누구인가, 지금의 '나'는 여전히 형벌을 받는다고 느낄 정도로 자유롭지 못한가 또는 그러한 형벌에서 벗어난다 하더라도 삶은 또다른 괴로움의 한가운데로 계속해서 걸어가는 것과 다를 바 없는가 하고 질문을 던지며 우리를 미지로 이끈다. 이런 빛 아래에서 우리는 존재의 어지럼증을 느끼는데, 그 어지럼증은 아마 "나 자신을 믿지 않는 것에 비하면, 그런 환멸은 아무것도 아니"(92면)라는 말의 징후일 것이다.

명백히 눈앞에 펼쳐진, 보이는 것으로서의 빛은 처음부터 '신뢰할 것인가' 혹은 '의심할 것인가'를 두고 씨름할 대상이 아니었는지도 모른다. 그보다 우리는, "세계를 믿지 않는" "나 자신"을 믿는가, 나 자신을 믿을 수 없을 때 어떻게 삶은 이어지느냐라는 인식의 문제에 당도한다.

3

그러므로 정한아의 시를 읽는다.

꽃들은 태양을 향해 달린다 눈에 띄지 않을 때에만
아주 조금씩 무궁화 꽃이 피었습니다, 하면서
개망초 꽃이 피었습니다, 하면서 애기똥풀 꽃이 피었습니다,
하면서 잔디 꽃이 피,피,피,피,피었습니다, 하면서

봄이 깊어가니까 비가 올 때마다 점점 더 푸근해지니까
더러운 하늘 아래에서도 먼지를 뒤집어쓰고도 누구는
형언 불가의 색채에서 임박한 죽음을 읽고
누구는 지난 시절의 광영을 읽고 누구는 영겁
회귀를 읽고 누구는 이유 없는 뜬금없는 희망과
이겨낸 시련을 읽고 또 누구는 무채색의 존재론을 읽지만

꽃들은 그런 것은 모르고 그저 태양을 향해 달린다
씨앗일 때부터 달린다 존재하기 시작하기 시작할 때부터
달린다 모름을 배후로 삼고 달린다 용용 죽겠지 하며
달린다 눈에 띄지 않을 때에만 달린다 최선을 다해
죽어가고 있다는 말은 틀렸다 어차피 사라진다는 말은
오만하다 아무것도 없어지지 않는다 달리기는 계속된다

죽음을 뚫고 사라짐을 뚫고 이 차원과 저 차원을
통과하여 달리기는 달린다 눈을 감으면 시간이

살갗에 스치는 소리가 들려요 너무 느려서

지칠 수 없는 달리기 너무 은근해서

쓰러질 리 없는 달리기

어둡고 더러운 날에도

밝고 더러운 밤에도

아무리 어려운 날에도

아무렴, 어려운 밤에도
　　　　　— 정한아 「꽃들의 달리기, 또는 사랑의 음식은 사랑이니까*」 전문
　　　　　　　　　　　　　　　　　　　　　　　(『문학과사회』 2017년 여름호)

* "사랑의 음식이 사랑이라는 것을 알 때까지"— 김수영 「사랑의 변주곡」에서.

　위 시에 대한 어떤 말을 더한다 하더라도 "꽃들은 그런 것은 모르고 그저 태양을 향해 달린다"는 구절의 부연처럼 여겨질 것 같지만 그럼에도 멈추지 않고 더 말하기로 한다. '보이는' 표면을 뚫고 더 깊이 들어가기 위해, 모든 사물을 거울에 비친 영상 들여다보듯 하지 않고 주의를 더 기울여 영상 너머로부터 감각되는 어떤 리듬을 이해하기 위해, 쉽게 포착되지 않는다고 해서 우리가 쉽게 부정할 만한 혹은 쉽게 거절할 만한 운동의 과정이란 없음을 실감하기 위해. 그리고 그러한 것들은 대개 "어둡고 더러운 날"에든 "밝고 더러운 밤"에든 호흡을 이어간다는 사실을 위의 시가 눈을 부릅뜬 채로 끝까지 말하기 때문에.

　"달리기"라는 표현이 쓰였거니와 "꽃들은" 저마다의 시간을 가진 채 움직인다. 앙리 르페브르가 "모든 것은 자신의 근접 과거, 근접 미래, 그리고 먼 장래와 함께 자신의 공간, 자신의 리듬을 갖는다"[3]고 말했던 바도

있으니, 지금부터 우리는 각각의 존재들이 품은 리듬이 "아무것도 없어지지 않는" 세상을 만들어가는 상황을 믿어보기로 하자. "달리기"가 "꽃" 자신이 품고 태어난 몸의 감각을 따라 "쓰러질 리 없"이 진행될 때, "꽃들"은 단지 평면적인 이미지로 '신뢰의 개연성'을 이루는 리얼리티의 부분이 아니라 "살갗에" "시간이" "스치는 소리"를 받아 안을 정도로 온몸으로 "이 차원"과 "저 차원"을 넘나드는 입체적 리얼리티의 총체가 된다.

세계를 믿지 않는 나 자신을 믿을 수 있는가 하고 물었던가. "아무렴, 어려운 밤"이라는 철저한 어둠 속에서도 우리는 우리 자신을 속이지 않는 우리 몸의 감각을 따라 삶을 이어간다. 나 자신을 믿는지와 관련한 인식의 문제를 나 자신을 속이지 않는 감각의 문제로 전환할 때, 그러니까 빛이 무언가를 '보이게 만드는지'에만 그 역능을 할애하는 게 아니라 움직임을 추동하는 에너지를 제공하기도 하여 기어이 우리로 하여금 "죽음을 뚫고 사라짐을 뚫고" 계속 살게 하는 역능을 발휘한다는 것을 이해할 때, 신뢰할 수 없는 이 사회에서 빚어지는 외로움 혹은 믿을 수 없는 이 세계에 대한 환멸은 정말 아무것도 아닐 수 있다.

4

이제 와 생각건대 K 선생님께서 오래전에 들려주신 이야기는 빛에 관한 것이었다. 지상 위에 있는 우리는 그 어떤 어두운 곳으로 흘러간다 할지라도 달빛이든, 별빛이든, 그 아무리 가느다랄지라도 희미한 빛에 의존할 수 있다는 이야기. '칠흑 같은 캄캄함'이란 사실 지상 위에선 결코 경험할 수 없다는 이야기. 이 사실을 선생님은 백룡동굴 안에서 깨달았다고

---

3 앙리 르페브르, 앞의 책 116면.

하셨다.

그 동굴에 가면 마치 무덤 안처럼, 짐승의 속처럼 아무런 빛도 없단다. 그 안에 들어가서 손을 반짝반짝 움직이고 있으면 알지, 그 안에서 내 손은 더는 내 손과 같지 않다는 걸. 느낄 수가 없지, 사지가 분해된 것처럼 여겨지지. 동굴 속에서 사지 분간을 하지 못하는 묘한 경험을 하고 나서야 나는 지상 위에선 어떠한 형태로든 빛이 있을 수 있다는 걸 알았어. 그래서 우리의 눈〔目〕이 있는 건가보다 했어.

이야기를 함께 듣던 A 언니가 덧붙여 했던 말도 떠오른다.

그러고 보니 동굴 안에 사는 동물들은 철저한 어둠 속에 살기 때문에 시각이 발달하지 않았다고 들었어요. 그들에겐 눈이 없다던데요. 오직 동굴에 맞닿아 있는 저 자신의 피부, 저 자신의 몸이 품은 다른 감각만 있을 뿐이라고요. 거기에만 의존해서 살아가므로 다른 동물과 관계를 맺을 일도 없대요. 아니, 오히려 다른 방식으로 관계를 맺겠죠. 그들 삶의 조건이란 그저 어둠뿐. 어둠을 받아들이는 몸뿐.

빛을 의심하는 자들에게 이 글을 바친다.

| 발표지면 |

|제1부| 이제 되었다니. 그럴 리가

작은 것들의 정치성―2010년대 시가 '안녕'을 묻는 방식 『창작과비평』 2014년 봄호

나는 거기에 있지 않다 『실천문학』 2015년 봄호

이제 되었다니. 그럴 리가 『문학과사회』 2015년 겨울호

최근 시에 나타난 젠더 '하기'(doing)와 '허물기'(undoing)에 대하여 『문학동네』 2017년
      여름호

Quizás, Quizás, Quizás―시와 운율, 거기에서 비롯되는 감정에 대한 메모 『현대시』 2013년
      3월호

|제2부| 싸움과 희망

눈먼 자들의 귀 열기―세월호 이후, 작가들의 공동 작업에 대한 기록 『창작과비평』 2015년
      봄호

책에는 없는 이야기들 『현대문학』 2013년 8월호

불가능을 옹호할 권리 『현대문학』 2013년 11월호(발표 당시 제목은 '불가능성을 옹호할
      권리')

406

폭탄보다 시끄러운(Louder than bombs) 『쉼』 2017년 상권 (발표 당시 제목은 '폭탄보다 시끄러운_페미니즘적 시각이 그리는 문학 공동체')

싸움과 희망 〔문학3〕 2017년 1호

|제3부| 비평이 왜 중요한가

비평이 왜 중요한가―촛불 이후, 문학비평이 혁명을 의미화하는 방식 『창작과비평』 2018년 겨울호

참된 치욕의 서사 혹은 거짓된 영광의 시―김민정론 『현대문학』 2011년 6월호

기쁨은 어떻게 오는가―배수연의 『조이와의 키스』에 대하여 『조이와의 키스』(민음사 2018) 해설

결정들―이영주 시에 관한 소고 『한국문학』 2014년 가을호

누구에게 이것을 바칠까? (1) 『실천문학』 2013년 여름호

퍼포먼스 김승일―김승일의 시를 생각함 『현대시학』 2016년 5월호

그러니까 원더풀, 원더풀한 절망―서효인의 시를 읽다 『현대시학』 2015년 4월호

누구에게 이것을 바칠까? (2) 『문학들』 2013년 여름호

쓴(bitter) 시를 쓰다―다시, 김민정의 시를 꺼내 읽는다 『현대시』 2016년 5월호

|제4부| 허물기, 짓기

검은 새 한마리가 적막한 달을 향해 난다―허수경의 시를 읽다 『시인시대』 2017년 여름호

삶다움의 가능성을 믿는 시―시가 전망을 그리는 방식에 대하여 『창작과비평』 2016년 여름호

36.5도의 노래―유병록의 『목숨이 두근거릴 때마다』에 내하여 『목숨이 두근기릴 때미다』(창비 2014) 해설 (수록 당시 제목은 '검붉은 밤, 거기에 노래')

현재를 살다―신용목의 시를 읽다 『우리 모두의 마술 ― 2015년 제15회 노작문학상 수상작품집』(동학사 2015)

무엇이 거기에 있는가―함기석의 시를 읽다 『작가세계』 2016년 겨울호

어째서 이런 일이 벌어졌을까—이영광의 『나무는 간다』에 대하여 문지 블로그, 주간문학
리뷰 2013년 12월

ㄹ의 경우(輕雨)—신영배의 『물속의 피아노』에 대하여 문지 블로그, 주간문학리뷰
2013년 11월

큰 소리로, 훗!—유계영의 『온갖 것들의 낮』에 대하여 『온갖 것들의 낮』(민음사 2015)
해설

빛을 믿어도 되나 『서울무크』 01호, 2017년 12월

안녕을 묻는 방식

초판 1쇄 발행 / 2019년 12월 30일
초판 3쇄 발행 / 2022년 11월 10일

지은이 / 양경언
펴낸이 / 강일우
책임편집 / 박지영 박대우
조판 / 한향림
펴낸곳 / (주)창비
등록 / 1986년 8월 5일 제85호
주소 / 10881 경기도 파주시 회동길 184
전화 / 031-955-3333
팩시밀리 / 영업 031-955-3399 편집 031-955-3400
홈페이지 / www.changbi.com
전자우편 / lit@changbi.com

ISBN 978-89-364-6353-3 03810

* 이 책은 2016년 대산문화재단 대산창작기금의 수혜를 받았습니다.